ALIX

DE L... ON

Cla...

G000130978

ALIX

DE L'ASSOMPTION

(Cla religieuse)

COLLECTION FOLIO

Joseph Kessel

de l'Académie française

Le tour du malheur

I

La fontaine Médicis
L'affaire Bernan

Gallimard

© *Éditions Gallimard, 1950.*

Joseph Kessel est né à Clara, en Argentine, le 10 février 1898. Son père, juif russe fuyant les persécutions tsaristes, était venu faire ses études de médecine en France, qui devint pour les Kessel la patrie de cœur. Il partit ensuite comme médecin volontaire dans une colonie agricole juive, en Argentine. Ce qui explique la naissance de Joseph Kessel dans le Nouveau Monde.

Sa famille revenue à Paris, Kessel y prépare une licence ès lettres, tout en rêvant de devenir comédien. Mais une occasion s'offre d'entrer au *Journal des débats*, le quotidien le plus vénérable de Paris. On y voyait encore le fauteuil de Chateaubriand. On y écrivait à la plume et on envoyait les articles de l'étranger par lettres.

C'est la guerre, et, dès qu'il a dix-huit ans, Kessel abandonne le théâtre — définitivement — et le journalisme — provisoirement — pour s'engager dans l'aviation. Il y trouvera l'inspiration de *L'équipage*. Le critique Henri Clouard a écrit que Kessel a fondé la littérature de l'avion.

En 1918, Kessel est volontaire pour la Sibérie, où la France envoie un corps expéditionnaire. Il a raconté cette aventure dans *Les temps sauvages*. Il revient par la Chine et l'Inde, bouclant ainsi son premier tour du monde.

Ensuite, il n'a cessé d'être aux premières loges de l'actualité : il assiste à la révolte de l'Irlande contre l'Angleterre. Il voit les débuts du sionisme. Vingt ans après, il recevra un visa pour le jeune État d'Israël, portant le numéro UN. Il voit les débuts de l'aéropostale avec Mermoz et Saint-Ex. Il suit les derniers trafiquants d'esclaves en mer Rouge avec Henri de Monfreid. Dans l'Allemagne en convulsions, il rencontre « un homme vêtu d'un médiocre costume noir, sans élégance, ni puissance, ni charme, un homme quelconque, triste et assez vulgaire ». C'était Hitler.

Après une guerre de 40 qu'il commença dans un régiment de pionniers, et qu'il termina comme aviateur de la France Libre, Joseph Kessel est revenu à la littérature et au reportage.

Il a été élu à l'Académie française en novembre 1962. Il est mort en 1979.

À ma mère et à mon père.
À Sandi.

AVANT-PROPOS

Quand le dessein m'est venu d'écrire ce roman, je n'avais pas encore trente ans. L'achevant, j'en ai plus de cinquante.

Pour faire traverser à un projet cet intervalle de temps, immense dans la vie d'un homme — et parmi quelle épaisseur d'événements et de hasards — il a fallu un esprit de suite et un attachement au même objet entièrement contraires à ma nature.

Une seule raison me semble capable de les expliquer : ce livre devait être une nécessité intérieure, ma forme de vérité.

*

Cette vérité, pourtant, ne va pas jusqu'à une biographie déguisée.

Sans doute il y a chez Richard Dalleau certains traits de l'auteur. Mais beaucoup de ses héros en ont déjà montré. Et cependant, pour Fortune Carrée le personnage essentiel était un bâtard kirghiz et même dans Belle de Jour une femme.

Parfois, le récit d'un rêve, la ligne d'un corps, le rappel d'une odeur livrent davantage et mieux un écrivain que lorsqu'il recopie des morceaux de son existence.

Il n'est point de romancier qui ne distribue ses

nerfs et son sang à ses créatures, qui ne les fasse héritiers de ses sentiments, de ses instincts, de ses pensées, de ses vues sur le monde et les hommes. C'est là sa véritable autobiographie.

Le Tour du malheur n'est qu'un roman, c'est-à-dire un indivisible amalgame de souvenirs, de transferts et de fiction pure ; et il n'y a pas un personnage dans ce livre dont la réalité puisse être revendiquée entièrement par un homme ou par une femme.

Les excès que j'ai peints ont été ceux d'une époque, d'une société, d'une génération qui passent aujourd'hui pour heureuses. Mais en ce temps on enviait les années 1900. Et en 1900 je sais que l'on regrettait le Second Empire. Et sous Napoléon III, sans doute Napoléon Ier. Et alors l'Ancien Régime. De sorte que l'on pourrait finir par voir dans les cavernes l'asile véritable de la félicité humaine...

Pour être sérieux, je pense que l'impatience de vivre, la jeunesse sans frein et l'indénouable angoisse de vérité ont été connues par plus d'un siècle. Le Tour du malheur se place entre 1915 et 1925 pour la seule raison que j'étais alors le contemporain de mes personnages.

17 déc. 1949

La fontaine
Médicis

PREMIÈRE PARTIE

I

Il y avait eu le mois d'août 1914.

Et septembre... octobre... novembre... décembre...

La guerre avait pris pour noms tour à tour : Thann, Le Grand-Couronné et Charleroi ; puis la Marne et la Course à la Mer ; enfin les noms de toutes les tranchées qui allaient des Flandres à la Suisse.

Alors, le front fut saisi par le gel.

Alors, derrière cette immense muraille renversée dans la terre, les gens pensèrent tous que leurs habitudes et les habitudes de leur petit univers étaient destinées à durer pour eux et leurs fils et les fils de leurs fils.

Les soldats portaient bien le même pantalon rouge. Il y avait toujours, dans les grands bazars, des rayons d'objets à un sou. Et M. Poincaré étant Président de la République, on retrouvait, aux conseils de gouvernement, les mêmes ministres si connus que tous les Français pouvaient les croire un peu de leur propre famille. L'opposition même n'avait pas changé de chef depuis un tiers de siècle. C'était encore Clemenceau.

Seuls les moribonds sentaient peut-être confusément qu'ils glissaient vers un autre monde. Et eux-

mêmes, comme les autres, se raccrochaient à
l'ancien.

II

L'adjudant avait été blessé après les grands
combats qui s'étaient livrés sur la Marne, alors que
l'armée allemande battait déjà en retraite. C'était
un soldat de carrière, dans la force de l'âge, avec
les traits aussi nets que ceux des bustes romains.
Un centurion. L'entraînement physique avait si
bien durci son corps que, à l'hôpital, dans les premiers temps, il se plaisait à démontrer, en tendant
les muscles du thorax, la résistance étonnante de
cette sorte de cuirasse : une épingle n'y pouvait
s'enfoncer.

Des éclats d'obus lui avaient ouvert le ventre. On
l'avait opéré trois fois et sans l'endormir parce qu'il
n'y avait pas de chloroforme. On était à l'époque
de la surprise et du dénuement. Tout manquait :
personnel, pansements, médecins. Les blessés arrivaient avec des vers dans leurs plaies.

Certains, quand ils avaient à supporter, éveillés,
le scalpel, les ciseaux et la scie des chirurgiens,
devaient être maintenus par plusieurs hommes
robustes. Leurs cris s'entendaient de loin. L'adjudant avait empli, chaque fois, sa bouche d'un chiffon. L'intervention achevée, le chiffon était de la
charpie, mais l'adjudant n'avait ni remué, ni gémi.
Il avait les dents fortes, saines et ajustées comme
au fil.

L'état du blessé, longtemps, n'avait pas inspiré
d'inquiétude. Les opérations avaient très bien
réussi. La plaie était d'un beau rouge. La chair
puissante travaillait elle-même à sa guérison. L'adjudant mangeait et dormait normalement et cha-

que matin il pensait avec plaisir qu'il était plus près de revoir sa section. Il aimait commander rudement des hommes rudes et prendre du repos avec les filles aux hanches larges. Il avait une forte prise sur la vie.

Mais une fois, son sommeil avait été moins sûr qu'à l'accoutumée. Le réveil s'était fait sans franchise, et l'adjudant avait commencé à percevoir cette odeur. Elle était sucrée, sûrie. Une sorte de musc corrompu. Ses voisins ne l'ayant pas remarquée encore, l'adjudant avait compris qu'elle tirait sa source de lui-même. Quand le chirurgien était venu et avait défait le pansement, l'odeur s'était répandue d'un seul coup dans toute la salle. Chacun avait tourné la tête vers l'adjudant. Le chirurgien s'était retiré avec la certitude que l'homme était perdu. On ne pouvait rien alors contre la gangrène.

L'adjudant avait réussi à résister beaucoup plus de semaines que cela n'avait semblé possible. Le mal n'avait traversé que petit à petit un corps si bien agencé. Mais vers la fin de l'année il était devenu tout entier pourriture et l'odeur emplissait la vaste salle de son miel fétide. On avait alors transporté l'adjudant (qui ne reconnaissait plus rien ni personne) tout en haut de l'hôpital, dans un grenier et on l'y avait abandonné. Il fallait de la place.

Vers minuit, entra dans le grenier un très jeune homme en blouse blanche. Encore loin de l'âge de soldat et brancardier volontaire à l'hôpital, il n'était pas de garde, mais, rentré chez lui, il avait senti la nécessité de voir encore une fois l'homme qu'il avait porté, à son arrivée, de la voiture d'ambulance à son lit, puis, à plusieurs reprises, sur la table d'opération, enfin sur son grabat de moribond. Il avait beaucoup aimé l'adjudant parce que celui-ci racontait la guerre comme un livre d'images. Cependant le jeune homme n'osa pas avancer tout de suite. L'odeur...

Il avait l'impression de suffoquer dans une eau épaissie par le suc de grandes fleurs vénéneuses en décomposition. « Je ne pourrai pas rester... Un regard à son visage... un adieu... et je m'en irai », pensa le jeune homme. Il approcha du lit. L'adjudant avait les joues d'un rouge foncé. Les yeux étaient ouverts mais aveugles. Seuls vivaient en lui un faible râle et ses doigts qui semblaient chercher quelque chose. Le jeune brancardier prit un tabouret de paille et s'assit près du moribond. Il ne songeait plus à partir. Il se sentait incapable de laisser l'adjudant seul dans cette lutte affreuse. Une curiosité invincible et presque auguste le retenait également. Il toucha l'une des mains qui remuaient sans cesse. Il fut aussitôt son prisonnier. La main de l'adjudant avait enfin rencontré ce qui lui était indispensable : une autre main d'homme. Elles se trouvèrent liées pour des heures dans l'odeur douce et noire de la gangrène. Quand le jeune brancardier, épuisé, rompu, essayait de changer de position, il en était empêché par une pression à peine sensible, mais à laquelle on ne pouvait rien refuser.

Le service de jour reprit à l'hôpital. Une infirmière si jeune et si fragile qu'elle avait l'air d'une petite fille ouvrit la porte. Elle recula un peu à cause de l'odeur, mais apercevant le visiteur, vint rapidement à lui et dit d'une voix étouffée :

— Vous êtes là ? Toute la nuit, Richard ? Rentrez... Je veillerai.

— Impossible, Cri-Cri, chuchota le jeune homme.

Il indiqua sa main captive. Ils attendirent la fin ensemble. La main de l'adjudant retomba et la jeune fille lui ferma les yeux.

III

L'année 1915 touchait à son automne et les grandes vacances scolaires à leur fin. La lune de mi-septembre se levait sur la mer. Le vent faisait gémir et grincer une demi-douzaine de maisonnettes en bois, assez misérables, groupées sous le nom de Hameau Normand, à l'écart du village, sur la route de Blonville à Villers. Une institutrice retraitée les avait fait bâtir avec ses économies, juste avant la guerre, espérant en tirer un gros profit à la saison de Deauville. En 1914, elle n'avait eu personne. L'été suivant, elle avait pu louer tant bien que mal, pour les vacances, à de petites gens.

Deux garçons sortirent du chalet le plus proche de la route. Celui qui dépassait l'autre de toute la tête avait un manteau jeté sur les épaules, comme une cape de théâtre. Le plus petit portait une pèlerine à capuchon. Une femme invisible parla du seuil.

— Richard, tu devrais enfiler tes manches. Daniel, ne te découvre pas les cheveux. Il fait très frais ce soir.

— N'aie pas peur, maman, dit l'aîné des garçons. Quoique très jeune, sa voix était déjà celle d'un homme. Son frère, dont le timbre demeurait enfantin, murmura :

— Elle nous croit toujours des bébés.

— Où allez-vous, Richard ? reprit la voix. Sur la plage ? Dans les champs ?

Richard ne dit rien. La mère crut que le vent avait empêché ses enfants de l'entendre. Elle rentra. Ce souffle strident la faisait frissonner.

— Pourquoi tu n'as pas répondu à maman ? demanda Daniel.

— Parce que...

Daniel fut effrayé du ton bref, presque dur. A l'ordinaire son frère ne lui parlait pas ainsi. Il demanda timidement :

— Est-ce que tu veux me réciter *Le Petit Roi de Galice*, au bord de la mer ?

Daniel n'aimait pas la poésie sonore, et dont Richard se gorgeait. Mais il aimait la force de son frère et sentait que ces vers éclatants lui servaient d'expression. Richard était sa poésie. Et il aimait aussi que Richard, partageant avec lui ces tumultes, le traitât en égal.

— Non, mon vieux, pas ce soir. Et silence, dit Richard.

Il ne bougeait toujours pas. Il semblait épier quelque chose au fond de la rumeur du vent. Dans le Hameau Normand, une porte claqua.

— Viens vite, murmura Richard.

Ils longèrent la clôture qui suivait la route jusqu'à une brèche entre deux pommiers.

— Tu ne bouges plus, ordonna nerveusement Richard à Daniel, et si quelqu'un veut entrer, tu m'avertis tout de suite.

IV

Dans la petite maison, d'où étaient partis les deux garçons, il n'y avait de lumière qu'au fond de la cuisine. Avant de ranger la vaisselle de la journée, Sophie Dalleau s'essuya les mains. Un peu de savon étant resté sur l'alliance, elle la nettoya. Elle remarqua alors que le sillon de l'anneau s'enfonçait fort avant dans la chair.

« L'humidité de l'arrière-saison », pensa Sophie Dalleau, en pliant ses doigts un à un.

Les jointures étaient enflées, douloureuses. L'air de la Manche, aiguisé par les pluies et les vents de l'automne, mettait au jour une fatigue de vingt

années passées à coudre, à entretenir les meubles,
faire le feu, les parquets, la cuisine et la lessive.

Sophie Dalleau regarda le dessin altéré de ses
mains, sans se souvenir qu'elles avaient été très belles. Elle ne s'était jamais attachée à leur forme.
Mais elle prit peur de les trouver soudain pesantes,
nouées, menacées.

Sophie vivait en anxieuse. Personne ne le savait,
ni elle-même (quoi de plus naturel que de s'inquiéter sans cesse pour ceux qu'elle aimait, et de leur
cacher cette inquiétude), et l'état de ses mains
déclencha chez elle une sorte de panique. Elle se
vit incapable d'assurer tous les soins du ménage.
Obligée de prendre une femme pour l'aider. Le calcul, fait et refait mille fois des ressources, des
dépenses, lui montra cette charge nouvelle comme
un désastre.

« Nous ne nous en tirerons jamais », murmura-
t-elle.

Qui saurait mesurer, comme elle le faisait, le
charbon et le gaz ? Il faudrait exposer le linge usé,
ravaudé, du docteur. Avouer que Richard possédait
seulement deux chemises, et qu'il fallait laver l'une
quand il portait l'autre. Que les costumes de Daniel
étaient retaillés dans ceux de son aîné. Sophie Dalleau, quand elle pensait à l'existence difficile de sa
famille, n'en était pas gênée. Elle éprouvait même
une fierté obscure à savoir que ses efforts, sa vigilance leur permettaient à tous d'y cheminer décem-
ment. Mais elle estimait que personne n'avait à
connaître les secrets de ce travail.

Elle fit jouer de nouveau ses doigts gourds, et
pensa avec l'intensité d'une prière : « Pourvu que je
tienne assez longtemps. »

Sophie n'aurait pu dire le délai exact qu'elle
demandait par là. Il ne se comptait pas en années.
Mener sans heurt ses fils jusqu'à leurs diplômes,
son mari jusqu'au grand repos, voilà tout ce que
Sophie Dalleau désirait pour elle. Mais sur ce che-

min, que de menaces : la santé du docteur... la pauvreté... la jeunesse, le caractère des enfants... Et voilà que ses mains...

Le désarroi de Sophie Dalleau fut si grand qu'elle eut la tentation de regagner Paris. Le lendemain, dimanche, le docteur allait venir passer la journée à Blonville. Ils reprendraient le train ensemble.

« Si je parle de mes douleurs à Anselme, c'est lui qui le premier voudra... », se dit Sophie.

Un sourire de jeune fille éclaira son visage. Mais il se durcit aussitôt, et contre elle-même.

« Profiter de sa bonté pour lui prendre deux dimanches ici, et aux enfants deux semaines ! »

Sophie pensa à la joie de Richard, lorsque le vent et l'embrun lui brûlaient la figure. Daniel lui-même avait l'air moins nonchalant. A quoi avait-elle la tête ? Écourter leurs vacances ! Perdre le quart du prix de la location, de ces cent cinquante francs amassés un à un !

Sophie porta ses mains contre la chaleur de la lampe à pétrole, sentit diminuer leur poids. Ses mains n'étaient vraiment pas à plaindre d'avoir à supporter encore quelques jours d'humidité. Et elle-même, ne devait-on pas l'envier ? Sa famille avait-elle froid ? Faim ? Est-ce qu'elle n'était pas comblée par son mariage ? Est-ce qu'elle n'avait pas ses deux garçons ? Richard faisait des études magnifiques. A dix-sept ans, il gagnait presque sa vie. Daniel était si gentil. Vraiment, on ne pouvait pas être plus gentil. Sophie passa un peu trop vite de l'image du cadet à celle de Richard. Ce dernier respirait la santé, la franchise. Richard lui confiait tout. Un instant, Sophie se sentit glacée. La guerre pouvait le prendre, si, comme certains l'assuraient, elle devait durer des années encore. Mais, par un phénomène singulier, Sophie Dalleau, qui tremblait pour les petits accidents de l'existence, accepta d'un cœur ferme le risque terrible. Elle avait le sentiment du destin, et qu'il fallait bien faire ce qui devait être fait. Elle pensa de nouveau, sans mélange, à son fils. A Richard, si ardent, si entier, si pur.

Soudain, elle entendit dans le silence absolu la marche du gros réveil à cinq francs. Elle tourna la tête vers le cadran, et poussa un cri étouffé. Combien de temps avait-elle perdu en songeries ? Il lui sembla qu'elle l'avait volé.

Sophie Dalleau rangea la vaisselle et se mit à balayer la cuisine. Il lui fallait encore encaustiquer la salle à manger. Son mari arrivait de très bonne heure.

V

Daniel eût bien voulu s'asseoir sur le talus, mais il n'osait pas. « Quand on est sentinelle, il faut rester debout », se disait-il. Daniel n'avait pas naturellement cette intégrité ni ce romanesque. Mais son frère les lui imposait dans leurs rapports, par une contagion dont ni l'un ni l'autre n'avait conscience. Quand il était avec Richard, ou s'il s'agissait de Richard, Daniel n'était plus exactement le même. Les qualités et les défauts de son frère, il se forçait à hausser jusqu'à eux un tempérament penché davantage vers la mollesse et le secret. Il y avait quatre ans de différence entre Daniel et Richard. Mais ils avaient toujours vécu dans la même chambre. C'était Richard qui avait conduit Daniel au lycée pour la première fois, qui l'avait défendu dans les premières batailles, qui lui avait fait ses premiers problèmes et ses premières versions latines. Et lui aussi qui, tant de soirs, lorsqu'ils étaient couchés, avait inventé tout haut pour Daniel des histoires de pirates, d'Indiens, de mousquetaires et de rajahs. Richard était plus fort, plus large que tous ceux de sa classe, de son âge. Il savait tout. C'était un mur. Une forêt.

« Richard et moi, décida Daniel, tout en s'enveloppant plus étroitement de sa pèlerine, car le vent fraîchissait, Richard et moi, on est vraiment deux frères. Je sais tout de lui, et lui tout... »

Daniel sentit son visage soudain brûlant. Ce n'était pas vrai. Il y avait des plaisirs dont il ne pouvait s'ouvrir à personne. Daniel se sentit soudain seul, laid, malheureux. Il ne méritait pas la confiance de Richard. Il n'était pas digne de lui servir de sentinelle. Daniel ne savait pas ce que Richard faisait derrière la haie, mais ce ne pouvait être que beau et périlleux. Peut-être avait-il découvert un espion. Ou un aviateur allait-il le chercher pour l'emmener sur le front.

Jusque-là, Daniel s'était interdit de penser au secret de son frère. Richard le lui apprendrait à son heure, qu'il était seul maître de choisir. Mais du moment où le sentiment du mystère eut effleuré Daniel, il n'eut plus de répit. Il lutta pendant quelques minutes qui lui semblèrent interminables.

« Je n'ai pas le droit, pensait-il. Richard à ma place n'aurait jamais voulu... Il dit qu'il n'y a rien de plus dégoûtant que d'écouter aux portes, ou de regarder par une serrure, ou d'ouvrir une lettre qui ne vous appartient pas. »

Mais tous ces traits de Richard par lesquels Daniel s'efforçait d'affirmer son caractère, ne parvinrent pas à l'empêcher d'avancer prudemment dans le pré qui s'étendait derrière le talus. Il le fit avec une honte et une avidité égales. La lune éclairait vivement l'herbe sous les arbres. Daniel aperçut, près d'un pommier, Richard assis sur son manteau, et une femme serrée contre lui. La femme se mit à rire. Daniel reconnut le timbre niais de Mathilde, la petite bonne à tout faire qui servait chez l'institutrice en retraite, propriétaire du Hameau Normand.

VI

Au moment où Daniel découvrit, dans le petit pré tout brillant de rosée et de lune, son frère étendu contre Mathilde, Richard n'avait jamais ébauché les gestes de l'amour physique.

Il les avait entendu décrire pour la première fois comme il avait dix ans. C'était au cours de dessin. Deux garçons de son âge, qui avaient achevé de copier au fusain un moulage de la tête du Dante enveloppée de bandelettes, parlaient de la façon dont se faisaient les enfants, avec la naïveté la plus crue. Richard les entendit.

— Menteurs, menteurs, cria-t-il d'une voix affolée.

Il avait pensé à ses parents qu'il chérissait comme des êtres inaccessibles à la moindre faute. Il ne pouvait pas accepter pour eux ces saletés... ces mouvements de bête... Il se jeta sur ses voisins, renversa les cartons à dessin et frappa, frappa. On le renvoya de la classe.

Devant sa mère, et par un instinct impérieux, il se refusa à toute explication. Mais au docteur, qui, déjà, le traitait en ami, Richard raconta l'histoire. Des sanglots secs hachaient son récit. Il était à la limite de la crise nerveuse.

— Calme-toi, calme-toi, dit très doucement son père. Tu n'as pas mal agi.

— Alors, ce n'est pas vrai. J'en étais sûr, balbutia Richard. Ça n'est pas vrai ?

Il mendiait avec passion la réponse. Le docteur hésita longuement. Une sorte d'humilité triste passa dans son regard, qui fut déchirante pour l'enfant. Puis son père détourna les yeux. Au cours de toute sa vie, cela ne lui arriva dans ses relations avec son fils que cette seule fois.

— Je t'expliquerai un autre jour, répondit le docteur.

Beaucoup plus tard, Richard aima davantage encore son père pour ne pas lui avoir menti, même en cette occasion. Il comprit qu'il aurait appris tout de même, et toujours trop tôt, la vérité, et qu'il eût en même temps perdu la confiance parfaite qu'il avait dans la parole de son meilleur ami. Mais sur l'instant le coup fut affreux. Tout se brouilla dans l'esprit de l'enfant exalté, violent et riche en inventions visuelles. Il n'osa plus regarder ses parents. Il n'osa plus parler à ses camarades. Personne, même pas son père, ne se douta du combat qu'il dut livrer contre l'obsession, tellement il avait peur de la montrer. L'excès du mal le guérit. Il fallait ou mourir ou effacer la révélation de sa mémoire. Là où les adultes échouent, Richard, à dix ans, réussit sans trop de peine. Il lut, travailla et joua avec fureur. Bientôt il retrouva ses parents.

Cet incident ne fut pour rien dans l'attitude de Richard à l'égard des filles. Tout simplement, elles ne l'intéressaient pas. Il eut d'abord pour elles le mépris de tout garçon fier de ses culottes et de ses poings. Puis, quand les livres commencèrent d'avoir sur son esprit une influence profonde, il ne consentit à rêver que d'une Chimène, d'une Mademoiselle de la Mole, ou d'Ophélie. Il acceptait seulement l'amour sublime.

Pendant les années qui le menèrent à l'adolescence, Richard ne fut épris qu'une fois, et d'une Espagnole de vingt-quatre ans, femme d'un vieux général, qu'il aperçut un été dans une ville d'eaux. Il pensa sérieusement mettre le feu à la villa qu'elle habitait pour avoir en même temps le bonheur de la sauver et l'occasion de la connaître.

Ce romanesque fut bientôt aux prises avec le travail de la puberté. Richard se surprit à regarder les femmes d'une tout autre façon. Il posait les yeux, à la dérobée, sur leurs lèvres, leurs seins et leurs

hanches. Ces formes inspiraient un attrait presque
douloureux. Il brûlait de les toucher. Il imaginait
ces corps dévêtus et il sentait une vie nouvelle,
implacable, incontrôlable, naître en dehors de lui
et en lui pourtant. Les prostituées du Quartier
Latin, les filles faciles du Luxembourg, il suivait
leur sillage avec une angoisse et une répugnance
qui allaient jusqu'à la crispation d'un intolérable
plaisir.

Cependant, aussitôt qu'une professionnelle l'appelait, il s'enfuyait avec épouvante. S'il voyait une
jeune ouvrière lui sourire, il détournait brutalement la tête, essayant de déguiser sa crainte par le
dédain. Mais il savait très bien cacher son tourment à ses camarades. Ce que Richard avait de plus
puissant et de plus vulnérable à cette époque était
son amour-propre. L'opinion des autres comptait
avant tout. Pour eux, il composait toujours un personnage outré, déguisé et parfois contraire à sa
vraie nature. Ce maquillage lui pesait beaucoup,
mais il n'y pouvait rien. Il se fit donc passer, auprès
des garçons de son âge, pour un débauché qui masquait son jeu.

Richard souffrit surtout pendant la première
année de la guerre. Il mesurait près d'un mètre
quatre-vingts. La mobilisation avait dépeuplé Paris
de ses jeunes hommes. Il sentait qu'il n'avait qu'à
consentir aux invites incessantes pour tout apprendre. Il en avait une envie mortelle, et un effroi, un
dégoût sans nom. Il s'enfermait dans les bibliothèques nobles et silencieuses qui entourent le Pan-
théon, et là, s'évadait. Tout ce qui composa sa
véritable culture, ce fut alors que Richard l'apprit,
et en partie pour échapper à l'idée fixe de la femme.
Mais dès qu'il était dehors, elle reprenait son
pouvoir.

Possédé par un désir qu'il ne savait ni vaincre ni
satisfaire, Richard se disait sans cesse qu'il avait

peur de l'existence. Rien ne pouvait être plus cruel
pour son orgueil.

Soudain, à Blonville, il fut délivré. Sur la plage,
on ne voyait que des gens d'âge mûr et des enfants,
et des blessés soignés dans les hôtels de Villers et
de Deauville. Richard nageait très loin. Il était fier
de l'admiration qu'il inspirait à Daniel et aussi de
l'anxiété qu'il causait à sa mère. Il se sentait entre
elle et son frère une sorte de demi-dieu qui ne
connaissait pas de limite à sa force.

Mathilde vint abîmer cette félicité. Le premier
dimanche de septembre, qui fut ensoleillé, Richard
en sortant de la mer trouva couchée sur le sable
sec, près de son peignoir, une fille jeune, un peu
lourde, et qui semblait dormir. Le maillot de bain
collait à sa forte chair. Richard, qu'une lutte très
dure contre les vagues n'avait pas réussi à essouffler, sentit sa respiration devenir difficile et
retrouva d'un seul coup la dépendance à laquelle il
croyait avoir échappé. Le matin immense, la marée
montante, le ciel brillant, rien n'avait plus de vertu.
Seul existait ce corps impudique, dont la vue éveil-
lait chez Richard une faim cruelle et craintive. La
fille tourna la tête et sourit à Richard. Elle avait
une figure plate, animale, les lèvres épaisses. Ses
yeux humides le regardaient de biais, avec une
feinte réticence qui était comme de la complicité.
Richard s'enveloppa dans son peignoir et alla
rejoindre Daniel qui, quelques pas plus loin, feuilletait une vieille revue illustrée.

— C'est la nouvelle bonne de la propriétaire, dit
Daniel. La mère Arlong ne peut pas garder une
domestique.

Il examina un instant la fille et ajouta :

— Elle te fait de l'œil.

Richard, qui s'essuyait le visage, laissa brusquement retomber la manche pelucheuse. L'idée le traversa, qui ne lui était jamais venue encore, que
Daniel aussi pouvait penser aux femmes. Soudain,

avec une amertume si fugitive qu'il n'en comprit pas le sens, Richard trouva son frère très beau. Ces cheveux noirs et luisants... ces yeux d'un violet sombre... ces longs cils... Est-ce que ?...

Mais Richard ne voulut pas aller jusqu'au bout de sa pensée. Daniel était un enfant. Il répétait les phrases toutes faites du lycée.

— Ne te mêle donc pas des histoires que tu ne peux pas comprendre, dit Richard.

Les longs cils de Daniel s'abaissèrent. On eût dit qu'un petit animal marin se tapissait sous des algues.

Le dimanche suivant, au moment où Richard allait entrer dans l'eau, il entendit le sable crisser derrière lui, sous une démarche pressée. Un instant après, la bonne de Mlle Arlong lui demanda :

— La mer est très froide, ce matin, monsieur ?

Son visage arrivait au niveau du menton de Richard. Il était d'une humble impudence. Comme Richard ne répondait pas, la fille reprit avec un rire sourd :

— L'eau froide, ça me chatouille. Et je ne sais pas nager.

— Voulez-vous que je vous montre ?

Quand Richard eut entendu ces paroles, il n'y crut point. Pourtant, il les avait dites et la fille le remerciait avec empressement.

Jamais Richard n'avait touché une substance aussi mystérieuse, une pareille source de plaisir et de poison. Ses mains allaient sans cesse aux seins, au ventre, aux reins de la baigneuse. Et tandis que, immergées, elles accomplissaient cette inavouable besogne, lui, d'une voix blanche et brève et qui ne lui appartenait pas, il donnait des conseils hypocrites.

Quand ils sortirent de l'eau, la fille lui dit, très vite et comme enrouée :

— Ma patronne ne me laisse libre que le samedi soir. Alors, samedi prochain, huit heures et demie,

je serai dans le petit pré, tout de suite après le
Hameau.

Elle attendit en vain un mot du jeune homme.
Elle se mit à rire de son rire forcé, et murmura :

— Vous êtes drôle, vous savez, monsieur
Richard.

Il tressaillit légèrement, et demanda :

— Vous connaissez mon nom ?

— Bien sûr, dit-elle. Moi, c'est Mathilde.

Depuis cette matinée, et durant toute la semaine,
Richard n'eut pas un instant de vraie paix. Il eut
beau nager jusqu'à l'épuisement, ou lire ses livres
préférés, ou aider sa mère pour les travaux pénibles
du ménage — le regard de biais, la voix complice,
le rire affecté et la peau de Mathilde le poursui-
vaient. Ce qui le torturait par-dessus tout, c'était de
ne pas savoir s'il irait au rendez-vous qu'elle lui
avait donné. Le manque de beauté et la soumission
de Mathilde libéraient Richard de l'entrave la plus
efficace : la timidité. Mais son orgueil se révoltait
contre la misère de sa première aventure. Cependant, quand il ne pensait à rien, ses mains se refer-
maient toutes seules, comme sur une prise assurée.
Il hésita jusqu'au dernier moment, alors que tout
était décidé en dehors de sa conscience.

VII

Mathilde, qui avait quitté le Hameau Normand
par un sentier dérobé, était arrivée avant Richard
dans le pré. Elle avait du jeune homme un tel désir
qu'elle se sentait comme exsangue lorsqu'elle pensait à lui. La force de Richard et sa carrure
entraient peu dans cette envie famélique. Mathilde,
depuis l'âge où elle avait mené des troupeaux sur
la lande bretonne, avait connu l'approche de gar-

çons plus noueux. C'était la condition sociale de Richard qui l'avait éblouie.

Mme Dalleau n'avait pas de domestique, elle accomplissait les mêmes tâches que Mathilde, mais elle était la femme d'un docteur, et Richard, étudiant. La vie de Mathilde, toute vouée aux appétits et aux travaux physiques, trouvait dans ces circonstances une part de merveilleux. A l'instant où, dans le halo du premier rayon de lune, elle aperçut la silhouette de Richard, Mathilde n'osa pas remuer. C'était trop beau. Il approchait. Il voulait bien d'elle.

Quand il fut arrivé jusqu'à Mathilde, le jeune homme chercha une phrase, un geste. Rien ne lui vint à l'esprit. Il n'éprouvait aucune joie, aucun désir. Mathilde se colla contre lui. Richard, glacé, lui laissant mener le jeu, sentit avec dégoût quelque chose d'humide fouiller à l'intérieur de sa bouche. Puis Mathilde se détacha lentement de lui, avec un fléchissement de tout le corps.

— Près de moi, supplia-t-elle.

Richard jeta son manteau sur l'herbe mouillée, aida Mathilde à s'asseoir. Cette prévenance fut pour la servante d'un prix sans nom. Incapable de s'expliquer autrement, elle attira le jeune homme contre elle et se tut. Jamais elle n'avait goûté un pareil silence, une pareille félicité. Jamais Richard n'avait éprouvé une gêne aussi torturante.

— On marche dans le pré, murmura-t-il, en se redressant.

— Mais non, c'est le vent, dit Mathilde.

Elle voulut attirer Richard à elle. Sa jupe se retroussa et la rosée lui glaça les jambes. Mathilde se mit à rire nerveusement.

— C'est vrai, il n'y a personne, dit Richard, au moment même où son frère venait de découvrir son secret.

Si Daniel n'avait pas encore couché avec une femme, c'est que l'envie, la curiosité lui avaient manqué. Et aussi l'argent. Mais il était averti de tout en ce domaine et n'y trouvait rien que de naturel. Voyant Richard en compagnie de Mathilde, il éprouva seulement une déception : la solution du mystère était trop banale. Daniel alla reprendre sa place sur la route.

Cependant le rire fêlé, forcé de Mathilde, moitié aveu et moitié appel, avait animé Richard d'un seul coup. Il l'avait entendu lorsqu'il avait feint d'enseigner la nage à Mathilde et il éprouva le même trouble qu'à cet instant. Ses doigts se portèrent vers le trait de peau découvert par la jupe. A peine en eût-il senti l'élasticité, la chaleur, que Richard oublia tout au monde. Sa main remonta vers l'origine de la vie. Un long gémissement traversa le clair de lune. Richard ne comprit pas.

— Comme tu sais bien... chuchota Mathilde. Comme tu as l'habitude.

Elle n'avait jamais été traitée avec autant de délicatesse. Elle n'avait jamais connu un plaisir de cette qualité. Richard craignit une seconde que Mathilde se moquât de lui. Mais la gratitude de ses yeux, de sa voix ne pouvait être un leurre.

Richard était captif des cent formes de l'orgueil. Cependant il ne savait pas encore que de toutes la plus farouche est celle qui touche au pouvoir de l'homme sur la femme. Il le devina obscurément, quand, pour se repaître de sa puissance toute neuve, pour se venger de son angoisse, il recommença de caresser Mathilde, et regarda avec avidité se transformer ce visage si vulgaire et comment une radiation ineffable se mettait à sourdre de lui. Il ne pouvait pas pressentir que ce guet tendu, et comme désintéressé, orientait toute son existence sexuelle, avant même qu'il ne l'eût abordée.

VIII

Pour avoir accordé trop de temps à ses pensées, Sophie Dalleau apporta une sorte de fureur aux travaux qui devaient achever sa journée. Malgré le froid assez vif qui régnait dans la maisonnette (on n'allumait le poêle, par économie, que le dimanche lorsque venait le docteur, dont la santé exigeait une température plus clémente), la sueur mouillait ses cheveux lorsqu'elle s'arrêta. Mais la cuisine était propre et en ordre. Le parquet de la salle à manger brillait. Il n'y avait qu'à porter une allumette au petit bûcher dressé à l'intérieur du poêle pour que le feu flambât. Tout attendait l'arrivée d'Anselme.

« Je vais retrouver les enfants », pensa Sophie.

Elle se vit prenant le bras de Richard, beaucoup plus grand qu'elle, tenant Daniel par la main, écoutant les projets toujours excessifs de l'aîné, sentant l'admiration du petit pour son frère et une telle joie la remplit que, ayant rencontré son visage par mégarde dans la glace du portemanteau, elle se mit à rire doucement. Elle s'était trouvé une figure presque jeune. Or, à quarante ans, Sophie Dalleau avait la certitude d'être une vieille femme.

Elle traversa la route et descendit le talus qui menait à la plage. Enveloppée dans une vieille pèlerine de fourrure dont la façon ressortissait aux modes d'avant 1900, Sophie se courba sous le vent, qui depuis la fin d'août ne cessait pas, et lui déprimait les nerfs. Le sable était tellement inondé de lune que l'ombre la plus mince se détachait sur lui comme tracée à l'encre de Chine. Dans la vaste étendue visible, il n'y avait personne. L'inquiétude habituelle s'empara de Sophie. C'était là que Richard menait toujours ses promenades nocturnes. Où pouvait-il être ? Est-ce qu'on savait ce que Richard était capable d'imaginer ? Sophie se rap-

pela comment, malgré ses prières, il avait passé
une nuit entière enterré dans des couvertures et
dans le sable, au bord de la mer, avec une lampe-
tempête et des livres de poésie.

Désemparée, Sophie revint sur la route, regarda
dans la direction de Deauville, puis de Villers. Il lui
sembla distinguer un capuchon noir pointant sur le
rebord du talus. Elle rejoignit si rapidement Daniel
qu'il se rappela ses devoirs de sentinelle seulement
à la minute où sa mère lui parla.

— En voilà au moins un, dit Sophie gaiement.
L'autre ne doit pas être loin.

Elle voulut caresser la joue de Daniel, mais il se
déroba. Il était affolé.

— Donne-moi la main, et mène-moi à Richard,
dit Sophie.

Elle fit un pas vers Daniel, et lui, qui s'était instinctivement placé dans la brèche de la clôture, il
crut que sa mère avait l'intention de passer par là.

— Je t'en prie, maman, supplia-t-il, allons ailleurs... Richard...

Il s'arrêta, ne sachant plus que dire. Sa voix tor-
turée épouvanta Sophie.

— Il est arrivé quelque chose à Richard ?
demanda-t-elle. Un accident ?... Il est blessé ?

Déjà, elle écartait Daniel, abordait le pré. L'enfant s'accrocha à sa pèlerine et dit :

— Il n'a rien, maman. Rien. Je te le jure. Mais
reste ici.

— Pourquoi ? Parle donc !

— Il... il veut être seul... Tu sais comment il est...
Il m'a demandé de ne laisser entrer personne.

Sophie Dalleau respira mieux. Cette fantaisie, en
effet, était bien de Richard. Mais elle avait eu trop
peur pour ne pas le voir, l'entendre tout de suite.

— Eh bien, on va lui faire une surprise, dit-elle
d'une voix pleine de tendresse. Viens doucement.

Richard épiait le visage de Mathilde que le plaisir
visitait de nouveau. Il écouta monter et s'éteindre

une plainte, mêlée de balbutiements de reconnaissance. Puis, quand Mathilde se fut pressée contre son épaule, il pensa :

« Bientôt, je saurai tout. Je serai un homme. »

Son ignorance ne l'intimidait plus. La fille était trop bête pour s'en apercevoir.

Un froissement d'herbes... un chuchotement désespéré : « Richard, attention !... » une ombre dans le clair de lune... et sa mère fut là.

Au premier abord, Sophie Dalleau ne comprit véritablement rien à ce qu'elle vit. Ni pourquoi son fils était étendu sur le sol. Ni pourquoi, près de lui, se trouvait cette femme.

Sophie Dalleau était moins avertie de l'influence des sens sur la condition humaine que la plupart des vierges. Jeune fille, elle n'avait jamais pensé au plaisir du corps. Mariée, elle ne l'avait ni connu, ni cherché, ni même soupçonné. La mauvaise santé d'Anselme Dalleau et son goût dominant pour la vie de l'esprit avaient confirmé Sophie dans la certitude absolue que les actes physiques étaient seulement une nécessité de l'état de mariage ; en tout cas, inconcevables sans un puissant amour. Comment y aurait-elle pensé pour Richard ? Pour un enfant ? Il lui semblait que beaucoup, beaucoup d'années devaient s'écouler avant que Richard s'intéressât à une femme, c'est-à-dire se mariât.

Que faisait donc celle-ci, collée à son fils, et qui n'osait montrer sa face ?

Mathilde se redressa d'un mouvement bref de bête effrayée, et disparut derrière une haie.

— Qui est-ce ? demanda machinalement Sophie.

— La bonne de Mlle Arlong, dit Richard tout aussi machinalement.

Il se mit debout.

— Ne marche pas sur ton manteau, murmura Sophie, sans comprendre encore ce qu'elle disait. Pourquoi est-il par terre ?

Elle le ramassa d'un geste automatique, et ses

genoux commencèrent à trembler. A cette faiblesse, elle prit conscience de ce qui était arrivé.

— Richard, Richard ! s'écria-t-elle. Tu vas tout
me dire.

Le jeune homme ne reconnut pas la voix de sa
mère. Elle était aiguë et violente. Sans rien qui rap-
pelât le timbre habituel. Richard se raidit. Il avait
été élevé dans le respect profond de sa liberté. Ses
parents ne lui avaient pas appris à être craints,
mais aimés.

— Il faut avoir peur pour mentir, dit-il avec défi.

— Cette... cette femme... C'est quoi ?

— Ma maîtresse, naturellement, répondit Richard, sans s'apercevoir qu'il mentait.

Il ne pouvait tout de même pas avouer à cette
inquisitrice, à cette ennemie, qu'elle avait interrompu un apprentissage.

— Qu'est-ce que tu dis ? balbutia Sophie.

— Ma maîtresse, répéta Richard.

Sophie Dalleau avait envie de mourir.

— Tu as eu... toi... toi... des rapports...

Elle ne put achever. Richard sentit confusément
ce qu'il imposait à sa mère.

— Je t'en prie, maman, dit-il en baissant la voix,
ces choses, je ne peux pas les discuter avec toi.

— Mais tu peux les faire, n'est-ce pas ! cria
Sophie... Eh bien, non, non, je n'y crois pas. Ce
n'est pas possible. Toi et cette malheureuse ?

Richard se sentit touché au plus vif. Oui, il était
encore intact. Oui, sa première conquête n'était pas
flatteuse. Mais il voulait que personne ne le sût. Et
par-dessus tout une femme, même si elle était sa
mère.

— Écoute, maman, à la campagne on prend ce
qu'on trouve, dit-il. Mais il y a longtemps que je ne
suis plus un bébé. J'ai eu déjà une liaison avec une
femme mariée, une autre avec une actrice, et...

— Assez, assez, va-t'en, je ne veux plus te voir,
gémit Sophie d'une voix stridente.

Richard, son fils... Depuis des années, il roulait de lit en lit, de saleté en saleté.

— Maman, murmura Richard.

— Va-t'en, va-t'en, cria Sophie. Tu es pire qu'un animal pour moi. Faire cela sans aimer !

La douleur de sa mère faisait très mal à Richard, mais il ne pensa pas un instant à démentir ses propos. Il haussa les épaules et se dirigea vers la route.

Comme il passait la brèche, Sophie Dalleau s'aperçut qu'elle tenait toujours le manteau de Richard.

« Il va prendre froid », se dit-elle.

Cette pensée lui sembla soudain un écho de temps très anciens, révolus. Richard avait perdu d'un seul coup toute son enfance. Elle regarda le manteau, se rappela à quoi il avait servi, et le jeta.

— Je le porte à Richard ? demanda timidement Daniel.

— Mon Dieu, tu étais là ! s'écria Sophie.

Elle scruta avec effroi le visage de son fils cadet. Avait-il compris ? Mais elle retrouva sous la clarté lunaire le voile habituel sur les yeux trop beaux de Daniel. Elle pensa qu'elle avait préféré jusqu'à ce soir ceux de Richard pour leur franchise et leur pureté. Elle se reprocha cruellement son injustice.

— Non, reste, reste avec moi, mon petit, murmura-t-elle, en posant ses lèvres desséchées sur les joues si fraîches de l'enfant.

Cependant Daniel répétait mentalement « une femme mariée, une actrice », et triomphait en songeant aux pauvres filles qu'exhibaient à travers le Quartier Latin les frères aînés de ses camarades.

IX

Le sifflement du vent était monté d'un ton et couvrait presque le bruit de la mer qui se retirait. L'eau était d'une couleur de métal blanc. Le ciel aussi. Et la terre que découvrait le flot descendant paraissait très sombre, et comme funéraire — un sol de planète morte.

A l'ordinaire, Richard était sensible à cette grandeur spectrale. Mais quand il eut dévalé le talus de la route et atteint la plage, il n'était capable de prêter attention qu'à lui-même.

La voix inconnue de sa mère parlait plus haut que le mouvement de la vague, que la marée du vent.

« Pire qu'un animal. Faire cela sans aimer ! »

Richard ne pouvait accepter la vie qu'à l'échelle de la grandeur et de la beauté. Toutes ses attitudes, toutes ses folies dérivaient de là. Mais, d'accord en fait avec sa mère, il ne pouvait l'admettre sans se condamner.

« L'amour ! se dit-il rageusement. Elle ne sait pas de quoi elle parle. Est-ce l'amour, ce qu'il y a entre elle et mon père ! Une affection tranquille et tiède. Rien de plus. L'amour, c'est tout de même autre chose. »

La poitrine de Richard s'élargit, se gonfla. Il pensa à des femmes d'une séduction sublime, meurtrière, à la violence de la passion qu'il éprouverait, qu'il inspirerait, à des chocs, des douleurs, des bonheurs, qui tiendraient de l'ouragan et de l'arc-en-ciel. Il fut Hamlet et Julien Sorel, Roméo et Oreste.

Alors seulement Richard sentit l'âpreté du vent, et aperçut le désert marin et céleste qui l'entourait. Il était seul à se mesurer avec lui, et il en avait la force et l'orgueil. Est-ce qu'il était fait pour les chalets du Hameau Normand ? Ou pour le médiocre appartement qu'ils avaient à Paris ? La vie lui devait richesse, puissance, aventure, triomphe. Il serait célèbre. Les femmes murmureraient son nom sur son passage. Il en aurait beaucoup. Aucune ne pourrait épuiser sa soif d'intensité et d'amour.

— Oui, d'amour, dit Richard à haute voix.

Sa pensée revint à sa mère.

« Et si je ne lui conviens plus, reprit-il intérieurement, eh bien, je m'en irai. Je donnerai des leçons pour vivre. Je serai seul, et *ils* s'en repentiront. »

Et Richard, devenu héros et victime, continua de marcher la tête haute sur le sombre rivage que la lune rendait surnaturel. Au même instant, Sophie Dalleau répétait comme une maniaque : « Il est allé la retrouver... il est avec elle », et étouffait ses cris et ses sanglots. Elle éprouvait, dans une seule misère, le tourment d'un croyant dépouillé de sa foi, le mal aride et sourd d'une femme physiquement jalouse, et la douleur d'une jeune mère qui perd son enfant au berceau.

X

Le premier train du dimanche, venant de Paris, était arrêté depuis quelques minutes. Du wagon de troisième classe où il avait voyagé à peu près seul, un homme descendit avec lenteur et prudence, s'assurant bien de chaque marche. Puis il retira du bord du compartiment où il l'avait posée une valise en fibre, petite, mais qui parut peser à ses bras courts. Il calculait à l'avance tous ses mouvements.

L'homme portait un pardessus raglan en grosse ratine bleue et râpée, un vieux chapeau mou noir, un col bas amidonné et une cravate toute faite. Il

était bref de taille et de corpulence arrondie. Et il
eût été franchement laid avec son nez épaté, ses
yeux usés et déteints sous d'épais sourcils, sa moustache grisonnante et sa barbiche en pointe, sans un
front très haut et magnifique de forme, entaillé
d'une seule ride, profonde comme une cicatrice. On
imaginait mal que cet homme eût jamais pu plaire.
Or ce fut vers lui que Sophie Dalleau, au beau
visage, se dirigea avec un élan qui portait tout son
être. Et le docteur Dalleau, en l'apercevant, eut un
sourire, qui, malgré la grosse moustache grise,
avait une ingénuité et une séduction presque
enfantines.

Il laissa prendre sa valise par Sophie, et dit,
cependant qu'elle l'examinait d'un regard rapide et
pénétrant, qui connaissait chacun des plis de son
visage et leur signification :

— N'essaie pas de te tracasser, tu ne trouveras
rien. Ce matin, je me porte à ravir.

— Mais tu as les yeux très fatigués, remarqua
Sophie. Tu as dû lire pendant tout le trajet.

— Qu'est-ce que tu veux, dit Anselme Dalleau
d'un air coupable, j'ai déniché hier sur les quais un
bouquin à six sous, imprimé très petit, mais un
bouquin extraordinaire.

Il tâta la poche de son manteau, par crainte
d'avoir perdu le livre, et Sophie reconnut son vieux
geste d'étudiant distrait. Ils prirent une voiture que
traînait un mulet, les chevaux étant devenus très
rares à cause des réquisitions militaires.

— Les enfants vont bien ? demanda Anselme.

— Très bien, dit Sophie.

Rien ne laissait deviner les tourments de sa nuit
insomnieuse. Chargée de la santé de son mari, du
bien-être et de la paix de sa famille, elle avait si
bien pris l'habitude de les assurer que son calme
apparent et l'unité de sa voix n'étaient même plus
volontaires. Alors que tout bouillonnait en elle
d'amour ou d'anxiété, elle montrait des yeux tran-

quilles et un front lisse. Il avait fallu, la veille, l'effet de la surprise et de l'horreur à la fois pour lui faire perdre, devant Richard, tout empire sur elle-même.

Sophie écouta jusqu'au Hameau Normand son mari parler des malades privés et des blessés qu'il soignait en qualité de médecin volontaire dans un petit hôpital de la Rive Gauche.

— Où sont les fils ? demanda le docteur, dès qu'il eut pénétré dans le chalet.

— Daniel est allé pêcher des crevettes pour ton petit déjeuner, dit Sophie.

— Et Richard ?

— Il doit encore dormir, je n'ai pas voulu le réveiller. Il est rentré très tard.

— Notre chevalier du clair de lune, remarqua le docteur.

« Comme je vais lui faire mal, pensa Sophie. Pourtant, il faut qu'il sache. Lui seul peut sauver Richard. »

Elle était sûre du pouvoir de cet homme si patient et si sage et qui avait lu tant de livres.

— Mon pauvre Anselme, dit Sophie, je vais t'abîmer ton dimanche, à cause de Richard.

— Mais tu m'as assuré qu'il se portait bien, s'écria le docteur.

— Richard... Richard a des maîtresses.

Comme Anselme ne répondait rien, Sophie lui raconta la scène du pré. Elle s'arrêtait de temps à autre pour voir comment son récit agissait sur le cœur fragile du docteur. Mais il frottait sa joue droite d'un geste machinal, sans rien dévoiler de ce qu'il éprouvait.

Quand Sophie eut achevé de parler, Anselme l'embrassa, caressa ses cheveux en silence.

— Tu as beaucoup souffert, dit-il enfin. Quel malheur que je n'aie pas été là.

Sophie retint dans les siennes la main de son mari.

— Qu'allons-nous faire maintenant ? demanda-t-elle à voix basse.

— Attends, attends, il faut réfléchir.

— Quand je pense que Richard est ton fils, j'ai encore plus honte pour lui, s'écria Sophie.

— Pas ça, pas ça, pria le docteur.

— Tu étais jeune aussi, quand je t'ai connu, poursuivit Sophie, et pourtant jamais tu n'aurais même pensé...

— C'est vrai, dit Anselme, mais j'ai été jeune dans d'autres conditions que Richard.

Sophie se rappela soudain leur première rencontre, la façon dont Anselme était alors habillé, son comportement, et que, pendant plus de vingt années de vie commune, il n'avait jamais démenti ce qui le lui avait fait aimer. Un faible et doux sourire éclaira sa figure anxieuse. Toute peine était supportable avec un pareil ami. Elle s'apprêta à l'écouter, certaine que ce qu'il dirait serait juste.

XI

Quoi qu'il pût advenir à Richard, il dormait longtemps et comme une plante. Quand il se réveilla, Daniel n'était plus dans la chambre. Richard l'entendit rire en bas, puis il perçut la voix de son père. Il sauta du lit, impatient de le voir, mais il ne mena pas son élan jusqu'au bout. Son père devait être averti de son aventure, et avoir déjà pris parti contre lui. Richard estima que, pour une discussion si grave, il ne pouvait pas descendre en peignoir de bain. Il s'habilla avec l'impression que chacun de ses vêtements était une défense.

Richard trouva le docteur assis sur un banc devant le chalet, plaisantant avec Daniel. Anselme Dalleau embrassa son fils aîné et lui frotta la joue de sa barbe pas rasée du dimanche, le seul jour où il pouvait laisser reposer sa figure. Le docteur, en réveillant ainsi Richard et Daniel lorsqu'ils allaient au lycée, les avait accoutumés à ce jeu. Richard y tenait profondément.

« Maman n'a encore rien dit », pensa-t-il.

En allant chercher du café, du pain et du beurre à la cuisine, il rencontra Sophie qui évita son regard et disparut. Richard rejoignit son père.

— Allons faire un tour dans les champs, lui proposa le docteur.

Ils prirent à pas lents un petit chemin abrité du vent et qui sentait l'automne. Le docteur entretint tout de suite Richard de la trouvaille qu'il avait faite sur les quais. C'était un commentaire du XVIIe siècle des *Métamorphoses* d'Ovide.

— Tu verras comme c'est intelligent, disait Anselme Dalleau. Et quelle langue merveilleuse !

A l'ordinaire, rien ne donnait autant de plaisir à Richard que ces conversations. Mais, cette fois, tandis que le docteur parlait, Richard ne faisait que penser : « Il ne sait rien. Au premier arrêt, je lui dirai tout. » Et il n'osait regarder le haut front.

— On sera bien ici, dit Anselme Dalleau, en avisant un tronc coupé.

Il s'assit, tira de sa poche une cigarette de tabac très faible, la coupa en deux moitiés égales, introduisit un tronçon dans son vieux fume-cigarette en bois. Il ne fumait pas durant la semaine. Il aspira la première bouffée avec délices.

« Il faut parler », pensa Richard, qui était resté debout.

Son père lui dit paisiblement :

— Eh bien, mon grand, il paraît que te voilà tout à fait un homme.

Richard dut employer entièrement sa volonté pour soutenir le regard pensif et usé de son père. La colère, l'indignation, la douleur même l'eussent trouvé prompt à la réponse. Mais cette amitié prit le jeune homme en défaut. Le docteur, cependant, fumait en silence et semblait prendre une mesure nouvelle de Richard. Il se reconnaissait dans les yeux enfoncés profondément, dans le front, moins vaste que le sien, mais du même dessin et crevassé au milieu par la même ride unique. Il pensait qu'ils aimaient autant les livres, les idées, et qu'ils avaient pour en parler un langage commun. Richard était bien une partie de lui-même. Mais cette taille, ces épaules, cette chevelure désordonnée, cette bouche vorace, tout cela était étranger. Ou plus exactement, les traits avaient sauté une génération. Ils venaient du père d'Anselme Dalleau, le grand charron des bords de la Loire, que Richard ni Sophie n'avaient jamais connu. Et le docteur, qui était heureux du sang puissant de Richard, et trouvait en lui une compensation à sa propre débilité, se rappela ce que l'on racontait, au temps de son enfance, des prouesses de Bernard Dalleau. Il les rapporta en imagination à Richard.

« C'est le seul drame, pensa-t-il, et que Sophie ne peut pas comprendre. Celui dont elle souffre aujourd'hui passera vite. Mais l'autre, il a toute la vie de Richard pour se développer. »

Le docteur se garda bien de communiquer ces réflexions.

— C'est tout naturel à ton âge, reprit-il sans paraître s'apercevoir de l'embarras de son fils. C'est une nécessité physiologique.

Il s'arrêta comme pour déboucher son fume-cigarette, mais en réalité pour bien laisser la notion pénétrer dans l'esprit de Richard. Le docteur savait que rien ne pouvait lui répugner davantage. Puis il dit :

— Nous sommes assez camarades, je crois, pour que tu puisses me parler librement de tes belles dames.

Ce fut pour Richard l'instant le plus pénible. « Je n'ai pas le droit de le duper. Nous sommes tellement amis. Je suis immonde », pensa-t-il. Alors avouer que tout était fiction ? Mais sa mère le saurait aussitôt. Demander le secret à son père ? Richard sentit que, pour une affaire si basse, il ne pourrait jamais exiger la complicité d'Anselme Dalleau contre sa femme. Prisonnier de son mensonge, Richard se sentit très malheureux.

— Enfin, tout cela te regarde, continua le docteur. Tu es assez grand garçon. Je ne te demande aucune confidence. Promets-moi seulement une chose : si jamais une femme te rend malade, viens me demander conseil. Il y a trop de charlatans en ville.

Ces mots achevèrent d'accabler Richard. Il les reçut comme ils avaient été dits, sans arrière-pensée. Et il fut sur le point de mettre son bras autour du cou d'Anselme Dalleau et de lui dire :

« Rien n'est arrivé encore. Je me suis vanté. J'ai besoin de ton conseil. L'acte physique m'est odieux. Mais c'est une obsession. Que faire ? »

Si Richard ne parla pas ainsi, l'orgueil, cette fois, n'y fut pour rien. Au dernier instant, et après sept années d'interdiction, comme un écho monte de lointaines profondeurs, les révélations faites sur les parents au cours de dessin étaient revenues soudain à l'esprit de Richard. Il ne pouvait plus se confier à son père.

« Et que me dirait-il que je ne devine déjà ? pensa Richard. Dans ce domaine, il faut se défendre tout seul. »

Le docteur demanda :

— C'est promis ?

— Promis, dit Richard à mi-voix.

— Alors l'incident est clos, reprit gaiement Anselme, rentrons. Il est l'heure de déjeuner. Tu t'es levé très tard, tu sais.

Richard, qui macérait dans l'humilité la plus sincère, se souvint à ce moment de sa promenade nocturne, et du sentiment de puissance qui l'avait habité. Cette fierté, cette révolte aboutissaient à quoi ? A une leçon qu'il avait reçue en coupable, contre laquelle il ne pouvait rien. Richard chercha désespérément un prétexte qui lui permît de reprendre quelque avantage. Il posa la main sur le bras de son père et dit :

— Il faut que je te prévienne. Je n'admettrai plus que maman me parle comme hier soir. Elle a crié, elle m'a insulté. Elle n'a pas le droit.

— Ta mère a tous les droits, et je te défends...

La voix faible et un peu engorgée du docteur tremblait. Mais il se reprit aussitôt. La maladie et la méditation lui avaient appris les méfaits de la colère.

— Attends, attends, nous n'aboutirons à rien si je perds aussi le sens commun, dit-il, comme s'il se parlait à lui-même. Attends, Richard. Je n'ai rien à te défendre. Attends, attends, on va un peu raisonner ensemble. Si tu as parlé comme tu viens de le faire, c'est que tu as été blessé hier soir. Et c'est de ma faute. Attends... Tu vas voir. J'ai toujours voulu, dès que tu as su ajuster deux idées, qu'on t'explique les choses. Hier soir, maman ne l'a pas fait. Alors, tu te cabres. C'est naturel. Il faut toujours essayer de comprendre. Surtout lorsqu'un être que tu estimes agit d'une manière qui ne te paraît pas estimable. Tu dois lui faire crédit, sans quoi c'est toi-même que tu condamnes pour ton aveuglement. Bien. Toi je t'ai compris. Fais le même effort pour comprendre maman.

— J'essaie bien, dit Richard en haussant les épaules, mais je n'y arrive pas.

— Bien sûr, bien sûr. Pour toi, c'est difficile... Attends, on va voir ensemble.

Le docteur réfléchit avant de reprendre :

— Si tu avais une sœur, je crois que tu sentirais cela tout de suite. Mais je crois que j'ai trouvé un point de comparaison.

Sans changer de ton, Anselme Dalleau dit à Richard :

— Rappelle-toi ce jour où l'on t'a renvoyé de classe... C'était au cours de dessin... Tu t'en souviens ?

— Oui, répondit Richard, avec un sentiment de panique devant le courage de son père.

— Eh bien, mon grand, poursuivit le docteur, maman hier soir a eu un peu la même impression.

Il se tut un instant et ajouta :

— Crois-moi, Richard, pour une femme de quarante ans, c'est très beau, c'est magnifique, d'avoir la même conception de la pureté qu'un enfant de dix ans.

Anselme Dalleau chercha la demi-cigarette qui lui restait et la fixa à son fume-cigarette, mais oublia de l'allumer. Puis, détournant les yeux, il dit :

— Ta mère... ta mère... elle est... Enfin, je te souhaite qu'une femme comme elle veuille bien t'aimer un jour.

Il toussota et se mit en marche. Richard lui laissa faire quelques pas avant de le rejoindre.

XII

Quand le docteur et Richard revinrent au Hameau Normand, ils trouvèrent Sophie occupée à tirer d'un réduit un grand panier d'osier et des valises.

— La fin de la saison ici est mauvaise pour l'arthritisme de ta mère, dit Anselme à Richard. Il vaut mieux que vous preniez le train avec moi demain.

Avant la conversation qu'il venait d'avoir, Richard se fût certainement révolté. Non pas qu'il tînt à revoir Mathilde, elle lui faisait horreur. Mais il eût estimé que la décision familiale prise en dehors de lui était un attentat à son indépendance. Daniel l'épiait, prêt à le soutenir.

— Viens ranger nos affaires, lui dit Richard.

Les préparatifs du départ emplirent la journée. Les deux garçons aidèrent leur mère. Dans le feu du travail, Sophie se montra naturelle avec Richard. Après le dîner, tout le monde alla se coucher. Anselme Dalleau ouvrant son cabinet de consultations à huit heures, il fallait prendre le premier train qui partait encore dans la nuit.

Le docteur vint embrasser ses enfants ainsi qu'il le faisait toujours. Puis ce fut le tour de Sophie. Elle posa longuement ses lèvres sur le front de Daniel, en répétant intérieurement l'appel sans paroles qu'elle adressait au destin chaque soir, à ce moment, en faveur de chacun de ses enfants. Quand elle s'approcha du lit de Richard, celui-ci attendait son tour, impatient et humble. Tout allait être effacé, lavé. Mais, arrivée au chevet de son fils aîné, Sophie se détourna et sortit précipitamment de la chambre. Dans le corridor, elle fondit en larmes, répétant :

— Je ne pourrai plus jamais... jamais.

Daniel s'était redressé contre son oreiller, et regardait durement la porte qui venait de se refermer.

— Je la déteste, dit-il.

Richard qui, une seconde auparavant, trouvait sa mère bornée et cruelle, fut jeté hors de son lit par un mouvement qu'il n'avait pas prémédité. Il saisit Daniel aux épaules et le secoua violemment.

— Ne répète jamais ça, dit-il, ou je te casse la figure.

La peur, l'incompréhension répandues sur le visage délicat de son frère calmèrent Richard. « C'est à cause de moi, pensa-t-il, que Daniel s'est révolté. » Ses fortes mains se firent légères aux épaules de l'enfant. Il dit timidement :

— Maman peut se tromper, mais c'est maman. Elle est... enfin, tu sais bien ce qu'elle est.

— Mais tout de même qu'est-ce que tu lui as fait ? demanda Daniel.

— Rien, évidemment, dit Richard en regagnant son lit.

— Alors ? insista Daniel.

— Vois-tu, mon vieux, répliqua Richard, il faut essayer de tout comprendre... Nous avons des parents épatants... Mais que veux-tu, ce sont des bourgeois...

Il éteignit la lumière, et crut qu'il allait réfléchir longtemps encore. En fait, le sommeil le gagnait déjà.

Daniel était toujours plus long à s'endormir que Richard. Son corps n'avait pas les mêmes besoins animaux et il n'aimait rien autant que cette veille dans l'obscurité. Au cours de la journée, il fallait toujours faire quelque chose. Daniel acceptait mal cette obligation. Sa nonchalance, sa faiblesse, son goût de la tiédeur et du mystère se trouvaient comblés lorsque, toute lumière éteinte, il pouvait suivre à son aise des rêveries qui s'accrochaient à la première image venue et poussaient longuement tout autour comme des plantes parasites.

Mais avant de se laisser aller à ce plaisir, Daniel chuchota :

— Richard, tu ne dors pas encore ?

— Non, lui répondit une voix mal éveillée.

— Dis-moi, Richard, demanda Daniel, est-ce que à Paris tu me montreras tes maîtresses ?

— Qui ça ? demanda Richard, stupéfait.

— La femme mariée... l'actrice...

Richard revint à la conscience, et se rappela ses mensonges. La crédulité de Daniel le gêna beaucoup. Mais tout son prestige était en jeu.

— Tu es fou, dit-il. Je ne peux pas les compromettre. Les liaisons d'une certaine qualité demandent le secret.

— Le secret... répéta Daniel... le secret...

C'était un mot et une notion qui retentissaient profondément en lui.

DEUXIÈME PARTIE

I

Richard vénérait Paris dans son ciel et ses murs, dans son fleuve et ses jardins, dans son peuple et son passé, et dans l'avenir de la ville qu'il confondait avec le sien. En outre, un sentiment dont il ne soupçonnait même pas la force l'attachait au logement de sa famille, situé rue Royer-Collard, entre le Luxembourg, les grandes Écoles et les bibliothèques magistrales, parce que l'amour le plus entier et le plus constant y avait entouré sa croissance et que là s'étaient ouverts à sa pensée les grands livres qui formaient encore l'essentiel de son savoir sur la vie.

Mais l'aventure inachevée avec Mathilde, après avoir abîmé pour Richard les derniers jours de ses vacances, lui gâcha également ses premiers jours à Paris.

Dans l'appartement, il sentait à tout instant la tristesse et la répugnance qu'il inspirait à sa mère. Ce tourment de Sophie Dalleau, pour réprimé qu'il fût, altérait l'équilibre moral, la tendre aisance des rapports — tout le bienfait de la maison. Richard ne trouvait pas de refuge au fond de sa chambre même. Il la partageait avec son frère — et il y avait maintenant dans le regard, dans les silences de Daniel, une nuance d'admiration insupportable. Les grilles des Facultés étant encore closes, une perspective d'oisiveté sans joie ni sens s'offrait à Richard, revenu trop tôt, à contretemps.

La cause de ce retour — sa tentative auprès de Mathilde — Richard mettait tout en œuvre pour l'oublier. Mais quoi qu'il fît, cette même cause empoisonnait pour lui les boulevards, les cafés, les ombrages de Paris. Il connaissait maintenant la saveur, aux doigts, de la substance que les femmes dissimulaient sous leurs robes et sous leurs toisons, et l'expression que pouvait prendre leur figure, leur voix, dénudées au fond du plaisir.

Poursuivi, obsédé, traqué par les souvenirs du pré de Blonville, Richard les reportait sur toutes les jeunes femmes, sur toutes les jeunes filles que rencontraient ses yeux brûlants et misérables. Et comme ces souvenirs lui avaient laissé, dans la personne de Mathilde, un immense dégoût, il se haïssait d'avilir à leur mesure cette moitié du genre humain qui, à travers les livres et les rêveries, avait nourri son espérance la plus délicate et la plus haute. En même temps, il sentait que, désormais, cette bestialité furieuse était attachée à lui, faisait partie de lui au même titre, au même droit que son cerveau ou son cœur.

Il n'avait jamais été aussi malheureux et surtout aussi longtemps.

Richard accompagna un matin son père à l'établissement de la Croix-Rouge où le docteur assurait un service de quelques heures par semaine et où lui-même avait travaillé comme infirmier brancardier.

C'était un bel hôtel privé de la rue de Lille, transformé en hôpital à l'ouverture des hostilités. En ce temps de volontaires, de pénurie, d'improvisation et dans l'exaltation des grands commencements, Richard avait passé, entre des murs qui se renvoyaient sans cesse cris, plaintes et râles, les jours

les meilleurs, les mieux comblés de sa vie ; les seuls
où s'était vraiment et complètement effacé en lui le
souci de sa propre personne. Peu à peu, cependant,
un personnel militaire avait peuplé la maison ; les
blessés graves avaient été dirigés sur des hôpitaux
plus vastes et mieux outillés. Rue de Lille, on recevait surtout des malades et des convalescents. Le
docteur Dalleau avait trouvé ainsi une fonction
plus appropriée à ses ressources, mais Richard, lui,
avait eu l'impression de devenir garçon de salle
dans une maison de retraite. Le drame de la chair
sanglante, le combat brutal, visible entre la vie et
la mort s'étaient transportés ailleurs. Richard,
comme les autres, était revenu au souci de sa propre personne. Il avait repris ses études. Il était parti
en vacances...

Quand ils furent à l'hôpital, le docteur demanda
à son fils.

— Tu viens voir mes malades ?

Richard refusa : il préférait renouer tout seul
avec les lieux, les gens.

Anselme Dalleau sourit alors, de cette manière
large et débonnaire qui soulevait les bouts de son
épaisse moustache et lui servait à déguiser la gravité d'un conseil.

— Ne cherche pas trop ici ton fantôme en blouse
blanche, dit-il. Moi, je vais mettre la mienne.

Il se dirigea vers son placard, l'épaule gauche
plus haute et plus ronde que la droite, souriant toujours, comme s'il n'attachait aucune importance à
son propos.

Mais Richard le suivit du regard avec un peu d'effroi. Il apprenait par son père ce qu'il n'avait pas
très bien su lui-même jusque-là. Que, désœuvré,
désemparé, désespéré, il était venu recueillir quelque courage, quelque pureté auprès d'une ombre
qui en avait été si riche dans ces couloirs, dans ces
salles, et qui lui avait beaucoup ressemblé.

Quand son père eut disparu, Richard secoua

impatiemment ses longs cheveux bouclés. « Et après ? se dit-il. C'était bien moi tout de même qui portais les brancards. Moi que les blessés les plus fragiles demandaient pour les soutenir jusqu'à la table d'opération. C'était moi qui savais les faire rire, quand ils avaient très mal. Moi qu'ils aimaient tant. Moi qui les aimais plus que tout au monde. »

Une infirmière vint à Richard et il eut de la joie à la voir. Elle était l'une des plus anciennes dans l'hôpital. Ils avaient travaillé ensemble à l'époque où personne ne comptait ses moyens, ses heures, ses forces, ses sentiments. Et Richard attendit avec avidité, avec humilité, de retrouver un reflet de ce temps sur cette jeune femme. Après quelques paroles amicales de bienvenue, elle se mit à récriminer contre les passe-droits et les intrigues dont elle était la victime.

— Moi qui ai vécu des semaines sans dormir, vous au moins, vous pouvez le dire ! C'était bien la peine. Ah ! si on avait su...

Richard, sans doute, entendait ces propos, mais ils lui semblaient emprunter la voix de son père.

« Ne cherche pas... fantôme... blouse blanche. »

L'infirmière poursuivit :

— Vous, au moins, vous êtes parti au bon moment ! Vous avez eu du flair.

— Je crois... je crois vraiment, dit Richard.

Mais sa propre voix était encore celle du docteur Dalleau : « blouse blanche... » « blouse blanche... »

Et, tout à coup, Richard s'aperçut que ces mots eux-mêmes n'avaient plus de sens pour lui. La seule blouse blanche à laquelle il pensait maintenant était celle de l'infirmière et il imaginait ce qu'elle recelait aux endroits qu'il avait dénudés chez Mathilde. Il y avait une telle expression sur ses traits que le visage, les yeux de la jeune femme changèrent de nuance. Elle dit avec une animation subite.

— Cela fait plaisir, vous ne trouvez pas, de parler du bon vieux temps ? À bientôt, j'espère.

L'infirmière s'éloigna, portant la gorge un tout petit peu plus haut et balançant les hanches un tout petit peu plus qu'elle n'en avait coutume. Et Richard comprit que, dès cet instant, il allait dévêtir et caresser et souiller en pensée toutes les autres infirmières d'âge et de chair aptes à inspirer le désir. Blouse blanche... blouse blanche... Richard secoua de nouveau, mais cette fois avec rage, ses cheveux trop longs, et courut presque vers l'immense pièce commune du rez-de-chaussée, ancienne salle de danse qui abritait sous son plafond historié une centaine de soldats en traitement.

Autrefois, quand Richard y pénétrait, il connaissait chaque blessé et l'histoire de sa blessure et sa vie et celle de sa famille et ses souvenirs et ses espérances. Et chaque blessé connaissait Richard. Et ils l'appelaient « petit » ou « fiston » ou « mon bleu » ou encore « le bouclé » mais ils lui montraient tous — les vantards, les tendres, les timides, les mourants — une amitié à nulle autre pareille.

Au seuil de la salle, Richard reconnut les couleurs et les allégories séculaires sur le haut plafond solennel et il eut l'illusion qu'il allait reprendre le merveilleux échange d'antan. Mais, des figures du plafond, il ramena son regard sur celles des hommes. Alors, il se sentit perdu. Que faisait-il parmi des gens chez qui rien ne l'attirait, ne l'appelait ? Ils le considéraient avec une curiosité plate, comme un fâcheux. Et que faisaient-ils là eux-mêmes, ces intrus, ces imposteurs ? Sur des lits consacrés par le sang des amis de Richard, prenant la place des visages composés de tendresse, de souffrance et de gloire, ils tenaient de molles et veules conversations sur leurs maux lamentables. Dysenteries... typhoïdes... néphrites... rhumatismes. Pas un éclat d'obus... pas une plaie vive... Pas

une seule atteinte noble. « Un dispensaire », se dit
Richard.

Il avait quelques présents à distribuer. Il le fit à
la hâte, maladroitement. Il ne savait plus parler à
ces hommes.

Passant près d'une table autour de laquelle quatre soldats jouaient aux cartes, il déposa des
paquets de cigarettes et des sacs de dragées. Les
soldats arrêtèrent leur partie et l'un d'eux, petit,
noiraud, avec une figure ronde et rouge, remercia
Richard poliment. Puis il dit à son voisin :

— Tu vois, Charlot, c'est la bonne vie.

L'autre, dont les maigres favoris d'un roux terne
se diluaient dans un teint terreux, parla plainti-
vement.

— Bien sûr, toi et tes pieds gelés, amputés, tu as
le filon. Mais moi, malgré que j'aie les tripes toujours en marmelade, je suis bon pour le prochain
renfort.

Le soldat éventra l'un des paquets laissés par
Richard, prit une cigarette et murmura, tout en l'al-
lumant :

— Avec la retraite de la Marne, puis douze mois
de lignes et sept attaques, je pensais avoir fait ma
part, tout de même.

— Ça va, tu n'es pas le seul, dit un troisième
joueur. Atout !

La partie continua et Richard demeura près de
la table comme pour la suivre. Or, il n'entendait
rien aux cartes. Tout ce qu'il cherchait c'était de
gagner quelques minutes, reprendre un peu d'empire sur soi, ne pas trahir devant les soldats l'impul-
sion qui le poussait à fuir, à s'enfermer dans
quelque obscur réduit avec sa honte et son
remords. La Marne, les bombardements, les attaques, les charges...

— Je coupe, disait le noiraud aux pieds gelés.

— La vache, disait le rouquin dysentérique.

Et Richard se rappelait comment, au début de la

guerre, il avait pleuré de ne pouvoir s'engager, parce qu'il n'avait pas encore dix-sept ans. Mais cet âge lui était venu et ses parents le laissaient libre. Alors ? « Terminer ma philo, les vacances », pensa Richard. Et maintenant ? Ce n'était pas la peur de la mort ou des blessures qui le retenait. Il les acceptait d'un cœur léger parce qu'il n'y croyait point pour lui. Simplement, il avait un intense désir de connaître la vie d'étudiant.

Richard quitta l'hôpital avec une décision bien arrêtée : dès qu'il aurait pris l'air de l'École de Droit et de la Sorbonne (il s'était inscrit aux deux Facultés), il irait signer son engagement.

Mais à l'ouverture des cours, il rencontra Étienne.

II

A la Sorbonne, on ne voyait Étienne Bernan qu'aux leçons de poésie et de l'origine du langage. Ces études sans but pratique, la réserve d'Étienne, ses beaux costumes sobres, sa figure aiguë, son grand corps figé, tout excita d'abord chez Richard une irritation voisine de l'hostilité. Richard était pauvre, habillé médiocrement, ambitieux, expansif. Il travaillait pour obtenir les diplômes nécessaires à la puissance et à la fortune qui, il en avait la certitude, lui étaient promises. Toute supériorité véritable l'attirait, mais il n'en détestait que mieux celle, usurpée et superficielle, dont la source était l'argent. Il éprouvait alors un sentiment qui le gênait, car il se rendait compte que son indignation n'était pas absolument pure d'envie.

Richard fut ulcéré de voir qu'Étienne ne prenait pas de notes pendant les cours. Lui-même, il n'écrivait jamais une ligne, confiant dans sa mémoire

dont il était fier et regardait avec satisfaction ses
camarades s'essouffler à reproduire sur leurs
cahiers les paroles du professeur. Quand il ne fut
plus le seul dans l'amphithéâtre à pouvoir le faire,
il se sentit diminué. Il ne voulut pas admettre que
Bernan eût pour cela les mêmes raisons que lui. Il
haïssait jusqu'à la modestie avec laquelle Étienne
suivait le cours, sa tête penchée, sa manière de
recueillement.

« Un amateur... un snob », se disait Richard.

Pourtant, lorsque les examens de Droit l'éloignè-
rent deux jours de la Sorbonne, il ne demanda pas
les cahiers de ses voisins pour savoir ce qui avait
été fait pendant son absence. Il s'adressa à Étienne.
Il se donna le prétexte de faire éclater ainsi l'ignorance de Bernan. Au vrai, il résistait mal au désir
de l'approcher.

Richard aborda Étienne de la façon la plus négligente, en rejetant avec affectation ses cheveux
naturellement bouclés qu'il portait très longs et en
désordre. Il s'aperçut alors, et en fut heureux, que
son front arrivait au niveau de celui d'Étienne, et
que ce dernier ne paraissait plus grand qu'à cause
de sa minceur. Mais dès que Bernan, ayant écouté
attentivement les questions de son camarade,
commença de lui répondre, Richard ne s'occupa
plus ni de ses préventions ni de ses attitudes. La
voix sourde et pensive d'Étienne, la simplicité absolue de son langage, la façon un peu hésitante qu'il
avait de parler, comme s'il cherchait avant tout une
vérification, une approbation intérieures, firent
sentir à Richard que ce garçon bien habillé, bien
tenu, et au maintien distant n'avait aucun orgueil.
Et Richard fut content d'oublier le sien. Il ne savait
pas à quel point il avait besoin de naturel, et, se
trouvant tout à coup heureux, attribua ce bonheur
à Étienne. Soudain, ils se mirent à discuter sur les
valeurs de la vie. Étienne eut son premier sourire,
maladroit, difficile, comme si, venant des sources

les plus profondes, il avait dû filtrer à travers beaucoup de résistances.

— Enfin, je trouve quelqu'un qui parle ma langue, s'écria-t-il. Vous savez ce que je veux dire, Dalleau. Les autres emploient les mêmes mots que nous. Mais ces mots, sauf pour l'usage le plus vulgaire, je ne les comprends jamais ainsi qu'ils le font. Ils perdent leur sens, leur poids, leur pouvoir.

— C'est vrai, absolument vrai, s'écria Richard. Combien de fois je l'ai senti sans y réfléchir. Bernan, vous êtes un grand type de m'avoir fait mettre le doigt dessus. Un grand type...

Dès lors, ils se virent chaque jour. Dans la grande cour de la Sorbonne, dans les galeries, le long des fresques de Puvis de Chavannes ou sous les arbres du Luxembourg, ils menaient des conversations sans fin ni mesure. Ils avaient ce besoin l'un de l'autre qui ne poursuit que les très jeunes hommes quand ils sentent la première amitié s'épanouir en eux comme une plante sacrée, quand leur commerce les aide à se révéler, et qu'ils assistent avec émerveillement à cette découverte.

A la Noël, Étienne remit un paquet assez volumineux à Richard en disant très vite :

— J'ai pensé que ce cadeau ne vous gênera pas à recevoir, et qu'il vous plaira. Je ne vous ai jamais parlé de ces bouquins, parce que... ça ne se raconte pas.

Le paquet contenait les principaux romans de Dostoïevski.

Richard les ouvrit avec avidité, mais, l'un après l'autre, ils le rebutèrent. Ces noms barbares... ces patronymes... ces diminutifs... et ces mœurs incompréhensibles, ces réflexes confus, cet enchevêtrement d'intrigues, ces redites, ces palabres interminables. Il fallait sans doute la patience d'Étienne pour en venir à bout.

Quand Richard eut confié sa déception à son ami, Étienne dit en souriant :

— Attendez l'occasion... Elle viendra.

Ils se mirent à parler des effets du hasard et oublièrent Dostoïevski.

III

Les parents d'Étienne habitaient, non loin de la rue Royale, dans le Faubourg Saint-Honoré, un appartement qui occupait en façade tout le cinquième étage d'une maison monumentale.

Étienne y avait une pièce indépendante, pourvue d'une salle de bains et d'un balcon d'où il pouvait voir les jardins privés des magnifiques résidences du quartier.

Tout d'abord, cette chambre — dont il n'avait pas connu jusque-là de pareille — intimida si bien Richard qu'il s'efforça d'en mépriser l'austère et noble ordonnance ainsi qu'il le faisait pour tout objet de richesse qui lui était inaccessible. Il préférait recourir au dédain qu'à l'envie.

Cependant, quoi que fît Richard, il se dit sans cesse et avec terreur au cours de cette première visite : « Si j'avais été plus prompt à inviter Étienne, c'est à la maison que nous serions en train de discuter. Grands Dieux ! à la maison. » Et tout en soutenant de son mieux le débat qui les avait entraînés jusque chez Étienne, Richard, dans sa mémoire la plus cruelle, sous un jour atroce, jugeait comme il ne l'avait jamais fait encore le logement de la rue Royer-Collard, les modestes pièces distribuées autour d'une cour obscure, sale, moisie, la baignoire de fortune, les meubles d'occasion, les murs défraîchis et, sans oser nommer le tremblement intérieur qui l'agitait, Richard savait que c'était celui d'une honte sordide. Il le sut mieux encore, lorsque, en partant, il expliqua négligemment :

— Je vous dirais bien de venir chez moi, Bernan, seulement nous n'aurions pas la paix une minute. Je partage ma chambre avec Daniel et puis le va-et-vient des clients de mon père... vous comprenez...

— C'est tout naturel, voyons, répondit Étienne. Et sachez-le une fois pour toutes : cet endroit est à vous.

Richard sourit mal et songea « bien facile à dire... d'ailleurs, je ne veux pas remettre les pieds ici ».

Mais l'insistance d'Étienne, et, surtout, un secret et invincible attrait, ramenèrent souvent Richard dans la pièce qui lui inspirait tant de mouvements contraires. Soudain, il s'y trouva merveilleusement à l'aise. Le détachement qu'Étienne montrait pour les biens répandus autour de lui, la simplicité et la générosité avec lesquelles il les mettait à la disposition de son ami avaient fini par donner à Richard le sentiment étrange de posséder ces biens autant qu'Étienne et plus que lui.

Une familiarité avec le luxe aussi longue que sa vie et un goût des disciplines touchant à l'ascétisme empêchaient Étienne d'éprouver les joies et les jouissances de la propriété. Alors que Richard, quand il maniait les livres précieux d'Étienne ou repaissait son regard des velours, des cuirs, des bois et des tableaux qui ne lui appartenaient point, il les sentait devenir siens. Ce plaisir enivrant de possession, ce puissant sentiment d'opulence, Richard l'eût estimé inavouable, mais il aimait beaucoup plus Étienne depuis que ce dernier lui avait *donné* sa chambre.

Les premiers jours de printemps furent pour les deux jeunes hommes singulièrement fertiles en chocs et en échanges d'idées, de projets, de rêveries, de certitudes, dans cette pièce dont ils ne savaient plus de qui elle dépendait vraiment. Et quand Richard devait la quitter, l'étonnement, le regret d'Étienne se trouvaient être aussi vifs que

ceux de son ami. Chaque fois, alors, Étienne recon-
duisait Richard jusqu'au palier à travers de très
longs et très larges corridors, couverts de tapis profonds. On n'y rencontrait, on n'y entendait personne et l'appartement tout entier semblait feutré
d'un silence somptueux et secret.

Or, un soir, comme Étienne et Richard abor-
daient la vaste galerie sur laquelle donnaient les
pièces d'apparat et qu'Étienne disait à mi-voix :
« Revenez vite, Dalleau, quand vous êtes ici, les
murs sont meilleurs pour moi », une porte s'ouvrit
et une femme se montra sur le seuil d'un salon. Les
deux amis tressaillirent. Chez Richard ce fut par le
simple effet de voir soudain habités des lieux qu'il
avait toujours traversés déserts. Mais le visage
d'Étienne se trouva enlaidi par une expression que
Richard ne lui avait jamais connue : la combinaison dégradante de la haine et de la peur. Étienne
eut d'abord un singulier mouvement de retrait et
presque en même temps un réflexe encore plus
étrange — il se plaça en avant de Richard comme
pour dérober à ses regards la femme qui avançait
vers eux. Aussitôt toute l'attention de Richard se
fixa sur elle.

Petite, un peu empâtée du cou, ses jambes toutefois, sa poitrine et ses épaules étaient pleines et
bien faites. Elle avait bien mûri. Mais la figure en
était au point de la maturation où le fruit se défait.
Un maquillage excessif et comme désespéré accentuait cette ruine. Et aussi le vêtement trop court,
trop vif.

Quand la femme fut tout près d'Étienne qui
continuait à montrer sur ses traits la même expression avilissante, il fut obligé de s'écarter. Alors
Richard fut, tout à coup et tout entier, cerné,
imbibé par un parfum dont, malgré sa complète
inexpérience, il devina qu'il était très rare, très coûteux et choisi, voulu, distillé spécialement pour un
dessein acharné de fraîcheur et de jeunesse extrê-

mes. Le muguet, le lilas, l'œillet inculte entraient chacun pour une goutte, pour un effluve dans cet étrange, léger et suave élixir.

« Mais comment peut-elle... à son âge... Elle est folle », pensait Richard. Et cependant, à cause de ce parfum et à cause du regard dilaté, humide et tendre — qui est le propre des myopes obstinés à ne point porter des verres — dont cette femme mûre l'enveloppait, le caressait, il fut ému d'un mouvement sensuel, subit, brutal comme un malaise ; et le sang du désir afflua d'un seul coup à son visage.

En même temps, Richard sentit que son trouble avait été perçu par Étienne et il en éprouva une honte aiguë. L'une des ententes les plus fortes de leur amitié se fondait sur le fait que parmi les thèmes innombrables qui peuplaient leurs entretiens, embrassant la vie et la mort, la terre et le ciel, les éléments et les mondes, ils n'avaient jamais songé à même effleurer celui des femmes et du sexe. Un accord entièrement silencieux et instinctif — sorte de secret respect mutuel — était la seule raison de cette réserve. Richard eut l'impression d'être surpris en état d'indiscrétion, d'indignité physiques.

A ce moment, Étienne dit :

— Richard Dalleau... Ma mère.

Le dégoût et l'effroi de lui-même qui assaillirent Richard furent proches de ceux qu'il eût éprouvés en se découvrant capable d'inceste. Il ne sut pas ce qu'il balbutiait. La mère d'Étienne considéra un instant ce visage, que la confusion rendait puéril, avec un regard encore plus attendri et plus liquide. Puis elle s'écria :

— Je suis heureuse de vous connaître... Mon fils me tient à l'écart de tout.

Sans le vouloir, Richard releva brusquement la tête. Était-il possible que cette voix si fragile, cette voix plaintive et innocente comme une tristesse d'enfant, appartînt à une femme âgée, au fard, au parfum, au regard également immodestes ?

Mme Bernan rencontra les yeux de Richard et leur sourit.

— Est-ce qu'Étienne au moins, s'occupe de vous comme il devrait ? Je n'en suis pas sûre. Je vais vous faire servir quelque chose de vraiment bon.

— Dalleau ne peut pas, il est très pressé, dit Étienne brièvement, presque grossièrement et serrant Richard au bras avec violence.

Sans laisser à son ami le temps de réfléchir, de répondre, de respirer, il le mena au seuil de l'appartement, le poussa sur le palier, referma la porte haute et lourde.

Dans la rue du Faubourg-Saint-Honoré, au bas de l'immeuble, Richard se tenait sans bouger, aveugle, sourd, l'esprit inerte. Soudain il secoua son bras gauche. Il sentait brûler la place, au-dessus du coude, par où il avait été saisi. Quelle passion, quelle bestialité dans ce mouvement d'Étienne et si incroyables de sa part ! Du bras de Richard le feu passa à son cœur, à ses viscères. Et il se dit :

« Étienne m'a mis à la porte... m'a jeté dehors. »

Et il se dit :

« Après les assurances de l'amitié la plus noble, la plus haute... le salaud. »

Un désir, qui colora l'air en rouge sombre, posséda Richard : retourner à la chambre d'Étienne et l'y frapper, l'étendre, l'assommer, le piétiner, le laisser mort parmi les débris de ses tableaux, de ses meubles et de ses livres. Richard faisait déjà face à la maison et, déjà, s'élançait sous le porche quand la pensée le traversa qu'il allait trouver sur son chemin, dans l'appartement, cette femme... et son fard... son parfum, ses yeux... Et Richard s'arrêta. Cette femme lui faisait trop peur. Il fut même effleuré par une intuition... la faute n'était pas à

Étienne, mais à sa mère... Elle était le mal
d'Étienne. Pour une seconde qui fut à peine perçue
par sa conscience, Richard eut le sentiment de voir
sourdre obscurément une atroce, une immonde
vérité... Mais il s'y refusa aussitôt. La santé de son
âge et de sa nature et le besoin de la protéger l'empêchaient de réfléchir plus avant. Il fut rejeté tout
entier aux ravages, à l'enfer de l'amour-propre mis
à vif.

« Qu'est-ce que je vais chercher ? pensa-t-il avec
un renouveau de fureur, puisé dans son hésitation
même. Serais-je assez pauvre d'esprit et de fierté
pour inventer des excuses à Étienne ? Je l'avais
deviné du premier coup d'œil ; un fils de riche, un
snob abject. Il a honte de moi devant les siens. Sa
mère ne m'avait même pas regardé que lui, il avait
déjà changé d'expression. Il a tout essayé pour me
cacher à elle. Il avait honte... honte de son ami...
son ami... »

La gorge de Richard émit un son qui tenait de la
plainte et du ricanement. Quelques passants, parmi
la foule qui couvrait le trottoir, se retournèrent sur
le garçon aux cheveux trop longs et qui marchait
trop vite. Richard ne s'en aperçut point. Il avait
maintenant la figure tordue de souffrance car il se
rappelait que, si Étienne avait honte de le montrer
à son entourage, lui, Richard, avait eu honte de
montrer à Étienne et la rue Royer-Collard et ses
parents. Richard agita convulsivement sa chevelure
comme pour se débarrasser des aiguillons également intolérables de l'humiliation et du remords.
Mais il n'existait pas d'autre refuge contre ces
dards déchirants que l'extrême injustice et l'apitoiement enragé sur soi-même.

« Et de l'avoir placé si haut, voilà comment je
suis récompensé, ruminait Richard. Il me ravale au
plus bas. Mes vêtements, ma coiffure sans doute,
mes manières ne lui conviennent pas en public. Je
suis trop pauvre. S'il y a un témoin, je fais tache

dans le bel appartement. » Richard pensa à la chambre d'Étienne, à la générosité truquée, au leurre de possession dont il avait été la dupe et, entre ses dents, il gronda, il gémit « Le profiteur, la sangsue ». Il voyait bien maintenant toute la perfidie de ce jeu. Il n'était bon qu'à nourrir le caprice intellectuel d'Étienne, à l'enrichir de sa substance, à donner la réplique — mais en vase clos, quand son apparence ne gênait pas — et dans un dialogue abstrait, impersonnel jusqu'à l'outrage.

« Que m'a-t-il dit de sa vie, de son enfance, de sa famille ? Rien. Oh ! il a bien daigné m'aviser que son père est directeur de Cabinet à l'Intérieur, que sa mère s'occupe de bienfaisance et que sa sœur étudie à l'École de Médecine. Mais les journaux m'en auraient appris tout autant. » Et comme il ne pouvait s'empêcher de reconnaître que les gens de qui la presse publiait les occupations lui en avaient imposé, lui en imposaient encore, Richard retint avec peine un cri de douleur, de rage, d'impuissance et d'humiliation. Il s'aperçut alors qu'il se trouvait à un carrefour, qu'il y avait autour de lui un flot de gens et, par instinct de sauvegarde, il tenta de détourner son attention vers l'extérieur. Mais bientôt il la reporta sur lui-même par un nouveau biais.

Descendant le Faubourg Saint-Honoré, Richard se voyait au cœur de cette région de Paris où le luxe le plus vif, serti et offert de façon à vaincre les âmes les plus indifférentes à ses attraits, ornait toutes les façades.

Rue Royale, rue de la Paix, place Vendôme, les Arcades Rivoli, l'empire somptueux des antiquaires, des parfumeurs, des bijoutiers, des couturiers, des restaurants, des bars, des hôtels illustres, tous établissements ordonnés dans une perspective séculaire, dans une fonction presque sacrée, habités par un goût si unique et si admirable qu'il brillait depuis des générations à travers le monde, pareil à une gloire, et décorait ces endroits à manger, à boire, à vêtir, à meubler, d'une sorte de majesté qui leur permettait de voisiner sans déchéance avec les monuments, les palais et les jardins royaux...

C'était le chemin que prenait Richard quand il quittait la maison du Faubourg Saint-Honoré pour rejoindre la rive gauche et se rendre chez lui. A l'ordinaire, il le faisait, les mains dans ses poches, sans regarder beaucoup aux alentours, heureux de corps et d'humeur. Il n'était pas doué pour l'envie ni tenté par le luxe. Il allait, rejetant en arrière sa tête chevelue, encore tout échauffée par les discussions avec Étienne, qu'il brûlait de soumettre à son père, autour d'un repas dont sa faim naissante se réjouissait à l'avance. Et parce qu'il avait eu sa part de richesse dans la chambre d'Étienne, celles qui l'entouraient le long de son parcours à travers le quartier somptuaire lui étaient ou indifférentes ou même le stimulaient vaguement.

Mais dans la disposition d'esprit et de nerfs où Richard se trouvait après sa rencontre avec Mme Bernan, chaque devanture, chaque porche, chaque enseigne, chaque effluve accroissait, creusait, marquait sa misère. Le pavé même lui semblait plus opulent, plus lisse, plus lustré qu'ailleurs et hostile aux chaussures vulgaires. Lui qui attachait peu d'importance à son vêtement, il sentit soudain, avec une acuité maladive, tous les défauts qu'il portait ; le costume sans forme, les souliers aux plis grossiers, le linge ravaudé et même le poids de ses cheveux trop longs. Sans doute, parmi les hommes et les femmes que Richard croisait ou dépassait, la plupart étaient modestement habillés, mais il ne voyait que les autres ; son regard n'accrochait que ceux-là, dont l'habit, par la substance et la ligne, appartenait à l'univers des riches. Et comme s'épaississait le crépuscule du tout jeune printemps, Richard vit que le cœur nocturne des rues où il passait en proscrit, en exclu, en paria, se préparait et s'ouvrait au plaisir des riches.

Des voitures privées, ou de louage, déposaient devant les bars coûteux des officiers (permissionnaires, état-major, services de place), des civils (âgés, munitionnaires, réformés, embusqués) et, serrées contre les uniformes magnifiques ou les pelisses parfaites, des femmes qui, par leur maquillage, leurs fourrures, leurs bijoux, leurs mouvements et leurs voix, ressemblaient à des insectes ou à des oiseaux précieux. Pour ces groupes, des hommes en livrée, soulevant leurs casquettes à galon d'or, souples d'échine, souriant avec empressement, poussaient les portes, écartaient des draperies derrière lesquelles brûlait une lumière douce et mystérieuse ! Pour eux commençait une nuit insondable en ses joies et dont Richard avait l'impression qu'elle allait durer sans fin, sous un miraculeux soleil de l'ombre, caché au commun des mortels.

Richard était perdu dans cette contemplation désespérée en bordure d'un trottoir quand, sans savoir pourquoi, il fit un bond en arrière. La peur ne l'assaillit qu'après. Une automobile de course, découverte, lancée comme un obus, était venue droit contre lui et, sans son réflexe, Richard eût été fauché à coup sûr. Le conducteur ne se retourna même pas. Richard ne vit de lui qu'un képi bleu ciel rejeté en arrière et des épaules carrées. Puis, à la même allure et rasant toujours le trottoir, la voiture vira, disparut dans la rue Royale.

— Tu peux être tranquille, petit gars, il ne t'aurait pas raté, dit à Richard un chasseur de restaurant, grisonnant, maigre et hilare. L'autre jour il a donné la chasse à un flic tout autour du refuge. C'est l'as Nungesser. Alors, tu te rends compte.

— Nungesser, répéta Richard.

— Lui-même, dit le chasseur avec orgueil. Il vient souvent chez nous, mais, ce soir, je crois que c'est pour Maxim's. T'as vu le coup de volant. Il fait sa police de la route à sa façon, le mec.

Le chasseur se mit à rire d'une bouche largement fendue. Richard pensait « Je ne suis qu'un chien galeux, un paquet de linge sale », et l'on pouvait voir ce qu'il pensait. Le chasseur lui offrit une cigarette. Richard eut pleinement conscience de la charité qui lui était faite, mais, au lieu de le révolter, ce mouvement le toucha. Il avait trop besoin d'être pris en amitié. Bien qu'il fumât très peu et très mal, Richard accepta la cigarette sans l'allumer.

— T'as raison, garde-la pour après la croûte, parce que, tant qu'à faire, si t'en as seulement une, c'est encore le meilleur moment, dit le chasseur.

Son visage, à ce moment, exprimait une intelligence, une sagesse singulières, mais soudain il fut comme divisé par un énorme sourire mécanique. Une limousine s'arrêtait devant le bar. Déjà le chasseur était à la portière. « Monsieur le Comte... Monsieur le Comte... », entendit Richard. Il écrasa sa cigarette dans l'une de ses poches et s'en alla.

Il traversa la place Vendôme et les Tuileries, passa la Seine, gagna le boulevard Saint-Germain, longea le Luxembourg. Et durant tout ce chemin dans la ville immense où le printemps et la guerre fouettaient le plaisir, il tritura au fond de sa poche des miettes de tabac qu'il réduisait en poudre de plus en plus mince.

Richard, arrivant rue Royer-Collard, s'engagea dans le couloir voûté qui sentait la soupe aux choux, franchit la cour moisie, monta deux étages d'un escalier mal éclairé au gaz. Il évita ses parents qu'il haïssait ainsi que tous les humains sur terre, et s'enferma dans sa chambre qui n'était jamais chauffée. Les murs, les objets, tout lui faisait horreur. Enveloppé de son manteau, Richard feuilleta les livres qu'il connaissait et aimait le mieux. Ils ne lui furent d'aucun secours. Ils étaient sans résonance ni force. Richard saisit alors avec désespoir

le volume de *Crime et Châtiment* qui, depuis longtemps, traînait sur la table, découpé seulement aux
premières pages. Et tout à coup, dans ce roman
illisible pour lui jusque-là, Richard découvrit la fièvre même d'angoisse, de misère, de rage et d'humiliation qui le dévorait. Et l'odeur aigre et pauvre de
tabac dont sa main était imprégnée lui semblait
issue des lignes du livre.

Son père, qui vint chercher Richard pour dîner,
le trouva debout dans son manteau, et perdu non
pas dans une lecture, mais dans un monde où la
douleur et le meurtre cheminaient de concert à travers des nuits livides, transparentes, maudites, peu-
plées de folie, de génie, d'éclairs et de larmes
sublimes.

— Tu ne m'as jamais conseillé ce Russe prodigieux. Pourquoi ? demanda Richard avec une violence mal contenue.

Le docteur mit ses lunettes, mania respectueusement le volume et dit :

— C'est très grand... je sais. Mais j'aurais voulu
que tu y viennes un peu plus tard.

— Plus tard... toujours... pour tout, gronda
Richard.

Il refusa de manger et acheva dans la nuit *Crime
et Châtiment*. Le lendemain il prit *Les Frères Karamazov*. Et il ne sortit pas de chez lui avant d'avoir
terminé tous les livres qu'Étienne lui avait donnés.

Quand cela fut fait, il y avait un démon de plus,
et puissant entre tous, dans la meute par laquelle
Richard était déjà habité. En même temps, il sentit revenir toute sa tendresse pour Étienne. Car
maintenant Richard avait la parfaite certitude
qu'Étienne n'avait rien fait contre leur amitié. Il
ne trouvait pas et, même, ne cherchait pas de fon-
dement à cette conviction. Il la tenait d'une connaissance nouvelle, d'une illumination sur la vie et
sur l'homme. Il savait aussi, de même source,
qu'Étienne souffrait d'un tourment indéchiffrable,

monstrueux et déchirant, à la mesure de ceux que portaient, en leurs flancs funestes, les créatures de Dostoïevski.

Et Richard songea, avec un étonnement presque religieux, que, pour entrevoir la vérité sur son seul ami, il lui avait fallu le secours d'un homme né un siècle plus tôt, à mille lieues, dans un pays barbare.

IV

Le 6 avril, Richard eut dix-huit ans. Ce jour, depuis sa plus lointaine enfance, avait été, chaque année, glorieux entre tous les autres jours. Anselme et Sophie Dalleau, presque sans le vouloir, avaient réussi à donner à leurs enfants l'impression que leur naissance avait été pour tous un bonheur. Quand venait leur anniversaire, ils se sentaient une sorte de royauté.

Le 6 avril 1916, Richard vint à la Sorbonne avec une sorte d'illumination répandue sur le visage.

— Il vous est arrivé quelque chose de bien, j'en suis sûr, dit Étienne en allant à son ami.

— De bien ?... répéta Richard en riant. Sans doute. J'ai dix-huit ans ce matin. Il n'y a qu'une circonstance qui m'ennuie : être déjà si vieux et n'avoir rien fait de grand.

— Que devrais-je dire ! répliqua Étienne. Je vais avoir un an de plus que vous le 4 mai.

Au début du mois suivant, Richard dit à Étienne :

— C'est bientôt votre jour de fête.

Étienne ne sembla pas comprendre.

— Le 4 mai, insista Richard.

— Le 4 mai... Ah ! oui...

Étienne voulut sourire, n'y réussit point et ajouta avec indifférence :

— Voyons... Non, il n'y aura rien. Mon père accompagne son ministre en province, et ma mère a deux galas de bienfaisance où va également ma sœur.

— Vous serez seul, pour vos dix-neuf ans ?

Le cri de Richard avait un accent si puéril que cette fois Étienne sourit. Mais son sourire n'avait aucune jeunesse. A cause de cela, et sans réfléchir, Richard proposa :

— Alors, venez déjeuner à la maison.

Étienne balança quelques secondes, pendant lesquelles il regarda fixement son ami avec une sorte de peur et de convoitise.

— C'est entendu, dit enfin Étienne. Mais je vous prie de ne pas avertir qu'il s'agit de mon anniversaire.

Richard ne l'entendit pas. Il pensait au couloir voûté et tapissé d'odeurs de chou, à la cour sordide, à l'escalier obscur et gémissant qui menait chez lui. Il pensait aux marbres de la maison qu'Étienne habitait, au tapis à tringles d'or, à l'ascenseur. Et le poêle dans la salle à manger de la rue Royer-Collard... et l'horrible pendule du salon... et dans sa chambre les livres recouverts de papier bleu d'écolier, au lieu des reliures magnifiques d'Étienne.

« Qu'est-ce que j'ai fait, se disait Richard aux abois. Quelle folie m'a pris ? Et s'il veut se laver les mains ! »

Richard se représenta l'ancienne cuisine transformée en cabinet de toilette et les images familières, auxquelles il était si accoutumé qu'il ne les remarquait pas, lui revinrent à la mémoire et le blessèrent comme s'il ne les avait jamais vues : les rideaux usés jusqu'à la trame, le fauteuil fatigué où son père aimait lire, retapissé maladroitement par les mains de sa mère, la plante verte posée sur un guéridon ridicule... Il n'aima plus Étienne, ni ses parents, ni lui-même, de le faire souffrir à ce point. Poussé à bout il décida : « Si Étienne est assez vil

pour faire attention à ces bêtises, il ne sera plus
mon ami. » Mais quand il annonça à ses parents
l'invitation qu'il avait faite, il eut une envie terrible
de prier sa mère qu'elle ne mît pas devant le docteur le bol quotidien de lait chaud dont l'écume restait toujours dans ses grosses moustaches, que la
serviette de Daniel fût libérée de son rond de cui-
vre, et que l'on prît ce jour-là une femme de
ménage pour assurer le service. Il n'osa le faire sur-
le-champ, et remit à plus tard. Plus tard, il n'osa
pas davantage.

V

Sophie Dalleau regarda plusieurs fois le gros
réveil de la cuisine avant de se diriger vers la chambre de Richard. Elle souffrait d'avoir à le tirer du
sommeil. Mais il était déjà huit heures, et Richard
allait une fois de plus arriver en retard pour la
leçon qu'il donnait place de la République. Près du
lit de son fils, Sophie hésita encore. Richard dormait avec une sorte de bonheur goulu. Sophie ne
pouvait jamais le voir ainsi sans se rappeler la
façon avide dont jadis il lui prenait le sein, les
mains minuscules crispées sur sa poitrine, et sa
propre félicité. Richard, le premier-né...

Elle embrassa son fils sur la tempe. La souffrance de Blonville s'était peu à peu effacée chez
Sophie et, même, elle s'étonnait parfois de n'en
plus sentir la cicatrice. Richard semblait lustré,
renouvelé.

« Peut-être le doit-il à cet Étienne dont il parle
tout le temps », se dit Sophie.

Pendant que Richard se lavait, sa mère fit son lit.
Elle rejoignit Richard à la cuisine où il buvait du
café et lisait les nouvelles du jour en même temps.

— Tu devrais être déjà parti, lui dit-elle.

— Il faut tout de même que je sache ce qui se passe à Verdun, dit Richard.

Chaque matin, il essayait d'imaginer les péripéties de la grande bataille. Mais ni les cartes, ni les communiqués, ni les articles ne parvenaient à lui en donner une vision valable. Seul un violent tumulte intérieur lui permettait d'appréhender l'immensité du massacre. Il avait honte du contentement chaud et secret, de l'exaltation qui se levaient alors en lui. Mais il n'y pouvait rien. Les catastrophes, les carnages, les grandes guerres, il avait aimé depuis son enfance à les trouver dans les livres. Il avait pris plaisir à se construire un rôle dans ces vastes aventures. Maintenant, en ouvrant le journal, il avait le vague sentiment de lire un roman à épisodes, à moitié vrai, où tout le monde autour de lui se trouvait confusément engagé.

— Je voudrais être à Douaumont, déclara soudain Richard.

Sophie s'arrêta d'éplucher les légumes et dit :

— Tu sais que tu es libre, mon chéri. Mais pour l'instant, il faut que tu ailles donner ta leçon. Avec tes retards, tu finiras par lasser les gens.

— Tout ce que demande mon élève, c'est que je lui fasse ses problèmes et ses versions sans rien lui expliquer, s'écria Richard.

— Tu ne devrais pas, ce n'est pas honnête, dit Sophie.

— Tout est honnête pour un petit crétin trop riche, déclara Richard.

Avant de sortir, il ajouta avec une négligence affectée :

— N'oublie pas qu'Étienne déjeune avec nous aujourd'hui.

VI

Les répétitions que Richard donnait à Paulin Juliais, fils unique du fabricant de cycles et industriel de guerre Donatien Juliais, étaient très bien rétribuées. Pour trois leçons par semaine, Richard recevait chaque mois cent francs. Il devait cette chance à la recommandation du proviseur du lycée Louis-le-Grand, où Richard avait fait ses études avec éclat.

Son salaire, Richard estimait le gagner largement par la répugnance que lui inspirait son élève. Ce garçon d'une douzaine d'années, frileux, maladif, plein de tics et de caprices, avait une intelligence superficielle assez vive, et Richard avait cru dans leurs premiers rapports qu'il prendrait plaisir à le former. Mais l'enfant le considérait comme un simple instrument destiné à suppléer à sa paresse. Il voyait dans les études le lot du commun, c'est-à-dire des garçons qui n'étaient pas les fils de Donatien Juliais.

Quand Richard eut compris cela, sa tâche de maître qu'il avait envisagée avec ardeur, comme tout ce qu'il abordait, lui fut odieuse. Il se contenta de traiter Paulin en pauvre d'esprit, et de faire ses devoirs à sa place. L'élève ne demandait pas davantage. Mais quoi que Richard eût dit à sa mère, cette façon d'enseigner lui pesait. Avant, pendant et après la leçon, il se sentait fautif, déloyal, payé pour une basse besogne. Et l'argent était pour lui sans utilité véritable. Les musées ne coûtaient rien, les promenades à travers les vieilles rues de Paris non plus. A l'Odéon, il avait l'habitude des places à dix sous, et d'un franc au Théâtre-Français. Bref, Richard ne parvenait pas à dépenser le dixième de son salaire. Il en donnait la moitié pour les blessés de l'hôpital de la rue de Lille. Le reste, sa mère le gardait pour lui.

Si, malgré tout cela, Richard ne renonçait pas à sa leçon, c'était pour satisfaire une exigence abstraite.

« Je ne veux pas dépendre de mes parents », se disait-il, tout en sachant que jamais sa liberté de choix et d'action n'avait été discutée.

Ce même orgueil lui interdit de courir vers le métro de l'Odéon pour essayer d'arriver à l'heure. Il descendit d'un pas égal la rue Gay-Lussac, et prit par le Luxembourg. Il s'arrêta même quelques secondes devant la fontaine Médicis, qu'il aimait beaucoup.

Richard avait un retard de vingt minutes environ lorsque, ayant traversé les couloirs emphatiques d'un appartement qui donnait sur la place de la République, il pénétra dans la chambre de Paulin. L'enfant, ainsi qu'il le faisait à l'ordinaire, se leva à l'arrivée de Richard, et le regarda comme s'il ne s'apercevait pas de sa présence. Pourtant Richard eut l'impression que l'équilibre de la pièce s'était déplacé. Il vit alors un grand paravent placé dans un coin.

— C'est nouveau, remarqua Richard, machinalement.

— Tout nouveau, répondit Paulin avec un battement nerveux des paupières qui était odieux à Richard.

Il prit brusquement le cahier de l'enfant et grommela :

— Une explication du premier acte d'Esther ? Vous n'y avez pas pensé... naturellement... Écrivez sous ma dictée. Vous n'êtes bon qu'à ça.

Paulin se mit à ronger placidement un crayon. Pour ne pas le voir, Richard lui tourna le dos. Sa tâche, cette fois, n'était pas aussi facile que de coutume. Une version, un problème comportaient des solutions automatiques. Ce matin, il fallait que

Richard transposât sa compréhension littéraire au
niveau de celle de Paulin. Le sentiment d'une tricherie indigne assaillit Richard plus fortement que
jamais. Mais surprenant le regard sournois de l'enfant posé sur lui, il pensa :

« L'argent à lui seul peut ne pas être un défaut.
La preuve : Étienne. Mais les gens d'ici et leur reje-
ton s'y vautrent. Je suis trop bête avec mes scrupules. »

Richard commença d'arpenter la chambre, en
réfléchissant à la tournure qu'il convenait de donner au devoir de Paulin. Tout ce qu'il trouva lui
parut manquer de naïveté. Il devint nerveux, allongea le pas, buta contre le paravent.

— Ça me gêne, s'écria-t-il avec rudesse. Je
l'enlève.

— Si vous voulez, dit Paulin.

Richard allait fermer brutalement les panneaux
lorsqu'il entendit une porte s'ouvrir derrière le
paravent. Il l'écarta d'un coup d'épaule, et se trouva
en présence de Mme Juliais. Mais celle-ci n'entrait
pas dans la chambre. Elle se préparait à en sortir.
Se voyant prise, elle fit face à Richard. Ses yeux
verts et globuleux, toujours un peu hagards, n'exprimaient aucune gêne.

— Vous... je crois... vous nous écoutiez, balbutia
Richard.

— Parfaitement, monsieur, dit Mme Juliais, de
sa voix assurée, et aux inflexions communes.

— Qu'est-ce que cela signifie ? demanda
Richard.

Mme Juliais jeta un regard vers son fils qui ron-
geait un crayon de couleur et dit :

— Veux-tu sortir pour quelques instants,
Paulin ?

Quand elle fut seule avec Richard, elle reprit sans
hésiter :

— Nous avons découvert, dimanche dernier, à la
campagne, que mon fils et des amis à lui se condui-

saient d'une façon dégoûtante. Vous me comprenez, j'espère. Alors, j'ai décidé de surveiller ses
relations.

Richard se sentit devenir très rouge.

— Vous avez pensé que moi... articula-t-il difficilement entre ses dents serrées... que moi...

— Et pourquoi pas ? demanda Mme Juliais avec
hauteur. Vous portez des cheveux bien longs pour
un homme. Je l'ai déjà dit à M. Juliais, et...

Un rire sonore, entier, superbe, l'arrêta. Quand
Richard fut à bout de souffle, il dit :

— Vous êtes une pauvre folle, madame. Et je
vous laisse à votre fils, et lui à ses amusements. Et
ma quinzaine à vos pauvres, si vous êtes capable
d'en avoir.

Au milieu des tramways de la place de la République, Richard eut envie de danser. Il était délivré
de Paulin, et il avait répondu à sa mère comme un
héros de roman.

VII

Le docteur Dalleau, qui n'avait pas encore enlevé
la blouse blanche dans laquelle il recevait ses malades, conversait avec sa femme dans l'étroite cuisine. Richard y entra en criant :

— Grande nouvelle ! Je n'ai plus rien à faire avec
les Paulin, les Juliais et les Place de la République.
Tous au diable, au diable !

— Quoi ?... Qui ?... explique-toi donc clairement,
demanda Sophie. On ne veut plus de toi ? Tu vois,
Richard, j'en étais sûre. Tu ne partais jamais à
l'heure.

— Il s'agit bien de mes retards, répliqua le jeune
homme. Figurez-vous que la mère Juliais m'a
espionné derrière un paravent (il se mit à rire de

nouveau) et je l'ai découverte. Elle avait peur que je sois pédéraste. A cause de mes cheveux.

Richard voulait raconter le détail de son aventure, mais Sophie l'arrêta.

— Je n'ai pas compris de quoi s'est effrayée Mme Juliais. Tu parles si vite.

— Elle m'a pris pour un homosexuel, dit Richard.

— Qu'est-ce que c'est ?

— Mais voyons, maman... s'écria Richard, je suis tout de même assez grand pour pouvoir parler des hommes qui ont des liaisons avec d'autres hommes.

— Qu'est-ce que tu racontes ? C'est une chose impossible, dit Sophie avec l'incrédulité la plus évidente.

Richard se taisant, elle se tourna vers son mari.

— Ça existe, oui, ça existe, confirma très simplement Anselme Dalleau. C'est une perversion, une sorte de maladie.

— Les gens sont fous, dit Sophie. Maintenant, laissez-moi. Le déjeuner ne sera jamais prêt.

Sorti de la cuisine, Richard demanda à son père :

— Je n'aurais peut-être pas dû parler de ça devant maman ?

— Pourquoi donc ?

— Puisque tu as préféré lui cacher, dit Richard.

— Je n'ai jamais rien caché à ta mère, dit le docteur. Nous n'avons pas eu l'occasion d'aborder ce genre d'histoires, voilà tout. Tu as d'ailleurs vu comment elle a pris sa découverte...

Un timbre retentit qui fit tout oublier à Richard.

— Étienne, sûrement, murmura-t-il. Je vais ouvrir.

C'était un malade. Midi avait sonné depuis assez longtemps, mais le docteur Dalleau ne pouvait se permettre de recevoir à heure fixe.

Quand Richard fut seul, il se sentit repris par son anxiété la plus basse. Il fit par la pensée le tour de l'appartement, composé en fait de deux logements que le prédécesseur d'Anselme Dalleau avait réunis en un seul. A cause de cela, il suivait la forme d'un arc de cercle qui allait d'une porte à l'autre du palier. Celle de gauche avait été condamnée par Sophie. Celle de droite ouvrait sur un vestibule terriblement exigu qui donnait accès à la cuisine et à la salle à manger. Puis un corridor obscur, contenant deux placards et le lieu d'aisance, menait au salon qui communiquait avec le cabinet de consultation. Dans la deuxième partie de l'appartement, rajoutée, se trouvaient la chambre à coucher d'Anselme Dalleau et de sa femme, celle des deux frères et une autre cuisine plus petite qui servait de cabinet de toilette.

« Où vais-je le recevoir ? » se demandait Richard planté dans le vestibule, écoutant avec désespoir le chuintement du gaz et le bruit des casseroles qui, à travers la porte fermée, s'échappaient de la cuisine. « Où ? La salle à manger ? Impossible. Le salon ? Ridicule. Il n'y a que ma chambre. »

Il y courut et frémit. Daniel, à moitié dévêtu, était couché à plat ventre sur son lit, et découpait avec une petite scie des personnages qu'il avait dessinés au préalable. Des morceaux de papier, des rognures de bois souillaient le plancher. La culotte courte de Daniel, ses chaussettes traînaient sur une chaise.

— Tu es fou ! cria Richard. Tu sais bien que j'attends Étienne !

— Oh, pardon, j'ai complètement oublié, dit Daniel. Je vais ranger tout ça.

— Il est bien temps !

Daniel regarda sortir Richard avec une satisfaction morose. Étienne lui avait pris son frère. Il se vengeait. Pourquoi Richard lui parlait-il moins ? Pourquoi Richard ne l'emmenait-il plus au Luxembourg ? Par la faute d'Étienne.

— Étienne ! Étienne !

On n'entendait plus dans la maison que ce nom. Il avait tout lu, et après ? Aimait-il Richard autant que Daniel ? Attendait-il pour s'endormir que Richard s'endormît ? « Le sommeil de mon frère, c'est tout ce qu'*il* m'a laissé », pensa Daniel tandis que des larmes de souffrance et de rage affluaient entre ses longs cils bleutés. « Et Richard veut que je l'aide à bien recevoir Étienne ? Qu'il se débrouille avec la frousse qu'il a de son ami. »

Seul Daniel avait deviné les transes de Richard. A sa place il eût traversé les mêmes.

VIII

Quand Richard avait pensé aux catastrophes qui pouvaient survenir à l'arrivée d'Étienne, il avait prévu la rencontre possible de son ami avec un malade en loques, ou avec sa mère en tablier reprisé, tenant une bassine d'eau bouillie au docteur. Rien de pareil ne se produisit. Mais Étienne entra dans l'appartement portant une gerbe de fleurs. Richard la lui prit des mains machinalement et ne sut qu'en faire. Il n'avait jamais eu l'occasion d'offrir des fleurs, et il ne se souvenait pas qu'on en eût reçu chez lui. Parfois, sa mère rapportait du marché ou d'un coin de rue une mince botte de marguerites ou de bleuets achetés pour quelques centimes. La gerbe d'Étienne laissa Richard complètement stupide. Comment s'en débarrasser ? Richard conduisit son ami au salon, bredouilla : « Un instant, je reviens », puis se précipita à la cuisine, posa les fleurs sur un escabeau.

— Mon Dieu, s'écria Sophie, qu'est-ce que cette folie ?

— Étienne, pour toi, dit Richard.

— Mais je ne veux pas, répliqua Sophie. Il a dû

dépenser une fortune. Et je n'ai pas le temps de m'en occuper, ni rien pour les mettre.

— Arrange-toi, maman, je t'en supplie, murmura Richard. Je ne peux pas laisser Étienne.

Il retrouva son ami qui examinait avec attention les objets dont il était entouré. Richard voulut avant tout distraire Étienne de ces meubles et de ces ornements, achetés au plus bas prix chez des revendeurs.

— Joyeux dix-neuf ans, dit Richard, sur un ton d'enjouement forcé.

— Nous étions convenus de ne pas parler de cela, dit Étienne sans se retourner.

Son regard était fixé sur une grande gravure entourée de dorures massives, et qui représentait le roi Henri IV jouant avec ses enfants. Richard ne pouvait se défendre d'aimer cette image qu'il avait toujours vue. Mais il pensa aux belles eaux-fortes que possédait Étienne, et dit d'un ton léger :

— Est-ce ridicule !

— Je ne trouve pas, répondit Étienne.

Il avait parlé à mi-voix, et ne semblait pas s'adresser à Richard.

— Je ne trouve pas, dit-il encore, sans s'apercevoir qu'il se répétait.

La porte qui donnait sur le cabinet du docteur s'ouvrit et Anselme Dalleau parut, en blouse blanche. Sa couleur faisait mieux voir le haut et large front, les yeux doux et fatigués.

— Vous admirez la galerie de tableaux ? demanda le docteur à Étienne, en souriant comme pour un camarade.

— Je ne suis pas de l'avis de Richard sur cette gravure, dit Étienne avec vivacité. Elle me touche.

Richard rougit un peu et ne dit rien.

— J'aurais cru que vous étiez plus exigeant, remarqua le docteur.

— Je ne pensais pas à l'art, s'écria Étienne. Je pensais...

Il s'arrêta net et serra nerveusement ses mains l'une contre l'autre. On eût dit qu'il venait de se rappeler qu'il n'était pas seul.

— Passez donc dans mon cabinet, proposa le docteur. Nous y serons mieux pour attendre le bon déjeuner que prépare maman.

Richard regarda Étienne très vite, et à la dérobée, pour deviner l'effet qu'avait pu produire sur lui cette phrase qu'il jugeait triviale. Étienne répondit avec un sourire confiant que Richard ignorait :

— J'en ai déjà senti l'odeur, et m'en trouve bien, à l'avance.

Le cabinet d'Anselme Dalleau était la seule pièce à laquelle Richard reconnût quelque tenue. Elle le devait à l'activité dont elle était le foyer. Elle ne contenait que les meubles et les appareils nécessaires, ainsi qu'une grande bibliothèque en acajou. Étienne eut vers elle un mouvement instinctif.

— Les bouquins sont un aimant, n'est-ce pas ? demanda le docteur en riant. Mais ceux-là pour la plupart ne vous diront rien. Richard m'a expliqué. Vous êtes un pur esprit littéraire, et vous ne cherchez même pas les diplômes.

— Ne croyez pas que je compte sur mon père, dit vivement Étienne. Je veux gagner mon pain en écrivant. J'ai déjà commencé. Je travaille dans un journal.

— Depuis quand ? s'écria Richard.

— Mais... mais... depuis assez longtemps, répondit Étienne, en faisant craquer ses longs doigts d'une manière embarrassée. Je ne vous en ai jamais parlé, je ne sais trop pourquoi. Je crois que j'avais peur de paraître prétentieux. Et puis, c'est une petite feuille assez révolutionnaire. Mon père m'a demandé de ne pas m'en vanter.

— Mais vous l'avez dit au mien, observa Richard.

— Ce n'est pas la même chose, dit Étienne. Le docteur...

Il se tut soudain, ne pouvant avouer que de cet homme en blouse blanche, aux moustaches épaisses et à la voix faible, il se sentait plus près que de Richard, son ami. Anselme Dalleau regarda attentivement le jeune homme, mais reprit d'un ton léger.

— C'est mon cabinet qui veut ça. Ici, on ne cache rien.

Il raconta quelques souvenirs médicaux. Richard les connaissait, mais l'intérêt que leur porta Étienne les rendit tout neufs pour lui. Il se sentait très fier de son père.

Quand Daniel, le visage fermé, vint demander qu'on passât à table, il trouva dans le cabinet du docteur trois camarades dont le plus animé et le plus gai avait les cheveux gris. En entendant la voix hargneuse de son frère, Richard eut l'impression qu'une trêve était rompue. Étienne était de nouveau l'invité qu'il redoutait. Et Daniel avait choisi, de ses deux cravates, la plus usée, et, pour une fois, ne s'était pas collé les cheveux.

— Passez devant, dit le docteur. J'enlève ma blouse.

Dans la salle à manger, Richard vit toutes ses craintes justifiées. Le bol de lait chaud fumait près du couvert de son père. La serviette de Daniel portait son rond affreux et Sophie Dalleau entrait, un plat dans les mains.

« Il va peut-être la prendre pour une domestique », pensa Richard dans un mouvement de panique. Il cria presque :

— Maman, maman, voilà Étienne.

— Je vois, je vois bien, dit affectueusement Sophie, en déposant son plat sur la table.

Puis elle tourna vers Étienne un visage qui le fascina. Richard avait beaucoup parlé du docteur, et très peu de Sophie Dalleau. Sa beauté, à laquelle Richard était habitué, ne comptait plus pour lui, ou du moins il le croyait. Or, c'était une beauté qui, par sa signification, ne pouvait manquer d'émou-

voir au plus haut point une sensibilité non prévenue, surtout quand elle portait, comme en cet
instant, un extraordinaire pouvoir d'accueil.

— Richard vous aime tant, et vous lui avez fait
tant de bien, dit Sophie, que je vous compte parmi
mes enfants.

Elle se reprit en souriant :

— Il ne faut pas répéter cela à votre mère, elle
pourrait m'en vouloir.

Étienne essaya de répondre, mais ne sut point.
Sa figure sembla se creuser.

— Je vois que vous avez séduit la famille entière,
dit le docteur qui entrait en remontant sous son col
une des branches de l'appareil en celluloïd sur
lequel sa cravate était nouée une fois pour toutes.

Daniel poussa un cri :

— C'est trop bête... maman, j'ai oublié d'acheter
le vin.

Richard lui jeta un regard sauvage.

— Nous ne buvons que de l'eau, expliqua Sophie
à Étienne. Mon mari n'a pas droit à autre chose à
cause de son cœur, et les enfants ont le temps. Mais
Daniel va descendre tout de suite à l'épicerie.

Une fois de plus en cette journée, Richard fut
surpris de voir Étienne manquer à la réserve dans
laquelle à l'ordinaire il était enfermé. Son ami saisit
la main de Sophie Dalleau et pria :

— Madame, non, ne changez rien pour moi. Je
voudrais... enfin, ne changez rien...

Le docteur, ainsi qu'il l'avait déjà fait dans son
cabinet, posa sur Étienne un regard sérieux, mais
il parla à sa femme avec bonhomie :

— C'est très bien comme ça, dit-il. Un peu de
régime n'a jamais incommodé personne. Veux-tu
nous servir, maman.

Il but son lait chaud. Des gouttelettes restèrent
dans sa moustache. Mais Richard n'en souffrit
point. Il sentait qu'il n'avait plus à s'inquiéter de
rien. Alors, d'un mouvement tout naturel, il revint

au rôle qu'il tenait, aussi loin que remontait sa
mémoire, à la table familiale. Ses impressions
d'école, de lycée, d'université, avaient toujours
formé les thèmes essentiels des entretiens. Il était
pour ses parents le seul truchement avec le monde
extérieur.

Étienne sentit tout cela et eut l'impression d'être
adopté dans une cité merveilleusement close :

— Tu comprends bien que c'est le procédé de la
mère Juliais qui est infect, disait cependant
Richard au docteur. Son soupçon, je m'en moque.
Même si c'était vrai, j'ai le droit de faire ce qui me
plaît.

Anselme croyait que son fils n'eût jamais sup-
porté de passer pour un homosexuel. Mais il
croyait aussi que la vraie jeunesse ne se plaisait
qu'aux idées absolues et mentait à elle-même pour
demeurer fidèle à leur impossible rigueur. Richard
surprit l'ironie dans l'œil de son père, et comme
déjà il commençait à s'emporter et qu'il trouvait du
plaisir dans cet emportement, et qu'il cherchait
inconsciemment à le développer, il s'écria :

— Tu ne peux pas comprendre. Tu es trop philosophe. Tu n'aimes que tes livres et ton fauteuil.

— Et vous, peut-être, un tout petit peu, murmura le docteur, en faisant aller ses petits yeux fatigués de Richard à Daniel.

— Bien sûr, bien sûr, dit impatiemment
Richard. Est-ce qu'il s'agit de cela ? Regarde un peu
chez Dostoïevski, Raskolnikov, Rogojine...

A ce moment, Richard s'aperçut que sa mère lui
faisait signe et l'interrogea d'un regard irrité.

— Mange, mon petit, dit timidement Sophie. Je
t'attends pour servir la suite.

Elle souffrait d'avoir à interrompre son fils. Et
elle souffrait également des allées et venues incessantes qui l'empêchaient de suivre la conversation
du docteur avec Richard. Elle aussi, bien des
années auparavant, avait aimé les livres...

Sophie se rendit à la cuisine.

Tandis que Richard parlait de nouveau, les yeux d'Étienne tombèrent sur Daniel et il fut incapable de porter à l'entretien un intérêt véritable. Daniel écoutait les propos de son frère avec une émotion qui ressemblait à de la souffrance. Sa lèvre supérieure, un peu plus courte que la lèvre inférieure, frémissait rapidement et découvrait les pointes aiguës de ses canines. La manière de voile qui dissimulait toujours l'expression de son regard était soulevé en cet instant et ce regard montrait une admiration, une adhésion, un abandon qui firent peur à Étienne. Car Richard criait :

— Nous sommes nés pour le plaisir. Quel autre sens a la vie ? Et puisqu'il en est ainsi, on a le droit de tout faire pour obtenir le plaisir.

Anselme Dalleau avait décidé à l'avance de ne pas se laisser prendre à la discussion et, d'abord, il n'avait répondu à Richard qu'avec amusement. Mais deux ou trois arguments avancés par son fils avaient mis son esprit en mouvement et il entra dans le jeu de Richard, sans le remarquer.

— Tu ne vois qu'un côté de Dostoïevski, le plus facile, dit le docteur. Tu ne te rends même pas compte qu'il est comme crucifié entre le mal et le bien, et que chacun de ses personnages est seulement une partie de lui-même.

— Mais je veux choisir la partie qui me plaît, s'écria Richard. Je veux être Dimitri, moi. Courir la grande aventure. Jouir de tout. Le vin, la fête, la musique, les femmes.

Le retour de Sophie n'arrêta pas Richard. Mais Étienne la regarda, et, d'une déviation légère des sourcils, lui indiqua Daniel.

— Et pour exprimer sa personnalité jusqu'au bout, poursuivit Richard, pour saisir le suc entier de la vie, je dis, comme Ivan Karamazov : *Tout est permis*.

— Richard, Richard, s'écria vivement Sophie.

Non, je veux dire : Daniel... Tu seras gentil d'apporter le dessert à ma place.

Dès que Daniel fut sorti, Sophie reprit :

— A quoi pensez-vous ? Est-ce qu'on tient des propos pareils devant un enfant ? Richard, encore, il ne sait pas ce qu'il raconte. Mais toi, Anselme !

— Tu as raison, maman, dit le docteur, en frottant ses joues avec embarras.

— Et pourquoi donc, demanda Richard. Pourquoi Daniel...

Comme celui-ci revenait, le docteur demanda à Étienne :

— Et vous, l'introducteur des romans russes, que pensez-vous de la discussion ?

La réponse d'Étienne vint d'une manière presque automatique. Elle était mûrie depuis longtemps.

— Pour moi, dit-il, la clé de Dostoïevski, c'est le combat entre l'orgueil et l'humiliation. La solution est l'humilité des saints. Quand elle n'intervient pas, cela produit des monstres et des damnés. Si j'avais à écrire une étude à ce propos, je lui donnerais comme titre le titre de l'un des romans de Dostoïevski : *Humiliés et offensés*, mais j'ajouterais : *par Dieu*.

Anselme Dalleau, cette fois, ne songea pas à atténuer le sérieux de son regard.

— Vous semblez avoir, dit-il, une conception qui dépasse de beaucoup votre âge.

— Mais Étienne a dix-neuf ans aujourd'hui, s'écria Richard.

— Oh, si j'avais su, dit Sophie.

— Je vous en supplie, madame, dit Étienne. Richard m'avait juré...

De sa voix la plus innocente, Daniel se mêla à la conversation :

— C'est curieux, dit-il. J'ai toujours pensé que, seuls, les orphelins ne fêtaient pas chez eux leur anniversaire.

— Daniel ! dit à mi-voix Sophie.

Mais Daniel continuait, jouant à la perfection l'ingénuité.

— C'est bien ce que tu m'as dit un jour, tu te rappelles, maman, quand j'étais encore tout petit...

Aux premiers mots de Daniel, la joue gauche d'Étienne avait tressailli violemment. Il avait cru, comme chacun, que le frère de Richard parlait en toute naïveté. Mais l'insistance de l'enfant l'éclaira. Daniel cherchait à lui faire le plus de mal possible.

« Pourquoi ? se demanda Étienne. Il n'est sûrement pas méchant... »

Étienne observa, avec un faible sourire :

— Voilà, docteur, un effet selon Dostoïevski.

— Vous ne voulez pas dire... commença Anselme Dalleau.

Il s'interrompit, fixa un regard indécis, préoccupé, sur Daniel. Celui-ci, comme rentré dans sa coque, épluchait une orange avec le soin et l'adresse qu'il apportait à tous les exercices manuels.

— Allons, allons, le danger de la littérature est qu'on la laisse déborder sur la vie, dit le docteur

Un coup de sonnette lui fit quitter sa chaise.

— Vous m'excuserez, dit-il à Étienne. Beaucoup de mes malades sont des pauvres gens. Ils n'ont de liberté qu'aux heures des repas.

Puis, s'adressant à Richard :

— N'oublie pas les leçons de Daniel. Il n'y a plus qu'une demi-heure avant le lycée.

Les deux frères quittèrent avec le docteur la salle à manger. On entendit leurs pas inégaux dans le long corridor.

— Pour Richard, dit Sophie, c'est son père qui s'est toujours occupé de ses études. Tandis que Daniel... La guerre est venue. Nous avons dû quitter la campagne. Mon mari a repris la clientèle d'un jeune médecin. Une clientèle pauvre, difficile. Il n'a plus eu le temps ni la force de suivre Daniel pas à pas. Moi... je suis une ignorante...

Sophie Dalleau hocha la tête, soupira et reprit :
— Vous avez vu le danger pour Daniel mieux
que nous.

Une pesante habitude de réserve fit hésiter
Étienne. Mais cette résistance ne dura pas. Tout lui
devenait simple et aisé auprès de cette femme.

— Le docteur et Richard sont trop heureux, dit-
il. Et vous aussi, malgré vos inquiétudes, vous êtes
heureuse. Oui, tous les trois, vous êtes très
heureux.

Sophie ne posa pas de question. Elle devinait
qu'Étienne était au bord d'une confidence qui lui
coûtait beaucoup et ne voulait ni le forcer, ni l'effa-
roucher. Elle montra seulement par son regard que
le jeune homme était libre de se taire ou de continuer, et que de toute manière elle était avec lui.

— Moi, je ne suis pas heureux du tout, reprit nettement Étienne. Parce que ma famille est (il chercha ses mots) toute différente de la vôtre. Et je
n'étais pas fait pour cela. Je m'y suis accoutumé
peu à peu. Oui, je crois que j'y suis enfin parvenu.
Quelquefois cependant, ça ne va pas tout seul.

Le silence qui s'établit ne les gêna ni l'un ni l'autre. Mais Sophie ne savait pas rester désœuvrée.

— Aidez-moi à desservir, Étienne, voulez-vous,
dit-elle. En général, Richard met le couvert, et
Daniel l'enlève.

IX

Daniel travaillait docilement sous la conduite de
Richard. Il avait jeté son venin. Le coup avait porté
sur Étienne. Maintenant, seul avec son frère, dans
leur chambre, il en arrivait à aimer un effort qui
formait entre eux un lien exclusif.

Étienne vint dans la chambre et tout changea.

Daniel, volontairement, ne comprit plus rien. Étienne, assis sur le lit de Richard, tournait le dos aux deux frères, mais le sentiment de sa présence rendit Richard plus nerveux.

— Tu es aussi stupide que Paulin Juliais, dit-il enfin à Daniel. Si tu ne passes pas en troisième, moi, je m'en fiche, tu sais.

Jamais Daniel ne répondait aux colères de son frère. Mais la présence d'Étienne agit également sur lui.

— Je m'en fiche bien davantage, si tu veux le savoir, s'écria-t-il d'une voix qui tremblait. Qu'on me laisse tranquille avec ces sales études. Je n'aime que dessiner.

— Passe ton bachot d'abord, dit Richard en haussant les épaules.

— Et pourquoi ?

— Parce qu'il le faut, c'est tout.

— Ah oui, il le faut ? demanda doucement Daniel. Et qui disait tout à l'heure qu'il faut seulement en faire à son plaisir ? Que tout est permis pour cela ?

Richard eut l'impression qu'Étienne tournait la tête de son côté.

— *Quod licet Jovi non licet bovi*, cria-t-il à Daniel. Je pense que ton latin va jusque-là.

L'argument écrasa Daniel. Il n'était que trop persuadé de la vérité du proverbe en ce qui les concernait, lui et son frère. Comme il ramassait ses livres et ses cahiers, Étienne s'approcha en tenant les figurines que Daniel avait découpées avant le déjeuner.

— C'est bien Painlevé et c'est bien Briand ? demanda Étienne.

— Mais... oui... murmura Daniel.

— Est-ce que vous les avez vus ?

— Non, bien sûr. Où voudriez-vous ! Je copie les photographies, c'est tout.

— Vous savez, dit Étienne à Richard, il y a là

beaucoup mieux qu'un simple amusement. Vous y
êtes habitué, mais pour un œil neuf, je vous
assure...

Étienne regarda encore une fois les images.
Daniel suivait son étude d'un œil brillant, anxieux,
d'où tout ressentiment avait disparu. Étienne lui
proposa :

— Je vous emmènerai un jour à la Chambre.
Vous verrez ces bonshommes de près. Et si vous
arrivez à faire d'eux ce que je crois, on pourra
essayer de publier vos dessins dans un ou deux
journaux.

Daniel s'approcha de son frère et lui demanda
gauchement.

— Tu ne m'en veux pas ?

— Et de quoi donc, mon vieux, s'écria Richard
en riant. Tu as bien fait de me répondre. Je n'aime
pas les amorphes.

Il donna une forte tape sur l'épaule de son frère.
Et Daniel s'en alla, accablé d'humilité.

X

Daniel avait le sentiment du bien, c'est-à-dire de
certaines règles selon lesquelles la vie doit être
conduite. Il l'avait plus fortement que par éducation. Ce sentiment était inscrit dans son hérédité.
Mais son caractère et son tempérament ne pouvaient pas s'y conformer. C'est pourquoi, avec une
santé normale, une grande finesse instinctive, des
parents qui le chérissaient et un frère aîné qu'il
adorait, Daniel n'était pas un enfant heureux. Il ne
s'estimait pas, et abritait ses fautes dans le silence
comme dans une tanière. Cela avait façonné ses
mouvements et ses traits, les avait rendus adroits
et prudents. Il passait dans l'appartement comme

un petit félin, et ne respirait à l'aise que hors de ses murs.

Lorsque Daniel quitta Étienne et Richard, il descendit lentement les marches usées de l'escalier en murmurant :

— Je ne vaux rien, vraiment rien.

Il avait eu de la haine pour son frère, il s'était ingénié à lui faire du mal. Et cela à cause d'Étienne, qui s'était révélé soudain, et malgré la perfidie de Daniel, le plus *chic type* de la terre.

« J'aurais dû le savoir, pensa Daniel, avec un regain de remords. Richard l'a choisi comme ami. »

Pour rejoindre la rue Saint-Jacques, sur laquelle donnait la solennelle façade du lycée Louis-le-Grand, Daniel n'avait qu'à remonter, sur une centaine de mètres, la rue Royer-Collard. Mais il détestait sa ligne tortueuse, ses pavés en dos-d'âne, ses maisons fatiguées par le temps, ses meublés de misère, sa blanchisserie puante. Ce dont Richard souffrait par à-coups, par impatience d'un vaste destin ou par fausse honte et qu'il oubliait très vite, cela était toujours insupportable à Daniel. Il n'y mettait pas d'amour-propre. Il avait physiquement besoin de luxe ou de ce qui pouvait lui en donner le change. C'est pourquoi il fit un détour par le boulevard Saint-Michel peuplé de cafés, de vitrines et de kiosques à journaux.

Comme Daniel allait tourner à la place de la Sorbonne, il fut rejoint par un garçon de sa classe, un peu plus âgé que lui, qui portait des pantalons longs et dont la voix muait.

— J'ai à me refaire du dernier poker, dit ce camarade. Tu viens ?

— Je n'ai pas le sou, dit tristement Daniel.

— Alors, amuse-toi bien aux maths, cria l'autre, qui, déjà, traversait la place en courant.

Daniel imagina l'arrière-salle de la *Source*, l'odeur du tabac, le bruit des soucoupes et des jetons. Et pour lui, la géométrie. Soudain, Daniel

fouilla ses poches, avec autant d'espoir que d'anxiété. Oui... il avait un franc. Celui qui était destiné
à acheter le vin pour Étienne, et qu'il n'avait pas
voulu chercher. Sa mère ne s'en souviendrait plus.
Cet argent lui appartenait, puisqu'il en avait épar-
gné la dépense. Il allait gagner un gros coup tout
de suite, et arriver au lycée avec un quart d'heure
de retard seulement. Il trouverait bien une excuse.
Ce ne serait pas la première fois.

La *Source* était un café de dimensions très vastes,
qui avait deux entrées. L'une, par la façade, donnait
sur le boulevard Saint-Michel. L'autre, plus
modeste et comme clandestine, sur la rue Cham-
pollion. De ce côté, dans une salle plus petite et
plus obscure que la première, il n'y avait dans
l'après-midi que des enfants ou des adolescents à
peine sortis de l'enfance. Ils venaient du lycée
Louis-le-Grand, du lycée Henri-IV, tout proches.
Certains avaient passé les ponts des deux îles pour
fuir le lycée Charlemagne. Tous ceux qui comptaient parmi les maraudeurs, les fraudeurs, les
carotteurs, les cancres et les frondeurs, tous ceux
qui se moquaient des retenues et des corrections
ou savaient voler des bulletins d'absence chez leur
concierge et imiter l'écriture de leurs parents, tous
ils se retrouvaient dans l'arrière-salle de la *Source*,
pour fumer avec outrance, se donner mal au cœur
à force de bière, jouer aux cartes et s'étonner
mutuellement. Le désordre et le relâchement que
la guerre avait introduits dans les familles et les
institutions publiques facilitaient ce rassemble-
ment.

Daniel y fut reçu en vieil habitué.

— Tu as tout de même séché le bahut, cria le
garçon qu'il avait rencontré quelques instants plus
tôt. Tu as bien fait. Prends une pipe pour la peine.

— Bartoli est généreux. Bartoli se croit déjà
gagnant, ricana un petit être rachitique et qui était
le seul à boire une liqueur sucrée.

— Mon vieux, j'y ai droit, il me semble, après la culotte de l'autre jour.

— J'sais pas, dit un garçon, réfugié de Lille et qui parlait avec un fort accent du Nord. J'sais pas, toi tu joues seulement avec ton argent, moi, c'est avec ma peau.

Il ôta son veston, releva sa chemise, et montra avec fierté des traces bleues sur son dos et ses reins.

— Le travail du paternel, reprit-il, quand j'arrive pas à faucher le bulletin d'absence. Ils ne savent même pas leur veine, ceux qui ont leur père au front.

— Nous sommes quatre, interrompit Daniel avec impatience. Qu'est-ce qu'on attend ?

— Tu es dans le coup ? demanda Bartoli incrédule. Tu... Ah bon !

Daniel venait de faire sonner sa pièce sur le marbre de la table en criant :

— Garçon, un bock, la monnaie et des fiches.

La partie commença. Les jetons représentaient un quart de sou, un demi-sou, un sou et deux sous. On ne pouvait pas dépasser cette mise.

— Dis donc, c'est toujours entendu ? demanda le petit rachitique au réfugié. Celui de nous deux qui gagne mène l'autre au bordel.

— Entendu.

— Alors, pas de blague.

Ils échangèrent un rapide regard de connivence.

— Moi, déclara Bartoli, si j'ai de la chance, c'est au music-hall que j'irai.

Daniel ne dit rien, par superstition, mais il pensa à la cravate qu'il achèterait et donnerait en garde à la caissière de la *Source*.

Il fallait être très naïf pour ne pas s'apercevoir qu'il y avait dans cette partie deux compères. Bartoli et Daniel étaient très naïfs. Comme Daniel était aussi le plus joueur, il perdit très vite ce qu'il possédait.

— Passez-moi des jetons, dit-il avec une fausse assurance.

— Éclaire, répliqua le garçon à grosse tête.

— Demain.

— S'il y a un imbécile, qu'il le dise.

Daniel regarda Bartoli.

— Je perds trop, répondit celui-ci.

Daniel sourit humblement au réfugié.

— Moi, je veux bien, murmura l'autre d'un ton bourru.

Il avançait quelques fiches lorsque son complice s'écria :

— Alors, j'irai tout seul rue de La Harpe.

Le réfugié reprit son bien en disant :

— Ça vaut mieux pour toi, mon gars.

Mais Daniel était pris par le jeu au point qu'il voyait dans cette table le siège même du bonheur.

— Je vous payerai en dessins, cria-t-il. Des profs, des femmes nues, ce que vous voudrez.

Ses camarades refusèrent. Mais une fille qui traversait le café avait entendu Daniel. Rousse, petite et fiévreuse, elle n'était pas beaucoup plus âgée que lui. Elle se mit à rire innocemment, et dit en regardant les longs cils de Daniel :

— Je peux t'avancer quarante sous.

Daniel n'hésita pas. Il était sûr de gagner, et de rendre l'argent.

— A un de ces jours, et bonne chance, dit la fille avec gentillesse. Je suis attendue à l'hôtel en face.

Une demi-heure après, il ne restait plus rien à Daniel. Ses compagnons hélèrent un autre partenaire. Daniel gagna le boulevard Saint-Michel. Il était vidé, triste à mourir. De se sentir respirer, lui donnait du dégoût.

Il remonta lentement le boulevard jusqu'au Luxembourg, entra dans le jardin, erra sous les marronniers en fleur et finit par s'asseoir à l'ombre du kiosque à musique, sur le côté d'où l'on voyait le bassin. Il avait pris une chaise, bien qu'il n'eût pas les dix centimes nécessaires pour en payer la location. Il détestait la promiscuité des bancs, et savait distinguer de loin la chaisière.

Un mouvement de noyé qui se raccroche redressa Daniel à demi. Les deux hautes silhouettes qui passaient devant lui étaient celles de Richard et d'Étienne. Mais il se laissa retomber sur sa chaise. Ses yeux aigus avaient saisi une expression de passion concentrée sur les visages des deux amis et Daniel n'avait pas osé confronter avec eux sa misérable existence.

« Ils vont revenir sûrement, pensa-t-il, et me voir. Il ne faut pas. »

Se dissimulant entre les arbres, Daniel gagna l'autre bout du jardin, qui longeait la rue d'Assas. Là, on jouait à la balle, et les grands ne venaient jamais.

Le menton sur une main, ses longs cils baissés, Daniel ne pensait à rien... Un parfum dont la fraîcheur fit passer dans tout son corps une onde de bien-être flotta autour de lui, rôda, se rapprocha. Cela sentait le muguet, le lilas, l'œillet inculte. Daniel releva la tête et vit une femme penchée sur lui. Elle n'était pas jeune. Mais ses yeux avaient du pouvoir : dilatés, humides...

— Vous semblez bien seul et bien triste, mon petit, dit la femme d'une voix légère qui tremblait un peu.

Elle attendit une réponse qui ne vint pas et poursuivit :

— Au lieu de vous ennuyer ici, accompagnez-moi, voulez-vous.

Daniel considérait l'inconnue d'un regard qui n'était pas de son âge. Il l'évaluait. Elle n'était pas une professionnelle du quartier. Il les connaissait toutes de vue. Ces vêtements chers et sobres, cette voilette, cette façon de parler...

— Vous accompagner où ? demanda Daniel.

— Mais... chez moi, dit la femme. C'est tout près.

Daniel réfléchit un peu, respira le parfum qui l'avait alerté et suivit l'inconnue.

XI

Étienne et Richard avaient fait sans parler les quelques pas qui séparaient la rue Royer-Collard du Luxembourg. Mais ils n'avaient pas encore franchi la grille du jardin qu'Étienne demanda :

— Il n'y a jamais eu de discorde entre vos parents, n'est-ce pas ?

— Une fois, dit Richard en riant. Par ma faute. Ils me l'ont souvent raconté. J'avais trois ans, et j'étais insupportable. Mon père m'a donné une claque, et ma mère a voulu m'emporter et le quitter.

— C'est à Paris qu'ils se sont rencontrés ? demanda encore Étienne.

Il ne s'excusait pas du tour pressant qu'il donnait à ses questions. Et Richard ne s'en inquiétait point. Il devinait que cette indiscrétion était favorable à ses parents. Il dit la vérité avec plaisir.

— Mon père est né dans un village des environs de Saumur. Son père était charron. Il avait beaucoup d'enfants, tous, comme lui, costauds, rustauds, bons vivants. Seul, le dernier, mon père, était de faible santé, craignait les coups et voulait s'instruire. On se moqua de lui, on le mit en quarantaine. Alors il est venu à Paris, avec deux louis d'or, tout seul, à quinze ans. Et, tout seul, a préparé ses examens de lycée. Comment il a mangé, c'est trop long à raconter. Tous les métiers : répétiteur, clerc d'avoué, figurant, laveur de vaisselle. En même temps, il faisait sa médecine. Il arrivait à la fin de ses études lorsqu'il s'est mis à cracher du sang. Ma mère l'a soigné.

— Comment l'a-t-elle connu ? s'écria Étienne.
C'est cela que je vous demande.

— Attendez, attendez, dit Richard qui ne s'aperçut point qu'il copiait les intonations du docteur
Dalleau. Vous avez peut-être entendu parler de
l'étude Gallois. Il paraît que c'est l'une des plus
importantes de Paris. Maman est la fille unique du
notaire Gallois. Ça, comme bourgeois, on ne trouve
pas plus horrible. Argent, économies, ça se fait, ça
ne se fait pas, et encore argent. Le portrait est de
maman. Alors, vous pouvez juger. Elle, elle a toujours pensé à être utile. Elle a voulu faire sa médecine. C'était en 1890 ou à peu près. Scandale dans
la famille. Ma mère a une volonté de fer. Il faut la
connaître pour le savoir vraiment. Une volonté de
Gallois, je pense. Elle l'a imposée.

— Après... après, dit Étienne.

— Maman était en première année, et mon père
en dernière. De temps en temps, elle le voyait passer dans la cour, à l'amphithéâtre. Mon père, vous
le connaissez. Il... enfin, il n'est pas très beau. A ce
moment il était invraisemblable. Sa barbe lui descendait sur la poitrine. Ses vêtements venaient du
fripier, il les usait jusqu'à la corde. On l'appelait
« le paysan de la Loire ». Mais tout le monde l'aimait, les professeurs et les étudiants. Quand le paysan de la Loire dut aller à l'hôpital, ses camarades
et ses maîtres ont fait une souscription et ont
chargé la plus belle étudiante de lui porter l'argent.
C'était ma mère. Elle ne quitta plus son chevet, et
l'épousa, reniée pour cela par toute sa famille
qu'elle n'a jamais revue. Comme mon père s'était
détaché de la sienne, ils se trouvaient à égalité.

— Et après ? demanda Étienne.

— Eh bien, après, mon père a passé sa thèse. Il
aurait bien voulu se spécialiser dans les maladies
du cerveau, mais il devait gagner sa vie. Mes
parents sont allés habiter un hameau dans le Tarn.
J'y suis né, puis mon frère. A ce moment, mon père

a eu des troubles au cœur. On lui a conseillé le repos. Nous sommes venus dans la vallée de Chevreuse, et nous avons vécu de petits revenus que ma mère avait hérités d'une cousine éloignée. J'ai été au lycée Lakanal qui est tout près, jusqu'à la philo que j'ai faite à Louis-le-Grand. Et puis la guerre. Les titres de la cousine n'ont plus rien valu, et mon père a repris l'appartement d'un jeune médecin mobilisé qui venait de s'installer rue Royer-Collard. Et voilà.

Les deux amis allaient et venaient le long de la balustrade qui surplombait les massifs de fleurs et la pièce d'eau où des enfants lançaient leurs voiliers. Comment auraient-ils aperçu Daniel ?

Quand Richard eut achevé, Étienne libéra sa poitrine par un profond soupir.

— C'est prodigieux, dit-il tout bas et sans s'adresser à personne.

Richard se mit à rire et répliqua :

— Allons, allons, Bernan. Il me semble que l'exagération a changé de camp, aujourd'hui.

— Mais vous ne vous rendez vraiment compte de rien, s'écria Étienne en s'arrêtant brusquement. Au milieu de tant de gens pourris, de gens qui courent seulement après leur ambition, leur argent ou leur sexe, voilà deux êtres qui sont comme deux exilés. Ils se rencontrent et ils s'aiment, et ils sont heureux l'un par l'autre. Et puis ils réunissent toutes leurs forces pour leurs enfants.

Richard n'aurait pu dire si le ton d'Étienne le provoqua. Ou s'il fut obscurément gêné qu'un autre eût tracé une si belle image de ses parents, ou s'il se laissa aller à un penchant véritable. Mais il répondit durement :

— C'est vous qui ne savez pas profiter de votre chance. Que mon père et ma mère se contentent de leur existence, c'est leur affaire. Mais moi ? Je ne suis pas un bourgeois, un familial, moi. Il me faut de l'espace, de l'action, des gens puissants, des femmes belles. Vous pouvez avoir tout cela. Votre père connaît tout le monde.

— Du joli monde.

— Votre mère reçoit sans cesse.

— Il faut voir qui.

— Vous êtes blasé, voilà tout.

— Et vous inconscient.

Étienne et Richard, dans le feu de la discussion qui les affrontait, avaient laissé machinalement leurs pas suivre la pente la plus facile. Elle menait à la fontaine Médicis. Ils s'arrêtèrent près du monument.

— Mais qu'est-ce que vous demandez donc à la vie ? poursuivit Étienne.

Richard secoua ses cheveux.

— Voilà ce que je veux, dit-il d'une voix basse et ardente, en montrant les personnages de marbre : cette chair, ce pouvoir, prendre, dominer. Être grand, célèbre. J'aimerais mieux me tuer que de ne pas avoir tout ça.

— Au prix de quoi ?

— De rien. Par moi-même. Je serai fort et seul, je serai propre. Je m'imposerai aux hommes.

Ils se turent et entendirent au-dessus d'eux le froissement des jeunes feuilles. Des pigeons, des moineaux lustraient leurs plumes à l'eau de la fontaine. L'animation des deux jeunes hommes s'apaisa peu à peu. Étienne remarqua à mi-voix :

— C'est très difficile de rester propre et de mener la vie que vous disiez à déjeuner.

— Vous parlez comme mon père, répondit Richard distraitement. Soyez tranquille. Je m'arrangerai.

Ils prirent des chaises et conversèrent longuement, avec de longs silences. Et dans ces silences, Richard sentait que ses rapports avec Étienne n'étaient plus exactement les mêmes. Leur intimité avait grandi : Étienne lui était devenu plus familier et il était plus sincère avec Étienne. Il s'en trouvait heureux. Mais en même temps Richard songeait que son ami avait perdu le pouvoir et le prestige de l'intimider. Il faisait partie maintenant de la rue Royer-Collard, et un peu à titre de parent pauvre. Il ne restait rien de cet Étienne qui, au début de l'année scolaire, en avait tant imposé à Richard. Et Richard le regrettait un peu.

XII

Daniel arriva en courant si vite qu'il se jeta contre la chaise de Richard.

— Enfin, je te trouve, cria Daniel. Je t'ai cherché partout. Je voulais te raconter tout de suite...

Ses yeux brillants, surexcités, rencontrèrent ceux d'Étienne. Il hésita un instant. Mais il pensa qu'Étienne s'était montré un ami, et méritait une revanche. Faisant une violence à son goût du secret, et un don à Étienne, Daniel poursuivit :

— J'ai une maîtresse, Richard. Une vraie, une femme du monde. Ça m'est tombé du ciel tout à l'heure. Elle m'a levé quand je ne pensais à rien. Elle a une garçonnière à elle, tu sais. Avec une salle de bains qu'elle a fait installer, une salle de bains en mosaïque bleue et blanche, et des tas de flacons. Le lit a des draps en soie. Elle m'a pris dedans et m'a embrassé partout. Puis j'ai couché avec elle. Ce qu'elle sent bon et frais ! Seulement elle est un peu folle, je crois. Elle criait et pleurait et m'appelait tout le temps « mon tout neuf ». Qu'est-ce que tu penses, Richard, toi qui as l'habitude ?

Dix fois au cours de cette confidence, dix fois Richard dut résister à la tentation de fermer brutalement la bouche de Daniel. S'il ne pouvait éprouver exactement l'horreur et le dégoût qu'il avait inspirés à sa mère dans le pré de Blonville, il approcha de ces sentiments. Un enfant en culottes courtes... le petit Daniel... Quelle saleté, quelle atteinte à la vertu du monde !

Et cet instinct n'était pas le seul à souffrir chez Richard. Une humiliation, une jalousie inavouables le blessaient, lui, le grand, l'homme, et qui ignorait encore ce que Daniel venait de découvrir. Et aussi un trouble odieux dont il sentait avec effroi la chaleur sur sa peau.

Fermer la bouche de Daniel, arrêter le mouvement de cette lèvre trop courte sur les dents brillantes, interrompre ces détails, cette joie, cette ordure. Mais Étienne était là. Mais Richard était prisonnier de toutes ses paroles et de toutes ses attitudes. Que pouvait-il reprocher à Daniel ?

Richard répondit en haussant les épaules :

— Est-ce qu'on sait, avec les poules !

— Quel âge avez-vous ? demanda Étienne à Daniel, d'une voix un peu altérée.

— Quatorze ans et deux mois, dit Daniel. J'aurais pu bien avant, mais j'ai préféré attendre et choisir.

XIII

Dans le vieux fauteuil de la salle à manger, Anselme Dalleau étudiait l'anglais en lisant Carlyle, ainsi qu'il le faisait chaque soir. Assis à la table desservie, Richard feuilletait un cours de droit. Daniel dessinait en face de lui. Par la porte entrouverte arrivait le bruit que faisait Sophie en mettant de l'ordre dans la cuisine.

Richard rejeta brusquement son cahier polycopié et dit :

— Je vais faire un tour.

Le docteur glissa un regard vers son fils par-

dessus ses lunettes et, alerté par le ton et l'expression de Richard, eut envie de lui demander
« Où ? », se ravisa et, fidèle à sa règle de ne jamais
empiéter sur la liberté de son fils, murmura :

— Bonne promenade, mon grand.

Richard sortit rapidement sans s'arrêter à la cuisine. Il savait sa mère moins discrète. Or l'obsession levée en lui par le récit de Daniel ne se
relâchait pas.

Mais sur le boulevard Saint-Michel, Richard sentit qu'il ne pourrait pas mettre à exécution son dessein qui était de se laisser emmener par la première
des prostituées ou des filles faciles qui l'appellerait.
Leur visage le glaçait. Alors, il *vit* l'adresse :

« Mathilde Lanvic, 25, rue du Rocher, 7e étage,
porte no 5. »

Il était sûr, pourtant, de l'avoir oubliée depuis
qu'il avait déchiré la lettre, reçue plus de six mois
auparavant. En la retrouvant soudain au premier
plan de sa mémoire, Richard ne mesura pas
combien il avait lutté inconsciemment contre la
tentation. Il n'eut qu'une crainte : la servante avait
pu changer de place.

Quand il eut maîtrisé sa timidité, frappé à la
porte no 5 de l'étage des domestiques et reconnu la
voix de Mathilde, Richard eut un instant de joie
insensée. Le destin était avec lui. Mais quand il
pénétra dans le galetas, sentit l'odeur aigre et rance
qui l'emplissait, quand de nouveau quelque chose
d'humide fouilla sa bouche, il eut envie de fuir. Il
était trop tard. Mathilde le déshabillait, l'entraînait
dans ses draps douteux, l'attirait contre elle.
Richard comprit à peine ce qu'il venait de connaître, tellement tout fut rapide.

— Tu en avais bien besoin, chuchotait maternel-
lement Mathilde. Ne parle pas. Repose-toi... Et puis
on entend tout, à côté.

Richard demeurait les yeux clos.

« Ce n'est que ça ! » se disait-il. « Que ça... »

Sa pensée ne pouvait pas aller plus loin.

Mais bientôt le désir le reprit, et il mit quelque temps à le satisfaire, et il se réjouit de sentir Mathilde vivre par lui une vie mystérieuse, impartageable, et il assista à la propagation de son propre plaisir, et il eut peur de sa force.

Ensuite, la mansarde redevint la mansarde, le lit un grabat, et Mathilde une bonniche malpropre. Richard s'en alla aussi vite qu'il put.

TROISIÈME PARTIE

I

Tous les matins, avant de se rendre à l'École de Médecine, Geneviève, la sœur d'Étienne, servait de secrétaire à leur père, Jean Bernan, directeur du Cabinet au ministère de l'Intérieur. Elle ne le faisait point par plaisir, encore moins par tendresse. Seulement Geneviève, qui n'avait pas le goût des joies faciles ni de la vie physique et qui n'avait pas su trouver, à l'âge de vingt ans, la matière d'une vraie vie sentimentale, se voyait dans la nécessité de chercher une occupation de l'esprit pour chacun de ses instants.

Aucune activité ne lui donnant entièrement satisfaction, elle accumulait les tâches. Elle avait besoin de se sentir indispensable et, ainsi, d'avoir prise sur les gens, de forcer leur reconnaissance et leur amitié. Mais parce que Geneviève n'attendait jamais qu'on vînt à elle et parce qu'elle mettait de l'acharnement à imposer ses bienfaits, elle n'obtenait pas l'échange qu'elle espérait. Elle vivait dans le sentiment constant d'être frustrée.

Pour son père, ce grief était si ancien que Geneviève ne le reconnaissait plus et ignorait même que, dans leur travail commun, elle tirait son véritable salaire des inquiétudes et des humiliations secrètes qu'elle était seule en mesure de lui faire subir.

A huit heures, comme à l'accoutumée, Jean Ber-

nan avait achevé sa toilette et ses exercices de gym-
nastique. Il mit une robe de chambre écossaise,
noua autour de son cou un foulard de soie épaisse
et se rendit à son cabinet de travail. Un domestique
le suivait, portant du thé et des croissants chauds.

Geneviève, tout habillée, assise au bureau de son
père, dépouillait les journaux du matin et fumait.
L'odeur du tabac, et du tabac français singulièrement, déplaisait à Jean Bernan de si bonne heure,
mais il n'osait pas le dire. Il savait insinuer ses
volontés et faire partager ses désirs aux hommes
les plus haut placés, mais il était dérouté et comme
intimidé par ses enfants. Bernan, selon son habitude, embrassa légèrement Geneviève sur la joue
en disant : « Bonjour fillette. Tu es vraiment charmante ce matin », ce qu'il ne pensait pas. Puis il lui
caressa les cheveux qu'elle avait assez raides, coupés court et très noirs avec une singulière mèche
grise au milieu du front. Ceux de Bernan, abondants et fins, étaient tout blancs, d'une blancheur
prématurée, et la lotion dont il les imbibait chaque
matin leur donnait un miroitement très doux,
argenté et nuancé de bleu d'une façon à peine perceptible. Geneviève retrouva le parfum de cette
lotion, la trace de l'eau de Cologne ambrée sur les
joues de son père, le lisse de sa peau, la pulpe
pleine de ses lèvres et, comme toujours, fut raidie
par la répugnance. Elle ne dit rien et se remit au
travail.

Bernan commença à déjeuner. C'était un instant
qu'il aimait beaucoup. Il se sentait sain, frais et certain de soi. Il se reposait du labeur matinal sur
Geneviève dont il appréciait la rapidité, la méthode, l'intelligence et la discrétion. Son esprit était
libre pour méditer les démarches, combinaisons,
intrigues et pièges qui composaient le labeur véritable de sa journée.

Geneviève, sans regarder son père, pénétrait ce
contentement et celui qu'il avait à beurrer avec soin

un croissant de ses belles mains tendres et à le porter lentement à sa belle bouche rose. Geneviève haïssait tout cela, mais elle éprouvait en même temps une délectation exaspérée que certaines natures trouvent dans les gestes qui les irritent jusqu'à la crise de nerfs.

— Quoi d'intéressant ce matin ? demanda Bernan qui beurrait un nouveau croissant.

Geneviève lui tendit en silence quelques journaux sur lesquels elle avait coché des titres au crayon rouge. Elle venait de reprendre sa tâche, mais ses yeux étroits, noirs et perçants, surveillaient son père à la dérobée et les lignes de son visage, qui avait une acuité un peu masculine, étaient tendues dans une sorte de guet vif et cruel. Geneviève avait placé, en tête des feuilles imprimées, celle où Étienne écrivait parfois.

La figure rose et souriante s'altéra. Bernan déposa sur le plateau sa tasse de thé et son croissant. Il avait reconnu le pseudonyme de son fils.

— Encore Étienne, dit-il à mi-voix.

Puis à mesure qu'il lisait l'article :

— Mais c'est de l'anarchie... Il devient dangereux... pour moi surtout... Son surnom ne trompe personne. Tout se sait à Paris.

— Surtout dans nos milieux, dit Geneviève doucement.

Bernan laissa retomber le journal.

— Encore heureux qu'il y ait la guerre, s'écriat-il pour la plus grande joie de Geneviève qui recueillait chez son père, avec une satisfaction sadique, tous les propos de ce genre.

— Encore heureux ! Tu vois ce qu'il pourrait publier s'il n'y avait pas de censure.

Geneviève annotait un dossier. Elle observa sans lever la tête :

— L'ennui est que les censeurs lisent et font un rapport.

— Mais enfin, qu'est-ce que veut Étienne ?

demanda Jean Bernan. S'il lui faut des appuis dans les partis de gauche pour après la guerre, il n'a qu'à m'en parler.

Les lèvres très minces de Geneviève furent encore amincies par un sourire intérieur. Elle aimait voir le désarroi de son père qui ne s'étonnait de rien sinon des actions désintéressées.

— Je suis sûre qu'Étienne ne cherche aucun avantage, dit Geneviève. Il a besoin d'écrire ce qu'il pense et c'est là toute son ambition.

— Je n'en connais qu'un comme ça au monde et il faut que ce soit mon fils, grommela Bernan.

Il reprit son thé, son croissant et pensa : « Étienne n'a rien de moi, sa sœur non plus. Pourtant je suis sûr qu'à cette époque Adrienne n'avait pas encore eu d'amant. »

Geneviève s'occupait d'un autre dossier.

— Écoute, fillette, lui dit Bernan avec beaucoup de bonhomie et de mélancolie dans la voix et sur le visage, moi je suis trop vieux pour parler avec Étienne, mais toi tu pourrais essayer quelque chose. Avec ton intelligence, ton autorité de sœur aînée, à peine aînée, juste ce qu'il faut...

— Tu sais bien qu'Étienne et moi nous n'avons pas d'autres rapports que d'habiter le même appartement, fit Geneviève.

— Ça continue donc ? demanda Bernan.

Pour ne pas répondre, Geneviève se mordit les lèvres. « C'est lui, lui avec ses cheveux blancs, avec son visage rose et son odieuse séduction, qui est le premier coupable, pensait Geneviève. Et il s'étonne. »

Comme tant de gens pour lesquels les soucis de vanité, de carrière et d'argent passent bien avant leur vie de famille, Bernan (qui savait tant de choses sur tant de gens et qui les maniait avec une adresse admirable) était sans lumière et sans influence pour tout ce qui touchait à sa propre maison.

— Allons, travaillons, dit Bernan.

Il n'aimait pas s'attarder sur le seul échec de son existence.

Le téléphone sonna. Geneviève prit la communication.

— C'est ton informateur intime, dit-elle. Le commandant Larue, de la Place de Paris, était cette nuit à *Cadet-Rousselle*, le cabaret clandestin où l'on danse... Lefranc, de la Banque de Cochinchine, a offert un rang de perles à la maîtresse de Péron, le directeur de journal.

— Intéressant... Veux-tu noter cela, fillette, et le joindre aux dossiers, dit Bernan.

— Attends, il veut te parler en personne, dit Geneviève.

Bernan écouta, raccrocha, garda quelques instants le silence.

— Ta mère aussi était à *Cadet-Rousselle*, dit-il enfin. Elle dansait avec un acteur très jeune, trop jeune. Il faut que tu lui parles, Geneviève. Il le faut. Je ne suis pas le seul à tenir des fiches. J'ai vraiment peur pour elle, tu sais.

Ce fut la première fois, au cours de la matinée, que Geneviève crut surprendre chez son père un sentiment qui n'était pas absolument égoïste. « Mais comment savoir avec lui ? pensa la jeune fille, et puis que m'importe ! » Elle était pleine de pitié pour sa mère et ne voulait pas réfléchir à la nature de cette pitié.

— Je suis ici pour t'aider dans ton travail seulement, ne l'oublie plus, dit Geneviève d'une voix acérée.

Elle consulta le gros agenda placé sur le bureau et reprit :

— Tu représentes ton ministre à l'inauguration de sculpture cet après-midi. Musée du Luxembourg, deux heures trente.

— Oui, oui... Les œuvres du lieutenant tué... Cela va être fastidieux, dit Bernan.

Mais ses yeux se mirent à briller doucement et il passa l'une contre l'autre, en les effleurant à peine, ses belles mains tendres.

— Pas si fastidieux peut-être, fillette, murmurat-il, Larue, le commandant qu'on a vu à *Cadet-Rousselle*, représente son général et justement, justement...

Bernan n'acheva pas et Geneviève pensa : « Il a oublié Étienne et maman. Il est sur la piste d'un marché sordide. Il a sa figure de poète. »

Son père, en effet, souriait à demi, comme inspiré.

II

Le gardien-chef du musée du Luxembourg inspecta une fois de plus la salle qui devait abriter, quelques heures plus tard, la cérémonie. Tout était en ordre : les plantes vertes, les drapeaux, l'estrade pour les orateurs tendue d'un tapis rouge, et le voile qui cachait la statue à inaugurer.

— Je rentre déjeuner, mais au moindre imprévu, je veux qu'on vienne me chercher en face, dit Hubert Plantelle au gardien de service.

Après vingt années passées dans le musée, Plantelle continuait à exercer ses fonctions avec la vigilance farouche d'un veilleur de phare.

Il s'était mis en retard et s'en alla aussi vite qu'il le pouvait, tirant sur sa jambe droite, estropiée dans la répression de la Commune, aux combats du Père-Lachaise.

Achille Millot, concierge de l'immeuble situé de l'autre côté de la rue de Vaugirard, debout devant le porche, attendait impatiemment de voir paraître, à la grille du musée, la casquette et la face carrée du gardien-chef.

En 1870, Millot, lui aussi, avait combattu les Prussiens en volontaire et traqué les communards avec férocité. Déjà, Plantelle et Millot étaient des hommes d'ordre. Ils s'étaient revus tous les dimanches et en 1896, la grande année de Plantelle où il avait passé son examen de gardien et s'était marié, Millot lui avait trouvé trois pièces sous les combles dans la vieille maison située en face du musée. Depuis, chaque jour, à midi juste, ils prenaient ensemble une absinthe que Millot tenait toute prête.

« Voici près d'une demi-heure qu'elle attend », grommela Millot en pinçant sa barbiche qu'il portait à l'impériale et songeant à la boisson verte et fraîche au fond de la loge obscure.

Enfin le gardien-chef traversa en boitant la rue de Vaugirard.

— Fais excuse, pour ce matin, Millot, le jour n'est pas comme les autres, dit Plantelle avec une intonation bretonne que plus d'un demi-siècle vécu dans la capitale n'avait pas effacée.

— Viens vite, dit Millot. Quand j'attends trop longtemps, il m'en faut une deuxième tournée.

Les deux hommes burent la moitié de leur verre et Plantelle reprit :

— Tu comprends... Avec cette affaire d'inauguration...

— Ce sera beau ? Il y aura de la troupe ? demanda Millot.

Il était de Paris et avait la passion des parades. Son long visage, allongé encore par la barbiche grise à l'impériale, s'était animé dans chacune de ses rides.

— On va mettre des municipaux sur le perron, dit Plantelle.

— Et la musique ? demanda Millot.

— Sonnerie aux Morts, dit le gardien-chef.

Ils achevèrent la boisson verte.

— Pauvre Louise... Elle aurait aimé voir cela, dit Millot. Ce n'est pas juste.

— Ne te plains pas, dit rapidement Plantelle. Tu n'y as pas droit. Ta femme est morte en bonne femme. Vous avez eu une belle vie et il te reste des souvenirs à garder. Moi, quand je pense à ma traînée, et il y a quinze ans qu'elle s'est enfuie, ça m'empoisonne encore le sang.

Les yeux de Plantelle, dont l'âge avait délavé la couleur, s'étaient striés de fibrilles rouges. Millot ne dit rien. Il y avait entre Plantelle et lui une profonde ressemblance intérieure. Millot croyait, comme le faisait Plantelle, qu'un deuil dans une famille était moins cruel que l'honneur perdu.

— Je monte, dit le gardien-chef. Dominique va se demander ce qui m'arrive.

— Ta fille est venue m'embrasser en passant. Je ne connais rien de plus gentil qu'elle, dit Millot. Là, au moins, tu as de la chance.

— Savoir... dit Plantelle à mi-voix.

Millot se mit à rire.

— Écoute, s'écria-t-il, si tu n'es pas content, je la prendrai moi, Dominique. Je l'adopte... Allons, allons Plantelle, qu'est-ce que tu as ?

Le gardien-chef avait saisi une épaule de Millot et la serrait avec une force encore redoutable.

— Ne recommence pas... même toi... même pour la plaisanterie, dit Plantelle, et toute l'intensité d'un sentiment unique pesait sur son lourd visage breton. Dominique, c'est ma fille à moi. Personne ne peut l'aimer comme je l'aime. Personne ne peut rien dire sur elle. C'est une bonne fille.

— Et qu'est-ce que je te disais donc, imbécile ! s'écria Millot. Une bonne fille et une fille belle, voilà tout Dominique.

Le gardien-chef considéra fixement le plancher de la loge.

— Trop belle, dit-il.

III

Hubert Plantelle avait ordonné son existence avec une rigueur qui touchait à la manie. Si bien que Dominique, par le retard de son père, se trouva placée dans une sorte de temps mort. Cela n'arrivait presque jamais à la jeune fille. Les soins du ménage et les exigences de ses études ne lui laissaient pas de loisir. Ne sachant quoi entreprendre, puisque son père devait arriver à chaque instant, Dominique laissa les plats sur un feu très faible et passa dans la salle à manger. La table était mise et, sur le buffet, de larges feuilles vertes portaient une petite pyramide de framboises. Leur prix avait fait hésiter Dominique. « J'ai eu tort, elles sont trop chères pour nous », se dit-elle encore. Dominique s'approcha du buffet et l'expression du désir le plus ingénu remplaça chez elle celle du remords. Tous les sentiments se peignaient avec la même rapidité et la même force sur le visage de la jeune fille. « Comme j'aime les fruits, surtout les framboises », pensa Dominique. Elle caressa le bout de ses doigts contre cette fraîche pulpe pelucheuse, et, sans y penser, mit une framboise dans sa bouche, puis une autre et une troisième.

« Mais, je ne vais pas en laisser ! » dit tout haut Dominique avec surprise. Elle essuya ses mains contre son tablier et alla vivement à la fenêtre. En se penchant un peu, on découvrait toutes les frondaisons de juin dans le jardin du Luxembourg. Sous l'air immobile et plein du soleil de midi, aucune feuille ne remuait parmi la verte épaisseur.

Cette beauté laissa Dominique insensible. Elle se rappelait trop, sous les branches des marronniers, les enfants et leurs bonnes, les retraités du quartier, les vieilles femmes pauvres, les peintres débraillés, les étudiants vaniteux ou timides qui essayaient d'attirer son attention niaisement. Dominique avait été élevée rue Notre-Dame-des-Champs, dans une institution religieuse pour filles sans fortune, de l'autre côté du grand jardin public. On l'y avait menée jouer dès l'enfance. C'était le seul lieu de plein air qu'elle connût. Elle le détestait.

Dominique pensa qu'il y avait des plages, des forêts, des montagnes. Elle pensa qu'il y avait des hommes et des femmes qui ne ressemblaient en rien aux gens qu'elle voyait tous les jours. Le souffle de la rue de Vaugirard devint étouffant. Dominique ferma la fenêtre.

Soudain, elle se trouva devant la glace de la cheminée.

Dominique eut d'abord un mouvement de recul. Ce n'était pas l'effet de l'étonnement, mais d'une crainte singulière et délicieuse. Elle accompagnait Dominique depuis le jour où la jeune fille avait pris conscience qu'elle s'était mise à aimer son corps et son visage, et où un chant de tendre gloire intérieure était monté d'elle pour elle-même. Ce sentiment avait pris de la force surtout dans la belle saison.

Alors, quand elle se regardait dans un miroir, sa personne physique inspirait à Dominique une telle douceur et une telle espérance que des larmes d'exaltation lui venaient brusquement. Elle avait l'impression que ce reflet n'était pas le sien mais celui d'une autre jeune fille, plus belle, plus libre qu'elle et infiniment plus puissante sur les fruits de la vie. Et il n'était pas, sous le ciel, une amie aussi bonne pour Dominique, aussi pure, aussi fidèle et aussi favorable que cette jeune fille. Derrière sa figure, masquée par ses épaules et dans les profondeurs insondables du miroir, s'amoncelaient les biens les plus beaux. Dominique ne les voyait pas et ne savait pas les nommer. Mais elle devinait avec certitude leur présence et cette jeune fille en disposait qui, sans être tout à fait elle-même, était unie à elle par des liens enchantés.

Devant tant de mystère et tant de pouvoir, Dominique se trouvait comme au bord d'un miracle. Elle éprouvait l'adoration et la suave terreur qu'elle avait connues vers sa treizième année dans l'ombre des chapelles.

« Donne, oh ! donne vite ce bonheur dont j'ignore tout mais que tu tiens en réserve pour moi », priait intérieurement Dominique, sans former ses paroles et s'adressant à ce front blanc et doux sur lequel retombaient des boucles de cheveux cuivrés, à ces grands yeux étonnés et comme emperlés d'une humidité brillante, à ces yeux qui s'élargissaient de seconde en seconde et à cette bouche enfin qui faisait songer aux framboises dont Dominique gardait encore le goût merveilleux...

IV

Elle entendit ouvrir la porte du palier et le pas inégal de son père. Elle courut à lui.

— Enfin, s'écria Dominique en embrassant très fort le vieil homme. Enfin ! Mais qu'est-ce que tu as bien pu faire, Mon-Père-Chéri ?

Ces trois mots que sa fille prononçait comme une seule note mélodique, la voix d'une densité musicale surprenante, le contact frais, sain et tendre qui était celui de son propre sang, Plantelle eut besoin de quelques instants d'immobilité pour accueillir et retenir le bonheur qu'ils lui apportaient. Puis il dit :

— Je te raconterai à table. Je suis pressé.

Mais, dès qu'ils eurent quitté le vestibule qui était très obscur, Plantelle s'arrêta :

— Comme tu plisses les yeux, dit en souriant Dominique. C'est le soleil ?

— Non ce n'est pas le soleil, dit Plantelle machinalement.

Il venait d'apercevoir sa fille en pleine clarté de midi et il ne restait plus trace de joie dans son cœur. En cet instant, tout chez Dominique, le teint, les lèvres, la chevelure, tout avait l'éclat, la richesse et la chaleur de la lumière. Le regard pâle de Plantelle contemplait aussi les épaules arrondies, la nuque flexible et la poitrine que chaque respiration dessinait. Tant de beauté accablait Plantelle. Une fille si belle et si formée ne pouvait pas lui appartenir, ne pouvait plus appartenir seulement à un père.

« Je ne l'ai jamais vue ainsi. C'est une femme », se dit Plantelle avec une surprise où il entrait du dégoût.

Il souffrait affreusement.

— Tu n'as pas arrangé autrement ta coiffure ? demanda-t-il.

— Mais pas du tout, dit Dominique, étonnée.

— Tu n'as rien de changé ? demanda encore Plantelle.

— Absolument rien, voyons, dit Dominique.

Plantelle ne connaissait pas la jeune fille du miroir et Dominique l'avait oubliée. Mais son reflet était resté sur elle.

Le gardien-chef dévisagea une dernière fois sa fille. Pas de fard. Pas de poudre. Aucun artifice. Mais personne ne pouvait empêcher que cette chair fût si ferme, que cette peau fût si tendre, ce visage si impatient de vie et que Dominique eût vingt ans. Plantelle détourna ses yeux pâles vers les images de piété qui, chaque année, prenaient plus de place sur les murs. « Gardez-la, gardez-la », supplia-t-il, sans remuer les lèvres, et, torturé d'amour et de crainte, il passa dans la salle à manger.

La routine de la table apaisa peu à peu ses tourments. Les mouvements de Dominique étaient simples. Elle servait son père avec empressement. Elle mangeait avec plaisir. Suivant son habitude, elle souriait beaucoup plus qu'elle ne riait et sa gaieté se montrait unie et limpide. Elle portait une robe sans ornements et sur la robe un tablier très reprisé. « Où ai-je pu voir le signe du démon, la marque du péché sur ma pauvre petite ? » se demanda Plantelle. « C'est le souvenir de cette traînée... Mais un enfant ne tient pas que de sa mère. »

De joie, le gardien-chef alluma un cigare à un sou, ce qu'il faisait seulement le dimanche.

— C'est donc fête ? lui demanda Dominique.

Plantelle ne pouvait pas avouer la vraie raison de son extravagance. Il dit :

— Tout comme. Il y a grand gala au Musée.

— Raconte, raconte, s'écria Dominique.

Tout événement hors de la règle prenait des proportions démesurées dans cette vie si monotone. Dominique écouta avec une avidité enfantine tout ce que le gardien-chef disait de l'inauguration. Il y aurait des officiers, des ministres, leurs femmes... des drapeaux... et des sonneries de clairon.

— Que c'est beau tout cela, murmura Dominique, et pour un mort !

— Il le mérite. Il a été brave, comme ceux de Reichshoffen, dans mon temps, dit Plantelle. Et puis, il laisse une femme et deux petits.

— Ils seront là ? demanda Dominique.

Ses yeux qui, un instant auparavant, étaient tout brillants de curiosité et d'admiration, n'exprimaient plus que la souffrance. Ses lèvres tremblaient. Plantelle était très ému de la voir ainsi et très heureux. Un visage si propre, une âme si claire n'avaient jamais été touchés par le mal. Et bientôt Dominique irait à l'École qui préparait les institutrices de l'État. Dominique avait échoué l'an passé, mais cette fois, elle devait réussir. Alors sa route serait toute droite, sans péril, sans pièges.

— On a encore le temps de travailler, dit Plantelle.

Dominique apporta un manuel. C'était le jour de la géographie. Depuis qu'elle avait été refusée au concours de Sèvres, Dominique étudiait chez elle selon un emploi du temps invariable. Elle récita exactement le chapitre que son père lui avait indiqué la semaine précédente et répondit sans une faute aux questions qu'il lui posa très vite, en désordre, avec une ruse d'inquisiteur.

— Je ne comprends vraiment rien à ton malheur de l'été dernier, dit enfin Plantelle. Tu es travailleuse, tu as une mémoire comme personne. Alors, qu'est-ce qui s'est passé ? Tu t'es affolée ?

Bien que Dominique fût habituée à cette question (son père la faisait chaque jour et après chaque repas), elle ne sut se défendre contre le malaise que l'étonnement de Plantelle persistait à susciter en elle. Cet échec voulu était, à l'égard de son père, le seul secret coupable de Dominique. Elle répondit par le demi-mensonge familier.

— Les nerfs, sans doute.

Plantelle réfléchit. Il voulait plus que jamais aider sa fille.

— La prochaine fois, dit-il, fais donc ainsi que j'ai fait pour mon examen, en 1896, le 3 avril. Ne pense à rien, réponds comme un livre. C'est tout.

Dominique semblait regarder son manuel de géographie, mais en vérité, elle pensait : « 1896... vingt ans... le même métier, les mêmes figures... et pour moi toujours des élèves bruyants, sales, hargneux... la province. »

Dominique se souvint de la jeune fille dans le miroir.

— Je ne voudrais pas être institutrice, dit-elle soudain.

Depuis qu'il était rentré chez lui, Plantelle avait connu, dans leur forme la plus intense, le bonheur, l'effroi et l'apaisement. Aucune de ces sensations n'avait été lisible sur sa vieille figure puissante et carrée. Cette fois, aux paroles de sa fille, chacun de ses traits fut imprégné de stupeur.

— Tu... tu crains tellement le concours ? demanda Plantelle péniblement.

— C'est surtout après, dit très vite Dominique. Quand j'aurai tout passé, tout fini. Les gamins, les devoirs à corriger (elle parlait de plus en plus vite), toujours la même chose, dans un endroit perdu... seule. Je n'ai pas la vocation. Je ne saurai pas... J'ai peur... Je ne veux pas.

— Qu'est-ce qui dit « je veux » dans cette maison ? demanda Plantelle d'une voix lourde et rauque.

Il pensa à toutes les années vécues pour un objet unique, à l'espoir qu'il caressait chaque soir en se couchant, à ce ciel tranquille au bout du défilé.

La colère fit avancer sa large mâchoire.

— Ne t'avise pas de recommencer, dit-il. Sinon...

Plantelle voulait lever la main pour bien définir sa menace. Mais le geste, noué, s'arrêta dans son épaule à cause du regard de Dominique. Elle avait les yeux d'un marron de noisette tendre et nuancé de vert. Mais, en cet instant, ils étaient presque noirs et comme aveuglés par l'étonnement, la crainte, le chagrin. Plantelle respira difficilement.

— Qu'est-ce que tu veux être alors ? demanda-t-il. Vendeuse de magasin... Gouvernante... Demoiselle des Postes ?

— Non, non, murmura Dominique en reculant un peu, comme si elle était traquée.

— Alors, quel métier veux-tu faire ? dit Plantelle.

Dominique sentit que si elle n'avouait pas cette fois le seul moyen qui lui venait parfois à l'esprit pour rejoindre un autre univers elle n'en aurait plus jamais le courage.

— Les bonnes sœurs me donnaient toujours le prix de récitation, dit précipitamment Dominique. Elles me faisaient toujours des compliments quand on jouait des pièces. Alors, peut-être... le théâtre...

— Ac-trice ! dit Plantelle.

Et Dominique comprit que son père eût mieux aimé la voir morte.

Plantelle interrogea du regard les images pieuses. Il voyait les forces du mal investir Dominique. Il parla sur un ton où l'amour, la tyrannie de l'idée fixe et la panique se confondaient.

— Tu vas passer ton concours, dit-il, et tu iras à Sèvres et là tu auras de bons professeurs, de bonnes compagnes et la vie te sera aisée, puis tu auras un poste, un poste de l'État et je serai tranquille pour ma fille.

Plantelle reprit sa respiration et baissa la voix.

— Écoute, Dominique, je peux te le dire maintenant. J'ai fait des économies. Tu as une petite dot. Tu épouseras un brave garçon, fonctionnaire aussi. Vous aurez une petite maison... des enfants. Là est ton bonheur. Avant de mourir je veux le voir.

— Tu le verras, tu le verras, s'écria Dominique.

Elle était sincère. Elle ne réfléchissait pas à ce que son père disait. Elle était trop bouleversée par cette voix, par cette faim, et, au fond des yeux sans couleur, l'intensité du rêve.

Plantelle sentit les bras chauds de sa fille autour de son cou. Il l'entendit chuchoter :

— Je te le promets, Mon-Père-Chéri. Je te le promets.

Dominique tint quelques instants sa joue contre celle de Plantelle et Plantelle eut envie que cela ne cessât jamais.

— Tu voudrais voir la cérémonie ? demanda-t-il à l'oreille de sa fille.

— Oh, Mon-Père-Chéri, cria Dominique.

Déjà, le plaisir brillait sur son visage. Elle alla changer de robe.

« Qu'elle réussisse à son concours... Qu'elle devienne institutrice... Que sa beauté passe vite et qu'elle meure honnête », priait le gardien-chef.

V

La cérémonie au musée du Luxembourg avait pour objet de rendre hommage à un jeune sculpteur tué le mois précédent sur le front de Verdun, après avoir tenu en échec seul, ou presque, une section bavaroise pendant vingt heures. L'artiste n'était pas connu. Personne n'était sûr qu'il eût du talent. Mais sa citation posthume à l'ordre de l'armée avait été magnifique. Les correspondants de guerre s'étaient attachés à décrire son exploit. Un journal, alerté par son critique d'art, avait alors parlé du génie fauché dans la fleur de ses promesses. La sensibilité publique s'était émue. Toute la presse la suivit. Et il avait été décidé en conseil des ministres d'acheter quelques œuvres du mort pour le musée du Luxembourg, et de procéder avec éclat à leur inauguration.

Jean Bernan, qui représentait le ministre de l'Intérieur, était accompagné d'Étienne et de Geneviève. Avant de descendre de voiture, Bernan demanda à sa fille :

— Te fais-tu conduire à l'École de Médecine ?

— Non, dit Geneviève. J'ai tout le temps avant mon premier cours. Je veux t'admirer un instant dans votre petite fête.

Les sourcils d'Étienne se joignirent. Il ne pouvait pas supporter cette voix quand elle prenait un certain ton pour parler à son père. Étienne, malgré lui, jeta un coup d'œil à la dérobée sur Geneviève. L'expression ironique et supérieure des traits trop aigus, des yeux trop noirs et trop vifs, acheva d'exaspérer le jeune homme. Il s'était juré cent fois de ne plus se laisser aller aux réflexes que lui inspirait sa sœur. Il dit cependant :

— Ça vaut bien les comédies de bienfaisance

auxquelles tu accompagnes si volontiers notre chère et vertueuse mère.

Geneviève se retourna brusquement vers Étienne. Elle n'était pas du tout maîtresse de son visage. Chaque variation de sentiment modifiait d'une façon singulière sa figure qui semblait fixée en triangle instable aux pommettes anguleuses et au menton pointu.

— Tu sais bien que maman veut s'étourdir, s'écria Geneviève avec violence. Et tu sais pourquoi.

— Et je sais comment, dit à mi-voix Étienne.

Il fut enlaidi par un ricanement plein de sous-entendus.

— Tais-toi, s'écria Geneviève, je te défends...

— Tu n'as rien à me... commença Étienne.

Jean Bernan l'interrompit.

— Mes enfants, mes enfants, dit-il, un peu de tenue. Nous devons descendre.

Le ton et le demi-sourire avec lesquels Bernan s'adressait à son fils et à sa fille étaient connus de tous ses subordonnés et de tous ses chefs, et lui avaient beaucoup facilité sa carrière. Ils avaient du charme, de la persuasion et de l'autorité. « Ne prenez rien au tragique, ayez confiance en moi, semblait toujours assurer Bernan. Et vous verrez, tout s'arrangera. » La vie elle-même, à l'ordinaire, atténuait et aménageait les douleurs et les passions, et Bernan bénéficiait de ce qui était simplement dans la nature des choses. Mais, au sein de sa famille, le temps n'apaisait rien.

Étienne sauta le premier de la voiture, et entra dans le musée sans se retourner. Geneviève suivit Bernan à quelques pas de distance, avec le sourire qu'Étienne haïssait.

Comme il pénétrait dans la salle réservée à l'inauguration, Bernan infléchit doucement sa tête vers la gauche. Geneviève, qui le voyait de profil, surprit le plissement de l'œil et la légère avancée de la bouche.

« Une jolie femme », pensa Geneviève. Elle regarda à son tour et découvrit, tout près, debout contre le mur, une jeune fille aux cheveux cuivrés et au regard très brillant. Mais Bernan se détourna aussitôt.

« Trop simple et trop mal habillée », se dit Geneviève.

Bernan monta sur l'estrade et se mit à serrer les mains des personnages officiels. Il les connaissait tous, n'ayant pas quitté Paris depuis quinze ans, et s'étant toujours trouvé dans l'orbite des gens au pouvoir. Ceux qui l'avaient employé se souvenaient de lui avec bienveillance, parce qu'il savait faire valoir ses services. Les autres ne lui en tenaient pas rigueur parce qu'il était un homme adroit.

Bernan n'accorda qu'un regard distrait aux deux groupes et à la demi-douzaine de bustes placés au milieu de la rotonde, et sur lesquels tombaient du haut des cintres les voiles tricolores. Pour lui, la cérémonie avait ceci d'important qu'elle lui permettait de rencontrer, sans avoir à leur demander rendez-vous et sans avoir l'air d'attacher une importance particulière à sa démarche, deux personnes auprès desquelles il avait à s'acquitter d'une mission délicate. Il s'agissait d'obtenir, bien avant les délais ordinaires, pour un journaliste qui soutenait aveuglément le patron de Bernan, une cravate de commandeur de la Légion d'Honneur, au titre de l'Instruction Publique, et de faire revenir du front, pour l'affecter à la Place de Paris, le fils de l'agent de change de Bernan.

« Ça, je l'arrangerai avec le petit commandant Larue, se disait Bernan. (Il pensait au restaurant clandestin de *Cadet-Rousselle*.) Quant à la cravate, je la demanderai au ministre lui-même. Il est un peu fâché avec le patron, mais il ne peut me refuser ça. (Bernan pensait à l'affaire de fraude alimentaire dont il venait de tirer le principal agent électoral du ministre de l'Instruction Publique.) »

Tous les gens qui entouraient Bernan avaient des préoccupations du même ordre. C'est-à-dire que, sans penser à mal, ils préparaient leur avancement, leur enrichissement ou des échanges d'influence qui leur seraient profitables plus tard. Les banquets, les inaugurations, les parades et les enterrements étaient les marchés naturels de cette sorte de commerce.

Geneviève observait de loin les manœuvres de son père. Elle le vit prendre familièrement par le bras un jeune officier à aiguillettes, puis plaisanter respectueusement avec le ministre qui présidait la cérémonie. A la façon dont Bernan passa ensuite la main sur sa cravate, Geneviève devina qu'il avait arraché les promesses voulues.

« Maintenant, il va jouer l'empressé auprès de ces dames, pensa Geneviève avec dédain. Et c'est un homme pareil qui a tant fait souffrir maman ! Je ne comprendrai jamais. »

Geneviève promena autour d'elle des yeux tout ardents de défi. L'homme n'était pas né qui pourrait tirer d'elle un seul soupir. La cupidité, la vanité, la naïveté, la nullité, voilà tout ce qu'il lui semblait lire sur chacun de ces visages. Et le garçon qu'Étienne écoutait si attentivement, comme il était ridicule, lui et sa chevelure extravagante !

Richard expliquait à Étienne que les sculptures inaugurées étaient médiocres, qu'elles ne méritaient pas un pareil hommage, et que si on avait voulu honorer un héros, la cérémonie aurait dû se dérouler, non pas dans un musée, mais place des Invalides.

— Très bien, très juste, approuvait Étienne, qui pensait à son article.

— Est-ce que votre père va parler ? demanda Richard.

— Non, et tant mieux, ce n'est pas son fort, dit

Étienne avec un sourire indulgent. Voulez-vous que
je vous présente ?

— Oh non, pas ici, dit Richard.

C'était pourtant un de ses désirs les plus vifs.
Mais lui qui venait de se montrer si intrépide en
paroles, il se sentait très intimidé par tout cet apparat. Et il avait peur de paraître stupide au père de
son ami. Il sentit un léger fourmillement dans la
nuque.

« On me regarde », pensa-t-il.

Mais il ne découvrit rien. Les yeux aigus de
Geneviève étaient déjà dirigés ailleurs.

« Jamais je n'aimerai », se dit Geneviève.

Elle eut soudain froid et s'aperçut que le lieu
était sinistre. La lumière terne et glacée vitrifiait les
draperies poudreuses, les marbres et les bronzes,
les gardiens figés, et tous ces gens dont aucun ne
croyait à ce qu'il faisait.

« Quelle misère », pensa Geneviève en fris-
sonnant.

Elle se dirigea vers la sortie de la salle. Mais presque sur le seuil, elle s'arrêta, la respiration suspen-
due. C'était un visage qui avait agi ainsi sur elle. Le
visage d'une jeune fille qui pleurait sans en avoir
conscience. Deux larmes régulières et pleines roulaient en scintillant faiblement le long des joues
empourprées, et, avant de se dissoudre, tremblaient sur le bord de la bouche entrouverte. Et
d'autres se formaient aussitôt, se détachaient, bril-
laient. Rien n'était altéré, rien n'était déplacé sur
une figure dont l'aspect, dans cet instant, était
d'une étonnante beauté, parce que la jeune fille qui
pleurait n'était pas l'objet de ses larmes. Les yeux
semés de petites étoiles semblaient, dans le même
temps, admirer, plaindre et chérir la condition
humaine.

« Mais que peut-elle donc voir qui la transporte
à ce point ? » se demanda Geneviève. Elle suivit la
direction du regard illuminé et trouva l'estrade. Un

haut fonctionnaire des Beaux-Arts y discourait, que
Geneviève connaissait bien pour sa platitude. Près
de lui se tenait, avec deux petits enfants hébétés,
une femme assez grosse, mal à l'aise et vêtue de
noir.

« Cette jeune fille pleure pour un imbécile et
pour une malheureuse qu'on donne en spectacle »,
se dit Geneviève avec un commencement de sarcasme.

Elle regarda de nouveau la jeune fille et changea
entièrement de sentiment. Ce feu, cette vérité, cette
foi l'arrachaient soudain à l'aridité de sa vie, dont
elle souffrait tant.

« C'est le seul être humain, le seul être vivant que
j'aie rencontré, pensa-t-elle. Et où ? Dans un
endroit plus stérile que les pierres des statues.
Parmi des gens qui trichent sur tout : la patrie, l'art,
la gloire et la mort ! Mais, pour elle, cette merveilleuse fille, pour elle, il n'y a pas de fraude, elle ne
voit pas les journalistes qui plaisantent, mon père
qui marchande et fait la roue, le ministre regarder
sa montre en cachette. Elle seule, sous les oripeaux,
voit ce qui devrait être. Elle est seule assez fraîche
pour rendre à la parade flétrie la fraîcheur des origines. Grâce à cette jeune fille, il y a vraiment ici
l'ombre d'un jeune héros tombé en combattant, et
les sages de la cité l'honorent. Et parce que cette
jeune fille pleure, je vois, dans la femme en deuil,
la dignité déchirante des veuves et, sur les enfants,
le signe pitoyable et sacré de l'orphelin. »

Geneviève se sentait au cœur de la vraie vie. Sur
l'estrade, le fonctionnaire des Beaux-Arts céda la
place à un officier.

« Le commandant Larue va parler... celui du
Cadet-Rousselle, pensa Geneviève. Non, c'est trop,
je ne veux pas qu'on la trompe à ce point. »

Geneviève alla à Dominique, lui prit la main et
dit :

— Venez, il faut que nous parlions.

VI

Elles avaient marché très vite, traversé les terrasses du Luxembourg, contourné le grand bassin, touché la fontaine Médicis. Elles revenaient, Dominique s'étant entièrement confiée à Geneviève. Tout, chez celle-ci, avait enchanté Dominique : les vêtements, les manières, l'intelligence et l'autorité pleine de sollicitude. Jamais Dominique n'avait connu une pareille jeune fille. Elle avait dit son existence et celle de son père, et même son seul secret coupable : c'était volontairement qu'elle avait échoué au concours de Sèvres. Elle avait eu trop peur des suites d'un succès.

Chaque détail comblait Geneviève. La pauvreté, les craintes, l'espoir, le manque de défense... Enfin, Geneviève allait être nécessaire à quelqu'un digne de son zèle. Enfin, un être pur et beau avait vraiment besoin de son secours. Geneviève pressa davantage leur marche. Le ministre de l'Instruction Publique parlait le dernier à l'inauguration. Elle avait encore le temps, cet après-midi même...

Ceux qui virent Hubert Plantelle quitter son service, après un entretien avec le conservateur du musée, ne s'aperçurent de rien. Achille Millot le trouva pareil à lui-même. Ils burent de l'absinthe et le gardien-chef dit quelques mots de la cérémonie, puis il monta chez lui, et, sans même enlever sa casquette, parla à Dominique.

— Il paraît que je fais le malheur de ma fille. Les chefs savent tout mieux que nous. Alors c'est bien. N'étudie plus et fais ta vie comme tu l'entends.

Dominique, dont les épaules tremblaient, ne pouvait pas répondre encore. Plantelle poursuivit :

— Tu es plus forte que moi. Je n'aurais jamais su te trouver une amie dans les filles qui font marcher les ministres.

— Geneviève... C'est elle... murmura Dominique.
Qu'elle est bonne.

Elle parlait difficilement, comme sous l'effet d'un
narcotique.

— C'est une jeune fille que j'ai connue tout à
l'heure, au musée.

Dominique sourit et revint à elle-même.

— C'est toi, Mon-Père-Chéri, qui l'as voulu, en
m'emmenant là-bas, s'écria-t-elle. Oh! que je te
remercie.

Plantelle évita les bras qui le cherchaient. Il eût
voulu dire à sa fille qu'il l'aimait jusqu'à l'agonie,
qu'il la suppliait de rester toujours telle qu'elle était
en cet instant, dans son innocence et sa simplicité,
lui crier qu'il souffrait pour elle une angoisse de
mort — mais il ne savait confier ses tumultes
qu'aux images de piété.

— Je veux seulement une honnête fille sous mon
toit, dit Plantelle. Le jour où tu cesseras de l'être...

Il fit, du tranchant de la main, le mouvement de
couper.

— Mais quelle idée as-tu, s'écria Dominique,
atteinte au plus vif, mais pourquoi ?...

Hubert Plantelle s'en alla en boitant dans la
chambre voisine. Dominique réfléchit un peu, sourit avec indulgence, et se dirigea lentement vers un
miroir.

VII

Le premier dimanche de juillet, avant de partir
en vacances, Étienne alla déjeuner rue Royer-Collard. Il sentait qu'on l'y recevait avec tendresse, en
dehors de ses rapports avec Richard, pour lui-
même. Et il se rendait près du docteur et de Sophie
Dalleau comme d'autres, à son âge, allaient à un

rendez-vous d'amour. Déjà, quand il traversait le jardin du Luxembourg, naissaient sur son visage une fraîcheur de sourire, une gaieté et une confiance dans le regard que personne ne lui voyait dans son entourage. Étienne se trouvait presque heureux. Il allait quitter Paris, sa famille, vivre à demi nu, méditer, ordonner le butin de son année et prendre de lui-même une mesure nouvelle. « Il y a tout de même quelque chose de valable en moi », pensait-il en passant devant la fontaine Médicis... « Quelque chose de propre, puisque ces gens m'ont accueilli dans leur univers où ils n'admettent personne. »

Du seuil de la salle à manger, Étienne découvrit, sur la table, un sixième couvert.

— Nous avons une invitée, dit Sophie.

— Une parente ?... demanda Étienne.

Sa voix était rêche, ses sourcils s'étaient rapprochés.

— Oh non !... dit Sophie.

Daniel, tout en arrangeant la table, regarda Étienne à la dérobée.

— Je ne la connais pas non plus, dit Daniel.

Il effaça un pli de la nappe, effleura, comme par mégarde, la main d'Étienne, et ajouta :

— Et elle vient pour la première fois.

— C'est une conquête de mon mari, dit Sophie. Une jeune fille qui lui sert d'infirmière volontaire à l'hôpital depuis 14. Ils s'adorent. Je l'aime beaucoup aussi. Elle s'appelle Christiane... Christiane de La Tersée.

— Mais, dit Étienne, mais... La Tersée... Ils sont alliés aux meilleures maisons d'Europe, et je...

Il sentit toute l'inconvenance de son étonnement et rougit.

— Il paraît... dit Sophie.

Richard qui s'était tu jusqu'alors dit à Étienne :

— Christiane est la fille du colonel comte de La

Tersée et d'une duchesse anglaise, puisque ça vous intéresse tant...

Toute situation acquise, tout cercle fermé, humiliaient chez Richard le sentiment de sa valeur, de son obscurité, de sa pauvreté. Et rien ne lui apparaissait aussi révoltant que le prestige attaché aux titres de noblesse. Mais il ne pouvait se défendre contre l'influence secrète qu'exerçaient sur son goût de la poésie et de l'histoire les noms séculaires et presque fabuleux. Cela redoublait son hostilité contre ceux qui les portaient.

— Moi, reprit Richard, moi, je me moque complètement de ces gens. Ils sont tous inutiles, vidés, prétentieux, stupides.

Le docteur Dalleau entra et dit doucement à Étienne :

— Comme Richard ne peut pas connaître ce milieu, il a décidé une fois pour toutes que ce milieu ne vaut pas la peine d'être connu.

— Mais comment peux-tu ?... demanda Sophie à son fils... Tu es tellement ami avec Christiane.

— A l'hôpital ! Et seulement à l'hôpital... s'écria Richard. Et au début, dans ce désordre, ce surmenage, comment voulais-tu que je sache qui elle était ?... Quand nous sommes devenus camarades, je ne pouvais plus reculer... et puis elle n'a rien de sa caste... ça, vraiment rien... Un Julien Sorel n'aurait jamais songé à la séduire.

Le docteur se mit à rire.

— Quelle malchance, dit-il. Pour une fois que Richard a gagné l'amitié d'une jeune aristocrate, elle ne ressemble en rien à ses préjugés...

Parce que son père l'avait deviné, Richard allait répondre avec emportement, mais la sonnette tinta.

— Je vais ouvrir, dit Anselme Dalleau.

Sophie sortit avec lui pour se rendre à la cuisine. La salle à manger donnait sur le vestibule. On entendit un rire très jeune, très flexible, puis un bruit de baisers et de nouveau le rire.

— Papa l'embrasse toujours ?... demanda Daniel à Richard.

— Qu'est-ce que ça peut te faire ?... dit Richard.

Christiane entra au milieu du silence. Étienne et Daniel qui l'attendaient avec la même hostilité furent déconcertés tous les deux. Christiane avait le corps d'une délicatesse extrême et aussi peu formé qu'une petite fille. Ses mouvements vifs étaient pleins d'aisance. Sa figure irrégulière exprimait surtout la gaieté.

— Je tombe dans une conspiration de trois garçons... dit Christiane qui se mit à rire.

On sentait qu'elle ne riait pas de ce qu'elle disait ni de ce qu'elle pensait, mais seulement parce qu'elle aimait rire. A cause de cela, Richard fut désarmé dans sa malveillance la plus résolue. Christiane de La Tersée était rue Royer-Collard, comme elle l'était à l'hôpital, seulement cette jeune fille qu'il appelait Cri-Cri, et dont le commerce n'était que gentillesse et facilité. Cependant, Christiane disait :

— Là, c'est Daniel qui dessine si bien... Et vous, monsieur, je suis sûre que vous êtes Étienne ; l'homme aux romans russes extraordinaires que je n'ai jamais lus. Je vous connais enfin...

Elle rit encore, considéra la pièce où elle venait d'entrer et son visage subit une transformation étonnante. Sans perdre son animation, il fut empreint d'un sérieux intense et comme inspiré, qui dépassait de beaucoup son âge apparent. Et ses yeux qui étaient d'un bleu sourd et mat prirent un éclat admirable. « A la façon des pierres qui s'éveillent seulement à leur vraie destination lorsqu'elles sont touchées par le soleil », songea Étienne qui ne cessait d'observer Christiane. Et il pensa encore : « Elle ressent ce que j'ai ressenti en venant ici la première fois... » Il eut très mal. Il ne voulait pas que cet instant fût reproduit, imité, qu'il cessât d'être son bien exclusif. Il se sentait volé.

« Elle n'a aucun besoin de cela, pensait-il... Rien ne manque à sa vie ! Il n'y a qu'à l'entendre. »

Christiane riait de nouveau et lui demandait :

— Je ne me suis pas trompée, vous êtes bien Étienne ?...

— En effet, mais je suis moins heureux que vous... dit Étienne. Jamais Richard ne m'a fait confidence de votre amitié.

— C'est qu'il n'y a rien d'intéressant à raconter sur moi, répliqua vivement Christiane ; je ne fais rien, je ne sais rien...

Elle regarda Anselme Dalleau et Richard et les livres répandus un peu partout, avec une sorte de faim. « Elle vient ici chercher la connaissance », pensa Étienne et il demanda :

— Qui vous a empêchée d'apprendre ?

— Tout... Le couvent... mon milieu... dit Christiane, mais je suis sortie du couvent, et mon milieu... on verra... J'attends seulement que la guerre finisse. Pour l'instant, je ne peux penser qu'à la guerre, aider à la guerre...

Les lèvres d'Étienne prirent une inflexion tendue :

— C'est un mot que vous semblez aimer... dit-il.

— Je n'y avais jamais songé, dit Christiane. Mais vous avez sans doute raison... Dans la famille on a la guerre dans le sang...

— Le sang des autres, dit Étienne à mi-voix.

— Vous êtes fou, Bernan, s'écria Richard. Le père de Cri-Cri se bat depuis le début ; quant à elle... si vous l'aviez vue à l'hôpital...

— Je suis navré, grommela Étienne, mais je vis au milieu de combinaisons que la guerre nourrit...

A ce moment, Sophie demanda qu'on se mît à table. Christiane fut placée entre le docteur et Richard. Ses yeux eurent de nouveau pour un instant leur éclat de pierre vivante.

VIII

En été, chaque dimanche, Anselme et sa femme
passaient l'après-midi au Luxembourg. Ils s'y rendirent quand le repas fut achevé. Les jeunes gens
les suivirent. Arrivés à la grille de la place Médicis,
le docteur dit :

— Nous allons avec maman à la Fontaine, venez
nous rendre visite quand vous en aurez envie.

— Après l'hôpital, promit Richard.

— Fais-leur mes amitiés à tous, là-bas, recom-
manda le docteur. N'oublie pas de voir le lieutenant
Namur, un nouveau, un jeune agrégé de philo.

— C'est un garçon extraordinaire, dit Christiane.

Sophie et son mari prirent par un petit chemin
détourné et s'assirent sur un banc de la fontaine
Médicis. Sophie ouvrit un tome de Renan qu'elle
avait emporté et commença de lire à haute voix.
Elle ménageait, autant qu'elle le pouvait, les yeux
du docteur.

Étienne et Daniel résolurent de conduire
Richard, qui partait avec Christiane, jusqu'à la
grille qui donnait sur l'Odéon, et de l'attendre dans
les environs immédiats.

Daniel venait de traverser un mois heureux. Cela
se voyait à la vie de ses traits, moins clandestine.
Le lycée était fermé. Il avait une maîtresse auprès
de laquelle il goûtait régulièrement des plaisirs sen-
suels de toute nature (ceux que lui procuraient les
beaux meubles, les étoffes riches, les parfums,
n'étaient pas les moindres). Enfin, il était devenu
très ami avec Étienne. Il avait, grâce à lui, connu
la Chambre des Députés et le Sénat et même les
salons de l'Élysée. Il était possible qu'une demi-
douzaine de ses caricatures fussent bientôt
publiées, à cinq francs pièce.

« Avec cet argent, rêvait Daniel, j'inviterai Richard et Étienne à déjeuner. Richard obtiendra la permission des parents, et j'aurai vraiment l'air d'un grand. »

Il fut si joyeux à cette pensée, qu'il sauta sur la balustrade qu'ils étaient en train de longer. Il frôla ainsi une jeune fille accoudée auprès d'une autre. Elle se recula, et Richard aperçut des yeux très grands et très beaux, une peau laiteuse, des cheveux ardents.

— Magnifique créature, dit-il.

Étienne entraîna vivement Richard, en chuchotant :

— Ne la regardez pas, ma sœur est avec elle et je ne tiens pas à parler à ma sœur.

— Qui est son amie ?

— Je n'en sais rien, et ça m'est égal...

Richard, depuis sa visite à Mathilde, avait eu une aventure de quelques jours avec une figurante du Châtelet qui l'avait assailli pendant une panne de métro. Il se sentait beaucoup plus disposé à parler de certains sujets avec Étienne.

— Dites-moi, lui demanda-t-il, vous ne pensez jamais aux femmes ?

Étienne pâlit un peu et répliqua :

— Comme tout le monde.

Christiane se mit à rire. Étienne la considéra avec une expression indéfinissable et dit :

— Mais pour ces besoins-là, je vais à l'endroit qui leur convient. Au bordel.

Étienne n'employait jamais de termes crus et Richard lui en savait gré. Le mot détaché et lancé au visage de Christiane le laissa sans réponse.

Dès qu'ils furent seuls, et tout en l'entraînant dans la direction du boulevard Saint-Germain, Richard dit à Christiane :

— Je ne comprends pas ce qui se passe avec

Étienne. Il n'est pas comme ça du tout. Je m'excuse pour lui.

— Mais, pourquoi ? s'écria la jeune fille. Ai-je l'air si bégueule ? Vous savez, j'en ai entendu d'autres...

— Les soldats blessés ?... demanda Richard.

— Pas du tout, ils font très attention quand je suis là, dit Christiane. Non... mais mon cousin Pierre de La Tersée, l'aviateur et surtout mon père, le colonel. En permission, il est déchaîné, il dit n'importe quoi...

Elle regardait Richard franchement, gaiement et demanda :

— Chez vous, on ne parle jamais de ces choses ?...

— C'est vrai... dit Richard... c'est vrai...

— Vos parents se gênent devant vous ?...

— Oh non !... s'écria Richard... Mon père ne craint aucune conversation... et ma mère... elle ne sait même pas qu'il y a des mots difficiles à dire... A la maison, je crois, ces questions ne viennent pas à l'esprit, on n'a pas le temps... Les livres, les découvertes, les problèmes sociaux... et la façon de conduire sa vie... vous voyez, Cri-Cri...

— Je vois, dit Christiane... Vous avez des parents merveilleux.

— Qu'est-ce que vous avez tous avec mes parents ? s'écria Richard.

Christiane ne répondit rien et ils marchèrent en silence le long du boulevard Saint-Germain. Comme ils arrivaient au coin de la rue de Lille, Richard ralentit le pas.

— Vous savez, dit-il, ces visites sont très dures pour moi... J'ai honte quand je viens... J'ai honte quand je pars.

— Si vous étiez d'accord avec vous-même, vous ne seriez plus Richard, répliqua Christiane.

Elle rit, et ce rire qui ressemblait à un tintement de clochette très légèrement voilé ne vexa pas

Richard. Il fut même soulagé par la gaieté de Christiane. C'était son effet habituel.

— Vous savez, Cri-Cri, vous êtes la seule amie femme que je pourrai jamais avoir, dit Richard en s'arrêtant brusquement.

La jeune fille détourna les yeux. Ils venaient de briller du feu qui les éclairait aux instants où un sentiment essentiel se trouvait ému chez elle.

— Je me sens si libre avec vous, poursuivit Richard.

Il ne savait pas comment exprimer que l'enveloppe physique très délicate de la jeune fille, que ses traits fins et menus le sauvaient, auprès d'elle, de la sourde et brûlante impatience que les femmes lui inspiraient. Elle ne portait pas encore son poids de chair.

— C'est parce que nous sommes des copains de guerre, je pense, dit Richard.

Ils se dirigèrent vers le porche de l'hôpital.

IX

Richard ayant fait, avec ses présents, le tour des salles communes, se rendit dans la chambre du lieutenant Namur. Il découvrit, au chevet du blessé, la plus merveilleuse apparition de sa vie. La pose pensive de la jeune femme, ses cheveux d'un blond pâle, d'un blond ophélien comme se le dit tout de suite Richard, l'abandon de sa main où les veines se voyaient en transparence, et ses yeux légèrement étirés vers les tempes, tout parut à Richard d'une poésie indicible. Il ne parla qu'au bout de quelques secondes, et ce fut pour bredouiller :

— Je... je vous dérange... pardon... je... je venais pour... C'était le docteur Dalleau...

— Entrez donc, s'écria le lieutenant Namur.

Vous êtes le fils du docteur ? Asseyez-vous. Votre
père est un grand sage. Et vous, il paraît que vous
êtes très fort sur Nietzsche.

— Nous sommes tous des amis de votre père, dit
alors un troisième personnage que Richard, ébloui
dès le seuil, n'avait pas remarqué.

C'était un homme jeune, en civil, avec des favoris
et une barbe carrée. Il portait des lunettes aux verres épais comme ceux des loupes.

— Ma cousine Sylvie Bardet et son mari, dit le
blessé. Ils sont venus me dire au revoir avant de
prendre leurs vacances.

— Et figurez-vous que nous ne reverrons plus
Bernard, dit la jeune femme à Richard, comme si
ce dernier pouvait l'aider à retenir Namur.

— Mais, mon lieutenant, dit Richard, vous avez
droit à une longue convalescence, j'en suis certain.

— Il la refuse, figurez-vous, s'écria la jeune
femme. Il a plus besoin de ses chasseurs à pied que
de nous.

Richard, seulement alors, prêta attention au
visage du blessé. Il vit des traits fermes et droits
mais au demeurant quelconques, des cheveux coupés à l'ordonnance et une moustache arrêtée aux
commissures des lèvres. Richard allait reporter ses
yeux sur Sylvie (le prénom l'enchantait), lorsque le
lieutenant Namur dit, sur un ton très uni, mais
d'une assurance absolue :

— Il est impossible qu'un homme capable d'en
mener d'autres et de les aider au feu perde une
minute à l'arrière.

Richard rougit si fort que le cou lui brûla. Le ton
de cet officier... Richard pensa à Péguy... Le
charme de cette femme. Richard fut persuadé
qu'elle le méprisait.

— Parlons de Nietzsche, dit Namur.

— Je... je m'excuse, dit Richard, je n'ai pas le
temps.

Il sortit avec brusquerie. Dans le corridor il se

mit à courir, et, toujours courant, descendit l'escalier, traversa le vestibule. Il fut arrêté un instant par Christiane.

— Je suis très pressé, Cri-Cri, dit Richard d'une voix étouffée. Je viens de prendre une décision.

Il continua sa course.

X

— Vous n'avez pas été long, dit Étienne, en voyant arriver Richard tout essoufflé à la grille du Luxembourg.

— Bernan, mon vieux, cria Richard, je m'engage !

Daniel poussa un cri. Mais Étienne, qui avait souvent entendu son ami former ce projet, en douta encore, malgré l'expression inspirée que portaient les traits de Richard.

— Quand ? demanda-t-il.

— Je serai au bureau de recrutement demain matin, et je demanderai les chasseurs à pied, dit Richard.

Daniel, dans son émotion, ne pouvait pas prononcer un mot. Mais ses yeux, ayant rencontré ceux d'Étienne, disaient clairement : « Voilà tout Richard ! Il est sublime. »

Étienne parla à mi-voix.

— Je ne vous suivrai pas, Dalleau. Vous connaissez mon sentiment au sujet de la guerre.

— A chacun sa lumière, dit Richard, avec une amitié d'autant plus vive que, si Étienne avait pris la même décision, la valeur de la sienne eût été un peu diminuée. Je vais prévenir mes parents.

Étienne et Daniel restèrent un instant silencieux.

— Je n'irai pas, dit soudain Daniel. Non, je n'irai

pas. J'avais rendez-vous avec ma maîtresse. Mais je
ne peux pas laisser Richard maintenant.

— Prévenez-la au moins, dit Étienne.

— Alors, venez avec moi, pria Daniel, ou je ne
saurai pas m'en débarrasser.

Ils allèrent jusqu'à l'autre bout du jardin, à l'endroit où l'on jouait à la balle.

— La voici qui vient, dit Daniel.

Étienne leva les yeux et demanda d'une voix subitement dépourvue de timbre.

— Qui ?

— Mais elle... mon amie, dit Daniel.

Étienne regarda une seconde encore la femme
qui débouchait de la rue d'Assas. Puis il fit pivoter
Daniel d'un geste dont il ne mesurait pas la rudesse
et dit très bas :

— Allez-vous-en tout de suite. Tout de suite.
Sans vous retourner. Tout de suite...

Il y avait une telle expression sur la figure
d'Étienne que Daniel obéit. Alors Étienne arriva en
quelques foulées à la hauteur de la femme, lui saisit
le poignet et ordonna :

— Viens.

Elle poussa un cri de surprise, puis dit en reculant d'un pas :

— Étienne, tu es fou... Tu oses...

Mais le jeune homme ne lui lâchait pas la main
et serrait, serrait.

— Tu me fais mal, espèce de brute, s'écria la
femme.

— Tu attendais autre chose, hein, murmura
Étienne. Daniel est plus doux... Ah, ah ! voilà qui te
démonte tout de même. Viens.

Il entraîna la femme jusqu'à un taxi.

— Eh bien ? demanda-t-elle, quand Étienne eut
fait claquer la portière.

— Faubourg Saint-Honoré, dit Étienne au
chauffeur.

Il n'accorda plus un mot à sa mère, mais son regard étréci, figé ne la quittait point.

XI

Le docteur Dalleau achevait de fumer la deuxième moitié de sa cigarette du dimanche, dans son vieux fume-cigarette en bois. Il était parfaitement heureux. Ce qui signifiait le repos pour son cœur fatigué, la plénitude spirituelle tirée d'un beau texte, et la voix de Sophie qui lui faisait la lecture.

Anselme Dalleau avait aimé cette voix avant même que de s'éprendre du visage. Elle était d'une tonalité pure et fluide, qui donnait au langage comme un fond musical. Elle semblait aussi indestructible que la bonté, l'amour et la poésie. Après vingt ans, Anselme retrouvait intacte chaque inflexion. Il se souvint de l'hôpital où on l'avait transporté après une hémoptysie et comment déjà Sophie venait lui lire à haute voix, pour l'empêcher de parler. Le présent et le passé ne firent qu'un seul moment de la durée pour le docteur. Sentant qu'il n'y avait rien de plus précieux au monde que cette continuité, il caressa la main de sa femme posée près de lui. Sophie tourna vers son mari un sourire de jeune fille.

Un gamin passa en criant :

— Achetez *La Presse, L'Intran, La Patrie* ! Le communiqué officiel. Les nouvelles du front !

Anselme porta la main à la poche de son gilet, mais la laissa retomber et dit :

— Plus tard... Nous avons tout le temps.

Sophie laissa voir sa surprise. Anselme était si impatient à l'ordinaire de connaître la marche des événements. Le docteur lui montra d'un faible mouvement l'eau, les arbres, les jeunes couples, les oiseaux qui les entouraient. Sophie reprit le gros livre.

— C'est bien Richard, là-bas ? demanda au bout de quelques minutes le docteur, qui n'avait pas ses lunettes.

— Il court comme un fou à travers les pelouses, dit Sophie. Si un gardien le voit...

— Il rapporte sans doute quelque chose d'inté-ressant de l'hôpital, quelque chose d'inouï...

Ce mot était employé par Richard à tort et à tra-vers. Le docteur et Sophie rirent doucement. Rien ne leur était plus indispensable que le besoin qu'avait leur fils aîné de tout leur communiquer sur-le-champ, et avec véhémence.

— Ça y est ! Cette fois, ça y est ! cria Richard en atterrissant auprès de ses parents d'un bond d'athlète.

Il fit une pause, tandis qu'ils le regardaient en souriant, et déclara, un peu solennellement :

— Félicitez-moi. Je m'engage.

Le docteur, retrouvant un geste qu'il croyait mort depuis des années, fouilla précipitamment dans ses poches pour trouver des cigarettes. Mais il n'en prenait qu'une avec lui et il l'avait déjà fumée. Le volume de Renan fut si lourd pour les mains de Sophie qu'il les tira jusqu'à ses genoux.

— Le dernier communiqué, *La Presse, L'Intran, La Patrie*, criait-on maintenant partout dans le jar-din, sur le boulevard Saint-Michel et du côté de l'Odéon.

Le docteur toussota en demandant :

— Alors, c'est vraiment sûr ?

— Si ce n'était pas dimanche, je serais déjà passé au bureau de recrutement, dit Richard.

— Tu t'es décidé à l'hôpital, je pense ? demanda encore Anselme.

— Tu comprendrais mieux si tu avais entendu le lieutenant Namur.

— Ah ! oui, le lieutenant...

Le docteur se frotta la joue et pensa :

« C'est moi en somme qui ai dirigé mon fils vers le front, plus tôt qu'il ne le devait... Le hasard ? le destin ? »

Anselme Dalleau était si bien soumis aux disciplines de l'esprit que, même en cet instant, et sans perdre la notion aiguë, terrible, de la résolution de son fils, il fut capable de réfléchir un instant sur la nature de la fatalité. Sophie, elle, sentait qu'il n'y avait plus rien de vivant dans son corps.

— Tu partiras vite ? murmura-t-elle.

— Cinq ou six jours, dit Richard.

Sophie demanda timidement :

— Dans l'artillerie ?

— Ah ! non, maman, s'écria Richard. Je ne m'engage pas pour m'embusquer. Je vais dans les chasseurs.

Toute la littérature des journaux revint à la mémoire de Sophie. « Les diables bleus », « les héros de la division de fer... » Parmi tant de dangers, Richard choisissait le plus certain. La vue de Sophie se brouilla. Il n'y eut plus ni soleil, ni ciel entre les feuilles, ni pigeons, ni fontaine. Mais il fallait, puisque Richard partait, que, au moins, il s'en allât joyeux. Sophie caressa la main de son fils, et dit d'une voix morte :

— Si tu trouves que tu dois le faire, tu as raison, mon petit.

— Tout à fait raison, mon petit, répéta le docteur comme un écho.

— Vous n'êtes pas inquiets j'espère, s'écria Richard. Vous savez bien qu'il ne peut rien m'arriver.

— Ne te préoccupe pas de nous, dit le docteur. Maman et moi, on s'arrangera.

— Et puis, voici Daniel, dit Sophie. Il sait déjà ?... Alors, il doit être bien fier de son frère. Pauvre petit Daniel.

Elle sentit que les larmes étaient prêtes à l'étouffer. Seule, elle se fût laissée aller. Mais elle entendit la respiration oppressée de son mari.

— Maman, veux-tu lire encore, demanda le docteur.

Des deux mains, Sophie releva le livre si lourd. Anselme fit un effort pour entendre les premières phrases. Puis il écouta vraiment. L'angoisse se calmait peu à peu. Quelle mélodie dans le texte et dans la voix...

Sophie ne comprenait pas ce qu'elle lisait.

XII

Geneviève Bernan, qui venait de convaincre Dominique de se présenter au concours du Conservatoire dès le mois d'octobre, ne quitta sa nouvelle amie qu'à regret. Mais elle devait passer le lendemain, à l'École de Médecine, son dernier examen de l'année et avait beaucoup de questions à revoir.

« La maison, heureusement, sera vide », se dit Geneviève.

Étienne, elle l'avait vu traîner dans le Luxembourg avec son ami aux cheveux ridicules. Leur père était en province. Leur mère n'avait pas l'habitude d'être chez elle à la fin de l'après-midi, surtout le dimanche. (Geneviève s'interdisait de penser à quoi elle pouvait l'occuper.)

La jeune fille se mit tout de suite au travail dans le bureau spacieux de Bernan. Seul, le froissement des feuillets qu'elle remuait traversait le silence. Mais une contraction réunit ses sourcils longs et minces et, suspendant sa tâche, elle prêta l'oreille. Un murmure qui allait grossissant se faisait entendre dans le salon d'apparat, contigu au bureau.

Malgré les portes capitonnées, Geneviève reconnut les voix de sa mère et de son frère.

« Ils doivent se disputer encore », pensa Geneviève avec une grimace de dégoût. Un cri perçant la fit courir dans la pièce voisine. Elle vit, à l'autre bout du grand salon, Étienne qui appuyait de toutes ses forces sur les épaules de sa mère pour l'empêcher de quitter le fauteuil où il la maintenait.

— Je n'ai pas de comptes à te rendre, cria Adrienne Bernan.

— Jusqu'à présent, peut-être, répondit Étienne d'un ton étrange, parce qu'il était calme et nourri d'une délectation haineuse. Tant que tu as simplement couché avec tous les amis de mon père, puis ses subordonnés en les prenant de plus en plus jeunes... il se peut. En effet... le risque, pour moi, de la folie, du suicide... la femme, et la famille, et la terre pourries... c'était mon affaire. Je n'avais qu'à prendre mes précautions, ne pas te faire connaître mes camarades. Mais aujourd'hui, c'est différent. Aujourd'hui...

Étienne se mit à secouer sa mère sans pitié.

— Tu es fou, cria Geneviève en traversant la pièce. Laisse maman, ou j'appelle les domestiques, la police.

— Appelle, ricana Étienne, sans s'étonner de voir apparaître sa sœur. Mais pas pour moi. Pour Madame, qui s'offre la débauche des mineurs.

Une pâleur de plâtre envahit le visage de Geneviève. Ses traits se décrochèrent d'un seul coup. Elle murmura :

— Tu oses... tu mens.

Mais il y avait dans sa voix plus de terreur que d'indignation.

— Je mens ? reprit Étienne. Demande donc à Madame qui est son nouvel amant.

Étienne serra les poings et, se départant pour la première fois de son calme anormal, cria :

— Il va les mollets nus, son amant. Il...

— Maman, je t'en supplie, dis quelque chose.

Ce gémissement de Geneviève fit passer une contraction de souffrance sur les traits un peu empâtés et fragiles d'Adrienne Bernan. Sa fille... elle aimait beaucoup sa fille.

Elle fixa sur Geneviève ses yeux de myope qui se refusaient à porter des verres et dont les paupières blessées de mille petites rides clignotaient fréquemment. Puis, laissant aller à l'abandon ses épaules qu'elle avait encore belles (tout le corps était mieux que le visage), elle dit avec une grande fatigue :

— J'aurais tant voulu t'épargner cela, ma pauvre chérie... Mais tu vois, ton frère... en a décidé autrement.

— Ainsi... alors... c'est vrai, dit Geneviève avec une extrême difficulté.

— Quatorze ans, dit Étienne entre ses dents effroyablement serrées, il a quatorze ans.

— Mais qu'est-ce qui s'est passé ? Comment est-ce possible ! s'écria Geneviève, comme si elle apprenait un incroyable accident. Pourquoi ? Oh, pourquoi ?

— C'est exactement ce que je veux savoir, dit Étienne.

Adrienne Bernan ne s'adressa qu'à Geneviève.

— Pourquoi ? Demande à ton père... Quand je l'ai épousé, j'aurais voulu avoir une dot encore dix fois plus belle, simplement pour racheter ma figure. Parce que lui, il était... (ses lèvres avaient un pli d'envie atroce) oh ! lui... il est encore... Mais j'ai vu sa séduction à l'œuvre autour de moi — et alors...

Adrienne Bernan reprit sa respiration et son fils ricana :

— Alors, comme nous avons du tempérament...

— Oui, répondit Adrienne Bernan en faisant face à Étienne et sur un ton si franc et si âpre qu'il le laissa interdit. Oui. Et qu'est-ce que j'y peux ?

Elle se détourna d'Étienne avec mépris et, de nouveau, s'adressa uniquement à Geneviève.

— Je suis une femme normale, tu sais, ma chérie.

Adrienne Bernan avait parlé doucement, naturellement. Le besoin primitif s'étant perverti chez elle suivant une progression lente et comme logique, elle songeait seulement à son point de départ et ne prenait jamais conscience du point de chute. Et elle fut vraiment étonnée de voir dans les yeux de sa fille tant d'effroi et d'incrédulité. Alors Adrienne Bernan murmura :

— Ah ! oui... ce petit...

Elle passa avec lassitude une main un peu molle sur son front.

— Tu comprends... commença-t-elle.

Étienne retenait son souffle. Il allait connaître enfin les ressorts de ce mal qui avait décomposé toute sa vie. Mais sa mère ajouta seulement :

— Tu comprends... il est propre.

Cela ne signifiait rien, mais pour Adrienne Bernan cela voulait tout dire.

Et que, déjà enceinte d'Étienne, elle avait surpris son mari accouplé à l'une de ses amies. Et que l'image s'était fichée en elle sans miséricorde. Et que l'image s'était toujours réveillée à l'approche de son mari. Et que pas une seule fois, pas une seule, l'image ne l'avait épargnée. Et qu'elle s'était en vain usé, ravagé le cerveau pour trouver, à travers cette vision, la voie du plaisir dans les bras de Bernan. Et que, traquée par ses sens, elle avait dû chercher ce plaisir auprès d'autres hommes. Mais qu'ils avaient eu, aussi, d'autres femmes et que leur science, leur expérience au lit étaient autant de tortures qui suscitaient de nouvelles images sans cesse plus monstrueuses. Et qu'il avait fallu, de toute nécessité, des partenaires plus naïfs. Et que le mécanisme l'avait sans répit menée plus loin. Et que si l'âge des amants s'abaissait toujours, l'intolé-

rance maniaque augmentait en furie. Et que les
garçons, même les plus jeunes, même les plus tendres, avaient eu des maîtresses, des aventures et
tout au moins une initiation. Et qu'elle retombait
dans la géhenne. Et que, enfin, seul un adolescent
à la limite de l'enfance, seul un innocent pouvait
satisfaire la chasse de toute une vie.

Ce cheminement, Adrienne Bernan en avait pris
une telle habitude qu'elle crut l'avoir retracé en
trois mots. Et ayant, elle, refait en une seconde la
longue, tortueuse et affreuse route, elle soupira,
avec le soulagement d'un obsédé par la soif, qui
aborde à la source.

— Tu comprends... Il est vraiment tout neuf.

Étienne sentit comment ses muscles se liaient et
se déliaient et le jetaient en avant... Cette phrase...
cette phrase... Daniel l'avait répétée devant lui,
devant Richard... Daniel avait parlé du parfum, des
bras, des baisers de cette femme, de cette femme
qu'Étienne atteignait près de la cheminée.

Ses mains étaient sur la gorge d'Adrienne Bernan. Et il eût été jusqu'au bout de son dessein si
Geneviève, armée d'un tisonnier, ne l'eût arrêté
d'un coup sauvage assené sur les doigts.

— Partie remise, dit Étienne froidement.

Mais, après avoir passé la nuit à errer le long des
quais, il s'engagea le lendemain en même temps
que Richard et dans la même formation.

XIII

Richard avait décidé de réunir quelques-uns de
ses camarades, la veille de son départ pour le régiment. Personne autour de lui — ni lui-même — ne
s'attendait à cela. Sauf Étienne il n'avait d'amis ni
à la Faculté de Droit, ni à la Sorbonne. Des rencon-

tres d'amphithéâtre et d'examen, de brefs entretiens sous les galeries, aux terrasses des cafés du
boulevard Saint-Michel, ou dans le Luxembourg,
bornaient tous ses rapports avec ceux-là même
qu'il préférait. De plus Richard n'avait aucune pratique de la vie nocturne et des assemblées d'étudiants. Mais à partir du moment où il eut signé son
engagement, rien, à la maison et dehors, ne lui
parut plus à la mesure du sort qu'il avait choisi. Ses
parents, tout en faisant bon visage, évitaient de se
regarder. Il ne pouvait pas leur parler sans percevoir chez eux une arrière-pensée, une arrière-
angoisse, qui le démoralisaient. Et, par un
contraste singulier, l'admiration éperdue de Daniel,
la fierté qu'il montrait de voir son frère bientôt au
feu, produisaient sur Richard le même effet.

On ne voyait plus Étienne rue Royer-Collard.

Bref, Richard éprouva la nécessité de consacrer
son nouveau destin par un acte éclatant. Il se sentait déjà une nature de soudard, comme il avait été
un pur esprit dans son commerce avec Étienne et
une âme russe, en lisant Dostoïevski. C'est pourquoi lui qui connaissait à peine le goût du vin, il
imagina d'organiser une beuverie avec ceux de ses
camarades qui lui plaisaient le mieux, et choisit
pour cette fête sa dernière nuit à Paris.

Quand Sophie apprit que son fils ne prendrait
pas son dernier repas à la maison, elle eut un sentiment d'abandon, de trahison, qui lui fit oublier
pour quelques instants son inquiétude essentielle.

— Tu vas nous laisser ? Tu auras le cœur de
t'amuser ? demanda-t-elle en regardant Richard
comme si elle ne le reconnaissait pas.

— Je fais ce que font tous les conscrits, maman,
dit Richard un peu gêné, et affectant à cause de
cela un ton léger.

— Bien sûr, bien sûr, dit le docteur sans relever
ses yeux du volume qu'il tenait. C'est l'anesthésie
du soldat.

— Et puis, maman, promit Richard, qui ne savait pas s'il était davantage accablé ou libéré par l'approbation de son père, je reviendrai vite. C'est juste pour marquer le coup, tu comprends. Et je vous rapporterai du champagne. Nous boirons ensemble à...

— Du champagne ? Boire ? interrompit Sophie. Mais où as-tu pris ça ?

— Là-dedans, dit le docteur en indiquant son livre. Richard a un peu trop lu, c'est sûr. Mais il va vite l'oublier maintenant.

Il restait à Richard du salaire de ses leçons à Paulin Juliais un reliquat de cinq cents francs. Il en prit la moitié et la donna à Étienne en le priant de se charger de tout et de faire les choses grandement, pour une dizaine de personnes, au caveau de l'Association des Étudiants.

Une heure avant le dîner, Richard, accompagné de Daniel, arriva dans l'antique maison autour de laquelle se nouaient et se dénouaient les venelles tortueuses de l'un des quartiers les plus vieux de Paris. La Seine brillait faiblement dans l'ombre.

Étienne changea d'expression en apercevant Daniel.

— Tout est en règle, je crois, dit-il brièvement. Le service sera convenable. Le champagne est à la glace. Le bourgogne se chambre.

Richard acquiesçait négligemment, mais il pensait : « Que de choses j'ai à apprendre ! »

Étienne reprit :

— Maintenant, je vous laisse, et je pense que je ne reviendrai pas.

— Comment ? Vous ? Vous ne seriez pas avec moi ce soir ! s'écria Richard. Vous avez assez encaissé de repas assommants, vous me l'avez dit. Alors, pour moi ? Un soir comme celui-ci ?...

Et Richard ajouta :

— Je laisse bien ma famille.

— C'est bon, mais alors commençons sans attendre, dit Étienne.

Il avait passé toutes les nuits précédentes à s'assommer d'alcool, dans des maisons closes.

Richard, bien qu'il n'eût aucune habitude du vin
de Porto, en supporta fort bien quelques verres. Du
moins, il le crut.

— J'aurais pu tenir tête à mon grand-père le
charron, dit-il avec un grand rire naïf.

Les invités arrivèrent tous ensemble. Il y avait
Romeur, du Droit, Farteux et Tensier, de la Sor-
bonne, et deux étrangers qui suivaient l'École des
Sciences Politiques, plus âgés que les autres, le
Suisse Stapfer et Dantas, un Brésilien charmant.
Ces derniers avaient amené leurs amies : un
modèle et une modiste qui avaient pour prénoms
Éliane et Gisèle. Tous les visages étaient plaisants
et gais.

— Bravo, cria Richard, la troupe est au complet.

Daniel leva ses longs cils avec surprise. Il ne
connaissait pas à son frère cet entrain facile et un
peu commun.

— A boire pour tout le monde, vite, cria encore
Richard. Nous avons de l'avance, nous.

Il se sentait parcouru d'un feu magique. Sa timidité, les forces divergentes qui se combattaient en
lui, les doutes sur sa valeur, la difficulté de se hausser à l'échelle des héros des romans et des tragé-
dies, tout se trouvait résolu.

— La vie est si simple, dit-il à Étienne. Il n'y a
qu'à la prendre comme elle vient. Vous ne trouvez
pas ?

Il se mit à rire et reprit :

— Je m'aperçois d'une chose drôle. Je tutoie ici
tous les garçons, sauf vous. C'est trop bête. On sera
soldats ensemble demain. Il faut changer ça.

— Vous ne croyez pas qu'il vaut mieux ne pas
faire entre nous comme pour tout le monde ?
demanda Étienne.

— Vous avez raison, raison et raison, s'écria Richard avec enthousiasme, nous sommes des gens à part.

Comme on était au seuil des vacances, chacun parla de ses projets.

« Bretagne... Normandie... Pyrénées... Lausanne... Bahia... » entendit Richard dans un tumulte confus.

Soudain, il eut le sentiment qu'il perdait pied, que les autres se retiraient de lui, l'abandonnaient sur un rivage désert. Seulement alors Richard comprit ce qu'il avait fait, en signant dans un bureau poussiéreux, devant un sous-officier endormi, une feuille jaunâtre. Malgré le verre de vin qu'il se versa instinctivement et avala d'un trait, Richard eut froid.

Il but un autre verre, et puis un autre, et au bout de quelques instants tout changea. Sa voix, qu'il ne maîtrisait plus très bien, couvrit la rumeur générale.

— Les plus belles vacances, je vous l'affirme, seront les miennes, cria-t-il.

— Tu as raison, dit Éliane, le modèle, qui était très patriote. A ta santé, mon grand.

On but à la santé de Richard, et à celle d'Étienne.

— A ta place, Dalleau, dit Romeur, j'aurais tout de même choisi l'artillerie. C'est plus tranquille.

— Ou alors l'aviation, dit Farteux. Parce que là, on reste un individu.

— L'un et l'autre ne valent rien, répliqua Richard. Je veux le plus grand danger, et en même temps, je veux mener des hommes. Je suis né pour être un chef.

— C'est vrai, cria Daniel, de l'autre bout de la table.

Jamais Richard n'avait éprouvé ce contentement de lui-même et tant d'assurance dans ses propres mérites. C'était merveilleux, et c'était merveilleux de pouvoir le dire sans gêne, et que tout le monde

en convînt, et que tous eussent pour lui les yeux de
Daniel. Quels amis compréhensifs ! Que les deux
filles devenaient belles, surtout celle qui l'avait
admiré.

Richard alla vers Éliane. Il se sentait sûr de lui.

— Les belles boucles, dit Éliane en passant les
doigts dans la crinière de Richard.

— Demande-lui qu'il t'en fasse un paquet
demain, dit Stapfer, son amant, avec bonhomie.

On rit. Mais Richard serra les mâchoires. L'idée
de sacrifier sa chevelure lui était odieuse. De quoi
se mêlait Stapfer, ce Suisse, ce neutre ?

Son regard donna de l'inquiétude à Daniel qui
était le seul à demeurer sobre, parce qu'il n'aimait
pas le vin. Il s'approcha de Richard et lui dit à
l'oreille :

— On nous attend à la maison.

— Je sais, je sais, répliqua impatiemment
Richard. Laisse-nous avaler le champagne, au
moins.

Or, comme l'on apportait les coupes, retentit une
voix tonnante.

— Qui donne à boire ici ?

Et un homme, qui avait une dignité surprenante
de gueux et de fou, avança lentement jusqu'à la
table. Il était de taille haute, noble, et tenait rejetée
en arrière une tête couronnée de cheveux blancs en
désordre. Ses yeux étaient ardents et lointains. Il
portait des guêtres de cuir trouées, un manteau
loqueteux coupé au-dessus du genou, un col dur et
une cravate lavallière.

Il n'y avait personne au Quartier Latin qui ne
connût cet accoutrement ébréché par toutes les sai-
sons et ce visage halluciné qui hantait depuis un
quart de siècle les tavernes, les rues et les jardins
autour du boulevard Saint-Michel.

L'homme fut accueilli par des cris d'amitié.

— Vive le marquis !

— Vive le roi du Boul'Mich !

— Versez pour le plus beau gosier de France.

— Pour Gérardine le magnifique !

Gérardine n'avait jamais un sou et ne mendiait jamais. Il se faisait offrir à manger et à boire par les étudiants qui l'aimaient. Il les payait en souvenirs sur les poètes maudits avec lesquels il s'était enivré autrefois. On disait qu'il avait un titre de marquis et qu'il avait, trente ans plus tôt, distribué sa fortune aux passants, par billets de mille francs, comme des prospectus.

Il promenait sur la salle ses yeux brûlants, dont on ne savait jamais quand ils étaient habités par la folie ou la mémoire, et redressait son front possédé, fait pour le pampre bachique.

— Qui donne à boire, ici ? demanda de nouveau Gérardine.

— Debout, Dalleau, crièrent les camarades de Richard.

— Puisque tu es généreux, dit Gérardine, je te raconterai tout à l'heure comment se saoulait Verlaine. A boire, par tous les foudres et tous les entonnoirs.

Il se lança dans un discours apocalyptique et obscène, buvant, chantant, éructant, et toujours drapé de sa majesté d'innocent, d'insensé, de clochard et de mage...

Richard ne se souvint d'aucun des gestes qu'il accomplit à partir de cet instant. Pourtant, il resta dans le caveau fort avant dans la nuit, parla beaucoup, but sans arrêt et assiégea Éliane avec une obstination à la fois rusée et brutale. L'être nouveau, né en lui de l'ivresse et dirigé par elle, exigeait la possession de cette femme. Il eût mis le feu aux murs pour l'avoir. Il ne sut pas qu'il avait menacé Stapfer et fait valoir ses droits d'engagé volontaire, de « fiancé à la mort », comme il le répétait sans cesse, et que le Suisse, ayant fini par s'attendrir et l'embrasser, il avait emmené Éliane.

Il se réveilla aux environs de midi dans un atelier

de la rue Campagne-Première. Il ne reconnut pas
la belle fille nue qui bâillait près de lui. Il ne
comprenait pas pourquoi on frappait si fort dans
sa tête.

— La porte... Va ouvrir la porte, dit Éliane.

Richard s'habilla et trouva Daniel sur le palier.

— Heureusement j'ai pensé à demander cette
nuit l'adresse d'Éliane aux autres, dit Daniel dans
le taxi qu'il avait laissé devant l'immeuble. Tu as
juste le temps de prendre ton train. On est affolé à
la maison. J'ai dit que tu étais resté avec Étienne.
Ça va ?

Richard fit la grimace. Il ne voulait pas de mensonge. Mais il était trop fatigué pour réagir.

— A propos d'Étienne, reprit Daniel, c'est lui qui
m'a ramené. Je n'ai rien compris à ce qu'il voulait
de moi. Je lui faisais horreur, puis pitié. Il me prenait par le cou, puis il me repoussait.

— Il était ivre, tout simplement, dit Richard.

— Il n'y avait pas que lui, remarqua Daniel. Tu
m'as fait peur, tu sais.

Il ajouta timidement :

— Tu ne devrais peut-être pas, Richard.

Son frère se mit à rire et dit :

— Rassure-toi, grand-père. On ne part pas pour
la guerre tous les jours.

Richard ferma les yeux et revit en pensée la
grande table, les yeux brillants, Gérardine, entendit
le bruit des verres et des chansons, se rappela son
assurance et son audace.

— Et c'est dommage, acheva-t-il.

Rue Royer-Collard, son mince bagage était prêt.
Sophie, sans un mot de reproche, mais la figure
défaite par l'insomnie et le tourment, lui montra la
place de chacune de ses affaires, tandis que le docteur marchait dans le couloir en toussotant.
Richard, qui croyait détester l'appartement et
n'avoir besoin de personne, se sentit soudain misé-

rable et chétif... Sa mère... son père... Dans un instant, ils seraient perdus pour lui...

« Pardon, pria intérieurement Richard, pardon de vous avoir volé ces dernières heures. Et pourquoi ? Pour qui ? J'avais tant à vous dire. »

Mais il ne dit rien. Il n'eût su le faire sans laisser couler les larmes dont sa vue était déjà brouillée. Un chasseur à pied ne le pouvait pas.

Pour éviter au cœur d'Anselme la fatigue et l'émotion de la gare, il avait été décidé que le docteur ne quitterait pas la maison. Sophie resta avec lui. Richard les embrassa trop vite et sortit. Daniel était très fier d'être seul pour accompagner son frère. Jusqu'au train Richard fut silencieux. Mais là, il retrouva Étienne et en même temps son personnage de guerrier.

QUATRIÈME PARTIE

I

Les résultats du concours d'entrée pour les classes de comédie et de tragédie devaient être annon-
cés sous peu dans le hall du Conservatoire.

La résonance de cette galerie, très vaste et très
haute, multipliait le bruit des pas sur les dalles, le
volume des voix, des rires impatients et des murmures nerveux. Les garçons et les jeunes filles qui
s'étaient présentés au concours, leurs parents, leurs
amis, ne cessaient de bouger, de parler. Ils
essayaient d'amortir les instants qui menaient à
celui où le choix du jury se ferait connaître et qui
devenaient de plus en plus pénibles à supporter.

— Je ne serai pas reçue, je le sens, s'écria Dominique une fois de plus. Comment veux-tu ? Il y a
encore trois mois, il m'était défendu même de penser au théâtre.

Tous ceux et toutes celles qui entouraient Dominique souffraient de la même anxiété, mais elle
n'essayait pas de masquer la sienne et, comme son
visage était plus beau et plus expressif, elle semblait souffrir plus que les autres.

« Non, *ils* n'auront pas résisté à une figure pareille », pensa Geneviève avec une sorte de furie dans
la volonté. Elle se sentait engagée tout entière dans
l'épreuve. C'était elle qui avait convaincu Dominique de courir sa chance en un délai si court. Elle

qui lui avait désigné des professeurs. Elle, enfin, qui, renonçant à un séjour en Angleterre, avait fait travailler Dominique pendant les vacances et répété sans fin avec elle les scènes du concours.

Dominique saisit la main de Geneviève et poussa un cri étouffé.

— Ça y est... On va savoir...

Un huissier descendait le long escalier qui venait de l'étage mystérieux où se débattait une décision que tous ces jeunes gens croyaient être leur destin. Les plus hardis entourèrent l'huissier avec des regards fiévreux, mais inutilement. Le jury n'avait pas fini de délibérer.

— Oh, mon Dieu, mon Dieu, gémit Dominique. Je ne sais pas ce que je ferais sans toi, ma chérie.

Ce mot donna du bonheur à Geneviève. Sa vie, maintenant, avait une raison d'être, nourrie de cette confiance et de cette dépendance absolues. Tout le long du grand hall peuplé d'espoirs et de craintes, chacun avait pour le soutenir une mère, un père, un frère, des amis. Geneviève vit qu'elle était pour Dominique toute la famille et toute l'amitié.

— Tu veux me faire plaisir, en parlant comme tu le fais, j'en suis sûre, dit Geneviève très doucement et pour mieux s'assurer de son triomphe. Tu as tant de camarades ici qui sauraient me remplacer.

— Comment peux-tu... Je suis si loin de tous, s'écria Dominique.

Elle considéra les garçons et les filles qui changeaient de place et de groupe et qu'elle avait connus dans les cours qui préparaient au Conservatoire. Ils n'exerçaient pas plus d'attrait sur elle que ne l'avaient fait les élèves de son établissement religieux, que les jeunes gens de son quartier et les étudiants du Luxembourg. Elle reconnaissait la même race habillée à bon marché, commune de voix et de paroles, hantée par de petits soucis. Et chez les acteurs éclatait en outre un caractère vain, excessif, artificiel et avide qui faisait horreur à Dominique. Ils n'étaient simples que pour parler des rapports sexuels, mais ils allaient alors jusqu'à la grossièreté et cela mettait Dominique à la torture.

— Je n'ai que toi, que toi, dit Dominique.

Geneviève eût voulu étirer la durée de cette sensation merveilleuse. Elle en fut empêchée par un grand mouvement suivi d'un grand silence.

Un homme en noir, qui tenait une feuille, s'était arrêté à mi-escalier. Il apportait la liste de ceux que le jury venait d'accepter au concours. Les concurrents savaient tous qu'il y avait seulement une place par vingt prétendants, mais tous croyaient la mériter. L'homme en noir se mit à lire.

A chaque nom qu'il appelait, un cri de joie, un soupir heureux, un baiser ou un rire inconscients désignait la tête sur qui tombait le choix. Dominique était d'une pâleur extrême, elle tenait debout avec peine. Cependant, sa main s'enfonçait avec une force extraordinaire dans le bras de Geneviève qu'elle meurtrissait sans le savoir. Et Geneviève ne le sentait que dans la mesure où cette sorte d'anneau brûlant la scellait mieux à Dominique. Soudain, les doigts de Dominique se relâchèrent et Geneviève entendit prononcer le nom de son amie.

Les deux jeunes filles ne prenaient plus aucune part à ce qui se passait autour d'elles. Dominique tremblait faiblement et cette vibration se répétait dans le cœur de Geneviève. Quand Dominique eut cessé de trembler, Geneviève vit naître, se répandre et rayonner sur son visage une beauté semblable à celle qu'il avait portée le jour de l'inauguration au musée du Luxembourg. Des larmes rondes, fermes et scintillantes, coulaient des yeux inspirés et, de nouveau, Dominique n'en était pas l'objet.

« Elle reconnaît, elle chérit, elle remercie la beauté, la bonté de la vie, se dit Geneviève. Mais ce soir, la beauté, la bonté, c'est moi, moi ! »

Un autre mouvement de foule vint interrompre

trop vite au gré de Geneviève cet état de bonheur aigu. La lecture des noms étant achevée, les éclats du triomphe, de la douleur et du dépit se répandaient sans aucune retenue. Geneviève fut saisie de répugnance pour ces clameurs de victoire, ces embrassades, ces crises de nerfs, pour l'exultation et la fureur naïve des mères.

— Quittons la ménagerie, dit-elle.

— Pas encore, chérie. Pas encore, supplia Dominique.

Elle avait peur que dehors le miracle ne fût plus vrai. Elle avait besoin de le lire écrit sur la feuille maintenant affichée, et de voir les gens qui l'avaient accompli.

Le plus fort du tumulte s'était apaisé et le hall était à moitié vide quand les membres du jury le traversèrent : actrices âgées et enveloppées de fourrures, romanciers, critiques, peintres et musiciens en renom. Les professeurs des classes d'art dramatique les suivaient. L'un d'eux, vêtu d'une vareuse de toile grise boutonnée jusqu'au cou et d'un pantalon flottant serré aux chevilles, marcha vers Dominique. Ce tragédien illustre examina attentivement la jeune fille en rejetant en arrière, comme un masque ravagé par les veilles et l'alcool, son vieux visage qui avait été tant de fois celui de Théramène et de Tirésias.

— Tu es vraiment belle, mon petit, gronda-t-il en prenant le menton de Dominique. Et tu as une voix en or et les vers fondent dans ta bouche comme des fruits. Mais trop sage, trop floue... il faut te secouer, il faut prendre feu. Mais, nom de Dieu, Hermione, c'est du sang qui flambe. Ça lui sort par tous les pores. Mais, nom de Dieu, aucun de ces gamins n'a su te dégeler un peu ! Les vrais coqs sont à la guerre. Quelle pitié !

Il laissa Dominique terrifiée. Mais d'autres hommes vinrent lui parler qui étaient habillés avec grand goût, avaient des voix aimables, discrètes et

tenaient des propos pleins de finesse. Ils sem-
blaient tous reconnaître un pouvoir à Dominique.
Elle n'en devinait pas la nature, et cela l'enchantait.
Elle écoutait en riant et ne savait pas qu'elle riait.

« Elle est pleinement heureuse... J'ai gagné »,
pensa Geneviève et elle attendit que revint l'admirable joie qu'elle avait déjà connue par Dominique.
Mais ce fut en vain. Au lieu de cette joie, Geneviève
reconnut, avec une sorte de panique, le goût de
l'amertume familière. Pourquoi, mais pourquoi
donc ? Elle avait conduit Dominique au point
qu'elle avait choisi. Elle avait donné à Dominique
le métier auquel celle-ci rêvait. Elle lui avait ouvert
la vie. Dominique n'avait plus...

« Mais oui, se dit Geneviève tout à coup, elle n'a
plus besoin de moi. »

Ce visage, tout brillant d'un éclat qui ne devait
rien aux lampadaires qu'on venait d'allumer, parut
lointain à Geneviève, et étranger. Dominique
s'échappait. Elle appartenait déjà à d'autres.

« Mon temps est fini ou sur le point de l'être,
pensa encore Geneviève. Elle va suivre la filière,
passer les concours de fin d'année. Le théâtre la
prendra. Alors, la gloire peut-être... Et de toute
manière, les hommes à ses pieds... Une existence
fleurie, légère, heureuse... Tandis que moi. »

Ce perpétuel « tandis que moi », ce retour
constant sur elle-même, ce reproche sans cesse
adressé aux êtres et au destin était la maladie de
Geneviève. Dès qu'elle en subissait l'atteinte, son
intelligence abdiquait. Alors une humeur désordonnée et une irritation morbide ruinaient ce
qu'avaient pu construire sa profonde générosité
d'esprit et sa volonté.

— Assez ! Viens ! dit brusquement Geneviève.

Elle sortit sans laisser à Dominique le temps de
répondre. Dans la rue, la bruine d'octobre rendit
Dominique à la vie réelle.

— Tu as eu raison de me forcer à partir, dit-elle.

Je me dégoûte de n'avoir même pas songé à mon père. Je cours lui annoncer la nouvelle.

— Et ensuite ? demanda Geneviève.

— Mais... j'ai son dîner à faire, dit Dominique.

— Et ensuite ? répéta Geneviève.

— Mais... je resterai avec lui, dit Dominique.

— Et moi ? demanda Geneviève. Et moi je serai seule le soir d'un succès décisif dans ta vie ? Et que j'ai arraché à ton père.

— Il en souffre tout le temps, dit Dominique à mi-voix.

— Et moi ? s'écria Geneviève.

Elle se rappela son enfance et son adolescence mutilées par la vie de ses parents, son animosité pour Étienne, sa rancune pour son père et le sentiment affreux — mélange de pitié et de répulsion — que sa mère lui inspirait maintenant.

Et cette fille éclatante qui souriait toujours, cette fille d'une aisance et d'une innocence de plante magnifique, cette fille la croyait heureuse ! Cette fille pour qui elle négligeait les cours de l'École de Médecine, les travaux à l'hôpital, au laboratoire, les plaisirs de société, le secrétariat de son père. Pourquoi, mais pourquoi donc ?

Geneviève savait bien que la rigueur minutieuse de ses occupations et leur diversité ne suffisaient pas à étouffer chez elle le besoin de donner et de recevoir sa part de tendresse humaine, et que son sentiment pour Dominique était le seul de nature à satisfaire ce besoin. Mais Geneviève ne voulait pas avouer que l'échange entre elles était pour le moins égal. Il fallait que Dominique fût en dette.

— Et moi ! cria Geneviève, tandis que les ailes de son nez aigu se mettaient à trembler. Et moi qui ne suis pas allée en Angleterre, qui t'ai cherché les meilleurs maîtres de Paris, qui me suis acharnée à te faire travailler chaque jour, qui ai mendié des recommandations pour le jury...

Tout en parlant, Geneviève se disait que rien

n'était plus vil et plus vain que de reprocher des services rendus, mais elle ne pouvait pas s'arrêter.

— Après dîner, je viendrai chez toi, promit Dominique.

Elle ne savait pas si elle cédait au remords, à l'amitié, à la crainte ou, simplement, au désir de ne pas entendre cette voix de possédée.

II

Les grilles du musée étaient déjà fermées. Dominique courut à la loge d'Achille Millot.

— Plantelle me quitte à l'instant. Tu le trouveras dans l'escalier, dit le concierge.

Dominique rejoignit son père entre le quatrième et le cinquième étage. Entendant un pas derrière lui, Hubert Plantelle se redressa pour tirer plus vaillamment sa jambe estropiée. Mais il était trop tard. Dominique avait eu le temps de le surprendre dans toute sa fatigue. Elle fut traversée par un sentiment de faute et de tendresse infinies.

— Ah ! c'est toi ! dit Plantelle.

Et il continua de gravir les degrés.

— Mon-Père-Chéri, j'ai été reçue au concours, chuchota Dominique.

Le gardien-chef s'appuya à la rampe de l'escalier. Il était vieux et usé et il avait si longtemps et avidement attendu ces mots qu'il crut, un instant, à leur ancienne signification. Puis il comprit et se remit en marche.

Quand ils furent dans leur appartement, Plantelle demanda :

— C'est bien un établissement de l'État, ton Conservatoire ?

— Mais oui, mais oui, s'écria Dominique. C'est une École Nationale comme Sèvres.

— Tais-toi, dit Plantelle, d'une voix enrouée.

Ils mangèrent en silence, ainsi qu'ils le faisaient toujours depuis trois mois.

— Je dois sortir, dit timidement Dominique.

Elle redoutait mais espérait dans le même temps que son père lui ordonnât de rester. Elle eût obéi avec soulagement. Plantelle se borna à répondre :

— Tu es libre.

— Je vais chez Geneviève, dit hâtivement Dominique. Elle a été merveilleuse pour moi. Aujourd'hui, plus que jamais. Je lui dois tout. Tu devrais consentir à la voir.

— Jamais, je te l'ai dit, jamais, fit Plantelle.

Dominique retrouva, dans les yeux sans couleur, la fixité sans merci qu'ils avaient lorsque Plantelle parlait des Prussiens, des communards ou de cette mère dont Dominique ne gardait aucun souvenir.

III

En rentrant chez elle, Geneviève trouva une lettre qui bouleversa tous ses sentiments. Étienne lui écrivait pour la première fois de sa vie.

Il le faisait avec le naturel le plus entier et une pleine liberté de confidence. On eût dit que rien n'avait jamais séparé Étienne de Geneviève, que cette lettre n'était qu'un chaînon dans une correspondance soutenue.

Son instruction, disait Étienne, était terminée et il rejoignait le dépôt de son régiment, tandis que Richard allait à Saint-Cyr comme élève aspirant. Les opinions d'Étienne lui interdisaient de suivre Richard à cette école. Mais il se sentait assez déprimé par leur séparation et demandait à Geneviève d'insister auprès de Jean Bernan pour que, le moment venu, celui-ci fît jouer les appuis nécessai-

res et qu'Étienne pût retrouver Richard sur le front.
La lettre se terminait ainsi : « Je pense beaucoup à
toi, ma vieille sœur. Qui se ressemble s'assemble. »

Son menton aigu au creux de ses mains et son
étrange mèche grise lui tombant sur le front, Geneviève médita longtemps les derniers mots.

« Ce Dalleau est pour lui sa Dominique. Il se sent
affreusement seul et il se souvient que nous avons
été les prisonniers du crime de nos parents envers
nous, des prisonniers qui se battaient dans leur
cage. Les malheureux ! Au lieu de faire alliance. »

Le sang colora les pommettes saillantes de Geneviève. Elle avait un ami, un complice pour la vie...
un frère... Mais elle laissa retomber ses mains avec
accablement. Elle découvrait cela au moment où
Étienne s'éloignait peut-être sans retour.

Le bruit d'une sonnette rappela à Geneviève
qu'elle attendait Dominique. Comme elle avait
donné sa liberté à la femme de chambre, Geneviève
alla ouvrir elle-même.

— Il n'y a personne chez vous le soir ? demanda
Dominique.

— Personne ou alors la foire, dit Geneviève brièvement ainsi qu'Étienne le faisait souvent.

Les deux jeunes filles longèrent la grande galerie
qui donnait sur les pièces d'apparat et gagnèrent la
chambre de Geneviève.

— Ton père est heureux ? demanda Geneviève
tendrement.

Elle se sentait en amitié avec toute la peine des
hommes.

— Non... Il ne peut toujours pas se consoler de
ce que... nous avons fait, dit Dominique. J'en suis
désespérée.

Elle marchait à travers la pièce, effleurant les
matières qui lui plaisaient au toucher, la dorure
d'un livre, la soie des fauteuils.

— Tout s'arrangera, je te le promets, dit Geneviève. Il suffit pour ton père que les choses aient un caractère officiel et le jour où sa fille entrera dans un théâtre national, il ne lui en voudra plus.

— Et puis je gagnerai de l'argent ; je lui ferai la vie très belle, s'écria Dominique.

Déjà, la tristesse avait, sur son visage, fait place à un goût intense de la vie.

— Je voudrais sortir, chérie, dit Dominique, avec une ardeur subite. Je voudrais aller dans un endroit plein de lumière, plein de musique et rire, et danser.

— Mais quelle idée... C'est bien la première fois... Et tu sais bien que tout est fermé après neuf heures, dit Geneviève.

Ses sourcils s'étaient rejoints comme ceux d'Étienne lorsqu'il était irrité et Geneviève, pensant à lui, ajouta durement :

— C'est la guerre, tu sais.

— Je le sais trop, s'écria Dominique. On ne peut même plus être jeune. Quand je songe aux filles qui ont connu les fêtes, les bals, la vie...

Le mal chronique se réveilla chez Geneviève. Quelle frivolité ! quelle indécence ! Parce que Dominique avait réussi à une médiocre épreuve, le monde pouvait périr et Étienne aller au charnier...

Mais le mouvement de fiel qui était sur le point d'emporter Geneviève ne s'acheva pas. Il y avait pour elle, à cause d'Étienne, ce soir, une sorte d'état de grâce.

« Évidemment, cela m'est facile de penser ainsi, se dit Geneviève. Je suis saturée de ces divertissements, de cette vanité, de cette misère, mais Dominique ne les connaît que par les livres. Elle y croit. Comme elle croyait aux tristes figurants du musée. Et c'est pourquoi je l'ai tant aimée. Alors pourquoi ces reproches ? Aujourd'hui encore, elle remonte à la source, aux chants, aux danses par où se consacrait la vraie joie. Je souffre de la qualité même qui

m'a donné du bonheur. C'est juste, il faut payer...
Mais Dominique aussi un jour... »

Et Geneviève — ce qui ne lui arrivait presque
jamais — ressentit une inquiétude entièrement
désintéressée pour cette jeune fille sans armes.

— Tout reviendra et tu auras bien le temps, dit
Geneviève avec une douceur inaccoutumée chez
elle. En attendant, pense seulement à ton métier.
Travaille, travaille sans regarder autour de toi. Tu
peux être une grande actrice et alors...

Dominique agita la tête dans un mouvement de
certitude résignée.

— Je ne serai jamais une grande actrice, dit-elle.
Je le sais. Je ne peux pas croire vraiment à ce
métier. Ces bonds, ces cris, ces grimaces, tout me
paraît (elle chercha le mot), me paraît gênant... Tu
as entendu le vieux maître. Il a raison. J'aime bien
dire certains vers.

Dominique récita doucement, presque sans
expression :

Et que le jour commence et que le jour finisse
Sans que jamais Titus puisse voir Bérénice.

Puis Dominique parla de nouveau à Geneviève.

— Mais j'aimerais les dire pour toi seule ou à des
amis et c'est tout.

— Non, non, tu ne dois pas te mettre cela dans
la tête, s'écria Geneviève. Tu as tous les dons, tu
peux apporter tant de joie...

Geneviève continua quelque temps encore.
Dominique ne répondit plus. Elle s'était assoupie
dans son fauteuil.

« Comment peut-elle ? se demanda Geneviève.
Quelle sérénité, quelle force de liane. Moi, je ne
pourrais tenir en place. Il faudrait que je construise
tout un avenir... Nous avons vingt ans toutes les
deux pourtant... Nous sommes faites de la même
argile. »

Tout à fait machinalement, Geneviève passa sa main sur son propre cou, puis sur celui de Dominique et son jugement se renversa à l'instant. Il n'y avait rien de commun entre sa peau sèche, un peu grumeleuse et froide, et cette merveilleuse matière fine, tiède, suave, dorée...

Geneviève éprouva alors la sensation singulière et comme sacrilège d'ouvrir une tombe sans âge et d'y découvrir côte à côte un parchemin rugueux et le plus doux vélin, sur lesquels deux destinées se trouvaient depuis toujours écrites.

« Elles ne peuvent pas être les mêmes », dit Geneviève à haute voix.

Dominique ouvrit des yeux pleins de sommeil et qui ne comprenaient rien. Geneviève demanda pour elle un taxi par téléphone et prit un somnifère très fort.

IV

Le long d'un couloir, dans l'un des bâtiments d'habitation, à l'École de Saint-Cyr, une demi-douzaine de jeunes hommes avançaient avec précaution pour poser sans bruit sur les dalles leurs gros souliers ferrés. Le caporal Ambroz et le sergent Fiersi les conduisaient.

Ces élèves aspirants avaient tous connu les combats et les tranchées et c'est du front qu'ils avaient été rappelés pour suivre les cours. Aussi, ils se sentaient des droits sans limite sur les garçons envoyés à Saint-Cyr des régiments de l'intérieur. Selon les jours et l'humeur, ils traitaient ceux qui n'avaient pas encore subi l'épreuve de la guerre comme des hommes de peine, des têtes de Turc, ou des vaches à lait. La camaraderie n'en souffrait pas.

C'était dans l'ordre des choses. Les instructeurs fermaient les yeux.

Fiersi et Ambroz, tous deux blessés et décorés au feu, avaient des visages de justiciers lorsqu'ils arrivèrent en tête de leur groupe, devant la chambrée qui portait le n° 27. Là, des bleus avaient refusé la veille d'être passés en revue, habillés seulement d'un bonnet de police, d'un ceinturon et d'une baïonnette. De cela, leur meneur allait être puni ainsi qu'il convenait.

— Ça va très bien, chuchota Fiersi qui regardait par le trou de la serrure. Il est en train d'écrire. Il n'a qu'un seul copain avec lui, un tout petit, déjà au pieu.

— Préparez le cirage, le goudron et les plumes, ordonna Ambroz du bout des lèvres.

La porte s'ouvrit avec fracas, et Richard, qui commençait une lettre pour Étienne, vit apparaître Fiersi, Ambroz et leurs partisans. L'un de ces derniers courut vers un lit où l'on voyait tout juste, sur le traversin, une petite figure pâle. Les autres entourèrent Richard.

« Je suis foutu », pensa celui-ci.

Le moment était bien choisi : un peu après la soupe du soir, alors que les camarades de la chambre se trouvaient dehors et longtemps avant l'appel, à l'abri de toute ronde.

— C'est bien toi, Dalleau, demanda Ambroz, qui as eu le culot de refuser le respect à des combattants ?

— On vous respectera tant que vous voudrez, mais pas en se mettant à poil, dit Richard.

— Tu n'as pas à choisir, dit Fiersi, et tu vas être dressé.

— La gueule au cirage, les fesses au goudron, et des plumes dessus, déclara Ambroz.

Le plus âgé de leurs compagnons intervint.

— Laisse-toi faire sans histoire, Dalleau, tu n'es pas de force.

Richard, sans l'écouter, considérait d'un regard franc Ambroz et Fiersi. Il les connaissait bien. Il avait de l'amitié pour eux et ils en avaient pour lui. Mais il sentit que, assurés de leur droit, ils iraient jusqu'au bout du jeu pour lequel ils étaient venus.

« Et je vais être déshonoré, se dit Richard... Mon prestige... ma dignité... Ils feront de nous ce qu'ils voudront après. J'ai eu déjà tant de peine à soulever la chambrée. »

Richard mesura musculairement la distance qui le séparait de la porte et se jeta vers elle, la tête en avant. Il fut saisi aux épaules, aux bras, à la taille. Sa chemise craqua de toutes parts. Mais il était si fort qu'il secoua les assaillants et avança de quelques pas. Ambroz le ceintura. Fiersi le prit au cou. Il se débarrassa d'eux en les jetant l'un sur l'autre. Il n'était plus couvert que de lambeaux d'étoffe.

— Tu y es quand même, à poil, grogna l'un des agresseurs, et maintenant le cirage.

Richard était tombé, et ses bourreaux essayaient de le plaquer au sol par les épaules. Il se roula alors tout nu sur les dalles froides, comme un possédé, entraînant tout le monde avec lui. Deux lits de camp chavirèrent. Des cris de fureur et de victoire emplissaient la chambrée. Richard perdait son souffle.

— On le tient, dit Fiersi.

— Pas encore, haleta Richard.

D'un coup de reins où il appela toute sa puissance physique, il entraîna la grappe de corps accrochée au sien près du poêle et se roula avec elle contre lui. Il y eut un grincement énorme, une avalanche de poussière noire, et le long tuyau s'effondra sur les combattants.

Au milieu des jurons et du désarroi, Richard échappa aux mains qui le tenaient. Mais il fut saisi à revers par celui des justiciers qui s'était tenu à l'écart de la lutte, et renversé. Les autres, remis de leur stupeur et de leurs horions, se précipitèrent de

nouveau. Richard ne résistait plus que machinalement. La tête lui tournait. Sa poitrine semblait près
d'éclater. Des larmes de rage impuissante lui
brouillaient la vue.

« Cirage... Goudron... Plumes... », répétait sans
cesse son cerveau aux abois. Mais que faisait-on ?
Pourquoi se sentait-il relâché ? Quel était ce piétinement sonore à travers le couloir ?

— Tiens bon, Dalleau, hurlaient des voix miraculeuses. La 27 arrive.

Tout d'abord pénétra dans la pièce le garçon à
toute petite figure qui s'était trouvé seul avec
Richard au moment de l'attaque. Il portait une
capote sur sa chemise de nuit, et de gros godillots
délacés sur ses pieds nus. Derrière lui, les camarades de la chambrée entrèrent en trombe.

« Quand j'ai renversé le poêle, Mertou a pu s'en-
fuir », pensa Richard.

Il était assis sur un lit effondré, nu, couvert de
bleus et de suie, et il avait l'impression qu'il ne
pourrait plus jamais respirer à l'aise. Mais il se sentait le maître du monde.

— C'est vous qu'on va cirer, maintenant, cria le
petit Mertou aux assaillants qui s'étaient massés
dans un coin.

Les visages se tournèrent vers Richard. C'était à
lui de donner le signal.

— Non, dit Richard avec difficulté. A cause de...
leurs croix de guerre.

Ambroz, un instituteur savoyard à la figure têtue,
dit en s'en allant :

— T'es coriace, mon gars, mais on t'aura tout de
même.

Richard fut accompagné par une escorte atten-
tive jusqu'à la salle de douches. Quand il revint, il
était en mesure de raconter son exploit.

— Il ne faut plus que Dalleau reste seul, s'écria
l'un des camarades.

— Quel lion, dit un autre, il a sauvé l'honneur de la chambrée.

— Maintenant, on ne se laissera jamais plus faire, dit soudain le petit Mertou.

— C'est bon, c'est bon, dit Richard, avec un détachement affecté. J'ai fait ce que j'ai pu. Il s'agit de réparer les dégâts avant l'appel.

Il fit mine d'aller au poêle. Dix voix l'arrêtèrent.

— Pas toi, pas toi.

Richard suivit les travaux en roulant une cigarette.

Après six semaines de régiment et six semaines de Saint-Cyr, il fumait beaucoup, alors qu'avant son service il trouvait désagréable le goût du tabac. Il avait pris également l'habitude des mots crus et obscènes. Il avait même, pour faire comme les camarades, surmonté deux fois la répugnance et la tristesse que lui inspirait le bordel. Pourtant, il se sentait en état de paix.

Les cheveux tondus, la poitrine élargie, il n'était plus écartelé par des scrupules et des désirs contrariés. Il savait ce qu'il avait à faire, et le faisait aisément. Les exercices physiques, il y avait toujours excellé. Les études exigées à Saint-Cyr en temps de guerre (on formait des aspirants en quelques mois) étaient dérisoires pour un esprit rompu aux disciplines de la Sorbonne. Quant à la camaraderie, Richard en avait dans le sang toutes les vertus et toutes les faiblesses.

— Merci, vieux, dit Richard à Mertou, qui, mêlé à sa gloire, était venu s'asseoir près de lui.

Mertou hésita une seconde, abaissa sa lèvre inférieure comme s'il allait pleurer, et murmura :

— A toi, Dalleau, je peux bien le dire. J'ai encore eu la frousse.

— Ça passera, vieux, tu verras, assura Richard. Et puisque personne ne s'en aperçoit...

Le petit Mertou secoua la tête avec désespoir.

— Il n'y a rien à faire, j'ai toujours été froussard, dit-il.

Son visage exigu devint très pâle.

— Qu'est-ce que je vais faire au feu, Dalleau ? reprit Mertou. Je n'en dors plus, tu sais. Aux cours, quand on parle de tir de barrage, d'attaques, de tout... c'est affreux !

Richard avait toujours cru que la peur ne pouvait lui inspirer que du mépris. Or, quand il voyait trembler le petit Mertou, il éprouvait pour lui uniquement de l'amitié et un sentiment de protection.

— Tu n'es pas froussard, dit Richard. Tu t'es engagé à dix-sept ans. Tu es le plus jeune, ici.

— Est-ce que je pouvais faire autrement ? gémit Mertou. Tous les hommes, dans ma famille, sont officiers depuis toujours. Et mon père a été tué en 14 en chargeant devant son bataillon. Alors ? Tu vois bien...

— Tu n'es pas assez développé physiquement, voilà tout, décida Richard. Viens, je vais t'apprendre un peu de boxe.

— Que tu es chic ! s'écria le petit Mertou.

Richard quitta les gants, propriété de la chambrée, acquis sur ses conseils, pour continuer la lettre destinée à Étienne. L'extinction des feux interrompit son bulletin de victoire.

Richard occupait un lit de choix, dans un coin, contre le mur intérieur. Comme il dormait, la porte s'ouvrit doucement. Le rayon d'une lampe de poche se fixa sur son traversin, et deux ombres vinrent à son chevet.

— Quoi ? Quoi ? murmura Richard, en sursaut.

— Mets ta capote et viens, dit une voix à l'accent corse. C'est Ambroz et moi.

— Qu'est-ce que vous me voulez ?

— Si c'était du mal, on t'aurait viré depuis longtemps. Le poste d'écoute est faible, chez vous.

Le petit Mertou, qui avait le sommeil instable se réveilla au bruit fait par Richard en s'habillant.

— Pas ton affaire, bébé. Une explication entre hommes, lui dit Fiersi.

— Tu peux dormir, vieux, il n'y a pas de danger, chuchota Richard.

Il suivit le sergent et le caporal le long du couloir glacial, à travers une cour sombre et entra, derrière eux, dans une petite chambre où une table portait une bouteille de cognac et trois verres.

Ambroz baissa son front buté et grommela :

— C'est Fiersi qui a voulu tout ça. Moi, je pense qu'on aurait dû te dresser tout de même.

Personne ne connaissait de métier à Fiersi, ni de rentes. Mais il avait toujours eu de l'argent — même au front où il s'était rendu célèbre dans tout le secteur par ses coups de main, et par son goût pour la besogne barbare de nettoyeur de tranchées. Ce garçon, aux lèvres dures, aux yeux qui ne bougeaient jamais, attirait Richard.

— Et moi je pense, lui dit le Corse, que tu es un champion. Et celui qui t'embêtera maintenant, il aura affaire à Fiersi. A la tienne.

— A la vôtre, les anciens, s'écria Richard, avec une telle amitié que le sévère Ambroz se dérida.

— C'est du bon, dit-il en faisant claquer sa langue.

Puis, sur un tout autre ton, presque timide, l'instituteur demanda à Richard :

— Le travail que tu m'as passé hier, c'est quoi au juste ?

— Un texte pour examen de licence, dit Richard.

Ambroz soupira :

— Cela m'aurait tant plu, à moi... L'agrégation de grammaire.

— J'aime entendre causer instruction, dit Fiersi, respectueusement.

— Avec tous tes coups durs ? s'écria Richard. Tu es drôle !

Un ennui profond parut sur le visage mat de Fiersi.

— Fous-nous bien la paix avec ça, dit-il.

— Fous-nous-la bien, dit Ambroz.

— Tu ferais mieux de dire des vers comme l'autre fois, reprit Fiersi. Je ne sais plus ce que c'était, mais ça chantait bien... Un type dans une prison.

Richard récita :

Le ciel est par-dessus le toit
Si bleu, si calme...

— C'est ça, recommence, dit Fiersi.

V

La sonnette du petit pavillon tinta doucement.

— C'est le docteur Dalleau, ma chérie, dit André Bardet à sa femme. Je lui ai promis de lui montrer quelque chose au laboratoire.

Il parlait en essayant de deviner, à travers les verres démesurément épais de ses lunettes, ce que Sylvie pensait.

— Tu voudras bien lui dire bonjour ? demanda timidement Bardet. Tu devrais... Il a été parfait pour ton cousin.

— Si ça ne le choque pas de me voir en peignoir dans l'après-midi, je passerai un instant au salon, dit la jeune femme.

— Bien sûr, bien sûr, s'écria Bardet. Tu es très bien comme tu es, quelle idée !

Et, rougissant, ce qui donnait quelque chose d'absurde à son visage rond et barbu, il ajouta :

— Tu es encore plus belle, si c'est possible.

— Va, mon ami, va, ne fais pas attendre, dit Sylvie avec impatience.

Bardet sortit précipitamment, d'un air fautif.

« Quel ennui, quel ennui, pensa la jeune femme.

Ces visites... cette maison... ce mois de novembre. Tout. »

Elle écouta les gouttes monotones qui retentissaient sur la marquise du pavillon. Sylvie n'avait pas besoin d'aller à la fenêtre pour voir la petite rue tranquille, provinciale d'Auteuil, déserte le dimanche. Le calme du quartier était sans doute propice aux travaux de son mari. Mais ces travaux importaient peu à Sylvie. Quand on lui disait que Bardet était promis au plus éclatant avenir, que certaines de ses découvertes en biologie faisaient déjà loi, Sylvie semblait très fière de son mari. Au vrai, elle eût préféré le voir exercer une profession qui la mît en rapport avec des gens moins austères.

Sylvie se leva en soupirant, arrangea d'une main négligente ses longs cheveux défaits, et se dirigea vers le salon.

— André, tu aurais pu me prévenir, tout de même, s'écria-t-elle sur le seuil.

Il y avait dans la pièce, outre son mari et Anselme Dalleau, un jeune homme en uniforme.

— Vous ne pensez pas à faire des frais pour mon garçon, madame Bardet, dit rondement le docteur. Ou alors je me reprocherais de l'avoir amené. Vous vous connaissez, je crois, de l'hôpital.

Sylvie se mit à rire, et rien n'allait mieux à son visage léger.

— Comment ? C'est lui ? demanda-t-elle.

— Évidemment, notre Samson est méconnaissable, dit le docteur.

Richard eût voulu devenir invisible. Il souffrait assez de sa tête tondue pour que son père évitât des plaisanteries qui attiraient l'attention sur elle. Comme il avait eu tort de céder au désir de revoir Sylvie ! Elle portait sur ses traits vivants encore plus de poésie que dans ceux du souvenir. Et lui... avec sa vareuse mal taillée, ses gros souliers, son crâne ras. On pouvait être le demi-dieu de la chambrée 27, et en même temps risible pour une femme, une femme comme il n'en existait pas d'autres.

« J'étais si content de cette permission inespérée de dimanche, pensait Richard à la torture. Qu'elle soit maudite ! »

Les yeux de Sylvie, clairs, et qui remontaient un peu vers les tempes, ne quittaient pas Richard.

— Je me rappelle, s'écria la jeune femme. C'était le jour où, avant de partir en vacances, nous venions dire au revoir à Bernard.

— J'espère bien rejoindre sous peu le lieutenant Namur, répondit vivement Richard.

Anselme Dalleau remua la tête, comme s'il eût cherché une position difficile à trouver, et dit à Bardet :

— Je crois que nous pouvons aller au laboratoire.

— Naturellement, André, dit Sylvie. Nous vous attendrons.

Puis, à Richard :

— Mettez-vous là, bien en face.

Elle prit les mains du jeune homme dans un geste simple et amical qui se répercuta dans tout l'être de Richard comme un choc électrique.

— Alors, si jeune, demanda Sylvie pensivement, vous allez partir là-bas ? Vous n'avez pas peur ?

— Peur ! s'écria Richard. Je ne comprends pas.

Il rejeta la tête en arrière comme il avait l'habitude de le faire lorsque ses cheveux trop longs lui retombaient sur le front. Sylvie rit de nouveau, et de nouveau Richard crut qu'elle se moquait de sa coiffure à l'ordonnance.

— Vous savez, dit-il, je serai officier sous peu, et je ne serai plus tondu.

— Vous êtes un bébé, dit Sylvie.

Mais elle avait souri d'une telle manière que Richard se sentit soudain délivré de la crainte du ridicule qui le paralysait. Il lui sembla qu'il revenait à la vie. Et il fut plein de gratitude et d'humilité.

— Un vrai bébé, reprit la jeune femme. C'est pourquoi je me permets de vous recevoir telle que je suis.

— Mais vous êtes plus belle encore, si c'est possible ! s'écria Richard.

A peine eut-il entendu ses propres paroles qu'il fut terrifié. Parler ainsi à cette femme unique. Il allait se faire renvoyer sur-le-champ...

Cependant la phrase, exactement la même qui, chez son mari, avait irrité Sylvie, lui parut toute nouvelle, dite par Richard. Ce feu... cette admiration...

Elle inclina la tête sur le côté, et ce mouvement donna toute sa valeur au long cou flexible qui sortait de l'échancrure du peignoir. Richard prit cette attitude pour de la sévérité.

— Je voulais dire, murmura-t-il, que vous ressembliez encore davantage à Ophélie.

Sylvie fronça les sourcils et dit :

— Quel drôle de nom.

— Mais... c'est... vous savez bien... *Hamlet*... dans Shakespeare... balbutia Richard.

— Ah, vous parlez d'un livre, dit Sylvie, dont le front retrouva son innocente sérénité.

Chez tout autre créature humaine, une pareille ignorance eût indigné ou dégoûté Richard. Chez Sylvie elle lui parut surnaturelle.

« Elle est la poésie même, toute pure », décida-t-il.

— Et comment est cette dame à qui je ressemble tant ? demanda Sylvie.

Richard raconta *Hamlet*. Ce qu'il disait n'intéressait pas beaucoup la jeune femme. Mais sa voix, l'expression de son visage, donnaient à toutes ses paroles, quelles qu'elles fussent, le même sens :

« Vous êtes une merveille. Je vous adore, et j'ai peur de vous. Et je mourrais avec joie pour vous le dire. »

Sylvie ne prenait pas cet enfant au sérieux. Seulement, le temps passait très vite...

VI

« Sylvie, Sylvie, Sylvie... Maintenant que je peux vous appeler ainsi, car je le peux, puisque vous ne me tenez pas rigueur de l'avoir osé dans la dernière lettre, maintenant je suis jaloux de Gérard de Nerval. »

Un sourire dont elle n'avait pas conscience passa sur les lèvres de Sylvie. Richard parlait toujours de gens qu'elle ne connaissait pas.

« Depuis que la terre est la terre, je devrais être seul à pouvoir user de ce nom, et vous seule à le porter. Vous êtes différente de tout au monde, et mon sentiment pour vous ne ressemble à aucun de ceux que des êtres vivants ont éprouvés. Et pensez que j'ai failli ne pas vous revoir, et, vous ayant revue, que j'ai failli ne pas vous écrire. Quel enchaînement étonnant de hasards a été nécessaire pour notre amitié. C'est vraiment le destin ! Et j'étais tellement certain que vous ne me répondriez pas. Oh, ces quelques lignes, j'ai tout de suite deviné qu'elles étaient de vous. Sylvie, Sylvie, Sylvie ! Tout cela me paraît une histoire de fées. Vous écrire ce que je sens, dans cette chambrée, au milieu de camarades bien gentils, sans doute, mais qui ne pensent qu'aux cours, aux farces, à la soupe. Comme je suis loin d'eux ! Ils me respectent parce que je les ai sauvés du joug des élèves qui reviennent du front. Mais comme ils m'admireraient s'ils savaient qui vous êtes et que vous me permettez de vous écrire, et que parfois vous me répondez. Soyez tranquille, je ne le dirai à personne. Je l'ai même caché à mes parents, qui, avant, connaissaient tout de moi. Ce n'est pas la crainte de vous compromettre (Sylvie rit silencieusement en lisant ces mots) qui m'a retenu. Mes parents ne voient personne. Non, si j'agis ainsi, c'est que je suis avare de mon trésor, de

mon Eldorado. Sylvie, Sylvie, je sortirai bientôt de
Saint-Cyr. J'aurai alors une longue permission
avant d'aller au feu. Vous voudrez bien me voir un
peu pendant ces derniers jours de Paris, où je vous
dirai, heureux, ébloui, emportant comme un talis-
man votre visage : *morituri te salutant.* »

La jeune femme répéta mentalement « *morituri
te salutant* » et pensa : « Du latin, maintenant. Il est
vraiment drôle. Il faudra que je demande le sens à
mon mari. »

Elle plia la feuille de mauvais papier quadrillé,
se prépara à la déchirer comme elle l'avait fait pour
toutes les autres. Mais certaines phrases se prolon-
geaient singulièrement en elle. Pour retrouver leur
résonance, elle relut la lettre. Une chaleur plaisante
accompagna dans son corps cette lecture. Sylvie
rêva un instant.

« Je la garde, se dit-elle. Je ne me rappellerai
jamais ce latin. »

VII

Adrienne Bernan vit déboucher dans la rue
d'Assas Daniel, qu'elle guettait par la fenêtre du
rez-de-chaussée loué par elle sous un nom d'em-
prunt. Elle se précipita vers la porte et s'écria :

— Enfin, te voilà, Dany, j'étais folle d'inquiétude.
Tu aurais pu au moins me téléphoner, mon
méchant petit garçon.

Avec une adresse féline dont on ne pouvait savoir
si elle était voulue, Daniel glissa dans l'antichambre
sans toucher sa maîtresse.

— Pourquoi ce retard, encore ? demanda
Adrienne Bernan.

Le visage de Daniel se ferma. Là aussi, il venait
en coupable. Là aussi, il fallait éluder les reproches,

les questions, et supporter des regards attristés. Mais était-ce sa faute si les plaisirs de la rue d'Assas étaient devenus moins vifs pour lui ? S'ils ne lui faisaient plus oublier la *Source* ? Et puis, enfin, l'argent de ses pokers maintenant fantastiques, cet argent, de qui le tenait-il ?

— J'ai été retenu par des camarades, dit Daniel.

— Tu as encore joué ? demanda Adrienne. Oui ? Et perdu, je le vois à ta figure.

— Puisque vous devinez tout, dit maussadement Daniel.

Adrienne Bernan réprima un mouvement de dépit. Elle n'avait jamais pu obtenir de Daniel qu'il la tutoyât. Cela l'empêchait parfois de se sentir l'amante de cet enfant.

— Rien d'étonnant à ce que tu perdes, mon chéri, dit-elle en embrassant le cou délicat et si tendre de Daniel. Tu connais le proverbe : Heureux en amour...

— Oui, naturellement, on dit ça, marmotta Daniel sans se dérider.

Le visage d'Adrienne Bernan, vulnérable à l'extrême, vieillit d'un seul coup. Elle avait les larmes faciles, et eut besoin de penser à leur ravage sur son fard pour les retenir.

— Je me déshabille ? demanda Daniel.

— Attends, attends, Dany, pas encore, dit Adrienne. Je ne te veux pas au lit avec ce visage-là. Viens par ici d'abord, regarde.

Elle tira d'un secrétaire un petit écrin et l'ouvrit.

— Ah, que c'est joli ! s'écria Daniel, dont les yeux brillèrent soudain. Ah, c'est magnifique ! Quelle épingle de cravate ! Et la perle est vraie ! Comme vous êtes gentille !

Il embrassa Adrienne Bernan sur la bouche, sans aucune arrière-pensée sensuelle et poursuivit :

— Ça au moins je peux le cacher à la maison et le mettre dès que je serai dehors.

Adrienne le regardait, l'écoutait avec ravissement. Cette lèvre un peu trop courte, ces dents de petit jaguar... cette joie naïve...

« Comme il est pur », se dit Adrienne.

Daniel essayait son épingle devant une glace.

— Tu penseras toujours à moi quand tu la porteras, mon Dany chéri ? demanda Adrienne Bernan, avec une intonation de midinette.

— Oh, je n'ai pas besoin de cela, répondit Daniel qui, dans sa gratitude, mentait sincèrement.

Adrienne porta presque Daniel dans le grand lit que la pénombre de l'alcôve peuplait de reflets mystérieux. En sortant des bras de sa maîtresse, Daniel mit un pyjama dont la coupe et le tissu lui donnèrent un sentiment profond de bien-être. Il alluma une cigarette parfumée, et dit, en regardant ses jambes enveloppées de soie jusqu'aux chevilles :

— Vous savez, j'aurai bientôt un nouveau costume avec des pantalons longs.

— Non, s'écria Adrienne. Non, je ne veux pas te voir comme ça.

Elle frissonna si fort qu'elle tira la couverture de fourrure sur ses épaules dont elle aimait à montrer la rondeur, et reprit avec la violence d'un être qui défend sa raison de vivre :

— Je ne veux pas te voir singeant déjà les hommes.

Rien ne pouvait être plus blessant pour Daniel que ces mots, et personne n'avait moins le droit de les formuler que cette femme. Daniel fut sur le point de le dire, mais il n'était pas dans sa nature de montrer ses réflexes. Il usa d'un moyen éprouvé pour sa vengeance.

— On a reçu aujourd'hui une lettre d'Étienne à la maison, dit-il négligemment.

Adrienne pâlit.

— Je t'en supplie, murmura-t-elle, ne me parle jamais de ce... ce garçon.

— Si je savais pourquoi, au moins, dit encore Daniel.

Il savoura la souffrance qui déformait les traits de sa maîtresse, puis se rendit à la salle de bains. Il y resta longtemps, à cause des ingrédients de toilette, et aussi pour ne pas surprendre, comme cela lui était arrivé une fois, Adrienne Bernan glissant quelques pièces de cinq francs dans ses poches.

VIII

— Qu'est-ce que c'est ? demanda le docteur Dalleau, à qui, dans son cabinet, Sophie était venue apporter une facture.

— D'où puis-je savoir ? dit Sophie, avec l'impatience des gens dont le temps est compté minute par minute, quand ils sont détournés de leur tâche. Depuis que Richard est revenu, tout est sens dessus dessous. Il a pris des habitudes impossibles.

— Je ne comprends rien à ces deux cent quatre-vingts francs, dit Anselme Dalleau qui avait mis ses lunettes. Voyons... Uniforme de chasseur à pied avec galons et fournitures, 170 francs... Un costume droit à trois boutons : 110 francs... Lefèvre, tailleur, boulevard des Invalides.

— Quand le livreur est arrivé, répliqua Sophie, Richard s'est jeté sur les cartons et a demandé que tu payes avec ce qui lui reste d'argent chez toi. Donne-moi vite ce qu'il faut. Le livreur est dans l'antichambre.

Elle était à peine sortie que Richard apparut dans le cabinet du docteur. Une tenue bleu sombre à boutons d'argent, très bien faite, collait à ses larges épaules, à son torse déjà puissant. Il avait l'air plus grand, plus fait.

— Voilà la première surprise, dit-il.

— Et voilà la seconde, cria Daniel qui entrait à son tour.

Il marchait en projetant en avant ses jambes qui portaient un pantalon long. Les deux frères mettaient des vêtements faits sur mesure pour la première fois de leur vie et ils en étaient aussi orgueilleux l'un que l'autre.

— Richard n'a pas voulu étrenner son uniforme fantaisie d'aspirant sans me faire ce cadeau pour les fêtes, continua Daniel d'une voix que la reconnaissance haussait d'un ton.

Richard était tellement habitué à voir son père partager toutes ses joies qu'il eut le sentiment d'une injustice lorsque le docteur se borna à demander :

— Voilà ton premier souci en quittant Saint-Cyr ?

Il tapota sur sa table du bout des doigts, ce qui était chez lui un indice extrêmement rare d'irritation, puis il dit à Daniel :

— Va montrer ton costume à ta mère.

Anselme Dalleau attendit quelques instants, et, sans regarder Richard, déclara :

— Écoute, cela m'ennuie beaucoup de te faire un reproche, quand tu n'as que peu de jours à passer avec nous avant... ce que tu as voulu. Mais il le faut. Que tu t'offres un costume ridiculement cher, passe encore. Tu es assez grand pour savoir te conduire, et puis personne ne sait... ton avenir. (Quoi qu'il fît, le docteur ne parvenait pas à parler du départ de Richard, du front et de ses risques autrement qu'en termes voilés.) Mais que tu pervertisses Daniel, c'est inadmissible.

La voix faible du docteur chevrotait. Ses mains remuaient sur la table.

— Tu ne comprends donc pas que nous sommes pauvres, s'écria Anselme Dalleau. Et Daniel a toutes les chances de l'être aussi, et tu n'as pas le droit de donner des goûts de luxe à un enfant.

— Ce n'est plus un enfant. Vous ne vous apercevez de rien, répliqua Richard. Il a terriblement grandi pendant mon absence. Il est grotesque avec ses mollets nus.

— Tu pouvais le mener dans un magasin de confection.

— Et moi aller chez un bon tailleur ? Mon pauvre papa, on voit bien que tu n'as pas été soldat. Ça t'aurait appris la camaraderie.

— Richard, quelle est cette façon de parler à ton père ! s'écria Sophie que le bruit de la discussion avait arrachée à sa lessive.

— Je me suis emballé, je m'en excuse, dit Richard plus bas. Mais papa ne veut pas comprendre qu'avant de m'en aller au front, je laisse à Daniel le seul cadeau qui lui fasse vraiment plaisir.

Il regarda sa montre et sursauta.

— Je devrais être dehors, s'écria-t-il, et je ne suis même pas rasé. Croyez-moi, ce n'est pas si grave.

Il embrassa le docteur sur les cheveux et sortit précipitamment.

— Et toi Sophie, où avais-tu les yeux ? cria presque Anselme Dalleau en soulevant péniblement son corps lourd et faible. Un costume de 110 francs ! Est-ce que tu as jamais eu l'idée d'aller chez un tailleur ! Ou moi ! Et ce gamin qui déjà aime tant le luxe ! Il va prendre des habitudes qui peuvent le perdre. Tu ne sens donc pas comme il change.

La respiration du docteur s'engorgeait. Il acheva, presque sans voix, punissant, dans sa femme, sa propre indulgence :

— Tu es trop faible avec lui. Tu dois le tenir davantage.

Sophie était atterrée. Jamais son mari ne lui avait fait une scène pareille. Elle n'avait pas eu le temps de réfléchir au motif de sa colère, mais il devait être grave pour que cet homme si calme et si juste perdît son empire sur lui-même jusqu'à l'accuser de fautes qu'elle ne comprenait pas.

— Tu as raison, sûrement, Anselme, mais calme-toi, calme-toi, cria Sophie. Pense à ton cœur. Je

vais renvoyer le costume de Daniel au tailleur.
Même s'il ne le rembourse pas, cela vaut mieux.

— Je crois bien ! dit le docteur.

Il se mit à marcher à travers la pièce. Et malgré
tous ses efforts, il ne put s'empêcher de se représenter la peine, la révolte de Daniel. On lui avait,
dès son enfance, enseigné qu'un cadeau ne se
reprenait pas. Et la Noël venait. Était-il juste que
Daniel payât la folie de Richard, les faiblesses de
ses parents ? Anselme Dalleau, le visage contre la
fenêtre, sentit son dos s'arrondir davantage encore.
Il dit :

— Attends, attends, maman. On pourrait peut-
être le lui laisser pour les dimanches.

La figure de Sophie s'éclaira. Elle avait eu très
mal pour Daniel.

— Peut-être, en effet, dit-elle.

Sans se retourner, le docteur poursuivit :

— Pardonne-moi, je crois que je deviens très
nerveux.

— Moi aussi, soupira Sophie.

Comme ils évitaient de parler du départ de
Richard, auquel ils pensaient à chaque instant, le
docteur conclut :

— Ce doit être l'âge.

Dans le corridor, Sophie croisa Richard qui, les
joues encore humides, se dirigeait en toute hâte
vers l'antichambre.

— Va parler à ton père, dit Sophie. Il a du chagrin et personne ne lui fait autant de bien que toi.

— Impossible, maman, je suis déjà en retard,
cria Richard sur le palier.

Il y avait dans cette voix une sorte de cruauté
inflexible.

IX

Richard devait voir Sylvie à quatre heures, et, jusqu'à quatre heures, il ne restait que vingt minutes. Si Richard avait été de sang-froid, il se fût rendu compte qu'il ne lui fallait pas la moitié de ce temps pour arriver au lieu de leur rencontre. Mais l'impatience abolissait en lui tout sens du calcul et toute logique. Il la contenait depuis trois jours qu'il était à Paris, car il n'avait pas voulu se présenter devant Sylvie dans l'uniforme coupé par un tailleur de régiment. Maintenant il éclatait. Malgré la puissance de ses muscles, Richard eut besoin de reprendre son souffle sur les marches qui menaient au musée du Luxembourg... C'était là que Sylvie avait accepté de le retrouver, avec une facilité qui avait frappé Richard comme un miracle.

À l'intérieur du musée, il ne vit personne qu'un vieux gardien, dont une jambe était plus courte que l'autre, et qui tiraillait sa barbiche à l'impériale sans paraître le voir.

— Pardon, grand-père, dit Richard.

Hubert Plantelle sortit de sa méditation morose, prêt à répondre vertement. Mais il vit un galon sur la manche de Richard et demanda :

— Vous désirez, mon lieutenant ?

C'était la première fois que Richard s'entendait appeler ainsi. Son plaisir fut extrême.

— Vous n'avez pas vu une dame, par hasard, très blonde, très belle ? dit-il.

— Non, mon lieutenant.

Richard fouilla dans ses poches.

— Oh, c'est inutile, mon lieutenant, dit Plantelle qui fit demi-tour et passa dans une autre salle.

Richard le suivit d'un regard attendri :

« Quelle honnêteté, quelle délicatesse chez ce vieux, pensa-t-il. Comme le monde est bien fait. »

Sylvie descendit de taxi vers quatre heures et quart. Le sourire qui lui allait si bien ornait son gracieux visage. Elle se sentait charitable et chaste. Elle venait pour gronder Richard de son exaltation, et en même temps lui donner du courage en vue de son départ prochain. Sylvie était assez naïvement sentimentale, pleurait avec plaisir, et avait horreur de l'ennui. Richard l'amusait, et lui procurait une sorte d'émotion qu'elle aimait. Pour un commerce plus sérieux, Sylvie n'y avait jamais pensé. Elle avait vingt-six ans, et Richard lui paraissait tout mêlé encore à l'enfance.

Mais quand il marcha au-devant d'elle, et qu'il lui dit d'une voix qui tremblait sourdement : « J'ai eu si peur que vous ne veniez pas, j'ai cru devenir fou », quelque chose changea de plan dans le rapport intérieur de Sylvie à Richard. Son nouvel uniforme, sa promotion récente, son ardeur à aimer, le mûrissaient, l'embellissaient, et donnaient à ses traits, à ses mouvements, une signification qui dépassait le jeu. L'aspirant Dalleau ne ressemblait plus du tout à l'étudiant chevelu de l'hôpital ni au soldat tondu qui était venu par hasard chez Sylvie.

Ces deux images, les seules qu'elle eût de lui, étaient inoffensives. Le garçon serré dans sa tunique et ses cuirs, et dont le képi était enfoncé sur des yeux tendres, extasiés et avides, ne l'était plus. Sylvie se rappela soudain certaines phrases de ses lettres et eut chaud aux joues.

Richard ne vit rien de tout cela. Il vit seulement un visage rosi par le gel de décembre, posé sur un col de fourrure claire qui en adoucissait les couleurs délicates. Et il pensa : « La reine des neiges. »

Ils sortirent sur le perron.

— Vous n'avez pas froid, sans manteau ? demanda Sylvie.

— Froid, dit tout bas Richard, tandis qu'un rire muet et heureux découvrait ses dents. Froid ? Mais je me jetterais dans la Seine que mon cœur réchaufferait l'eau autour de moi.

Sylvie essaya de sourire de cette outrance, mais n'y réussit pas. Son accent, sa violence l'en empêchèrent. Elle prit le bras de Richard, et ils commencèrent à descendre les degrés de pierre.

Dès lors s'étendit devant Richard le chemin des miracles. Ils prirent par la porte de la rue de Vaugirard, et avancèrent à pas mesurés à travers le jardin. Il n'y avait plus de feuilles aux arbres, et une brume légère, brillante, faite de gouttelettes agglomérées presque visibles, enveloppait les branches dénudées. Le soleil, à son déclin, perçait de flammes pâles ce tissu enchanté. Richard, sans parole et sans hâte, guidait Sylvie. Il n'avait pas de but, pas de pensées, pas de désirs. L'espace s'ouvrait devant lui comme pour une avance éternelle dans la poésie et dans la félicité. La jeune femme subissait la contagion de cette candeur brûlante. Ce qui émanait de Richard était trop inspiré par elle pour qu'elle n'y fût pas en partie engagée. Quand ils furent sur le terre-plein central et que Richard s'arrêta, elle partagea son éblouissement. La brume arrêtait les perspectives du jardin bien avant ses limites. Il paraissait un monde clos, placé au creux d'une conque étincelante. Les allées devenaient forêt mystérieuse. Les statues luisaient du reflet de la vie. Les colonnes et les murs du palais se multipliaient en villes des fables, comme on en trouve dans les déserts et dans les entrailles de l'argile. Sur le brouillard fluide qui protégeait tant de merveilleux secrets, jouaient mille feux, mille diamants, mille arcs-en-ciel.

La halte de Sylvie et de Richard ne dura qu'un instant. Mais cet instant fut de ceux-là, si beaux, dons de la jeunesse et de l'innocence, qu'ils laissent reflet, regret et besoin, à travers toute une vie humaine. Et Sylvie et Richard descendirent les degrés qui menaient au bassin et passèrent devant son argent glacé, et remontèrent un escalier. Toujours en silence. Et toujours ils avaient le sentiment que les ondes du temps se renouvelaient, s'élargissaient sans cesse devant eux, comme les plis d'une eau sacrée mise en mouvement.

Toutes les lectures, toutes les rêveries, toutes les espérances et toute la pureté de Richard, fondues dans une sublime musique intérieure, l'accompagnaient au cours de cette marche où seules ses forces spirituelles étaient en jeu.

Ils arrivèrent ainsi à la Fontaine Médicis. Là, Richard put dire à Sylvie sans reniement qu'il avait connu en ce lieu des heures admirables avec ses parents et son meilleur ami, mais que toutes ces heures ne valaient rien, se flétrissaient et s'envolaient comme des feuilles mortes, du moment où elle avait passé dans le même lieu une seconde avec lui. Et comme, en parlant, il avançait vers elle un visage illuminé, comme l'oasis de la fontaine était déserte, comme il fallait à Sylvie une issue à tant de sensations nouvelles, la jeune femme embrassa longuement Richard et lui dit :

— Je vous aime.

Et lui, soudain, il eut peur et joie sans mesure, et il eut envie de remercier l'univers, et il ferma les yeux pour mieux retenir cette eau dormante, ces statues, cette bouche de miel et cette voix d'ange.

Mais il les rouvrit, et aperçut à travers le réseau doré que formaient les cheveux de Sylvie, le groupe de marbre de la fontaine, où le jeune héros tenait renversée dans ses bras, contre son ventre, une nymphe nue.

Richard demanda, terrifié de sa propre audace :

— Où pourrai-je vous embrasser comme lui ?

— Où tu voudras, répondit Sylvie.

X

Il n'y avait que l'hôtel qui pût abriter le premier amour de Richard. Et pas l'hôtel de luxe, inaccessible à sa bourse, à son inexpérience. On le chasserait, on lui rirait au nez. Il battit les meublés du Quartier Latin. Leur bruit, leurs odeurs, leur promiscuité l'épouvantèrent. Il poussa jusqu'à Montparnasse. Et pendant cette quête affolée et sournoise, il s'interdit de penser à Sylvie et au besoin qui le poussait de garni en garni. Enfin, il trouva, rue Campagne-Première, une chambre qui ouvrait sur des jardins. Il la retint. Mais il n'eut pas une seconde la pensée de s'y rendre en même temps que Sylvie. Le portier, la caissière, le garçon d'étage à affronter... il faillit renoncer.

« Elle... elle, lui imposer cela. Elle ne viendra jamais », se répétait Richard en serrant les dents avec une crispation qui engourdissait ses mâchoires.

Il s'en tira par l'envoi d'un pneumatique qui portait seulement l'adresse de l'hôtel, le numéro de la chambre et l'heure où il attendrait.

Le pire fut sans doute cette attente. Non par l'impatience. Richard souhaitait au contraire qu'un message l'avertît que Sylvie ne venait pas. Il se la représentait arrêtée devant la façade sale, parlementant avec les employés ironiques ou bassement complices, et montant l'escalier, entrant dans cette chambre pour tous. Aucune poésie, aucune beauté ne pouvait survivre à pareille épreuve. Il y avait de quoi se casser la tête contre le mur. Et, avec une stupeur où se glissait une épouvante confuse, Richard se demandait pourquoi l'amour, dans toute sa délicatesse et son intégrité, devait s'accommoder d'une telle dégradation.

Le bruit de la clé, qu'il avait laissée sur la porte

à l'extérieur, arrêta le cours de ces pensées qui risquaient de tout corrompre. Fraîche, le sang fouetté par le froid et l'émotion, un sourire d'attente et de peur légère fixé sur ses lèvres, Sylvie jeta un coup d'œil sur le papier naïf des murs, sur la pièce étroite, sur le lit humble et le jardin du couvent. Comblée dans une sentimentalité facile, que ses paroles haussaient toujours d'un degré, car elle avait un goût inné dans les propos comme dans les vêtements, Sylvie s'écria :

— Comme tu as su choisir, mon chéri. J'aurais dû apporter des fleurs.

— Oh ! je suis impardonnable, s'écria Richard.

— Ne te fais pas de reproches, dit Sylvie en caressant les joues de Richard, tu es là, je ne te demande rien de plus.

Elle se pressa soudain contre lui de tout son corps et chuchota, en le poussant imperceptiblement vers le lit :

— Attends-moi.

Elle disparut dans le cabinet de toilette. Richard arracha son uniforme neuf avec une brutalité barbare, tant il craignait d'être surpris, se déshabillant, par Sylvie. Il fit un tas de ses vêtements, les jeta dans une armoire. Quand il fut entre les draps glacés, il respira mieux. Mais seulement pour quelques secondes. Tout ce qu'il avait souffert jusque-là lui parut dérisoire auprès de la terreur qu'il eut de son ignorance dans le domaine physique. Mathilde, Éliane, d'autres filles, elles ne lui avaient rien appris, croyait-il. Et il se détesta d'avoir pu ranimer leur misérable fantôme, au moment où Sylvie allait être à lui. Quelle indignité traînait-il dans les entrailles pour avoir pu songer à elles ! Pouvait-il admettre d'en user avec Sylvie comme il l'avait fait pour les autres ? C'était absurde, irrecevable, impie. Mais alors, quoi ?

« Faire cela sans un grand amour ! » avait, un soir, gémi sa mère.

Stupidement, Richard se boucha les oreilles. Quel horrible mélange : sa mère, des filles, Sylvie. Il n'était pas digne de l'amour, puisque l'amour devait être sans alliage, ni ombre, ni fêlure, et porter ses fidèles d'un mouvement aérien à travers la misérable trame quotidienne, puisque l'amour, tout de même, ce n'était pas la vie ordinaire.

Encore une fois, Sylvie, apparaissant, vint apaiser le débat où les plus intimes ressources spirituelles de Richard subissaient un premier et tragique assaut. A cause de ce corps si délicat et comme oint d'innocence, tout se rétablit dans une atmosphère surnaturelle. Le sentiment du sacré se reforma en Richard. Il retrouva une grâce mythologique sur la nudité de Sylvie et l'ombre de la Fontaine Médicis s'allongea jusqu'à leur couche.

Richard, alors, ne prit pas Sylvie. Uni à elle par un mouvement qui ne lui appartenait plus, chacun de ses muscles, chacune de ses fibres ne fut que tendresse, joie et reconnaissance, et il n'y eut point possession, mais langage de deux corps, auxquels les plus belles et riches paroles ne pouvaient être égalées. Le plaisir les frappa en même temps et avec une violence si soudaine qu'ils flottèrent séparés sur des ondes dont le bercement leur parut sans fin. Mais Sylvie se dressa brusquement et courut vers le cabinet de toilette. Elle revint comme Richard retrouvait seulement le sens du réel. Le contact de leurs corps renouvela le désir. Cet échange fut aussi merveilleux que le premier, et décanté de sa hâte. Et ils restèrent liés après la joie qui, un instant, les emporta. Richard ne savait pas si cet état d'immobilité et de confiance charnelle parfaite n'était pas le plus précieux. Il eût voulu le prolonger indéfiniment. Sylvie, de nouveau, se leva.

— Pourquoi ? murmura Richard.

Elle le regarda par-dessous avec étonnement,

puis le voyant si jeune et rajeuni encore par le bonheur, elle dit très vite :

— Il faut que je fasse très attention, pour les
enfants. D'autant que mon mari est absent deux
mois.

Elle se reprit aussitôt :

— S'il était ici, ça ne changerait rien, d'ailleurs.
Nous faisons lit à part.

Elle disparut, laissant des notions sans lien s'agiter dans l'esprit de Richard. Des enfants, avait dit
Sylvie... Quels enfants ?... Elle le quittait pour...

« Mais c'est vrai, pensa soudain Richard qui
ferma les yeux comme aveuglé. Nous pouvons
avoir un enfant, ce serait la fin de tout... Mais alors,
chaque fois, Sylvie devra... » Cette fuite... cette
crainte... ces soins mécaniques... Rompre l'instant
le plus tendre, le plus désintéressé... Odieux ! sordide... Il devait se tromper, ou alors l'amour tel
qu'il l'avait appris dans ses livres, tel qu'il l'avait
nourri dans son cœur pendant des années, c'était
cette forme d'amour qui était une tromperie. Mais
alors, il n'y avait plus d'amour du tout.

— Viens, viens vite, cria Richard, ne goûtant
même pas la joie du premier tutoiement qu'il
adressait à Sylvie.

Il se réfugia contre ce corps et ce visage, source
et berceau de tout ce qu'il y avait de pur en ce
monde.

Sylvie sentit cette adoration, en reconnut le prix
et pour l'assurer, pour la prémunir contre tout
retour de la pensée, elle crut devoir justifier sa présence en ce lit.

— Ne crois pas, je t'en supplie, qu'il ne m'en a
pas coûté de tromper André, dit Sylvie. Je ne me
reconnais vraiment pas. Tu m'as... oui, tu m'as fascinée. Tes lettres, notre promenade, et tu pars
bientôt !

Richard écoutait avec ravissement cet hommage
à son pouvoir.

— Tu comprends, poursuivit Sylvie, je n'ai jamais aimé mon mari. J'ai pour lui de l'estime, de l'affection, de l'amitié, mais... tu l'as vu... on ne peut pas l'aimer d'amour.

Comme Richard se taisait — simplement parce qu'il voulait entendre encore Sylvie — elle eut peur de ne l'avoir pas convaincu.

— Tu dois sentir cela mieux que personne, dit-elle. Mon mari c'est le même genre d'homme que ton père.

— C'est un peu vrai, répondit Richard, en se redressant contre l'oreiller.

— Alors, dit Sylvie, si jamais ta mère...

— Ma mère a donné toute sa vie à mon père, et elle continue, interrompit Richard avec une brutalité qu'il ne soupçonna pas.

Sylvie rougit légèrement. Ils se regardèrent en silence. Et Richard pensait, incapable d'arrêter l'exigence maudite de son cerveau :

« C'est entendu, mes parents s'aiment. Mais si maman n'avait eu pour mon père qu'un sentiment médiocre, est-ce que j'aurais admis qu'elle... ici... »

Il s'interdit de remplir les blancs de sa pensée. Tout son être se nouait dans une révolte affreuse. De supposer seulement une possibilité pareille, il se sentait pourri, prêt à se tuer.

« Je suis fou, se dit-il, pardon, pardon, maman. »

Alors il se coupa à l'autre tranchant de l'arme. Sylvie... dans ce cas, il la méprisait ? Il la plaçait au-dessous de sa mère ? Elle ne pouvait pas avoir une place au-dessous de quelqu'un. L'amour ne le permettait pas, qui devait élever ses élus sur tous les êtres vivants. Alors... Sylvie n'en était pas digne.

« Ni elle ? ni moi ? se demanda Richard, aux abois. Mais je l'aime, je l'aime. Et elle m'aime aussi. »

— Je m'excuse, Richard, dit tristement Sylvie, qui semblait avoir suivi la pensée du jeune homme. Je n'aurais jamais dû...

Sa tristesse était sincère et humble. Elle se sentait chassée d'un ciel où la jeunesse et la foi de Richard l'avaient fait pénétrer comme en fraude.

— Toi, tu t'excuses ! s'écria Richard ! La vie est folle aujourd'hui. Mais nous la dresserons, je te le jure.

Il serra contre son corps nu le corps nu de Sylvie si fort, si étroitement qu'il fut certain de ne plus laisser la moindre brèche ou fissure à l'ennemie mortelle, la pensée.

XI

Sophie Dalleau préparait la cantine de Richard. Il devait rejoindre le lendemain les tranchées qui défendaient Reims. Quand elle se souvenait du premier départ de son fils pour le dépôt du régiment, et de ses craintes d'alors, Sophie avait un sourire lamentable. Encore quelques heures, et Richard serait au feu. Cette expression avait sur Sophie un pouvoir littéral. Elle la brûlait. Mais le plus cruel effroi n'entravait pas la diligence des mains de Sophie. Elle en avait particulièrement besoin au moment où elle voulait faire entrer dans une petite caisse étroite le plus d'effets possible. L'hiver était dans sa pleine rigueur. Richard allait l'affronter à même la terre. Jamais il n'aurait assez de vêtements chauds. Sophie compta et recompta les flanelles, les chandails, les passe-montagnes, les chaussettes, avec le sentiment qu'elle avait oublié quelque chose. Sa mémoire des objets était surprenante et lui rappela une écharpe de laine rude qu'elle avait tricotée elle-même. L'écharpe était vieille, mais solide et large. Richard l'avait sans doute laissée au fond du placard où Daniel et lui mettaient leurs vêtements. Comme elle y poursui-

vait ses recherches, Sophie se piqua un doigt jusqu'au sang. « Je ne les habituerai jamais à l'ordre,
pensa-t-elle avec irritation. Lequel a oublié une
plume ou un canif ouvert dans une poche ? Ah !
Daniel... »

Sophie retrouva dans le veston l'endroit où elle
s'était blessée et en retira une épingle de cravate.

« Anselme a raison, ce petit dépense ses pauvres
sous pour des bêtises de toilette », se dit Sophie.

Cependant, elle examinait l'épingle, et fronçait
les sourcils. Quand elle était jeune fille, Sophie Dalleau avait vu beaucoup de bijoux autour d'elle. Et
il lui semblait que cette petite perle incrustée dans
la monture — mais n'était-ce pas du platine ? —
avait un orient d'une pureté étonnante. Une expression d'effroi envahissait progressivement le visage
de Sophie.

— Mon Dieu, il n'y a pas de doute, c'est une vraie
perle, murmura-t-elle.

Sophie s'assit sur le lit le plus proche, et se mit à
réfléchir désespérément. Cette épingle, Daniel
n'avait pu, d'aucune manière, l'acheter. Ni Richard,
à supposer même qu'il eût voulu faire cette folie.
Elle connaissait ses comptes mieux que lui. Alors,
un cadeau à Daniel ? Mais de qui ? Un cadeau inavouable... le petit le dissimulait.

Sophie se redressa et se rendit dans la salle à
manger d'un pas calme. Surtout, ne pas inquiéter
Anselme. Après l'émotion provoquée par le tailleur,
cela pouvait être funeste.

Le docteur jouait aux échecs avec Daniel et
Richard suivait la partie, en regardant souvent sa
montre.

— Venez avec moi, les enfants, pour une minute,
dit Sophie. Il y a un tel fouillis dans vos affaires
que je ne m'y retrouve pas.

— C'est très bien, dit le docteur. Je vais méditer
un coup mirifique pendant ce temps-là.

La chambre du fond était séparée de la salle à

manger par tout l'appartement. Malgré cela,
Sophie ne s'adressa à Daniel qu'à voix basse.

— D'où vient ceci ?

Daniel eut un mouvement de panique, en apercevant l'épingle donnée par Adrienne Bernan. Richard, qui croyait que la scène des costumes allait recommencer, s'écria :

— Ne l'ennuyez pas pour des bagatelles.

— Richard, dit Sophie, je t'affirme que cette perle est une perle de prix.

— Allons donc, commença Richard.

Mais il considéra Daniel dont la lèvre supérieure tremblait et se tut.

— D'où vient ceci ? répéta Sophie, très durement.

Richard avait enfoncé ses mains dans ses poches, et ses yeux étaient fixés sur le plancher.

— Maman, dit-il soudain, laisse-moi seul avec Daniel. Je te promets qu'il me racontera tout.

Richard alluma une cigarette, puis demanda :

— La femme de la rue d'Assas, hein, mon vieux ?

Daniel se borna à baisser les paupières.

— Écoute, reprit Richard avec gravité, je pars demain. Alors, il faut être franc avec moi. Qui est cette femme ?

— Je ne sais pas, murmura Daniel. Elle s'appelle Odette Dupuis... elle a sa garçonnière au 25. C'est tout ce que je peux te dire. Vraiment, tu sais, Richard. Tu me crois ? Parce que si tu ne me croyais pas à la veille de...

La voix de Daniel se mit à trembler.

— Mais je t'ai toujours cru, idiot, dit Richard. Nous sommes des copains. Alors, écoute bien, en copain. Tu ne t'es pas rendu compte de ce que tu as fait, je suis sûr. Mais colle-toi une fois pour toutes dans la tête qu'un homme qui accepte, je ne parle même pas d'argent, mais un objet de valeur d'une maîtresse dont il se moque, est un maquereau. Tu as compris ? Et aussi que cette femme est une saleté. Parce qu'elle a essayé de t'acheter. Compris ? Bien. Alors, tu vas lui rendre sa perle, et tu ne la reverras jamais plus. Et moi je t'enverrai de ma tranchée une épingle découpée dans une douille d'obus. Réglé ? Bien. Va finir ta partie d'échecs.

Sophie vit passer Daniel et rejoignit aussitôt Richard.

— C'est réglé, dit celui-ci.

— Comment ?

— Je ne peux pas te dire. Je ne veux pas cafarder Daniel.

Sophie s'écria avec stupeur :

— Mais tu n'es plus au collège, Richard. Tu vas commander à des hommes, demain.

— Je ne vois pas le rapport, dit Richard.

— Oui, oui, je ne sais pas raisonner, dit Sophie avec colère. Mais Daniel peut se perdre. Son père n'a plus la force de le surveiller. Toi, tu t'en vas, le seul qui avait de l'influence sur lui. Il ne reste que moi ici pour l'aider. Il me faut la vérité.

Elle laissa s'établir un long silence.

— Je pense... je pense que tu as raison, dit enfin Richard. Mais je préviendrai Daniel.

— Comme tu voudras.

— D'ailleurs, il n'a été qu'inconscient, et je te jure que c'est fini, tout est en ordre, dit tendrement Richard.

Il se mit à raconter l'aventure de son frère. Mais il n'avait pas achevé qu'il s'arrêta, effrayé. Un rire muet, convulsif, secouait la tête de Sophie.

— Tout est en ordre, comme tu dis, murmura Sophie, après avoir vaincu ce mouvement nerveux. C'est ton dernier jour avec nous, et Daniel a une maîtresse qui l'entretient. Daniel...

Elle hocha la tête si pitoyablement que Richard l'entoura de ses bras et lui dit à l'oreille :

— Maman, je t'en prie, je t'en prie, ne souffre pas trop. Je te comprends. Même à moi, quand il m'a annoncé sa liaison, ça m'a fait mal. Mais il faut te dire que d'autres ont commencé encore plus tôt, et d'une manière pire.

— Mais je me moque des autres et de leurs saletés, riposta Sophie avec une violence soudaine. Ce que je ne veux pas, c'est que mes fils...

Elle hocha encore la tête et dit à voix basse, pensivement :

— Au fond, il vaut mieux que j'aie appris cette histoire aujourd'hui. Demain, à cause de toi, j'y penserai moins.

Sophie considéra l'épingle qu'elle tenait toujours.

— Daniel ira la rendre dans cinq minutes... dit Richard.

— Renvoyer Daniel là-bas ? demanda Sophie avec incrédulité. Mais tu n'y penses pas ! Mais c'est à toi...

— Maman, dit Richard, je le ferais volontiers, si...

— Toi, tu refuses... pour ton frère ?

Ce balbutiement, ces yeux remplis de souffrance furent insupportables à Richard.

— Allons, maman chérie, dit-il en simulant la gaieté, moi aussi j'ai un aveu à te faire. Une femme m'attend. Attends, ne bondis pas. Cette femme, je dois lui dire adieu. Je l'aime (son visage s'éclaira d'une belle lumière intérieure). Tu sais, le grand amour que tu me reprochais à Blonville de ne pas avoir — et tu avais raison, mille fois raison —, cette fois je l'ai. Et je suis si heureux. C'est magnifique, maman. C'est inouï.

— Voilà le secret de tes absences, dit lentement Sophie.

Elle avait pensé que sa matière sensible était morte, et que rien ne pouvait plus l'émouvoir. Or, elle souffrait de nouveau, et d'une souffrance qu'elle ne pouvait définir, gluante, haineuse.

— Alors, tu nous as laissés, murmura Sophie, pour une...

— Maman !

Il y avait de la terreur dans la voix de Richard. Sa mère ne pouvait pas avoir cette hargne, ce fiel. Sa mère ne pouvait pas attenter si cruellement à elle-même.

Et cet effroi fit connaître à Sophie que son mouvement était monstrueux. Elle se surprit, en cet instant, à regretter Mathilde. La pauvre fille, du moins, n'eût pas été de taille à séduire, à dérober Richard...

Mais alors, elle, Sophie, qui avait jugé de si haut cet accouplement et en avait tant souffert, voilà qu'elle voulait y renvoyer son fils. Et ne sachant pas quel nom donner à cette mêlée horrible, Sophie se demandait s'il n'y avait pas une contagion par l'ordure.

Enfin elle rassembla toutes ses forces intérieures.

« Je n'ai pas le droit, je n'ai pas le droit, se dit Sophie. Cette femme que je ne connais pas rend heureux les derniers jours de mon fils... Les derniers de sa vie, peut-être. Je dois la bénir, je dois, je dois. »

Elle y réussit presque et dit à Richard :

— Pardonne-moi, mon petit, je n'ai plus toute ma tête. Va retrouver ton amie. Tu ne dois pas la faire attendre, puisque... puisque tu l'aimes.

En passant devant la salle à manger, Richard cria gaiement à Daniel :

— Ne bouge pas jusqu'à mon retour. Tout s'arrange.

— Anselme, j'accompagne un peu Richard, dit Sophie.

Richard l'interrogea du regard.

— J'ai besoin de prendre un peu l'air, lui dit sa mère.

Adrienne Bernan courut presque pour répondre à la sonnette.

La porte s'ouvrit sur une silhouette de femme.

— Vous vous trompez certainement, dit Adrienne.

— Je voulais voir Mme Odette Dupuis, dit la femme.

— C'est mon nom, dit Adrienne.

— Vous, s'écria la visiteuse, vous ! Mais vous avez mon âge pour le moins.

— Je ne vois pas... commença Adrienne Bernan avec hauteur.

Mais la femme avait avancé et se tenait déjà dans la grande chambre à alcôve. Elle inspecta tout d'un regard rapide et incisif, puis tendit une épingle de cravate à Adrienne en disant :

— Reprenez ça. Reprenez vite... je suis la mère de Daniel.

Adrienne Bernan étouffa un cri.

— N'ayez pas peur. Je ne ferai ni scandale, ni drame, dit Sophie. Je veux seulement vous voir de près. Est-ce possible... Une femme de mon âge... une vieille femme.

La pensée de Sophie trébuchait comme dans un monde faussé. Elle toucha le velours du lit, passa la main sur un abat-jour.

— Tout cela coûte très, très cher, poursuivit-elle, et Daniel... oui... Lui, je commence à le comprendre. Mais vous ?

Elle arrêta sur Adrienne Bernan son regard droit et brûlant.

— Mais vous ? demanda encore Sophie.

Adrienne Bernan voulut répondre. Sophie l'arrêta.

— Je ne tiens pas à savoir. Mais je veux vous dire une chose : ne cherchez jamais à revoir Daniel. (Adrienne fit un mouvement.) Sinon je vous signale à la police, je vous le jure.

Une colère aveugle emporta soudain la femme de Jean Bernan, contre cette pauvresse qui osait la menacer.

— La police fait ce que je veux, dit Adrienne. Et Daniel aussi.

Une égale fureur se leva chez Sophie.

— Mais regardez-vous donc, malheureuse, cria-t-elle.

De ses mains habituées à manier de lourdes lessiveuses, Sophie poussa aisément Adrienne Bernan devant une glace.

Deux visages étaient côte à côte dans le miroir. Sur l'un, l'artifice ne parvenait pas à tendre la bouche molle et lasse, ni à cacher les plis de la peau, et, singulièrement, sous le menton, les sillons impitoyables. L'autre figure n'avait jamais cherché un secours extérieur, mais elle avait uniquement servi aux sentiments simples et profonds. Elle portait sans fard et sans âge une beauté qui avait la patience du temps.

Sophie ne tenait plus Adrienne Bernan, mais celle-ci continuait de contempler les deux images.

— Eh bien ?... demanda Sophie.

— Oui... oui... je ne le verrai plus, cria Adrienne avec hystérie. Mais laissez-moi... oh !... laissez-moi.

Quand Adrienne Bernan fut seule, elle resta quelques minutes inerte et toutes pensées suspendues, puis dit à mi-voix :

— Être comme elle... Ne jamais penser à l'amour...

Elle frissonna et, ayant croisé ses bras contre ses épaules encore belles, commença de rêver... Daniel, certes, était un enfant merveilleux. Mais d'autres comme lui existaient sans doute... Et alors...

CINQUIÈME PARTIE

Le 18 janvier 1917.

« Mon amour, mon immense et brûlant amour, je suis enfin au front. Depuis que la guerre a commencé, je voulais y être. Mon âge m'en a d'abord empêché. Puis j'ai été retenu par les terreurs de ma famille. Combien de fois je les ai maudites, intérieurement, mais aujourd'hui, je les bénis : à cause d'elles, je vous ai connue (bien que d'une manière ou d'une autre nous nous serions rencontrés j'en suis sûr). Et savez-vous que j'ai pris la décision de m'engager à l'instant même où je vous ai vue. Vous avez été mon inspiratrice, ma muse du feu. Et je suis au feu, et je vous écris une lettre d'amour. Quel plus beau destin peut-on rêver ? Dans notre cagna, déjà dorment l'adjudant, le sergent-major et le fourrier. La flamme de ma chandelle remue des ombres immenses sur les rondins des murs. Il fait un froid terrible sous la terre. La voix du canon gronde sans cesse, et emplit notre abri d'une trame sonore. C'est magnifique d'être au milieu de la nuit glacée, dans une cagna de première ligne, d'entendre le sommeil de ses frères d'armes, de sentir le frôlement, l'aboiement perpétuel de la mort, et de penser à toi, à toi, et de t'envoyer ma première lettre de guerre. Je n'ai jamais été aussi heureux, aussi fier. Malgré mon âge, j'ai une joie d'enfant. D'ailleurs, je suis le plus jeune du bataillon. Mais, le capitaine Namur va me donner sous peu le commandement d'une section. Il est vraiment magnifique. J'ai une chance folle de l'avoir pour chef. Comme je vais parler de toi avec lui. Je n'en ai pas encore eu le temps, parce qu'il m'a montré notre secteur aujourd'hui. Il faut rudement faire attention pour se retrouver dans tous ces boyaux, ces postes d'écoute, ces tranchées, ces blockhaus. Je pourrais t'écrire toute la nuit, mais je dois faire une ronde, et je te dis seulement ce mot qui contient tout. Je t'aime. »

                                                            Richard.

Le 18 janvier 1917.
Mes parents chéris,
     Voici ma première nuit de front. Je m'en faisais tout un monde, et ce n'est rien du tout. C'est même un peu décevant. Je suis enterré dans un abri à l'épreuve de tous les obus, par des rondins massifs et des sacs à terre. Trois camarades ronflent sur leurs bat-flanc. La quatrième paillasse m'attend, pas beaucoup plus mauvaise que les lits de caserne. Le secteur est très calme. On entend par-ci par-là un coup de canon, et encore faut-il être au front pour savoir que c'en est un. Je n'ai même pas froid, avec tous les lainages que maman m'a donnés. Je me dis que je n'ai vraiment pas été courageux d'attendre si longtemps pour m'engager, alors que vous ne me faisiez obstacle en rien. Je vous jure que si vous me voyiez comme je suis, assis tranquillement à une table et n'ayant qu'une envie : dormir, vous seriez rassurés. Il faudrait aussi que vous puissiez voir Namur. On ne peut rien craindre avec un chef pareil. Il est passé capitaine, et commande notre compagnie. Il m'a montré le secteur ce matin. Il n'a pas eu l'air étonné de me voir. On aurait dit qu'il m'attendait.

Namur semble aimer Étienne, qui est arrivé il y a une dizaine de jours à la compagnie. Il a apporté des bouquins, et il parle de philosophie avec le capitaine. Demain je paye à boire à ma cagna et à ma section. Elle est commandée par un vieil adjudant de trente-cinq ans, mais elle m'est promise. Toute ma solde y passera, je n'ai besoin de rien ici. Et puis je le dois. Je suis le plus jeune. A la section, tout au moins. Chez les voisins, il y a le petit Mertou, vous vous rappelez, celui que je protégeais à Saint-Cyr. Il a fini dans les premiers, et a demandé à être dans le même bataillon que moi. Pourvu qu'il se conduise bien au feu. Je crains qu'il ne fasse honte à notre promotion. Qu'est-ce que Namur penserait de lui ? Maman chérie, mon vieux papa, je vous embrasse vite et bien. Je tombe de sommeil.

Richard.

18 février 1917.

Cher docteur,

Je ne vous ai pas écrit depuis trois semaines, parce que Richard le fait presque chaque jour, et mon sentiment me disait qu'il valait mieux vous laisser seuls ensemble. Mais puisque vous me reprochez mon silence, j'y renonce avec joie. Vous savez quels biens sont pour moi votre amitié et votre indulgence. Richard est vraiment étonnant. Il n'y a pas un mois qu'il est avec nous, et, déjà, il a l'air d'avoir fait depuis le début de la guerre cet étrange métier qui est le nôtre. Il a la faculté de vivre comme font ceux qui l'entourent. Il devient intérieurement ce que sont les circonstances. Pour un autre que lui, je dirais que c'est un manque de personnalité. Pour lui, je ne sais comment il fait, il garde la sienne. Il l'adapte à la Sorbonne, comme aux tranchées. Heureux Richard, toujours lui-même et toujours un autre.

Il a complètement oublié la vie civile et n'a pour

elle que mépris sincère. Il attend la soupe avec autant d'impatience que tout le monde, et fume le tabac de troupe avec délices et un quart de « pinard » de plus, ou « un rab de gnôle » le ravissent. Les grosses plaisanteries l'amusent. Il connaît la vie de chacun de ses hommes et s'y intéresse. Naturellement, sa section l'adore. Il prête à chacun son enthousiasme et sa foi. On ne veut pas le décevoir : par amitié. Par orgueil aussi.

Moi, qui n'ai pas cette chance, j'aime mieux les livres. Ceux qui me font le plus de bien sont les ouvrages des moralistes. Ils me sauvent du sentiment affreux que j'ai de l'inutilité de cette vie de termites, de caserne souterraine, de collégiens barbus murés dans un labyrinthe. Ce n'est ni le combat, ni la paix, ni la vie, ni la mort. On attend... on attend le hasard bête d'un obus. On attend la fin de son tour de garde, la fin de la corvée, l'heure du repas. Et moi, en outre, j'attends toujours en vain le sommeil !

Nous ne sommes en vérité qu'un singulier troupeau assemblé dans les plis de la terre et qui fait docilement ce à quoi les chiens de berger l'ont dressé.

Il y a pourtant quelqu'un ici qui n'est pas du troupeau : le capitaine. Je comprends Richard, maintenant, qui s'est engagé sur quelques phrases de Namur. On peut difficilement expliquer l'ascendant de cet homme. Il n'est pas familier. Il punit quand il estime qu'il doit punir. Avec le travail que lui donne le commandement de deux compagnies, il a très peu de temps pour parler aux soldats. Il exige beaucoup d'eux, pour les factions, le ravitaillement, les coups de main. Et le plus paresseux, le plus peureux, le moins maniable a pour lui de l'amour... je ne trouve pas d'autre mot. Et moi aussi. Pourquoi ? Parce que le capitaine, semble-t-il, est le seul parmi nous qui ne s'occupe jamais de lui-même. Il ne fait que penser aux autres. Et il a le sens de la patrie. Nous avons tous le sentiment de la patrie, je crois, mais chez lui, il n'est ni vague, ni secondaire. Il est toujours présent, vivant, précis et primordial. Il n'en parle pas, mais sachant quel privilège il lui donne sur nous tous qui ne l'avons pas à ce degré pour nous soutenir, il nous plaint, tout en nous menant. Voilà, je crois, le secret de l'amour que nous avons pour lui.

Il y a aussi, dans la compagnie, une manière de héros. Ce gosse chétif, maladif, n'a pas dix-huit ans. C'est un aspirant de la promotion de Richard. Tout le monde l'appelle le petit Mertou. Il est volontaire pour toutes les affaires dures. Il a ramené récemment une dizaine de prisonniers. Il ne pense qu'à se battre. Richard le voit souvent.

Cher docteur, vous voyez qu'il est dangereux de me provoquer à écrire. Je suis effrayé du volume de ma lettre. C'est bienfaisant de réfléchir, pour ainsi dire, en votre présence. Je vous en remercie. Mes hommages les plus affectueux et les plus respectueux à Mme Dalleau.

Étienne Bernan.

II

Le secteur continuait à être calme. La neige était tombée pendant une partie du mois de janvier, puis il s'était mis à pleuvoir et la boue devint la grande affaire. Richard n'eût jamais pensé qu'elle pouvait coller autant à la vie des hommes. Les capotes portaient une lourde doublure d'argile détrempée ; les lignes des mains, les plis du visage étaient incrustés de glaise. La boue entrait dans les cols, les bandes molletières, sous les manches, formait des anneaux visqueux autour des poignets. On ne marchait pas ;

on glissait, on pataugeait. On mâchait de la boue avec la nourriture.

Cependant Richard en était encore au point où il préférait, à n'importe quel lieu, cette toute petite parcelle de sol fondant et ces éléments de tranchées et de boyaux qui n'étaient que des pièges de glu ; il en avait reçu la garde en même temps que le commandement d'une section.

Quand le capitaine Namur avait dit : « Dalleau, vous êtes chargé de ce front », Richard avait eu l'impression qu'il n'y avait pas d'homme en France, pas même le capitaine, qui l'approchât en responsabilités, en importance. Dès lors, il n'arrêtait pas de pétrir avec passion sous de lourds souliers informes, la boue qui lui était confiée.

Il était partout. Il faisait changer sans cesse quelque chose, creuser un chenal d'attaque, renforcer un barbelé, colmater une banquette de tir. Les soldats ne lui reprochaient pas le travail qu'il leur demandait parce qu'il avait un regard plein d'enthousiasme et de timidité (ils étaient tellement plus anciens que lui dans la guerre), et parce qu'il prenait la pioche, maniait sacs de terre et rondins avec eux. « C'est tout jeune chien, ça lui passera avant que ça nous revienne », disaient les soldats. Ils étaient contents.

Mais c'est au poste de guet que Richard trouvait son exaltation la plus forte. Dans un trou protégé du ciel seulement par des toiles à sac et qui était devenu un puisard où les veilleurs étaient tous mêlés à l'argile, où l'on parlait à voix très basse et jusqu'où, parfois, arrivait le chuchotement de l'ennemi enterré à quelques mètres, Richard se sentait au sommet d'une pyramide immense, cette pyramide étant toute l'armée française.

Par la tranchée des Lynx, Richard se dirigeait vers l'abri du capitaine Namur pour lui faire son rapport. La capote de troupe que portait Richard était comme un cylindre de boue. A l'orée d'un boyau, Richard vit déboucher d'autres hommes couverts tout entiers de la même croûte de terre. Ils étaient surchargés de bidons de deux litres. Richard s'épanouit. Il reconnaissait des soldats de *sa section*. Ils ne ressemblaient à ceux d'aucune autre.

— Hé ! Dordogne, Lapierre, Miralas, Bonne Blessure ! cria Richard.

Les soldats s'arrêtèrent.

— Alors, ça s'est bien passé cette corvée de pinard ? demanda Richard.

— Comme ça, mon lieutenant, dit Bonne Blessure, qui avait été évacué deux fois pour éclats d'obus dans les fesses. Oui, comme ça, pas plus.

— Les caniveaux sont pleins d'eau, mon lieutenant, dit Miralas. Ça devient des rivières.

— On sait nager, dit gaiement Richard. Pas de pinard de perdu ? Non ? Bravo ! La section en avait besoin.

— Vous en voulez un coup, mon lieutenant ? du mien, personnel ? demanda un soldat.

Il portait toute sa barbe. C'était le plus âgé, et il aimait beaucoup Richard.

— Et comment, Dordogne, et comment ! s'écria celui-ci.

Richard avala une longue lampée, essuya ses lèvres du revers de sa main souillée et referma le bidon.

— Ça va mieux, dit-il, à tout à l'heure, les gars ; je vais chez le capitaine.

Quand l'aspirant se fut un peu éloigné, Bonne Blessure qui n'était pas beaucoup plus âgé que Richard remarqua, sans arrière-pensée :

— Je le trouve marrant le môme. Je ne sais pas pourquoi, il est marrant.

— Comment qu'il a descendu le pinard à Dordogne, s'écria Miralas.

— Dordogne, t'as le béguin, dit Bonne Blessure.
Tu devrais envoyer l'aspirant à ta femme.

— Tant qu'à être cocu, j'aime mieux l'être par lui
que par toi, je te jure, dit Dordogne très sérieusement.

Lapierre et Miralas furent pliés par le rire et les
soldats se remirent en route.

Richard entendit cette gaieté, devina qu'il en
était l'objet et pensa joyeusement : « Attendez !
Attendez ! une bonne attaque, mes amis, et nous
verrons. »

Aux abords du P.C. de Namur, il rencontra
Étienne qui travaillait à dégager une entrée de
boyau. Richard le considéra en songeant : « C'est
curieux, il a beau être habillé de boue, de poux et
de crasse comme tout le monde, et faire ce que font
les autres, il n'appartient pas au secteur. Il n'est pas
d'ici. » Puis Richard s'écria :

— Quelle mélasse, hein, mon vieux Bernan !
Mais la vie est belle tout de même ; je viens de boire
un bon coup ; j'ai croisé notre corvée, des types formidables !

Étienne leva vers Richard sa figure amaigrie et
demanda doucement :

— Parce qu'ils vous ont offert du vin ?

— Ça, d'abord, et puis le reste, dit Richard.
Savez-vous, par exemple, que Dordogne a fait la
Marne ? Trois ans qu'il se bat contre le boche !

— Et alors ? dit Étienne. Dans trois ans, si je suis
en vie, quand un nouveau arrivera à la compagnie,
on lui dira de moi : « Il a fait la côte 108. » Cela
signifie quoi ?

— Ne jouez pas à l'intellectuel, mon vieux,
s'écria Richard. Je vous jure que le courage et la
camaraderie de mes poilus...

— D'abord, nous ne sommes pas des *poilus* mais
des *soldats*, interrompit Étienne vivement, et le
visage crispé comme s'il avait entendu une fausse

note ; et en face il n'y a pas de fritz, d'alboches ou de boches, mais des Allemands.

— Si vous voulez, dit Richard.

Il voyait qu'Étienne souffrait.

— Quant au courage, Dalleau, moi je n'ai rien découvert de merveilleux, et pourtant je suis arrivé avant vous, continua Étienne avec une sorte de fièvre. Chacun de nous a peur et s'en vante ; chacun a le cafard et ne s'en cache pas. Chacun pense avant tout à ses petites histoires. La camaraderie ? Bien sûr, elle existe, mais comment pourrait-on faire autrement dans les conditions où nous sommes ? C'est le simple instinct de conservation étendu à un petit groupe ; une assurance mutuelle !... Les moutons aussi se serrent les uns contre les autres quand ils ont froid.

— Attendez ! Attendez ! dit Richard.

Il réfléchissait, les yeux fixés sur le sol. Il était heurté par les propos d'Étienne, mais il leur reconnaissait une vérité, et cependant il ne pouvait pas la recevoir. Ce n'était pas sa vérité. La sienne exigeait la chaleur et l'admiration. Richard se rappela alors que pour toutes choses humaines, lui avait dit son père, il était deux façons de voir, et qu'entre les deux, il n'existait pas d'arbitre. Richard voulait répliquer avec force à Étienne, lorsqu'il s'aperçut que pour s'être tenu quelques minutes à la même place, il s'était enlisé jusqu'au-dessus des chevilles. Il rit alors d'un grand rire.

— Nous sommes idiots, Bernan, cria-t-il. On discute, on dispute, comme si nous étions sous les arcades de la Sorbonne. Regardez !

Richard montra ses pieds, les retira de la boue avec effort et s'éloigna en continuant à rire. Il se répétait à mi-voix : « Sacré Bernan. Ah ! non, il n'est pas poilu ! »

Richard et Étienne se voyaient assez peu. Étienne avait refusé de passer dans la section de

Richard. Il craignait que leur amitié ne fût une gêne dans les fonctions de l'aspirant.

L'accueil du capitaine Namur étonnait toujours Richard et même (mais il n'osait pas se l'avouer) lui donnait quelque déception. C'était uniquement la faute de Richard. Il avait une telle passion pour Namur qu'il attendait chaque fois de lui, et tout de suite, quelque chose d'extraordinaire. Et, surtout, Richard, impuissant, par discipline et par timidité, à faire éclater ses sentiments, songeait sans cesse : « Il ne se doute pas à quel point je l'aime. Il ne soupçonne pas ce que je vaux. Et comment pourrais-je, il est si calme, si uni. »

Mais, au bout de quelques minutes, et précisément à cause de cette égalité d'humeur, Richard oubliait ses transes. La tranquillité du regard brun, le timbre sûr de la voix endormaient chez Richard la vanité, l'impatience, l'exaltation superficielle pour aller toucher, comme en dessous d'elles, une zone plus malaisée à atteindre, mais plus fertile. On eût dit que Namur savait écarter doucement les herbes ingrates pour enfouir, là où il le fallait, le grain. Quand Richard quittait le capitaine, il emportait de Namur une image encore plus attachante parce qu'il se sentait le cœur mieux armé.

Cette fois encore, dans le premier instant, Namur étonna Richard, mais sur un autre plan qu'à l'ordinaire.

Quand Richard pénétra dans l'abri profond, assez bien chauffé et éclairé, qui servait de P. C. au capitaine, celui-ci lisait une lettre. Il dit amicalement : « Asseyez-vous, Dalleau, et excusez-moi encore un peu. »

Richard tira à lui un escabeau et prit place près de la caisse tendue d'une couverture de troupe, sur laquelle voisinaient des papiers de service et quelques livres de philosophie. Namur, de l'autre côté de la caisse, avait le dos contre le poêle. Il portait un passe-montagne et un épais foulard. Depuis sa blessure, il était devenu très frileux.

— Il s'agit de vous dans cette lettre, dit soudain Namur. Ma cousine Sylvie Bardet se plaint de ne pas savoir si vous êtes vivant ou mort. Elle semble vraiment inquiète.

Richard se sentit rougir comme jamais dans sa vie. A cause de la pénombre et de la crasse qui enduisait ses joues, il était impossible de voir cela, mais il ne s'en rendait pas compte. Il se mit à balbutier :

— Je... mon capitaine... vous savez, depuis que j'ai ma section, pas une minute, travaux le jour, les rondes la nuit... Quand je rentre à la cagna, mon capitaine, je tombe comme une bête...

— On peut toujours tracer un mot pour rassurer, remarqua Namur, doucement.

— Pour ma mère, c'est ce que je fais, mais elle... c'est impossible, pour elle il faut davantage, mon capitaine, je... je...

Richard chercha le mot et dit enfin dans un souffle :

— Je l'admire tant.

Namur qui chauffait ses mains près du verre de la lampe à pétrole, les écarta lentement, et dans la lumière revenue, considéra Richard avec attention. « Il a deviné, il sait tout. J'ai l'air d'un vantard, d'un mufle », pensa Richard, en découvrant une nuance de surprise au fond des yeux bruns et tranquilles qui le dévisageaient. Mais Namur donna un autre sens à son étonnement :

— Vous admirez Sylvie, dit-il d'un air pensif. Vous l'admirez. C'est singulier. Moi je la trouve plutôt à plaindre.

Mal remis de son émotion, Richard demanda ingénument :

— A cause de son mari ?

— Oh non ! Bardet est un grand type et pas seulement comme savant, dit Namur. Non, c'est Sylvie elle-même. A l'intérieur, pas assez de substance, pas de clarté. Elle a fait un mariage de raison, et elle n'a pas assez de raison pour ce mariage. Tout est comme ça. Je la connais depuis son enfance. Je la plains beaucoup.

Ce fut la seule fois où Richard eut un mouvement de haine contre Namur, et ce mouvement fut profond. L'image merveilleuse de Sylvie, embellie par l'absence, parut plus sublime encore au jeune homme d'avoir été insultée. Mais il aimait trop Namur pour ne pas lui trouver aussitôt une excuse. « On peut être un chef sans pareil et ne rien comprendre aux femmes. C'est même ce qui arrive toujours aux héros », pensa Richard, et il se consola.

Cependant, il était incapable de poursuivre cet entretien et parla service. Namur s'y prêta sans difficulté. Richard termina son rapport en mentionnant que la corvée de vin était bien rentrée... Il se souvint de l'impression qu'il avait eue après avoir quitté Dordogne, Miralas et Bonne Blessure.

— Comment faire pour m'imposer davantage aux hommes, mon capitaine ? demanda Richard.

— Mais ça va très bien à cet égard, dit Namur. On vous obéit avec plaisir. Que voulez-vous de plus ?

Richard baissa les yeux et demanda :

— Vous ne pensez pas que si j'avais l'occasion de montrer un peu... mon courage ?

— Ah oui ! Je vois, dit Namur, avec un sourire affectueux que Richard prit pour ironique. Le courage, naturellement, est nécessaire. Mais il faut que cela vienne tout seul, comme le reste. Si vous en faites à l'intention des hommes, avec un œil sur eux, ils le sauront immédiatement et cela gâtera tout.

Richard voulut dire quelque chose, hésita et se tut.

— Allez ! Allez ! Dalleau, videz votre sac, ordonna Namur.

— Mon capitaine, je n'ai pas fait une seule patrouille et le petit Mertou, de la quatrième section, vous l'avez déjà envoyé plusieurs fois entre les lignes. Pourquoi ? demanda Richard.

— Si l'un de vos hommes vous posait une question de ce genre, lui répondriez-vous ? demanda à son tour Namur.

Richard ne dit rien, et le capitaine reprit :

— J'ai proposé Mertou pour une citation.

— Ça vraiment... ça alors... murmura Richard.

Namur qui surveillait le visage expressif de l'aspirant, y vit poindre une envie aiguë, puis la stupeur de l'incompréhension.

« Mertou, ce pauvre petit froussard. Mertou, qui venait pleurer dans mon sein et qui continue d'avoir peur. » Comme Richard se disait cela, ses yeux rencontrèrent ceux du capitaine.

— Qu'est-ce qu'il y a, Dalleau ? demanda Namur.

— Je... à Saint-Cyr, Mertou et moi nous étions dans la même chambrée, dit péniblement Richard.

— Eh bien ? demanda Namur.

Un instant Richard se demanda si son devoir n'était pas d'éclairer le capitaine sur la vraie valeur de Mertou, mais il sentit cette tentation entachée d'une telle indignité qu'il se fit horreur.

— Rien, mon capitaine. Je suis très content pour notre promotion, dit Richard.

Il vit, dans les yeux de Namur, une sorte d'approbation secrète pareille à une complicité. Il pensa alors que le capitaine n'avait rien à apprendre sur le petit Mertou.

III

A quelques jours de là, Richard reçut une note de service en dehors de celles que le capitaine lui faisait porter chaque matin.

« Le G. Q. G. de l'armée prescrit aux aviateurs de faire un stage de dix jours dans les compagnies d'infanterie, afin de mieux assurer la compréhension entre les armes. En conséquence, un maréchal des logis pilote se présentera demain à la deuxième section qui le prendra en subsistance. L'aspirant Dalleau est chargé de l'hébergement et de l'instruction du stagiaire. »

Richard communiqua la note au sergent-chef et au sergent-fourrier qui habitaient son abri.

— Je n'avais pas assez d'écritures ! Un aviateur maintenant... grogna le sergent-chef.

— Te plains pas, petite tête, tu vas enfin en voir un, dit le fourrier, parce que sur les lignes : zéro...

— C'est bien vrai... Ces gars-là, on ne les trouve que sur les communiqués, dit le sergent-chef.

— Et dans la *Vie Parisienne*, petite tête, dit le fourrier.

Les deux sergents ricanèrent avec amertume. Leur rancune était celle que des millions d'hommes enterrés dans la boue éprouvaient pour quelques centaines d'autres qui, croyaient-ils, vivaient dans des châteaux et dont les journaux parlaient sans cesse.

Richard ne partageait pas encore cette animosité. Avant de rencontrer Namur, il avait souvent pensé à faire la guerre dans l'aviation.

Mais quand il vit son stagiaire, Richard éprouva une grande gêne. Le pilote semblait avoir tout fait pour répondre à l'image la plus outrée que l'on pouvait se faire de l'aviateur dans les tranchées. C'était un homme d'une trentaine d'années, grand, très étroit de corps et de visage. Des bottes d'un cuir admirable lui montaient jusqu'aux genoux. Le col de sa vareuse était ouvert sur une cravate bleu ciel et bleu ciel était le manteau de cavalerie et bleu ciel le képi (« un képi ici, il est fou », pensa Richard). De plus, il portait une sacoche d'officier d'état-major. Tout cela était couvert de boue, sauf le képi.

— Un casque, il vous faut un casque, dit machinalement Richard.

Le pilote ne sembla pas l'avoir entendu. Il se tenait très raide, beaucoup trop pour la légère différence qui séparait son grade et celui de Richard.

— Maréchal des Logis La Tersée, dit-il sans desserrer les dents et d'une façon peu distincte.

— Comment ? s'écria Richard dont l'expression avait changé brusquement.

— Ma-ré-chal-des-Logis-La-Tersée, dit le pilote.

— C'est bien ce que j'avais cru, dit vivement Richard, mais je voulais être sûr. Vous êtes le cousin de Cri-Cri.

— J'ai une cousine qui s'appelle Christiane, la fille du comte Melchior de La Tersée, répondit le pilote, sans accorder la moindre détente à sa rigidité militaire.

Et il demanda :

— A qui ai-je l'honneur ?

— Aspirant Dalleau, dit Richard brièvement.

Il pensait : « Le marquis me donne une leçon d'éducation. »

La Tersée inclina la tête avec politesse et, avec la même politesse, laissa assez de liberté à son visage pour montrer de l'étonnement. Richard en comprit le sens et son amour-propre s'émut, mais l'impertinence était en quelque sorte insaisissable, irréprochable. Richard ne sut point comment y riposter. Il eut peur de passer encore pour un garçon de mauvaise compagnie et dit très vite :

— J'ai connu Christiane dans un hôpital rue de

Lille, où mon père est médecin. Nous avons travaillé ensemble une année.

— Très intéressant, dit La Tersée.

Les sourcils de Richard se rapprochèrent. Comment devait-il réagir ? Avec cette manière de parler entre les dents, il était impossible de discerner la courtoisie du persiflage. : Richard décida qu'il valait mieux paraître mal élevé qu'imbécile. Il fit un pas vers le pilote et dit assez violemment : « Vous... » et s'arrêta. La Tersée venait d'écarter son manteau et Richard avait aperçu sur sa vareuse le ruban de la médaille militaire et une croix de guerre qui portait sept palmes et deux étoiles :

— Vous... vous avez été cité au communiqué ? acheva Richard.

— Ils ont jugé cela utile, dit La Tersée entre ses dents.

Il continuait en même temps son geste et tirait de sa poche un long étui plat.

— Une cigarette, mon lieutenant ? dit-il.

C'était du tabac anglais. Richard l'aimait beaucoup. Cependant il crut devoir refuser. Tous les soldats et tous les sous-officiers appelaient Richard par le grade auquel il était destiné bientôt (et cela était chaque fois très doux à sa vanité), mais il n'aima pas l'entendre entre les dents de La Tersée.

— Voilà votre lit, dit Richard.

La Tersée alla jeter sa sacoche sur le bat-flanc recouvert d'une paillasse crevée et mouillée par la transpiration incessante de la terre. Ensuite, il demanda :

— Quel est le programme, mon lieutenant ?

— Ce n'est pas difficile, dit Richard. Vous mangez, vous dormez, vous vivez avec nous. Je vous promènerai dans le secteur ; vous verrez les corvées, les nids de mitrailleuses, tout enfin et puis.. (ici Richard baissa un peu la voix comme pour une belle promesse), nous irons au poste de guet.

— Très intéressant, dit La Tersée.

C'était exactement la même intonation ambiguë, irritante, mais à laquelle il n'y avait rien à répondre.

— Si vous permettez toutefois, mon lieutenant, poursuivit le pilote, je commencerai demain. J'ai vu assez de boue aujourd'hui.

— Comme vous voudrez. Nous avons le temps. Installez-vous, dit Richard.

La Tersée alla suspendre sa sacoche à un clou enfoncé dans le bois qui soutenait les grabats, puis il l'ouvrit. Elle contenait un rasoir et un pyjama. Le reste était rempli par des cigarettes anglaises.

Richard fit sa tournée.

— Comment est votre stagiaire ? demanda le capitaine.

— Il a une croix de guerre formidable, dit Richard.

— L'essentiel est qu'il fasse bonne impression sur les hommes, reprit Namur.

— Alors, c'est perdu d'avance, dit Richard.

Or, comme il revenait à son abri et que, selon son habitude, il s'arrêtait pour écouter les soldats oisifs ou occupés à des tâches lentes, il fut stupéfait de les entendre. Ils disaient :

— Il ne s'est pas dégonflé. Il a mis les chouettes bottes pour venir nous voir et le manteau fantaisie et tant pis pour la gadoue.

— T'as vu sa gueule ? Pas commode le frère.

— Surtout pour les fritz, mon gars. Il a des bananes jusqu'au nombril.

— On peut raconter ce qu'on veut, mais on a de l'aviation qui a de la classe...

Quand Richard descendit dans son abri, La Tersée était étendu sur son bat-flanc. Ses bottes étaient nettes, le manteau sans tache. Il se redressa et dit :

— Un coup de fine champagne, il m'en reste, mon lieutenant.

— Je vous en prie, dit Richard à mi-voix, quand nous sommes seuls, ne m'appelez pas ainsi.

— A vos ordres, mon cher, dit La Tersée. Une goutte de fine tout de même... Et une cigarette.

La Tersée tendit son étui en or, sa gourde en argent et Richard accepta. Son embarras était profond.

Il se rappelait toutes ses préventions contre la société à laquelle appartenait La Tersée et il pensait : « Comme j'avais raison. Est-il rien de plus vain, de plus absurde, de plus haïssable que cet homme ! » Mais, dans le même temps, il fumait le tabac, buvait le cognac de cet homme et se sentait assez vain d'avoir, ne fût-ce qu'un soir, Pierre de La Tersée pour camarade.

— Vous pourriez facilement être officier, je pense ? dit Richard.

— Sous-lieutenant à trente-deux ans ? demanda La Tersée. Vous ne voudriez pas, mon cher. Ridicule !

Il passa la gourde à Richard, s'allongea et dit entre ses dents :

— Les galons ne font pas grande différence dans une escadrille de chasse.

Alors Richard pensa à l'autre figure de La Tersée, sous le casque de cuir, et il pensa à la liberté, aux combats dans le ciel, à la mort ailée.

— Combien d'avions avez-vous abattus ? demanda Richard.

— Quelques-uns, dit La Tersée.

— Vous est-il arrivé d'être descendu en flammes ? demanda encore Richard.

— Légèrement, dit La Tersée. Pas désagréable l'hôpital, à cause de la morphine.

Il promena son regard sur l'abri boueux, les bat-flanc, les gamelles, le râtelier d'armes.

— Un endroit rêvé pour *Kieffer*, dit-il.

Richard ignorait le sens de ce mot, mais n'en montra rien.

La Tersée ferma les yeux. Richard plaça la lampe

pigeon entre La Tersée et lui, et prit du papier à lettres. Il voulait dépeindre le personnage à Sylvie.

Le visage de La Tersée, et singulièrement de profil, était d'une sécheresse et d'une beauté d'eau-forte ; le coin de la bouche mince, la commissure du nez droit semblaient être usés par une fatigue étrange, et par les réflexes trop fréquents du mépris.

Comme Richard étudiait son voisin, celui-ci ouvrit les yeux. Richard eut l'impression qu'il les connaissait depuis longtemps.

— Mais vous avez une couleur d'yeux exactement pareille à celle de Cri-Cri, s'écria-t-il.

La Tersée hésita. Il était sur le point de corriger une fois de plus cette familiarité, mais la jeunesse et la simplicité de Richard lui semblèrent des excuses valables. De plus, ils avaient bu à la même gourde.

— Si vous écrivez à ma cousine, faites-lui mes amitiés, dit La Tersée.

— Oh ! ce n'est pas à elle, dit Richard ; c'est une lettre d'amour.

La Tersée fit entendre un sifflement très léger.

— Ah ! oui l'amour.

Il se mit à rire silencieusement, les lèvres fermées et sans quitter Richard d'un regard immobile, et Richard eut le sentiment que si La Tersée soutenait longtemps ce rire, il allait glacer en lui tout ce qui était fraîcheur, bonheur, espoir. Mais La Tersée reprit :

— Mon cher, moi je n'écris qu'une sorte de lettre d'amour. C'est pour la première maîtresse que je vais voir en permission. Je commence par lui annoncer d'un mot la date de l'arrivée, puis le jour du départ je télégraphie — de l'escadrille, c'est possible —, puis dès mon arrivée à Paris, je téléphone. Ainsi, on ne risque pas de mauvaises surprises.

La Tersée ferma les yeux.

— Je ne vous ennuie plus, dit-il.

Mais Richard ne pouvait plus écrire. Il regarda sa montre. Il était temps de visiter le poste de guet. Richard mit sa capote et sortit. Dehors, il bruinait et la terre continuait à fondre. Tout en cheminant à pas lourds, Richard rêvait avec accablement aux bottes des aviateurs, aux chambres chaudes, à l'eau des tubs, au combat éclatant et prompt.

« Ici, il faut pleurer pour faire une patrouille. Je suis un imbécile », se disait-il.

Le jour tombait, quand Richard arriva au poste de guet. Sous cette lumière on pouvait apercevoir dans les lignes ennemies les détails que la pleine clarté dévorait. Ayant de l'eau jusqu'aux genoux, Richard regarda longtemps par la meurtrière.

— On dirait, murmura-t-il, on dirait qu'ils ont posé de nouveaux chevaux de frise, et là, n'est-ce point une échancrure de mitrailleuse qui n'existait pas ?

— C'est bien ce qui me semble, mon lieutenant, dit un des guetteurs à voix étouffée.

— Mais c'est important, très, très important, chuchota Richard. Je vais le signaler tout de suite. Le capitaine va être content de nous.

Son sang circulait mieux, il se sentait de nouveau au sommet de la pyramide.

— Un petit coup, mon lieutenant ? Ça vous fera du bien avant de partir, souffla à son oreille la voix de Dordogne.

Richard prit le bidon. Tandis qu'il le portait à sa bouche, il pensait avec une honte sans fond qu'il avait, quelques minutes auparavant, renié son secteur et ses hommes. Jamais La Tersée n'entendrait la voix de Dordogne comme lui, Richard, venait de l'entendre, et il avait besoin de cette voix plus que de tout.

IV

Le bombardement commença le lendemain, à l'heure où les hommes se préparaient à manger la soupe du matin ; il y eut quelques salves dispersées de réglage, puis elles se rassemblèrent sur le secteur tenu par les compagnies de Namur. Sauf pour les postes de surveillance, l'ordre fut donné à tout le monde de gagner les abris renforcés. Chaque section avait le sien, profondément enfoui dans le sol et couvert par un amas de poutres, de rails, de rondins et de sacs de terre. Celui de la 2ᵉ section était le mieux protégé. Il le devait à la frénésie de Richard.

La Tersée, que l'aspirant avait amené et qui était de nouveau boueux jusqu'au col de son manteau, descendit avec répugnance les nombreuses marches glissantes et fangeuses.

— Quel sépulcre, dit-il.

L'abri était très sombre. La lumière n'y arrivait que par l'ouverture pratiquée sur les dernières marches de l'escalier et ces marches elles-mêmes étaient déjà dans l'ombre souterraine. Une seule et faible lampe éclairait cette vaste catacombe où se pressaient des dizaines d'hommes. Les visages de ceux qui ne se trouvaient pas aux abords immédiats de la lampe étaient invisibles.

Tout autour, on sentait vibrer le sol et les coups de bélier incessants qui l'atteignaient se répercutaient jusqu'aux parois de l'abri. Richard écoutait avec une excitation intense la plainte profonde qui cheminait dans les plis de la terre. C'était son premier bombardement. Un événement extraordinaire devait survenir, qui serait enfin à sa mesure. Mais il attendit en vain. Le temps passait sans qu'on en pût suivre l'écoulement. Les obus tombaient à une cadence régulière. Parfois, c'était tout près et l'abri semblait vaciller, comme un bateau heurté par une vague trop forte, puis les coups s'éloignaient et les parois recommençaient à résonner ainsi qu'un gong détimbré. Il faisait humide, froid et sombre.

— Ce serait plus distrayant dehors, dit La Tersée.

— Interdiction formelle du capitaine, dit Richard, d'autant plus sèchement qu'il partageait le désir du pilote.

Non loin d'eux, Bonne Blessure qui avait entendu La Tersée mais qui, dans l'obscurité, ne pouvait distinguer son visage, grommela :

— Y en a encore, à leur âge, qui veulent faire les malins.

Le fourrier connaissait bien la voix de La Tersée.

— C'est l'aviateur, souffla-t-il à Bonne Blessure.

— Et après ? demanda celui-ci.

Les soldats qui, au début, riaient de se trouver tous ensemble, avaient épuisé les sujets de conversation, et nourrissaient des pensées amères. Richard entendit les murmures.

— Si ça dure tellement, ça n'annonce rien de bon.

— Tu verras, ils vont attaquer.

Richard dit très haut :

— Mais non, il n'y aura rien. Avec cette boue, c'est impossible.

— Même comme ça, dit Bonne Blessure, ce n'est pas drôle, mon lieutenant. On ne va plus reconnaître le secteur. Il faudra se crever pour l'arranger.

— Sans compter les cagnas cassées, les affaires perdues, dit son voisin.

Quelqu'un gémit. Richard reconnut la voix de Dordogne.

— C'est vrai, disait-il, les petits souvenirs, ça ne se remplace pas.

Richard sentit que tous les soldats partageaient cette anxiété et il n'eut qu'une ambition : les arracher à eux-mêmes.

— Allons les gars, on ne va pas se laisser abattre

chez nous, à la deuxième, s'écria-t-il avec un peu trop d'animation. Si on chantait quelque chose. Avancez les ténors ; Bonne Blessure, Lauger.

— Je ne suis pas en voix, mon lieutenant, dit Lauger.

— Trop d'orchestre, grommela Bonne Blessure.

— C'est un malheur que je ne chante pas. Je vous aurais montré, moi, dit Richard, mais attendez...

Il venait de se rappeler Saint-Cyr et comment Fiersi et d'autres aimaient à entendre des vers. Il hésitait cependant. Les conditions n'étaient plus du tout les mêmes.

— Eh bien, mon lieutenant ? lui demanda Dordogne.

— Écoutez, dit Richard. Quand j'étais deuxième classe, dans ma chambrée, les camarades aimaient bien que je leur récite des poèmes. Je vais essayer ici. Qu'est-ce qui vous plairait ? J'en sais beaucoup.

Les soldats se taisaient et semblaient gênés. Enfin quelqu'un dit timidement :

— *Les pauvres gens*, mon lieutenant ; ça plaisait bien à l'école. De Victor Hugo. Vous connaissez ?

— Bon Dieu. C'est loin et c'est long, dit Richard. S'il y a des trous, tant pis.

Il entendit rire amicalement, fit appel à toute sa mémoire qu'il avait étendue et fidèle, et commença.

Accroupis, couchés ou debout, les hommes devinrent très sages. Richard se sentit mieux assuré. Les vers lui revenaient d'eux-mêmes.

— C'est bien ça, chuchota avec ravissement celui qui avait demandé le poème.

— Je me rappelle maintenant, dit son voisin. Je revois tous les mômes et l'instituteur.

— Vos gueules ! souffla une voix furieuse.

Les obus tombaient toujours mais on ne les entendait plus. A peine Richard eut-il terminé que l'on cria de toutes parts :

— Encore, mon lieutenant, encore.

Et Richard qui savait des milliers de vers, conti-

nua. Vigny, Musset, Verlaine, Rostand... Les soldats étaient insatiables.

Mais La Tersée ne put y tenir. Il avait les poèmes
en horreur et aussi les exhibitions. Personne ne
s'aperçut qu'il était sorti.

Le capitaine Namur, qui inspectait le secteur
haché, bouleversé et visitait les abris les uns après
les autres, trouva La Tersée assis sur la marche
supérieure de l'escalier. La Tersée se mit aussitôt à
ce garde-à-vous outré, par lequel il entendait définir du premier instant ses rapports avec ses supérieurs en grade.

— Qui êtes-vous ? demanda Namur.

— Le pilote stagiaire, mon capitaine, dit La
Tersée.

— Qu'est-ce que vous faites dehors ? Les ordres
sont formels, vous le savez, dit Namur.

— Oui, mon capitaine, dit La Tersée.

— Pourquoi avez-vous quitté l'abri ? demanda
Namur. Pour étonner les fantassins ?

— Non, mon capitaine.

— Alors ?

— Je m'ennuyais, dit La Tersée.

La réponse était d'une simplicité, d'une vérité
entières.

Namur fit une pause.

— Vous étiez volontaire à l'escadrille pour venir
ici ? reprit-il.

— Oui, mon capitaine.

— Pourquoi ?

— Je m'ennuyais, dit La Tersée avec le même
naturel.

Namur considéra d'une façon soutenue le visage
du pilote, usé prématurément et ses yeux immobiles. La Tersée détesta Namur. Il avait le sentiment
d'être déshabillé.

— Vous demanderez demain votre rappel à l'escadrille, dit Namur. Descendons !

Dans l'abri, l'attention était si profonde qu'on ne

remarqua pas le capitaine. Lui, d'abord, il ne comprit pas ce qui s'y passait. Une voix toute sonore de jeunesse et de foi disait :

> *Là tout n'est qu'ordre et beauté,*
> *Luxe, calme et volupté.*

et encore :

> *Mon enfant, ma sœur,*
> *Songe à la douceur...*

A ses pieds, Namur entendit les soldats chuchoter :

— C'est un cerveau.

— Mon vieux, il n'y a que la 2ᵉ pour avoir un aspirant comme lui.

— C'est bien vrai. Ils peuvent toujours s'aligner, les autres !

Alors Namur se mit à rire silencieusement, avec une immense amitié pour Richard.

« Baudelaire lui vaut plus d'autorité que dix actions d'éclat », pensa-t-il et, la division ayant demandé une forte reconnaissance pour savoir si le bombardement imprévu ne préparait pas un assaut, Namur décida d'envoyer à la nuit deux patrouilles, l'une commandée par Mertou, l'autre par Richard.

V

La reconnaissance dirigée par Richard se passa sans incident. Il ne rencontra personne entre les lignes et, ayant sondé les barbelés allemands, ne découvrit aucune chicane aménagée pour une sortie. Richard avec deux hommes, après avoir cisaillé les fils de fer, rampa tout le long des éléments de tranchées ennemies. Ils étaient parfaitement paisibles.

Comme la patrouille allait aborder les lignes françaises, La Tersée, qui avait voulu accompagner Richard, alluma une cigarette. Automatiquement, les veilleurs allemands ouvrirent le feu au fusil et à la mitrailleuse. Richard et ses hommes se jetèrent à plat ventre dans la boue. La Tersée resta droit.

— Couchez-vous, imbécile ! lui cria Richard.

— C'est ma faute. Je paie, dit La Tersée sa cigarette allumée à la bouche.

Richard, sans se lever, lui donna un croc-en-jambe. Mais ce n'est pas lui qui fit tomber La Tersée comme un soldat de plomb. Deux balles, l'une derrière l'autre, lui avaient fracassé l'épaule et il s'était évanoui. Richard le traîna jusqu'au premier observatoire. On y pansa sommairement le pilote. Au matin, Richard le conduisit vers le poste de secours. La Tersée voulut y aller à pied. Il se rattrapait au bras de Richard quand le boyau était très glissant.

— Beaucoup de casse chez toi ? demanda à Richard le médecin auxiliaire, en commençant à défaire le pansement du pilote.

— Non, c'est le seul, dit Richard. Mais le petit Mertou a rencontré une reconnaissance boche au couteau de tranchée. Il y a eu des pertes. Tu vas les voir arriver.

Puis Richard dit à La Tersée :

— Au revoir, mon vieux.

— Au revoir, mon cher, dit La Tersée. Je reverrai Cri-Cri avant vous.

En s'éloignant, Richard entendit sa voix sèche et impérieuse : « Morphine. »

Richard marchait sans s'en apercevoir. Il pensait à La Tersée, à la patrouille, aux poèmes récités dans l'abri et il composait avec tout cela une lettre pour Sylvie. La guerre était magnifique.

Cependant, dans un boyau étroit, il dut s'arrêter et se coller contre la paroi ; des soldats avançaient lentement, portant un brancard.

« C'est un homme de Mertou », pensa Richard, sans intérêt véritable, parce qu'il connaissait mal la section du petit aspirant. Mais quand le brancard passa devant Richard, il vit que le blessé était Mertou lui-même.

— Un instant, ordonna-t-il aux brancardiers.

Au léger choc de la halte, Mertou ouvrit les yeux et reconnut Richard. Son visage s'éclaira, mais seulement du dedans, et, à cette clarté comme souterraine, Richard, qui avait vu beaucoup mourir à l'hôpital de la rue de Lille, comprit que Mertou était perdu.

— Mon petit vieux, mon petit vieux, s'écria Richard. On m'avait dit que tu n'avais pas grand-chose, que tu étais revenu sans aide.

— J'ai fait ce que j'ai pu, murmura Mertou, mais le poignard a dû aller loin... le foie, je pense.

Richard ne savait que dire.

— Une chance de te voir, reprit le petit aspirant. Tu sais tout de moi. Et aussi le capitaine.

— Tu lui as parlé ? demanda Richard très bas.

Mertou fit non de la tête, très faiblement.

Puis il dit :

— Il m'employait beaucoup. Il sentait que ma frousse ne tiendrait pas le coup longtemps.

Il ferma les yeux, passa sa langue sur ses lèvres arides et dit encore :

— Maintenant, je ne vais plus avoir peur.

Un des brancardiers demanda à Richard :

— On peut aller, mon lieutenant ? Je crois que c'est pressé.

Richard fit un signe. Le brancard cahota jusqu'au bout du boyau et disparut, mais, bien avant, le dos d'un des brancardiers avait caché à Richard la figure du petit Mertou.

Richard se croyait un homme fait et fort. Mais

arrivé à son abri, il se jeta sur son grabat et enfonça sa bouche dans la paillasse immonde pour qu'on ne l'entendît pas pleurer.

« Ce tout petit visage... Il n'aura plus peur... J'en étais jaloux », se répétait Richard en étouffant de chagrin.

Il avait les yeux secs, mais il était encore couché lorsque le vaguemestre lui donna une lettre de Sylvie. Richard embrassa l'enveloppe avec passion. Jamais il n'avait eu tant besoin d'amour. Il lut et la tête lui tourna. La mort de Mertou lui parut lointaine, sans portée.

Richard relut la lettre et la relut. Puis il resta immobile, puis il essaya d'avoir honte parce qu'il oubliait Mertou. Il se rappela comment Étienne disait : « Chacun a ses petites histoires qui comptent avant tout. » Mais il n'y pouvait rien et rien ne pouvait être pire : Sylvie était enceinte.

VI

Rue Royer-Collard, le dîner était silencieux. Depuis trois jours, il n'y avait pas eu de lettre de Richard.

La sonnette retentit deux fois. Daniel et sa mère se heurtèrent presque pour ouvrir à la concierge qui apportait le courrier du soir.

— Vous avez quelque chose de votre grand, dit tout de suite la femme.

Daniel entra dans la salle à manger en dansant.

— Elle est pour toi, papa, cria-t-il.

Sophie se penchait sur l'enveloppe.

— Attends, attends, maman, dit Anselme Dalleau.

Il mit lentement ses lunettes et décacheta lentement. Rassuré sur le sort de son fils, puisque l'adresse était de sa main et ne portait pas le timbre d'un hôpital, le docteur tenait à ne pas bousculer son plaisir. Richard écrivait tantôt à sa mère, tantôt à son père, et tantôt à Daniel. Ses lettres étaient lues en commun, mais on respectait les habitudes de chacun des destinataires. Le docteur essuya ses lunettes, déplia la feuille de Richard. Un bout de papier rose, couvert d'une écriture de femme, s'en échappa.

— Curieux, murmura le docteur en le prenant.

— Dépêche-toi, Anselme, je t'en supplie, dit Sophie.

Mais le docteur ne sembla pas l'entendre. Il parcourut les deux lettres, ôta ses lunettes, les plia machinalement.

— Regarde toi-même, dit-il. Et toi, Daniel, laisse-nous pour un instant.

Sophie prit d'abord le message de Richard.

Mon vieux papa,
Voilà ce que je reçois. Coup effroyable, injuste, monstrueux. C'est inouï de n'avoir pas le droit d'aimer, car j'aime Sylvie comme on n'a jamais aimé. Pourquoi faut-il que des choses aussi dégoûtantes se mêlent à tant de beauté ? Enfin, mon vieux papa, je compte sur toi. Tu es médecin, tu es à Paris. Moi, je fais la guerre. Tu nous tireras de là, j'en suis sûr. Merci d'avance. Je t'embrasse fort.

Richard.

Sophie lut ensuite :

Chéri,
Je t'ai laissé longtemps sans nouvelles, mais je ne me décidais pas. Hélas, j'en suis trop sûre maintenant. Je suis enceinte, Richard. Mon Dieu, que faire ? André rentre de Londres au début du mois prochain. Il a terminé ses conférences là-bas. Je ne peux pas garder l'enfant dans ces conditions. André

a beau être confiant, il est biologiste tout de même. Je ne connais personne pour m'aider. Comme la vie est méchante ! Je n'avais pourtant rien fait que de t'aimer. Aide-moi, je t'en supplie. Je ne t'en veux pas, tu es si jeune. J'embrasse bien tristement les yeux gris de mon aspirant bleu.

Ta Sylvie désespérée.

Les deux feuilles échappèrent aux mains de Sophie et se posèrent sur la toile cirée.

— Richard a un enfant, murmura Sophie.

Malgré toute la connaissance que le docteur avait de sa femme, il ne put discerner ce que sa voix exprimait.

— Oui, dit-il, Richard...

Il reprit la lettre de son fils et l'étudia, sans songer à remettre ses lunettes, en l'approchant tout contre ses yeux fatigués et doux.

— Qu'est-ce que tu vas faire, Anselme ? demanda très bas Sophie.

Le docteur se leva si brusquement que sa chaise vacilla. Sophie la redressa sans s'en rendre compte. Anselme allait et venait le long de la pièce, effleurant parfois la table de son corps maladroit et lourd. Sophie voyait qu'il était bouleversé, et pensait à la menace cardiaque, mais ne se sentait pas le droit d'intervenir. C'était son père que Richard avait appelé à son secours.

— Qu'est-ce que tu veux que je fasse ! s'écria soudain le docteur.

Sophie frissonna. La voix d'Anselme, avec son irritation pleine de faiblesse, lui rappelait la colère de son mari contre le costume de Daniel.

— Qu'est-ce que tu veux que je fasse ! reprit le docteur. Rien... naturellement. Il demande l'impossible.

— Je ne comprends pas ce que tu veux dire, murmura Sophie.

— Tu me vois allant trouver cette dame, s'écria

le docteur, en lui proposant mes services pour faire disparaître...

— Oh ! Anselme, c'est horrible. Richard ne peut pas avoir pensé à ce crime, répliqua Sophie.

Le docteur hocha la tête et dit doucement :

— Ma pauvre maman.

— Comme il doit être affolé, le pauvre petit, s'écria Sophie, pour avoir envisagé... C'est à nous, à nous de l'aider.

Le docteur se laissa tomber dans le vieux fauteuil aux ressorts fatigués, et demanda avec une profonde lassitude :

— Comment ?

— Ce n'est pas difficile, voyons, Anselme, dit Sophie. Il faut trouver cette femme, et lui donner le courage de tout avouer à son mari. Tu le connais bien. Tu m'as dit qu'il était bon. Il comprendra. Cela ne fera pas de drame. Puis elle épousera Richard. En attendant, nous la prendrons chez nous.

Un sourire sans joie souleva la grosse moustache grise du docteur.

— Ma pauvre chérie, dit-il, mais ils n'ont aucune, absolument aucune envie ni de se marier, ni d'avoir un enfant. Regarde les deux lettres, c'est clair.

— Je ne comprends pas, puisqu'ils s'aiment, dit faiblement Sophie.

— Question de vocabulaire, murmura le docteur.

— Tout cela m'est égal, dit Sophie, avec une vigueur rude et sérieuse. Cet enfant est l'enfant de Richard. Si cette femme ne veut pas être loyale, elle n'a qu'à s'en aller quelque part pour les derniers mois de sa grossesse, accoucher clandestinement et me donner le garçon ou la fillette.

Sophie avait usé pour ces derniers mots d'une inflexion plus intense, et son visage s'était éclairé. Elle regardait le docteur, sûre de son adhésion.

Mais il cria, de sa voix mal faite pour la violence,
et qui, dans les mouvements de colère, chevrotait.

— Qu'est-ce que tu dis ? Mais c'est insensé.

— Je... pourquoi, Anselme ? balbutia Sophie.

— Pourquoi, pourquoi... répéta le docteur. Parce
que c'est insensé, tout simplement.

Il savait bien que ce n'était pas une réponse valable. Il ne pouvait pas dire qu'il obéissait à la crainte
des complications, à la force du préjugé, à la terreur qu'il avait eue soudain de voir sa tranquillité
compromise. Ce qui se révoltait en lui n'était pas
noble, et il le sentait. Mais il sentait aussi qu'il
défendait l'assise de son intégrité spirituelle, du travail désintéressé de son intelligence, et qui était la
paix de ses murs. Mais cette même intégrité de l'esprit lui montrait clairement que l'instinct de sa
femme était plus vivant et plus généreux que sa raison. Et il ne voulait pas l'admettre parce que, s'il
l'admettait logiquement, il ne pouvait plus se dérober à sa loi. Alors, il cria :

— Tu es aussi déraisonnable que ton fils. C'est
de toi qu'il tient toutes ses folies. Ne te mêle pas de
cette histoire. Je ne veux pas. J'ai la responsabilité
de la famille.

Il se mit à respirer d'une respiration creuse, iné-
gale, obstruée. Sa gorge siffla.

— La trinitrine, Anselme, s'écria Sophie.

Le docteur porta à sa bouche deux pastilles,
d'une main qu'il dirigeait mal. Sophie courut à la
cuisine préparer un sinapisme. Elle ne remarqua
pas Daniel, qui, précipitamment, s'écartait de la
porte. Elle était trop déchirée par des sentiments
contraires.

VII

3 mars 1917.
Vieux frère,
   Tu as eu tout de même tort d'écouter aux portes.
Mais tu l'as fait pour moi et il m'est difficile de t'en-
gueuler. Au fond, en appelant papa au secours, je ne
me leurrais guère. Je savais très bien qu'il n'accepte-
rait pas de m'aider. Intellectuellement, il a tous les
courages, dans son bureau et dans son fauteuil. Sorti
de là, il est timide, perdu. La vie lui fait peur. Sa
maladie et maman qui le protège de tout y sont pour
beaucoup. Quant à maman, j'en suis sûr, elle est
attendrie à l'avance. Elle se voit déjà berçant son
petit-fils, ou ce qui est plus horrible encore, sa petite-
fille. J'en ai le frisson. J'aimerais mieux avoir la
syphilis qu'un enfant. Au moins, ça se guérit. Tu me
vois, moi, marié et père de famille ? Ces mots grotesques tuent jusqu'à la pensée de l'amour. Car l'amour,
pour être vraiment l'amour, doit être en dehors et
au-delà de toutes les entraves, conventions, obliga-
tions. Voilà ce que je pense, vieux frère. Et maintenant, écoute. Tu vas aller trouver de ma part Pascal
Martin, l'étudiant en dernière année de médecine.
Tu sais, le gazé. Et tu lui expliqueras tout. J'écris à
Sylvie par le même courrier. Ton épingle de cravate
est partie hier. C'est Dordogne qui l'a faite. Le moral
va magnifiquement. D'abord, j'ai pris une bonne
cuite avec le toubib de la compagnie, qui m'a dit que
ce genre d'accident n'était rien. Ensuite, on
commence à s'agiter dans le secteur. Les boches
n'ont qu'à bien se tenir. Fais vite pour Pascal Martin,
et sois très gentil avec Sylvie.
   À toi,

                                        Richard.

10 mars 1917.
Mon cher Étienne,

Tu as été vraiment inspiré par tous les bons génies le jour où, malgré nos disputes, tu as eu le courage de m'écrire le premier. Je parle très égoïstement. Pour moi, notre correspondance n'a pas de prix. Je suis tellement seule au milieu de mon tourbillon. Dominique change et pas pour son bien. Elle m'écoute moins. Je sens qu'elle est distraite et comme à l'affût de quelque chose dont je suis exclue. Et j'ai tellement besoin de me décharger de ma solitude. Plus le temps passe, plus ce besoin croît et me ronge. Je n'ai que toi. Mon métier même me lâche. Étienne, Étienne, je ne veux plus, je ne peux plus faire de médecine.

J'ai été définitivement éclairée par une histoire assez misérable. Il y a une semaine, j'ai été abordée à l'École de Médecine par un interne de dernière année qui s'appelle Pascal Martin. C'est un garçon plus intéressant que les autres, avec une figure creuse, pâle, et des yeux très brillants. Il a une très grande intelligence, de la simplicité et un cœur magnifique. Je croyais qu'il ne faisait pas attention à moi. Or, il m'a priée de l'assister dans une opération assez spéciale, un curetage clandestin. Je lui ai demandé pourquoi moi. Il a répondu que j'étais celle qui lui paraissait la mieux qualifiée par mon énergie et mon manque de préjugés. Quoi qu'on fasse, on est toujours sensible à ce genre de conversation et j'ai accepté. J'ai appris par la suite qu'il s'agissait d'une jeune femme liée, en l'absence de son mari, avec un ami de Pascal qui est maintenant au front.

Nous avons loué un appartement meublé. La dame, une caille blonde, a raconté qu'elle allait chez une parente. Ça s'est très bien passé. Pour la dame tout au moins. Pour moi, ce fut un désastre. J'avais une peur effroyable et un dégoût pire encore. Déjà, à l'hôpital, j'ai ressenti quelque chose d'analogue. Mais là-bas, c'est anonyme, et les patrons sont responsables. Maintenant, l'épreuve est faite. Autant je peux et j'aime aider moralement, autant le chagrin et le désespoir me touchent, autant je ne peux voir les souffrances physiques. Je me sens perdue, incapable. Je dois changer de direction. Je pense au laboratoire. J'ai déjà commencé à suivre des cours de biologie à la Faculté des Sciences. Il faut bien s'occuper à quelque chose... Qu'en penses-tu ? Dis-le vite. J'ai tant besoin de conseils. Et tu dois avoir tant appris dans ta nouvelle existence. Que dois-je faire de moi, Étienne ?

Ta vieille sœur qui t'embrasse bien fort.

La question de Geneviève resta sans réponse. Les lettres d'Étienne furent arrêtées, comme le furent des centaines de milliers d'autres lettres envoyées de cette partie du front où se préparait l'offensive inutile et meurtrière qui commença le 17 avril 1917.

SIXIÈME PARTIE

I

3 mai 1917.

Sylvie, ma chérie.

Je ne veux pas te parler de la guerre. Je ne veux pas troubler ta convalescence, et surtout je ne veux plus, je ne veux plus y penser. Ces corps accrochés aux fils de fer, cette boucherie pour rien... ces braves types... Ces visages écrasés, ces entrailles ouvertes... Non, non, assez. Voilà que je recommence à voir tout cela. Et je n'ai pas le droit de juger. Je suis officier maintenant. L'avancement est rapide, après une attaque pareille. Duchesne tué. Fleury amputé des deux jambes. Namur évacué avec une balle dans la poitrine. Lui, heureusement, il s'en tirera... Sans quoi...

Je suis le seul officier de la compagnie à n'avoir rien eu. Je me faisais une telle joie de ce combat, de ma promotion possible. Je l'ai, mon galon de sous-lieutenant, je suis proposé pour une citation, et je m'en moque. Si tu avais vu Duchesne, que je remplace, la cervelle dehors ! Mais je recommence, non, non, c'est fini. Nous venons d'arriver au repos. Je vais me raser, me laver, sortir de mon costume de boue, mettre l'uniforme de la Fontaine Médicis. Dans l'état où je suis, je ne peux même pas t'écrire. Mais bientôt, j'aurai ma permission.

Je t'embrasse tant,

Richard.

3 mai 1917.

Geneviève, ça va mal, très mal. Nous sommes à bout de patience et de résistance. On a fait tuer les deux tiers du bataillon pour l'amusement des généraux. Aucune préparation, aucun souci du sang des hommes. Et ils étaient partis à l'attaque si confiants. On les a fait revenir deux, trois fois à la charge sur des barbelés intacts, contre des nids de mitrailleuses qui fauchaient comme à la cible. J'ai senti le prix de la vie à ce moment-là, moi qui ai tant pensé au suicide. Et j'aurais tué plus volontiers ceux qui nous faisaient massacrer que les gens d'en face. Ce que je te dis, tous le pensent. Oui, ça va très mal. On ne croit plus à rien. Et Namur n'est plus là !

On l'a remplacé, à titre provisoire, j'espère, ou c'est la fin de tout, par un vieux lieutenant sorti du rang et qui sent à plein nez l'adjudant de caserne. Les hommes sont exaspérés. Comme si Dalleau n'avait pas pu prendre en charge la compagnie. Pour ce qu'il en reste ! Au moins, les hommes l'aiment et il aime les hommes. Mais il est tout jeune sous-lieutenant. Alors, on prend un abruti. Je lui conseille de ne pas trop faire le chien de quartier. Nous avons des fusils et nous savons nous en servir. Si cette lettre est ouverte par la censure aux armées, elle ne t'arrivera pas et je ne serai pas félicité. Je m'en fous. Je me fous de tout.

Étienne.

II

Richard et le sergent Rouffieu, les seuls gradés restés valides après l'offensive d'avril, se retrouvèrent dans la seule maison intacte qui servait de bureau à la compagnie. Un paysage de murs et d'arbres massacrés l'entourait. Sur le front de l'Aisne, la canonnade roulait mollement. Les deux jeunes hommes s'examinèrent comme s'ils se reconnaissaient mal. Ils avaient dépouillé la croûte de barbe, de sang et d'argile, où ils avaient été enfermés comme dans des scaphandres.

— Que nous veut Béliard ? demanda Rouffieu.

Richard haussa les épaules avec lassitude.

— Il faudrait qu'il prenne garde aux hommes, dit Rouffieu plus bas. Ils ne peuvent pas le sentir, et avec ce qui se passe tout autour dans les unités relevées des lignes...

— Je sais, je sais, dit Richard avec la même fatigue.

Ses yeux étaient cernés, et il passait souvent, d'un geste machinal, sa main devant eux comme pour chasser des insectes obsédants.

Le lieutenant Béliard parut : un homme d'une quarantaine d'années, qui portait une moustache coupée en brosse. Le sergent se redressa sans conviction. Béliard avait la médaille militaire et une croix de guerre semée d'étoiles. Chaque fois que Richard voyait ces décorations, il s'étonnait que Béliard fût si loin, par l'esprit, de la troupe. Pourtant il en sortait.

— Ça ne tourne pas rond, dans cette compagnie, dit Béliard. En trois jours que je suis là, j'ai eu le temps de m'en rendre compte. Faut que ça change. Faut reprendre tout ça en main. Programme de la journée : revue de paquetage le matin, revue d'armes l'après-midi, maniement d'armes avant la soupe du soir. Qu'est-ce qu'il y a ? Ça n'a pas l'air de vous aller.

— Mon lieutenant, dit Rouffieu, les hommes pensaient se nettoyer un peu et laver leur linge aujourd'hui.

— Auront le temps demain, sergent, tout leur temps. Le moral d'abord. Portez mes ordres à la connaissance de la compagnie.

Tandis que Béliard bourrait une pipe en terre toute roussie des bords, Richard respira profondément pour maîtriser ses nerfs.

— Entre officiers, je vous supplie de rapporter cette mesure, dit-il.

Béliard, qui venait de frotter une allumette soufrée contre la semelle de son gros soulier de troupe, la laissa s'éteindre, et considéra Richard de ses yeux lourds et sans expression.

— Les hommes n'en peuvent plus, reprit Richard. Ce sont de si braves types, mais ils ont besoin de souffler. Ils reviennent du fond de l'enfer (il fit le geste de chasser une mouche devant ses yeux). Ils savent graisser un fusil, je vous assure, et le manier. Donnez-leur un peu de répit. Qu'ils se détendent. Ils en veulent à la terre entière.

— Et surtout à leur nouveau chef, hein ? grogna Béliard en frottant une nouvelle allumette contre sa semelle.

— Ils adoraient le capitaine Namur, dit sèchement Richard.

— Je ne veux pas de mal à votre capitaine, ni à vous, ni aux hommes, grommela le lieutenant en tirant les premières bouffées de sa pipe. Je fais ça pour leur bien.

Il parlait avec sérénité, sincérité, et Richard eut l'impression que tous ses efforts seraient vains. Il reprit pourtant :

— Je connais les poilus, un à un. Je les ai vus au calme, au feu, partout. Je suis sûr qu'avec deux ou trois jours de repos, un peu de pinard en rabiot, des promesses de permission, vous en ferez ce que vous voudrez. Ils oublieront d'où ils viennent, croyez-moi.

Richard chassa encore un insecte invisible devant ses yeux.

— Quel âge vous avez, mon petit gars ? demanda Béliard avec beaucoup de bonhomie.

— Dix-neuf.

— Eh bien moi, j'en ai plus du double, et voilà vingt ans que je vis avec la troupe.

Richard se rapprocha du lieutenant pour lui dire à voix basse :

— Vous savez ce qu'on raconte des émeutes dans le secteur ?

— Raison de plus, dit Béliard. Ça n'arrivera jamais chez moi. Et puis les Sénégalais ne sont pas loin.

Il gagna la chambre voisine d'un pas calme, un peu traînant, en tenant précieusement sa pipe qu'il avait étrennée à Douaumont où il l'avait reçue de sa fille aînée.

Richard sortit de la maison. L'air était pesant. Le ciel bas. L'herbe avait envahi les venelles du village abandonné. Richard imagina avec une sorte de plainte de tout son être la rue Royer-Collard, ses parents, sa chambre, où Daniel maintenant dormait seul. Une fois de plus, comme dans les journées infernales, il se fit reproche de ne point penser davantage à Sylvie. Mais il avait beau essayer, seuls les visages de son père, de sa mère et de son frère avaient le pouvoir de lui servir d'écran contre l'horreur.

« Je suis bien sonné », se dit Richard en écrasant machinalement des touffes d'herbe mouillée.

Une haute silhouette décharnée et boueuse déboucha de la ruelle où se trouvait la grange éventrée qui abritait les restes de la compagnie. Étienne s'arrêta à deux pas de Richard.

— Un peu reposé, Bernan ? demanda Richard en
prenant affectueusement la main de son ami.

Étienne ne répondit pas. Pendant une seconde, il
sembla mesurer Richard des pieds à la tête. Et
Richard fut gêné de ses joues fraîchement net-
toyées, de son uniforme propre. Depuis que sa
compagnie avait quitté le front de combat et qu'il
avait retrouvé automatiquement quelques privilèges d'officier — ordonnance, logement, nourriture
— Richard avait le sentiment qu'une ligne invisible,
indéfinissable, le séparait de ses hommes. Étienne
se plaçait de l'autre côté de cette ligne.

« Ce n'est pas possible, pensa Richard. J'ai les
nerfs malades. C'est mon meilleur ami qui est
devant moi. »

Il ébaucha encore son geste inconscient de la
main devant les yeux.

— Dalleau, dit Étienne, je suis envoyé par la
compagnie pour vous avertir que nous allons à la
rivière nous décrasser, laver notre linge et chasser
nos poux.

Richard fit un effort afin d'écarter l'impression
qu'Étienne lui reprochait quelque chose que ni l'un
ni l'autre n'aurait su préciser, mais qui les désunis-
sait sans merci.

— Autrement dit, on refuse d'obéir à Béliard ?
demanda lentement Richard.

— Oui, dit Étienne.

La figure de Richard se mit à trembler légèrement. Il saisit Étienne au poignet, et celui-ci, bien
qu'il eût amorcé un mouvement de recul, se laissa
tenir par les doigts frémissants :

— Bernan, Bernan, ne faites pas ça, s'écria
Richard. Béliard ne reviendra pas sur sa décision.
C'est très grave. C'est la désobéissance devant l'ennemi. Je vous en supplie, Bernan, usez de votre
autorité.

— Avons-nous raison ? demanda Étienne.

— La question n'est pas là. J'ai moi-même...

Richard s'arrêta. Prendre le parti des soldats devant Béliard seul était nécessaire. Mais le dire à un soldat, fût-il Étienne, devenait un encouragement à la rébellion.

Étienne retira son bras lentement et Richard, désespéré, vit son ami passer sans retour de l'autre côté de la ligne invisible.

— La commission est faite, dit Étienne.

— Attendez, attendez, cria Richard. Au moins, ne vous mêlez pas de ça. N'ayez pas l'air du meneur.

Un sourire amer rétrécit les lèvres exsangues d'Étienne. Il dit :

— Je ne mène personne. La compagnie m'a choisi pour vous parler, parce que nous sommes de vieux amis. J'ai eu beau prévenir que ce bout de ruban (il montrait le galon de Richard) annulait tout, on n'a pas voulu me croire.

Richard dit à mi-voix :

— Mais qu'est-ce que vous voulez que je fasse ?

— Je ne sais pas, mais je suis content d'être resté simple soldat.

— Bernan, dit Richard — et sa voix soudain était devenue très nette — je vous demande une dernière fois de renoncer à votre rôle. Il y a des Sénégalais dans le village voisin. Et votre père ne vous sauvera pas.

Le visage barbu et cendreux d'Étienne fut secoué par un rire singulier.

— Mon père, mais je le hais maintenant, mon père, s'écria-t-il. C'est l'ami de tous les généraux de salon, de tous ceux qui ont accroché pour rien les cadavres des copains sur les chevaux de frise. Ne vous inquiétez pas. Je crèverai sans m'adresser à lui. Comme les autres. Vous ne voyez donc pas qu'on se fout de tout, mon pauvre Dalleau.

Il s'en alla vers la grange où les survivants de la compagnie l'attendaient. Richard y pénétra derrière lui. En voyant leur ancien aspirant, les hom-

mes qui parlaient violemment au sergent Rouffieu
se turent.

— Bonjour, les gars, dit gaiement Richard. Ne
jouez pas les mauvaises têtes. Qu'est-ce que ça peut
vous faire de présenter vos paquetages et vos fusils
après ce qu'on vient de déguster ensemble ? Allons,
Dordogne, allons, Bouscard, regardez-moi un peu.

Mais ni l'un ni l'autre des soldats préférés de
Richard ne leva la tête. Ils fixaient leurs yeux sur la
terre battue couverte de paille, et semblaient
mâchonner quelque chose. Dans le fond de la
grange une voix dit sourdement :

— On ne sort pas de chez les macchabées pour
faire de la caserne.

Un voisin reprit plus fort :

— Qu'il aille instruire les bleus.

— Y en a marre, cria soudain Dordogne, comme
un possédé, tandis que de grosses larmes d'enfant
enragé d'injustice montaient à ses yeux. Y en a
marre, marre.

— Venez avec moi, dit Richard à Rouffieu.

Le lieutenant Béliard nettoyait délicatement sa
pipe quand Richard et le sergent le rejoignirent.

— Comme je l'avais prévu, dit Richard, la
compagnie se refuse aux exercices.

— Ah ! ah, et qu'est-ce que vous avez fait ?
demanda Béliard en remettant sa pipe dans un
tiroir.

— Je rends compte.

— Bon, bon, on va voir ça. Qui est le meneur ?

— Il n'y a pas de meneur. C'est général.

— Qui a pris la parole le premier ?

Richard regarda Rouffieu. Celui-ci savait
qu'Étienne avait été délégué par les autres.

— Bernan, dit Richard. Mais...

— Ça suffit, interrompit le lieutenant. Rouffieu,
ramenez-le-moi entre deux hommes en tenue de
service, baïonnette au canon. C'est un ordre.

Incapable de supporter la présence de Béliard,

Richard alla se poster sur le pas de la porte. Il regardait sans les voir les décombres, les arbres mutilés. Il écoutait sans l'entendre gronder le front. Il se rappelait Étienne à la Sorbonne, le premier déjeuner d'Étienne rue Royer-Collard, et la Fontaine Médicis... Où était cet univers ? Maintenant, il livrait Étienne. Et il devait le faire. A cause d'un galon. Béliard, lui, en avait deux... Donc, tous les droits. Et il fallait qu'il en fût ainsi.

« Il n'y a pas d'armée sans discipline, et d'omelettes sans casser des œufs », pensa Richard.

Cette phrase, il la redit intérieurement encore, et encore, si bien qu'il ne s'aperçut pas qu'il répétait à la fin : « Il n'y a pas d'omelette sans discipline, d'armée sans casser des œufs. » Il ne s'aperçut pas davantage que Béliard, sa pipe au coin de la bouche, était venu près de lui.

— Ça n'a pas été long, grommela le lieutenant avec satisfaction.

Des pas résonnaient dans la ruelle.

Un instant plus tard, il serra les poings et dit :

— Les salauds.

Toute la compagnie venait d'apparaître, silencieuse et en armes. Étienne marchait au premier rang. Au dernier, deux hommes maintenaient Rouffieu.

— Lâchez le sergent tout de suite, cria Béliard.

Il avait une puissante voix enrouée, et le ton du commandement. Mais après un geste instinctif d'obéissance, les deux soldats agrippèrent plus étroitement Rouffieu. C'est que des clameurs confuses et furieuses s'élevaient.

— Pas d'ordre à recevoir d'un juteux.

— Les flingots sont prêts pour la revue.

Et soudain Richard entendit un cri terrible, collectif, suraigu, hystérique.

— A mort ! A mort !

Il regarda, épouvanté, les traits qu'il connaissait si bien. Ils se ressemblaient tous par une convulsion, une fixité, qui dénaturaient leur expression et leur sens ordinaires. Et la figure de Dordogne était pareille aux autres. Richard chercha des yeux Étienne. Il lui vit la même face de fou meurtrier. La moindre faute et les fusils allaient partir.

Richard se tourna vers Béliard. Celui-ci était très pâle. Il mettait d'une main sa pipe dans une poche, et, de l'autre, ouvrait son étui à revolver.

— Non, cria Richard.

Sans savoir ce qu'il faisait, il repoussa brutalement le lieutenant à l'intérieur de la maison, referma la porte sur lui et pivota face aux hommes méconnaissables.

— Imbéciles, malheureux imbéciles, cria-t-il d'une voix désespérée qui couvrit le tumulte. Vous ne pouvez donc pas... Vous ne pouvez donc pas... (une inspiration subite illumina Richard) vous ne pouvez donc pas attendre quelques jours le capitaine ? Il m'a écrit. Sa plaie se ferme. Il revient dimanche.

Richard sentit que, à travers l'épaisseur de l'incompréhension et de la colère, une fissure s'ouvrait par laquelle il prenait communication avec les soldats. Il poursuivit :

— Voulez-vous qu'il vous retrouve au falot, tous tant que vous êtes, imbéciles ? Vous voulez lui faire ça, à lui ?

Haletant lui-même, Richard écouta les respirations oppressées. Elles s'apaisaient peu à peu.

— Si lui, il revient, c'est différent, murmura Dordogne.

— Fallait le dire tout de suite, grommela Bouscard.

Étienne regarda Richard ; et Richard vit bien qu'Étienne n'était pas dupe. Mais Étienne dit :

— Allons laver notre linge, les gars. Le capitaine Namur jugera.

Béliard reparut sur le pas de la porte, son revolver à la main. Richard craignit un instant que tout n'allât recommencer. Mais leur rage brisée, les hommes se contentèrent de gronder des injures en s'en allant.

— Vous, vous m'avez sauvé la peau, je crois, dit Béliard. J'en aurais bien descendu deux ou trois, mais après...

Il sortit sa pipe, la tourna, la retourna dans sa paume, et ajouta :

— Et j'ai deux filles...

Le lieutenant reprit, après quelques instants de silence :

— J'ai téléphoné, vous savez.

— A qui ? demanda Richard en tressaillant.

— Les voilà déjà, dit Béliard.

Deux camions arrivaient devant la maison. Les tirailleurs sénégalais sautèrent sur l'herbe, fusil haut, cependant que des gradés mettaient les mitrailleuses en batterie. L'officier qui comman-dait le détachement n'était guère plus âgé que Richard. Il salua Béliard froidement et dit :

— A vos ordres.

Béliard se gratta la tête, considéra Richard, puis sa pipe.

— Ça ne presse plus, dit-il. Venez dans mon bureau.

Là, il décrocha du mur son bidon et but une grande rasade de vin rouge. Ensuite il grommela :

— Je vous ai dérangé pour rien, mon petit gars. Plus de fumée que de feu, et on a fait les pompiers tout seuls.

Le visage de l'officier des tirailleurs s'éclaira.

— On a assez fusillé ces jours-ci, dit-il à voix basse. Et des pères de famille.

Le lieutenant Béliard demanda à être changé de compagnie, mais, avant sa mutation, il fit un rap-port sur la mutinerie avortée et, pour meneur, dési-gna Étienne.

— C'est le déférer devant les tribunaux militaires, dit Richard au lieutenant.

Celui-ci fixa sur Richard son regard droit et borné, et dit :

— Je fais mon devoir.

— Réfléchissez bien, dit Richard. J'ai assez d'inscriptions de droit pour être le défenseur de Bernan. Je le serai, et, je vous en donne ma parole, je ne vous épargnerai pas. Je vous mènerai loin... si loin que vous ne verrez jamais votre galon de capitaine.

Ce grade était l'ambition de toute une vie, mais Béliard était honnête. Il maintint son rapport. Quand Namur, prévenu par Richard, revint à la compagnie avec une blessure qui suppurait encore, Étienne était déjà sous garde, en prévention de conseil de guerre. Richard obtint de le défendre.

III

La marquise douairière de La Tersée souffrait beaucoup de son asthme. Mais elle tenait à donner sa fête annuelle avant de partir pour les eaux, et demanda à sa nièce Christiane d'en surveiller le détail.

— Tu as tellement plus de tête que ta mère... lui dit la vieille femme. (Elle secoua impatiemment sa large figure cramoisie et poudrée, son double menton trembla.) Cette pauvre Nancy est complètement folle !... et ton père Melchior aussi ! et mon fils Pierre davantage !... Il n'y a que nous deux, vois-tu... Seulement moi...

Elle commença de suffoquer et fit signe à Christiane d'appeler sa garde.

Le bal masqué qui, du temps du vieux marquis, et après sa mort, se tenait avec magnificence à l'hôtel La Tersée était remplacé, depuis la guerre, par un grand thé de charité. Celui de 1917 avait, pour les domestiques, et même pour les amis de la maison, une importance particulière : on devait y revoir le fils unique de la marquise, pilote de chasse, renvoyé dans ses foyers comme impropre au service après blessure.

Vers cinq heures de l'après-midi, Christiane alla trouver son cousin. Il était allongé en robe de chambre et fumait. Il avait près de lui un numéro de la *Vie Parisienne*. La cendre de sa cigarette tombait sur une femme ronde, rose et nue, dessinée par Cappielo.

— Personne n'a été annoncé encore, dit Christiane. Mais tu sais, Pierre, les gens ne vont pas tarder.

Malgré elle, Christiane avait parlé avec une grande sollicitude et elle ne savait toujours pas pourquoi. Ce n'était pas à cause de l'appareil que La Tersée portait encore à son épaule brisée — Christiane, en trois ans, avait soigné d'autres plaies. Ce n'était pas non plus parce qu'elle voyait en lui le chef de famille et qu'il s'était bien battu. Ces qualités commandaient un sentiment tout différent.

« Je suis idiote avec ce mouvement qui me pousse à le protéger, se dit Christiane. S'il s'en aperçoit, il m'enverra au diable. Il est vraiment le dernier homme qui soit né pour inspirer cela. »

— Je finis ma cigarette, dit Pierre de La Tersée.

Il fumait lentement sans quitter Christiane du regard. Il avait pour coutume de considérer les gens avec une fixité gênante. Ses yeux étaient exactement de la même couleur que ceux de sa cousine. Mais, immobiles, ils n'exprimaient rien.

— Ma pauvre Cri-Cri, reprit La Tersée, en répandant sa cendre sur la femme nue de Cappielo, ma pauvre Cri-Cri, quelle corvée t'a collée la douairière !...

Christiane secoua la tête en riant.

— C'est au contraire une chance, dit-elle. J'ai vu un tas de personnes que nous n'avons pas l'habitude de rencontrer : des dessinateurs, des électriciens, des imprimeurs, des artistes... Je me suis amusée sans arrêt.

La Tersée avait plaisir à écouter Christiane, non pour ce qu'elle disait, mais pour la façon de le dire. Il reconnaissait l'intonation indéfinissable, particulière au petit cercle de personnes qu'il tenait pour siennes par le sang et les manières, mais il trouvait, en plus, chez Christiane un naturel sans apprêt dans la joie de vivre qui, pour La Tersée, semblait d'un autre univers. Il avait envié souvent aux gens qui n'étaient point « nés » leur appétit de l'existence.

— Tu ne t'ennuies jamais ?... demanda-t-il.

— Comment ferais-je ?... Où prendre le temps ?... s'écria la jeune fille. Il y a trop à faire, à voir, apprendre...

La Tersée ne répondit point, appuya son bras valide sur la chaise longue et se leva. Le rictus qui lui amincissait les lèvres n'avait pas pour seule cause l'effort physique.

Christiane prit la *Vie Parisienne*, et alla jeter les cendres de cigarette qu'avait laissées La Tersée.

— Cendrillon en visite chez son cousin, dit celui-ci.

Le ton de La Tersée était de telle nature que Christiane sentit ses poignets devenir très froids et ses joues très chaudes. Elle se rappela tous les propos de sa famille sur l'insolence, la dureté, le goût de l'insulte glacée qu'avait Pierre. Faisait-il un de ces accès ?... « Non, se dit Christiane, non... c'est je ne sais quoi, mais bien pire... » Christiane se tourna lentement vers Pierre de La Tersée et il lui sembla le voir pour la première fois. Elle reconnaissait sans doute cette haute taille, cette maigreur dure, et ces traits aigus, sans âge. Mais les lèvres serrées par un cynisme mortel, les yeux lourds d'un désespoir accepté, cela lui était étranger ; et aussi étranger à l'existence.

— Pierre, ne parle pas de la sorte, dit Christiane avec douleur.

— Je voulais simplement t'indiquer, Cri-Cri, dit La Tersée que, pour la fille de Nancy et de Melchior, ce n'est vraiment pas sérieux de passer sa vie à s'occuper des autres.

— Mais, Pierre, si je ne suis bonne qu'à ça... s'écria Christiane.

— Mieux vaut n'être bon à rien, dit La Tersée.

Il y eut un silence. Christiane pensa qu'elle devait se rendre à ses devoirs : les premiers invités allaient arriver d'un instant à l'autre. Pourtant elle se trouvait comme retenue dans cette chambre. Il lui semblait qu'elle était au bord d'une découverte dont elle ignorait tout, mais essentielle pour son cousin. Elle proposa :

— Je t'aide à passer ta vareuse ?...

— Merci, non, dit La Tersée. Je m'arrange tout seul.

— Orgueil ?... demanda Christiane.

La Tersée haussa la seule épaule qui chez lui était capable de ce mouvement.

— Joli orgueil que d'aller faire le beau à ce thé imbécile... dit-il entre ses dents.

La Tersée eut un demi-sourire et continua :

— Tu comprends, je dois apprivoiser la douairière. Je ne peux plus faire la guerre, je vais donc avoir à la ruiner.

La Tersée était sûr qu'il allait entendre le rire de Christiane. On était habitué à voir sa gaieté profiter des moindres prétextes. Mais Christiane ne riait pas. Elle commençait à sentir pourquoi elle demeurait près de son cousin.

— Et tu crois, demanda-t-elle, que tu seras heureux.

— Ce mot !... dit La Tersée.

Son épaule saine se déclencha toute seule comme si elle était indépendante de lui et Christiane vit s'ébaucher sur son visage un rictus qui l'épouvanta. Mais devant les yeux qui surveillaient La Tersée avec tant d'amitié et tant d'anxiété pour lui, l'expression hésita, renonça à prendre forme. Une contraction de fatigue et de souffrance humaines passa sur les traits sans miséricorde. La Tersée venait de songer à sa vie — il ne le faisait plus jamais — à ce qu'il en avait fait et à ce qui l'attendait.

Mais comment expliquer — et à qui au monde ? — que, pris dans les vices de sa nature et de sa caste, ayant gâché l'une par l'autre, il avait tout essayé, tout corrompu, et qu'il n'y avait pas d'issue, et qu'il était gorgé de fiel contre l'univers parce qu'il se haïssait lui-même.

— J'aurais pu m'en tirer peut-être... pensa tout haut La Tersée, si je n'étais pas né avec ce nom.

— Tu y crois tellement ?... demanda timidement Christiane.

— Il le faut bien... dit La Tersée. Les préjugés m'ont si bien servi dans ma paresse et mon mépris, qu'ils ont tout mangé. Sans eux, je suis zéro. Avec... je fais encore joli pour les autres... quelques autres.

La Tersée n'avait pas cessé de considérer fixement Christiane. L'eau morte de ses yeux était devenue plus épaisse.

— Tu ne sais pas ce qu'est l'ennui, Cri-Cri... dit-il, l'ennui... l'ennui seul, l'ennui noir, l'ennui maître, l'ennui de fin du monde...

La Tersée se demanda un instant pourquoi il se mettait à vif devant une petite fille, alors qu'à personne il n'avait jamais fait confidence de rien. Mais il ne pouvait pas s'arrêter. Christiane était de son sang. Elle comprenait à demi-mot. Elle écoutait bien.

— Je ne connais qu'un salut contre l'ennui, dit La Tersée. Le jeu. Je viens de jouer la guerre, c'était une grande chance, je ne peux plus. Reste le jeu d'argent. Il me le faut très cher, trop cher. Sans quoi ça n'a pas de sens... Oui, le jeu seulement...

La Tersée s'arrêta. De la main gauche, il frotta le haut de sa hanche comme pour effacer une démangeaison.

— Il y a sans doute un autre moyen, fit-il à voix basse et d'un air absent.

Soudain il dit avec une grande indifférence :

— Je suis foutu. Je l'ai voulu. Et c'est parfait comme ça.

— Non... Assez... Ne dis pas... Tu ne peux pas... Tu n'as pas le droit... gémit Christiane.

Et tout en balbutiant ces paroles dans une ardeur qui faisait resplendir ses yeux — des yeux qui n'avaient plus aucune ressemblance avec ceux de La Tersée — Christiane touchait enfin la raison secrète qui exigeait d'elle, envers son cousin, la sollicitude, la protection, la pitié. Il n'était pas sous le ciel, dans l'esprit de Christiane, de misère qui fût comparable à celle de se croire indigne, stérile, flétri sans rémission, et d'y consentir. Renoncer à soi... Renoncer à son âme...

— Pierre... je t'en prie... je t'en prie... poursuivit la jeune fille, fais ce que tu veux... Vis comme tu l'entends, mais arrache de toi cette idée. Tu n'es pas juge... Personne ne peut être juge... J'ai vu mourir beaucoup d'hommes et quelques-uns c'était terrible. Mais toi c'est plus terrible... Toi je te vois mourir en dedans... Pourrir ce qui n'a pas de matière... ce qui est sacré. C'est le vrai péché !... Mon Dieu...

— Tu y crois donc tellement ?... demanda La Tersée sans ironie.

Christiane ne répondit pas, mais, devant l'expression de ses yeux, La Tersée détourna légèrement la tête. Christiane ne le vit plus que de profil. Il avait la sécheresse des belles pierres arides.

— Il m'est venu une pensée absurde... dit La Tersée sans regarder sa cousine... M'épouserais-tu ?...

Après un silence, Christiane répondit d'une voix étouffée, mais sûre d'elle-même :

— Je ferais tout pour toi.

Le silence fut long. La Tersée dit enfin :

— Tu es gentille, Cri-Cri... Je n'en demande pas tant... Mais, écoute... (son hésitation fut à peine perceptible)... Tu peux me rendre un service. Je souffre encore assez et je n'ai plus de morphine. Il faudrait qu'à ton hôpital...

— Mais naturellement, dit Christiane, le docteur m'en donnera et je viendrai pour les piqûres.

La Tersée frotta de nouveau le haut de sa hanche.

— Merci, non, dit-il, je suis devenu très adroit du gauche. Je m'arrangerai. Va maintenant, Cri-Cri, et n'oublie pas le docteur.

Resté seul, La Tersée dit entre ses dents : « Je suis le dernier des salauds et c'est parfait comme ça. » Puis il mit sa vareuse avec un geste brusque, afin d'avoir très mal. Il n'y avait pas d'homme plus brave que La Tersée contre le danger et la douleur physique.

IV

Appuyée à des coussins, assise très droite dans un haut fauteuil, la marquise de La Tersée respirait, par une fenêtre entrouverte, l'air qui venait du jardin dessiné à la française. Son fils se tenait près d'elle. De ce petit salon, on apercevait une partie de la salle des fêtes. Ainsi la vieille marquise pouvait suivre les mouvements de la cohue sans en sentir toute la fatigue et recevoir ses amis.

— Tu devrais tout de même faire un tour parmi les gens, dit-elle à La Tersée.

— Mais non, je vous assure, c'est parfait comme ça, répondit-il, je fais très édifiant.

Il s'accouda au fauteuil et ajouta dans l'oreille de
sa mère :

— Je m'amuse tellement mieux en votre compagnie. De nous deux c'est vous qui avez la langue la
plus dure.

La vieille dame secoua son double menton, mais
La Tersée vit qu'elle était contente. Il avait des femmes, quel que fût leur âge ou leur rang, une intelligence très sûre. Il savait manier, tout comme les
autres, une mère tyrannique mais de qui il avait
percé les faiblesses. La vanité que la vieille femme
tirait de sa réputation d'esprit mordant en était
une, surtout depuis qu'elle ne pouvait presque plus
parler. Entre les lourdes paupières grises, une
petite fente noire et vive brilla qui rajeunit singulièrement son regard. Elle se sentit en amitié, en
complicité avec son fils.

— Tu vas me demander encore de vendre des
titres ou des terres, dit-elle.

— Oh, maman, dit La Tersée, vous êtes entièrement maîtresse du choix.

Il se pencha un peu. La petite lueur continuait
de briller entre les vieilles paupières pesantes.

L'entrée du salon n'était permise qu'aux intimes
de la marquise, mais celle-ci en avait tant que l'on
venait sans cesse lui baiser la main ou l'embrasser
sur les deux joues.

Les hommes, par un effet de la guerre, n'étaient
pas jeunes. Ils avaient tous pris parti dans l'aventure du général Boulanger et certains avaient dansé
sous le Second Empire. Ils ne s'arrêtaient qu'un
instant auprès de la vieille femme asthmatique,
échangeaient quelques mots avec La Tersée qu'ils
n'aimaient guère et s'en allaient vers une table de
thé ou le buffet.

— Quel musée !... disait la marquise.

Les femmes restaient davantage. Elles étaient
sensibles aux lignes tranchantes du visage de La

Tersée, à son impertinence, à son épaule rompue.
Elles l'assaillaient de rires et d'avances.

— Quelle volière !... disait-il.

Depuis qu'il s'était assuré les bonnes grâces de sa
mère, il s'ennuyait mortellement.

Mais brusquement il s'écria :

— Regardez, maman... Un miracle... Regardez...
Mon oncle Melchior et ma tante Nancy
ensemble !...

Le colonel de La Tersée et sa femme s'approchè-
rent gaiement de leur belle-sœur.

— Figurez-vous, nous nous sommes cognés l'un
dans l'autre au vestiaire, s'écria le colonel... Je
n'avais pas rencontré Nancy depuis que je suis en
permission.

— Chérie, dit Nancy à la vieille marquise, chérie,
votre fête, je la trouve absolument merveilleuse.
C'est ravissant en temps de guerre.

Elle aperçut brusquement l'appareil que son
neveu avait à l'épaule droite et demanda :

— Oh, Pierre, pourquoi avez-vous cela ?...

— C'est ravissant en temps de guerre !... dit
Pierre de La Tersée en riant.

Nancy et Melchior étaient les seules personnes
de son entourage qui le mettaient de bonne
humeur. Ils avaient de l'insouciance, une fantaisie
naturelle, et aucune vanité. Melchior n'aimait que
son régiment et les demi-mondaines très vulgaires.
Nancy préférait à tout les caniches et les tireuses
de cartes.

— Ma chérie, si cette réunion a quelque succès,
je le dois à ta fille, dit la vieille marquise à Nancy.
C'est un ange.

— Oh, Cri-Cri... Il faut que j'aille embrasser Cri-
Cri... dit Nancy d'un air affolé. Je ne la vois jamais.
Elle s'en va à des heures impossibles, beaucoup
trop tôt, et rentre à des heures impossibles, beaucoup trop tôt aussi.

— Comment, c'est Christiane qui... s'écria le colonel.

Puis, s'adressant à Pierre de La Tersée :

— Peux-tu comprendre, toi, qu'on ait une fille qui, chaque année, prend un an de plus ?...

Il rejoignit dans la salle des fêtes Christiane que Nancy couvrait de baisers et de cendre de cigarettes.

Melchior remarqua d'une voix sévère :

— J'aime mieux te savoir ici qu'à ton hôpital avec tous ces gens que nous ne connaissons pas. C'est plus sérieux.

— Papa est là aussi, s'écria Christiane... mais c'est invraisemblable...

Elle demanda à sa mère :

— *Did your fortune teller warn you, mamie, that the holy family would meet tonight ?*

Puis à son père :

— Bonne permission, papa ?... Quelle couleur cette fois ? Brune ou blonde ?...

— Voyons, Christiane... dit le comte Melchior, du ton qu'il employait pour rabrouer les impertinences d'un sous-lieutenant.

Il se prit à sourire. Christiane lui caressait, au défaut du cou, une large cicatrice, trace de la blessure que Melchior de La Tersée avait reçue, en 1914, dans une escarmouche à la lance contre une patrouille des uhlans. Il en était très fier, Christiane aussi, mais comme s'il se fût agi d'un frère puîné.

A ce moment on vint chercher la jeune fille. Tous les acteurs qui devaient composer le spectacle étaient arrivés. Il fallait que Christiane décidât avec eux de l'ordre du programme.

V

Dominique s'habillait et se fardait dans le boudoir où chaque meuble et chaque objet était du
Régence le plus pur. Dominique n'en reconnaissait
pas le style et en ignorait la valeur marchande.
Mais son instinct se réjouissait de leur forme et
savait tout leur prix de beauté. Elle s'arrêtait sans
cesse pour regarder, toucher, flairer en poussant
des exclamations de plaisir.

Geneviève qui l'aidait dit sèchement :

— Tu ferais mieux de penser à ton texte.

Dès l'instant où Dominique, priée de venir jouer
pour le thé de bienfaisance, avait répété, avec un
respect naïf, les termes de l'invitation : « La marquise douairière en son hôtel », dès cet instant,
Geneviève s'était sentie pleine d'animosité contre le
spectacle. Elle détestait le succès facile, le gain
facile, elle détestait surtout que Dominique se montrât sollicitée par des forces, sur lesquelles, elle,
Geneviève, n'avait aucun contrôle, et qui, elle le
devinait, trouvaient en Dominique un accès toujours plus aisé. Geneviève eût voulu murer Dominique dans un travail acharné et une amitié
exclusive. Elle sentait que tout ce qui touchait l'un,
menaçait l'autre. Comme toujours, elle ne pouvait
pas séparer de sa jalousie le souci sincère qu'elle
avait du bien de Dominique.

La richesse, le raffinement, le personnel nombreux de l'hôtel de La Tersée laissaient Geneviève
insensible. Mais Dominique fut intimidée, émue,
éblouie. Et chez Geneviève commença de se former
cette fureur aiguë qu'elle croyait inspirée par des
motifs désintéressés, et qui n'était qu'un instinct de
défense travesti.

— Ce n'est pas en t'extasiant sur des vieilleries

que tu entreras dans la peau de la Muse, dit Geneviève.

Et comme Dominique ne semblait pas comprendre, Geneviève cria presque :

— Est-ce toi ou moi qui dis la *Nuit d'Octobre* ?

— Oh, mon chéri, pria Dominique, j'aimerais une demi-heure de grâce, ne me rappelle pas que je dois jouer, je n'ai jamais eu un trac aussi terrible.

— Je me demande pourquoi ! répliqua Geneviève, et pour qui !... des gâteaux, des snobs, des perruches, des gens à monocle et à face-à-main !... Ils ne comprennent rien à rien. Ils applaudiront de confiance à ta jolie petite figure, sois tranquille. Le concours, c'était tout de même autre chose.

— Tout à fait autre chose... murmura Dominique, c'était seulement du métier... Ici... Ici... c'est le grand monde.

Elle dit cela avec une intensité si enfantine que Geneviève détourna la tête.

— Je suis sûre que je vais perdre la mémoire... gémit Dominique.

— Je te soufflerai, dit Geneviève. Je connais ça par cœur.

Puis, comme Dominique caressait machinalement un velours fané, Geneviève dit encore :

— Heureusement qu'à la fin de la semaine nous partons pour la montagne. Là tu auras le temps de calmer tes nerfs et, enfin, de travailler.

La joueuse de harpe avait assoupi la vieille marquise. Mais elle sentit dans sa somnolence que l'équilibre de la pièce n'était plus le même. Elle souleva ses paupières pesantes et vit que son fils l'avait quittée. Elle porta alors son regard vers la scène élevée au fond de la salle des fêtes, et vit une silhouette flexible enveloppée de voiles. La vieille marquise prit une lorgnette qu'elle avait sur les genoux. Quand elle la reposa, la petite flamme de vie et de malice était de nouveau au fond de ses yeux usés. Elle comprenait l'absence de son fils.

Lui, cependant, debout à un coin de l'estrade,
comme il l'eût fait à une soirée d'abonnement au
ballet de l'Opéra, il ne quittait pas Dominique du
regard. Ses dents étaient serrées si fort, que l'on
voyait, sous les joues maigres, saillir les maxillai-
res. Il avait tout de suite éprouvé pour Dominique
une convoitise presque sauvage. Ces accès devenaient chez lui très rares, il y tenait d'autant plus.
Tandis que La Tersée épiait chaque ondulation
des lèvres, des épaules et des bras nus de l'actrice,
il entendit chuchoter contre son oreille :

— Pierre, qu'elle est belle !... qu'elle est belle !...

La Tersée sans bouger la tête orienta un instant
son regard vers Christiane et le ramena aussitôt sur
Dominique.

— Tu voudrais bien être comme ça, hein, ma
pauvre Cri-Cri ?... demanda-t-il machinalement à
mi-voix.

Christiane ne répondit point, et recula pour
cacher son visage. C'était vrai : elle avait été fascinée par le pouvoir que cette jeune fille arrivait à
exercer sur des traits aussi inertes à l'ordinaire que
ceux de son cousin Pierre. C'était vrai : elle s'était
prise de haine pour son propre corps encore mal
développé, sa figure effacée et menue, ses épaules
grêles. Et de haine aussi, pour la mollesse, la plénitude, la bouche large et fraîche de Dominique et
pour le fluide brillant de ses yeux. Christiane fut
parcourue d'un bref tremblement intérieur. « Cela
se voit donc... Mon Dieu... Je suis... Je suis indigne », se dit-elle. Quand ses genoux se furent raffer-
mis, elle regarda de nouveau son cousin. La
mâchoire avancée, les joues plus creuses, les pommettes plus hautes lui donnaient l'aspect d'un
malade. Christiane considéra alors les autres hommes qu'elle connaissait dans la salle. Il n'y en avait
pas un — même parmi ceux à cheveux blancs —
qui n'eût une expression singulière, malsaine. Et
quelle jalousie sur les lèvres amincies des jeunes

femmes !... Puis Christiane revint à Dominique si
éclatante, si douce et si confiante.

« La malheureuse... » pensa Christiane et elle se
sentit exorcisée.

La Tersée applaudit très fort aux saluts de Dominique. Puis il alla trouver sa mère et lui dit :

— Je viens m'excuser... commença-t-il.

— Bonne chasse... dit la marquise douairière.
Bonne chasse, mon garçon.

Il y avait déjà beaucoup d'hommes dans le boudoir qui servait de loge à Dominique. La Tersée
connaissait tout d'eux : leurs prénoms, leurs sur-
noms, leurs ancêtres, leurs manies, leur fortune et
leurs vices. Il savait que des trois de ses parents
éloignés qui, en cet instant, entouraient Dominique, le vieux duc de Bessère s'intéressait surtout à
ses pieds, et que la couleur plus foncée sur les joues
couperosées du prince Cholo montrait qu'il pensait
aux seins de la jeune fille et que le triste et sévère
baron de Jincourt calculait déjà comment il pourrait amener Dominique à partager les jeux de sa
femme qu'il venait d'épouser et qui était lesbienne.

Dominique ne sentait, ne soupçonnait rien de
tout cela. Elle était aux anges. Ces gens qui
l'avaient tellement effrayée lui faisaient fête. Ils
étaient d'une simplicité et d'une aisance extraordinaires. Leur voix, leurs manières, leur langage s'accordaient à cette chambre qui plaisait tellement à
Dominique, où, maintenant, son corps, visible sous
les voiles de scène, se délivrait de l'émotion et de la
chaleur du jeu.

A l'ordinaire, La Tersée tirait un froid amusement des instincts qu'il dépistait. Cette fois il les
reconnut avec colère. Il eut l'impression de voir les
vers se mettre dans un fruit qui était sien. Usant de
son épaule mutilée, il écarta des hommes beaucoup
plus vieux que lui, et il prit la main de Dominique.

Il la serra longuement avant de l'embrasser et longuement ensuite.

— Oubliez tout le monde, mademoiselle, dit-il, ce soir, vous appartenez au guerrier.

Le sourire ébloui qui n'avait cessé de faire briller les dents et les yeux de Dominique s'arrêta l'espace d'une seconde. Cette impatience lui fit presque peur. Puis elle regarda La Tersée et sa gêne disparut. Cet homme avait des droits, il était jeune, blessé et le maître de cette maison admirable. Dominique sourit des yeux aux yeux de La Tersée. Leur eau morte lui semblait étale comme un beau secret.

Geneviève, à qui un invité faisait la conversation faute de mieux, et qui ne cessait de surveiller Dominique, se leva et vint à elle, disant :

— Il est temps de s'habiller.

Tout le monde s'en fut. La Tersée resta.

— Eh bien, monsieur ?... lui demanda Geneviève.

— Les demoiselles de l'Odéon sont donc plus prudes que celles de l'Opéra ?... demanda La Tersée.

Il vit que le visage de Dominique, si aimant, si joyeux un instant auparavant, s'était figé dans un étonnement craintif.

— Alors, tant mieux, lui dit doucement La Tersée.

Et il sortit.

— Tu vois... tu vois... cria Geneviève. Tu vois comment ces gens te traitent et ils ne croient même pas qu'ils t'insultent...

Dominique hésita un instant. Il semblait que Geneviève avait raison. Mais le besoin de bonheur qu'avait Dominique, son instinct d'épanouissement, comblés par cette soirée, ne purent consentir à une déception aussi dure.

— Assez... assez... cria-t-elle à son tour. Tu t'in-

génies à gâcher les plus beaux moments... Je suis
sûre que ce n'est pas vrai...

Elle se démaquillait, se déshabillait, se rhabillait
tout en parlant.

— Tu refuses de comprendre la plaisanterie,
continuait Dominique, défendant l'image qu'elle
voulait garder de l'hôtel La Tersée, de ses invités et
surtout de Pierre. Nous ne sommes pas des reli-
gieuses après tout... Où est le mal ?... Et qu'est-ce
que ça peut te faire ?... Comment reverrai-je ces
gens ?...

A la porte du boudoir, La Tersée attendait Dominique. Il passa son bras valide sous le bras de la
jeune fille et l'emmena.

Christiane qui venait pour remercier Dominique,
vit le visage de Geneviève prendre un teint terreux,
et ses minces yeux noirs s'amincir encore. Elle
comprit qu'elle était témoin d'une humiliation terrible.

— Voulez-vous prendre une tasse de thé avec
moi, proposa Christiane, tandis que mon cousin
s'occupe de votre amie ?

— Je ne veux aucune charité... dit Geneviève qui
enfonçait ses ongles dans ses paumes pour se
contenir. Je voudrais seulement que vous fassiez
dire à cette jeune femme que Mlle Bernan l'attendra cinq minutes et pas une de plus.

— Bernan !... Vous n'avez pas un frère...
Étienne... un grand garçon très beau... très intelligent ?... demanda Christiane.

Son désir d'amitié était visible. Geneviève s'en
aperçut, et reconnut la qualité du visage de Christiane. Mais c'était la cousine de La Tersée. Sous
une apparence limpide, elle devait être, comme
tous les autres, pleine d'artifices, de préjugés, d'ar-
rogance.

— Je lui donne cinq minutes, dit Geneviève, et
elle s'enferma dans le boudoir.

Elle attendit un peu plus, puis se dirigea vers la

salle des fêtes. On y dansait maintenant. Mais Dominique était au buffet. Elle buvait du champagne avec La Tersée et on l'entendait rire de loin. Geneviève vit la joie répandue comme une huile brillante sur tous les traits de Dominique et, au fond de cette joie, un contentement moins conscient, plus essentiel.

« Elle rit... Elle s'offre... tandis que moi... », pensa Geneviève dont la respiration devint plus saccadée.

— Que nous veut encore cette personne, vous savez, la souffleuse ou l'habilleuse ?... demanda La Tersée.

Remarquant l'expression qu'avait pris la figure de Geneviève, Dominique courut à son amie.

— Il ne l'a pas fait exprès, je te le jure, dit-elle. Il ne savait pas... Je te le jure. Tu te trompes sur lui... Il est si gentil, tellement bon camarade.

Seule, la crispation qui lui nouait la gorge avait empêché Geneviève de parler. Enfin elle chuchota :

— Si tu ne viens pas tout de suite... tu ne me revois plus jamais... Je pars seule en vacances et c'est fini...

La colère aveugle engendre la colère aveugle. Dominique qui aimait et plaignait Geneviève ne vit plus en elle qu'une folle uniquement occupée à faire obstacle à son bonheur.

Elle dit froidement :

— Cela tombe très bien... Pierre de La Tersée me conseille de passer l'été à Paris, et m'assure que j'aurai de nombreux cachets comme aujourd'hui. Je reste.

Ce que Geneviève dit alors, Dominique n'en comprit qu'une très faible part. Geneviève parlait avec une rapidité incroyable et presque sans desserrer ses lèvres étroites. Elle rappela leurs projets. Elle répéta sous mille formes que Dominique lui devait tout. Elle alla jusqu'à reprocher les bijoux qu'elle lui avait parfois prêtés. Et plus Geneviève amoncelait les griefs destinés à éveiller chez Domi-

nique un remords qui la lui rendît, plus Dominique
outragée, humiliée, sentait grandir en elle la volonté d'échapper à cette demi-folle, et de rejoindre
l'homme au visage racé qui l'attendait. À la fin,
Dominique n'y tint plus.

— De tous tes bienfaits, tu viens de te payer en
une fois, dit-elle d'une voix presque aussi basse et
sifflante que Geneviève. Maintenant, moi également, c'est fini...

Geneviève se tut. Elle venait de comprendre avec
terreur qu'il n'y avait plus d'espoir et que c'était
Dominique qui avait rompu. Elle s'en alla, le cou
rentré dans les épaules, lentement, parmi les gens
qui dansaient.

— Cette amie voulait absolument que je parte
avec elle, dit Dominique en revenant à La Tersée et
se forçant à sourire.

— Ah... C'est une amie... Alors c'est pire, dit La
Tersée. Les amis sont faits pour nous rendre la vie
facile... Venez...

Quand Dominique se trouva dans le jardin de
l'hôtel, elle n'éprouva d'abord qu'une impression
assez pénible : celle du dédoublement. La fille
d'Hubert Plantelle qui avait tant erré à travers les
allées du Luxembourg surpeuplées et bruyantes,
regardait l'autre Dominique, et cependant la
même, qui avançait le long d'une oasis pleine de
silence et de douceur et appuyée contre l'homme
qui en était le maître. Cette oasis dont le soir
ombreux d'une journée de juin à son déclin agran-
dissait les pelouses, les ifs taillés et creusait, d'une
profondeur insondable, la coquille du bassin.

Ainsi c'était vrai... Il y avait dans Paris des gens
qui possédaient, pour eux seuls, ces enchantements
composés depuis des siècles.

L'étonnement libéra Dominique. Ses yeux brillèrent. Sa poitrine se souleva. Elle rit sans le savoir.
Elle fut comme les enfants devant un miracle.

— Dites-moi... Dites-moi, s'écria-t-elle... C'est

vraiment à vous ?... Et vous pouvez vous promener et toucher les arbres comme vous voulez... Et dormir sur le gazon... et boire au jet d'eau.

La Tersée resta interdit un instant. Il n'était pas ému par la naïveté, l'ignorance de Dominique. Il était surpris qu'une jeune femme si belle, et qui ne semblait point sotte, donnât des armes contre elle.

Dominique ne se lassait pas de parcourir le jardin. Enfin elle approcha du bassin orné de statues païennes et se pencha au-dessus de l'eau. A ce moment, elle sentit que La Tersée suivait son mouvement et que, des lèvres, il cherchait son cou. Ce n'était pas la première fois qu'un homme tentait d'embrasser Dominique, mais c'était la première fois qu'elle ne se décidait pas à l'éviter. Et au creux de l'épaule elle sentit se former un foyer de plaisir admirable, qui distribua son feu à chaque parcelle de son corps. Dominique s'assit sur le bord du bassin, la tête heureuse et vide. Elle vit la bouche de La Tersée avancer vers la sienne. Elle ne recula pas, et dit très doucement et sans aucun artifice :

— Je vous en prie... attendez... Je n'ai pas l'habitude.

La Tersée se redressa lentement. Ce n'était point pour respecter la prière de Dominique. Si son désir était demeuré à l'état initial, La Tersée eût tout essayé pour le satisfaire. Mais il le sentait accepté. Et ce manque de résistance, cette absence de règle du jeu, fit que le désir de La Tersée prit la forme, plus subtile, de la patience, de l'apprivoisement, de la réussite vers laquelle on avance d'une démarche sinueuse. Du moins, La Tersée le crut.

Dominique contempla le jardin où la verdure commençait à prendre une teinte bleu de nuit.

— Je veux rentrer... dit-elle.

— J'aurai une automobile neuve bientôt, et quelle automobile !... dit La Tersée. Ce soir il faudra vous contenter du carrosse de la douairière.

Il fit atteler, installa Dominique et voulut monter

auprès d'elle. Alors elle pensa qu'il allait voir le porche obscur et délabré de la rue de Vaugirard et le père Millot assis à califourchon devant sa loge.

— Je vous en prie... dit Dominique de la même façon que près du bassin, je vous en prie... Laissez-moi seule... C'est mieux... Vous ne savez pas... Je ne tiens pas à vous faire voir ma maison...

Quand la voiture sortit de la cour de l'hôtel, Dominique soudain se sentit étouffer. Elle éclata en sanglots... La fin de son amitié avec Geneviève... Le jardin... Et ce coupé qui lui rappelait les contes de son enfance.

La Tersée avait deviné sans peine ce qui avait poussé Dominique à refuser sa compagnie. Il écouta quelques instants le bruit que faisaient les sabots du cheval sur le pavé.

— Cendrillon... murmura-t-il.

Il pensa que, déjà, dans la journée, il avait employé ce mot. Christiane lui revint à l'esprit, et la promesse qu'elle lui avait faite pour la morphine. La Tersée haussa sa seule épaule mobile et rentra pour se faire une injection avec la dernière ampoule qui lui restait.

VI

Mon grand Étienne,

Excuse-moi de te parler vacances, mais il faut bien que tu saches où m'écrire. J'ai, en effet, changé toutes mes dispositions. L'attitude de Dominique (elle a été immonde avec moi et je ne la reverrai jamais) en est la cause. Un été de solitude s'ouvrait devant moi. Or Pascal Martin m'a offert, ce matin, de venir avec lui en Bretagne (où il doit se reposer et penser à sa thèse) assurant que le climat me conviendrait. Je l'aurais embrassé. C'est *son* climat qui me fera du bien. C'est un être si riche intérieurement et si fidèle.

Quant à notre cher père, il ne veut rien entreprendre qui puisse peiner les vrais coupables du massacre d'avril. Notre cher père, vois-tu, tient à décrocher une bonne place de préfet avant que son patron ne s'en aille. Et il évite, avec son doigté habituel, toutes les démarches, toutes les personnes de nature à compromettre sa nomination. Parmi ces personnes tu es la plus dangereuse pour lui, toi dont la révolte l'a toujours épouvanté. Cette crainte, bien sûr, est autrement importante que ta colère et ta souffrance.

Et moi, hélas, je ne peux rien.

Ta vieille sœur,
Geneviève.

VII

Étienne qui, dans la prison de Soissons, attendait d'être jugé, ne reçut pas cette lettre. Elle fut interceptée et jointe à son dossier. Richard en eut communication quelques jours avant les débats et, malgré son défaut complet d'expérience, il comprit tout de suite à quel point les dernières lignes de Geneviève étaient accablantes pour Étienne. « La malheureuse assassine son frère », pensa Richard.

Toute sa défense était fondée sur la nature spontanée de la révolte, sur son caractère de réflexe inévitable et presque nécessaire contre la brutalité du lieutenant Béliard. La lettre de Geneviève montrait que la rébellion intérieure d'Étienne avait mûri longuement, qu'elle dépassait la personne de Béliard et devait faire croire à la préméditation. Cela four-

nissait un terrible instrument au commissaire rapporteur chargé de l'accusation et qui était toujours
un magistrat professionnel retors, impitoyable.

« Et moi, moi, se disait Richard, je suis sans
connaissances juridiques profondes, sans métier,
sans routine. Pourquoi ai-je demandé à défendre
Étienne ? Sa sœur et moi nous l'aurons fait fusil-
ler. »

A l'ordinaire, Richard prenait ses repas au mess
de la garnison, mais, ce jour-là, son anxiété exigeant la solitude, il s'en fut déjeuner dans un des
restaurants qui subsistaient au milieu de la ville à
demi détruite. Là, Richard resta longtemps devant
une tasse de café vide, la tête entre les mains. Il
cherchait en vain une réplique ou, pour le moins,
une atténuation aux menaces contre la vie
d'Étienne quand une forte voix vint couper cette
rêverie pleine de désespoir.

— Lieutenant Dalleau ?

C'était un commandant inconnu. Richard se leva
et se trouva en face d'un homme aux environs de
la quarantaine, très brun, très haut, très large, qui
portait sa moustache et sa barbe taillées à la mousquetaire.

— Restez assis, je vais m'asseoir et nous allons
prendre un verre, dit le commandant avec un
accent prononcé de Gascogne. Je vous ai cherché
au mess, puis de bistrot en bistrot. J'ai soif.

— Excusez-moi, mon commandant. Je voulais
changer d'air, dit Richard.

— Bien sûr, la lettre, dit le commandant.

Richard, de surprise, serra la table à deux mains.

— Quelle lettre ? demanda-t-il.

— Allons, allons, vous la savez par cœur, dit le
commandant. Quand on peut réciter des centaines
de vers sous un bombardement, on ne manque pas
de mémoire.

— Mais, dit Richard, mais... mon commandant,
mais à qui ai-je l'honneur ?

— Gonzague d'Olivet, juge dans le civil et pour l'instant commissaire rapporteur au Conseil de Guerre, dit le commandant. A votre santé, jeune homme.

Richard but sans savoir ce qu'il buvait, mais le commandant d'Olivet fit la grimace.

— Quelle médecine, dit-il, impossible de continuer de la sorte, allons chez moi.

Ils marchèrent en silence et, de temps en temps, Richard levait les yeux pour regarder, à la dérobée, un profil gras, coloré et mouillé de sueur, une barbe en pointe, un képi rejeté en arrière, sur des cheveux frisés et la pensée de Richard demeurait en suspens.

Olivet logeait chez l'habitant. Sa chambre était dans le plus grand désordre. Il sortit d'une commode une bouteille d'Armagnac et deux verres en disant : « Une boisson honnête. Elle vient de chez moi. » Puis il considéra Richard qu'il dépassait d'une demi-tête et soupira :

— On m'avait bien dit que vous étiez jeune, mais cré bon Dieu ! Vous l'êtes encore davantage. Un bébé. A votre santé tout de même.

Richard, cette fois encore, but sans savoir ce qu'il buvait. Et Olivet, enflant sa grosse voix, demanda :

— Alors, cette lettre ? Bien embêtante, hein ! Préméditation, mon petit, pré-mé-di-ta-tion.

— Vraiment, mon commandant, dit Richard, je ne vois pas l'utilité...

— Bien sûr, comment pourriez-vous ? interrompit Olivet.

Il prit Richard par le revers de sa vareuse et cria avec une sorte de fureur :

— Il n'y a pas eu de préméditation. Ce n'est pas vrai. Sinon l'intérim à la manque, le Béliard, c'est d'outre-tombe qu'il aurait dû le faire, son rapport de malheur.

— Je le sais bien, murmura Richard, mais...

— Alors, pourquoi cette figure de nourrisson

malade ? interrompit encore Olivet. La lettre, je n'en tiens pas compte dans mon réquisitoire. Compris. Il n'y a pas de lettre. Oubliez la lettre.

Le commandant prit la pointe de sa barbe entre ses doigts déliés et la caressa en réfléchissant.

— Vous chargez Béliard à fond, naturellement. Alors retenez bien ceci : tout en l'assommant comme une brute, donnez donc aux officiers du Tribunal, qu'ils sortent du rang ou pas, donnez-leur bien le sentiment que le Béliard est une exception et que personne parmi eux n'aurait jamais pu agir comme lui. Faites-leur croire que, eux, ils sont des êtres supérieurs. Ils en sauront gré à votre client. Compris ?

La grosse voix d'Olivet était passée au ton de la confidence et Richard vit une singulière finesse poindre, au-dessus d'une montagne de chair, sur le visage épais, barbu et suant.

— Et je vous dis tout ça, reprit Olivet, avec une certaine solennité, parce que : 1° j'aime l'homme mais pas l'homme militaire ; 2° je ne suis pas un mangeur d'enfants, et 3° parce que l'enfant récite des vers. A votre santé, Dalleau.

Olivet et Richard se revirent souvent. Ils ne parlèrent plus de l'affaire qui les avait liés. Richard se prit d'une amitié véritable pour cet homme qui ne pensait qu'aux plaisirs de chair les plus épais, et qui, par instants, montrait une intelligence, un goût et une sensibilité extrêmes.

Le Conseil de Guerre acquitta Étienne. Seulement son tour de permission ne lui fut pas rendu. Richard put enfin prendre le sien.

VIII

Du front, Richard alla droit à Sylvie comme à un arc-en-ciel. Arrivé vers midi à Paris, il prit le soir même le train pour Nice, où Sylvie prolongeait indéfiniment sa convalescence. Il s'était refusé à comprendre l'expression qui avait marqué les visages de ses parents et de Daniel. Sylvie avait souffert injustement. Lui, il avait traversé l'enfer. Ils étaient l'un pour l'autre la récompense, la poésie, l'amour. Richard imagina tout le long du trajet une semaine vouée à la solitude, où Sylvie et lui ne feraient qu'un seul être, aux sentiments les plus vifs et les plus délicats, à une vie du corps si parfaite qu'elle serait comme dépouillée de sa matière. Il trouva une jeune femme pleine de sève, qui ne pouvait tenir en place.

Rendue à la santé, fière de retrouver son amant plus formé, plus beau et glorieux, pressée par la brièveté de la permission, animée par le printemps qui embaumait, assoiffée de bruit, d'éclairage artificiel et de plaisirs physiques très précis, Sylvie allait, les yeux brillants, à travers une sorte de triomphe sensuel.

Richard suivit docilement son sillage. Il était mouvant, vif, coloré et comblait certains goûts du jeune homme encore inconnus de lui. Richard ne s'aperçut même pas que son séjour auprès de Sylvie ne répondait pas à ce qu'il en avait attendu et trompait son exigence la plus profonde. Mais l'équilibre de leurs rapports se modifiait chaque jour. Sylvie n'était plus un personnage féerique ou supérieur à la condition humaine. Richard se sentait son égal pour le moins.

La guerre était parfaitement négligée à Nice. Rien ne rappelait à Richard les images contre lesquelles il avait eu longtemps à se défendre après l'attaque de Champagne. Il lui arrivait pourtant de se réveiller la nuit et de voir un camarade, les mains au ventre, écroulé dans la boue. Mais alors il n'avait qu'à déplacer légèrement son corps pour sentir contre lui toute la peau lisse et tendre de Sylvie. Il serrait la jeune femme dans ses bras, écoutait sa joie et se rendormait, exorcisé. Son besoin d'elle était presque insatiable. L'âge de Richard, la chasteté des mois passés au front et le commerce avec la mort, le nourrissaient sans cesse. Seulement, ces ardeurs étaient loin d'avoir le caractère surnaturel, et comme sacré, de leurs premiers contacts. Leur fréquence et leur nécessité quasi mécanique l'interdisaient. Et la peur de la conception tenait Richard conscient aux secondes élues pour l'inconscience. Il ne se demandait plus si ce qu'il ressentait était l'amour véritable, ni s'il était heureux. Il n'en avait pas plus le temps que l'envie. Parfois, avec une sorte de plainte intérieure, il se rappelait la plénitude et la beauté du sentiment qu'il avait connu lorsqu'il avait retrouvé ses parents et son frère, et qu'il avait marché lentement de chambre en chambre dans l'appartement de la rue Royer-Collard, comme s'il dénombrait un à un ses vrais biens. Il pensait au temps si réduit qu'il avait accordé à cette maison, et se promettait d'y retourner très vite. Mais les jours fondaient, et quand il eut dépensé avec une rapidité prodigieuse plusieurs mois de solde, réserve qui, au front, lui avait semblé inépuisable, Richard demanda de l'argent à sa mère, bien qu'il sût ce qu'elle faisait pour épargner chaque franc.

En revenant de la poste où il avait touché le montant de son mandat, Richard fut hélé par un sous-lieutenant qui portait un large bandeau sur la tête.

— Fiersi ! Quelle chance ! cria Richard. Je n'ai pas un copain ici. Convalo ?

— Pas encore, mon vieux, pas encore. L'hôpital est un chic hôpital.

— Tu as ramassé ça où ?

— Craonne.

— Eh bien, mon vieux, on était voisins. J'étais devant la côte 108. Qu'est-ce qu'on a pris !

— Pas autant que nous.

— Viens boire un pot, dit Richard. Et on va discuter le coup.

Richard trouva Sylvie dans le hall de l'hôtel, prête à pleurer.

— Pourquoi tu es si méchant avec moi ? s'écriat-elle. Je t'attends depuis deux heures. Mais qu'est-ce que tu as pu faire ?

— Excuse-moi, chérie, dit Richard sans parvenir à donner une expression de regret à son visage, tout échauffé encore. J'ai rencontré un camarade de Saint-Cyr, blessé, et qui a fait l'offensive. Alors, tu comprends... Il nous invite pour dîner, d'ailleurs. Il est épatant, tu verras. C'est un ancien nettoyeur de tranchées. Et à Cyr, c'est lui qui a arrêté les brimades contre notre chambrée.

Sylvie se consolait vite.

— Voilà que tu redeviens un bébé, dit-elle gentiment.

— Et toi, tu ne prends rien au sérieux, répliqua Richard avec une vivacité qu'il ne remarqua pas.

Fiersi les attendait dans un petit restaurant du vieux port, où la nourriture était succulente. Il ne fit aucune attention à Sylvie. Les jeunes hommes parlèrent exclusivement de leurs camarades. Richard apprit la mort d'Ambroz, et Fiersi celle du petit Mertou. D'autres avaient été blessés. D'autres avaient reçu la Légion d'Honneur. Le repas s'écoula très vite pour Richard et Fiersi. Sylvie ne se mêla qu'une fois à la conversation.

— Richard, tu n'es pas gentil, dit-elle. A moi tu n'as rien voulu raconter de la guerre.

— Ce n'est pas la même chose, voyons, s'écria Richard avec impatience, tandis que les yeux de

Fiersi posés un instant sur la jeune femme devenaient très durs.

Il paya et dit :

— Je rentre à l'hosto. Il y a un baccara formidable. Le type qui tient la banque est épatant. C'est un marquis. De La Tersée.

— Un aviateur ? demanda vivement Richard.

— Je ne les aime pas beaucoup, dit Fiersi, mais celui-là, c'est un as. Généreux, chic, simple.

— Je le connais très bien, dit Richard. Je l'ai ramené d'une patrouille sur mon dos. Comment va-t-il ?

— Épaule foutue, dit Fiersi. Il est venu essayer la mécanothérapie et les bains de soleil. Mais ça ne donne rien. Il remonte bientôt sur Paris.

— La Tersée, reprit Richard. C'est drôle !... Je t'ai parlé de lui dans une lettre, tu te souviens, chérie.

Sylvie ne répondit pas, mais quand Fiersi s'en fut allé, elle éclata :

— Eh bien, tu en as des amis ! Je n'ai jamais vu quelqu'un d'aussi mal élevé. Je n'existais pas pour lui. Et tu as vu sa façon de manger ? Ne recommence plus, je t'en prie. Je ne veux plus le voir.

Richard eut honte de cette voix aiguë.

— Tu ne comprends rien aux hommes, dit-il sourdement. Je l'ai remarqué déjà quand je te parle de Namur.

— Mais enfin je connais Bernard mieux que toi, peut-être. Il n'a rien d'extraordinaire ! C'est un homme comme les autres.

— Je te défends de continuer, dit Richard.

— Oh ! comme tu me parles ! s'écria Sylvie.

Elle avait encore un grand pouvoir sur Richard et il dit tendrement :

— Je te demande pardon, chérie, mais il ne faut pas toucher au capitaine... C'est bête de gâcher une de nos dernières soirées... Quelle nuit magnifique. Regarde.

Ils étaient au pied du Château. La Baie des Anges

développait ses lumières, suivait la courbe la plus douce. On entendait respirer la mer invisible et son murmure sur les galets. Richard pensa soudain qu'à cette beauté il manquait, pour être complète, un grand amour.

« Mais je l'ai, je l'ai », se dit Richard, effrayé.

Il saisit Sylvie par les épaules, la renversa légèrement et l'embrassa sur la bouche, avec passion, avec douleur.

— Comme tu m'aimes, chuchota Sylvie.

— Plus que tout au monde, dit Richard.

Il était sincère parce qu'il avait mortellement besoin de croire cela, et parce que la lueur des lampadaires et l'ombre de la nuit se reflétaient dans les yeux allongés de Sylvie.

IX

Le tour de permission revint pour Étienne au début de l'année 1918. Tout le temps que dura le lent voyage dans un train plein de soldats sales, de voix saoules et d'odeur de nourriture et de vin rouge, Étienne fut obsédé par le désir d'arriver. Mais lorsqu'il se fut lavé dans un hôtel et qu'il eut changé de linge, il se sentit perdu. L'appartement du faubourg Saint-Honoré lui était physiquement intolérable depuis le jour où il avait voulu y étrangler sa mère. Dans celui de la rue Royer-Collard, il redoutait de retrouver, par Daniel, toutes les images épouvantables auxquelles Daniel, quoique innocemment, était associé. Entre ces deux pôles de son existence, Étienne n'avait pas de lieu d'asile, pas de maîtresse, pas d'ami.

Il erra le long des boulevards. Leur mouvement et leur bruit ne suscitaient chez lui qu'amertume et colère. Personne, ici, ne semblait savoir qu'il y avait des poux et des rats, des carnages stupides et des tribunaux militaires. Étienne éprouva le désir aigu de faire éclater à coups de grenades ces vitrines et cette foule. Puis il se rappela combien il détestait les hommes, au front, de s'être laissés embourber dans la guerre. Voilà qu'il haïssait les gens de Paris pour s'en trouver dégagés. Étienne fut prêt à hurler de solitude. Il se rendit chez le docteur Dalleau.

Sophie demeura quelques instants interdite devant le grand et maigre soldat engoncé dans une capote de drap rêche et pesant, déteinte, déformée et cassée par les intempéries. Mais dès qu'elle eut entendu sa voix, Sophie lui dit : « Étienne, notre cher Étienne », et embrassa le jeune homme sur le front. Cela fut accompli dans un tel sentiment que, enfin, Étienne, échappant à sa fatigue et à sa misère, crut être l'enfant, le véritable enfant d'une femme et recevoir d'elle le baiser maternel.

— Anselme a un malade et Daniel est au lycée, dit Sophie. Venez vite, je vais vous faire du café bien chaud.

Étienne s'assit sur la table de la cuisine, but du café et parla sans sarcasme, spéculation intellectuelle ou effort intérieur. Il parla comme un soldat qui avait beaucoup souffert et s'était mutiné parce qu'il n'avait pas pu faire autrement.

« Pauvres petits... quelle tristesse... », murmurait Sophie de temps en temps. D'autres fois elle disait : « Richard présente les choses d'une façon différente. » Mais sa nature et ses craintes s'accordaient mieux au récit d'Étienne et elle le croyait davantage. Il se sentait merveilleusement dissous par cette compréhension, cette pitié. Elles agissaient jusque dans ses muscles, jusque dans la moelle de ses os. Et sans très bien comprendre à quoi il consentait, il promit de loger pendant sa permission rue Royer-Collard.

Cet état de simplicité et d'entente parfaites avait été très proche du bonheur. Dans l'abandon des premiers instants, uni à Sophie par un même langage intérieur, Étienne crut échapper à sa solitude pour tout son séjour à Paris. Mais un accord comme celui-là et qui était dû à un échange de la qualité la plus intense et la plus pure ne pouvait pas durer et encore moins se renouveler pour un cœur et un esprit aussi torturés que les siens.

Étienne connut sa pire détresse dans la chambre de Richard. Les vêtements, les objets, les livres et ces plis indéfinissables que la vie d'un homme laisse entre des murs, tout rappelait à Étienne qu'un autre ici comptait seul, pour qui respirait la maison entière. Étienne se sentait un double, un substitut, un pis-aller. Il n'était admis que dans l'ombre de Richard et pour parler de lui. Quel que fût le sujet d'une conversation, Sophie, par un détour involontaire, finissait par revenir à son fils. C'était l'effet de l'anxiété. Chez Daniel, l'admiration pour son frère aîné ne désarmait pas une seconde. Ses pantalons longs lui venaient de Richard. Et de Richard l'épingle de cravate, tirée par Dordogne d'une douille d'obus. Et quand Richard serait capitaine, Daniel serait son aspirant et s'il passait devant un Conseil de Guerre comme Étienne, Richard le sauverait aussi.

Le docteur ne cédait pas à ce penchant. Mais le sien était de toujours chercher à construire une philosophie des épreuves qu'Étienne avait traversées. Cela paraissait au jeune homme un jeu vain et haïssable, un jeu d'âmes mortes. On pouvait sans doute y prendre quelque plaisir, quand on était, comme Richard, sûr d'inspirer autour de soi un sentiment essentiel et pour mieux mesurer ce sentiment. Mais lui, Étienne, il n'avait pas le temps. Il devait vivre, c'est-à-dire trouver un être qui vécût un peu pour lui. Il espéra que ce serait Geneviève.

Malgré les altérations qui avaient atteint si profondément la vie intérieure d'Étienne, il n'avait tout de même que vingt ans. Quand il alla rejoindre sa sœur dans un café, il se disait qu'ils pouvaient, qu'ils allaient être sauvés l'un par l'autre. N'avaient-ils pas traversé la même solitude, le même tourment, et tirés des mêmes origines ? Les lettres de Geneviève ne respiraient-elles point la confiance, la tendresse, l'amour ?

Cette première entrevue fut une épreuve terrible. Étienne vit tout de suite combien il était différent d'écrire sur ses genoux, au fond d'un abri bombardé, à une sœur idéale située dans un autre monde et de retrouver Geneviève, ses mouvements brusques, sa furie intérieure. Il comprit que le ton de leur correspondance avait été entièrement fondé sur les mirages de l'éloignement. Ils avaient admis que quelques lettres, conçues par la force de conditions anormales, suffisaient, après tant d'années d'incompréhension et d'animosité, à former la substance d'une nouvelle vie. L'illusion chez Étienne fut rompue d'un seul coup. Les traits de Geneviève, sa manière de parler et de penser lui donnèrent aussitôt sur les nerfs et il se sentit plus séparé d'elle que par la distance presque infinie qui allait de Paris jusqu'au front.

Mais Geneviève était plus tenace dans ses chimères. Étienne modelé par la guerre répondait, physiquement tout au moins, à l'image sublime que Geneviève s'était faite de son frère. Elle l'assaillit de transports, de curiosité exaltée, de louanges. Pour ne pas la décevoir, Étienne se trouva obligé de répondre sur le même diapason. Tout lui sembla faux, excessif, emphatique, déformé. Il trahissait jusqu'à la vérité de sa souffrance. Il quitta Geneviève avec une fatigue affreuse.

Dans les rencontres qui suivirent, il y eut plus de naturel. Étienne se taisait et laissait parler Geneviève. Elle le faisait sans retenue comme un esprit obsédé qui trouve enfin le partenaire avec qui partager son idée fixe. Celle de Geneviève était de manquer sa vie. Elle revenait sans cesse à ses deux échecs les plus récents : son aversion subite pour la médecine et l'ingratitude de Dominique. « C'est terrible ! J'ai raté ma profession. J'ai raté l'amitié », s'écriait Geneviève. Et, regardant cette figure défaite et comme décrochée par l'angoisse, Étienne pensait : « Moi j'ai raté la guerre et la rébellion. »

Un jour, Étienne dit à sa sœur :

— Je crois connaître le pourquoi de nos échecs. Nous ne savons pas sortir de nous-mêmes. Notre propre personne forme toujours et partout l'unique objet de notre intérêt. Elle est pour nous le lieu géométrique et névralgique de l'univers et de l'humanité.

— Je ne comprends pas, dit Geneviève.

— Quand on s'attribue, comme toi et moi nous le faisons, une telle importance, les proportions sont faussées, dit Étienne. Rien, ni personne ne peut nous satisfaire.

— Et le remède ? demanda brusquement Geneviève.

Étienne pensa au docteur Dalleau et à Sophie. Il se rappela Richard heureux parmi ses soldats.

— Je crois qu'il faut être plus attentif à la vie des autres, dit-il.

— Tu es trop généreux, dit Geneviève. Que les autres commencent.

Étienne abandonna la discussion, mais, dès lors, ses entrevues avec Geneviève lui pesèrent encore davantage.

Il retrouvait quelque liberté d'esprit auprès de sa sœur seulement lorsque Pascal Martin se joignait à eux. Ce jeune chirurgien pauvre était célèbre parmi ses camarades parce que, sous un violent bombardement toxique, il avait cédé son masque à un soldat démuni et s'était laissé gazer profondément. Il évitait de parler de cette action, mais on ne pouvait pas s'empêcher d'y penser en le voyant, car elle avait laissé sur lui des traces physiques indélébiles. Ce délabrement donnait un prix extrême à l'humeur toujours égale de Pascal Martin, et à la force intérieure qui lui permettait d'accomplir les tâches les plus dures de sa profession avec bonté.

« Voilà quelqu'un qui ne se place pas au centre de la planète », pensa Étienne dès qu'il eut connu Pascal. Et l'ayant observé quelques jours de suite, il dit à Geneviève :

— Ce garçon t'aime.

Geneviève saisit brusquement la main d'Étienne et demanda très bas :

— Tu le crois ? Oh, tu le crois vraiment ?

La voix de la jeune fille avait quelque chose de suppliant et son visage était devenu gris pâle comme ceux des enfants souvent battus quand ils craignent de recevoir de nouveaux coups. « Pauvre Geneviève, se dit Étienne, quelle incrédulité du cœur, quelle peine à vivre ! »

En cet instant il eut beaucoup de pitié pour sa sœur et l'aima beaucoup.

— Il me l'a laissé entendre une fois, reprit Geneviève, mais c'est si facile de parler...

— Tu sais, les hommes comme Pascal sont des hommes d'une seule parole et d'un seul sentiment, dit Étienne.

Il sourit avec gentillesse et acheva.

— Je te fais un pari : dès que Pascal a passé sa thèse, il te demande en mariage.

— Alors, alors... je serai sauvée, s'écria Geneviève dans une ardeur presque sauvage. Un être de cette qualité... à moi... pour moi... Je ne serai plus jamais seule... jamais désespérée. Pour toute la vie. Merci, Étienne, tu ne sais pas quel bien tu me fais.

— Je suis très heureux de ta chance, dit Étienne.

Il souriait encore mais d'un sourire vide. Elle comprit ce qui se passait en lui.

— Toi aussi, j'en suis sûre, tu trouveras ta chance, dit Geneviève. Tu trouveras une femme qui te plaira, dont tu voudras...

— Assez, je t'en prie, je t'en prie, murmura

Étienne défiguré comme par une soudaine et terrible névralgie.

Il s'enfuit du café de la place Saint-Michel où Geneviève et lui se réunissaient à l'ordinaire.

Personne — pas même Geneviève — ne pouvait soupçonner à quelle profondeur et avec quelle force les égarements d'Adrienne Bernan avaient agi sur le sentiment qu'Étienne avait des femmes. Il avait vu, depuis son enfance, naître et mûrir chacun des entraînements de sa mère. Il avait appris à dépister le désir sur son visage et dans sa voix. Il avait connu par là et tour à tour la crainte, la souffrance, la haine et l'horreur. Si bien que, arrivé à l'âge d'homme, il n'était point pour Étienne de geste plus salissant, plus monstrueux que celui du rapprochement sexuel. Toute femme qui, fût-ce par un regard ou une parole, montrait que ce geste avait un sens dans sa vie, suscitait chez Étienne un dégoût furieux et désespéré. Toute notion d'amour ou de tendresse lui paraissait corrompue, ignoble, dès qu'elle portait le germe du désir. Pour qu'il pût rêver à une femme et à un amour, Étienne devait les isoler de tout élément de chair.

Cependant, si Étienne apportait dans ce domaine une pensée et une sensibilité estropiées par l'exemple de sa mère, ses facultés physiques étaient intactes et même d'une puissante exigence. On eût dit que la chaleur du sang de Jean Bernan s'était conjuguée en lui avec l'avidité d'Adrienne. Parmi les garçons de son âge, Étienne était l'un de ceux qui se trouvaient le plus étroitement pressés par les nécessités des sens. Et personne ne pouvait soupçonner quelle répugnance panique Étienne éprouvait pour lui-même chaque fois qu'il sentait le désir s'éveiller et commander impérieusement. Savoir à quel point cela était hideux, à quel point cela ruinait la beauté et la propreté de l'être humain et dans le même temps porter en soi cette demande impitoyable, cet aiguillon sans merci... Ne plus pouvoir regarder une jeune femme sans avoir d'elle une envie bestiale et ne pouvoir admettre qu'une femme en fût l'objet... Quand Étienne était soumis à cette torture — ce qui arrivait souvent — il cherchait une prostituée — et la plus cynique — et, grâce à cet instrument, il obtenait l'accord entre son besoin et l'horreur qu'il en éprouvait.

Il en avait été ainsi avant le départ d'Étienne pour le front. Mais à présent, ce recours lui était refusé. Depuis qu'il avait vécu parmi l'obsession dévorante de jeunes soldats privés de compagnes et qu'il avait vu, dans les villes de l'arrière, les hommes s'aligner en longues files aux portes des lupanars et défaire leurs vêtements en attendant leur tour, Étienne avait senti qu'il lui serait impossible de devenir comme eux de nouveau. Mais, dans l'abstinence où il s'enfermait, Étienne, au cours de sa permission, comprenait parfois les misérables qui tuent pour s'assouvir. Et Geneviève lui souhaitait une femme, une vraie et douce femme qui le sauvât ! Même s'il s'en trouvait une et qui pût vivre en dehors de l'esclavage des sens, lui, Étienne, serait obligé de l'y soumettre. Alors, elle ne serait plus qu'une substance abjecte.

Arrivé rue Royer-Collard, Étienne ouvrit sans bruit la porte de l'appartement dont il avait une clef et, prenant toutes les précautions pour éviter le docteur et Sophie Dalleau, il gagna la chambre des deux frères. Quand Daniel revint du lycée, il trouva Étienne allongé dans sa capote sur le lit de Richard et les yeux fermés. Daniel l'appela en remuant à peine les lèvres. Étienne ne répondit pas. Daniel prit un livre de textes latins et s'assit à sa table. Il aurait pu travailler dans la salle à manger, mais il aimait sentir la présence d'Étienne. Elle lui rappelait Richard. Penché sur un fragment de Tite-Live, Daniel se surprit à soupirer assez fort. Il eut peur d'avoir réveillé Étienne et leva la tête. Étienne le regardait.

— Ça ne va pas du tout, dit Daniel avec un sourire coupable et en montrant son travail.

Étienne vint à lui, étudia le livre. Ses souvenirs de lycée étaient encore frais et il avait toujours eu l'intelligence des langues anciennes. Il expliqua le texte à Daniel. Il enseignait beaucoup mieux que Richard. Il avait plus de méthode et de patience.

— Ce serait chic d'avoir un « prof » comme vous, dit Daniel, je pourrais tout comprendre.

Quand Étienne eut achevé de travailler avec Daniel, il avait échappé à son tourment. Il se sentait libre d'esprit et capable de sérénité et il se rendit compte, avec la surprise la plus profonde, que Daniel, dont il avait redouté la personne entre toutes, était le seul à lui donner la paix et un peu de joie. Il se rappela que depuis son arrivée à Paris, presque tous les gens, hommes ou femmes, par un geste, une inflexion de voix ou de visage, un propos ou un rire, avaient ramené, suivant un cheminement d'images simple ou confus, les aberrations de sa mère dans sa mémoire la plus douloureuse. Seul, Daniel ne s'était jamais associé à elle dans l'esprit d'Étienne. Sans doute Étienne devinait à des indices indéfinissables et pour lui décisifs, que tout rapport était rompu entre Adrienne Bernan et Daniel. Mais cette certitude elle-même ne suffisait pas à justifier pour Étienne qu'il trouvât quelque repos et quelque douceur seulement dans la compagnie du garçon qui avait été l'amant puéril de sa mère.

Avait-il épuisé le venin à force de presser sur la place empoisonnée ? Était-ce la légèreté de présence de Daniel, son amitié feutrée, sa gentillesse et sa discrétion qui faisaient tout passer ? Daniel allait-il au plaisir avec tant de naturel que les mouvements de son corps étaient toujours imprégnés d'innocence ? Étienne ne savait pas sur quelle raison il pouvait fonder son étrange quiétude, mais il eut beau, à titre d'épreuve, se représenter le pire, il continuait à se sentir en paix auprès de Daniel. Alors, tandis qu'ils conversaient tranquillement et sans sujet précis, une idée vint tout à coup à Étienne qui le fit trembler d'espoir. Puisque cette confiance, cette ingénuité, cette extrême jeunesse lui faisaient tant de bien, rien n'était perdu. Il y avait par le monde d'autres garçons, très jeunes et de très jeunes filles qui pouvaient s'attacher à lui et à qui il pouvait s'attacher sans salissure. Il allait les chercher, les trouver. La guerre ? La guerre ? (Daniel ne comprit pas pourquoi Étienne rit soudain et brièvement.) Tant pis pour la guerre ! Elle finirait sans lui. Il passerait à l'étranger. Geneviève lui donnerait l'argent et les moyens. Geneviève, pas plus que lui, n'avait la superstition des idées établies. Ils étaient payés par l'exemple de leur père et de son milieu pour savoir ce qu'il y avait dessous... oui l'étranger... c'est ce qu'il fallait. Un autre nom, une autre personnalité, une autre peau. Loin, très loin. Le Mexique peut-être. Ou le Paraguay. Et là, une jeune Indienne, fraîche et pure comme un bel animal. Alors, oui, alors il pourrait aimer en dehors de la servitude humaine.

Tout en écoutant Daniel raconter une partie de poker au café de la *Source*, Étienne résolut de déserter.

Étienne avait toujours eu le sommeil difficile et précaire. Cette nuit-là il ne dormit pas du tout. Il faisait et refaisait des plans de fuite. Il répartissait ses efforts sur les quatre jours de permission qui lui restaient. Il calculait la traversée de la frontière espagnole, l'arrivée à Barcelone et le voyage vers les Amériques. Alors, il rêvait à sa nouvelle vie, à l'homme nouveau qu'il serait. Comment n'avait-il pas compris jusque-là ? Son unique chance de salut

était le dépaysement complet et une société qui
n'eût jamais connu Étienne et Adrienne Bernan.
Puis revenaient les projets d'évasion interrompus
par les images de l'avenir. Sur tant de songes flot-
tait la chevelure d'une jeune fille sauvage qui le
délivrait de lui-même.

La nuit était passée. Le petit jour déprimant des
mois d'hiver filtra sous les rideaux. Étienne sortit
de son lit et vint à la fenêtre. Elle donnait sur une
cour lugubre comme un puits vide. Étienne se
détourna. Ce n'était pas le spectacle dont il avait
besoin ce matin. Un mouvement que fit Daniel
attira Étienne près du garçon endormi. Daniel respirait sans aucun bruit. Son visage semblait naître
de l'ombre avec le jour. Ses longs cils, les pointes
de ses dents découvertes par les lèvres mal jointes
et ses cheveux emmêlés faisaient de lui un doux
enfant sauvage.

La chambre n'était pas chauffée et Étienne
n'avait que ses vêtements de nuit. Mais il se sentait
brûlant comme de fièvre. « Il a sûrement la joue
aussi fraîche qu'une feuille d'arbre et c'est à lui que
je dois de savoir où est mon bonheur », pensa
Étienne en se penchant pour embrasser Daniel.

Sa bouche toucha la peau mate et lisse et s'appuya contre elle un temps qu'Étienne ne sut jamais
compter.

Mais soudain il rejeta le haut de son corps en
arrière dans un équilibre instable et resta ainsi
privé de souffle et comme paralysé. Il ignorait ce
qui s'était produit dans cette durée sans mesure. Il
ne comprenait pas. Il ne voulait pas. Il commençait
à savoir. Ce tumulte des sens, cette tendresse, cette
chaleur, cette inexpiable joie...

Daniel regardait Étienne de ses yeux à peine
ouverts et très vagues :

— Qu'est-ce qui se passe, Étienne ? demanda-t-il
faiblement.

— Rien, dormez, chuchota Étienne.

— C'est si bon, soupira Daniel.

Il se tourna vers le mur. Étienne s'habilla et remplit sa musette avec des mouvements d'automate. Le docteur Dalleau, qui lisait déjà dans la salle à manger, l'entendit passer dans le couloir et l'appela. Étienne, sans lui répondre, quitta l'appartement. A la gare de l'Est il prit le premier train qui conduisait à son secteur. Il était décidé à se faire tuer.

Quelques semaines après le retour d'Étienne au front, le 6e bataillon de chasseurs à pied attaqua près de Villers-Cotterêts. Le combat fut très dur et très coûteux. Étienne, parti avec la première vague, ne revint pas. Richard reçut une douzaine d'éclats d'obus. Et Namur, qui avait sauté sur une mine, fut ramené à l'arrière sans blessure mais inconscient à cause de la commotion.

SEPTIÈME PARTIE

I

Devant l'hôpital de la rue de Lille, Pierre de La Tersée dit à Fiersi :

— Après vous, mon cher. J'insiste. Nous entrons dans un établissement militarisé.

Il était toujours difficile pour Fiersi de se rappeler son grade ; et avec La Tersée, il l'oubliait complètement. Il dut faire un effort pour passer le premier. Très peu d'hommes en imposaient à Fiersi. Mais parmi eux, La Tersée n'avait pas de rival.

— Lieutenant Dalleau, demanda Fiersi à un jeune infirmier en blouse de toile fine et qui fumait dans le vestibule.

— Je ne connais pas, mon lieutenant, dit celui-ci en regardant par-dessus la tête de Fiersi.

Fiersi agrippa l'épaule du jeune homme et de sa voix rauque dont le ton ne montait pas, mais qui se chargeait facilement d'une sorte de sauvagerie, il dit :

— Je ne te demande pas si tu le connais, je te demande où il est. Tu as compris, face d'embusqué ?

L'infirmier pâlit. Il n'avait pas eu peur des galons de Fiersi. Ses protections l'eussent garanti, au besoin, contre la colère du colonel. Mais il avait eu le sentiment que l'homme qui le secouait était d'une autre loi que la sienne, et dangereux autrement que par le rang.

— Je vais voir tout de suite, mon lieutenant, dit-il.

— Aristocratie de fournisseur aux armées, observa La Tersée.

L'infirmier revint très vite et dit :

— Il n'est arrivé que ce matin, mon lieutenant.

— Je ne te demande pas ce que je sais, dit Fiersi. La chambre ?

— N° 37, mon lieutenant. Je peux vous y conduire.

Fiersi marcha sur les pieds de l'infirmier, et se dirigea vers la cage de l'ascenseur.

Richard, vêtu d'un vieil uniforme, était étendu dans la chambre que lui avait réservée Christiane et qui, autrefois, avait été celle de Namur. Le docteur Dalleau, Sophie et Daniel, assis autour de Richard, le considéraient avec le même bonheur et la même incrédulité de ce bonheur.

Depuis le mois de mars — et la fin de mai était proche — Richard était passé par trois hôpitaux éloignés de Paris. Par défaut d'argent et de santé, ses parents n'avaient pu le voir que deux fois. Il leur semblait que Richard allait de nouveau leur être enlevé.

— Tu es sûr, absolument sûr de rester ici jusqu'à ta convalescence ? demanda encore une fois le docteur.

— Je te le jure sur l'honneur, papa, dit Richard, avec un regard plein de patience sur son visage plus maigre, plus pâle, plus tendre, et qui ressemblait à celui que Sophie lui avait connu lorsque, à douze ans, il avait eu la scarlatine.

— Je ferais n'importe quoi pour Geneviève Bernan, s'écria Daniel.

— Sans elle, je ne serais certes pas hospitalisé à Paris, dit Richard.

— Il a suffi que papa se décide à lui écrire, reprit Daniel.

— J'ai peut-être attendu trop longtemps, dit le docteur en se grattant la joue, mais c'était si délicat... de lui demander... de profiter... après la mort d'Étienne.

— Étienne n'est pas mort... Étienne est seulement disparu, s'écria Daniel.

— Tu as raison, dit Sophie, il faut croire.

— Tout de même... je ne pouvais pas... me précipiter, n'est-ce pas maman ? murmura le docteur.

Richard aimait du même amour la confusion de son père, la façon dont Sophie lui caressa furtivement la main et, sur Daniel, l'épingle de cravate fabriquée jadis par Dordogne. Quelle simplicité, quelle vérité...

« Voilà ce qu'il faut que j'apprenne à Sylvie, pensa Richard, et alors, nous serons pleinement heureux. »

Comme on frappait à la porte, Richard crut que sa maîtresse, incapable d'attendre l'heure qu'il lui avait fixée, venait déjà.

— Nous allons te laisser, mon petit, dit Sophie.

— Non, non, je veux que Sylvie vous connaisse mieux, dit Richard.

Daniel ouvrit à deux hommes en uniforme.

Le premier, qui était très brun, lui dit :

— Tu es le frangin, toi. C'est signé.

— Inouï, s'écria Richard, en apercevant Fiersi. Comment as-tu pu déjà savoir !

— C'est le marquis.

La Tersée entra à ce moment, et s'inclina devant Sophie, en poussant en avant son épaule ankylosée.

— Cri-Cri m'a renseigné, dit-il. Elle est folle de joie de vous avoir ici. J'ai tenu à vous remercier tout de suite de votre hospitalité devant la Côte 108.

— Monsieur Fiersi, je suis vraiment heureuse de vous voir, dit Sophie. Richard vous doit beaucoup.

Je sais tout ce que vous avez fait à Saint-Cyr pour lui.

— C'est bien vous qui avez nettoyé les tranchées et qui aimez Verlaine ? demanda le docteur.

— Tu te rappelles ? « Le ciel est par-dessus le toit... » après le *cirage* manqué, dit Richard en riant.

Fiersi ne sut quoi répondre. Son regard dur et fixe d'homme de main, qui paraissait incapable de céder devant un autre regard, s'abaissa lentement.

— Tu avais bien besoin de raconter toutes ces bêtises à tes vieux, dit Fiersi à Richard.

Il était partagé entre la gêne et une reconnaissance profonde.

— On s'en va, Dalleau, reprit-il, précipitamment. On voulait juste te serrer la main.

— Je te reverrai ? demanda Richard.

— Pas tout de suite. C'est la fin de ma convalo. Je remonte en ligne demain, dit Fiersi.

— Et vous, La Tersée ? demanda Richard.

— Moi, mon cher, fini de jouer. *Out*, dit le pilote. Réformé la semaine prochaine.

Sophie soupira. Elle eût accepté avec joie cette épaule morte pour Richard.

II

La Tersée posa sa main gauche sur le volant de la voiture de course qu'il avait rangée devant l'hôpital. Pour les changements de vitesse, le jeu réduit de sa main droite lui suffisait. Fiersi mit le moteur en marche d'un seul coup de manivelle, et sauta dans le baquet jumelé à celui du conducteur.

Ils roulèrent à travers Paris comme si les avenues avaient été des pistes d'autodrome. Peu de plaisirs étaient aussi précieux pour Fiersi que ce dédain des règles, ce risque et cette sûreté chez un homme à demi infirme.

« Quel as, et quelle gueule ! » pensait Fiersi, en admirant le profil de son compagnon, net, dur et altier, sur lequel était enfoncé de travers un képi à fond d'azur. Malgré le vent qui balayait la voiture découverte, les yeux clairs et froids ne cillaient point. « Pour un marquis, quel homme ! » pensa encore Fiersi. « Et simple comme personne. »

La Tersée était en effet très simple avec Fiersi, comme il l'était avec les artisans, les petits employés, les mauvais garçons, les domestiques, bref, avec tous les gens placés, selon La Tersée, si loin de lui dans l'échelle sociale qu'il eût été absurde de songer à défendre son rang envers eux. Mais cela suffisait pour nourrir chez Fiersi une amitié de hors-la-loi à la manière corse qui atteignait à la profondeur et à l'intégrité d'une religion. C'est dire qu'il était prêt à se faire tuer aussi bien qu'à tuer pour le marquis.

Ils se rendirent Faubourg Montmartre, dans une chambre meublée assez sordide, où un petit homme chauve, sans âge, aux yeux chassieux achevait de s'habiller.

Fiersi dit au marchand de drogue :

— Rappelle-toi bien cet ami. Pas d'histoires. Du bon et prix coûtant. Ça va ?

— Ça va, dit le petit homme.

La Tersée emporta quelques petits paquets, pliés avec minutie.

Il ne s'était jamais intoxiqué à fond. Il se droguait seulement quand l'ennui devenait intolérable. Cela durait des jours, ou des semaines. Puis il abandonnait sans trop de mal les stupéfiants. Mais il aimait en avoir toujours sur lui.

En remontant dans sa voiture, La Tersée demanda :

— Où allez-vous, mon cher ?

— Là où vous allez. Tant que je suis avec vous, je suis content, dit Fiersi.

— On m'attend à la Fontaine Médicis, dit La Tersée.

— Connais pas le coin, remarqua Fiersi.

— Ni moi, dit La Tersée.

Il mit en marche et ajouta entre ses dents :

— J'y vais noyer un an de sottises.

Depuis une année, La Tersée avait vu très souvent Dominique et il aurait pu faire de Dominique sa maîtresse facilement. Du moins, il en était convaincu. Mais, donnant un démenti à toutes ses habitudes, La Tersée n'avait montré aucune hâte à voir couronner physiquement ses interminables, ses invraisemblables soins. Un pouvoir dont il s'assurait toujours davantage et les étapes de l'émerveillement chez Dominique, lui donnaient l'impression d'user maille par maille une étoffe invisible, plus agréable à défaire que de vrais vêtements. Les cartes ne lui semblaient plus la seule occupation possible de l'existence.

Mener Dominique à travers des lieux dont elle n'avait jamais soupçonné qu'il pût en exister de pareils par la chère, le service et le décor, présenter Dominique à une société qui la ravissait par ses manières et sa richesse, cela était devenu le meilleur plaisir de La Tersée. Là où, auparavant, il ne retrouvait que le faix de l'habitude, la jeune fille faisait chaque fois une découverte magnifique. Tout pour lui en était renouvelé.

Mais le moment arriva où La Tersée eut montré à Dominique ce qu'il jugeait de quelque attrait dans Paris. Et, d'un seul coup, cette ville, avec ses restrictions, son éclairage de guerre et ses mœurs nouvelles, lui parut insupportable. Il reconnut l'approche de l'ennui. Alors, il décida de quitter Paris et d'en finir avec Dominique.

Un soir, en déposant la jeune fille, il lui dit :

— Demain, nous aurons enfin à parler un peu sérieusement. Où voulez-vous ?

Dominique, d'abord, remua légèrement les lèvres en silence, comme si l'anxiété l'empêchait de parler. Ensuite, elle dit :

— A la fontaine Médicis.

— C'est quoi au juste ? Un thé ? Un bar tranquille ? demanda La Tersée.

— Non... Une vraie fontaine, dit Dominique en souriant à demi. C'est au Luxembourg.

— Un jardin public ? Quelle idée ! s'écria La Tersée. Pourquoi ?

Dominique demanda à son tour :

— Ce sera vraiment sérieux, notre conversation ?

La Tersée chercha une réponse qui fût à la fois vague et précise, impertinente et courtoise. Il savait très bien les faire à l'accoutumée. Pourtant, il ne trouva rien.

— Assez, dit-il.

— Alors, à la Fontaine Médicis, dit Dominique.

Elle avait ressenti soudain une tendresse déchirante pour le grand jardin qu'elle avait si longtemps détesté.

Ce rendez-vous fut la première chose à laquelle La Tersée pensa le lendemain. Et il se dit : « Nous en sommes aux explications dans les parcs ! A mon âge ! Vraiment, cette histoire de Belle au Bois Dormant devient ridicule. L'heure est venue du lit et du cadeau d'adieu. Ensuite, petite cure de drogue. Et la vie reprendra. »

Sa décision était sans joie mais il n'en avait pas changé quand il quitta Fiersi.

Souvent, par la suite, Dominique et La Tersée s'étonnèrent du peu de paroles qu'il leur fallut pour tout décider.

La Tersée annonça à la jeune fille qu'il partait pour le Midi. Dominique demanda :

— Vous voulez savoir si je viens avec vous ?

— C'est ça, dit La Tersée, parce qu'il venait de comprendre à cette minute (bien que l'idée de partir autrement que seul ne l'eût jamais effleuré auparavant) que le voyage sans Dominique serait pour lui une aussi fastidieuse corvée que tout le reste de sa vie.

Dominique demeura pensive, mais quelques instants à peine. Elle demanda encore :

— Où nous marierons-nous ?

Et cette question encore parut naturelle à La Tersée. Était-ce l'influence du lieu qui le dépassait complètement, ou une confiance infinie dans les yeux de Dominique, mais il pensa : « Elle ferait une marquise de La Tersée qui les épaterait tous. »

Et il dit :

— Il faut attendre la fin de la guerre. La douairière ne voudrait rien savoir en ce moment. Mais la paix venue, je la déciderai à nous établir comme il convient.

Si Dominique hésita à répondre, ce ne fut point qu'elle pensa au dernier concours tout proche où la plus haute récompense lui était assurée, à son engagement au Théâtre-Français, à sa carrière qu'elle allait rompre d'un coup. Tout cela n'avait jamais été réel. Mais Dominique se rappelait le visage, la jambe estropiée et la voix de son père.

— Eh bien ? demanda La Tersée, qui fut stupéfait de se sentir inquiet de ce silence.

— Je ferai comme vous voudrez, dit Dominique.

La Tersée aspira l'air avec un extrême soulagement, et pensa soudain : « Mais je suis encore jeune. »

Il prit la main de Dominique et dit :

— Venez choisir une bague et des robes.

Un scrupule se montra sur le visage de la fille d'Hubert Plantelle.

— Ne sommes-nous pas fiancés ? s'écria gaiement La Tersée.

Puis il tira de sa poche trois petits paquets bien pliés qu'il jeta dans la pièce d'eau l'un après l'autre.

Dominique ne comprit pas ce qu'il faisait.

— Je mise tout sur une seule carte, dit La Tersée.

Dominique ne comprit pas davantage. Mais le soleil de juin et les reflets de l'eau et un sentiment qu'il ne connaissait point firent briller en cet instant dans les yeux morts de La Tersée une lumière fugitive qui émut de bonheur Dominique.

Elle lui prit le bras et ils quittèrent la Fontaine Médicis.

III

Au moment où, entre beaucoup de courses, Dominique et La Tersée pénétraient dans une maison de couture de l'avenue de l'Opéra, ils furent croisés par une jeune femme blonde qui s'arrêta devant la glace de l'antichambre pour s'y voir reflétée encore une fois, dans un tailleur neuf et clair, qui lui seyait à merveille. Sylvie s'en allait retrouver Richard à l'hôpital.

Il était seul et respirait avec un sourire heureux et vague le bouquet de muguet qu'elle lui avait envoyé le matin.

— Enfin je te vois, je t'ai à moi, dit Sylvie en l'embrassant sur les cheveux, les joues et les lèvres. Les malheureuses fois où j'ai été à Orléans et à Rennes tu te sentais encore si mal, mon pauvre chéri. Où en es-tu maintenant ? Dis vite !

— C'est presque terminé, dit Richard en souriant du même sourire. Plus d'opérations. Les éclats qui restent, je les garde comme souvenirs. Il paraît que le poumon perforé est encore fragile. Mais ça doit s'arranger vite.

Richard avait un peu cédé au plaisir de parler de ses maux, et Sylvie n'avait guère écouté. Elle se pencha brusquement sur Richard.

— Je t'aime, Richard, je t'aime tant, mon chéri, s'écria-t-elle. Je ne peux penser à personne, regarder personne. Tu me plais tant.

La figure de Sylvie gêna Richard. Il ne se trouvait pas, moralement et physiquement, en accord avec son expression. Mais il n'en montra rien. Il s'était promis, au cours de nuits et de nuits sans sommeil, d'amener patiemment la jeune femme au sens nouveau qu'il avait pris lui-même de l'existence.

— Reste près de moi un instant sans bouger, sans parler, dit Richard.

Sylvie fit comme il avait demandé.

— Tu es si belle quand ta figure est au repos. Tu as tant de grâce... (Richard sourit pensivement.) Ophélie... Tu te souviens ?

Il contempla la jeune femme en silence, avec ce sourire pensif.

— Tu me regardes, tu me regardes, s'écria enfin Sylvie en riant, et tu ne vois pas le plus important... Non... ? vraiment non ? Eh bien, je sors de chez le couturier avec un tailleur tout neuf à ton intention.

Le sourire de Richard changea d'une nuance. Tant de légèreté l'attendrissait et l'irritait un peu dans le même temps.

— Ma chérie, dit-il, tout est devenu neuf pour moi.

Ligne par ligne, le sourire quitta son visage et fut remplacé par un sérieux profond.

— Et toi, tu n'as rien remarqué dans cette chambre ? demanda Richard.

— Je suis entrée si vite, dit Sylvie. Mais attends... attends... Je suis déjà venue dans cet hôpital...

Sylvie s'arrêta, tournant son visage en tous sens comme si elle flairait les lieux et s'écria, très émue :

— Richard, c'est ici que je t'ai vu la première fois ? C'est bien ici. N'est-ce pas ? Oh ! mon chéri, mon chéri...

Mais Richard ne trouvait pas de place en lui pour cette sorte d'attendrissement.

— C'est la chambre de Namur, dit-il. Et c'était son lit.

Il caressa, sans en avoir conscience, le bord du matelas et demanda :

— Tu es allée au Val-de-Grâce ?

— Tu n'y penses pas ! s'écria Sylvie... C'est impossible. Je ne veux pas voir Bernard dans un état pareil.

— Je te comprends... Je suis heureux d'être encore empêché d'aller jusque là-bas, dit Richard. Mon père l'a vu, et Namur ne reconnaît personne. Et ne se rappelle rien. Tantôt il pleure, tantôt il rit... Quelquefois des paniques terribles. Et il n'a pas une écorchure. La commotion a suffi. C'est à devenir fou soi-même.

Les mains de Sylvie, devenues toutes blanches, s'étaient crispées l'une sur l'autre et ses pupilles se dilataient. Il y avait dans la voix de Richard une puissante influence magnétique. Il sentit son pouvoir et poursuivit :

— Et c'est le même Namur que j'ai connu au front, que j'ai rencontré ici...

Richard attira légèrement Sylvie par les épaules et se mit à parler à voix basse :

— Tu te rappelles, chérie, il était à la place où je suis. Tu te rappelles comme il souriait, comme...

— Tais-toi... je ne veux plus... tais-toi, cria Sylvie. Je le vois si bien. Et avant... nous avons été à l'école ensemble... Nous avons...

La tête de Sylvie s'appuya sur l'oreiller, près de celle de Richard. Il fut bouleversé par ces larmes. Il se rendait mal compte qu'il avait tout fait pour les amener et il se dit avec bonheur que Sylvie et lui, ils trouvaient enfin le même langage, la même mesure de la vie.

Richard posa sa main sur les cheveux de la jeune femme. Il crut découvrir leur finesse, leur légèreté, leur nuance qui oscillait entre l'ambre et le miel. Il dit avec toute la tendresse possible :

— Tu l'aimais vraiment, je le savais bien.

Alors Richard entendit Sylvie, comme à travers un très grand espace, et il ne pouvait comprendre si cela venait de ce que Sylvie parlait la bouche pressée contre l'oreiller, ou de ce qu'il avait la tête pleine d'une matière épaisse, molle et rebelle au son.

— Tu savais tout ?... chuchotait Sylvie. Bernard t'a raconté ?... Il a bien fait... Tout le monde était au courant à Grenoble... Et c'était si longtemps avant toi.

Le froid qui envahissait le corps entier de Richard lui rappela l'anesthésie glacée de l'éther qu'il avait dû subir à plusieurs reprises, et, bien qu'il eût déjà compris, il ne souffrit, ni ne remua. Mais, de toute sa vie, il n'avait été aussi attentif.

Et Sylvie entoura fébrilement de ses bras le cou de Richard et cria entre ses sanglots :

— Il n'y a que toi, que toi, mon amour. Tu comprends, avec Bernard, j'étais une petite fille, en province, je ne connaissais rien de la vie... Maintenant je sais... et il n'y a que toi... Lui, Bernard, je m'imaginais seulement, mais quand il a voulu m'épouser, j'ai préféré André, à cause de sa situation... Et Bernard non plus, il ne m'aimait pas, au fond. Il a refusé de me voir comme avant. Par scrupule pour André, pour des...

Sylvie hésita, et Richard acheva à sa place, tranquillement :

— Pour des bêtises... Tu peux...

Une crainte soudaine et confuse poussa Sylvie à se serrer contre Richard, mais il l'écarta et dit sans changer de ton :

— Et maintenant tu peux, aussi, t'en aller.

— Mais... Richard ?

— Et pour toujours, et tout de suite.

— Richard, tu es...

— Fou ? Non, c'est Namur...

— Mais pourquoi ? Pourquoi ?

— Parce que.

— Mais si tu savais...

— Je ne savais rien...

— Mais je ne t'ai pas trompé...

— Personne n'a trompé personne.

— Mais parle alors. Tu as assez de moi ? Tu cherches un prétexte ?

— C'est ça.

Quelqu'un, dans Richard, qui n'était pas Richard, avait profondément pitié d'une jeune femme, toute convulsée de chagrin, qui n'avait plus aucun souci de son tailleur neuf et de son maquillage, et qui n'était pas Sylvie. Il n'y avait plus de Sylvie. Richard l'avait supprimée. Et il ne se demandait pas pourquoi, ni de quel droit. Ni si cela était bien ou mal, juste ou monstrueux. Mais, jusqu'au bout, il ne se départit ni de sa résolution ni de son calme.

Seulement, à peine Sylvie fut-elle dehors que Richard sauta de son lit et alla coller son front brûlant contre la vitre à travers laquelle on voyait le crépuscule incertain du printemps descendre sur le Faubourg Saint-Germain.

« Elle a osé, pensait-il, elle a pu... Namur, Namur... Nous confondre en elle. Après ?... Avant ?... Pas de sens... Le temps ne veut rien dire. C'est dans toutes les philosophies... Philosophie... agrégation... Namur... préparait l'agrégation de philosophie... Le capitaine... Elle a pu, après le capitaine... avec moi, moi... un rien du tout, un malheureux... Et j'ai parlé d'elle à Namur. Et il l'aimait encore. Il la jugeait, oui, mais ses yeux l'aimaient toujours. Il a compris... Sûrement. Il comprenait tout. Il faut courir lui dire. A l'asile.

Camisole de force. Je ne pourrai jamais... Je vais porter ça tout seul, toute ma vie... Moi, après Namur ; moi, après le capitaine. Mon premier amour. Le premier amour du capitaine. Il n'y a pas d'amour. Fontaine Médicis ? L'amour et la fontaine... Fable de La Fontaine. »

Richard ne se surprit à divaguer qu'au moment où la nuit emplit complètement la chambre et au mouvement de panique qui le secoua. Il fit de la lumière, mais elle ne parvint pas à dissiper son épouvante. S'il avait été jaloux, il eût retrouvé le sens du réel. Mais il venait de tuer un dieu.

« Je ne pourrai jamais passer la nuit ici », pensa fébrilement Richard, en parcourant des yeux la grande chambre riche et calme qu'il s'était promis de peupler des pensées les plus nobles. La chambre de Namur.

« Les poumons ? Je m'en fous. Je me fous de tout. » Qui disait cela ? Étienne ! Le jour de la mutinerie. Étienne... perdu sa trace, comme la raison de Namur.

Namur encore ! Il fallait arrêter cela à tout prix. Richard endossa avec un horrible sourire l'uniforme qu'il avait mis la première fois pour rejoindre Sylvie au Luxembourg.

Le planton de service n'osa pas arrêter l'officier qui sortait aussi résolument. Sur le perron de l'hôtel, Richard frissonna. L'air du soir était très frais. Et il avait oublié son manteau. Mais l'idée de remonter dans la chambre de Namur lui fut intolérable. Sa montre indiquait huit heures. « Elle ne sera libre que plus tard », pensa Richard.

Il but beaucoup dans plusieurs endroits et se fit conduire à l'adresse de Mathilde, qu'il n'avait jamais oubliée.

— Elle est partie depuis six mois et je ne dois pas savoir où elle est, dit la concierge. Sauf pour un étudiant qui s'appelle... Attendez, j'ai marqué ça.

— Dalleau ? demanda Richard.

— Alors, ce serait vous, en militaire. Ça change tout, dit la concierge.

Elle donna à Richard le numéro d'un immeuble, dans la rue Miromesnil.

IV

Une autre loge de concierge. Richard, qui grelottait, la remarqua à peine.

— La chambre de Mlle Lanvic ? demanda-t-il.

— Deuxième étage, répondit la maigre femme.

— Où est l'escalier de service ?

— Vous pouvez monter par le grand, dit la concierge en souriant bizarrement. Par le grand, je vous dis. Je cause français, tout de même.

Ce fut bien Mathilde qui vint ouvrir à Richard, mais à peine reconnaissable. Habillée et fardée avec goût, coiffée d'une manière seyante, elle avait pris l'aspect d'un assez bel animal. Elle resta inerte quelques instants, puis chuchota :

— Monsieur Richard... et lieutenant... et décoré ! Je savais bien que vous viendriez un jour, je le savais bien.

A ce moment, une voix haute et un peu chantante demanda de l'intérieur :

— Qu'est-ce que c'est, Mathilde ?

— Tout de suite, Mademoiselle, cria Mathilde. Une surprise.

Elle prit le jeune homme par la main et le conduisit dans un boudoir meublé à l'anglaise, et qui sentait le tabac de Virginie. Dans un fauteuil, une jeune fille regardait se consumer sa cigarette. La fumée montait vers ses cheveux couleur de lin, plaqués en bandeaux lisses, et vers ses yeux d'un bleu doux.

— C'est Monsieur Richard, vous savez, Mademoiselle. L'étudiant de Blonville, dit Mathilde.

— Ah ! Monsieur Richard, dit la jeune fille. Est-ce que vous avez dîné ?

— Non, dit le jeune homme sans essayer de comprendre ce qui se passait autour de lui.

— Quelle chance ! Nous non plus, s'écria la jeune fille en se levant d'un mouvement si souple qu'il fit songer à Richard au glissement d'un reptile.

Richard fit un repas d'halluciné. Mathilde servait et mangeait à la même table. Elle parlait à l'oreille de la jeune fille en rougissant.

— *Cadet-Rousselle* ? demanda la jeune fille à Richard quand ils furent au café.

— Qu'est-ce que c'est ? Je sors de l'hôpital, dit péniblement Richard.

— Vous ne connaissez pas ? Quelle chance ! s'écria la jeune fille. C'est si amusant de faire le guide.

Cadet-Rousselle était, dans la rue Caumartin, un établissement clandestin ouvert fort avant la nuit. Il était tenu par une femme énorme et par un danseur au visage mat, aux cheveux de jais, et au regard très mobile, qu'on appelait tantôt Sacha, tantôt Alexandre. Dans ce sous-sol vaguement éclairé, on trouvait des officiers en permission ou en convalescence, des embusqués, des espions, des munitionnaires, des intoxiqués, des invertis et des femmes de toutes classes, de tout âge et de tous prix.

Tandis que Richard demandait du champagne, Mathilde et la jeune fille se levèrent pour danser ensemble. Le jeune homme, qui s'était habitué à la pénombre, reconnut à une des tables Fiersi et La Tersée. Il vint leur serrer la main et dit en ricanant :

— Je ne suis pas encore complètement saoul, mais je n'y vois pas clair pour ces deux femmes.

— Petite combinaison, mon cher, dit La Tersée. L'Américaine (elle est née en France, mais elle est

américaine) est la fille d'un gros book. La mère est
inconnue. Le père boit. La petite vit comme il lui
plaît. Mais elle a peur du grand mystère, ou bien
elle veut s'apporter entière au mariage. Aucune
importance. Seulement, elle en meurt d'envie.
Alors, elle délègue procuration et regarde jouer la
bonniche. Pour tout arranger, elles couchent
ensemble, naturellement. Facile à comprendre.

— C'est vrai, il faut tout comprendre, dit
Richard.

Un instant, dans la brume que l'alcool et la fièvre
faisaient flotter devant lui, Richard entrevit le haut
front du docteur Dalleau. Mais cela s'effaça aussitôt et Richard entendit Fiersi lui dire :

— Tu peux y aller de confiance, j'y suis passé.

Vers deux heures du matin, ivre, mais lucide,
Richard alla rue de Miromesnil.

— Je t'aimerai toujours, lui dit Mathilde, en le
raccompagnant jusqu'à la porte, lorsque se furent
achevés les jeux à trois.

— C'est merveilleux, la terre est pleine d'amour,
dit Richard, avec un rire insensé.

Le lendemain, il avait une congestion pulmo-
naire.

V

Une ampoule bleue brûlait seule dans la vaste
pièce. Sophie tenait la main moite de Richard.

— Où est papa ? demanda Richard d'une voix
qui semblait avoir traversé des couches d'air
innombrables et y avoir laissé sa vertu vivante.

— Il va venir, mon chéri, ne t'agite pas. Il te
racontera de nouvelles histoires. Moi, je n'en sais
plus.

— Bien, maman, ne me lâche pas la main.

Quand le docteur Dalleau entra, il commença par prendre le pouls de Richard :

— Ça va, ça va vraiment, dit-il à Sophie, que l'expression de son visage rassura plus que ses paroles.

Le docteur s'essuya le front, et ayant tiré une chaise près du chevet de son fils, dit pour expliquer son retard :

— J'étais chez un client qui habite rue de Vaugirard, et j'en avais terminé avec lui, lorsque le concierge, un vieux de 1870, m'a appelé de toute urgence au septième étage.

— Sans ascenseur ! s'écria Sophie.

— Je suis monté doucement, sois tranquille. Quand on ne peut pas faire autrement, on est sage, dit le docteur. A ce septième, j'ai trouvé dans le coma un autre vieux tout pareil au premier. J'ai eu peur d'une attaque. Heureusement, il n'était qu'évanoui. Et savez-vous ce qu'il a fait dès que je l'ai rendu à la conscience ? Il a brûlé une lettre qu'il tenait roulée dans sa main. Un gardien du musée du Luxembourg avec un mystère. La vie est vraiment étonnante.

— Parle encore, papa, demanda Richard.

— C'est qu'on va nous mettre dehors, dit le docteur, et ils auront raison. Il te faut du repos.

— Oh ! restez !... Je vous en prie.

Richard avait une voix de tout petit enfant.

— Tu sais ce que tu me rappelles, dit le docteur en s'efforçant de sourire. Nous habitions la campagne. Tu avais cinq ou six ans. Maman était partie faire des achats à la ville voisine et n'avait pu rentrer le soir. Tu as passé toute la nuit à gémir sans bruit, comme un chiot encore aveugle. Tu me déchirais le cœur. Je suis resté à côté de toi, sans réussir à te calmer.

— Richard, tu es mal ? demanda brusquement Sophie.

Elle venait de surprendre les yeux de Richard, pleins de larmes, fixés sur elle.

« Maman, maman, fais sortir l'Américaine de ma tête », voulaient dire les lèvres de Richard.

Mais ni Sophie ni le docteur ne purent comprendre la signification de ce gémissement. Ils crurent à un léger délire.

VI

Un mois plus tard, Sophie et Anselme Dalleau eurent une très grande joie. Richard obtint sa licence de Droit, ce qui lui fut très facile à cause de son uniforme, de ses décorations et de son visage encore cireux. Et Daniel, pour faire plaisir à Richard, travailla et passa la première partie de son baccalauréat. Ni le docteur ni sa femme ne s'étonnèrent lorsque Richard, pour fêter leur succès, invita Daniel à dîner au restaurant.

Richard, qui, avant de prendre ses six semaines de convalescence, avait encore quelques jours à passer à l'hôpital, était tenu d'y être au plus tard à minuit. Il promit de ramener Daniel auparavant.

Le docteur et Sophie attendirent leur retour dans la salle à manger, lui lisant, elle occupée à un ouvrage de couture. De temps à autre, ils échangeaient une phrase qui, toujours, se rapportait à leurs fils. Ils calculaient qu'en octobre la guerre pouvait être finie. Les nouvelles du front permettaient de tout espérer. Et les soldats américains arrivaient par centaines de milliers.

— Richard n'ira peut-être plus se battre, dit Sophie.

Un peu plus tard, elle soupira :

— Je suis heureuse pour son Droit, mais l'agrégation ès lettres, il ne veut plus en entendre parler.

— Il a raison, je crois, répondit le docteur. Impatient et violent comme il est, il n'a pas du tout la

vocation pédagogique. Et sans vocation, ce métier
est un enfer.

Du temps passa encore. Le docteur souleva sa
tête penchée sur son livre, et remarqua avec un
plaisir candide :

— Puisque Daniel a passé son premier bachot, il
viendra à bout du deuxième.

— Je l'espère de tout mon cœur, dit Sophie.

Ils avaient la religion des diplômes à un degré
égal.

— Richard fait de son frère ce qu'il veut, reprit
Sophie.

— Oui, nous ne comptons plus beaucoup, dit
gaiement le docteur. C'est la loi de la nature.

La ride qui entaillait son front se creusa.

— Je m'inquiète davantage de la facilité avec
laquelle Richard dépense, reprit-il. Je sais bien qu'il
a gardé par force trois ou quatre mois de solde en
réserve et qu'il a besoin de se détendre et qu'il
pense à son retour au front. Tout de même ces
habitudes me font peur. Elles ne s'en iront pas si
vite. Et la paix venue...

— Qu'elle vienne ! qu'elle vienne seulement,
s'écria Sophie. Le reste, mon Dieu, on s'arrangera
toujours.

Elle regarda la pendule et mit son ouvrage de
côté en disant :

— Les enfants ne peuvent plus tarder. Je vais
faire tremper les légumes pour demain.

Minuit sonna, puis une heure. Sophie et Anselme
attendaient toujours. Le docteur pouvait encore
s'intéresser à sa lecture et se défendre contre l'inquiétude. Mais Sophie, sans rien montrer, imaginait le pire. Richard avait eu une rechute subite ;
Daniel ne pouvait pas l'abandonner, il n'osait pas
prévenir. Courir à l'hôpital ? Il était très tard ; cela
affolerait Anselme.

A trois heures, la température fraîchit dans la pièce et le docteur toussa :

— Il faut nous coucher, dit Sophie. Ces garçons impossibles nous ont oubliés.

— Mais où peuvent-ils être ? demanda le docteur à voix basse. Tout est fermé, voyons.

Sophie ne savait que répondre, le docteur se frotta la joue et conclut :

— Penser ne sert à rien, dans ce cas. Tu as raison. Allons au lit.

Ni Sophie ni Anselme ne purent dormir de la nuit. Mais chacun feignait le sommeil.

Cependant, Richard, Daniel, Helen et Mathilde buvaient du champagne à *Cadet-Rousselle*.

Rien n'avait été prémédité dans cette réunion. Quand Richard avait emmené son frère, il était tout à fait certain de se trouver rue Royer-Collard bien avant minuit. L'altération de son dessein s'était faite insensiblement. La joie de traiter Daniel dans un restaurant luxueux, de se sentir *entre hommes* avec son frère, en avait été le principe. Parce que Richard aimait Daniel, il aimait à être fier de lui. Et ce soir, les deux exigences se trouvaient comblées. Daniel était très beau. Daniel avait été reçu au bachot, Daniel (il se forçait, mais Richard ne s'en apercevait pas) buvait bien.

— Enfin, j'ai mon frère pour camarade ! s'écria plusieurs fois Richard avec bonheur.

Le plaisir le plus innocent poussa Richard à boire. La boisson accrut le plaisir. Pour lui donner plus de prix encore, il fallut boire encore et tout devint merveilleux. Et quand on refusa de servir de l'alcool, à cause des règlements de police, Richard, tout naturellement, pensa à *Cadet-Rousselle*.

— Une boîte sublime, tu verras, dit-il à Daniel. Et on m'y connaît.

Quand parurent Helen et Mathilde, Richard les trouva charmantes. La frénésie sensuelle que lui donnait l'ivresse commençait son travail. Mais il avait encore soif et remplissait sans cesse le verre de Daniel en criant :

— Si tu veux être mon aspirant, il faut tenir le coup.

Avec des mots pareils, il eût fait avaler du vitriol à son frère. Vers quatre heures, ils se levèrent parce que Helen voulait aller dans un nouvel établissement clandestin à Robinson. Daniel vit la salle tournoyer en emportant les visages dans sa ronde, comme un manège de chevaux de bois.

— Je rentre, supplia-t-il.

Richard lui donna un billet de cent francs, pour son taxi.

VII

Daniel eut beau enlever ses chaussures sur le palier et ouvrir la porte aussi silencieusement que cela lui fut possible, il trouva Sophie dans le couloir. Le jour commençait à paraître, mais l'appartement qui donnait sur une cour étroite comme un puits, demeurait obscur.

— Qu'est-il arrivé à Richard ? demanda Sophie à voix basse.

— Mais rien, maman, dit Daniel. Il est très... très bien, je t'assure.

Il se mit à rire aux éclats. Seulement alors Sophie pensa à faire de la lumière.

— Mais qu'est-ce que tu as ? s'écria-t-elle en voyant le teint verdâtre, les yeux vagues et les mouvements mal assurés de son fils.

— Il a bu, dit le docteur, qui sortait de la chambre à coucher.

— Et bien bu. Il faut le reconnaître, dit Daniel. Et je tiens le coup. Pas comme Richard, naturellement. Mais je peux être son aspirant déjà.

Daniel, ses souliers à la main, releva fièrement la tête.

— C'est vrai, tu sens le vin, s'écria Sophie, avec épouvante.

— Je t'en prie, maman, ne parle pas de vin. Non, il ne faut pas, murmura Daniel.

Il courut soudain vers le cabinet de toilette.

— Il est malade, c'est ce qui peut lui arriver de mieux, dit Anselme en haussant les épaules.

Le docteur passa une grosse robe de chambre et alla s'asseoir dans son fauteuil de la salle à manger. Le malaise physique de Daniel ne l'effrayait pas. Mais la crainte qui lui serrait la poitrine était fertile en tourments. Il avait passé ses années d'enfant dans la terreur de l'ivresse. Son père et ses frères aînés s'enivraient souvent et perdaient alors toute expression humaine. Les injures ordurières, les coups, un climat de bestialité, de folie, emplissaient l'univers.

« Si Daniel commence à seize ans, que deviendra-t-il ? pensait avec accablement Anselme Dalleau. Les autres, au moins, avaient un métier de plein air et une santé de colosses. Richard tient d'eux physiquement. Il est mieux protégé. Mais comment a-t-il pu entraîner, exciter son frère ? Un enfant ?... Et lui aussi, c'est un enfant encore. Même pas majeur. »

Le docteur se souvint de sa vingtième année, famélique, laborieuse, et exclusivement acquise aux besoins spirituels.

« Il est tout de même d'autres moyens pour deux frères de célébrer leur amitié, se disait le docteur. Richard qui aimait tant les choses de l'esprit... Autant que moi... »

Cette part de paternité, le docteur la préférait à tout. Il souffrait comme si Richard le reniait.

« Je comprends bien comme cela s'est fait, continuait de réfléchir Anselme Dalleau. Il a vécu à même la terre. Il a tué, il s'est fait tuer à moitié. Il

s'est rapproché de la bête. Oui... je le comprends...
Et après ? Est-ce que cela me rassure, me console ?
Au contraire ! Pour un autre, j'aurais porté un diag-
nostic et passé outre. Mais Richard ? Que va devenir Richard ? »

Le docteur commença de sentir le poids de sa
respiration. Il se força à demeurer complètement
immobile et à ne plus penser. Sophie vint lui dire
que Daniel dormait.

— Je l'ai bordé tout de même, soupira-t-elle.
Mais quand il se réveillera...

— Laisse, laisse, dit très bas le docteur. Il a l'approbation de Richard. C'est par Richard qu'il faut
agir sur lui. Si Richard le veut bien. Sans quoi,
Daniel nous prendra pour des imbéciles et nous
détestera. Nous ne sommes pas faits pour la
manière forte, maman.

Anselme Dalleau ferma les yeux et eut l'air de
s'assoupir. Sophie alla à la cuisine lui préparer du
café au lait. Dès qu'elle fut sortie de la pièce,
Anselme prit furtivement deux comprimés de trinitrine. Il usa de son médicament tout le long de la
journée. Richard n'était pas revenu rue Royer-Collard, et, à l'hôpital, Christiane ne l'avait pas vu.

Personne ne pouvait savoir que, dans le petit
appartement de la rue Miromesnil meublé à l'anglaise, tantôt il dormait entre Helen et Mathilde,
tantôt assistait à leurs plaisirs, et tantôt laissait
Helen assister à ceux qu'il prenait avec Mathilde.

VIII

Au repas du soir, Anselme ne put rien manger.
Un poing invisible mais dont il croyait sentir toute
l'ossature appuyait de plus en plus fort sur son
sternum.

« Si cela continue, pensa Anselme Dalleau, il me faudra bientôt une piqûre. »

Sophie, à ce moment même et sans rien dire, alla préparer une seringue et une ampoule de camphremorphine.

Comme elle revenait auprès d'Anselme, on sonna. Sophie échangea un regard rapide avec son mari et dit à Daniel :

— Va ouvrir... Le docteur est en visite. Il ne peut recevoir personne jusqu'à demain. Personne.

C'était Christiane.

— Toujours pas de nouvelles ? chuchota-t-elle dans le vestibule. Je ne sais rien non plus... Il ne devrait pas... Il est encore fragile...

Daniel annonça la jeune fille à ses parents.

— Nous ne sommes pas en état de mondanité, dit Sophie presque méchamment.

Le docteur savait combien sa femme devenait intolérante lorsqu'une crise le menaçait. Il fit semblant de ne pas avoir entendu et dit à Daniel :

— Laisse entrer Christiane, elle me fait du bien.

Le mot était souverain. Le visage de Sophie changea d'expression. Cependant, quand Christiane voulut embrasser le docteur, Sophie l'arrêta en disant :

— Il ne faut pas, le moindre choc le fatigue.

Et quand Christiane proposa son aide pour faire une piqûre au docteur, Sophie refusa avec brusquerie.

— Il n'est habitué qu'à moi.

Le docteur pensa : « Elle est jalouse de ce corps misérable. »

Et il se sentit un peu mieux.

Daniel proposa timidement :

— Si vous le voulez, puisque vous n'êtes plus seuls, je peux essayer de trouver Richard, là où nous étions hier ?

Le docteur et sa femme se consultèrent du regard, mais, avant qu'ils aient pu répondre, un

ululement monstrueux éleva sa longue modulation
familière. Un autre lui répondit aussitôt, puis un
autre. Dans tous les quartiers de Paris, on eût dit
que la ville se plaignait du fond de ses viscères.

— L'alerte ! s'écria Sophie. Anselme, peux-tu
descendre ?

— Je peux, maman, dit le docteur.

Il aurait voulu ne pas bouger, mais comment
laisser les siens exposés, par sa faute, aux risques
du bombardement ?

— Daniel, ma pèlerine, ordonna Sophie.

Elle jeta la fourrure sur les épaules du docteur
et le guida par la main dans l'escalier obscur qui
retentissait déjà d'appels et de piétinements. Christiane et Daniel les suivirent.

La maison comptant plus d'un siècle, ses assises
étaient épaisses, puissantes et ses caves offraient
un refuge parfait. Entre les alvéoles voûtés, téné-
breux, sépulcraux, attribués aux appartements, il y
avait un couloir où les habitants de la rue, qui
n'avaient pas d'abri souterrain aussi sûr, venaient
se tapir lors des attaques aériennes. La crainte et
l'ennui étant plus faciles à supporter en commun,
la plupart des locataires de la maison s'y tenaient
également.

Le costume et l'humeur dépendaient de l'heure
où les sirènes commençaient de bramer.

Quand l'alerte surprenait la ville dans son sommeil, les nerfs et la peau étaient plus sensibles.
Alors, dans leurs accoutrements de fortune, jetés
par-dessus les effets de nuit, les corps semblaient
se réduire, les petites lances des chandelles et des
lampes pigeon faisaient vaciller l'ombre autour de
visages aux yeux lourds, aux paupières bouffies,
irritables à l'extrême.

Mais, ce soir-là, personne encore ne s'était couché. On sortait à peine de table. La froidure éternelle des voûtes et des murailles centenaires,
terrible en hiver, parut agréable à ceux qui, entas-

sés dans leurs petits logis et toutes fenêtres ouvertes, étaient opprimés par l'air étouffant de la rue et
des cours étroites. Si quelques femmes soupiraient
— les vieilles qui souffraient de rhumatismes, et
celles qui pensaient à un ouvrage interrompu, et
celles-là surtout qui berçaient des nourrissons —
d'autres étaient contentes de l'occasion imprévue
pour les commérages. Certaines retrouvaient des
amants qu'elles n'espéraient pas revoir avant le
dimanche suivant. Des hommes jouaient aux dés
sur le sol. Un vieux clochard ivre pleurait parce que
deux adolescents se moquaient de lui, excités par
les rires de quelques jeunes filles. Personne n'avait
peur des avions allemands, sauf une toute petite
femme aux cheveux gris, et qui avait des yeux d'innocente. Blottie dans un coin sous d'énormes toiles
d'araignée, elle tressaillait sans cesse.

— Rien ne peut vous arriver ici, lui disait-on. Ce
n'est pas comme chez vous.

La femme venait d'un des plus pauvres immeu-
bles du quartier. Six mois auparavant, la maison
voisine avait été tranchée en deux par une bombe
qui avait aussi coupé les conduites de gaz. Des gens
en flammes s'étaient jetés par les fenêtres et l'on
avait trouvé le lendemain des cadavres carbonisés
dans les décombres. Depuis ce jour, la femme grelottait doucement d'un bout à l'autre des alertes,
jusqu'à ce que les charroyeurs nocturnes eussent
achevé de lâcher sur Paris leur fret mortel.

Cette scène et cette humanité n'avaient pas pour
Christiane un caractère tout à fait réel. Elle voyait
pour la première fois tant de pauvres réunis et dans
un pareil endroit et dans un tel entassement ; il
lui semblait être tombée au fond d'une fosse
commune. Ces visages fatigués, l'habillement misérable, les enfants sans couleur, lui inspiraient un
sentiment fait de désarroi, de répugnance et de
faute. Mais elle ne fit que traverser cette cohue souterraine pour entrer dans la cave que Sophie avait

aménagée depuis longtemps à l'intention d'Anselme. Et dès que le docteur se fut affaissé dans un très vieux fauteuil, et eut posé ses pieds sur un carré de molleton très épais, Christiane oublia tout pour suivre, avec impuissance et terreur, la lutte qui se livrait à l'intérieur du corps à l'abandon.

Anselme Dalleau n'ébauchait pas un mouvement. La descente des marches tortueuses et hautes, la fraîcheur des pierres enterrées depuis des siècles, les gens réunis en grand nombre, tout était fait pour porter un coup décisif à son cœur que l'angoisse travaillait depuis près de vingt-quatre heures. Il se trouvait dans l'état où, quand la crise l'assaillait en pleine rue, il s'arrêtait et prévenait Sophie :

— Qu'on m'écrase, je ne peux bouger.

Sophie l'observait, non pas du regard, mais de cet instinct formé par des années d'amour et d'inquiétude, et qui, jusque-là, lui avait toujours permis de prévenir le pire. Elle percevait, battement par battement, souffle par souffle, toutes les menaces à sa plus chère vie. Quoi qu'elle fît, le docteur sentait le tourment de sa femme, et le sien en devenait plus atroce. Son sternum, sa poitrine, lui semblaient élus par tous les bourreaux de la terre. Il était impossible que sous un poids pareil les os pussent tenir. Anselme avait beau chercher, par un effort désespéré de la pensée, à se représenter ce qu'il savait si bien médicalement : le jeu des vaisseaux sanguins, des nerfs, les réactions des muscles, il demeurait la proie des sensations les plus élémentaires.

« Un esclave abruti ou Marc Aurèle, quand on a mal à ce point, éprouve la même chose », se dit Anselme Dalleau.

Ce fut sa dernière idée claire avant la crise. Soudain, dans la pénombre, son visage devint bleuâtre, et, bien qu'il se mît à frissonner, la sueur inonda son vaste front.

— Vite, dit Sophie à Daniel.

Pendant que sa mère défaisait le col du docteur, retirait le veston du torse inerte et retroussait les manches de la chemise, Daniel sortit une seringue et une ampoule de la trousse que sa mère prenait toujours avec elle, et qu'il était chargé de garnir.

— Le sinapisme, commanda Sophie, qui déjà faisait la piqûre.

Le docteur revint à lui et murmura :

— Où est Richard ?

Cet appel, rapporté des limbes mêmes de l'existence, fit gémir Daniel.

— Je vais le chercher, dit-il en ouvrant la porte.

Or, depuis quelques instants, des vibrations assourdies avaient forcé au silence la population du sous-sol. La terre transmettait le tumulte des explosions jusque dans la profondeur des caves.

— Non, dit Sophie à Daniel, non, attends.

Elle hésitait, écartelée par deux craintes contraires et de force égale. Daniel n'eût pas écouté sa mère, mais le docteur le regarda en animant d'un mouvement à peine perceptible la grande ride frontale où la sueur ruisselait : « Lui désobéir en ce moment, c'est le tuer », pensa Daniel.

Il entendit alors un chuchotement pressé :

— L'adresse de cet endroit ?

Et répondit machinalement de la même façon :

— Rue Caumartin.

Quand il comprit pourquoi Christiane lui avait demandé cela, elle était déjà dans le couloir où la vieille femme hagarde se lamentait toujours, où des enfants irrités par la longueur de l'attente commençaient à se battre et où le clochard ivre vomissait contre un mur.

IX

Christiane fut heureuse de se trouver à l'air libre. Le fracas des bombes et des canons de la défense ne la troublait pas. Elle avait en commun avec son père et son cousin l'audace presque naïve d'une famille où les hommes avaient toujours exercé la guerre pour seul métier. En outre, son esprit était entièrement absorbé par ce qu'elle venait de découvrir dans les caves de la rue Royer-Collard. Maintenant qu'elle n'était plus neutralisée par la stupeur et par la présence même de tant d'inconnus, l'impression faite sur la sensibilité de Christiane prenait toute sa force, et la foule misérable tout son relief et toute sa signification. « Quelle pitié ! quelle horreur ! Comment cela peut-il exister ? » pensait Christiane en marchant aussi vite qu'elle le pouvait dans la direction de la Seine, « et nous n'en savons rien et nous vivons comme si nous n'avions pas à le savoir. De quel droit ? A présent je ne pourrai plus. On est forcé de faire quelque chose. Et je le ferai... Je connaîtrai ces gens. J'irai chez eux... »

Christiane se surprit à parler toute seule. Elle disait : « Et je croyais avoir tout mon temps à moi avec la paix. » Une idée lui vint qui écarta toutes les autres. « Mais il n'y a jamais de paix si on veut faire cette guerre-là. Une guerre au malheur des hommes. »

La jeune fille songeait encore aux conséquences de cette découverte quand elle traversa la Seine par le Pont Royal. Mais dès lors elle fut entièrement à l'objet de sa course. L'établissement clandestin n'était plus très loin. Christiane en avait entendu parler par Pierre de La Tersée et quelques autres hommes. « Un endroit où il faut être introduit, se dit-elle. On ne voudra pas me laisser entrer. » Cette pensée, au lieu de la faire hésiter, agit sur elle comme un aiguillon. Le courage n'était pas le seul trait héréditaire chez Christiane. Elle avait aussi dans le sang le sentiment de ce qui lui était dû et comme un droit au privilège. Mais cette assurance reparaissait en elle seulement quand elle avait à aider quelqu'un. « Ces sales gens m'empêcher ! Je voudrais bien voir cela ! » se disait Christiane et une sorte de défi, de mépris séculaires tendaient ses muscles fragiles. Elle les obligerait à ouvrir. Et, s'il le fallait, avec la police. Elle s'était promis de ramener Richard au docteur Dalleau. Elle le ferait.

Christiane n'eut pas à forcer la porte du *Cadet-Rousselle*. Sur le seuil de l'établissement, un aviateur et un sergent de tanks buvaient du champagne au clair de lune. Non loin d'eux, assis à même le trottoir entre Helen et Mathilde, et les bras passés autour de leur cou, tantôt riant aux éclats en écoutant le feu contre les bombardiers, tantôt embrassant l'une ou l'autre femme sur les lèvres, se tenait Richard.

Christiane, en venant le chercher, ne l'avait pas jugé un instant. Elle pensait que le goût du plaisir n'était que naturel pour un garçon qui s'était bien battu et avait été blessé durement. Mais quand elle vit le visage de son ami Richard mêlé à deux autres visages — et dans la lumière trompeuse de la lune, ils semblaient confondus en un seul — Christiane fut agitée par une fureur dont elle ignorait qu'elle en était capable, une fureur sans chaleur ni sève, une fureur aride, fielleuse et qui desséchait la bouche comme une fièvre glacée. Elle eut l'impression qu'un poinçon s'enfonçait au creux de son corps et la faisait crier. Et elle cria, mais ainsi qu'elle eût fait pour appeler un chien coupable.

— Richard. Venez tout de suite.

Il se leva d'un bond et approcha de Christiane sans la reconnaître. Puis il s'écria :

— C'est inouï ! Cri-Cri maintenant ! Plus on est de fous...

Richard s'arrêta hébété. Il se trouvait incapable d'associer Christiane à ses plaisirs. Le sentiment habituel qu'il avait pour la jeune fille se faisait jour à travers l'ivresse et commençait à le dégriser. Christiane appartenait à une autre qualité d'existence.

— Mais bon Dieu, Cri-Cri, pourquoi vous promenez-vous ici à cette heure ? demanda Richard sévèrement.

— Parce que votre père est très mal et vous réclame, dit Christiane.

Sa voix tremblait mais pas à cause du docteur Dalleau.

— Mon père... mon père... dit Richard. Il a eu peur du bombardement ?

Christiane marchait déjà vers les boulevards. Richard la suivit.

— Qu'est-ce qui se passe, petit lieutenant ? cria Helen avec un rire aigu. On te fait une scène, pauvre chéri ?

Christiane allait très vite. Bientôt Richard ne put supporter son silence.

— Comment était mon père quand vous l'avez laissé ? demanda-t-il timidement.

— Vous verrez vous-même, dit Christiane.

— Mais enfin, vous pouvez me parler, s'écria Richard. Je ne suis pas un criminel. Si quelqu'un dans cette ville a le droit de s'amuser, c'est bien moi, il me semble. Et leur bombardement, comment voulez-vous que je le prenne au sérieux ? J'en ai vu d'autres.

Tout cela, Christiane l'avait pensé et le pensait encore. Mais elle répondit :

— Vous... vous salissez l'uniforme.

— Je vous en prie, laissez ça à votre colonel de père, ma petite Cri-Cri, répliqua Richard.

Il ne dit plus un mot. Christiane sentait l'inquiétude et le remords se faire à chaque pas plus cruels chez Richard. Elle eût tout donné pour le rassurer,

le consoler, le protéger. Mais la même fureur aride
et glacée l'empêchait de le faire.

Sur le quai de la rive gauche, Christiane
murmura :

— Continuez seul. C'est vous qu'on attend. Télé-
phonez-moi les nouvelles à la première heure. Ne
me raccompagnez pas.

— Merci Cri-Cri, dit humblement Richard.

Dès qu'elle fut seule, Christiane n'eut plus aucun
ressentiment contre lui. Elle éprouvait une fatigue,
une tristesse sans fond. Ces malheureux dans la
cave... Ces malheureux sur le trottoir de la rue Caumartin... et Richard qui courait aux prises avec son
remords... Mais comment pouvait-il embrasser de
telles filles ?... Christiane rentra chez elle avec la
conviction qu'il n'y avait plus rien de beau dans le
monde ni en elle.

Richard arriva rue Royer-Collard après la fin de
l'alerte. Sophie le reçut en disant :

— Tu n'as tout de même pas réussi à tuer ton
père.

La dureté de cette figure, de ces paroles, laissa
Richard sans réponse. Il avait appris à compter sur
la tendresse de sa mère comme sur l'élément le plus
certain, le moins variable de son existence. Misérable et perdu, il entra dans la chambre où le docteur
était couché. Un bonheur sans mélange anima
alors les joues et la bouche imprégnées, mâchurées
par la souffrance. Et Richard comprit qu'il avait
mené au bord de la mort cet irremplaçable ami,
pour se prostituer sous les yeux d'une maniaque.

X

Anselme Dalleau était profondément athée. Il ne croyait qu'à la science. Sophie était issue d'une vieille bourgeoisie voltairienne. La question d'une entité divine ne se posait ni pour l'un ni pour l'autre. Cependant, un jour où Richard était revenu du lycée surexcité par une discussion théologique avec des camarades et avait crié à table : « Il n'y a que les imbéciles pour croire en Dieu ! » le docteur lui avait dit : « Pense de temps en temps que Pasteur est mort dans la foi la plus candide et que Renan a traversé de véritables tortures morales avant de ne plus croire. »

Quelques jours après, le docteur avait dit encore :

— Ma raison ne peut accepter le principe, la source irrationnelle des religions, et la forme dont les hommes les ont codifiées pour gouverner d'autres hommes. Cependant, il faut être aveugle pour ne pas voir en elles un des grands aspects de la sagesse.

— Mais enfin, le péché... ? demanda Richard en riant, c'est idiot, le péché. Contre qui ? Contre quoi ?

— Contre personne, sauf contre toi-même, dit le docteur. Le péché, à mon sens, est une interprétation de cette loi d'équilibre qui veut que tout excès, toute dérogation nerveuse, soient payés à une certaine échéance par l'organisme, physiquement ou moralement. Il faut quelquefois toute une vie pour s'en apercevoir.

— C'est un point de vue et pas plus, avait répondu Richard.

Son premier mouvement, depuis qu'il avait entrepris de raisonner par lui-même, était de toujours rejeter les opinions de son père. Son orgueil l'y déterminait et aussi la conviction que le docteur était, par l'âge, la forme de vie, le sentiment familial, incapable de le vraiment comprendre. Mais, sans savoir comment, Richard, pour tout ce qui s'était offert d'essentiel à son expérience, avait dû convenir que le docteur comprenait très bien.

« C'est le hasard, avait décidé chaque fois le jeune homme. Pour le reste (c'est-à-dire l'invérifié) on verra. » Malgré qu'il en eût, lorsque Richard se mit à considérer la façon dont ses gestes agissaient sur son bonheur, d'après la notion de l'équilibre que lui avait enseignée son père, il dut reconnaître que la plupart du temps elle était fondée. Le drame de ses rapports avec Sylvie donna une force presque superstitieuse à cette adhésion. Mais exalté, romanesque, imaginatif et sensuel, Richard ne pouvait pas tout ramener, ainsi que le faisait le docteur, à l'échelle exacte et prudente de la raison. Le monde lui paraissait composé de cimes et de gouffres, de cyclones et d'arcs-en-ciel. Le balancement dont lui avait parlé son père, ce bilan qui s'établissait dans la chair et dans l'âme, et qu'on finissait toujours par devoir régler, Richard en fit instinctivement un ordre cosmique et y transposa ses paiements personnels.

Il eut ainsi le sentiment que le docteur n'avait pas été atteint simplement par l'inquiétude qu'il lui avait inspirée, mais qu'il avait répondu devant des forces obscures de l'impureté de son fils.

Car, une fois dégrisé, si Richard fut certain d'une vérité au monde (et cela contre toutes les excuses et les justifications que lui fournit un cerveau fertile en ressources de cette nature), ce fut bien de s'être affreusement dégradé rue de Miromesnil.

Le docteur reprit son travail assez vite. Daniel et Richard lui-même eurent l'impression que la crise n'avait laissé aucune trace sur leur père. Seule, Sophie put savoir à des indices qui n'étaient perceptibles que pour elle (qualité de la respiration, économie des gestes, mesure de la parole, consom-

mation de trinitrine) que le docteur avait laissé au
fond de la cave encore un peu de sa substance
vitale. Richard remarqua seulement que le front
semblait commander davantage le reste de la
figure. Alors, afin de voir clair en lui-même,
Richard, habitué à cela depuis toujours, eut
recours à son père. Il lui confia son épouvante
après les aveux de Sylvie et son dégoût pour son
aventure avec Helen et Mathilde.

Anselme Dalleau l'écouta sans parler, en frottant,
par intermittence, tantôt l'une tantôt l'autre de ses
joues grisonnantes.

— Tu as marché vite, il me semble, depuis Blonville, dit enfin le docteur.

Pour que Richard ne pût voir un reproche dans
ses paroles, il ajouta en souriant :

— Comme dans l'armée, d'ailleurs ! Tout va
ensemble, tout se tient.

Il réfléchit, ses yeux à moitié aveugles contemplant quelque chose qui était bien au-delà du visage
de son fils sur lequel ils semblaient fixés. Et il
reprit :

— Vois-tu, ces femmes, je n'ai pas à les juger.
Ni toi non plus... Non, attends, et comme toujours
essaie de comprendre. Ta Sylvie (Richard eut l'impression qu'on appuyait sur une plaie encore à vif),
ta Sylvie est une femme moyenne, de série comme
on dit aujourd'hui. Elle est fraîche et gentille — et
voudrait bien se payer le luxe d'un grand amour.
Mais elle n'est pas assez riche, d'aucune manière,
pour cela. Alors, elle a essayé de s'arranger. Ça
aurait pu réussir. Mais elle a mal choisi. Namur
était trop propre, et toi... et toi... trop bête. Ce qui
revient au même. Car, enfin, une femme qui
trompe aussi facilement son mari, tu aurais pu te
passer de la mettre sur un piédestal.

— Elle ne l'aimait pas, elle m'aimait, s'écria
Richard.

— Mon pauvre garçon, soupira le docteur, ne

recommence pas à confondre les mots et la vérité.
Oui, on peut aimer d'un seul coup. Oui, on peut
changer d'homme ou de femme. Mais alors, fût-ce
pour un an, fût-ce pour une semaine, on ne cherche
pas les accommodements et les transactions. Ce
n'est pas à moi d'enseigner cela (et le docteur sourit
avec sa malice débonnaire) à Dimitri Karamazov.

Richard baissa la tête, et son père poursuivit, les
mains sur les genoux :

— Pour tes autres amies, c'est encore plus limpide. La servante est une asservie dans la moelle et
pour toujours. L'Américaine, elle, relève d'un hôpital que les hommes n'établiront sans doute jamais.

Le docteur sourit encore, mais cette fois d'une
manière qui fit mal à Richard.

— Naturellement, dans tout cela, il n'y a que toi
qui m'intéresses, dit-il encore. Je vois que tu as
besoin des femmes, et je vois aussi que cela ne t'est
pas facile de t'accorder à ce besoin. Tu n'es pas
assez simple pour accepter la loi du sexe comme
celle de la faim et du sommeil. Alors, il te faut la
maquiller. Tu prends tantôt la couleur sublime,
tantôt la couleur ignoble. Fais attention, très attention, mon grand. Ou, un jour, tu vas tout confondre
et ne t'y reconnaîtras plus, et tu seras incapable
d'être heureux par une femme.

— Allons donc, dit Richard, elles ne m'auront
pas à ce point.

Il y avait de la haine dans sa voix.

— Je veux bien te croire, mais je te souhaite de
te marier le plus tôt possible avec quelqu'un que tu
aimeras assez pour cela, c'est-à-dire vraiment.

Richard se mit à rire de son rire d'enfant, et
s'écria en caressant les cheveux de son père :

— Tu es incorrigible, mon vieux médecin de
Molière. Ton remède est pire que le mal. C'est avec
lui que je serais vraiment perdu. Je préfère me soi-
gner moi-même.

Le jour où il fut rayé des rôles de l'hôpital et où

commença son congé de convalescence, Richard
partit pour un petit port en Bretagne, et resta deux
semaines à vivre comme un pêcheur.

— Tu es bien lavé, et rapidement, je le reconnais,
dit le docteur en revoyant son fils.

— On dirait que cela t'ennuie, dit Richard en
montrant ses dents plus blanches dans un visage
bruni.

— Un peu, avoua le docteur. Avec une telle élasticité, tu vas te croire invincible. Les meilleures
frondes cassent quand on tire trop dessus. Et...

— ... reviennent à la figure, je sais, je sais, dit
Richard en riant. Tu peux être tranquille, on ne m'y
reprendra plus.

Au bout d'un mois, le docteur dut convenir que
Richard semblait transformé, ou plutôt que, par-
dessus deux années, il était revenu au temps où,
avec Étienne, il n'avait vécu que dans le domaine
de l'esprit. Il ne sortait presque plus. Les livres, les
entretiens abstraits furent de nouveau sa meilleure
pâture. Il accompagna le dimanche ses parents à la
Fontaine Médicis. Il commença d'initier Daniel au
cours de philosophie.

Sophie se reprochait souvent la dureté avec
laquelle elle l'avait accueilli après la crise d'Anselme.

XI

Le docteur, sa femme et Daniel durent passer
tout l'été à Paris. Sa crise d'angine de poitrine avait
interdit à Anselme Dalleau de monter des étages
pendant trois semaines. Cela suffit pour détruire la
marge de ressources qui, grâce à l'administration
de Sophie, eût permis des vacances à sa famille.
Richard avait bien offert à sa mère un mois de sa

solde, mais Sophie s'était montrée tellement susceptible dans son refus que Richard n'avait pas recommencé.

En septembre, Richard se rappela qu'il devait rejoindre le front dans quelques jours. Le dernier dimanche de sa convalescence, quand ses parents et Daniel quittèrent la fontaine Médicis, Richard prit le chemin du Val-de-Grâce où Namur était toujours interné.

Le docteur s'arrêta en route pour une visite professionnelle. Sophie et Daniel arrivèrent seuls rue Royer-Collard.

— Je ne peux rien faire pour toi, maman ? demanda Daniel.

— Mais si, mon petit, il y a toujours du travail à la maison, dit Sophie, un peu surprise, car Daniel n'aimait guère les tâches domestiques. Seulement c'est dimanche aujourd'hui.

— Je ne me sens pas en humeur de dimanche, dit Daniel.

— Alors, tu vas casser des caisses... C'est une trouvaille à moi, dit Sophie avec satisfaction. Il faudra bientôt allumer le poêle dans la salle à manger pour ton père et le petit bois a encore augmenté d'un sou. Alors j'ai pensé à demander aux commerçants leurs caisses de rebut. Il faut les débiter en petits morceaux.

— Avec plaisir, maman, et demain j'irai de très bonne heure faire la queue pour le charbon, dit Daniel.

Ses longs cils étaient baissés comme toujours et Sophie ne put voir, sur le visage doux et clos, ce qui déterminait son fils à tant de zèle. « C'est le départ prochain de Richard... On sent déjà le besoin de se serrer davantage les uns contre les autres », pensa Sophie. Elle écouta les premiers coups de hachette que donnait Daniel sans les entendre vraiment. Elle se rappelait ce que disaient les journaux et Anselme. Les Allemands reculaient. La victoire

était certaine. Mais d'ici là, combien de morts ! Il y
en aurait jusqu'à la dernière seconde.

Richard revint très vite du Val-de-Grâce.

— J'ai un cafard, maman, dit-il. Mais un cafard !

— Pas de progrès ? demanda Sophie.

— Je crois que c'est pire. Je crois que Namur,
par instants, commence à entrevoir ce qui lui est
arrivé, dit Richard. Il me semble qu'il m'a reconnu.
Il a bredouillé des syllabes qui avaient l'air d'être
les noms de certains hommes de la compagnie. Et
ses yeux pendant qu'il faisait cet effort ! Horribles !
J'ai respiré lorsqu'ils ont retrouvé leur voile, leur
taie. Les médecins disent que pour une guérison,
même partielle, il n'y a rien à faire.

— Les médecins se trompent souvent, murmura
Sophie en caressant le front de son fils. Tu le sais
bien, c'est l'opinion de ton père.

Richard secoua la tête avec accablement et dit :

— Non, c'est fini, c'est bien fini. Namur, et ce
bégaiement, et ces yeux !... Parlons d'autre chose.
Je vais aider Daniel pour les caisses.

— Pas toi, s'écria Sophie. Tu vas tout massacrer.
Il me faut des lamelles très fines.

Quand Daniel vint dans la salle à manger,
Richard, qui essayait de lire, ferma le volume et
regarda distraitement son frère.

— Tu as l'air cafardeux, toi aussi, remarqua-t-il.

— Pas spécialement, dit Daniel, les yeux baissés.

— C'est vrai, tu n'as aucune raison, j'ai des lunettes noires aujourd'hui, dit Richard.

Il hocha sa figure si jeune un peu à la manière
des vieilles gens. Il songeait à Namur et à Mertou,
et à Étienne, et à Dordogne, le barbu qui lui donnait toujours du vin de son bidon. Daniel devina
les images qui obsédaient son frère. Il avait une
intuition étonnante de la tristesse des gens qu'il
aimait.

— Tu as les femmes pour te consoler. Elles t'aiment, et quelles femmes ! s'écria Daniel.

Il ne prononça pas le nom de Sylvie. Il sentait,
sans que Richard lui eût rien dit, qu'il ne le fallait
pas, mais il pensait souvent à elle et Richard le
savait. Et il aimait beaucoup Daniel pour son
silence. « Comme je m'entends bien avec lui », se
dit Richard en considérant, avec une immense tendresse, le garçon au beau visage, presque aussi
haut que lui et qui était son petit frère.

— Qu'est-ce que tu penses des femmes?
demanda Daniel.

— Mon vieux, dit Richard, qui, après Sylvie,
venait de se rappeler Mathilde, Helen et quelques
autres, mon vieux frère, toutes les femmes de la
création ne valent pas le moment que nous passons, toi et moi, à parler comme nous le faisons
ensemble. Tu es mon meilleur, meilleur copain et
je suis le tien. Et ce sera comme cela toute la vie.

— Toute la vie, murmura Daniel.

Ses cils et ses lèvres tremblaient.

— Allons, pas d'attendrissement à la noix, dit
Richard qui avait lui-même la voix assez mal
assurée.

Ils entendirent une clef fourrager dans la porte
de l'appartement et reconnurent la main mala-
droite de leur père.

— Je vais dans notre chambre... dessiner, dit
Daniel précipitamment.

— Et prépare l'échiquier, dit Richard. On va
faire une partie. Cela nous remettra les idées en
ordre.

Richard raconta au docteur sa visite à Namur.
Puis il dit :

— Je rejoins Daniel. J'ai envie de rester un peu
avec lui.

— Tu fais très bien, dit Sophie. Jamais Daniel
n'a été d'une telle gentillesse.

Sophie aida Anselme à enlever son manteau et
ils écoutèrent les pas de Richard dans le couloir

obscur, en sachant qu'ils nourrissaient les mêmes pensées et les mêmes sentiments.

— Eh bien, et ce jeu alors ? demanda Richard.

La planche à échecs n'était pas sortie et Daniel ne dessinait pas. Il se tenait affaissé sur son lit, les yeux rouges. Il se leva en reniflant un peu.

— Tout de suite, Richard. Tout de suite, murmura-t-il.

— Attends un peu, dit Richard. Je ne m'étais pas trompé. Tu as quelque chose. Bêtise d'argent ?

Daniel haussa les épaules.

— Plus grave ? demanda Richard. Quoi ?

— Mais rien. Rien de grave, je te le jure, s'écria Daniel.

— Sur mon départ ? demanda encore Richard.

— Oui. Sur ton arrivée au front, répondit Daniel.

Dans les rapports qu'avaient les deux frères, un tel serment était décisif et Richard fut convaincu.

— En tout cas, vieux, tu peux toujours compter sur moi, tu le sais, dit-il en prenant son frère par le cou et l'attirant à lui.

Daniel se pressa contre Richard et, dans ce mouvement, un objet que Daniel avait dans une poche heurta assez durement Richard à l'os de la hanche.

— Qu'est-ce que tu as là ? demanda Richard.

— Une... une pipe, dit Daniel. Un cadeau.

Son hésitation avait été imperceptible et il savait très bien mentir, mais Richard ressentit une confuse angoisse

— Montre, dit-il.

— Je... je... ne peux pas... un secret, murmura Daniel dont la figure était devenue toute cendreuse.

— Ne fais pas l'imbécile, cria Richard.

Alors, Daniel, de la poche arrière de son pantalon, tira un petit revolver américain. Le visage de Richard prit la même couleur que celui de son frère.

— Tu veux tuer quelqu'un ? demanda très bas

Richard. Une affaire de femme ? Parle, nom de Dieu !

— C'était... pour moi, balbutia Daniel.

Richard recula d'un pas, et murmura, incrédule :

— Te suicider ?

Daniel hochait désespérément la tête et les larmes qu'il retenait depuis longtemps commençaient à ruisseler sur ses joues.

— Un officier américain... à la *Source*, voulait vendre ce browning, balbutia Daniel... J'ai pris cent francs dans le veston de papa... quand il avait sa blouse... Il fait ses comptes à la fin de la semaine... Moi, j'aurais déjà été mort... (Daniel sanglotait). Et je pouvais jurer sur ton arrivée au front puisque j'allais mourir aussitôt que tu aurais pris le train, après t'avoir embrassé. Tu comprends, dis, Richard, tu comprends !

Richard sentit ses jambes moins fermes qu'à l'ordinaire. Daniel avait tout arrangé, et jusqu'à son serment. Le petit Daniel.

Richard fit asseoir son frère sur son lit, entoura les épaules affaissées de son bras musculeux, les serra de toute sa force.

— Vieil idiot, lui dit-il à l'oreille. Penser à cela quand je suis là, moi. Mais je te sortirai de tout, toujours.

— Tu n'y peux rien, dit Daniel.

— Un chagrin d'amour ? demanda Richard.

— Je n'ai pas d'amour, dit Daniel.

— Mais qu'est-ce qu'il y a ? Qu'est-ce que tu as pu faire ? s'écria Richard.

Il entendit un chuchotement désespéré.

— Je suis malade.

Après un bref silence, Richard demanda :

— Syphilis ?

— Non, dit Daniel, l'autre...

Richard reprit son souffle et se mit à rire hystériquement.

— Quel crétin ! Quelle brute, disait-il entre deux

éclats. Se tuer pour une histoire pareille ! Mais tous les hommes ont eu ça, vieil idiot. Ça m'arrivera comme aux autres. (Il n'en croyait rien.) La moitié des types de ma compagnie reviennent avec ce cadeau de leur permission. Et tu veux être aspirant ?

— Si tu savais comme je me dégoûte, sanglota Daniel... Je me sens pourri... Et je ne sais même pas de qui ça vient. Et ce n'est pas ma faute. Toutes les filles de la *Source* me courent après.

— Tu as tout de même le suicide facile, répliqua Richard. Allons, vieux frère, un peu de cran. Nous allons dans la boutique du docteur lui demander le secret professionnel et l'adresse d'un spécialiste. Ça va ?

— Je ferai ce que tu veux, Richard. Mais les cent francs ?

— Je les retrouverai, par hasard, dans ma poche. Pour ta peau, c'est un peu cher évidemment, mais je suis généreux aujourd'hui. Imbécile immense ! Se tuer quand la vie est là.

— Sacrée vie, dit douloureusement Daniel.

La simplicité avec laquelle son père apprit la nouvelle le rassura un peu.

— Tu vois, tu vois, c'est facile, lui dit Richard en sortant du bureau d'Anselme Dalleau.

— Seulement à cause de toi, dit Daniel.

Le visage de son frère qui, après la détente, était devenu animé et joyeux, s'altéra de nouveau.

— Alors, dit lentement Richard, alors, si j'avais été au front, tu... te serais tué ? Je t'en prie, réfléchis bien et réponds honnêtement.

— Honnêtement, je le crois, dit Daniel.

Ses yeux étaient découverts entièrement, ce qui était très rare, et à cause de cela, ils donnèrent à Richard le sentiment d'une sincérité qui lui fit très peur.

Le surlendemain, il prit le train pour le front.

Daniel l'accompagna à la gare. Ils n'avaient jamais été aussi unis.

XII

Quand Dominique était partie avec La Tersée, elle était saine physiquement, sentimentalement et moralement. Elle n'avait rien eu à cacher aux autres ou à soi-même. Elle n'avait pas eu davantage à chercher de dérivatif. Elle n'était pas restée chaste parce qu'on l'y avait forcée ou qu'elle l'eût voulu à tout prix, ou par frigidité. Son éducation, sa nature et les circonstances l'avaient empêchée de rencontrer un homme qui fût capable d'émouvoir son corps sensuel et sensible. Elle aima le visage de La Tersée, son épaule brisée et son épaule valide, les formes de son existence, de ses vêtements, de son esprit, de son langage. Pour lui, elle n'eut même pas de lutte à soutenir contre elle-même. Ils devaient se marier.

Aussi, sa première nuit de femme fut pour Dominique une nuit particulièrement merveilleuse en ceci qu'elle fut merveilleusement saine. Elle eut peur. Elle eut honte et elle fut heureuse et fière par la douleur de sa transformation et, ensuite, tout en elle se réjouit sans mesure.

Elle se réveilla la première, vit La Tersée endormi. Elle éprouva d'abord un sentiment de nouveauté admirable et, aussitôt après, le sentiment tout aussi admirable que cela aurait toujours dû être ainsi. « Et pour toujours... pour toujours », pensa Dominique, retenant son souffle afin de ne pas troubler son amant, son mari et les belles et jeunes larmes qu'elle vouait, sans en connaître la valeur, aux puissances favorables, commencèrent à sourdre de ses yeux larges ouverts.

Ils passèrent entre Cannes et Monte-Carlo quelques semaines qui n'eurent rien de singulier dans le détail, sauf que chaque détail en fut incomparable pour Dominique et jamais pesant pour La Tersée.

Tous les jours Dominique faisait quelque découverte ; un paysage, un restaurant, une plante, une figure. Et, la nuit, dans son propre corps. Cela continuait d'enchanter La Tersée. Il ne se demandait plus si ce plaisir était chez lui un signe de vieillesse ou de rajeunissement. Apprendre la vie à Dominique lui faisait oublier et le jeu, et les drogues. Il ne s'ennuyait plus.

Ils ne fréquentaient personne, bien que La Tersée connût beaucoup de gens, des femmes surtout, du monde et du demi. Il s'amusait à raconter leurs amours à Dominique. Il avait l'esprit vif dans la caricature et savait dire n'importe quoi sans choquer Dominique. Il la fit beaucoup rire dans le commencement. Mais ensuite, elle sembla préoccupée. La Tersée lui en demanda la raison.

— Je n'arrive pas à comprendre pourquoi elles changent tout le temps d'hommes, dit Dominique. Je ne parle pas des femmes perdues... celles qui se vendent. Mais les autres ?...

Cette fois La Tersée perdit un peu contenance.

— Mais enfin, dit-il, tu ne vas pas prétendre que tu n'as jamais rencontré de femmes qui ont eu plusieurs amants.

— Sans doute... seulement, alors, tu n'étais pas mon amant, dit Dominique.

La Tersée ne savait que répondre. Dominique frissonna et dit tout bas pour elle-même :

— Comment peut-on, mon Dieu... Ce sont sans doute des malades...

— Sauf toi, tout le monde l'est, dit La Tersée.

Quand il parlait ainsi, Dominique ne pouvait jamais discerner s'il le faisait sérieusement.

Un jour, comme ils se promenaient dans les jardins de Monte-Carlo, Fiersi, la tête bandée, se précipita vers La Tersée.

— Le marquis ! cria-t-il.

La Tersée le présenta à Dominique et nomma celle-ci. Fiersi inclina la tête, mais d'une telle façon que Dominique ressentit, pour la première fois, la gêne de n'être pas encore mariée. Elle en voulut à Fiersi de cette gêne. Il disait cependant :

— Oui, encore blessé. Et toujours à la tête. Ils me visent bien les vaches. Ils doivent savoir que c'est là où j'ai le meilleur. Mais c'est terminé, marquis. Ils ne me reverront plus là-haut. J'ai fait ma part. Et puis ça se tire... C'est bientôt la fin. Il est temps de préparer son après-guerre : moi, je veux une belle boîte de nuit.

Dominique prit pour du bavardage et de la vanité une abondance de paroles qui, chez un homme très taciturne à l'ordinaire, était seulement le signe de l'adoration qu'il avait pour La Tersée.

— Allons prendre un verre, dit celui-ci.

— C'est moi qui l'offre, marquis. Pas d'histoire. J'ai une commandite formidable, s'écria Fiersi.

L'automne était chaud dans ces parages. Ils s'assirent à la terrasse d'un bar. Une femme y vint rejoindre Fiersi. Elle avait le vêtement, la démarche et les manières de la meilleure compagnie. En la voyant de loin se diriger vers sa table, Fiersi ricana et dit :

— Ma commandite.

La femme approchait. Elle avait un visage très mûr, indifférent et gonflé, sur lequel le maquillage tenait mal. Dès qu'il eut vu ses yeux, La Tersée comprit par quoi Fiersi la tenait. Elle était intoxiquée profondément.

— Assieds-toi, Adrienne, dit Fiersi sans se lever.

Puis il la présenta.

— Madame Jean Bernan.

Le regard de Dominique alla de la femme à Fiersi et de Fiersi à la femme avec une sorte d'incrédulité et de panique.

— J'ai connu une Geneviève Bernan, murmura Dominique malgré elle.

— Geneviève, dit la femme — et son morne visage s'éclaira un peu —, ma petite Geneviève qui ne m'aime plus.

Elle commanda une boisson très forte puis, avec cette facilité de confidence qui est le propre des gens drogués :

— Elle est fiancée à un médecin. Ils vont se marier dans quelques jours. Je suis contente pour elle... très contente.

Dès qu'ils se retrouvèrent seuls, Dominique cria presque :

— Ce Fiersi est effroyable. Je ne te comprends pas, Pierre. Un souteneur, un...

— Il n'y a pas d'ami plus sûr ni plus brave au monde, interrompit La Tersée. Il ferait n'importe quoi pour moi.

— Mme Bernan, la malheureuse, murmura Dominique, est-ce humainement possible...

— A chacun sa dernière carte, dit La Tersée.

XIII

Daniel était en classe de philosophie lorsque, le 11 novembre, à 11 heures, les cloches de l'armistice s'ébranlèrent. Leur marée le souleva sans qu'il en prît conscience, ainsi qu'elle le fit pour tous ses camarades. Ils traversèrent en courant les couloirs et les cours, se jetèrent dehors. La population de la ville était déjà déversée dans les rues. Déjà les tramways et les autobus s'arrêtaient. Déjà on riait, on pleurait, on embrassait des inconnus.

Daniel s'agrégea à sa classe. Celle-ci, qui se mit à la tête de tous les élèves du lycée Louis-le-Grand, s'emboîta dans la file du lycée Henri-IV, qui débouchait rue Soufflot. Les étudiants du Droit et de la Sorbonne formaient une colonne boulevard Saint-Michel, que vint gonfler celle de Louis-le-Grand et de Henri-IV. Leur troupe rejoignit celle de la Faculté de Médecine qui se creusait un chemin à travers la foule pour gagner le boulevard Saint-Germain.

Enfants, adolescents, ou jeunes hommes, ils voulaient voir Clemenceau. Quand ils furent arrivés rue Saint-Dominique, et eurent crié avec frénésie, ils virent paraître et s'incliner vers eux un bonnet de police sombre, des sourcils et des moustaches qui semblaient faits d'un poil plus rude, plus blanc et plus dru que celui des autres hommes, et des yeux extraordinairement brillants. Puis, une voix de vieillard cassée par la joie s'écria :

— Vive la France ! Je... je... n'ai que cela à vous dire, mes enfants !

Daniel revint seulement à trois heures de l'après-midi rue Royer-Collard. Il disait ses impressions lorsque des coups d'une violence terrible ébranlèrent la porte.

— Richard ! cria Daniel, presque renversé par l'élan de son frère.

— Tant pis, me voilà, haleta Richard, tant pis pour les arrêts, tant pis pour tout.

Sophie et Anselme entendirent des phrases mal liées :

— Réserve d'armée près de Château-Thierry... Train pris d'assaut... Types sur les toits... Têtes cassées au tunnel... Imbécile de mourir aujourd'hui... Sortons, sortons !

— Richard, mon petit Richard, dit Sophie avec un sourire ébloui, calme-toi, tu vas te rendre

malade. C'est fini, mon Dieu, c'est fini. Tu vas
vivre !

— Dehors, il faut être dehors, répétait Richard
en embrassant pêle-mêle ses parents et Daniel. Ce
qui se passe, ce qui se passe ! J'ai failli être enlevé,
violé dix fois depuis la gare. La victoire ! La victoire ! Et j'ai aidé à la gagner ! Mais qu'est-ce que vous
attendez pour sortir ?

— J'ai vu Clemenceau, Richard, dit Daniel.

— Vive le vieux ! Vivent les jeunes ! Vive tout le
monde, nom de Dieu ! Mais venez ! Venez donc !

— J'ai peur de la foule pour ton père, dit Sophie.

— Est-ce que je ne suis pas là ! s'écria Richard.
Donne-moi le bras, et tu vas voir ! Cinq minutes
seulement au Luxembourg. Je ne veux pas
commencer la fête sans vous, tout de même. Après,
par exemple. Après...

— Allons, maman, il n'y a rien à faire, dit le docteur avec une fausse résignation.

Sans sa femme, il se fût, dès le matin, mêlé aux
étudiants.

Des milliers et des milliers de gens criant, riant,
hors d'eux-mêmes, emplissaient le jardin du Luxembourg, comme ils emplissaient les places, carrefours
et avenues de Paris, où, après cinquante mois de la
guerre la plus sanglante et la plus harassante, le peuple pouvait s'assembler pour répandre, à la manière
des tribus primitives, son bonheur et son délire.

Dans le Luxembourg, toutefois, le déchaînement
de joie n'atteignait pas à son point extrême. Ceux
qui y étaient venus, l'avaient fait — soit par volonté,
soit par instinct — pour éviter les foules à demi
folles, les torrents d'hommes et de femmes ivres de
vin et d'exaltation, les accouplements à ciel ouvert.
Mais là comme ailleurs, les insouciants et les rai-
sonnables, les prudents et les chimériques, les
trembleurs et les audacieux, tous avaient le senti-

ment qu'une existence était achevée et qu'une autre venait, neuve et complètement coupée de la première. Le partage des eaux était cette journée-là. Derrière elle, il y avait toutes les fatigues, les terreurs, les laideurs, les tristesses. Devant, toutes les fleurs et tous les chants de la vie.

Près de la grille qui donnait sur les rues descendant vers l'École de Médecine, Geneviève parlait avec fièvre à son mari.

— Ainsi c'est vrai, Pascal, ainsi c'est fini, disait-elle. Nous partons pour Nancy. Nous allons y acheter ta clinique. Tu ne sais pas combien je veux quitter Paris. J'y ai tout manqué, tout perdu, jusqu'à Étienne qui est parti pour toujours sans même me prévenir d'un mot. Mais c'est le passé. Demain tout commence. Un foyer. Des enfants. C'est la seule vie.

Un peu plus loin, à la grille de la rue de Vaugirard et près du musée, se tenait Dominique, étroitement serrée contre La Tersée.

La veille, ils étaient encore à Nice, mais, averti par téléphone de l'imminence de la victoire, et bien qu'il tînt en mépris les émotions communes, La Tersée avait senti dans son sang un sourd et chaud battement. Il avait pensé à son escadrille, avec ses vivants et ses morts, puis à Paris. Grâce à sa voiture de course, il était arrivé à temps pour entendre les cloches de l'armistice.

Depuis, il marchait au hasard ou suivant le gré de Dominique. Il ne savait plus pourquoi il était venu, avait la cohue en horreur, haïssait la *Marseillaise*, ne pouvait souffrir la *Madelon*, et, cependant, la liesse immense le pénétrait.

Vers la fin de l'après-midi, Dominique l'entraîna au Luxembourg. Quand elle s'arrêta, il se prit à rêver à l'avenir. Même pour La Tersée, la journée était féconde en espérance. Il allait pouvoir voyager à sa guise. Il fallait un yacht... La vieille marquise ne saurait refuser cela à un fils vainqueur en ces temps de gloire...

Dominique, elle, regardait avidement l'autre côté de la rue. Là-bas, à travers le ruissellement de la foule, disparaissaient et reparaissaient les silhouettes d'Achille Millot et d'Hubert Plantelle. Ils tenaient chacun un verre d'absinthe et trinquaient et pleuraient.

— Pierre, nous allons nous marier ? Ta mère voudra bien maintenant ? demanda Dominique.

La Tersée abaissa sur la jeune fille son regard sans expression. Mais, aux commissures des narines et des lèvres, se formait un mauvais pli. La Tersée ne caressait pas souvent de projets. Quand il le faisait, il n'aimait pas être interrompu. Surtout pour des niaiseries. Il répondit :

— Mon petit. On ne peut pas tout avoir à la fois. Il faut choisir et si tu veux notre croisière... les Baléares, Alicante, Algésiras...

— Les Baléares... Alicante... Oh oui, Pierre, ça d'abord, tout de suite, s'écria Dominique... C'est la vraie vie.

La voix de Dominique déplut à La Tersée. Pourquoi tant de feu toujours et d'enivrement ? Cela devenait de mauvais goût et monotone. « J'aurai à bord Fiersi et sa droguée, décida La Tersée. Ça changera un peu la vie. »

Près de la Fontaine Médicis, la presse était moins vive que dans les allées. Sophie se tranquillisa. Elle soutenait Anselme par le bras. Richard et Daniel marchaient devant.

Oubliant l'anxiété quotidienne, Sophie pensait :

« Anselme ira mieux, j'en suis sûre, maintenant qu'il n'y a plus de péril pour Richard. Et Richard est un homme et Daniel commence à l'être. Encore un peu et nous pourrons nous reposer. Nous aurons rempli notre rôle. »

Et le docteur lui-même, tout sage qu'il fût, faisait des rêves :

« La guerre a mûri mon grand fils, se disait-il. Richard a connu les hommes dans le meilleur et le

pire. Pendant ses permissions il a dissipé ses premières folies — les plus dangereuses comme l'est
chez les jeunes chiens la première maladie. Nous
allons parler, lire, réfléchir ensemble. Nous avons
la vie devant nous. »

Et Richard, dans le tumulte intérieur qui l'as-
sourdissait, entendait une voix triomphante et
féroce :

« Aujourd'hui tout est balayé, nettoyé... ! Avril
1917 ; Étienne, Sylvie, Namur même ! Plus de souvenirs, de scories, de cendres ! »

Et Richard soudain, s'écria avec frénésie :

— Je veux vivre ma vie.

Daniel, à ce moment, et pour la première fois de
la journée, se sentit chétif et misérable. Mais la
main de son frère étreignit la sienne, et Daniel fut
délivré. Avec Richard dans la vie, il ne pouvait rien
craindre.

Autour d'eux et plus loin, et partout, la ville hurlait, chantait, buvait et faisait l'amour dans la nuit
montante.

L'affaire
Bernan

PREMIÈRE PARTIE

I

Le 4 mai 1921, quelques instants avant d'être relevé de son service, l'agent 6521, de faction devant l'Ambassade d'Angleterre, fit un signe au mutilé de guerre qui, de l'autre côté de la rue du Faubourg-Saint-Honoré, proposait des lacets aux passants. A l'ordinaire, ce geste suffisait. L'homme aux béquilles s'assurait machinalement que la jambe gauche de son pantalon, vide et molle, enroulée jusqu'à l'aine, tenait bien à l'épingle de sûreté qui la fixait à la ceinture, puis il fourrait sa marchandise dans les poches de son vieux paletot gris et sautillait jusqu'au bureau de tabac du coin. L'agent l'y rejoignait, et le mutilé payait l'apéritif. Mais, cette fois, le marchand de lacets ne sembla pas remarquer les signes répétés et impatients de l'agent. Celui-ci finit par traverser la rue.

— Tu vois rien, ce matin ? demanda-t-il. Midi va sonner.

Le mutilé, qui regardait fixement une porte cochère située à quelques mètres, répondit :

— J'attends une bonne cliente. Elle ne peut pas tarder.

— Traîne pas trop, reprit l'agent. Je ne voudrais pas que mon collègue te repère. Il est *service-service* et pas ancien combattant comme toi et moi.

— La voilà, dit le mutilé.

Une femme assez épaisse, très bien habillée, mais qui portait une voilette, bien que la mode en fût passée, sortait d'un immeuble voisin.

— Ça va, je passe ma garde et j'arrive. Il fait rudement chaud pour un mois de mai, dit l'agent.

Il reprit son poste devant l'Ambassade d'Angleterre. La femme arriva près du mutilé.

— N'oubliez pas un pauvre blessé de la Grande Guerre, dit celui-ci.

Sa voix ni chantante ni servile avait une intonation si surprenante par la force et le naturel que la femme s'arrêta comme happée au passage. Elle considéra le visage du mendiant mutilé qui déposait avec soin l'une de ses béquilles contre le mur. Une joue était noire et racornie par suite d'anciennes brûlures. Du même côté, une cicatrice profonde labourait la peau depuis le coin de la bouche jusqu'à la naissance du cou. Comme la femme remontait sa voilette pour mieux voir, le mutilé tourna vers elle son profil intact. La femme articula un son qui ne ressemblait à rien. La voilette à demi relevée laissa apercevoir des lèvres molles qui ne pouvaient réussir à former un nom. Alors le mutilé sortit de la poche de son paletot gris un revolver et tira une première balle dans le ventre de la femme. Elle porta les mains à l'endroit où elle avait ressenti un choc brûlant et cria d'une voix d'enfant qui se plaint d'un mal incompréhensible :

— Pourquoi, mais pourquoi ?

L'infirme frissonna. Il s'était attendu à tout, sauf à cette lamentation puérile. Pour la faire cesser, il épuisa son chargeur. La femme ne dit plus rien et s'affaissa avec une lenteur incroyable, sans cesser de tenir ses yeux fixés sur son meurtrier. Le mutilé eut la sensation que ce regard était lié au sien pour toujours et qu'il retenait le corps dans sa chute.

« Qu'elle est petite », pensa le meurtrier, quand le cadavre se fut enfin abattu sur le trottoir.

Sa tête, soudain, se trouva au même niveau que

celle de la femme. Quelqu'un l'avait frappé par-derrière et sa béquille lui avait échappé. Mais le mutilé n'entendait ni les cris ni les coups de sifflet. Il ne sentait presque pas le piétinement des gens sur son dos et ses épaules. Il contemplait avec une avidité inhumaine les yeux de la morte, épouvanté de ne ressentir ni apaisement ni délivrance.

Il fut saisi au collet, relevé brutalement. L'une de ses béquilles lui fut rendue.

— Au poste, vite, gronda l'agent 6521. Et vous autres, de la place... Il a fait la guerre tout de même.

L'agent fendit la foule, traînant l'infirme dans son sillage. Et seulement sur le seuil du commissariat de Saint-Philippe-du-Roule, il murmura :

— Salaud ! Tu aurais pu choisir un autre moment. Je vais être cassé après l'enquête.

— Je ne pouvais pas faire autrement, dit le meurtrier.

Il essuya le sang qui, de sa lèvre déchirée, coulait dans la rigole de la cicatrice.

II

A la même heure environ, et le même jour, Richard Dalleau accrocha sa robe au vestiaire du Palais. Il était encore très jeune dans ses fonctions, et il aimait encore à ce point les jeux du costume que de mettre ou d'enlever celui d'avocat lui donnait un sens plus vif de sa personnalité. Romeur, qui avait été son meilleur camarade à l'École de Droit, l'aborda en lui demandant :

— Rien de neuf, Dalleau ?

— Non, dit gaiement Richard. Mais ça viendra, je le sens.

— Si tu veux, tu peux entrer chez nous à la boîte,

dit Romeur, qui, ayant achevé son service dans l'artillerie lourde, travaillait au cabinet de son père,
avocat important, spécialisé dans les affaires
civiles.

— Merci, vieux, interrompit Richard. Je ne veux
pas.

— Tu sais, reprit Romeur avec une déférence
amicale, le métier, ce n'est pas la guerre. Le cran
ne suffit pas à tout. A ta disposition, si tu changeais
d'avis.

— Tu es gentil, dit Richard.

Il sourit de ses belles dents, et ce sourire
confiant, sans réticence, qui attirait tant d'amitiés
à Richard, fit que Romeur fut moins certain, pendant quelques instants, de la valeur absolue de la
prudence et de la raison.

— Après tout, dit-il, je t'ai assez mal conseillé la
veille de ton départ pour l'armée.

— Quelle ribote, ce soir-là, s'écria Richard. Tu te
rappelles ? Eh bien, à ma première grande affaire...

Il fit un geste qui étendait à l'infini le champ du
plaisir.

Romeur regarda Richard s'éloigner à travers la
grande galerie peuplée de robes noires, de gardes,
de clients. Ses épaules et sa démarche athlétique
y semblaient déplacées, presque injurieuses. « J'ai
peur pour lui », pensa Romeur, qui était intelligent
et qui aimait Richard.

— Quel est ce boxeur, mon jeune confrère ?
demanda derrière Romeur une voix chevrotante.

Romeur répondit respectueusement au vieillard
à favoris qui était membre du Conseil de l'Ordre,
contemporain et ami de Poincaré.

— Dalleau... Dalleau... Attendez donc, dit le vieil
avocat.

Ses yeux se fermèrent à demi, et il fit appel à
sa mémoire, impitoyable comme un répertoire de
fiches. Un mouvement heureux des mâchoires

agita ses favoris. Il aimait à étonner les jeunes gens par la précision et l'étendue de ses souvenirs.

— J'y suis, s'écria-t-il. J'étais de son jury en 18. Peu de connaissances, mais prompt à la réplique. Et surtout lieutenant de chasseurs, décoré, blessé. J'y suis, j'y suis... (Il eut un petit rire méchant.) Plus brillant sous l'uniforme qu'en costume râpé... Voulait tout manger en revenant... Belle jeunesse... Belle jeunesse !... Chez qui travaille-t-il ?

— Chez personne, maître. Il préfère... rester seul, dit Romeur avec embarras.

— Belle jeunesse, belle jeunesse, répéta le vieillard d'un ton qui fit mal à Romeur.

— A propos, dit-il soudain, comme vous savez, dans l'affaire des sucres, je plaide contre votre père. Mais il est un point où nos intérêts sont communs. Alors...

Il prit Romeur par le bras et ils se mirent à arpenter la galerie, parmi tant d'autres hommes en robes noires qui, sous la voûte sonore, négociaient professionnellement le déshonneur, la liberté, la ruine, la mort violente. Et Romeur pensait que cette promenade au bras d'un vieillard à l'haleine courte et désagréable était un avancement dans la hiérarchie invisible des salles d'audience et des cabinets à gros rapports.

Un soleil qui avait déjà la force, la couleur et la chaleur de l'été enflammait les ornements extérieurs du Palais de Justice et les marches de l'escalier monumental. Richard s'arrêta un instant au bord de la plate-forme. Après l'ombre et la fraîcheur des murs solennels, il éprouvait le sentiment de retrouver son vrai climat. Il eut pitié des fourmis humaines qui grimpaient vers lui pour pénétrer ensuite dans le vaisseau glacé.

« Pourtant, c'est là que je dois réussir, pensa Richard. Ah ! si l'on pouvait plaider du haut de ces marches ! » Il se rappela Démosthène, Cicéron, les tribunes antiques offertes au ciel nu et, ayant descendu l'escalier en sautant plusieurs degrés à la fois, entra dans la buvette du Palais, la tête pleine encore de ces images fabuleuses.

Au fond de la salle, attendait Lucie Fermeil, une avocate, un peu plus âgée que Richard (elle avait 26 ans), mais qui paraissait plus jeune que lui à cause de ses yeux crédules et de ses mouvements embarrassés de fille trop grande.

— J'ai une faim ! s'écria Richard.

Il pensa au peu d'argent qui lui restait et reprit :

— Je veux dire que j'avais très faim, mais tous ces vieux crabes là-haut m'ont coupé l'appétit.

Il demanda un sandwich et laissa Lucie commander ce qui lui plaisait. Ils payaient chacun leur repas, de même qu'ils partageaient le loyer de la chambre de la place Dauphine où ils se retrouvaient souvent.

Par la taille, les manières et la profession, Lucie s'apparentait aux hommes et croyait sincèrement pouvoir vivre comme eux, c'est-à-dire dans une parfaite liberté des habitudes physiques. A cause de cela, pour sa première aventure, elle n'avait pas hésité à céder à un avocat d'âge mur, corpulent et libertin, dont elle était la secrétaire. Mais quand son patron eut épuisé (et cela arriva rapidement) les joies de la nouveauté, et le lui fit comprendre, Lucie se sentit dégradée, perdue. Richard qui, dès les premiers jours qu'il fréquenta le Palais, se jeta sur Lucie comme un affamé, admira la facilité avec laquelle elle consentit à le suivre dans une chambre d'hôtel. Mais Lucie ne pensait pas devoir disputer un corps qui, à ses yeux, ne valait plus rien. Cette grande fille, aux gestes brusques, aux muscles infatigables et qui vivait de son métier, était, sentimentalement, aussi dépendante de l'homme que la femme la moins armée pour l'existence. Elle n'en savait rien et ses rapports, ses actes et jusqu'à ses pensées contredisaient toujours ses exigences véritables. Richard ne voyait rien de tout cela parce que sa sensualité, son besoin de liberté et son goût de la camaraderie trouvaient leur compte aux apparences.

Après avoir hésité, Richard commanda un autre sandwich. Lucie suivit d'un regard fasciné le mouvement animal des fortes mâchoires qui broyaient la nourriture. Une grande faiblesse lui vint à la nuque et un sentiment si tendre parut dans ses yeux que Richard en fut gêné. Ce n'étaient pas les yeux d'une camarade.

— Tu ne finis pas ? demanda-t-il avec brusquerie en montrant l'assiette à moitié pleine de Lucie.

— Non, dit-elle, il fait si chaud.

Elle mourait de faim, mais elle connaissait Richard. Il n'eût jamais accepté qu'elle lui payât un plat, mais il achevait sans honte ceux dont elle feignait ne plus vouloir. Richard regarda passer un serveur qui portait un plateau de fromages et dit :

— Dans ma compagnie, j'avais un type magnifique. Mouscard. Quand il voulait situer les gens assez riches pour gâcher la nourriture, il disait avec horreur : « Ceux-là qui mangent du gruyère sans pain... »

Richard avait toujours les yeux fixés sur le plateau des fromages.

— Busselle s'en va de notre cabinet, dit Lucie, et tu pourrais, je crois...

— Tu ne vas pas recommencer, s'écria Richard avec une colère subite qui venait beaucoup des tiraillements de son estomac. C'est bon pour Romeur, ça. Je croyais que, me connaissant comme tu me connais, tu avais fini par comprendre. Non, je ne veux entrer chez personne. Non, je ne veux pas avoir de patron. Mon patron, c'est moi. Je suis assez grand pour me passer de la filière, du harnais. Préparer le travail des autres, attendre cent ans la gloire, merci ! J'aime mieux crever de faim, ou même crever tout court.

L'humilité et l'admiration sur le visage de Lucie apaisèrent un peu Richard.

— Surtout, n'y reviens plus, dit-il, et il vida ce qui restait de bière dans la chope de Lucie.

Elle lui fut aussi reconnaissante de ce geste que d'une parole d'amour.

Lucie et Richard payèrent chacun leur part et sortirent. Au bas de l'escalier, la jeune fille dit :

— Il faut que je remonte. Je me présente pour le patron à la troisième Chambre.

— Dans ce cas, je vais voir Daniel, dit Richard.

— Pourquoi ? Tu étais...

Lucie s'arrêta, par crainte de trop montrer l'espoir qui déréglait son souffle.

— Oui, je pouvais passer deux heures au lit avec toi, dit Richard. Je n'ai rien de spécial cet après-midi. Mais puisque tu es prise et que c'est important...

Il parlait sans arrière-pensée et ce détachement décida Lucie, par le mal qu'il lui fit.

— On peut toujours s'arranger, dit-elle négligemment. Je vais demander qu'on décale mon tour, et je reviens.

Richard regarda avec un plaisir anticipé le grand corps qui gravissait rapidement les marches.

III

Le soir tombant, Richard et Lucie allèrent ensemble de la place Dauphine au théâtre de la Renaissance. Sous les combles, Daniel y avait une sorte d'atelier où il dessinait et peignait, pour le compte d'un maître célèbre, les costumes d'une pastorale licencieuse.

En apercevant le visage de Daniel penché sur une esquisse, Lucie dit gaiement :

— Il est de plus en plus beau.

Richard s'épanouit d'une satisfaction qu'il sentait assez niaise, car il avait l'impression de prendre à son compte les éloges qui s'adressaient à son frère. Mais il n'y pouvait rien. « Il a déjà vingt ans. Et sur lui, un costume d'occasion semble coupé par le meilleur tailleur. Et toutes les femmes le veulent, mais pour moi il est toujours le petit Daniel », pensait Richard avec une incrédulité orgueilleuse.

Daniel s'était formé physiquement beaucoup plus tard que Richard. Il commençait seulement à porter sur ses épaules, sur son cou et ses traits sa première étoffe d'homme. Sa lèvre supérieure pourtant était restée un peu trop courte et découvrait toujours, quand il parlait, la pointe des canines.

— Je pensais justement à toi, s'écria Daniel. Le costumier qui vient au théâtre par le Faubourg Saint-Honoré y a vu tuer une femme.

— Et alors ? demanda Richard.

— Je pensais que, pour le journal, tu pourrais être le premier à donner la nouvelle, dit Daniel.

— Il y a des spécialistes pour les chiens écrasés, dit Richard. C'est important ?

— Le costumier savait seulement que le meurtrier était un vendeur de lacets.

— Tu vois bien, reprit Richard en haussant les épaules. Ça ne vaut pas vingt lignes.

Richard imagina un instant la salle de rédaction obscure et poisseuse, dans le Faubourg Montmartre, où se faisait le journal auquel Daniel donnait des caricatures depuis longtemps. Il se rappela les salaires dérisoires, le directeur toujours suant et toujours besogneux, et conclut :

— Je ne suis le larbin de personne.

Daniel ne répondit pas. Il était gêné en pensant que son frère était entré au journal par ses soins, un jour que la chronique des tribunaux s'était trouvée libre.

— Dire que j'avais cru remuer le monde par cet ignoble canard, remarqua Richard en riant. J'étais vraiment jeune en revenant de la guerre.

Il avait usé d'une intonation presque tendre pour ce dernier mot, et poursuivit en posant la main sur l'épaule de son frère :

— Toi, au moins, tu n'es pas déçu, je vois. Tu travailles à pleins bras !

— Cette fois, s'écria Daniel (et sa lèvre supérieure se releva de la façon la plus ingénue), on me laisse faire tout ce que je veux. C'est une drôle de boutique. Le grand patron qui signe mon travail s'en moque parce qu'il est payé d'avance. Le directeur s'en moque parce qu'il a loué son théâtre à Auriane, et Auriane s'en moque parce que son protecteur fabrique des automobiles.

— Auriane, qui ? demanda Lucie.

— Auriane Dampierre, une poule de luxe, dit Daniel. Elle monte une grande machine pour se montrer nue le plus souvent possible. Voilà.

Un vieil électricien ouvrit la porte, mais hésita sur le seuil, voyant que Daniel n'était pas seul.

— Je vous verrai tout à l'heure, dit celui-ci rapidement.

— J'y compte bien, dit l'homme.

Daniel alla à sa table de travail, ajouta quelques traits inutiles à un dessin et demanda, la tête penchée et les cils baissés :

— Tu n'aurais pas dix francs, Richard ?

— Pas aujourd'hui, dit Richard.

— Je les dois au vieux... *Andrinople* a été battu d'une courte tête, murmura Daniel. J'avais un tuyau du souffleur parce que son fils est apprenti jockey. Seulement, le terrain était lourd.

— Ça va, dit Richard, je ne comprends rien à ton argot de course.

— Je suis encore riche, c'est le début du mois, dit Lucie. Alors, Daniel, si tu veux...

Daniel interrogea des yeux Richard. Celui-ci détestait voir son frère emprunter et surtout à une femme. Mais il ne se reconnaissait aucun droit sur Lucie (il ne voulait lui en donner aucun) et il avait hérité de son père une répugnance presque maladive à empiéter sur la liberté d'autrui. Il se mit à regarder les maquettes.

— Tu peux aller jusqu'à un louis, dit rapidement Daniel à Lucie. Je te paierai demain. J'ai un renseignement sûr, cette fois, pour Auteuil.

— Il y aura de belles filles là-dessous ? demanda Richard en désignant les costumes composés par son frère de façon à montrer beaucoup de chair.

— Évidemment, dit Daniel, Auriane est assez jeune et bien faite pour se les permettre. Mais ces poules n'ont pas d'intérêt, tu peux m'en croire.

Richard ne répondit pas. Il avait plus d'une fois rêvé aux contacts que son frère avait dans les coulisses.

— Ce n'est pas comme Lucie, reprit Daniel. Tu as de la chance.

— Ne fais pas l'idiot, s'écria Lucie de sa manière la plus masculine.

Mais elle se fût endettée jusqu'à la misère pour que Daniel parlât de la sorte à Richard.

Les deux frères rentrèrent à pied. Place Saint-Michel, ils achetèrent une feuille du soir. Le crime du Faubourg Saint-Honoré n'y était signalé qu'en troisième page et au bas d'une colonne. On ne donnait pas le nom de la victime, ni celui du meurtrier, ni les mobiles du drame.

IV

Le jeune médecin mobilisé qu'Anselme Dalleau avait remplacé en 1915 rue Royer-Collard avait été blessé à la fin de la guerre et, pendant sa convalescence à Cannes, s'y était marié richement. Cela lui permit après la guerre de travailler en amateur dans le Midi. Le docteur Dalleau et sa famille continuaient d'habiter, au deuxième étage de leur très vieille maison, l'appartement circulaire, fait de deux petits logements réunis, dont toutes les fenêtres donnaient sur une cour obscure.

Depuis l'armistice et bien que trois ans se fussent écoulés, rien n'avait été remplacé ou renouvelé dans la salle à manger, le salon et le cabinet du docteur. Mais les deux autres chambres qui avaient été celles d'Anselme et de sa femme, et de Richard et Daniel, avaient changé d'aspect et de destination. Les règlements du Conseil de l'Ordre prescrivaient à un avocat d'avoir à son nom un logement qui comportât au moins deux pièces. Ni Richard ni son père n'avaient eu les ressources nécessaires pour que le jeune homme pût s'établir séparément. Après de longs calculs à un franc près et des ajustements méticuleux, Sophie Dalleau offrit une solution.

On transporta dans la salle à manger le grand lit où elle dormait avec le docteur (ce qui fit une économie de chauffage) et Richard disposa pour son cabinet de la chambre désaffectée. Quant à celle qu'il partageait avec Daniel, elle devint son salon d'attente.

La nuit venue, les deux frères dormaient sur les divans. On mit de nouveaux papiers aux murs. Sophie acheta chez le revendeur du quartier un bureau de noyer ciré, un fauteuil de cuir et quelques chaises, ouvrit la porte condamnée sur le palier, fit remettre dans le couloir celle qui autrefois avait séparé les deux petits logements, et Richard, ayant signé un engagement de location, se trouva installé.

— J'ai tout prévu, dit Sophie. Si un jour tu as une secrétaire, tu pourras la mettre dans le cabinet de toilette.

— Ma pauvre maman, s'écria Richard. D'abord, j'aurai *un* secrétaire, et même plusieurs. Et alors je ne serai plus rue Royer-Collard. Et ce sera bientôt !

Il avait parlé ainsi au mois d'octobre 1919. Au mois de mai 1921, rien n'avait changé, sauf que les papiers s'étaient un peu flétris et que Richard avait dû renoncer à l'appareil de téléphone qu'il avait fait poser avec ce qui lui restait de sa prime de démobilisation.

Sa chronique judiciaire, des répétitions qu'il donnait, de menus travaux exécutés pour des revues techniques, rapportaient à Richard, dans les bons mois, trois cents francs. Il en donnait cent pour son loyer, et quand il avait payé ses cotisations professionnelles, il avait cinq à six francs à dépenser par jour.

Au Palais, à part d'humbles procès que lui imposaient les devoirs de l'assistance judiciaire, il n'avait pas eu une seule affaire. Il était incapable de manœuvres de racolage, aussi bien par inexpérience que par fierté, et il s'était refusé avec obstination à entrer comme secrétaire dans les cabinets importants, ce que, en revenant du front, il eût pu faire aisément, à cause de ses blessures et de ses citations.

— J'aime mieux être maître de ma misère que de végéter sous un autre, avait décidé Richard, et personne n'avait pu lui faire entendre raison.

Son entêtement tenait à des causes plus profondes que l'orgueil dont il faisait étalage pour l'expliquer. Dans toute sa vie, Richard n'avait eu un peu d'argent que lors de sa permission et de sa convalescence. Il l'avait dépensé en quelques soirs de débauche. Il voyait le luxe sous forme de champagne et de pourboires. C'était une sorte d'évasion, de voyage, de rêve violent. Pour le reste, il n'avait aucun besoin dispendieux. Enfant ou adolescent, il n'avait jamais souffert de ne posséder que deux chemises, un seul costume, une seule paire de chaussures. Il retrouvait cet état sans amertume.

Les abris des tranchées, les rats et les poux avaient encore simplifié ses exigences. Mais la guerre, par contre, lui avait permis, à vingt ans, de conduire à l'assaut une compagnie, et il avait eu l'occasion de disputer des vies aux cours martiales. Richard se rappelait souvent les regards qui s'étaient donnés à lui à l'instant de l'attaque ou pendant qu'il essayait de sauver un soldat devant un tribunal militaire. Et il se sentait organiquement incapable de suivre la filière, de subir la routine, et d'attendre longtemps la gloire qu'il avait, depuis qu'il réfléchissait, considérée comme inséparable de son existence même. Pour mériter cette exaltation de sa personne, pour arracher au destin cette gloire nécessaire, il importait peu à Richard de mal déjeuner, de porter un veston abîmé, de se contenter de la chambre et des bras de Lucie.

Parfois, cependant, quand il passait devant la vitrine sourdement illuminée d'un restaurant nocturne, ou voyait une fille éclatante au fond d'une voiture faite à son image, Richard sentait un mouvement furieux le porter vers ces biens réservés aux hommes riches. Il pensait aux jouissances de l'alcool, de la musique et de la pénombre, à la liberté sauvage des sens, qu'il avait connues pendant quelques nuits. Mais, très vite et comme pris de vertige, il étouffait ces souvenirs et, avec le sentiment d'avoir éteint par une pelletée de cendres un foyer dangereux, il revenait rue Royer-Collard où la force des choses l'obligeait à recommencer, dans l'austérité, les privations et les entretiens familiaux, une sorte de deuxième adolescence pauvre.

« Les femmes », se disait alors Richard avec une sorte de haine, « les femmes, j'y penserai quand j'aurai réussi. J'aurai celles que je voudrai, et à ma dévotion ».

Et soudain il se voyait au centre d'une salle publique et, tandis qu'il passait, un nom le suivait sur les lèvres les plus belles : « Richard Dalleau ! Richard DALLEAU ! » Cette vision portait en elle tous les désirs comblés, tous les bonheurs possibles. Quand Richard sortait d'un véritable vertige, il murmurait : « La gloire, ou je mourrai ! »

Mais la gloire continuait à ne pas se montrer rue Royer-Collard.

V

A l'ordinaire, Richard entrait dans l'appartement par la porte située sur le côté gauche du palier et qui était *sa* porte. Il y avait dans ce mouvement un léger vestige du plaisir très vif qu'avait connu le jeune homme dans les premières semaines de son établissement. Il s'attardait alors, avec satisfaction, dans son bureau, prenait la mesure de son indépendance et de ses espoirs, caressait parfois l'appareil téléphonique tout neuf. De tout cela, il ne restait plus à Richard que le mouvement instinctif d'entrer par la gauche.

Or, le soir du jour où fut commis le crime du Faubourg Saint-Honoré, Richard se montra infidèle à cette habitude. Daniel, qui se rappelait tous les présages, en fut, par la suite, bouleversé. Mais, à l'instant où il vit Richard ouvrir la porte de droite qui donnait directement sur la partie du logement réservée à leurs parents et se précipiter vers la cuisine, Daniel pensa tout simplement : « Il est comme moi, il meurt de faim ! »

Dans cette maison de petites gens, l'escalier, aux heures des repas, était plein d'un relent épais de nourritures qui écœurait Richard quand il était rassasié. Mais, après un déjeuner composé de deux sandwiches, quelques heures de grande dépense physique dans le lit de Lucie et une dizaine de kilomètres parcourus à pied à travers les rues, cette odeur fut pour lui une tentation intolérable. Il entra dans la salle à manger où sa mère mettait le couvert, mordant à même un pain entier.

— Richard, s'écria Sophie, on mange tout de suite.

— Ça n'empêchera rien, je te promets, maman, dit Richard entre deux bouchées.

— Il serait temps d'oublier ces mœurs de soldat, remarqua le docteur avec une grimace qui souleva ses grosses moustaches.

Elles avaient beaucoup blanchi, de même que ses cheveux. Ceux de Sophie avaient quelques mèches grises.

— Il n'y a pas de quoi rire, reprit le docteur d'une voix devenue, avec le temps, plus lente et plus faible. C'est assez dégoûtant de toucher avec des mains que tu n'as pas lavées un pain destiné à tout le monde.

— Je le mangerai seul, dit Richard sèchement.

Il avait parfois l'impression (et cela l'irritait outre mesure) que sa démobilisation et ses deux années stériles au Palais l'avaient ramené pour ses parents à l'âge des leçons sur la bonne tenue.

— La vie est difficile, dit Sophie avec un soupir dans lequel se faisaient jour une fatigue qui, en trois années, semblait entrée dans la moelle même, et son angoisse pour la santé affaiblie du docteur, les malades plus rares, l'avenir toujours incertain des enfants.

Parfois, lorsqu'elle se sentait fléchir sous tant de

charges, Sophie retournait par le souvenir à la félicité, à la sécurité parfaites qu'elle avait connues le jour de l'armistice. Elle s'était dit en cet instant que, puisque Richard revenait du front vivant et intact (ce qui dépassait tous ses espoirs) et que Daniel avait échappé à la guerre, elle bénirait sans cesse le destin. Sophie, en se rappelant cet élan sans restriction, s'étonnait de son ingratitude, et, imaginant ce qui eût pu arriver, trouvait soudain légers tous ses fardeaux. Mais bientôt, elle se reprenait à penser : pourquoi Anselme porte-t-il plus souvent sa main à la poitrine ? Pourquoi Richard ne veut-il pas devenir sérieux ? Pourquoi Daniel est-il toujours fuyant, renfermé ? Et la trame mesquine des nuits et des jours, des inquiétudes cachées et des espoirs déçus étouffait le grand bonheur.

Richard devina bien qu'un souci profond inspirait les paroles de sa mère, mais il crut en former l'objet exclusif. C'était la rançon de son insuccès prolongé qu'il commençait à supporter avec impatience.

— Allons, allons ! dit-il moitié avec tendresse et moitié avec nervosité. Je t'assure que tout s'arrangera. Cet après-midi même, au Palais, j'ai eu deux belles propositions, comme on dit, et pour des patrons de choix.

— Eh bien ? demanda Sophie.

— Il a refusé, cela se voit à sa figure, dit le docteur. Non, je t'en prie, maman, ne recommençons pas à discuter cela. La cause est entendue et il a peut-être raison. En allant contre sa vraie nature on peut devenir un aigri ou un monstre. Seulement, réfléchis bien, Richard, c'est peut-être la dernière occasion qui s'offre. Les services de guerre commencent à s'oublier. Le temps va vite, tu sais.

Daniel dit à Richard :

— Pourquoi ne t'adresses-tu pas à Jean Bernan ? Voilà plus d'un mois qu'il est directeur de la Sûreté.

— Jean Bernan ? Le père d'Étienne ? demanda le docteur.

— Pauvre Étienne, dit tendrement Sophie — et son visage épuisé retrouva une sorte de lumière. Comme il était touchant quand il est venu ici pour la dernière fois !

— Richard, demanda Daniel, que dis-tu de mon idée ?

— Profiter de la mort de mon meilleur ami pour me caser, je n'en suis pas encore là, mon vieux, s'écria Richard.

— Étienne n'est pas mort... Il n'est que disparu, dit Daniel.

— De toute façon, c'est absolument impossible, dit le docteur.

Ses yeux usés rencontrèrent ceux de Richard et Richard se sentit en paix. Alors sa mère s'approcha de lui :

— Mon petit Richard, dit-elle, je ne te demande qu'une chose. Passe ton agrégation de lettres. Souviens-toi de tes succès à la Sorbonne. Si tu le voulais, tu réussirais à ton concours cette année, j'en suis sûre. Puis tu préparerais tout doucement ton doctorat. Tu es si jeune ! Et tu ferais tes cours dans une université. Tu ne dépendrais de personne que de tes livres. Tu aimais tant les livres. Une vie tranquille, assurée. Et quand papa ne pourrait plus travailler, nous viendrions près de toi et...

— Et près de ma sainte femme et de mes douze chérubins d'enfants ? interrompit Richard.

Il y avait tant de méchanceté dans sa voix que Sophie demeura un instant incrédule. Richard ne pouvait pas parler ainsi. Mais le docteur posa une main moite sur le poignet de son fils avec une force dont il semblait incapable.

— C'est... c'est honteux, tu entends, s'écria-t-il. Tu n'as pas le droit, non... ta mère ne rêve que de ton bonheur... et toi...

— Mais je n'en veux pas, de votre bonheur, ni de

votre meilleur ni de votre malheur, s'écria Richard. Vous ne voyez donc pas que vous me rendez fou ! que vous m'enterrez vivant ! Vous oubliez ce que je vaux, ce que j'ai déjà fait. Je l'ai dit mille fois, tout ce que vous me proposez n'est pas pour moi. Vous croyez que je céderai parce que la chance tarde un peu... Vous pensez peut-être que j'accepterai de faire un raté. Non ! Non et non ! Pour les gens de mon espèce, il reste toujours le suicide, et en tout cas la Légion. Vous avez compris cette fois !

Richard sortit de la pièce. Quelques instants après, la porte de communication qui donnait sur son appartement claquait avec fracas.

— Il a raison, il a raison, dit Daniel, les yeux baissés vers la toile cirée. Si je vous avais écoutés, je ferais des études de pharmacien ou de dentiste.

Sophie ne l'entendit même pas.

— Tu devrais aller voir Richard, lui dit-elle. Il me fait peur.

Le docteur se leva et s'approcha de sa femme assez difficilement à cause de sa corpulence et du peu d'espace libre qu'un large sommier posé à même le plancher laissait dans la pièce.

— Ne t'alarme pas des menaces de Richard, dit-il. Il est fait pour vivre et même (le docteur sourit) pour piétiner un peu la vie des autres.

— Tu es sûr, Anselme ?

— Absolument.

— Alors, mon Dieu... le reste... murmura Sophie.

— Le reste non plus n'est pas terrible, dit le docteur. Franchement, je préfère que Richard n'ait pas réussi tout de suite comme il l'aurait voulu. Il aurait eu le tournis. Il a eu le temps de se calmer, d'oublier ses galons, ses folies de permissionnaire.

Sophie se rappela soudain la débauche de Richard, pendant que le docteur étouffait dans la cave, et que les bombes tombaient sur Paris.

— Oh ! je t'en prie, Anselme, s'écria-t-elle.

Richard ne peut plus recommencer. Il a trois ans de plus.

— Ça ne lui en fait que vingt-trois, dit le docteur. En restant pauvre, il se forme. C'est mieux pour lui.

Le docteur frotta, de son vieux geste, ses joues grises, et poursuivit :

— Mais il ne peut pas le savoir. Les mois sont si longs pour l'impatience d'un jeune homme. C'est comme une blessure : il ne faut pas y toucher. Et nous ne pouvons pas nous empêcher de le faire... Nous sommes vieux, nous, et les nerfs sont fatigués, et nous perdons aussi notre patience, quelquefois. Non, vois-tu, Richard n'a eu qu'un tort...

Le docteur détourna ses yeux, dont l'un était à moitié voilé par une taie opaque, toussota et dit rapidement :

— ... de s'être moqué de toi... de ton rêve...

— Et ça, Anselme, c'est vraiment impossible ?

— Quoi ? L'Université ? la province ?...

Le docteur tira sur sa barbiche et demanda :

— Maman, je voudrais que tu me lises un peu. Tiens, ce volume... je me suis arrêté page 118... C'est beau, tu verras.

Les traits d'Anselme Dalleau étaient nettoyés de leur fatigue, de leur souci...

Richard revint dans la salle à manger pour s'excuser de sa violence. Mais sa mère lisait et il ne voulut pas l'interrompre. Quand elle s'arrêta pour tourner une page, il dit soudain, avec son intonation du temps de la Sorbonne :

— Mais c'est inouï. De qui est ce bouquin ?

— Marcel Proust. Un nouveau. Il faut lire ça, tu sais, répondit le docteur en hochant la tête avec une sorte de vénération.

Les deux frères couchaient dans leur ancienne chambre qui se transformait le jour en salon d'attente pour les clients possibles de Richard. Quand celui-ci eut éteint la lumière, il entendit une voix assourdie :

— A cent contre un, les parents ont tort. Tu seras le grand crack de l'année, tu verras.

— Ne t'en fais donc pas pour moi, dit Richard assez brutalement.

Par un contrecoup singulier, l'assurance de son frère entamait la sienne plus que n'avaient pu le faire tous les déboires, toutes les attentes et toutes les leçons. Dans la même pièce, dont l'emploi depuis deux ans ne s'était pas justifié, au fond du même lit et avec la même certitude, Daniel avait parlé autrefois d'être mousse sur le bateau corsaire dont Richard serait le capitaine.

« Est-ce que, moi aussi, je me fais des contes d'enfant ? » pensa Richard avec un effroi qui le redressa contre son oreiller. « Est-ce qu'ils n'ont pas raison, tous, les autres ? Oh ! alors... Oui, vraiment, une balle dans la tête. »

Mais il était plus facile à Richard de terrifier sa mère que de se convaincre lui-même. Il se débattait contre le doute le plus cruel, celui qui touchait à son étoile, lorsque Sophie vint doucement près de son lit.

— Tu ne dors pas encore ? demanda-t-elle à mi-voix. Ce n'est pas à cause de nos discussions, mon petit, j'espère ? Non ? Tu as sans doute raison, tu sais. Tout s'arrangera pour le mieux.

— Et peut-être très vite, dit le docteur qui était entré derrière sa femme.

Il y avait tant de tendresse et de faiblesse dans leurs chuchotements, que Richard eut soudain le sentiment d'une force indomptable. « Même eux, pensa-t-il, je les ai convaincus. »

Il s'endormit tout de suite, sans entendre que le pas de son père était encore moins sûr et celui de sa mère plus las que d'habitude.

VI

Chaque fois, au réveil, la vie semblait magnifique à Richard et la journée promise à des chances merveilleuses. Chaque fois, quand venait le courrier, Richard était sûr qu'il lui apportait une nouvelle impossible à prévoir ni même à définir, mais qui allait résoudre et combler toute son impatience. Le concierge lui donnait un journal et des prospectus ou des factures. Le lendemain, le premier coup de sonnette faisait frémir Richard d'un espoir tout aussi puissant.

Le matin qui suivit la lecture de Proust par Sophie Dalleau, Richard se sentait plus disposé que jamais à accueillir les miracles. La découverte d'une beauté nouvelle augmentait sa foi dans l'existence. « Aujourd'hui sûrement... », se dit-il.

Le concierge n'avait pour lui que des formules de publicité et le journal.

— Merci, dit Richard, tout aussi gaiement que s'il avait vu ses vœux exaucés. Ce sera pour demain.

Le concierge avait entendu si souvent ce propos qu'il ne cherchait plus à comprendre ce qu'il signifiait.

Richard vint s'asseoir au bord du lit où Daniel s'étirait, et déplia le journal.

— Ça... alors ! dit Richard.

— Qu'est-ce qu'il y a ? demanda Daniel, alerté d'un seul coup par le ton singulier de son frère.

— Attends, laisse-moi voir... murmura Richard.

Daniel se pencha sur l'épaule de Richard et aperçut un titre qui, par la dimension et l'épaisseur, écrasait tous les autres.

UN INCONNU ASSASSINE
FAUBOURG SAINT-HONORÉ
LA FEMME DU DIRECTEUR
DE LA SÛRETÉ GÉNÉRALE

— La mère d'Étienne... On n'a pas voulu révéler le crime hier soir... Mais on ne pouvait cacher davantage...

Daniel parlait sans très bien entendre le sens de ce qu'il disait et, comme Richard voulait tourner la page, il ajouta :

— Un instant. Montre-moi la photo.

— Pourquoi ? demanda impatiemment son frère.

Daniel hésita, puis dit :

— Elle... elle ressemble... On dirait... Elle a quelque chose de ma première maîtresse. La femme de la rue d'Assas, tu te souviens ?

— Tu es fou ! dit Richard.

De ses yeux plus sensibles aux lignes et aux formes que les yeux du commun des hommes, Daniel étudia la figure de la victime. Mais le temps avait terriblement modifié les traits et l'expression d'Adrienne Bernan, et la vision de Daniel s'était elle-même tout à fait transformée. Il dit sincèrement :

— Tu as raison. Rien de commun. La coupe du front... peut-être. Mais elle n'a jamais eu cette bouche, ni ces joues. C'est une autre femme.

Quand Daniel et Richard eurent achevé de lire les colonnes qui publiaient les détails du meurtre, ils gardèrent quelques instants le silence.

— Tout cela n'explique pas pourquoi elle a été tuée, dit lentement Richard.

— Ni par qui, murmura Daniel.

— Un fou sans doute, reprit Richard. Un trépané.

Mais il n'y avait aucune conviction dans sa voix. Les deux frères se regardèrent une seconde.

— Tu as une idée, Richard, dit Daniel à mi-voix. Tu es tout drôle.

— On le serait à moins, répondit Richard nerveusement. C'est la mère d'Étienne.

— Étienne, répéta Daniel. Qu'est-ce qu'il aurait pensé, lui ?

Richard haussa les épaules et se rendit dans la salle à manger. On n'achetait plus de journal dans la famille Dalleau, depuis que Richard recevait gratuitement celui auquel il collaborait. Sophie en avait décidé ainsi et le docteur ne s'en plaignait pas. Depuis qu'il sentait sa vue et son cœur faiblir sans cesse, Anselme préférait consacrer exclusivement ses heures les plus fécondes (il se levait toujours très tôt) aux livres de son choix.

— Maman, viens vite dans la salle à manger, cria Richard en passant devant le cabinet du docteur où Sophie cirait le parquet. On a tué la mère d'Étienne.

Sophie rejoignit son mari et son fils et prit le journal :

— Sophie, tu n'es pas bien ! s'écria le docteur.

— C'est vrai, maman, tu es toute blanche, dit Richard.

Sophie jeta un dernier regard à la feuille imprimée et la laissa retomber.

— Ce n'est rien, dit-elle. Le parquet a dû me fatiguer un peu. Tu veux m'aider, Richard ?

Il le faisait souvent, et la demande de sa mère lui parut naturelle. Dès qu'ils furent seuls, les mains de Sophie se mirent à trembler.

— C'est plus terrible que tu ne le crois, dit-elle très bas. Cette femme, la mère d'Étienne... c'est elle qui a pris Daniel quand il portait encore des culottes courtes.

— Maman... Non... non, s'écria Richard, c'est impossible. Daniel ne l'a pas reconnue. Et toi, tu n'as jamais vu cette femme.

— Je te l'ai caché, mais je l'ai vue et je n'avais pas les yeux d'un enfant ébloui par sa première aventure, dit Sophie.

— Dans ce cas... dit Richard... dans ce cas, maman...

Il n'acheva pas. Des fragments d'images, des lambeaux de souvenirs se mirent en mouvement dans son esprit, s'associèrent, se lièrent.

— Dans ce cas, reprit-il, les yeux fixes, dans ce cas le meurtrier est Étienne.

Sophie poussa un cri et balbutia :

— Mon enfant, mon pauvre enfant, je te demande pardon. Je n'aurais pas dû te dire... Je comprends que tu perdes la tête. Mais comment peux-tu... Étienne est mort. En faire un assassin... de sa mère !

Richard passa la main devant ses yeux, exactement comme il avait eu coutume de le faire en 1917, après les massacres de l'offensive d'avril. Mais ce geste fut sans pouvoir sur lui.

— Je t'assure que c'est Étienne, dit-il très doucement.

— Richard, Richard, supplia Sophie, pense un peu à ce que tu dis. Reviens à toi, mon petit. Pourquoi, au nom du ciel, pourquoi ?

— Pour un tas de choses. Et d'abord... Non, à quoi bon...

Richard venait de sentir l'impossibilité où il se trouvait de faire partager son intuition. Elle était fondée sur des éléments imperceptibles pour tout autre que lui. Les yeux... le parfum d'Adrienne Bernan. L'attitude d'Étienne après avoir vu la maîtresse de Daniel au Luxembourg... sa répugnance, ensuite, à venir rue Royer-Collard... sa décision subite de s'engager, contraire à toutes ses convictions... la défense qu'il avait faite à Richard d'aller voir sa mère en cas de malheur, certains propos au front et avant le conseil de guerre... le cynisme désespéré à l'égard des femmes.

— Rassure-toi, maman, reprit Richard avec un sentiment de piété pour sa mère qu'il n'avait jamais encore éprouvé. Je ne suis pas fou. Tu sauras, un jour, peut-être. Ce que je voulais dire, c'est que, si

Étienne est vivant, c'est lui le mutilé du faubourg Saint-Honoré.

Il hocha la tête d'un mouvement qui n'avait pas la jeunesse de ses mouvements habituels, et dit :

— Le Faubourg Saint-Honoré, cette maison, cet appartement, comme ils m'ont intimidé.

Il se dirigea vers la porte.

— Où vas-tu ? demanda Sophie d'une voix étouffée.

— Me renseigner. (Richard passa la main devant ses yeux.)

— Attends, s'écria Sophie, attends. Il faut que Daniel, pour cette femme, s'il a la chance de ne pas voir que c'est elle, ignore toujours... Tu me promets ?

— Oh ! oui. (Et Richard sentit ses pores se hérisser.) Il aimait terriblement Étienne.

— Étienne l'aimait beaucoup aussi, murmura Sophie. Pendant sa dernière permission, Étienne dormait dans ton lit.

— Je sais, je sais, cria presque Richard.

Il sortit précipitamment. La porte de son bureau étant entrouverte, Richard aperçut Daniel penché sur sa table.

— Dis-moi, vieux, demanda Richard, tu as toujours été le seul à croire qu'Étienne n'était pas mort ! Pourquoi ?

Daniel posa brusquement la main sur le papier qu'il avait devant lui. Richard lui prit le poignet et malgré la résistance de son frère, le souleva sans peine. Dans le croquis sommaire qui apparut alors, Richard reconnut aisément Étienne, tel qu'il était à dix-huit ans, mais Daniel lui avait ajouté des béquilles.

— C'était hier son anniversaire, chuchota Daniel.

Richard plia le dessin avec soin, caressa les cheveux de son frère et alla s'habiller.

VII

L'enquête de Richard n'aboutit à rien. Au dépôt, à la Conciergerie, au Commissariat de Saint-Philippe-du-Roule, on semblait tout ignorer du crime et du meurtrier. Richard montra ses papiers d'avocat, sa carte de journaliste. Les figures se fermèrent davantage.

« Il y a une consigne », se dit Richard, et il alla au Palais. Comme il montait rapidement les marches du grand escalier, Lucie fondit sur lui.

— Te voilà enfin, s'écria-t-elle.

— Quoi ? Nous avions rendez-vous ? demanda brutalement Richard.

— Il s'agit bien de cela, dit Lucie. L'assassin du Faubourg Saint-Honoré veut te voir.

Le grand escalier prit aux yeux du jeune homme la forme d'une roue, dont les rayons étaient composés de degrés de pierre et dont il était le centre.

— Quoi ? Où ? balbutia Richard.

— Tout de suite, chez le juge d'instruction, dit Lucie. Dumien-Faure est chargé de l'affaire. C'est te dire l'importance qu'on y attache.

— Est-ce que l'on a des renseignements sur le mutilé ? interrogea péniblement Richard.

— Rien, dit Lucie, toujours rien. Le dernier tuyau est que Jean Bernan l'a vu dans la nuit.

— Ah ! oui... Bernan... murmura Richard.

— Tu es heureux, dis, Richard ? reprit Lucie, avec exaltation. Tu l'as enfin, ta chance ! C'est toi qui avais raison. Même si tu plaides en second, c'est la grande, grande affaire. Tu es lancé, tu es...

— Tais-toi, mais tais-toi donc, gronda Richard. Je t'ordonne de te taire, imbécile.

Le physique de Dumien-Faure ne s'accordait pas du tout aux qualités de caractère qui faisaient confier à ce magistrat sans grand passé les causes les plus délicates. Il était très gros, peu soigné, prématurément chauve. Il portait une barbe assez longue et, par suite d'un accident de chasse, sa paupière droite ne répondait plus à la commande des nerfs, si bien qu'il était obligé de la soulever fréquemment de ses doigts épais aux ongles douteux.

Lorsque Richard fut introduit dans son cabinet, Dumien-Faure ne montra rien de l'étonnement et de la contrariété qu'il éprouvait de voir un visage aussi jeune, et sur lequel la droiture était aussi visible que l'inexpérience.

« Celui-là va être difficile à museler. Il a la partie trop belle ! » pensa Dumien-Faure, et accommodant sa voix qu'il avait naturellement brusque à un ton affectueux, il dit à Richard :

— Je suis vraiment heureux, maître, que le prévenu ait demandé votre concours avant tout interrogatoire. Il vous a préféré aux maîtres les plus vénérables. Je le conçois maintenant.

Dumien-Faure indiqua la croix de guerre qui pendait sur la robe de Richard, et poursuivit :

— Vous saurez comprendre un combattant.

Il releva l'épais bourrelet de chair qui obstruait sa vue pour ajouter :

— Et *nous* comprendre.

En d'autres circonstances, Richard eût joui profondément de cette déférence qui allait jusqu'à la prière déguisée. Mais il se borna à demander :

— Où... où est le prévenu ?

Dumien-Faure conduisit Richard à travers un bref couloir, et le fit entrer dans une pièce étroite et basse.

Le prisonnier, qui était assis dans un fauteuil éculé, n'entendit pas ouvrir la porte aux gonds huilés. Il continua de considérer avec une concentration profonde le mur tapissé de papier bitumeux et flétri. Bien que la pièce fût sombre et bien que le mutilé lui présentât la face abîmée de son visage,

Richard s'attendait si fortement à revoir son ancien ami qu'il reconnut tout de suite la ligne régulière, presque classique du front et du nez.

— Bernan, j'en étais certain, dit Richard.

Mais ce qu'il avait été certain de faire quand il avait imaginé leur rencontre, c'est-à-dire d'étreindre Étienne et de le tenir longuement contre lui, il n'y pensa même pas.

— Vous n'avez pas changé, Dalleau, dit Étienne d'un ton tout à fait neutre.

Il ébaucha un mouvement pour se lever, mais ne l'acheva pas, et dit :

— On a enlevé mes béquilles avec mes lacets, ma ceinture et ma cravate. A part cela, les cognes ont été décents.

Il parlait d'un ton et d'un accent singuliers, avec des inflexions communes de clochard et, dogmatiques, d'ancien pion.

— Bernan, Bernan, que s'est-il passé, depuis l'attaque de Villers-Cotterêts ? s'écria Richard.

— Vous en êtes encore là ? demanda Étienne avec ennui. Quelle importance ça peut-il avoir après ce que j'ai fait l'autre jour ?

— Hier, ne put s'empêcher de corriger Richard.

— Quelle importance ? Laissez-moi donc parler, dit Étienne. Vous allez me faire perdre le fil avec vos bêtises. J'ai lu votre nom dans une liste des avocats qu'on m'a montrée quand j'ai refusé les célébrités. Mon paternel voulait ne pas regarder à la dépense... Naturellement, il est affolé. On devra bien dire qui je suis, tout de même.

Étienne ricana, mais ce ricanement se changea soudain en un bruit indéfinissable. Étienne regarda Richard avec effroi, et comme s'il cherchait un refuge. Il dit timidement :

— Je voudrais... je voudrais le moins de bruit possible. Mais sans leurs combines et en dehors de mon salaud de père et de ses salauds d'amis. Vous comprenez... en la tuant, j'avais juste l'idée

contraire. Je voulais qu'on sache, je voulais tout
cracher sur la place publique. C'était encore mon
idée quand je lui ai tiré dans le ventre, oui... il fallait le ventre. Ça, encore, c'était juste. Mais pourquoi ensuite elle m'a regardé si longtemps, dans les
yeux, là. Dalleau ! Pourquoi ?

Depuis quelques instants, Étienne jouait avec
l'épingle de sûreté qui attachait la jambe vide de
son pantalon. Ce geste terrifiait Richard. Est-ce que
l'on pouvait parler comme le faisait Étienne et produire ce bruit absurde du bout de l'ongle ?

— Arrêtez ça, dit Richard.

— Quoi ?

— Votre épingle.

Étienne obéit docilement.

— Vous avez compris ? demanda-t-il. Depuis
qu'elle m'a regardé, je voudrais que l'on parle d'elle
le moins possible... et pas durement. Vous pouvez
faire cela, vous, je pense. Dans le temps, vous en
auriez été capable.

— Attendez, attendez un instant, pria Richard.

L'air du petit cabinet lui paraissait gluant et terriblement fade. Il ouvrit la fenêtre sur une cour silencieuse et respira une odeur de puits glacé. Puis il
dit :

— Vous m'avez demandé comme défenseur ?

— Pourquoi donc vous aurais-je fait venir ?
s'écria Étienne avec irritation.

— Mais vous êtes tout à fait insensé, Bernan, dit
Richard. Je n'ai même pas débuté au barreau. Il
vous faut un grand nom, un premier type. On va le
chercher ensemble.

— Je ne veux que vous, dit Étienne.

— Pour rien au monde, dit Richard. Nous ne
sommes pas au front, ici. Je ne suis rien du tout.
Je vous casserais les reins. Vous vous en moquez
peut-être, mais moi, je ne me le pardonnerais
jamais.

— Vous aviez plus d'orgueil et de confiance en vous à la Fontaine Médicis, dit lentement Étienne.

— J'en ai bien plus encore, riposta Richard. Si vous saviez...

Il s'arrêta. Pour la première fois depuis qu'il avait ouvert le journal, l'idée lui était venue que l'occasion de gloire, attendue pendant deux ans, se présentait à lui par le truchement d'Étienne. Et il eut horreur de cette pensée.

— Je plaiderais n'importe quoi et je serais sûr de gagner, s'écria-t-il. Mais pour vous, Bernan, j'ai peur, je ne peux pas.

— Dans ce cas, dit Étienne, avec un accent de résolution irrévocable, je prendrai le plus miteux et le plus bête des avocats inscrits à l'assistance judiciaire, et je lui interdirai de parler. Vous êtes satisfait, maintenant.

Si Richard n'avait pas pensé, quelques secondes auparavant, à la chance miraculeuse que le crime d'Étienne pouvait lui apporter, il eût sans doute accepté de le défendre, mais il craignit de céder à la bassesse de la tentation.

— Laissez-moi au moins deux jours pour réfléchir, supplia-t-il.

— Bien, dit Étienne, mais venez chez le juge avec moi.

Quand on eut transporté le mutilé dans le cabinet de Dumien-Faure, Étienne dit d'un trait :

— Je m'appelle Étienne Bernan. Je suis né le 4 mai 1897 de Jean Bernan, actuellement directeur de la Sûreté générale, et d'Adrienne Flavier, que je reconnais avoir tuée hier.

Il attendit que le greffier eût achevé d'écrire, et ajouta :

— Vous savez tout cela aussi bien que moi. Pour le reste, je parlerai seulement quand Dalleau m'aura rendu sa réponse.

Le juge d'instruction porta rapidement ses doigts

à sa paupière morte, la souleva et considéra
Richard.

— Est-ce indiscret, maître, dit-il, de vous
demander si vous avez décidé d'assurer la défense ?

— Pas encore, dit Richard. C'est une question...
(il rougit violemment, à cause de la tournure qui
pouvait prêter à équivoque). Oui, ce n'est une question ni d'argent, ni d'âge, ni de talent. C'est une
question d'honneur vis-à-vis de moi-même.

Resté seul avec son greffier, Dumien-Faure dit
pensivement :

— Il avait l'air sincère.

— Est-ce qu'on sait, avec les avocats, remarqua
le greffier.

— Il l'est si peu encore, soupira Dumien-Faure.

Il songeait que son avenir dépendait de cette
affaire et que ce tout jeune homme pouvait l'aider
ou le gêner beaucoup.

Richard refusa de dire un mot aux journalistes,
et se fraya un chemin à coups d'épaules à travers
leur foule.

VIII

Personne ne pouvait sentir mieux que Christiane
à quel point la fin d'Adrienne Bernan avait bouleversé la famille Dalleau. Mais, de toute la journée,
Christiane n'eut pas le temps d'aller rue Royer-Collard. C'était la conséquence de la décision qu'elle
avait prise au cours d'une nuit où, à la faveur d'un
bombardement, elle avait découvert la pauvreté.
Elle ne s'était aperçue de sa servitude qu'une fois
complètement prise et sa vie répartie autour de dis-
pensaires, de crèches et de foyers misérables.

« Je ne risque plus de les troubler dans leur
dîner », se dit Christiane devant la porte du docteur

Dalleau, aux environs de dix heures. Mais personne dans l'appartement n'avait encore pensé à se mettre à table. Richard, les traits tirés comme après une nuit d'insomnie, les mains tantôt enfoncées dans ses poches, tantôt fourrageant dans ses cheveux, marchait de long en large à travers le cabinet de son père. Anselme Dalleau se tenait derrière son bureau et Daniel sur la chaise longue qui servait aux malades. Sophie allait et venait sans cesse dans le couloir parce qu'il lui fallait surveiller la flamme du réchaud à gaz sur lequel reposaient les plats.

— Ma chérie, dit-elle à Christiane, que vous avez bien fait de venir ! Jamais Richard n'aura été devant une résolution aussi grave. Vous ignorez encore que le meurtrier, c'est Étienne et il a demandé à Richard de le défendre.

Christiane suivit Sophie jusqu'au cabinet du docteur.

— Alors, qu'est-ce que je fais ? demanda Richard pour la vingtième fois.

Ses yeux fiévreux découvrirent soudain le nouveau visage.

— Cri-Cri, ma petite Cri-Cri, qu'est-ce que je dois faire ? dit Richard.

— Laissez-moi... laissez-moi le temps de comprendre... Je ne savais pas... C'est tellement horrible, murmura Christiane.

Richard se détourna d'elle avec désespoir.

— Suis ton premier mouvement, je t'en conjure, mon enfant, dit Sophie. Refuse. Tu ne peux pas. Tu es si jeune, tu as tout à apprendre encore.

— Accepte, Richard, cria Daniel. Accepte, tu gagneras. Je sais ce que tu vaux.

Le docteur se taisait. Les éléments logiques du débat se trouvaient épuisés. C'était l'heure des émotions, des intuitions irréductibles à l'intelligence, et Anselme Dalleau refusait de s'y abandonner.

Il voyait bien que Richard interprétait mal les paroles de Sophie et attribuait à une prudence

bourgeoise la voix de son propre scrupule. Le docteur voyait aussi que la confiance aveugle de Daniel
faisait peur à Richard au lieu de l'exalter. Et il craignait de désaxer son fils davantage encore par une
parole qui n'eût pas son poids entier de sagesse.

— Alors, qu'est-ce que je fais ? répéta Richard
comme s'il n'avait pas entendu les réponses qui lui
avaient été données.

— Je crois... je crois, dit timidement Christiane,
qu'il faut faire ce que veut Étienne.

— Mais il n'a plus sa raison, s'écria Richard et il
regarda le docteur.

Celui-ci passa et repassa les coins de ses doigts
pliés sur ses joues grises. Enfin, il dit :

— Tout ceci est vain, mon garçon. Personne ici
ne peut lever ton doute et personne n'en a le droit.
Qu'est-ce que nous connaissons de ton métier ? Si
tu avais un professeur qui t'aimât vraiment... Mais
tu as perdu tout contact avec eux depuis la guerre.
Et, encore, non... Ce n'est pas ta valeur d'écolier qui
compte. C'est ton efficacité pratique, ton pouvoir
en action... C'est...

— Tu me sauves la vie ! cria Richard.

Il embrassa avec emportement la mèche blanche
et soyeuse qui mordait sur le grand front du
docteur.

— Attends, je t'expliquerai, reprit Richard. Mais
d'abord, Daniel, bondis au bistrot du coin et relève-
moi les trains pour Montauban. Je suis fou de ne
pas avoir pensé plus tôt à Gonzague !

— Ton ami de Soissons ? demanda Sophie dont
la mémoire était extraordinaire pour tous ceux qui,
de près ou de loin, et quelle que fût l'époque,
avaient compté dans la vie de son fils. Il parlait
pour l'accusation au Conseil de Guerre ?

— Oui, oui, c'est lui, maman, dit Richard avec
fièvre. Il est à Montauban maintenant, assesseur au
Tribunal. C'est lui qui m'a tout appris. Et le seul
qui m'ait vu à l'ouvrage. Il me dira, lui.

Richard dut emprunter à ses parents l'argent nécessaire à l'achat d'un billet de troisième aller et retour. Daniel accompagna son frère à la gare, comme si celui-ci retournait aux tranchées. Christiane resta très tard avec Anselme et Sophie Dalleau. Ils croyaient parler d'Étienne. Ils ne parlèrent que de Richard.

IX

Le gardien du greffe de Montauban dit à Richard :

— Monsieur l'assesseur d'Olivet ? Mais où voulez-vous qu'il soit ! A l'*Univers*, bien sûr !

Il faisait très chaud, et les terrasses des cafés étaient pleines. Cependant Richard reconnut de loin son ami. Il dépassait de toute la tête ses voisins de table et il portait toujours sa barbe et sa moustache à la mousquetaire.

— Dalleau ! Par exemple ! Dans mes bras ! cria Gonzague d'Olivet.

Richard fut happé, abreuvé, présenté à l'adjoint du maire, au professeur de rhétorique, au notaire et au commandant de la garnison, comme dans un rêve. Et longtemps, tout continua pour lui à manquer de réalité. Ces gens débonnaires, ce loisir, ces rues calmes, le ciel plus beau, plus haut qu'à Paris, rien ne s'accordait à l'enjeu de toute son existence. Car, malgré des efforts désespérés, c'était ainsi que Richard commençait à envisager le crime du Faubourg Saint-Honoré.

Sans cesse et sans qu'il sût par quel cheminement, il se voyait à la barre, photographié par les journalistes, et entendait partout se lever autour de lui une rumeur : « Richard Dalleau. Richard Dalleau. » Il chassait, avec un dégoût de lui-même dont il n'avait jamais encore approché, la tentation de la gloire. Ce n'était pas pour longtemps.

« Étienne, je ne dois penser qu'à Étienne ! » se répétait Richard, échoué à la terrasse du café de l'*Univers* comme dans un monde étranger. Et, en même temps, il semblait à Richard que ni Étienne, ni lui-même, ni cette marée qui depuis trente heures lui battait le cerveau n'avaient de sens, puisque des hommes satisfaits de la vie continuaient de jouer au jacquet et à la manille, en avalant avec un nonchalant plaisir des breuvages anisés.

— Je suis venu pour un conseil de première importance, dit brusquement Richard à Olivet. Il faut que je te parle seul à seul.

— On a bien le temps de prendre encore un verre, dit Olivet.

— Non, non, je dois repartir aujourd'hui même, s'écria Richard.

— Ces Parisiens ! Toujours le feu quelque part, soupira Olivet. Je me disais bien que le bébé Dalleau n'était pas à Montauban pour mes beaux yeux, mais tout de même, je pensais qu'on avait la nuit à nous. (Il cligna de l'œil.) Tu sais, ici, c'est mieux que chez la grosse Jeanne, à Soissons.

Le magistrat se leva et cria au garçon de porter les soucoupes à son compte.

— Où allons-nous ? demanda Richard.

— Mais, déjeuner, tiens, dit Olivet. Et à la campagne. Là, mon petit, tu pourras te mettre à genoux devant le foie de canard et devant le rosé du patron. Viens atteler le cheval.

— Le cheval ? demanda Richard.

— Tu ne veux pas faire dix kilomètres à pied, non ? Tu n'es plus dans les chasseurs, dit Olivet.

Richard accompagna Olivet jusqu'à son écurie où piaffait une petite jument pleine de feu.

— Bébé Dalleau, je t'écoute, dit Gonzague, lorsque le cabriolet fut sorti de la ville.

Richard contempla un instant le grand horizon

dur et nu, les champs, les peupliers, et commença difficilement son récit. Mais à mesure qu'il tâchait d'expliquer le drame, le drame s'emparait de lui de nouveau, et il fut de nouveau aux prises avec Étienne, avec son passé et son avenir. Olivet n'interrompit qu'une fois le jeune homme.

— Alors, ce Bernan-là, c'est bien celui de la mutinerie de 17 ? murmura-t-il. Il y a vraiment des têtes marquées.

Quand Richard eut achevé, Olivet lui donna une grande tape sur l'épaule et dit :

— Alors, Bébé Dalleau, pour une première affaire ! « Mes pareils à deux fois ne se font pas connaître »... Tu te rappelles nos séances de poésie à Soissons, vieux Bébé Dalleau ?

— Qu'est-ce que je fais ? demanda Richard.

— Minute... minute... laisse-moi rêver, dit Olivet. Les idées viennent mieux avec la bonne cuisine et le bon vin.

Durant tout le repas, il ne fut plus question du crime. Olivet mangea et but énormément, plaisanta le patron, pinça la servante. Mais, quand il alluma sa pipe, son visage prit soudain cette expression pleine de finesse et de clairvoyance que Richard lui avait vue tant de fois. Il dit :

— Tu plaideras. Tu as le gabarit des Assises. Ta jeunesse ? Pour l'affaire Lafarge, l'avocat avait vingt-deux ans. Ton inexpérience ? Relative. Tu as joué le jeu avec moi et tu t'en es bien tiré. Pas beaucoup d'avocats de quarante ans, même au barreau de Paris, ont eu autant que toi d'affaires de vie ou de mort entre les mains. Aucun nom ne vaudra pour le jury le fait que vous étiez dans le même bataillon. Tu plaideras.

Olivet tira quelques bouffées de sa pipe et poursuivit :

— Pensons à la manœuvre. Il faut amener des camarades du front. Mais pas trop. Les plus décorés. Tu y es. Bon. Très peu de témoins, mais de choix. Les parents les plus proches, c'est capital que tu les aies dans ton jeu. Sinon avec toi, du moins pas trop hostiles. L'histoire de 17 peut servir si le jury est à gauche. Occupe-t'en à l'avance. Et respecte la mémoire de la mère. Avec cela, tu peux lui sauver la mise.

— Jusqu'à quel point ? demanda Richard dont la lèvre inférieure tremblait un peu, parce qu'il se sentait engagé dans un nouveau destin.

— Ça, mon petit copain, je ne suis pas tireuse de cartes. Pour ta chance, tu as affaire à des Parisiens. Parce que ici, pas d'histoires... couic !

Olivet vida le fond de sa pipe, et demanda un armagnac.

X

Richard trouva interminable le trajet de la gare d'Austerlitz à la prison de la Santé. Il y fut reçu avec un empressement extrême et comme il convient au défenseur d'une cause capitale. Rien n'eût été plus doux à sa vanité, s'il n'avait pas été obsédé par l'impatience d'annoncer sa décision à Étienne.

— C'est entendu, je suis votre avocat, lui cria-t-il, aussitôt qu'il le vit.

— Vous êtes plus exténué que moi, répondit Étienne distraitement.

Les yeux fixés au-dessus du visage de Richard, encrassé de suie, et d'insomnie, Étienne reprit, d'un air absent :

— C'est inattendu. Je mange et je dors très bien en prison.

Il répéta :

— En prison... en prison ! Je ne pensais pas que c'était comme ça, une vraie prison. Parce que là-bas, à Soissons, c'était encore autre chose. Vous vous rappelez, *La Maison des Morts*, chez Dostoïevski ?

Le regard d'Étienne était comme nettoyé. Sa voix aussi. Richard ne retrouvait pas trace des singulières intonations crapuleuses qui l'avaient tellement surpris lors de leur premier entretien. « Il se forçait donc, pensa Richard. Pourquoi ? »

Cette question déclencha toutes les autres, et Richard dit :

— Maintenant, il faut tout raconter. Absolument tout. Allez-y, mon vieux, nous ne pouvons plus jouer à cache-cache. C'est la condition même de notre succès.

— Ah ! ah ! *notre* succès, murmura Étienne.

Richard sentit que des larmes enfantines lui venaient aux yeux, à cause de l'outrage et de l'injustice.

— Choisissez qui vous voudrez, cria-t-il, et allez donc...

— Non, non, restez, Dalleau, dit Étienne avec lassitude et en agrippant de ses doigts osseux la manche de Richard. Je ne doute pas de votre sincérité. Je serais même heureux que mon cas vous serve, mais n'essayez pas d'en savoir trop. Qu'on fasse de moi ce qu'on veut, ça m'est égal. Vraiment. Sans histoire. Ce qu'il faut, c'est de ne pas toucher à elle.

— Je respecterai la mémoire de la victime. Mais uniquement parce que j'y vois votre intérêt, répliqua Richard avec un geste de colère. Et je servirai uniquement votre intérêt, que vous le vouliez ou non. Sans parler de notre amitié, la loi de mon métier l'exige, et c'est sa beauté.

— Puisqu'il se trouve que, sur l'essentiel, nous sommes d'accord, dit Étienne avec indifférence.

— Et vous répondrez à toutes mes questions ? demanda Richard.

— Non, dit Étienne.

— Mais, malheureux que vous êtes, s'écria Richard, je sais le pire.

Et malgré l'expression de panique sur la figure mutilée, Richard, à bout de patience et de nerfs, épuisé et exaspéré, continua :

— Votre mère a levé Daniel le jour où vous avez déjeuné chez nous pour la première fois. Elle l'appelait « mon tout neuf ». Rue d'Assas.

Les lèvres d'Étienne s'étaient déformées, comme s'il avait reçu un coup en pleine bouche.

— C'est Daniel qui vous a raconté ? chuchota-t-il.

— Non, par miracle il ne se doute de rien, dit Richard. Et il ne saura rien.

Lentement, secousse par secousse, les lèvres d'Étienne reprirent leur dessin normal.

— Mais alors, comment vous... comment ?... demanda-t-il.

— Ma mère... Un hasard... dit Richard.

— Madame Dalleau, dit Étienne. Ah ! oui, madame Dalleau... Oui... Chacun paye à qui il doit payer.

Soudain Étienne parla avec décision et lucidité.

— Vous croyez que c'est le pire, dit-il. Eh bien non ! Dalleau, écoutez bien ce que je vais vous dire. Je ne recommencerai plus jamais : Oui, j'ai eu une enfance horrible et une adolescence plus horrible encore. Oui, je suis parti au front pour ne pas tuer — déjà alors — ma mère. Mais si j'en suis où vous me voyez, c'est que j'ai été amoureux de Daniel... Ne m'interrompez pour rien au monde, dit impérieusement Étienne. J'ai ignoré ce penchant jusqu'à la permission que j'ai passée chez vos parents. Mais la nuit où j'ai été forcé d'aller jusqu'au pied de son lit, je l'ai su. Pourquoi ce sentiment chez un garçon jusque-là normal ? Le dégoût des femmes que ma mère m'avait inspiré ? Son reflet sur un enfant ? Sur l'enfant que j'aurais dû être pour elle ? J'ai tellement cherché de raisons que j'en pourrais donner

dix autres aussi valables. A quoi bon ? Le fait est
là, et aussi que je me suis enfui à cause de vos
parents. Pas de vous. Tout seul vous n'auriez pas
été assez fort pour m'empêcher d'essayer. Et si
j'avais réussi à corrompre Daniel ? Tout est possible dans ce domaine, puisque j'ai bien été dévié,
moi. Vous nous voyez, Daniel et moi ? Et puis moi
et d'autres garçons, et puis Daniel et d'autres
hommes !

— Je vous aurais tué, dit Richard.

— Nous y voilà, dit Étienne avec une sorte de
satisfaction terrible. Nous y voilà. Parce que le
« tout est permis »... vous vous souvenez, mon premier déjeuner chez vous ?... le « tout est permis »,
c'est bon pour nous, et pas pour les autres. Il faut
tout de même que je me rende justice. A la première attaque, après mon retour de permission, j'ai
tout fait pour être tué. Ça n'a réussi qu'à moitié.
J'ai été ramassé par les Allemands. Leurs médecins
m'ont soigné et m'ont appris qu'au point de vue
sexuel, je n'étais plus un homme. Vous ne le croirez
pas, mais, sur l'instant, cela m'a rassuré. Ce n'est
qu'après...

La même expression de contentement impitoyable se montra chez Étienne lorsqu'il surprit le
tressaillement de Richard.

— On a beau être des esprits forts, ricana-t-il, la
pédérastie, puis l'impuissance, ça n'est pas si facile
à accepter, je vois... Alors, j'ai voulu disparaître.
Mais j'avais sans doute trop pensé au suicide. La
corde de la mort s'est détendue. J'ai seulement
changé de peau. L'obus qui m'a enterré avait mis
en poudre ma plaque d'identité et mes papiers. A
l'hôpital, j'ai fait l'innocent. Après l'armistice, j'ai
joué au clochard mutilé. Je me suis amusé à des
histoires grotesques. Je me suis roulé dans le fiel.
Et puis, il y a quelques semaines, j'ai appris que
mon père était nommé directeur de la Sûreté.
Alors, j'ai pensé que ma mère était à Paris. J'ai su

qu'elle se droguait, qu'elle avait un maquereau qui
s'appelle Fiersi.

— Fiersi ? demanda Richard.

— Oui, Fiersi. Nous avons aussi notre police, dit
Étienne.

— Qui, nous ? demanda encore Richard.

— Aucun intérêt... plus tard, dit Étienne.

Une impatience fébrile agitait ses traits exsangues. On eût dit qu'il avait un rendez-vous urgent.

— Et j'ai décidé de la tuer le jour de ma naissance, reprit-il précipitamment, et qu'on sache, et
qu'on voie, et que tout le monde me plaigne.

Étienne porta la main au col de sa chemise pourtant déboutonné.

— Et je l'ai fait, et tout allait bien, chuchota-t-il.
Mais elle m'a regardé. Elle ne comprenait pas. Et
moi non plus, et je... je...

Étienne ferma les yeux. Richard, incapable d'un
mot ni d'un mouvement, vit d'épaisses larmes sourdre des paupières brûlées.

XI

C'était un des mauvais jours de Sophie.

Il y avait eu à l'aube une fuite de gaz et elle représentait une dépense qui, Sophie le savait, allait la
préoccuper jusqu'au moment où elle payerait la
note de la compagnie. Elle avait dû allumer la cui-
sinière. Le feu avait été très long à prendre. Tout
l'emploi du temps s'en était trouvé défait. Les malades qu'avait reçus le docteur étaient de ceux pour
qui il fallait beaucoup d'eau bouillie et de seringues
stérilisées. Le déjeuner avait eu du retard. Daniel
était venu fouiller dans le buffet de la cuisine. Du
côté de l'appartement de Richard, on s'était mis à
sonner sans arrêt. Bref, Sophie se trouvait dans cet

état qui devenait de plus en plus fréquent chez elle, où la fatigue et l'irritation, causées par l'accumulation des contrariétés les plus insignifiantes, lui semblaient l'emporter sur tous les autres sentiments.

La vue de Richard, sale, hirsute, les yeux cernés, acheva d'exaspérer Sophie.

— Ça devient une maison de fous, ici, s'écriat-elle, en donnant un coup de fer à la seule blouse blanche de rechange que possédait le docteur. Regarde la tête que tu as, et on carillonne chez toi comme à la foire.

— Ça ne fait que commencer, maman, dit Richard avec une singulière lassitude. Je viens de voir Étienne. J'ai accepté.

Il y eut un silence, pendant lequel Sophie découvrit le vrai sens de l'aspect de son fils. Elle ne sentit plus sa courbature, et ses nerfs, d'un seul coup, retrouvèrent le calme. Elle posa sur l'épaule de Richard sa main déformée dont les veines saillaient comme des racines bleues, et dit avec une douceur et une intensité qui firent à Richard un bien infini :

— Mes pauvres enfants, que cette décision soit heureuse pour vous deux.

— Maman, demanda Richard, très bas. Ce qu'a fait Étienne, ça ne te révolte pas ?

— J'ai tellement pitié que je ne sais rien d'autre, dit Sophie.

Et comme Richard voulait l'interroger encore, elle s'écria :

— Va vite chez toi. Les gens qui sont venus, c'est peut-être important pour Étienne. Et Daniel te le dira.

Dans la matinée, Daniel n'avait ouvert la porte qu'à des journalistes, mais aussitôt après le déjeuner s'était présenté un bel homme aux cheveux d'une blancheur raffinée, qui avait refusé de donner son nom.

— Je viens de la part de la Sûreté générale et j'attendrai le temps qu'il faudra, avait-il dit.

Quand Richard eut entendu la description du visiteur, il murmura :

— Le père d'Étienne. Ce ne peut être que lui.

— Il m'avait bien semblé, d'après les photos, dit Daniel. Mais je ne voulais pas le croire.

— Je vais le voir tout de suite, décida Richard.

Daniel s'écria :

— Tu n'y songes pas. Il faut te raser, te changer.

— Tu crois que ça compte, en ce moment ? demanda Richard.

— Plus que jamais, voyons. Il ne te prendrait pas au sérieux. Je t'en supplie. Fais-le pour Étienne. Je vais tout préparer. L'eau chaude, maman en a une pleine bassine. Ton autre chemise est repassée. Et je tiendrai compagnie à Bernan en qualité de ton secrétaire. Je peux, tu sais. J'ai fini par payer mes inscriptions de droit...

A ce moment, la sonnette retentit plusieurs fois, maniée avec une brutalité singulière. Et en même temps des coups de poing martelaient la porte d'entrée.

— Des gens pressés. Va voir, dit Richard.

Sur le seuil, Daniel trouva trois jeunes garçons qui riaient d'une façon insultante. Aucun d'eux n'avait de chapeau. Les deux plus grands portaient des cheveux jusqu'aux épaules. Le plus petit avait le crâne passé à la tondeuse. Mais tous les trois étaient aussi sales, aussi débraillés et aussi arrogants.

— Qu'est-ce que vous voulez ? demanda Daniel qui regardait avec étonnement le plus petit des visiteurs.

— Voir le maî... maî... maî... maître, mon enfant de chœur, bêla celui-ci.

La voix acheva d'éclairer Daniel. Il reconnaissait

ce crâne trop développé et ce cou trop grêle. Il s'écria :

— Mercapon !

— Enfin ! dit le rachitique. Tu as l'air aussi jobard qu'à la *Source*.

Il se tourna vers ses compagnons et ricana :

— C'est lui que je plumais au poker pour aller au bordel.

Ils rirent de nouveau avec affectation et grossièreté.

— Eh bien, tu vas tenir longtemps ton vieil ami dehors ? reprit Mercapon.

— Qu'est-ce que vous voulez ? demanda Daniel, mais cette fois d'une voix assurée, et s'affermissant en travers de la porte.

— Affaire Bernan, glapit Mercapon. Vas-y, Fil d'Ange.

Le garçon qu'il surnommait ainsi avait une encolure bestiale. Il écarta facilement Daniel. Celui-ci, par un geste instinctif, ouvrit aux jeunes gens le bureau vide.

Richard terminait sa toilette lorsque Daniel, affolé, vint lui raconter l'incident.

— Bernan, d'abord, dit Richard.

XII

En apprenant le crime d'Étienne, son père avait ressenti le même réflexe, exactement, que celui dont l'agent n° 6521 avait été ému sur le lieu du crime : il avait tremblé de perdre sa place.

Dans une perception qui occupa un fragment inappréciable de durée, mais qui fut aussi complète que l'histoire d'une vie, Bernan ramassa en un seul faisceau tous les efforts patients, tous les calculs adroits, toutes les vicissitudes, les compromissions,

les hontes, les faillites et les victoires qui l'avaient
enfin amené, à cinquante ans, au poste qui convenait le mieux à sa nature et à son ambition. Tant
de travaux, tout ce monument de patience, de ruse
et d'audace, étaient ruinés, jetés bas par un dévoyé.

« Et je ne suis à la Sûreté que depuis un mois,
avait pensé Bernan. Si, au moins, il m'avait laissé
le temps de prendre des gages ! »

Le mécanisme de l'achat et de la vente des
influences, l'habitude de la pression et de la corrup-
tion étaient si enracinés chez Jean Bernan que,
dans l'instant où il retrouva Étienne au fond d'un
sordide local de police — Étienne mutilé et meurtrier de sa mère — il put dénombrer les hommes
politiques de premier rang et les hauts fonctionnai-
res dont il avait commencé d'étudier les dossiers et
sur lesquels il avait compté établir, grâce à son
poste, un contrôle profitable. Dans la souffrance
que ressentit Jean Bernan, l'intérêt matériel ne fut
pas seul en jeu. Un désespoir d'artiste, un gémissement de l'instinct de création, dominèrent, chez cet
homme qui n'avait jamais aimé sa femme et ne
s'était jamais occupé de ses enfants, les alarmes de
l'ambition vulgaire. Et pour la première fois de sa
vie, Jean Bernan s'abandonna à ses nerfs.

— Tu as voulu m'abattre, sale crapule, cria-t-il.
Tu me hais depuis ton histoire de mutinerie. Tu me
hais parce que je suis un homme d'ordre. Ta mère
avait raison. Tu n'es qu'un voyou. Maintenant, tu
es content. Tu me vois déjà par terre. Tu te réjouis
trop tôt. Tu porteras la camisole de force toute ta
vie, je te le garantis.

Le premier stratagème que Bernan avait conçu
dans son désarroi consistait à faire passer Étienne
pour fou. Cela expliquait tout sans rien expliquer.
Mais, dès que son fils se fut mis à parler, Bernan
sentit que son calcul était faux. Ces propos mesurés, cette dureté froide et vive témoignaient d'une
intelligence sans faille. La haine permit à Étienne,

tout le temps que dura leur entrevue, d'oublier le
dernier regard d'Adrienne Bernan et de faire croire
à Jean Bernan qu'il voulait un scandale immense.

— De toute manière, on sera renseigné sur la
famille de l'homme d'ordre, avait conclu Étienne.

Et son père avait pensé, avec accablement :
« Rien à faire du côté mental : il n'est même pas
trépané. »

Alors, Jean Bernan dit de sa voix habituelle dont
Étienne détestait chacune des intonations chaleu-
reuses et persuasives :

— Je me suis emporté, et il y avait de quoi,
avoue-le. Mais c'est fini. Je te le promets. Cher-
chons ensemble le meilleur moyen pour toi d'en
sortir. C'est notre intérêt commun.

Bernan proposa à Étienne les plans de défense
les plus subtils, les démarches les plus hardies
auprès des magistrats, le choix des avocats les plus
illustres.

— Pour un grand mutilé, et avec une somme
appropriée, je pourrai peut-être décider Poincaré
lui-même, s'était écrié Bernan avec une expression
qui ressemblait à du plaisir, car il était repris par
le jeu.

Étienne rejeta toutes ces offres en ricanant.

Bernan n'avait pas cherché à revoir son fils,
mais, dès qu'il eut appris par ses services que
Richard acceptait de défendre Étienne, il résolut de
se rendre chez ce débutant.

Quand Bernan avait offert sa démission à Paillantet, le ministre de l'Intérieur qu'il connaissait et
servait depuis longtemps, il l'avait fait de telle
manière que celui-ci avait laissé la décision en suspens. « Tout dépendra de la façon dont sera menée
l'affaire », avait déclaré le ministre.

« Tout dépendra de la façon dont se mènera l'af-
faire », répétait mentalement le directeur de la
Sûreté générale dans la chambre des deux frères
Dalleau transformée en salon d'attente. « Et cette

façon elle-même dépend d'un jeune homme sans cause ni fortune, neuf et ambitieux, et qui adorait Étienne. »

Et Bernan, dont la mémoire était faite comme un filet serré qui ne laissait rien perdre, et d'où il tirait, au moment voulu, ce qui pouvait le servir, Bernan se souvenait avec une précision méticuleuse du garçon qui avait été, dans les derniers mois de la guerre, le lieutenant de chasseurs Dalleau. Et il ne regrettait pas d'avoir à attendre Richard. Les instants qu'il passait dans ce logis misérable, flairant chaque meuble et s'inspirant de chaque objet, n'étaient pas des instants perdus.

Jean Bernan parla à Richard comme s'il reprenait un entretien interrompu la veille.

— Nous nous étions tous demandé ce qu'était devenu Étienne, dit-il en hochant, avec un sourire très triste, sa séduisante figure rose et blanche. Nous le savons maintenant. Je vous préviens tout de suite que je n'essaierai pas de réfuter ce que mon pauvre fils a pu vous dire contre moi. Quelle importance peut avoir aujourd'hui le fait qu'Étienne n'a pas compris à quoi m'obligeaient parfois mes diverses fonctions. Elles sont terminées d'ailleurs, je ne vous le cacherai pas. J'ai donné ma démission et me borne à expédier les affaires courantes. Non, vraiment, rien n'a d'importance que le sort de ce malheureux enfant. Il est entre vos mains et il ne peut y en avoir de plus sûres. Je dois l'avouer : tout d'abord, je n'avais pas pensé à vous. Il faut m'excuser. Je ne savais pas que vous étiez au barreau et puis, pour être franc, on va toujours aux hommes de sa génération.

Bernan montra ses cheveux blancs d'un geste mélancolique qui acheva de bouleverser Richard. Non seulement le charme et l'art de Bernan avaient tout pouvoir sur lui, mais il n'avait jamais pu décanter la personnalité de Bernan du prestige qu'elle exerçait sur lui lorsqu'il avait connu Étienne, au temps de la Sorbonne et de la fontaine Médicis. La présence chez lui de cet homme qui détenait les secrets les plus puissants, sa parole triste et limpide, sa confiance, son abandon, et sa simplicité, paraissaient incroyables à Richard.

— Je sauverai Étienne, s'écria-t-il, ou je ne plaiderai plus jamais, je vous le jure.

— Mais Étienne voudra-t-il vous laisser faire ? demanda Bernan.

Il posa sa main, qu'il avait fort belle, sur le genou de Richard, et reprit :

— Comment l'empêcher d'enfler le scandale ?

Richard regarda Bernan avec surprise. Celui-ci craignit de s'être découvert.

— Je ne pense qu'à mon fils, dit-il vivement.

— Mais tout ce qu'Étienne demande, c'est que la mémoire de sa victime soit respectée, répliqua Richard.

Quelque maîtrise qu'il eût sur lui, Bernan cria presque :

— C'est vrai ? C'est vrai ?

Et comme Richard lui confirmait la merveilleuse nouvelle qui renouvelait toutes ses espérances, Bernan murmura sans savoir s'il continuait à jouer un rôle ou s'il avait vraiment besoin de remercier quelqu'un :

— Il y a peut-être un ciel inconnu d'où les mères veillent sur leurs enfants.

Puis il se leva et dit :

— Nous nous reverrons bientôt, Richard. Je peux vous appeler ainsi, n'est-ce pas ? Usez de moi pour tout. Dans la presse, j'ai des amis qui nous aideront. Je ferai tout ce que vous me direz de faire, et maintenant que nous sommes attachés à la même cause, vous allez me permettre de vous aider pour les nécessités matérielles. Pas un mot, je vous prie. Vous me feriez croire que je ne suis pas digne de vous aider à défendre Étienne. Vous aurez besoin d'argent pour notre affaire. Il vous faut le téléphone, les déplacements rapides, que sais-je ? Allons, allons, Richard, pas d'enfantillages, pas de fausse sentimentalité. Vous allez à l'attaque. Vous avez besoin de munitions.

Personne, dans toute la France, n'avait, pour transmettre des billets de banque, la main aussi persuasive, légère et impérieuse que Bernan.

XIII

Richard dit à Daniel :

— Étienne n'a jamais compris son père. Quelle confiance il a en moi ! Quelle délicatesse ! Il faut que je les mérite. Il le faut à tout prix.

— Je me demande, remarqua sérieusement Daniel, s'il est digne de toi, maintenant, de recevoir des pitres ou des clochards, je ne sais trop.

— C'est vrai, les phénomènes sont là, dit Richard.

— Veux-tu que...

— Non, coupa Richard. Il ne faut rien négliger dans cette affaire Bernan.

Pour la première fois, la figure d'Étienne et l'affreuse mêlée où son ami s'était brisé venaient de perdre dans l'esprit de Richard la place essentielle. Elles la cédaient à un mécanisme dont il était responsable et dont il avait à régler tous les rouages. La tragédie d'Étienne devenait l'affaire Bernan. Il le fallait pour que Richard pût satisfaire complètement à l'exercice de son métier. Mais, l'exerçant, il ne pouvait point ne pas déplacer et altérer les vérités qui avaient gouverné jusque-là toute sa vie.

Ce fut avec un sentiment tout nouveau de gravité, de dignité, que Richard poussa la porte de son bureau. Le spectacle qu'il découvrit lui fit perdre contenance. Dans son fauteuil était assis à la renverse un gnome au crâne tondu et luisant, dont les chaussures très sales reposaient sur la table. Un garçon au cou de taureau jonglait avec un cendrier, et un troisième, le menton recouvert par ses cheveux, dormait sur le parquet.

— Vous désirez ? demanda Richard avec hésitation.

— Le Maî... maî...tre, dit Mercapon sans changer de pose.

Cette voix insolente et qui n'était pas du tout celle d'un fou, rendit Richard à ses réflexes naturels. Il bouscula le jongleur, prit Mercapon par le bras, le tira du fauteuil, épousseta la table et s'assit.

— Voilà qui va mieux, dit-il. Je suis Richard Dalleau.

Un instant, Mercapon parut désemparé.

— Sans blague ? Si jeune ? murmura-t-il.

— Je suis Richard Dalleau.

— Vous, au moins, dit Mercapon, vous n'aurez pas à regretter la mère Adrienne. Elle vous aura apporté la gloire à la mamelle. Qu'est-ce que vous pouvez avoir de plus que moi ? Deux ans, pas plus ! Quelle affaire pour vous, hein, maître, que cette affaire Bernan ?

Formés par la bouche de Mercapon, portés par sa voix, les mots « affaire Bernan » prenaient un sens tellement ignoble que Richard eut peur. Le changement d'attitude intérieure qui s'était fait en lui si vite et à son insu, il en voyait l'image, monstrueusement déformée sans doute à la manière des têtes de gargouilles, mais issue, comme elles, d'un germe vivant. Il cria :

— De quel droit êtes-vous ici ?

— Complices du meurtrier, répliqua Mercapon avec suavité.

Il jouit de la stupeur de Richard et ajouta :

— Complices moraux, s'entend, maître.

— Assez de grimaces, s'écria Richard, ou je...

Il fit un effort pour se calmer et demanda :

— Qui êtes-vous, d'abord ?

— Je m'appelle Mercapon, et j'ai été camarade de classe de votre frère, le beau Daniel. Pour mes études, *môman* envoie quelque argent que je dépense à Montmartre.

— Et ces deux-là ?

— Fil d'Ange est forain de son métier, et l'autre, on l'appelle Assistance Publique, parce qu'il en vient. Fil d'Ange, donnez-lui du pied au cul.

Un adolescent à figure d'idiot se leva du plancher et se frotta les yeux.

— Il a toujours sommeil et il chante dans les rues, dit Mercapon.

Richard demanda avec dégoût :

— Quel rapport tout cela peut-il avoir avec Étienne Bernan ?

— Étienne Bernan, connaissons pas, ricana Mercapon. Ou seulement par les journaux. Pour nous, c'est *N'a-qu'une-patte*. On a fait bénir ses béquilles par un curé défroqué.

— Quelle belle rigolade ! dit Fil d'Ange d'une voix avinée.

— Une fois pour toutes, gronda Richard, une fois pour toutes, voulez-vous parler sérieusement ?

— Rien n'est plus sérieux, répondit Mercapon en suivant avec délectation l'expression d'écœurement répandue sur le visage de Richard. Il est peut-être plus reluisant de défendre le fils du directeur de la Sûreté générale que *N'a-qu'une-patte*. Mais c'est comme ça. Et nous avons aussi notre police.

Richard se sentit touché comme par un coup bas. Cette phrase, Étienne, également, l'avait dite. Et, comme à la Santé, Richard demanda :

— Nous, qui nous ?

— Ah ! ça commence à vous intéresser tout de même, mon cher maître, ricana Mercapon.

Il prit un temps et continua :

— Devinette : qui est plus anar que les anars, plus dada que les dadas, plus fada que les fadas ?

Mercapon se tourna vers ses compagnons avec un signe de commandement :

— Qui est-ce qui dégueule la guerre et l'aprèsguerre ? dit Fil d'Ange.

Et celui qu'on surnommait Assistance Publique enchaîna mécaniquement d'une voix jeune, belle et fraîche :

— Qui sont les enfants de putain ?

Mercapon prit de nouveau un temps et déclara solennellement :

— Les Smerdiakov.

— Les Smerdiakov, murmura Richard.

Mais ce ne fut aucun des trois garçons qu'il regarda. Ses yeux étaient allés vers sa vieille bibliothèque et il cherchait à leur place familière les livres de Dostoïevski, ceux-là même qu'Étienne lui avait donnés pour la Noël de l'année 1915. L'un d'eux, que Richard avait tant aimé et aimait encore, peignait l'immonde Smerdiakov, le valet à la guitare, le pendeur de chats, l'homme du « tout est permis », le parricide grimaçant. Voilà jusqu'où était allé Étienne, et à quoi il faisait allusion en disant qu'il s'était amusé à rouler dans le fiel. Et voilà les compagnons qu'il avait pris. Et voilà dans quel esprit il avait tué sa mère. Richard réentendit les intonations crapuleuses et emphatiques qu'avait eues Étienne à leur première entrevue. Le style Smerdiakov.

— C'est lui qui a trouvé ce nom, n'est-ce pas ? demanda Richard à voix basse.

— C'est lui, dit Mercapon.

— Les formules, c'est lui qui les a inventées ?

— J'y ai travaillé aussi, dit Mercapon.

Il y eut un silence. Richard demanda encore :

— Et alors ?

— Alors, déclara Mercapon, tandis que son visage disgracié devenait plus lourd et plus opaque,

nous voulons notre part de merde, nous aussi.
Nous voulons témoigner et parler des Smerdiakov.
Nous ferons venir le curé défroqué et la boiteuse
de douze ans qui vit avec lui... et les mendigots... et
les folles... On verra la vraie vie... Ce ne sera pas
mauvais pour votre publicité. Ça fera plaisir à *N'a-
qu'une-patte* et nous serons célèbres. Tout le monde
sera content. D'accord ?

— Étienne Bernan ne veut plus le moindre scandale, dit Richard en regardant fixement Mercapon,
et, en ma qualité de défenseur, je veillerai à ce que
son désir soit respecté.

Les lèvres du rachitique se retroussèrent, et
Richard eut l'impression qu'il allait en jaillir de la
bile.

— Ah ! ah ! dit Mercapon, on l'a muselé, et le
Maître est de la combine. Mais il y a les journaux,
il y a...

— Il n'y a rien, dit Richard. Je veux sauver Bernan et vous allez vous taire, tous autant que vous
êtes, sinon...

— Sinon ? demanda Mercapon en ricanant.

— Je vous casserai la figure, cria Richard.

— Fil d'Ange ! dit Mercapon.

Le forain n'eut pas le temps de bouger. Richard
l'étourdit d'un coup de poing au menton. Puis, sa
force naturelle étant portée au paroxysme par la
colère, il le prit au collet, le traîna jusqu'au seuil de
l'appartement, et le jeta dans l'escalier.

— Allons, vite, dit-il aux deux autres.

— Vous le regretterez, dit Mercapon en passant
devant lui.

Daniel, qui avait assisté à la fin de cette scène,
murmura :

— Mais c'est terrible. On ne pardonnera jamais
cela à Étienne.

— Les jurés n'en sauront rien, ni personne, dit

Richard. Je vais tout de suite chez le père d'Étienne. Il saura museler ces aboyeurs.

— C'est juste, dit Daniel. C'est son métier.

Le mot fit hésiter Richard. Mais il vit les manchettes des journaux : « LES SMERDIAKOV », Étienne plongé dans l'ordure et lui-même impuissant. Il dit :

— C'est mon métier également. L'affaire Bernan avant tout.

XIV

Il était très tard, mais Richard recevait encore un journaliste.

Le crime du Faubourg Saint-Honoré était un sujet qui, par la situation sociale de la victime, la singularité du meurtrier, le mystère de ses mobiles et le choix d'un défenseur complètement inconnu, intriguait au plus haut point la curiosité du monde entier. Il avait tous les éléments du succès. On pouvait en discuter dans les cafés, les salons et les familles. Richard n'en mesura les répercussions véritables que par le défilé incessant des reporters de Paris, de province et de l'étranger, des correspondants d'agence, des envoyés spéciaux, qui envahirent son petit logement, l'empêchèrent d'aller au Palais, emplirent ses deux pièces de bouts de cigarettes et de fumée de magnésium.

Il ne savait pas encore se défendre contre leurs exigences ni limiter leurs indiscrétions.

Enfin, il parut dans la salle à manger, sans veston, les yeux brouillés, les cheveux en désordre comme après un dur assaut de lutte. Et quand il vit son père se lever du vieux fauteuil de velours vert, aller au buffet et en tirer la solution qu'il mettait chaque soir, d'un geste incertain, dans son œil aux trois quarts perdu, et quand Sophie posa sur la toile cirée une soupière fumante, le jeune homme traversa un état de flottement complet.

Qu'est-ce qui était vrai ? Cette humble pièce qui semblait fermée à tout souffle extérieur ? Ou le bruit du train dans ses oreilles, et l'accent de Gonzague d'Olivet, et, devant ses yeux, les larmes d'Étienne, ou les tempes blanches et roses de Bernan, ou le crâne de Mercapon-Smerdiakov, et les journalistes, les journalistes...

A son père qui, la tête rejetée en arrière, faisait une grimace d'enfant parce que le liquide brûlant se répandait jusqu'à sa moustache, Richard demanda avec un vague effroi :

— C'est ça, la gloire ?

Le docteur, tout en massant la paupière qui couvrait son œil malade, répondit :

— Il paraît que la gloire est comme le soleil. Tu as encore les yeux trop sains pour la regarder en face.

Il remit la petite bouteille et le compte-gouttes dans le buffet, puis dit d'un ton très doux :

— Pense, mon grand, que pour tous ces gens-là, ce n'est qu'un fait divers exceptionnel, et qu'ils vont chatouiller leurs lecteurs avec Étienne, toi et votre amitié. Mange et ne réfléchis à rien, si tu peux, pendant quelques instants. Puis, comme nous ne t'avons pas vu depuis quarante-huit heures, tu nous raconteras tout.

— Et, à la suite, et depuis le commencement, depuis que tu es parti pour Montauban, s'écria Sophie. Pas en tourbillon, pêle-mêle, ainsi que tu aimes à le faire. Et tu attendras que j'aie fini de servir.

Richard eut le sentiment d'être retourné au temps où il relatait à table ses histoires de lycée. Déjà, alors, sa mère, avide de tous les détails et moins prompte d'esprit que le docteur, le suppliait de mettre quelque ordre dans ses récits et souffrait de ne l'écouter que par bribes. Trois jours auparavant, Richard était entré en fureur pour s'être vu traiter en collégien. Cette fois il eut l'impression d'être soudain protégé. Sur une eau nouvelle, dont il se sentait encore malhabile à reconnaître le courant, Richard était heureux de retrouver la vieille barque fatiguée, étroite, mais si sûre.

— Promis, maman, dit-il, et il sourit pour la première fois de la journée.

Tout le temps que Richard parla, le docteur frotta la paupière de son œil malade. Ce geste, maintenant, remplaçait parfois le mouvement habituel de ses doigts repliés contre les joues, qui accompagnait chez lui les démarches de la pensée dans les problèmes délicats. Sophie souffrait de ce transfert vers un point menacé, et brusquait son mari pour en interrompre le jeu.

— Ton avis, Anselme ? demanda-t-elle.

— Mon avis... mon avis ? répéta le docteur. Eh bien d'abord c'est que ces gamins dangereux sont les créations d'Étienne, et il serait dans un juste équilibre qu'ils se retournent contre lui. Attends, attends, mon grand, je sais que tu n'as pas à considérer cela. En somme, tu as un malade à sauver. Il te faut de l'eau bouillie. Peu importe le bois qui la fait chauffer. C'est bien cela ?

— Exactement, dit Richard avec un éclat qui était surtout du soulagement.

— Seulement, le feu est le feu et tellement plus propre que les hommes... soupira le docteur, mais c'est une question de métier, et nous n'y pouvons rien.

Il soupira encore :

— Il y a une chose pourtant dont je suis absolument sûr, dit-il. Tu n'aurais jamais dû accepter l'argent de Bernan.

— Jamais, dit Sophie.

Daniel haussa légèrement les épaules, mais Richard se sentit très gêné.

— Il l'a fait de telle manière que je ne pouvais pas refuser, dit-il. Et puis, je vais avoir besoin du téléphone, de quelqu'un pour répondre et ouvrir.

— Si tu prends un domestique, qu'il ne mette jamais les pieds ici, s'écria Sophie. Nous sommes trop pauvres pour cela.

— Mais nous ne le sommes pas assez pour que tu aies vraiment été forcé d'accepter, dit le docteur. N'est-ce pas, maman ?

— Certes, dit Sophie, pour qui chaque franc était l'objet d'un souci toujours accru. Je me serais arrangée.

— Mais au nom de quoi, s'écria Richard, au nom de quoi, ces sacrifices ?

— Allons, allons, dit le docteur, tu le sais aussi bien que moi.

Richard garda quelques instants le silence, puis il dit :

— Si vous pensez ainsi, je vais renvoyer...

— Ce serait pire, interrompit le docteur. Tu offenserais un homme qui a cru bien faire, et tu lui ferais payer ta timidité.

— Alors ? demanda Richard.

— Eh bien, dit Sophie, ne touche pas à cet argent. Tu auras la conscience tranquille et tu le rendras après le procès.

— Maman, tu es Salomon en personne, dit Richard en riant de son meilleur rire. Je n'aurais jamais trouvé.

Sophie hocha la tête.

— Tu n'as que vingt-trois ans, dit-elle, et pour des choses si difficiles...

— Elles le sont à trente et à quarante et à cinquante, dit le docteur. Pour être toujours en paix avec soi-même, il faut, comme nous, rester en dehors du monde, dans sa coque. Qu'est-ce que tu en penses ?

— Je ne pense qu'à me coucher, dit Richard.

Il se sentait tout à coup fondu, anesthésié par

toute sa fatigue. Du côté de son appartement, la sonnette tinta.

— Non, non et non, cria Richard à Daniel. Je suis sorti, disparu, mort, ce que tu voudras. Je n'en peux plus.

Mais Daniel revint en disant :

— C'est la sœur d'Étienne, Geneviève Martin. Elle arrive de Nancy.

Richard ne réagit pas et Daniel poursuivit :

— Je l'ai menée dans le salon des malades, car chez nous il y a un désordre impossible.

— Cette pauvre femme doit être brisée, dit Sophie à Richard. Ton père et moi, nous te relayerons dans cinq minutes. Je serai heureuse de la connaître.

Les traits de Sophie Dalleau avaient pris une animation subite. Elle avait, pour les êtres qui approchaient ceux qu'elle aimait, une curiosité candide et une fraîcheur d'intérêt qu'entretenait sa vie claustrée à l'extrême. Par le truchement de Richard (Daniel était toujours muet sur ses relations), elle portait dans son esprit et son cœur un petit peuple d'enfants, de lycéens, de soldats, d'avocats, imaginés, pressentis d'après les paroles de son fils, avec leurs ramifications sociales et familiales, leurs vertus, leurs défauts, leurs souffrances. Sophie, qui n'avait pas le temps de lire, composait ainsi ses propres romans. Quand elle avait l'occasion de voir un de ces personnages à la fois réels et fictifs, tout son désir de connaître s'animait d'un seul coup.

— Va vite, ne la fais pas attendre, dit encore Sophie à Richard.

Il jeta son veston sur ses épaules sans passer les manches et Daniel le suivit.

XV

Geneviève ne pouvait pas savoir que, lors de sa première visite rue Royer-Collard, Étienne avait longuement contemplé dans le même salon la lithographie écrasée par d'épaisses moulures dorées et qui représentait Henri IV jouant avec ses enfants. Ce fut pourtant ce groupe qui attira les yeux rougis de la jeune femme. En cinq années, le cadre avait perdu de son brillant et les rides du plâtre avaient percé la dorure. Mais l'expression du roi n'avait pas changé, ni celle de la reine qui regardait ses fils sur le dos de leur père. Et, ainsi qu'Étienne l'avait fait, Geneviève, malgré la pauvreté de l'image, éprouva, pour ce qu'elle signifiait, une envie douloureuse.

« C'est parce que nous avons été privés de ces biens, pensa Geneviève, qu'Étienne a tué notre mère. »

La jeune femme ne s'attendrit pas davantage sur Adrienne Bernan. Elle était sincère avec elle-même, et la mort ne changeait pas la nature de ses sentiments.

« Oui, l'enfance ne pardonne pas, se dit Geneviève, ni à soi, ni aux autres. »

Et ne pouvant jamais échapper à l'exigence qui la ramenait sans cesse à elle-même ainsi qu'à une prison dont elle connaissait tous les barreaux, Geneviève pensa une fois de plus que son père et sa mère l'avaient écœurée des hommes et de l'amour et que, par leur faute, elle avait manqué son existence.

« Ils m'ont interdit les sentiments essentiels, se dit Geneviève. J'ai voulu les remplacer par des succédanés, des artifices. Alors, ratage sur ratage, et le dernier, j'en ai pour toute la vie. »

Il y avait longtemps que Geneviève ne cherchait

plus à se leurrer. Pascal était une simple habitude, et ses enfants...

Geneviève détourna les yeux de la lithographie avec une sorte de refus sauvage. Quelle que fût sa franchise envers elle-même, Geneviève ne pouvait pas se résoudre à convenir qu'elle n'aimait pas ses deux petites filles, que leur présence ne remédiait en rien au vide et à l'ennui de sa maison et que même, parfois, elle se prenait à les considérer comme des entraves. Geneviève, qui accusait ses parents de toutes ses souffrances, s'interdisait de reconnaître qu'elle recommençait leur crime.

Mais cette dérobade, cette lâcheté intérieures ne lui étaient pas naturelles et faisaient naître en Geneviève, chaque fois qu'elle y était forcée, une irritation dont le contrôle échappait à sa volonté, sinon à son intelligence, et qui la transformait en un être détestable pour tous et d'abord pour elle-même.

« Ce chromo est idiot et d'une sentimentalité d'épicerie, décida brusquement Geneviève. Avec des chefs-d'œuvre de ce genre, ce Dalleau pourrait se dispenser de me faire attendre... Et Pascal n'est pas à plaindre. Il m'aime. Je l'aide dans son travail. Je l'accepte dans mon lit et je lui suis fidèle... »

A ce moment, au bruit de la porte, Geneviève comprit que Richard entrait dans le salon. Mais elle avait besoin de reprendre contenance et de remettre en place ses traits qu'elle sentait décrochés. Elle dit, feignant de toujours examiner les jeux des enfants d'Henri IV :

— Vous avez là une image bien édifiante.

Richard se laissa tomber sur un petit divan contourné, couvert de fausse tapisserie, et dont la dorure commençait également à s'effriter. Son veston glissa et il répondit :

— Étienne l'aimait pourtant.

Il parlait sans savoir très bien ce qu'il disait. Il dormait à moitié. Et quand il aperçut le visage de

Geneviève, ce fut quelqu'un d'autre, lui sembla-t-il, qui pensa : « Elle n'est pas belle... quoique cette mèche blanche au milieu du front l'arrange un peu. Mais agressive, au possible. »

Geneviève avait cru que Richard s'était servi d'Étienne comme d'un reproche et brûlait de l'humilier. Mais elle resta interdite devant ce garçon en bras de chemise, affaissé sur lui-même, qui la regardait comme à travers une brume. Son torse, massif et dur, elle le voyait respirer à travers la toile. Le cou nu, les cuisses écartées, donnèrent à Geneviève une impression d'abandon et presque d'indécence. La chevelure bouclée, qui retombait en désordre sur le front et l'encadrait comme celui d'un bélier, accentuait l'attitude animale.

Geneviève eut peur du désir aigu qu'elle éprouva de perdre ses doigts dans cette toison, de se mettre sous l'abri de ces épaules et de partager leur chaleur. Elle eût difficilement admis auparavant que la vue d'un corps pouvait inspirer tant de sécurité physique.

— Étienne... Comment est-il ? demanda-t-elle à voix basse. J'ai appris à midi seulement par les journaux que c'était lui. Notre père a tout de même réussi à cacher son identité pendant deux jours. J'ai pris le premier train. En arrivant, j'ai téléphoné à mon père pour voir Étienne. Il m'a priée de m'adresser à vous.

— Je vous aurai un permis de communiquer demain, dit Richard.

Péniblement et en phrases décousues, il mit Geneviève au courant de la vie d'Étienne depuis sa disparition. Quand il eut achevé, Geneviève s'approcha de lui et dit :

— Allez vous coucher, Richard, vous êtes tué de fatigue !

Elle ne s'aperçut pas qu'elle avait mis dans sa voix une douceur dont elle n'avait jamais usé pour ses enfants. Elle ne s'aperçut pas davantage qu'elle s'était placée de manière que Richard, se relevant, lui effleurât le visage de ses cheveux bouclés.

— Attendez que je vous présente à mes parents, dit Richard qui entendait des pas lents dans le couloir. Ils veulent vous connaître.

— Pourquoi ? dit Geneviève avec humeur. Je ne tiens pas aux formalités.

Mais quand Sophie lui eut pris les mains et qu'elle lui eut dit à mi-voix : « Enfin, je vois la sœur d'Étienne ! » Geneviève se rendit compte soudain que tout était remis en ordre, et que tout s'éclairait d'une juste lumière. Geneviève sentit enfin sa joie de savoir Étienne vivant, son tourment de le retrouver en prison et meurtrier. Elle sut en même temps qu'elle était comprise et plainte. Elle dit, sans réfléchir à ses paroles :

— Voilà ce qu'Étienne venait chercher ici.

Le docteur se mêla à la conversation après qu'elle eut épuisé sa substance émotive. Il ne savait pas très bien entrer en ces instants dans le ton des femmes. Il interrogea Geneviève sur la clinique de Pascal Martin et les cas qu'il soignait. Sophie s'intéressa davantage aux petites filles de Geneviève.

— Vous avez une belle vie devant vous, tous les deux, dit Sophie.

— La plus belle, dit le docteur.

Ils étaient tellement convaincus du bonheur de Geneviève, il y avait sur leur visage tant d'approbation et d'amour pour sa forme d'existence, que la jeune femme, un instant, vit par leurs yeux.

Comme tous ceux chez qui l'épuisement étire les mouvements, Richard fut très long à se coucher. Il se glissait dans son lit quand Daniel vint lui dire :

— Geneviève s'en va. Je veux la déposer à son hôtel. Elle est si triste et si gentille avec les parents.

Une femme comme elle ! Il me faudrait un peu de
monnaie pour le taxi.

— Regarde dans mes poches, dit Richard.

— Mais tu as une fortune, s'écria Daniel, les
yeux brillants comme s'il avait un accès de fièvre,
et montrant une liasse de billets de mille francs.

— L'argent de Bernan, murmura Richard.
J'avais complètement oublié. Il faut le donner à
papa pour qu'il l'enferme.

— Oh ! laisse-moi prendre dix louis, s'écria
Daniel. Je suis ton secrétaire et je suis très embêté.
Je t'avouerai que je suis un peu endetté chez le
concierge du théâtre et chez l'habilleuse. Je n'ose
plus leur parler. Ne fais pas ces yeux, Richard. J'aurais payé mes dettes de toute manière en recevant
mon mois. Mais j'aimerais mieux tout de suite.

— Je ne veux pas toucher à cet argent, dit
Richard.

— Alors, c'est toi que je rembourserai, déclara
Daniel.

Et comme Richard hésitait encore, Daniel lui dit,
tandis que sa lèvre supérieure trop courte se rele-
vait dans un sourire tendre et complice :

— C'est parce que tu es un homme célèbre que
tu veux devenir comme les parents ?

— C'est bon, dit Richard, mais rends-les sans
faute.

— Sans faute, dit Daniel.

Ce n'était qu'une formule, et ils le savaient tous
les deux.

XVI

Daniel ne cherchait auprès des femmes que le
plaisir, écoutait sans ennui leurs bavardages et
s'amusait de leurs petites histoires. Ses yeux

aimaient à suivre leurs mouvements, s'intéressaient à leur maquillage, à leur coiffure et à leurs
robes. Ses cheveux d'un noir pur, ses yeux d'un
bleu sombre et tamisés par de longs cils luisants,
ses belles mains, sa mélancolie et sa douceur lui
valaient beaucoup de succès, et faciles : ouvrières
de mode, filles de cafés, théâtreuses, modèles,
bourgeoises libres de leurs après-midi... Mais
Daniel les estimait peu, car il se sentait apparenté
à elles uniquement par les faiblesses qu'il portait
en secret.

Geneviève, elle, avait des traits aigus, une parole
sans bavures, une brusquerie d'étudiant dans les
gestes et les rapports. L'intelligence la plus évidente
et la plus sensible animait toutes les expressions de
son visage et de sa voix. Elle faisait éprouver à
Daniel le sentiment d'infériorité qui l'éloignait à
l'ordinaire des hommes plus attachés que lui aux
biens de l'esprit. Mais, auprès de Geneviève, ce sentiment lui était agréable comme auprès de Richard.
Parce que Richard était le frère qui l'avait toujours
protégé, et Geneviève parce qu'elle était une
femme, c'est-à-dire quelqu'un qui ne pouvait pas
l'humilier.

« Que dire à un être comme elle ? » se demandait
Daniel intimidé par le silence de Geneviève, dans
le taxi qui les emmenait vers un hôtel de la rue de
Rivoli. « Que dire qui ne lui paraisse ni bête, ni vulgaire, ni indélicat ? »

Puisqu'il cherchait, Daniel ne trouvait rien, et se
bornait à regarder la tête nue de Geneviève tournée
vers l'extérieur. Selon l'éclairage des rues, le profil
mince et net se perdait dans les velours de l'ombre,
ou, au contraire, surgissait, comme une pâle
médaille, dans la réverbération des lampadaires.
Mais, protégé ou découvert, ce visage portait la
même émotion intense et inspirée.

« Elle est plus belle que si elle était belle », pensait Daniel et le silence lui paraissait facile à sup-

porter. Soudain, il aperçut de larges gouttes trembler le long de la bouche fermée. Geneviève ne pleurait pas comme une femme. Elle ne s'affaissait pas, ne se défaisait pas dans les larmes. Daniel qui avait vu tant de sanglots, de crises et de désespoirs faciles fut pris d'une vénération sans mesure pour cette douleur immobile et indifférente à elle-même. Il saisit la main de Geneviève qui était toute glacée, et la réchauffa dans les siennes.

— Ne souffrez pas pour Étienne, dit Daniel. N'ayez pas peur pour lui, Richard le sauvera. Richard peut tout.

— C'est vrai qu'il donne cette impression, murmura Geneviève.

Elle frissonna soudain, et reprit à voix encore plus sourde :

— Mais j'ai peur de lui aussi, j'ai peur de tout, ce soir.

Elle rêva jusqu'au moment où la voiture s'arrêta en face des Tuileries.

— Je vous envie tous les deux, dit-elle avec douceur. Près de vos parents, la vie doit être facile.

— Non, dit Daniel, pas pour moi.

Lui qui répugnait à confier les détails les plus insignifiants de son existence, il ne remarqua pas qu'il se livrait tout entier et d'un seul coup. Il dit encore :

— C'est dur de se sentir toujours coupable avec les autres.

Geneviève hocha la tête, ce qui déplaça d'un mouvement léger ses cheveux coupés très court, et murmura :

— C'est encore pire de sentir les autres coupables envers soi.

Un chasseur ouvrit la portière du taxi. Geneviève revint à elle et dit avec un sourire sans gaieté :

— Je vous demande pardon de cette promenade sinistre.

— Oh ! je vous en supplie ! s'écria Daniel. Je n'ai

jamais rencontré quelqu'un comme vous, et vous ne m'avez traité ni comme un gigolo, ni comme un enfant.

Geneviève emporta le souvenir de cils magnifiques et d'une lèvre de petit félin qui tremblait très fort.

DEUXIÈME PARTIE

DEUXIÈME PARTIE

I

Depuis longtemps Geneviève et Dominique ne pensaient plus l'une à l'autre. Mais quand Dominique apprit l'assassinat d'Adrienne Bernan, Geneviève se détacha pour elle des eaux mortes de la mémoire. Les péripéties de leur amitié revinrent en foule dans l'esprit de Dominique, toutes en même temps, et avec une force qui, pour sa sensibilité très vive, déplaçait le présent au profit du passé et donnait à celui-ci une existence plus éclatante et plus vraie qu'aux événements du moment.

Dominique se rappela le musée du Luxembourg — et sa respiration devint plus rapide ; les confidences de la Fontaine Médicis — et ses yeux furent emplis de tendresse ; l'admission au Conservatoire — et son visage rayonna ; la querelle qui l'avait séparée de Geneviève — et elle sourit comme d'une bataille d'enfants. Puis tout s'effaça. Dominique eut pour seul désir d'aider Geneviève dans son malheur, l'embrasser, la consoler. Alors, elle revint au sentiment de la réalité. Elle se trouvait dans un appartement nu parce qu'elle avait été obligée d'en vendre les meubles un à un et au milieu d'une ville où — quoiqu'elle y fût née — elle ne connaissait personne qui pût lui être de quelque secours. Comment retrouver Geneviève... et pourquoi ?

Tenant le journal qu'elle avait pris dans l'entrée,

Dominique traversa des pièces vides et regagna sa chambre. Il y avait là un lit Louis XV, une coiffeuse et une chaise de la même époque. C'était — entre des murs tendus de soie cerise — tout ce qui restait à Dominique d'un mobilier abondant et très beau. Dominique se recoucha et laissa glisser le journal sur le parquet. A portée de la main, se trouvait une assiette remplie de fraises des bois. Elles étaient rares dans cette saison, mais Dominique ne savait toujours pas résister au goût qu'elle avait des fruits, ni calculer ses ressources. Elle mangea quelques fraises, y prenant un plaisir sans mélange. Elle releva le journal et le contempla sans le lire. Adrienne Bernan... Fiersi... Adrienne Bernan. Cette femme molle, morne et droguée, avait toujours inspiré à Dominique une crainte faite de pitié et de malaise. Cette femme était marquée par quelque chose d'horrible. Quelle idée Pierre avait eue de l'emmener, elle et Fiersi, dans un voyage aussi merveilleux...

Dominique avança la main vers les fraises en songeant aux oranges, aux pastèques, aux grenades, aux raisins d'Espagne. Mais elle ne réussit pas à se laisser prendre par l'une de ces rêveries doucement et innocemment sensuelles qui formaient le meilleur de sa solitude et de son oisiveté. Le choc intérieur qui avait ressuscité Geneviève, telle qu'elle avait été quatre années auparavant, n'avait pas encore épuisé son pouvoir. Ce souvenir perçait les brumes et ameutait les ombres. Hubert Plantelle pencha soudain vers Dominique sa face têtue, ses yeux sans couleur, son amour, sa souffrance.

« Mon-Père-Chéri, mon-père-chéri », dit en pensée Dominique, tandis que ses lèvres tremblaient. Et, comme pour Geneviève, elle voulut de tout son être courir au vieil homme, l'entourer de ses bras et pleurer avec lui. Mais là encore, elle ne pouvait rien.

« Pourquoi, pourquoi as-tu refusé de répondre à

mes lettres ? » demanda intérieurement Dominique. Et ses lèvres ne cessaient de remuer. « Tu me crois une fille perdue. Mais ce n'est pas vrai. Mais je ne le suis pas. Mais je n'ai rien fait de mal. Pierre non plus. Ce n'est pas sa faute. Ce n'est que malchance. Écoute, écoute, on ne pouvait pas se marier en pleine guerre contre le gré de la vieille marquise. Elle avait toute la fortune. Pierre était infirme. Puis nous avons fait notre croisière. C'était si beau. Comme un voyage de noces. Mais le yacht a coûté très cher. On ne pouvait pas se marier en même temps. La mère de Pierre ne voulait pas. Et quand elle est morte, elle a laissé si peu. Et Pierre avait tant dépensé pour mon appartement. Il a bien fallu qu'il aille faire fortune en Syrie... Avant de se marier. Il est toujours là-bas. C'est long, très long... Mais il va revenir et alors... alors... »

Dominique avait fermé les yeux. Ses lèvres étaient serrées. Elle ne parlait plus à son père. Elle ne pensait plus à lui, ni au mariage, ni à sa condition désespérée. Que seulement La Tersée fût près d'elle et qu'elle pût le voir, l'entendre, l'aimer, et qu'importait le reste. Personne n'avait le droit de la juger. Elle se sentait si propre, et fidèle. Elle s'accrochait à cet appartement parce que Pierre l'avait choisi. Elle n'avait pas regardé un homme depuis vingt mois qu'elle était seule et depuis une année sans nouvelles. Pierre ne pouvait pas être mort. Elle l'aurait su, deviné. Il travaillait pour eux au fond de quelque désert, coupé du monde.

« Reviens, oh reviens vite, priait maintenant Dominique. Je ne te demanderai rien jamais, que de m'aimer. J'ai si peur de toi. J'ai tant besoin de cette peur. »

Aux environs de midi, la concierge venait toujours apporter quelque nourriture à Dominique. Cette femme lui trouva un visage absent, bizarre, mais vit le journal sur le lit et crut comprendre.

— Pour sûr, ça tourne les sangs, une histoire

comme l'affaire Bernan, dit-elle. Sa propre mère...
en pleine rue ! Faut-il qu'ils soient vraiment pourris
dans ce monde-là... A moins que ce soit encore un
effet de la guerre...

La concierge parla longtemps du crime. Puis elle
dit :

— La teinturière est revenue pour sa note.

— Je la paierai bientôt. Je vais commencer à travailler, dit Dominique.

Elle se mit à manger, beaucoup moins par faim
que pour arrêter la conversation. Elle sentait venir
des mots qu'elle ne voulait pas entendre, mais,
avant de sortir, la concierge dit avec bonhomie :

— Dans le quartier, on n'est pas inquiet pour les
petites dettes. Quand on est faite comme Mademoiselle, il y a toujours de la ressource.

Dominique laissa son repas inachevé et alla rapidement à un miroir. C'était son recours habituel
dans les moments d'effroi. Elle regarda longuement, intensément, et fut rassurée. Sans doute, elle
ne trouvait plus, comme autrefois, dans la glace
une protectrice enchantée, reine de tous les biens
de la terre et qui n'était pas tout à fait elle-même.
Il n'y avait plus de magie dans la jeune femme de
l'autre côté du miroir. Dominique, maintenant, se
reconnaissait entièrement en elle. Mais ce visage,
exact reflet du sien, était toujours ardent et droit,
et plein de confiance. A quoi les gens pouvaient-
ils penser ? Il n'y avait que Pierre. Et Pierre allait
revenir.

II

Dans l'après-midi de ce même jour, vers quatre
heures, Pierre de La Tersée fut prévenu par téléphone que Fiersi, appelé à la Sûreté générale, au

sujet de l'affaire Bernan, ne pourrait venir que plus tard. La Tersée tira d'une armoire un plateau de fumerie, alluma la petite lampe et commença de rouler sa première pipe. Il avait pris en Syrie l'habitude définitive et impérieuse de l'opium. Cette intoxication — et un peu de paludisme — était tout son butin du Levant. Il y était allé autant par ennui que pour tenter la chance et y avait perdu, dans quelques entreprises trop hardies, l'argent que lui avait procuré la vente des biens laissés par la vieille marquise : l'hôtel familial hypothéqué, des terres qui rapportaient très peu et quelques titres. Mais, revenu à Paris, et bien que ruiné sans rémission, La Tersée avait loué un entresol meublé magnifiquement, acheté la meilleure voiture de course et mené, depuis six mois, l'existence qui avait toujours été la sienne et comme ignorant ce qu'elle pouvait coûter. On le voyait au cercle et sur les champs de courses, dans les établissements de plaisir les plus dispendieux et avec les femmes les plus chères.

Son séjour au Levant et l'usage de l'opium avaient peu modifié son aspect. Le visage de La Tersée appartenait à cette espèce racée et dure dont les traits se figent pour longtemps aux environs de la trentaine. Les siens étaient cependant quelque peu desséchés, étrécis, accusant davantage encore leur caractère d'eau-forte et leur réflexe de mépris. Ce sentiment étouffait maintenant chez La Tersée tous les autres. Il était son unique attitude à l'égard des hommes. La nécessité, ici, avait précipité le cours d'une disposition naturelle. Car, si la vie de La Tersée était demeurée en apparence la même, il avait dû en renverser le mécanisme. Le jeu n'était plus un amusement pour lui, mais un métier. Il dépendait complètement des cartes ou d'un pari. Quand le sort lui était contraire, il se voyait obligé d'en corriger les effets. Son dédain de l'argent, héréditaire sous la forme de la dépense, prit aussi la forme du gain à tout prix, par tous expédients. Il devint donc indispensable à La Tersée de considérer la société comme suffisamment nulle pour que rien, dans ses rapports avec elle, ne pût tirer à conséquence. Le train qu'il menait surprenait les gens qui le connaissaient bien et l'état de sa fortune. Les uns l'attribuaient à un crédit encore puissant, les autres à quelque obscure combinaison orientale.

Un seul homme savait d'où venaient ces ressources.

La Tersée, dès son arrivée à Paris, avait retrouvé Fiersi qui, grâce à l'argent d'Adrienne Bernan et de quelques amis de celle-ci, avait ouvert un restaurant de nuit qu'il avait appelé le *Colombo* et dont il avait fait l'établissement le plus couru de la ville. Et Fiersi, avec toute la violence et tout le désintéressement d'une amitié passionnée, avait mis à la disposition de La Tersée ses biens, son courage, sa connaissance de la vie clandestine et son prestige parmi les hors-la-loi. La Tersée en usait comme d'un tribut naturel.

Ce jour-là, il voulait de Fiersi une nouvelle provision d'opium, la mise au point d'une opération de courses assez délicate et, au *Colombo*, la meilleure table pour le prince de Galles, qui se trouvait à Paris incognito. La Tersée l'avait invité, en vertu d'une tradition de famille qui datait de l'amitié d'Édouard VII pour le vieux marquis.

La Tersée eut longtemps à attendre, et, comme il fumait, l'attente lui fut agréable. Enfin Fiersi arriva. Il était très bien habillé, mais cela ne suffisait pas à neutraliser la vigilance de ses mouvements et de ses yeux. Il voulait parler tout de suite, mais s'arrêta à la vue de La Tersée qui achevait de fumer une nouvelle pipe. Une expression de souffrance passa sur le visage impitoyable : « Un tel homme, s'abîmer à des saletés pareilles », songeait Fiersi.

— Voilà ce qu'il en coûte quand on passe de l'état d'amateur à celui de professionnel, dit La Tersée. Mais c'est fini, mon cher. J'ai ma dose.

La Tersée éteignit la lampe et étendit soigneusement son long corps sur un matelas jeté à même le plancher. Ce fut dans cette position qu'il mena l'entretien.

— Alors ? demanda-t-il. La Sûreté ? Pas de bobo ?

— Non, dit Fiersi. Dans cette affaire, je les tiens plus qu'ils ne me tiennent. La seule peur qu'ils ont c'est que je bavarde.

Fiersi fit onduler ses épaules d'un mouvement lent et souple.

— Vous êtes resté longtemps là-bas ? dit La Tersée.

— Ils voulaient tout savoir, dit Fiersi. Comment j'ai connu cette pauvre Adrienne. Quand... Pourquoi... L'argent qu'elle a mis dans ma maison... et la marchandise (il indiqua le plateau de fumerie)...

— Et alors ? demanda La Tersée avec indifférence.

— Je ne suis pas né d'hier, dit Fiersi. Mais faire l'ange, ça prend du temps.

Fiersi hésita, prit un coussin et vint s'asseoir près de La Tersée.

— Il faut que je vous en parle tout de même, dit-il. Ils m'ont aussi questionné sur vous.

— Notre croisière ? demanda La Tersée sans bouger et les yeux immobiles.

— Ça d'abord, et puis vos... vos habitudes... et vos moyens.

— Ah vraiment, dit La Tersée, à mi-voix et comme s'il s'agissait d'un autre. Vraiment ?

Il alluma une cigarette et ajouta :

— Comique, mon cher.

— Ils n'étaient pas contents là-haut, quand je les ai quittés, reprit Fiersi. Ça les ennuie que je n'aie pas du sang de poulet. Ils voudront me posséder un jour.

— Vous aurez le prince de Galles chez vous, ce soir, dit La Tersée.

Fiersi ne montra pas d'étonnement. C'était un sentiment dépassé depuis longtemps dans son commerce avec La Tersée.

— Formidable pour la publicité, dit-il. Mais, pour la sécurité, il vaut mieux avoir un commissaire dans sa manche.

Un court sourire effila les lèvres sèches de La Tersée. Ce n'était pas le dévouement de Fiersi qui lui faisait aimer sa compagnie, mais des mots pareils.

— Passons aux choses sérieuses, mon cher, voulez-vous, dit-il toujours étendu et immobile. Un : il me faudrait une livre de Bénarès... oui Bénarès... Changer de cru est assez plaisant. Deux : vous avez vu Stib ? Parfait. Monte toujours *Rose Rouge* demain ? *Rose Rouge* toujours imbattable ? Parfait. Et ce petit tour de piste, mon cher ?

— Il est d'accord, dit Fiersi. Seulement cet avorton de jockey veut la moitié de sa part d'avance. Il passera à la boîte après minuit. Je peux faire un morceau de la somme, mais le reste...

— Cela se trouvera, dit La Tersée.

Il régla quelques questions de détail jusqu'au moment où son valet de chambre le prévint, à travers la porte, qu'Auriane Dampierre venait d'arriver.

— A ce soir, mon cher, dit La Tersée à Fiersi. Une bonne table mais pas trop voyante, et de la discrétion dans le service. Le prince est timide. Pour les frais de Stib, ne vous inquiétez pas.

Le nom d'Auriane avait indiqué à Fiersi comment et de qui La Tersée allait obtenir cet argent et, à l'ordinaire, Fiersi désignait le procédé d'un terme cru. Mais pour lui, certaines actions ne pouvaient être les mêmes, selon qu'elles étaient

accomplies par de mauvais garçons de Montmartre
ou par un homme qui avait eu, de naissance, le
rang, le titre, l'allure, la fortune de La Tersée. Ce
qui, pour les premiers, était profession sans gloire,
devenait chez La Tersée, aux yeux de Fiersi, fantaisie, poésie, merveilleuse condescendance. Il éprouvait pour lui l'exaltation qu'aurait pu nourrir un
modeste artisan à l'égard d'un grand seigneur qui
eût été dans le même métier un grand artiste. C'est
pourquoi Fiersi, exigeant et susceptible à l'extrême,
acceptait avec bonheur un échange inégal et donnait à La Tersée un sentiment tout différent des
amitiés simples, brutales et payantes qu'il entretenait d'habitude.

Quand Fiersi eut quitté l'entresol, La Tersée
rejoignit, dans un salon situé à l'autre extrémité de
l'appartement, une belle fille éclatante de santé et
de bijoux. Il l'embrassa distraitement sur la bouche
et promena ses longs doigts sur le cou d'Auriane
ainsi qu'il eût fait pour flatter une jument, s'arrêtant et s'amusant un instant à jouer avec la rangée
de grosses perles qu'elle portait.

— Tu vas à merveille, ma chère, je le vois et en
suis ravi, dit-il. C'est une compensation. Moi, je
vais très mal. Je n'ai eu que des bûches dans mon
sabot hier au Jockey et tout doit être réglé avant
minuit. Ce vieux sanglier de duc ne sait pas rire
pour les dettes d'honneur.

Auriane sentit un délicieux plaisir glisser le long
de ses splendides épaules. « Le Jockey... le duc...
l'honneur. »

Il était naturel que cela coûtât très cher.

III

Sur le seuil du théâtre qu'Auriane Dampierre avait loué, Daniel rencontra un garçon de dix-huit ans, très petit, chétif, roux et myope, qui servait à Auriane de secrétaire, de régisseur et de chef de publicité. Il y avait chez Romain Riatte une vivacité d'écureuil, une malice et une gentillesse de singe qui le faisaient aimer par tout le monde. Malgré sa santé fragile, il travaillait seize heures par jour et sa curiosité des hommes et des choses avait la force d'une passion. Il pouvait ainsi fournir à plusieurs journaux des informations et des échos qui lui étaient payés quelques centimes la ligne.

Quand Riatte aperçut Daniel, son visage prit d'un seul coup une expression avide, pressante, inspirée.

— Ton frère... l'affaire Bernan... Raconte, raconte, cria-t-il.

— La patronne n'est pas là ? demanda Daniel.

— Non, non, tu as tout le temps... cria Riatte.

Il pressait encore Daniel de questions au moment où la voiture d'Auriane s'arrêta devant le théâtre. Daniel l'aida à descendre et elle lui dit :

— Tu es un ange, mon petit Dany.

Une certaine catégorie de femmes appelait toujours Daniel de cette façon.

— Je fais venir les figurantes, patronne ? demanda Riatte. Elles sont là depuis deux heures pour que vous fassiez le choix.

— Bien sûr, et vite ! Je dois être au *Colombo* le plus tôt possible. Il y aura le prince de Galles, dit Auriane.

Suivie de Daniel, elle se dirigea vers une avant-scène et demanda, chemin faisant :

— Le maître est content de ses costumes ?

— Enchanté, dit Daniel qui avait exécuté seul toutes les maquettes.

Il continua innocemment :

— Mais la robe que vous portez en ce moment les bat tous, patronne. Vous avez du génie pour vous habiller.

— Tu crois cela, petite gueule ? dit Auriane en riant de plaisir. Eh bien, un jour, je l'enlèverai pour toi, je te jure.

— Je vous le rappellerai, patronne, dit Daniel tout en regardant défiler les premières figurantes.

C'étaient de belles filles, impudiques avec indifférence, qui montraient leurs corps dévêtus comme à l'étal.

— Qu'est-ce qui lui prend, à celle-là, demanda soudain Auriane.

La jeune femme qui venait de paraître sur la scène n'avançait qu'en hésitant et retenait mal son désir de cacher des seins qu'elle avait pourtant sans défaut.

— Une nouvelle, expliqua Riatte. Je l'ai convoquée pour la première fois. Elle s'y fera, patronne. Elle est très gentille, et a besoin de son cachet.

Mais Auriane ne l'écoutait pas. Un effort inhabituel contractait légèrement les traits de son visage sans pensée.

— Je connais cette femme, murmura Auriane.

Elle chercha quelques instants et dit à mi-voix :

— Plantelle.

La figurante se tourna brusquement vers l'avant-scène.

— Je le savais bien, s'écria triomphalement Auriane. Dis-lui de venir tout de suite, Dany, et laisse-nous. Vous êtes assez grands, Romain et toi, pour voir le reste tout seuls.

Auriane tira le rideau de l'avant-scène, fit de la lumière et contempla dans le miroir, avec un plaisir tout rafraîchi, sa robe du soir, ses bijoux et son manteau de zibeline.

Dominique se présenta devant Auriane avec la certitude d'être renvoyée. Mais bien que cet emploi

fût sa dernière ressource, elle éprouvait une telle
gêne de se montrer nue qu'elle désirait seulement
en finir au plus vite. En cet instant, mendier lui
semblait moins humiliant et plus facile. Son effroi,
sa honte se traduisaient par une immobilité
complète du visage, et, en rencontrant son regard,
Auriane se sentit soudain embarrassée de ses
parures.

— Vous m'avez fait appeler, Madame ? demanda
Dominique, incapable de supporter plus longtemps
le silence étouffant de cette cellule tendue de
velours.

— Ne m'appelle pas Madame ! s'écria Auriane.

Elle prit les mains de Dominique, l'attira d'un
mouvement brusque et l'embrassa :

— Tu ne me reconnais pas ? Marcelle Duper-
ron... Conservatoire... J'étais la plus mauvaise élève
et toi la meilleure !

Dominique ne répondit pas. Ses mains remontèrent comme pour protéger sa poitrine découverte
et retombèrent, et ses épaules se mirent à trembler.

— Tu as froid, murmura Auriane. Attends.

Elle fit glisser son manteau. Dominique s'en couvrit précipitamment et reconnut enfin son ancienne camarade.

— Marcelle ! murmura Dominique. Alors,
Auriane Dampierre...

— C'est Donatien qui a voulu ce nom. J'ai toujours mon Donatien, tu sais, et il a de plus en plus
la folie des grandeurs. Il n'a plus que cela pour moi,
d'ailleurs, et il le paie cher. Mais toi, toi, raconte...
Tu as disparu en plein boum. Tu allais avoir le premier prix, entrer au Français. Qu'est-ce qui t'est
arrivé ?

— Je suis partie en voyage, dit Dominique à mi-
voix.

— Avec quelqu'un ?

— Oui.

— Tu cachais bien ton jeu, s'écria Auriane. On ne te connaissait personne.

— Et je n'avais personne. Il devait m'épouser.

Dominique répondait la gorge serrée, et seulement parce qu'elle était incapable de résister à l'autorité d'Auriane.

— T'épouser ! dit celle-ci. Le grand jeu, alors ? Il t'a plaquée, naturellement. Ah ! les hommes.

En deux années, Dominique avait parfois nourri sa solitude du ressentiment le plus vif, mais elle ne put tolérer que son amour, sa croisière, son bonheur, son tourment, fussent réduits à ces sentences pour tous. Elle refusait de leur soumettre une destinée qu'elle croyait exceptionnelle. Dominique défendit La Tersée surtout pour se défendre.

— Ce n'est pas sa faute, s'écria-t-elle. Sa famille s'opposait à notre mariage, et il n'avait d'argent que par elle. Alors, quand il n'a plus rien eu, il a bien été forcé de partir...

— Il était généreux ? demanda Auriane.

— Tout ce que je voulais, dit Dominique. Il m'aimait.

— Il n'y a rien à faire : en amour, il faut de l'argent, dit Auriane.

Un instant, les deux jeunes femmes contemplèrent intérieurement le même visage hautain. Pour Dominique, La Tersée était l'homme qui donnait. Pour Auriane, celui qui recevait. Mais elles étaient certaines toutes deux que, sous l'une ou sous l'autre forme, il s'agissait d'amour.

— Qui est-ce ? reprit Auriane.

— Tu ne peux pas le connaître, dit Dominique. Il a quitté la France quelques mois après la guerre.

— Et qui as-tu depuis ? demanda Auriane.

— Mais... personne !

Le cri de Dominique était à ce point sincère, il touchait de si près à l'indignation qu'Auriane se sentit obscurément atteinte.

— C'est très joli, mon petit, dit-elle en prenant

inconsciemment son intonation de directrice. C'est
très joli, mais il faut vivre.

— Il m'a laissé tout ce qu'il pouvait avant de partir. Puis j'avais des bijoux, des fourrures, des
meubles.

Dominique sentit soudain, avec un mélange singulier de plaisir et de gêne, la tiédeur et le moelleux
du manteau qui l'enveloppait.

— Je vois, je vois, dit Auriane. Mais tu pouvais
trouver un engagement, avec le talent que tu as eu.

Dominique sourit tristement et répondit :

— Je suis partie pendant la guerre. Je suis rentrée dans une vie toute nouvelle. Je ne connaissais
plus rien ni personne. Tout ce que je peux, c'est...

Elle indiqua des yeux sa poitrine à demi cachée
par la fourrure d'Auriane.

— Ah ! non, je ne te laisserai pas faire ça, dit
celle-ci.

L'humiliation qu'Auriane avait ressentie un instant s'était dissipée, parce que cette humiliation
avait ému en elle une zone trop engourdie pour que
la blessure fût efficace. Si Dominique avait heurté
chez Auriane la vanité, la cupidité ou la jalousie,
elle ne l'eût point pardonné. Mais il ne s'était agi
en l'occurrence que de pudeur et de dignité. Aussi,
Auriane put se laisser aller sans entrave au mouvement que lui inspirait Dominique. Auriane aimait
à montrer sa puissance, savait la valeur d'un beau
corps et d'un beau visage auprès des hommes, et
avait le goût d'arranger les transactions de cette
sorte en croyant qu'elle rendait service. Elle était,
selon le vocabulaire des gens qui l'entouraient, une
bonne fille.

— Tu m'as connue quand je m'appelais Marcelle, continua Auriane, et parce que tu as des malheurs en amour, je te laisserais tomber ? On va
trouver quelque chose, je te jure.

Une émotion qu'elle n'avait pas connue depuis
longtemps se peignit sur le visage de Dominique.

— Tu es vraiment bonne, murmura-t-elle.

— J'ai du cœur, c'est vrai, dit Auriane. Et quand on est faite comme toi, rien n'est perdu.

Il n'y avait plus de joie, il n'y avait plus de reconnaissance chez Dominique. Les paroles d'Auriane étaient celles que Dominique entendait répéter avec horreur chaque jour par sa concierge et par ses fournisseurs.

IV

Romain Riatte aimait beaucoup son manteau, le seul vêtement neuf et décent qu'il possédât. Il l'avait choisi très long, très ample, pour se donner plus d'importance. Il en était enveloppé quand il se hissa sur un tabouret au bar du *Colombo*. De là on pouvait, en costume de ville et sans être obligé au champagne, contempler la grande salle.

Les yeux de Riatte qui, sous leurs lunettes, ne se reposaient jamais, y remarquèrent tout de suite, un peu à l'écart de la piste, une table vide et très fleurie. « Pour le prince », murmura Riatte et ses yeux poursuivirent leur enquête. La salle était pleine de gens connus : les hommes pour leur nom, leurs talents ou leur fortune, les femmes pour leur beauté, leurs bijoux ou leurs amants.

« Bravo, bravo, Fiersi », pensa Riatte que toutes les réussites réjouissaient profondément. Il se mit à dénombrer avec ardeur les éléments de celle-ci. « De l'éclat, de l'air, mais aussi du moelleux, se disait-il. De la publicité mais un filtrage très serré à la porte. Un orchestre de tango sans rival et des danseurs caucasiens déchaînés. Des entraîneuses rapides à comprendre, mais d'une parfaite tenue. Et puis Fiersi lui-même. Il a barre sur la haute galanterie. Et, à mots couverts, il sait jouer de la

curiosité et du snobisme que le hors-la-loi a toujours inspiré à certaines gens. Au bref, un peu de
tout et dans la proportion qu'il faut. Comme
devrait être un vrai journal... celui que je ferai...
que je ferai. »

Riatte continua de rêver jusqu'au moment où il
sentit autour de sa nuque une étreinte à la fois
veloutée et redoutable. Il y reconnut la main et
l'amitié de Fiersi.

— Tu tombes à pic, bâtard de ouistiti et de furet
à lunettes, lui dit Fiersi. J'ai une grande nouvelle...

— Le prince de Galles, je sais, dit Riatte avec une
négligence affectée.

— Malin, grommela Fiersi. Tu le tiens d'Auriane
et elle du marquis.

Riatte, piqué au vif, s'écria :

— Et que cet Argentin, là-bas, vient d'hériter de
50 000 têtes de bétail, c'est par elle que je le sais ?
Et que le gros Noël Dol va être sous peu l'auteur
dramatique le plus célèbre de ce temps, c'est par
elle ? Et que Nungesser a essayé ce matin un avion
en secret ? Et que la belle Éliane est là avec son fils
qu'elle fait passer pour son gigolo afin de cacher
son âge, mais que tout de même c'est sa plus belle
soirée d'amour ? Et que ce grand poète juif s'est
converti incognito avant-hier ? Et que la baronne
de Lamors a essayé de se suicider pour la petite
lesbienne avec qui elle est en train de boire du
champagne ? Et que ce ministre sera arrêté
demain... Et...

— Arrête, tu m'épouvantes, dit Fiersi en riant.

— La vie est riche, la vie est belle, murmura
Riatte.

Ses yeux s'étaient posés sur deux hommes assis
non loin de la table princière et qui attendaient
d'autres convives.

— Regarde seulement tes commanditaires, dit
Riatte.

— Eh bien ? demanda Fiersi.

— Numéro un : le courtaud, costaud et rustaud Donatien Juliais, fabricant d'automobiles. Fils, petit-fils, arrière-petit-fils d'industriels puissants. Fou de vanité. L'a placée sur Auriane. Se ruine pour elle avec qui il ne couche plus. — Numéro deux : Charlie Sunfield. Ancien crieur de journaux à Los Angeles, ancien garçon de bar à Chicago, présentement bookmaker à millions de dollars, propriétaire d'un haras et d'un voilier de course.

Riatte se haussa jusqu'à l'oreille de Fiersi :

— Et je te présente le troisième larron du *Colombo* : le Corse Jacques Fiersi qui, avant la guerre, a tué en douceur deux Algériens de Montmartre pour des affaires d'honneur un peu spécial et qui depuis la guerre s'est débrouillé comme tu sais. Et voici les trois hommes venus de tous les milieux et de toutes les mers qui reçoivent, ce soir, chez eux, l'héritier de la couronne d'Angleterre et de l'empire des Indes.

Riatte retomba sur son tabouret et au fond de son manteau. Les nerfs épuisés, il avait l'aspect d'un enfant maladif. Il soupira :

— La vie est magnifique. Mais il n'y a pas de journal pour la raconter comme il convient.

— Tu es un drôle de petit gars, dit Fiersi à voix basse.

Il se trouvait, pour un instant, dépouillé du trompe-l'œil de l'accoutumance. Il sentait du mystère et de la poésie, et une confuse grandeur au fond des existences et même de la sienne. Le don de Riatte était de renouveler la vision des hommes.

— Un bon conseil, fais un tour aux courses demain, dit Fiersi. Mais sois bien sage.

Cela signifiait, dans leur langage, que Riatte devait tenir absolument secrète la source du renseignement, et Fiersi savait que ce garçon si bavard était, quand il le fallait, d'une discrétion impénétrable.

V

Saluée très bas par les chefs de réception et les maîtres d'hôtel, Auriane se dirigea vers la table de Donatien Juliais et de Charlie Sunfield. Elle était suivie par Dominique, habillée d'une robe du soir en lamé or et d'une cape d'hermine. Donatien Juliais reconnut de loin ces vêtements.

— Vous ne trouvez pas que je paye assez cher les toilettes d'Auriane, grommela-t-il à l'oreille de Sunfield, pour les voir seulement portées par elle ?

Sunfield, tiré de la rêverie où le conduisait chaque nuit le whisky pur qu'il buvait avec régularité depuis son réveil, répondit :

— Je ne compte qu'en affaires.

Il regarda Dominique et ajouta doucement :

— Et, en vérité, votre argent n'est pas à plaindre.

La gêne, la surprise, l'émotion de retrouver, après sa solitude, et son dénuement, l'atmosphère des plaisirs les plus coûteux et l'admiration des hommes, ornaient le visage de Dominique d'une timidité à la fois brillante et touchante qui la faisait ressembler à une jeune fille allant à son premier bal.

— C'est une merveille, murmura Sunfield, si bas que Donatien ne put l'entendre.

— Elle débarque, dit entre ses dents Juliais.

Auriane s'écria :

— Mes enfants, je vous présente une vieille camarade de théâtre, mon amie Gloria.

Auriane avait fait changer de nom à sa protégée en même temps que de vêtements. « Dominique, ça fait démodé et province, avait dit Auriane. Tout est à l'Amérique, maintenant. Si je n'étais pas trop connue, je me serais appelée Gloria. Je te fais cadeau de mon idée. »

Dominique avait souri. Il ne s'agissait que d'un soir, comme pour la robe et la cape.

— Gloria... Gloria, dit Sunfield en prononçant le nom suivant les modulations de sa langue maternelle. Gloria ! C'est gentil pour moi de vous appeler comme cela.

Dominique sentit, dans ses mouvements et ses pensées, une aisance singulière. L'accent de Sunfield et son amitié l'introduisaient d'un seul coup, et la naturalisaient en quelque sorte, dans un pays peu réel, qui avait la douceur de cet homme aux cheveux gris et au regard limpide. L'éducation de Dominique, la façon dont elle avait vécu jusqu'à sa rencontre avec La Tersée l'intégrité de son amour et la vie solitaire qu'elle avait menée ensuite, lui avaient laissé, à vingt-cinq ans, une fraîcheur d'âme très grande. Elle eut le sentiment d'absorber dans une seule aspiration la chaleur de la salle et les lumières éclatantes, et la musique calculée pour émouvoir les nerfs. Elle pensa que tous ces gens si bien vêtus, goûtant à des boissons exquises, que ces hommes qui se levaient pour laisser les femmes passer, que les femmes qui souriaient aux hommes avec tant de bonne grâce, vivaient dans un monde exempt de charges vulgaires, qu'ils étaient toujours gais, polis et heureux, et qu'ils étaient exclusivement occupés à se rendre agréables les uns aux autres.

Soudain, une phrase de Donatien Juliais perça cet enchantement.

— Et le marquis ? demandait Juliais à Auriane. J'espère qu'il arrivera avant son invité.

— Tu nous fais bien rire, dit Auriane. Ce n'est tout de même pas toi qui vas apprendre le grand monde au marquis.

Les objets et les visages se firent indistincts pour Dominique. Le marquis... quel marquis ?... Une angoisse aiguë la traversa. Mais cela ne dura point. « Je suis folle... je serais à connaître son retour... je

ne dois pas abîmer cette soirée, cette unique soirée », se dit Dominique.

Peu à peu, elle retrouva tout son plaisir.

Un très jeune homme s'approcha de leur table et
Juliais le présenta :

— Mon fils Paulin.

Auriane et Dominique lui sourirent, et Sunfield
observa combien les deux sourires étaient diffé-
rents : celui d'Auriane, composé une fois pour toutes ; l'autre simple, flexible et vivant.

« Pour leur peau, c'est la même chose, pensa
Sunfield. On dirait qu'il y a sur les bras d'Auriane,
comme chez toutes les femmes ici, un vernis, tellement elles les ont montrés. Chez Gloria, la peau
est neuve. Elle semble sortir pour la première
fois. »

Donatien Juliais demanda à son fils :

— Tu t'assieds ?

— En attendant l'Altesse, j'aimerais mieux danser, dit Paulin.

Ses gestes étaient gracieux, ses cheveux d'un
blond tendre et, quoique mous, ses traits passaient
pour séduisants.

Il s'inclina devant Dominique. Elle interrogea des
yeux Sunfield qui se sentit profondément touché
par ce témoignage de dépendance.

— Vous pouvez vous confier à Paulin, il sait
conduire un tango, dit Sunfield avec une douceur
extrême.

Il observa quelques instants les mouvements de
Dominique, et son visage souriant qui lui semblait
former une tache plus vive que les autres visages.

— Qui est exactement votre amie ? demanda
Sunfield à Auriane.

— C'est toute une histoire, s'écria celle-ci. On
dirait un livre.

Auriane connaissait bien Sunfield. Il avait perdu,
vingt ans auparavant, sa femme, une écuyère allemande, et en avait conçu une mélancolie insur-

montable. Il adorait sa fille Helen et elle avait l'âge de Dominique. Il était sentimental en dehors des affaires, et avait le goût du romanesque. Ce fut en tenant compte de tout cela qu'Auriane raconta l'histoire de Dominique.

— Pauvre petite Gloria, murmura Sunfield, et il ne quitta plus Dominique du regard.

Paulin, qui menait la jeune femme avec beaucoup d'adresse, lui dit :

— Vous avez fait une grosse impression sur Charlie Sunfield. Il est difficile, mais quand on lui plaît, c'est du sérieux.

— Il a un cœur d'or, s'écria Dominique.

— Voilà le mot exact, dit Paulin doucereusement.

Dominique aimait danser et surtout ces pas de l'Amérique du Sud qui s'accordaient aux formes et aux ressources de son corps. Il y avait très longtemps qu'elle n'en avait pas eu l'occasion. Quand l'orchestre s'arrêta, elle était pleine de reconnaissance pour la vie.

Paulin Juliais voulut la reconduire à sa table, mais un chasseur qui attendait la fin de la danse vint prévenir Dominique qu'on l'appelait au téléphone.

— Moi ! s'écria Dominique, incrédule.

L'homme ayant confirmé, elle le suivit et trouva Fiersi à un détour du couloir.

— Vous... c'est vous... murmura Dominique.

Elle n'avait pas rencontré Fiersi depuis que La Tersée avait quitté la France et n'avait jamais cherché à le revoir. Elle détestait ses yeux cruels, ses rapports avec Adrienne Bernan, son langage, le mépris qu'il avait des femmes.

— Vous... ici, murmura encore Dominique.

— Je ne suis que le patron, dit Fiersi.

Dominique demanda :

— Vous avez des nouvelles de Pierre ?

— Entrez dans mon bureau... on va vous en donner, dit Fiersi.

Il indiqua une porte que Dominique ouvrit sans comprendre ce qu'elle faisait.

VI

La Tersée avait été profondément surpris d'apprendre que Dominique se trouvait au *Colombo*. Moins par la présence de la jeune femme que par son existence même. La Tersée avait rejeté Dominique de sa personne et de sa mémoire au moment où Dominique tendait encore ses mains vers le paquebot qui gagnait lentement le large. Il l'avait fait exactement comme on précipite à l'eau un cadavre bien lesté. Dominique était aussi morte pour lui que la vieille marquise et que l'antique demeure de la famille. La Tersée ne savait même plus qu'il avait eu pour Dominique tout l'amour dont sa nature était capable. L'ennui que lui avait donné la jeune femme dans la dernière période de leur liaison s'était projeté sur la liaison tout entière.

— La pucelle Médicis, grommela-t-il entre ses dents.

Il ne cherchait pas à être cruel. Il ne faisait que définir l'impression dominante d'une très lointaine aventure. Fiersi ne disait rien. Mais La Tersée comprit qu'il pensait à la police, à l'affaire Bernan, à l'arrivée du prince de Galles, à la combinaison des courses, et qu'il redoutait un scandale.

— Envoyez-la dans votre bureau, commanda La Tersée.

Dominique, d'abord, vit seulement l'épaule estropiée qu'elle aimait si fort. L'habit très ajusté accusait l'ankylose. Mais l'excès même de la surprise et de l'émotion empêcha Dominique de montrer ses sentiments.

— Eh bien ? dit La Tersée.

Alors seulement la jeune femme poussa un cri plein de bonheur. Enfin ! Elle avait toujours su qu'il reviendrait. Et il était revenu. Et il avait choisi ce jour extraordinaire. Dominique était déjà contre son amant. Elle se collait à son épaule morte.

La Tersée l'écarta.

— J'ai autant peur des fards que des larmes, ma chère, dit-il. Je ne suis pas en tenue d'effusions... Et je suis très pressé... J'ai arrangé cette soirée avec le prince et je dois...

— Attends... attends, Pierre... je ne comprends pas... s'écria Dominique. Tu... Il y a longtemps que tu es rentré ?

— Six mois, dit La Tersée.

— Ce n'est pas possible, murmura Dominique... Six mois et pas un mot... pas un signe... Qu'est-ce que je t'ai fait ?

— Il y a longtemps que ça ne m'amusait plus de jouer ensemble, dit La Tersée. Quand j'ai invité à notre bord Fiersi et la mère Bernan, c'est que, déjà, je m'ennuyais. Il est temps de comprendre, ma chère.

Mais Dominique ne comprenait pas.

— Pierre, mon chéri, gémit-elle, je t'ai attendu si longtemps et si fort. Et seule. Je n'ai pensé qu'à ton retour. Je n'ai vu personne... pas un homme...

— Ridicule, dit La Tersée. Je suis à zéro. Je ne peux plus rien pour toi.

Cette fois Dominique crut comprendre.

— Que tu es bête, mon chéri, s'écria-t-elle. Mais ça m'est égal, mais tout m'est égal. Je t'aime, je t'aime, je t'aime.

Ce visage, ces yeux et ces mouvements, si bien faits pour exprimer les sentiments à leur paroxysme, portaient en cet instant leur beauté la plus pure et la plus pathétique. Rien ne pouvait irriter davantage La Tersée. « Quel manque de tenue... quelle exhibition », pensait-il, tout en contractant ses joues creuses comme s'il avait un grain de sable entre les dents. « Comment ai-je pu avoir le moindre goût pour cette sentimentalité de bonniche. »

Dominique répéta :

— Je t'aime.

— Dans cette robe-là... merci, dit La Tersée. Je l'ai déjà délacée sur Auriane.

Il prit un temps pour laisser pénétrer le sens de ces paroles dans l'esprit de Dominique. Puis il dit :

— Je n'ai plus de goût, mais du tout, pour les Cendrillons.

Et, en vérité, la pauvreté l'écœurait.

— Allons, ma chère, je te ramène à ta table, reprit-il et, je t'en prie, pas de manifestations publiques.

— Oh non... tu peux être sûr... je te promets, balbutia Dominique.

Elle avait peur de La Tersée, mais pas de la crainte délicieuse qu'elle avait si longtemps appelée. Ce visage mort, évidé... ces pupilles étroites et brillantes telles des stries de jais... Dominique avait peur de La Tersée comme d'un énorme lézard glacé.

— Vous vous connaissiez donc tous les deux ? leur demanda Auriane d'une voix dont elle contenait mal la colère.

— Vieille camarade... invitée, fête de bienfaisance... la douairière... dit La Tersée.

— Je vois ça d'ici... commença Auriane.

Mais La Tersée fit entendre un petit claquement de la langue pareil à ceux dont on use pour rappeler à l'ordre un animal domestique et Auriane s'arrêta.

— Charlie, vous voudrez bien inscrire pour moi 4 000 louis... disons 5 000 sur *Chaïtane* demain, dit négligemment La Tersée à Sunfield.

— Voyons, vous savez bien que *Rose Rouge* ne peut pas être battu, répondit Sunfield à mi-voix.

— Est-ce que vous avez pour métier de commenter les paris ou de les prendre ? demanda La Tersée.

Il était pressé de quitter la table. La stupeur du premier choc se dissipait chez Dominique et l'expression de son visage se modifiait comme sous l'action d'un bouillonnement intérieur.

— Je vais attendre Son Altesse, dit La Tersée. C'est l'heure.

— Vous me présenterez, j'y compte, s'écria Juliais.

— En qualité de fournisseur d'autos, mon cher ? demanda La Tersée.

— Mon père déchargeait les wagons à Frisco, remarqua doucement Sunfield. Cela n'empêche pas le prince de serrer ma main sur un champ de courses ou quand il visite mon haras.

La Tersée étant parti, Sunfield se tourna vers Dominique.

— Ma chère petite Gloria, est-ce que tous les gens d'Europe ignorent que les hommes naissent et meurent de la même façon ?

Dominique n'entendit pas Sunfield, mais elle vit son visage plein de bonté, simple et propre sous les courts cheveux gris.

— Je ne peux plus rester... emmenez-moi, dit-elle.

— Dans une autre boîte ? demanda Sunfield.

— Oh ! non, gémit Dominique.

Elle savait soudain que les lumières, les fleurs, les bijoux, les sourires n'étaient partout qu'un leurre. Le masque de Fiersi... les pupilles de Pierre... Auriane était la maîtresse de La Tersée... et Juliais entretenait Auriane. La robe qu'elle portait était comme de la glu sur la peau de Dominique.

— Tout me dégoûte, s'écria-t-elle.

— Alors, je vous dépose chez vous, dit Sunfield.

— Non plus, non, je ne veux pas rester seule.

Faites quelque chose, pria Dominique. On dit que
vous êtes si gentil !

Une singulière tristesse ternit le regard de Sunfield.

— Je vois, je vois, dit-il. Venez prendre un
whisky chez moi.

Au vestiaire, Sunfield échangea une poignée de
main avec un garçon blond qui avait un charmant
sourire timide et qui était le prince de Galles.

Romain Riatte téléphonait à trois journaux pour
leur dernière édition. Le jockey Stib buvait un
cognac au bar.

VII

Il était environ cinq heures lorsque Dominique
rentra chez elle. Déjà, à travers les fenêtres sans
rideaux, on apercevait confusément les arbres du
square Laborde.

Le petit matin rendait plus tristes et plus sonores
les chambres dont tout l'ameublement s'en était
allé peu à peu chez les antiquaires du quartier.
D'ordinaire, Dominique ne traversait jamais sans
effroi ces pièces nues, et ne pénétrait jamais dans
sa chambre sans regret. Mais après avoir quitté
Sunfield, elle n'éprouva aucun de ces sentiments
familiers. Elle alla s'abattre sur son lit et demeura
assise, les bras pendants, le front tendu vers les
images absurdes et affreuses qui passaient devant
ses yeux brûlants. Dominique voyait l'homme aux
cheveux gris préparer et avaler un breuvage couleur de maïs, et prendre peu à peu une expression
bestiale. Tout à coup, son visage contre le sien... les
mains qui défaisaient la robe. Et elle... une peur,
une honte, et aussi un besoin d'oubli sans bornes.
Et une sorte de lassitude égarée... Sunfield ensuite

était sorti, et Dominique s'était rhabillée avec une hâte folle, épouvantée de s'être trouvée dévêtue devant cet étranger. Il était revenu et lui avait glissé un papier dans la main, et elle n'avait pas compris, et il avait dit sans la regarder : « Au porteur, un chèque au porteur... » Et elle avait déplié le papier et lu : *Vingt mille francs.*

« Vous voyez que je suis gentil », avait dit Sunfield avec un sourire mort.

Le cri qu'elle avait poussé à cet instant sembla résonner de nouveau aux oreilles de Dominique. Elle répéta le geste qu'elle avait fait pour déchirer le chèque et la même nécessité de fuir l'agita. Mais elle ne pouvait plus aller nulle part, et s'affaissa sur son lit, en tâchant de se rappeler sans y parvenir comment elle avait regagné la rue Laborde. « J'ai dû prendre sa voiture, pensa Dominique, le chauffeur m'attendait. Cela doit toujours se passer ainsi quand il achète une femme. »

Elle se rappela soudain son père, la forme de son front, et dit : « Maintenant, je suis une fille perdue. »

Dominique essaya de repousser le dégoût et la crainte qui commençaient à gagner sa chair contre cette même chair. Elle avait déchiré le chèque. Sunfield seul avait fait un marché, lui seul...

Mais Sunfield n'avait pas été le seul à prendre du plaisir. Et Dominique se rappela avec terreur cet assouvissement qu'elle avait connu, brutal, massif et plus puissant d'avoir été combattu et refusé quelques instants. Elle ne le comprenait plus. Il lui semblait impossible. Pourtant, il avait été donné. Et par un homme qu'elle ne connaissait pas.

Dominique ne souffrait plus d'avoir passé pour un objet à vendre, ni d'avoir trompé La Tersée auquel elle croyait appartenir encore. Elle eût préféré se livrer comme une marchandise. Parce que... parce que... si l'on pouvait avoir ce plaisir sans amour...

Ce fut alors qu'apparut pour la dernière fois à Dominique son amie de l'autre côté du miroir, la seule qu'elle eût au monde, la merveilleuse jeune fille. Elle chuchotait : « Quand on est faite comme vous, il y a toujours de la ressource. »

Dominique couvrit sa tête du manteau d'Auriane et se mit à grelotter, les yeux grands ouverts dans cette sorte de tanière obscure.

... Elle n'avait pas changé de vêtements et le soleil de printemps donnait en plein dans sa chambre. Un coup de sonnette vint la tirer de son immobilité morbide. Elle trouva Sunfield sur le pas de la porte et recula. Il la rejoignit dans le vestibule, comprit d'un regard le sens de la nudité de l'appartement, et du visage de Dominique et de la robe du soir qu'elle portait encore. Il dit d'une voix de mendiant :

— Je ne me pardonnerai jamais, Gloria... Vous ne savez pas comme j'ai mal. Je n'avais pas le droit de me tromper malgré les autres femmes. J'avais senti juste tout de suite et puis j'ai cru... Et je vous ai faite encore plus triste. Je ne pourrai jamais souffrir cela. Il faut m'aider à vous donner du bonheur.

Après la confrontation qu'elle venait de subir avec elle-même, Dominique n'eut pas la force de résister à tant de repentir.

Les hommes très riches et très amoureux peuvent tout dans l'ordre matériel. Quelques heures après, Dominique se voyait installée dans le plus bel appartement d'un hôtel tout neuf des Champs-Élysées, était habillée admirablement et accompagnait Sunfield au champ de courses.

VIII

En remettant à Geneviève le papier qui lui permettait de voir Étienne à la fin de l'après-midi, Daniel lui dit :

— Je crois que le meilleur moyen de vous distraire jusque-là est d'aller aux courses.

Geneviève, qui n'avait jamais été sur un hippodrome, accepta. Daniel en fut heureux et uniquement pour elle. Il ne songeait même pas à jouer. Mais, en quelques instants, il fut pris par l'atmosphère qu'il connaissait si bien et qui pourtant chaque fois lui paraissait toute nouvelle... Les cris des marchands de programmes, des vendeurs de journaux, des annonceurs de cote, des fournisseurs de renseignements le soûlèrent. Les robes brillantes des chevaux, les étoffes vives des casaques étaient, sous le soleil, autant de charmes fascinants. Et la foule où chaque joueur se croyait plus averti, mieux inspiré que le voisin, à travers laquelle couraient, en chuchotements mystérieux, les indications données par les propriétaires, les entraîneurs, et les jockeys, communiqua tout de suite à Daniel une sorte de fièvre maligne, faite de calcul, de hasard, de combinaisons louches, de grand air, de bêtes magnifiques et de jolies filles...

Dans la première épreuve, il joua le cheval gagnant. Son visage, si nonchalant à l'ordinaire, brûlait d'une passion intense.

Pour Geneviève les casaques des jockeys se confondaient toutes. Et comme elle détestait l'oisiveté, elle n'éprouvait que mépris envers tant d'hommes et tant de femmes qui perdaient des heures à regarder galoper et sauter des animaux inutiles, montés par des singes savants.

« Une cloche sonne... pensait-elle. Les chevaux se mettent à courir... Les marionnettes s'agitent... **La** foule crie, trépigne... une autre cloche sonne... On affiche des numéros et ce pauvre et charmant gosse devient fou. »

Geneviève avait toujours le goût de diriger les êtres faibles qui lui plaisaient et elle dit à Daniel :

— Vous devez oublier que les courses existent. Vous y perdez complètement la tête. Si vous pouviez vous voir. Cela vous ferait peur.

— Mais quel mal y a-t-il ? demanda Daniel. Je prends l'air, c'est excellent.

— Je connais des endroits plus utiles pour la santé et les nerfs, répliqua Geneviève. Vous oubliez que je suis presque médecin. Allons-nous-en, mon petit Daniel.

A cause des derniers mots et de leur accent amical, Daniel fut sur le point de sacrifier son plaisir le plus vif. Mais il était fait de telle manière qu'il essayait toujours de tout concilier.

— Je vous jure que je ne jouerais plus aujourd'hui, dit-il, si je n'avais fait un paroli qui est en même temps un vœu.

— Un paroli ? demanda Geneviève.

— On reporte ce qu'on a gagné sur un autre cheval, et, si l'on veut, sur un autre, indéfiniment.

— Votre série est de combien ?

— De trois.

— Et le vœu ?

— Que vous m'aimiez beaucoup, dit Daniel avec timidité.

Geneviève étudia un instant les longs cils baissés, les traits en même temps innocents et secrets, et se trouva désarmée.

Daniel gagna encore à la deuxième course.

— Maintenant c'est fini, cria-t-il. Pour l'épreuve suivante, le plus bête sait que *Rose Rouge* arrivera tout seul. Ce n'est même plus drôle. (Il poursuivit très gravement.) *Rose Rouge* est un cheval comme on n'en voit pas deux dans une génération. C'est le fils d'*Asdrubal* et de *Finette*. Mais il vaut encore mieux que son pedigree. C'est la révélation de l'année. Excusez-moi une seconde, je vais mettre sur lui les 1 200 francs (il était très fier) que j'ai fait venir avec 100.

En quittant la baraque du pari mutuel où se faisaient les enjeux importants, Daniel aperçut la silhouette frêle de Romain Riatte qui, les mains enfoncées dans les poches de son manteau trop large et sa toison roussâtre hérissée par le vent, furetait parmi les groupes.

— Te voilà même ici, lui dit Daniel. Je croyais que tu n'aimais pas le turf.

— J'avais quelqu'un à voir, dit Riatte.

— Tu as eu du flair de venir aujourd'hui, dit Daniel avec le sentiment très net de sa supériorité. Tu vas voir courir *Rose Rouge* tout simplement. La bête est sublime et...

Daniel s'arrêta net. La cloche du départ venait de sonner.

— Avec tes histoires, tu m'as fait rater le commencement de la course, s'écria Daniel furieux. *Rose Rouge* doit être déjà en flèche.

Comme Daniel se frayait un passage pour rejoindre Geneviève qu'il avait laissée au premier rang, une sorte de plainte stupéfaite, de gémissement incrédule s'échappa de la foule.

— Mais qu'est-ce qu'il fait ?

— Voyons, ce n'est pas possible.

— Il devient fou !

Ces paroles firent oublier toute convenance à Daniel. Il bouscula deux femmes et se trouva contre la balustrade près de Geneviève. Alors il sentit le cœur lui manquer. Le peloton abordait déjà le deuxième obstacle et, à l'écart, sur une autre piste, *Rose Rouge* faisait demi-tour et revenait vers la ligne de départ.

— Quoi, quoi, qu'est-ce qui se passe ? cria Daniel à l'oreille de son voisin, un gros homme, dont il n'apercevait que le cou.

— Vous le voyez bien, nom de Dieu, répondit celui-ci. Le jockey s'est trompé de parcours.

— Allons donc ! Stib ! cria Daniel.

Et, se tournant vers Geneviève, il continua fébrilement :

— Stib ! Une des meilleures et des plus vieilles cravaches ! ça serait la fin du monde.

Mais il ne put douter plus longtemps. Une huée furieuse montait vers le jockey qui reprenait la bonne piste.

— Il est bien temps, imbécile, ordure, mufle, grondait le voisin de Daniel en serrant la barrière de ses mains en sueur.

Quand la course fut gagnée par *Chaïtane*, le gros homme poursuivit longtemps encore ses imprécations. Et Geneviève surprit avec répugnance la même expression d'égarement et de haine meurtrière sur le délicat visage de Daniel.

— Allons, allons, calmez-vous, dit-elle durement. J'ai tout de même d'autres raisons que vous d'être émue, et je le montre moins.

— Je... je... c'est vrai, balbutia Daniel... Mais vous savez... c'était tellement imprévu... tellement insensé.

Il vit la figure sévère de Geneviève et ajouta vivement :

— Je vous demande pardon... c'est fini, je n'y pense plus.

Cependant jusqu'au porche de la prison de la Santé, Daniel se demanda sans répit comment Stib avait pu commettre une telle erreur.

IX

Sur le champ de courses, des centaines de voix posaient la même question avec rage, stupeur ou désespoir. Mais Sunfield était très calme parce qu'il avait compris, dès l'instant où le jockey de *Rose Rouge* s'était engagé sur la mauvaise piste, que La Tersée l'avait soudoyé. « A douze contre un sur *Chaïtane*, pensa Sunfield, je payerai 1 200 000 francs au marquis. Même s'il partage avec Stib, le jeu valait la peine. »

Puis il dit à Dominique :

— Un coup de crapule, mais nouveau. La Tersée devrait prendre un brevet. C'est...

— Je vous défends, je vous défends de continuer, cria la jeune femme. Je ne veux pas entendre parler ainsi de Pierre.

Sunfield observa les yeux de Dominique et demanda doucement :

— C'est lui, n'est-ce pas, qui vous a enlevée à votre père ?

— Il ne m'a pas enlevée, s'écria Dominique. Je l'ai suivi par amour. Vous me le reprochez, peut-être ?

— Oh ! non, Gloria chérie, dit Sunfield avec plus de douceur encore. Je vous plains seulement, et je pense que moi, au lieu de vous consoler...

Il rougit et Dominique se souvint de la nuit précédente.

Elle ne connaissait encore rien de ses sentiments pour Sunfield et ne savait plus rien de ceux qu'elle avait pour La Tersée. Pourtant, quand elle vit ce dernier gravir les degrés des tribunes, elle crut que les liens anciens reprenaient leur pouvoir.

« Hier encore, je pouvais le trouver inhumain, pensa Dominique. Mais aujourd'hui, il ne sera jamais assez dur pour moi. »

Elle aimait à l'avance toutes les cruautés de La Tersée.

— Eh bien ! vous voyez, Charlie, dit négligemment celui-ci, pas trop mauvaise inspiration, *Chaïtane*.

— Votre foi fait des miracles, dit Sunfield.

La Tersée soutint longuement son regard et conclut :

— On peut ce qu'on veut.

Ayant bien fait comprendre qu'il savait Sunfield averti d'une escroquerie montant à plus d'un million, La Tersée s'adressa à Dominique :

— Tu es ravissante, lui dit-il, et habillée à rendre toutes les femmes enragées. Et quel bracelet ! Compliments, ma chère. Charlie est un choix parfait.

Un instant, Dominique voulut croire — tant elle avait peur du contraire — que La Tersée disait cela par ironie et pour l'avilir. Elle attendit, avec la plus misérable espérance, le plus insultant propos.

Mais La Tersée souriait amicalement. Mais La Tersée était sincère. Il y avait sur son visage de l'estime, de la complicité. Et même du désir.

Dominique se tourna vers Sunfield d'un mouvement de naufragée, mais Sunfield n'était plus auprès d'elle. Il conversait au bar avec un entraîneur. Dominique reporta sur La Tersée des yeux où il n'y avait plus rien de vivant.

— Nous nous reverrons souvent, maintenant, dit La Tersée. Nous faisons partie de la même petite bande. A bientôt, belle Domi... pardon... belle Gloria... C'est tellement mieux. Car, ce nom de Dominique, vraiment, ma chère, m'a toujours semblé un peu cucu.

Et Gloria naquit de Dominique.

X

La façon dont Étienne était revenu parmi les hommes n'effrayait pas Geneviève. Elle avait mené une vie si peu naturelle que les actes hors nature la laissaient indifférente.

« Les monstres, pensait-elle, sont tout simplement des gens chez qui certains instincts ou certaines images ont reçu plus de puissance et qui ont le
courage de les accepter ou de les suivre. »

Parfois, une sorte de regret informe et une
confuse chaleur accompagnaient chez elle cette
vue de l'esprit. Si alors Geneviève prenait peur,
c'était seulement d'elle-même.

Le crime d'Étienne lui sembla porter les marques
d'une grandeur fatale... Il revenait presque d'outre-
tombe et son premier pas était le parricide. Et
c'était son frère.

« J'ai toujours su qu'Étienne était quelqu'un d'exceptionnel ! » cria Geneviève à Pascal qui, avec
mille ménagements, lui avait appris le meurtre.
« Je ne veux pas que tu le juges ou que tu le plai-
gnes. Il n'existe pas de commune mesure entre
vous tous et lui. Ne dis pas un mot sur Étienne, tu
m'atteindrais en même temps. »

Dans cet éclat, il y avait de l'amour sans doute,
mais aussi une part inconsciente de contentement.
Jamais l'instinct de protection, le goût de l'activité,
le désir de gouverner le destin d'autrui n'avaient
rencontré chez Geneviève une occasion si favorable
et si grande. Et qui survenait au moment où tout à
Nancy lui devenait insupportable. Ces sentiments
comptèrent dans la hâte effrénée qui avait précipité
Geneviève vers son frère.

« C'est à cause de la grille qui nous sépare »,
pensa Geneviève. Puis : « La faute en est à ses brûlures, à ses cicatrices. » Et encore : « L'horrible
jambe vide épinglée à la ceinture et les béquilles !
— ça change tout ! »

Mais Geneviève avait beau reprendre ces arguments avec une force et une volonté désespérées,
elle ne fut pas longtemps leur dupe. La vérité
commença de filtrer à travers les défenses qu'écha-

faudait son esprit, exactement comme à travers les
barreaux filtrait le regard d'Étienne. Ces barreaux
et les mutilations qui déformaient le corps et le
visage du prisonnier entraient pour très peu dans
la gêne, dans la peur, sourdes et sournoises, qu'inspirait son frère à Geneviève. Elle était préparée à
l'aspect d'Étienne. Elle était préparée à l'atmosphère de la prison et aussi à tous les réflexes
qu'Étienne pourrait montrer : désespoir, colère,
orgueil, révolte, remords, cynisme.

Geneviève avait tout envisagé et apportait à tout
une réponse intérieure favorable, un consentement, un secours passionnés. « Ce que tu as fait
m'est égal, voulait crier Geneviève. Tu es le seul
être qui me soit proche. Je suis avec toi, avec toi
et contre tous. Dispose de moi, Étienne. Mon frère
Étienne... »

Elle voulait crier cela et prendre les mains de son
frère et lui faire sentir qu'ils étaient seuls et ensemble, face à l'univers.

Dans un premier mouvement, Geneviève avait
bien saisi à travers les barreaux les poignets
d'Étienne, mais elle se trouvait soudain incapable
de prononcer une parole. Pendant quelques instants, Geneviève continua de tenir en silence les
mains que son frère, debout sur des béquilles, lui
abandonnait ainsi que des instruments de chair
insensible et ces quelques instants suffirent à ruiner les prétextes par où Geneviève tentait d'échapper à la vérité. Ni la grille du parloir, ni les ravages
sur la figure d'Étienne, ni son équilibre instable ne
pouvaient susciter la panique sans nom et le désir
insensé de fuir dont Geneviève se sentait envahie.
Il n'y avait à cela qu'une raison : les yeux d'Étienne.

Le dessin des sourcils, des paupières et la forme
des orbites étaient pareils à ce qu'elle avait connu
depuis son enfance. Mais le sens du regard avait
quelque chose d'épouvantable. Mat et dépoli, posé
fixement sur Geneviève, il semblait posséder le

pouvoir de la rejeter en dehors d'elle-même. Il la dépouillait de toute personnalité, de toute existence. Il faisait de Geneviève un élément mort dans un monde auquel Étienne n'avait plus part. Ce regard n'était que sévérité.

Geneviève se rappela certains agonisants et l'impression fut si forte qu'elle s'écria, sans exactement savoir ce qu'elle disait :

— Étienne ! On ne peut pas te laisser comme ça. Tu as besoin d'un docteur.

— Je suis bien, dit Étienne, très bien, je t'assure, Geneviève.

Le timbre de la voix était celui-là même que la jeune femme avait tant désiré entendre. Mais elle n'en ressentit qu'un effroi plus profond. La voix était aussi mate, aussi sévère que le regard. Geneviève abandonna les mains qu'elle tenait encore. Les bras d'Étienne, glissant entre les barreaux, retombèrent le long des béquilles comme des lanières.

« Pourquoi m'a-t-il laissée venir ? » se demanda Geneviève. Jamais elle ne s'était sentie aussi loin d'un être humain que de ce frère retrouvé. Personne ne l'avait aussi définitivement repoussée de la vie que le faisait en ce moment Étienne.

— Étienne ! Étienne ! Tu as quelque chose à me reprocher ? gémit Geneviève.

— Je ne suis pas fou, dit le prisonnier.

Il ne quittait pas des yeux Geneviève.

— Notre père a voulu me faire passer pour tel, dit-il encore.

Cette fois Geneviève crut comprendre et se sentit délivrée. Étienne la soupçonnait d'être complice de ses ennemis. Il pensait qu'elle redoutait le scandale. Il allait bien voir quelle alliée il possédait en elle et tout serait entre eux comme elle l'avait d'abord prévu. Mais Étienne ne la laissa même pas commencer.

— Tout va bien maintenant, dit-il. Notre père est

d'accord avec Richard Dalleau pour me défendre
au mieux. Ils le feront très bien. Cela les arrange
tous les deux.

Une chaleur singulière anima Geneviève. Elle se
souvint de la rue Royer-Collard et de ce garçon
épuisé dont elle avait touché les cheveux. Il lui sembla qu'Étienne attentait à un bien secret qu'elle
venait d'acquérir. Elle s'écria :

— Tu ne vas pas confondre Richard avec !...

— Je sais, je sais, dit Étienne. Lui, c'est beaucoup par amitié. Mais chez Dalleau l'amitié a aussi
faim que l'arrivisme chez notre père. Où est la différence et où l'importance ? (Il parlait avec la
même concentration sévère.) Si tu préfères appeler
l'un de ces besoins vertu et l'autre vice, tu peux,
ça m'est égal et tout m'est égal depuis que j'ai leur
promesse de laisser notre mère en paix.

— Étienne ! Étienne ! Explique-moi, je t'en supplie ! dit Geneviève. Tu la haïssais tellement...

— Que je l'ai tuée, dit Étienne. Mais en même
temps j'ai tué ma haine ; c'est-à-dire moi-même.

Il se pencha d'un coup sur ses béquilles et mit sa
figure à moitié détruite contre les barreaux.

— Si tu l'avais entendue me demander : « pourquoi ? » On aurait cru un tout petit enfant. Elle
était d'une pureté extraordinaire, elle, Adrienne
Bernan... et tu viens me parler de vertu et de vice !

Tandis que Geneviève essayait de saisir ce
qu'Étienne voulait faire entendre, lui, d'une voix
soudain toute changée, basse et humble, il
demanda :

— Geneviève, toi qu'elle aimait, veux-tu me
raconter... comment elle pouvait être dans sa gentillesse... Qu'est-ce que disait alors maman ?

Ces doigts serrés autour des barreaux... ces yeux
emplis maintenant d'une avidité anxieuse...

« Voilà ce qu'il attend de moi, pensa Geneviève.
Et surtout de dire tout haut "maman". Je suis la
seule devant qui il peut prononcer ce mot. Est-ce

donc cela qu'il est convenu d'appeler remords, ou bien est-il amoureux de notre mère et, comme tant de jaloux, l'ayant tuée, il l'embellit de ses regrets ? Cherche-t-il à résoudre un problème qui m'échappe ? ou encore... »

Geneviève s'aperçut soudain qu'elle ne répondait pas à la prière d'Étienne, qu'elle l'étudiait comme un cas clinique et qu'elle était plus intéressée par le cas que par son frère.

« Je n'ai pas de cœur », se dit Geneviève, et, aussitôt, elle se révolta. La faute, cette fois-ci, ne venait vraiment pas d'elle. Étienne refusait tout secours et même tout échange humain. Il demandait seulement qu'elle l'aidât dans une délectation morbide.

— Je n'ai rien à te raconter, dit brusquement Geneviève. C'est loin. J'ai oublié.

— Tu ne veux pas, murmura Étienne. Pourquoi ?

— Mais c'est à cause de toi, s'écria Geneviève, à cause de toi que j'ai cessé de l'aimer. Et maintenant... c'est toi...

— Il faut que je comprenne l'accord entre elle et cette voix d'enfant, dit Étienne.

— Je t'en prie, pense à autre chose, dit Geneviève. Tu ne sens donc pas comme c'est malsain ?

— Malsain !

Entre les barreaux Étienne hocha sa figure ambiguë dont une moitié était jeune et belle et l'autre sans âge, racornie, brûlée.

— Qu'est-ce que cela veut dire ? demanda-t-il.

Geneviève ne put se défendre plus longtemps contre le désir de quitter cet étranger, ce malade pour lequel elle ne pouvait rien.

— Je reviendrai, Étienne, dit-elle précipitamment. J'ai déjà trop fait attendre Daniel... tu sais, Daniel Dalleau...

— Daniel !

Étienne avait à peine répété ce nom que Gene-

viève se souvint des rapports qui avaient lié leur
mère et Daniel enfant.

— Je n'ai pas pensé... Il y a six ans déjà... c'est
un homme aujourd'hui, balbutia Geneviève. Mais
c'est trop, trop...

Elle refusa brutalement la compagnie de Daniel
et prit le train de nuit pour Nancy.

XI

Richard n'avait aucun trait de caractère commun
avec Geneviève. Et cependant, lorsqu'il alla revoir
Étienne, il passa par une succession de sentiments
tout semblables : désir intense de protéger, de
secourir ; élan défait par l'impuissance et l'effroi ;
et, dominant tout, singulière à l'extrême à l'égard
d'un assassin, l'impression constante, étouffante,
d'être en faute.

Au cours de ses premières visites à la Santé,
Richard mit en œuvre l'amitié, la violence, la ruse
même pour tirer Étienne d'une solitude terrible,
pour amener un changement, aussi léger qu'il fût,
dans ses yeux auxquels leur expression faisait un
regard de pierre. Il n'y réussit en partie qu'à l'instant où il raconta à Étienne sa rencontre avec Mercapon et les deux autres Smerdiakov. Le prisonnier
dit alors à mi-voix :

— Je leur ai fait beaucoup de mal, je sais.

Puis, plus bas encore :

— Ainsi, mon père s'est chargé de leur silence...
Et je ne voulais rien de lui... Et j'accepte cette
saleté... Je dois... Pour elle...

Les lèvres d'Étienne remuèrent quelque temps
autour d'un nom imperceptible, mais son regard ne
bougea point.

Ces entrevues prirent un tour accablant pour

Richard. L'attitude d'Étienne et le jugement insondable, insoutenable, inscrit sans répit, sans merci,
dans son regard, le retranchaient si bien de la
condition des hommes qu'il devenait pour Richard,
chaque fois davantage, une sorte de figure astrale.
Et dans le vide laissé par Étienne au cœur du
drame que Richard commençait d'appeler l'affaire
Bernan, s'installait petit à petit, mais avec la plénitude et la puissance de la vie, un autre personnage :
l'avocat Dalleau et sa jeune gloire.

Rien ne pouvait être plus malsain, plus répugnant pour Richard qu'une usurpation de cette
nature, ni plus funeste à son effort. Il savait que,
dépouillé de sensibilité à l'égard d'Étienne et plein
de mépris pour lui-même, il ne pourrait mener à
bien une défense où, pour réussir, il lui était indispensable de s'appuyer sur les sentiments les plus
généreux et les plus purs. En sortant de la prison, il
courait auprès de ses parents pour lesquels Étienne
avait gardé sa figure et sa valeur anciennes. Sous
les galeries de la Sorbonne, dans les allées du
Luxembourg, il se livrait à une chasse aux souvenirs et aux ombres. Mais le caractère artificiel de
cette recherche la frappait de stérilité. Les souvenirs étaient impuissants et les ombres infécondes.

Or, tandis que ni les lieux, ni les gens qui avaient
connu l'amitié la plus exaltée d'Étienne n'étaient
capables de rendre Richard à la fraîcheur et à l'intimité de ses rapports envers lui, un homme, haï
pourtant par Étienne, et qui le haïssait, possédait
ce pouvoir. Jean Bernan avait très bien vu, dès leur
premier entretien, que la seule force de Richard —
mais très grande — dans le procès était de croire
que, en défendant Étienne, il accomplissait une
tâche sublime, sacrée. Bernan s'appliqua dès lors à
entretenir un feu qu'il jugeait puéril, mais qui le
servait si bien. La naïveté de son partenaire fit
admirablement le jeu d'une adresse célèbre.

Il suffisait à Bernan de figer son visage aux che-

veux blancs dans une rêverie douloureuse, ou de
soupirer quelques paroles pleines de dignité et de
détresse, ou d'un regard mouillé à point, ou d'un
sourire habilement torturé pour que Richard fût de
nouveau porté par la sincérité et imprégné de tragédie. Les conversations avaient lieu tantôt place
Beauvau, à la Direction de la Sûreté générale, tantôt dans l'appartement de Bernan, rue du Faubourg-Saint-Honoré. Ainsi Richard voyait tour à
tour un puissant de la terre fourvoyé par un crime
formé de son sang et un homme qui pleurait dans
la solitude la perte de sa femme, le tourment de son
fils. Il retrouvait avec le frémissement d'autrefois la
chambre magique d'Étienne et, bouleversé de pitié
et d'angoisse, mesurait le chemin affreux parcouru
jusqu'au parricide.

La fatalité étendait son épaisseur éternelle sur
ces entrevues. Et, autour d'elles, serviteurs, huis-
siers, chefs de service, formaient à Richard une
escorte empressée, déférente, qui enchantait son
amour-propre, sans qu'il s'en aperçût.

De temps à autre, parmi les expressions de la
souffrance, de la résignation, du désintéressement,
du souci paternel, Bernan glissait un conseil pratique — les témoins... le jury... la presse... les magistrats — et prenait sur Richard une influence
d'autant plus grande qu'elle lui était infiltrée insensiblement, au nom d'une grande cause et avec un
art qui masquait toujours les aspects du marchan-
dage ou de la combinaison.

Pendant ce temps Lucie, qui avait pris, tout naturellement, dans ses heures libres, les fonctions de
secrétaire auprès de Richard, constituait le dossier
de l'affaire Bernan. Ses sentiments portaient son
scrupule professionnel jusqu'à la passion, mais
Richard regardait rarement et distraitement les
cotes qu'elle établissait. Sa véritable étude se faisait
entre la Santé d'où il revenait désaxé, désespéré et

ses rencontres avec le père d'Étienne qui rétablissaient en lui les perspectives et la foi nécessaires.

L'été arriva. Sophie Dalleau commença à penser aux vacances de sa famille.

— La patronne m'emmène avec la troupe en tournée de plages et villes d'eaux, lui dit Daniel. Pour moi, la question est réglée.

— Pour moi aussi. Je ne peux pas abandonner Étienne, dit Richard.

Il eut aussitôt conscience que c'était absurde. Étienne n'avait aucun besoin de lui. Étienne s'enfermait dans un cercle intérieur toujours plus serré, réduit, infranchissable. Et Richard songeait avec effroi que Bernan devait, sous peu, accompagner son ministre dans une longue inspection en Algérie. Sans contrepoids, les visites à la prison, Richard le savait, allaient ruiner son dernier équilibre et, par là, desservir dangereusement la cause d'Étienne. Mais Richard ne fut même pas tenté de s'y soustraire. Il se trouvait sous le coup d'une nécessité qui échappait au pouvoir de l'esprit, pareille à une intoxication ou à une superstition majeures.

— Je ne dois pas m'éloigner de Paris, maman, dit Richard.

— Qu'allons-nous faire alors ! s'écria Sophie. Un peu d'air frais serait tellement bon pour Anselme.

— Mais il faut que vous partiez, il le faut absolument, dit Richard.

— Et tu veux rester seul ? demanda Sophie angoissée. Comment vas-tu manger, toi qui es incapable de la moindre cuisine ?

— Il y a des restaurants, dit Richard.

— Avec quel argent ?

— Celui que m'a donné Bernan, répondit Richard.

Un désarroi presque douloureux se peignit sur le visage de Sophie, lui enlevant sa simplicité de lignes et sa clarté d'expression.

— Je le dépenserai à cause d'Étienne, dit Richard avec un peu d'impatience. Il n'y a rien de plus normal.

— En effet... peut-être... murmura Sophie.

Elle ne parvenait pas à mettre d'accord ses sentiments. Sans doute, cet argent facilitait les choses, mais elle n'aimait pas cette facilité. Anselme ? Richard ?... A elle de choisir. Pour les décisions de cet ordre, son mari s'en remettait entièrement à ses soins. Mais avait-elle pour cela assez de lumières et même assez de loyauté ? Les lentes promenades, les crépuscules paisibles, l'odeur de la nature — elle y prenait un si profond plaisir. Elle fixa sur son fils un regard plein de tourment et dit :

— Est-il possible d'être vraiment désintéressée...

Richard sentit sa respiration s'arrêter. Il crut que Sophie avait découvert le sourd combat qui le disputait entre l'amitié et l'ambition, la candeur des sentiments et le souci de sa gloire. Puis il vit avec stupeur que sa mère parlait d'elle-même.

XII

Anselme et Sophie Dalleau étaient à la campagne et Richard passait la plus grande partie de son temps dans le bureau de son père. Il y avait été attiré par les livres. Sa propre bibliothèque, composée volume par volume pendant son adolescence et très peu renouvelée après son retour du front, Richard la connaissait trop pour qu'elle pût le distraire de l'amertume de ses pensées. Dans celle du docteur tout le rayon de littérature lui était également familier, mais sur les autres, les plus nombreux, il n'avait lu que les titres. Beaucoup du savoir humain se trouvait enfermé dans ces ouvrages : physique, biologie, philosophie, essais sur la préhistoire, les races, les astres, la vie mystique. Richard s'était plus d'une fois promis d'étudier les principaux. Seulement il n'avait jamais eu — ou cru avoir — le temps. Le bouillonnement de la première jeunesse l'en avait d'abord empêché. Ensuite, la guerre, les petites besognes de la paix et l'impatience de son avenir lui avaient désappris la curiosité et l'effort abstraits.

Mais, seul à Paris, et perdu en face de lui-même, Richard éprouva, dans toute sa moelle pensante, le besoin d'une discipline qui ne fût pas soumise aux émotions et il se consacra tout entier à la substance des livres dont chacun portait des annotations de la main de son père.

« Voilà d'où il a tiré son étonnante sagesse, pensait fiévreusement Richard. Voilà l'architecture sévère et lumineuse du monde où il se met à l'abri des piqûres de l'existence et, en vérité, cela seul compte dans l'éternel et je ferai comme lui... Je ferai mieux que lui. Il a sa femme, il a des enfants... Moi, je ne veux rien avoir. Rien que la haute, vaste et froide connaissance. »

Peu à peu ces clartés nouvelles et glacées firent voir à Richard qu'il ne pouvait plus défendre Étienne. Continuer à le faire eût été nuisible à son ancien ami et déshonorant pour lui-même. Richard décida d'abandonner l'affaire Bernan.

Ce fut le plus difficile. Le reste alla de soi. Richard quittait le barreau. Il désertait sa famille. Débardeur, copiste, gardien de nuit, vagabond. La façon de gagner pour son corps une pitance précaire lui importait peu. Mais aucun esprit n'aurait plus riche nourriture que le sien. Savant parmi les savants, sage parmi les sages, il ne serait plus asservi à la condition des hommes.

L'imagination était si puissante chez Richard et si vif son besoin d'absolu qu'il commença, au bout de quelques jours, à trouver du bonheur dans cette contemplation.

Un soir, comme il était absorbé par un ouvrage sur les totems et les mythes, dont le texte était difficile, un violent coup de sonnette retentit. Richard se rendit dans l'antichambre avec irritation et, n'étant pas habillé, cria, à travers la porte :

— Le docteur est en vacances...

— Moi aussi, bébé Dalleau, lui répondit une forte voix.

Un instant plus tard, Richard était happé, embrassé, imprégné d'ail, de poils, de tabac, de sueur, de tendresse par Gonzague d'Olivet.

Ils gagnèrent le bureau du docteur où des livres étaient répandus sur tous les meubles.

— Oh, oh, dit Olivet en examinant quelques titres. Oh, oh, dit-il encore avec une grimace.

Puis :

— Moi, je suis toujours à mes troubadours...

Il déclama : « Dormir la tête à l'ombre et les pieds au soleil. » Et il se mit à rire et s'écria :

— César de Bazan ! Tu te rappelles, bébé Dalleau, chez la grosse Jeanne à Soissons, après l'offensive... Vas-y de la tirade, tu as meilleure mémoire...

— Mais je n'ai pas le cœur à ça aujourd'hui, excuse-moi, dit Richard.

— Oh, oh, grommela Olivet en tirant sur la pointe de sa barbiche à la mousquetaire.

Il fit le tour de la pièce, se pencha sur tous les volumes, revint à Richard, lui releva le menton, plongea dans les yeux du jeune homme son regard devenu singulièrement aigu et sagace et dit :

— En pleine délectation morose, foi de magistrat !

Et aussitôt :

— Comment va-t-elle cette affaire Bernan ?

— Tu sais... rien de neuf, répondit Richard.

Il eut la tentation d'apprendre à Olivet qu'il allait renoncer à défendre Étienne, mais entendit à l'avance les éclats, les sarcasmes, les sermons de son ami, tout le pauvre vacarme humain, et se tut.

Et son silence lui fit sentir toute la fermeté de sa résolution.

— Quand les Assises ? demanda Olivet.

— La date n'est pas encore fixée, dit Richard. On traînera autant que possible pour donner à l'opinion le te ps de s'endormir. C'est l'avis du père d'Étienne.

— Le père Bernan ? Très fort, dit Olivet. J'ai entendu parler de lui. Très, très fort. Peut-être trop pour toi.

Richard laissa tomber ses épaules avec indifférence et ne répondit rien. Olivet dit alors doucement :

— Je t'emmène à Deauville !

Richard considéra le grand et gros homme et sa barbiche avec stupeur.

— Toi ?... Deauville ? demanda-t-il.

— Et pourquoi pas, malappris ! cria Olivet. Et pourquoi pas ?

Son indignation était sincère. Elle égaya Richard un instant. Puis il reprit son visage fermé et dit :

— Je ne peux pas t'accompagner...

— Foutaises, dit Olivet. Pour l'argent, je suis invité. Donc, toi aussi !

— Je ne peux pas à cause d'Étienne, reprit Richard.

— Foutaises, répéta Olivet. Je connais ton client et tu ne vas pas me raconter qu'il pleure chaque matin après ta robe.

Richard pensa au visage... au regard, au silence inhumains d'Étienne...

— J'irai, dit-il.

Ses préparatifs furent rapides. Il n'avait comme vêtements présentables qu'un seul costume et quelques chemises. Il remplit le reste de sa valise avec des livres de son père.

A son retour il avertirait Étienne de sa décision et passerait à un autre, plus digne, la charge de l'affaire Bernan.

TROISIÈME PARTIE

I

Dans le train, Richard pensa enfin à demander qui était leur hôte à Deauville.

— Le grand patron, dit Olivet. Hé oui, le grand patron des casinos, des hôtels, des boîtes de nuit... Comment je l'ai connu ? Eh bien, nous avons commencé notre carrière à peu près en même temps... Lui, dans les tripots, moi dans la magistrature. Et nos chemins se sont croisés pour une petite histoire de cercle mixte interdit qui lui donnait de l'embarras. J'ai pu en faciliter le dénouement. Nous sommes amis depuis...

Richard bégaya presque :

— Toi ?... Tu as... Tu... C'est insensé... Mais pourquoi ?

— Parce que, mon petit ami, répondit Olivet en suçant son énorme pipe, parce que déjà, en ce temps-là, j'aimais la justice mieux que le code civil ou militaire — et l'homme que l'inculpé. Et celui-là me plaisait bien. Venu en sabots... De la volonté, du cœur. A peine d'orthographe et une pincée de génie...

— Beau génie ! cria Richard. Profiter de l'illusion, de la faiblesse, du malheur...

— Alors, dit Olivet, n'allume jamais une lampe en été la nuit... A cause des papillons... Et encore eux sont de charmantes bestioles...

Richard observa quelques instants par la fenêtre filer un paysage de prés et d'arbres verts — et dit sans se détourner :

— Excuse-moi, je ne pense pas que je doive accepter cette invitation.

— Écoute, dit Olivet.

Il retira sa pipe de sa bouche, saisit de la même main Richard par le menton et le força à regarder son visage, empreint soudain d'une dignité surprenante :

— Écoute bien, reprit-il lentement, l'invitation est de moi. Et personne encore n'a eu à rougir pour l'honneur ou l'hospitalité de Gonzague d'Olivet.

Il laissa aller le menton de Richard sur lequel ses doigts gras et lourds avaient laissé de profondes marques.

La chambre attribuée à Olivet et à Richard donnait sur la mer et comptait parmi les plus belles dans l'hôtel le plus coûteux de Deauville. Olivet y répandit au hasard, sur les meubles, le contenu de son vaste bagage : jambonneaux, jeux de cartes, linge propre et sale, foie gras, flacons d'armagnac, pipes, pantoufles. Puis il commença de se dévêtir. Richard sortit quelques livres avec des mouvements gênés, anguleux. Olivet endossa un costume d'alpaga noir, mit des souliers de toile blanche, un immense chapeau en paille de Panama, et, contemplant son image dans un miroir à trois faces, dit avec satisfaction :

— Gonzague d'Olivet est partout à sa place. Il est midi. Sortons.

Richard suivit. Il n'avait plus de volonté, ni de substance. Il lui semblait être diminué dans son volume physique et intérieurement rétréci. Entouré d'un luxe dont il n'avait jamais approché encore et dont il ignorait le maniement, sous les regards des porteurs, portiers, chefs de réception,

liftiers, valets, chasseurs, maîtres d'hôtel et sommeliers en livrée, jaquettes, habits, galons, gilets rayés,
qui s'offraient à son service et du service desquels
il ne savait que faire, il se sentait ridicule, lamentable, en état de fraude.

« Et ce grotesque est aux anges », pensait
Richard avec fureur tandis qu'Olivet, épanoui, la
barbe brillante, le veston d'alpaga déboutonné et
flottant à la brise, son chapeau de Panama planté
en arrière de la tête, à la mousquetaire, se dirigeait
vers l'allée de planches, établie sur le sable de la
plage.

Des bars à ciel ouvert s'égrenaient le long de cette
piste ; Olivet choisit une table en bordure même de
la promenade et commanda deux absinthes.
Richard tâcha d'être masqué par lui, autant que
cela était possible.

— Nous autres, provinciaux, on est curieux d'observer, dit Olivet.

La fin de la matinée était belle et chaude et l'allée
de planches engorgée de passants. Ils s'y croisaient
en tel nombre que leurs corps se touchaient comme
dans un couloir de théâtre pendant les entractes.
Et cette presse faisait leur joie. Le beau sable ferme
et luisant pouvait tenir à l'aise cent fois plus de
monde. Mais la plage était vide. Les gens ne cherchaient pas à Deauville les bienfaits naturels. Et
encore moins le repos et même l'oisiveté. Ce qui
les enchantait dans cet espace, réduit et artificiel
comme une serre chaude, était de faire éclater en
quelques jours toutes les ressources de l'agitation,
de la futilité, de la vanité et de l'ostentation. La
guerre les avait empêchés d'en jouir pendant plusieurs étés. Ils se rattrapaient avec une frénésie
presque hystérique.

La parade des planches défilait devant Richard
et Olivet. Celui-ci, de temps à autre, désignait de sa
pipe des gens dans la cohue : ministres, comédiens,
danseuses, rajahs, peintres, lords, écrivains, prin-

cesses, millionnaires d'Amérique, demi-mondaines, industriels illustres. Leurs noms, Olivet les énumérait d'une voix éclatante.

— Plus bas, chuchota enfin Richard. Plus bas ! Les gens t'entendent.

— Ils sont venus pour ça, dit Olivet.

— Mais comment les connais-tu ? demanda Richard avec irritation.

— Les petits journaux et leurs images. Nous autres, en province, on est curieux de voir, répondit Olivet.

Richard ne savait plus ce qu'il haïssait le plus en cet instant : ce veston, ce chapeau, cette pipe, ou cette béatitude. Lui, il était encore plus misérable qu'à l'hôtel. Proches à le toucher, passaient l'avidité de vivre dans toute sa virulence, la sensualité dans toute son impudence, la richesse avec toutes ses parures et la renommée en plein soleil. Au bord de la piste des planches, Richard se sentait démuni de signification, dépouillé de personnalité, pareil à une méduse, si terne et si molle qu'on la rejette du pied sans la remarquer. Son orgueil souffrit trop et il songea, en s'adressant aux gens qui étaient en montre sur les planches : « Attendez que j'aie plaidé l'affaire Bernan. » Aussitôt, il se rappela qu'il avait décidé d'abandonner la défense d'Étienne.

Un homme s'approcha de leur table, large d'épaules, solide par le vêtement et le torse, de port très assuré. Il sourit à Olivet et, en lissant sa belle moustache soyeuse un peu démodée, lui demanda, sans enlever de sa bouche un long cigare de La Havane :

— Content de l'existence, Gonzague ?

— Très content, dit Olivet.

— Si tu as une envie, fais signe.

— Merci, Francis, dit Olivet.

L'homme fixa une seconde sur Richard ses yeux bruns, singulièrement pénétrants et volontaires, et s'en alla après un léger mouvement de son cigare en signe d'amitié pour Olivet.

— Et voilà, dit celui-ci à Richard. Tu as vu le grand patron.

— Il a une tête du temps de Maupassant, remarqua Richard avec humeur.

— Possible. Mais avec un cerveau bien à jour, je t'assure, dit Olivet. Pour tirer comme il le fait la ficelle des marionnettes (la pipe d'Olivet indiqua la cohue sur les planches) il doit connaître le cours des petits pois pour ses restaurants et celui des virtuoses pour ses théâtres. Et savoir quand le roi de Suède peut venir jouer au tennis et le prince de Galles courir aux régates, et le compte en banque du gros joueur de Norvège, d'Argentine ou d'Australie qui tire des chèques par millions. J'en passe et des meilleurs, car j'en ai le tournis.

Olivet, soudain, rit de plaisir, donna une lourde tape sur le genou de Richard, et s'écria :

— J'en passe et des meilleurs, car j'en ai le tournis ! Un alexandrin, bébé Dalleau !

La parade sur les planches continuait. Ils la suivirent des yeux en silence, Olivet suçant sa pipe, Richard fasciné jusqu'au malaise par les saluts, les embrassades et toutes les manifestations d'une camaraderie, d'une complicité de faste et de fête, qu'il contemplait de son néant.

Olivet parla de nouveau, mais sa voix était changée :

— Regarde-les bien tous, dit-il. Aux dates consacrées, ils viennent ici, de l'Ancien et du Nouveau Monde, et quoi qu'il arrive dans l'univers. Les hommes les plus riches, les dames les plus chères. Ils ont pour unique souci de s'éblouir les uns les autres. Le menu fretin suit pour les regarder vivre, les écumeurs et les parasites pour vivre d'eux, les chroniqueurs pour s'attendrir sur leurs petites extravagances et leurs petits scandales, et de grands artistes pour les distraire dans le massacre

qu'ils font de l'argent, de la pudeur et de la raison.
Regarde-les bien, bébé Dalleau, la prochaine fois tu
seras des leurs peut-être, et alors tu ne les verras
plus.

Ce fut le visage d'Olivet que Richard regarda et il
y vit (comme cela lui était arrivé déjà en des occa-
sions rares et mémorables), sur les traits vulgaires
et si aisément réjouis, l'expression de la pensée la
plus fine. « C'est lui le sage... tandis que moi et mes
grandes décisions... », se dit Richard. Il appliqua
toute sa volonté, toute sa lucidité pour rétablir en
son esprit et dans son cœur l'état de renoncement
qui, la veille encore, lui donnait une si haute paix.

« Cesser de voir en ces gens des êtres privilégiés,
enviables, les considérer comme le fait Olivet,
comme aurait fait mon père. Prendre l'autre côté
de la barricade, l'envers de la perspective, la juste
balance de la vie. » Ainsi pensait Richard et le sentiment de son infériorité devenait plus tolérable et
il commençait à considérer les gens sur les planches avec liberté. Soudain, il fut incapable de réfléchir davantage.

A sa hauteur arrivait, en tenue de tennis, et parlant et riant très haut, une jeune fille bien faite,
élancée et un garçon aux cheveux et aux yeux très
pâles. Et le visage de celui-ci éveilla chez Richard
un souvenir confus et déplaisant comme si le personnage d'un mauvais rêve, depuis longtemps
oublié, se levait dans sa mémoire.

Cette insolence, cette sournoise mollesse... il était
sûr de les connaître... mais pourquoi sur une figure
d'enfant ?

A ce moment, la jeune fille s'écria en riant avec
éclat :

— Paulin, vous êtes impossible.

Et Richard sut qu'il avait devant lui son ancien
élève Paulin Juliais. Et il se rappela, avec une intensité maladive, l'appartement, les meubles, les
parents, tous boursouflés d'une hideuse richesse et

le petit garçon, nul, arrogant et faux qui ne lui inspirait que du dégoût.

« Et six ans ont passé... Six ans... se dit Richard avec effroi. Et j'ai fait la guerre. Et j'ai mené des hommes... Pour devenir quoi ? Tandis que cette larve !... »

Paulin Juliais prit la jeune fille par la taille et passa ses lèvres tout le long du bras nu. Puis il reprit sa marche aisée et sûre parmi les heureux, les puissants.

Richard se leva d'un seul mouvement. Il ne pouvait plus supporter de se trouver là.

— Faim ? demanda Olivet.

Il se leva aussi, mais avec lenteur, s'étira, ajusta sur l'arrière de sa tête son chapeau Panama, jeta un dernier regard vers les promeneurs des planches.

— Hé, bébé Dalleau, dit-il alors, on te fait signe.

— Qui veux-tu ?... Personne ici...

Richard s'arrêta, car une autre figure de songe odieux l'assaillait et celle-là il la reconnut tout de suite. La femme, un peu lourde, mais de chair rose et ferme, poncée, maquillée et habillée avec soin, avec luxe, qui élevait la main pour attirer son attention, était Mathilde... La souillon du pré de Blonville, de la mansarde sordide, la servante d'Helen Sunfield et de ses perversions. Blonville... Deauville... Les lieux se touchaient, mais quelle immense distance, par-delà six années éteintes sans porter de fruit, s'étendait pour Richard entre la saison enchantée de l'espoir, de la certitude et sa misère présente. Et la bonniche, l'esclave de jadis allait passer devant lui, ainsi que l'avait fait Paulin, opulente, insolente. « Si j'avais connu en ce temps le destin qui m'échoit aujourd'hui, je me serais tué », pensa Richard. Et il tenait les yeux fixés sur Mathilde comme s'il eût contemplé la mort.

Elle crut qu'il l'appelait du regard et vint à lui et dit rapidement, timidement :

— Quel grand bonheur, Monsieur Richard.. Est-
ce qu'on se reverra un peu ?

Elle donna le nom de son hôtel, celui-là même
où Olivet et Richard avaient leur chambre, ajouta
très bas :

— Je vous attendrai tout l'après-midi.

Et s'en alla avant que Richard ait pu lui
répondre.

— Sacrée caillette et roulée à point, murmura
Olivet.

Il tirait un peu plus vite sur sa pipe et ses yeux
étaient luisants.

L'appartement de Mathilde et elle-même sentaient le bon parfum. Richard la prit sans parler et
avec une violence qui était sa revanche contre tout
ce qu'il avait souffert depuis son arrivée. Tous ses
mouvements sur le corps écartelé lui semblaient
autant de coups portés au destin.

« De toi, au moins, je suis le maître, le maître, le
maître », se répétait Richard, tout le temps que
dura cette mêlée.

Ensuite il regarda Mathilde se mouvoir à travers
l'appartement, entre de belles valises et des flacons
précieux. Elle paraissait parfaitement à l'aise.

— Comment es-tu ici ? demanda Richard à mi-
voix.

— C'est la vie, Monsieur Richard, dit Mathilde.
Après qu'on s'est rencontré pendant la guerre, vous
vous rappelez ? eh bien, Mademoiselle Helen, vous
vous rappelez ? elle en a eu bientôt assez de moi.
Alors elle m'a cédée à une dame anglaise et on est
parties pour Londres. Là-bas, il y a eu après un
vieux monsieur très bien qui est mort et m'a laissé
un peu d'argent. Alors je suis venue à Deauville
parce que, pour une femme, rapport aux hommes,
c'est la bonne saison.

Il sembla à Richard que Mathilde évaluait du

regard son costume fatigué et sa chemise reprisée qui gisaient sur le tapis. Elle dit très vite, avec un grand effort en baissant ses yeux sur ses robustes seins nus :

— Et, Monsieur Richard, si jamais vous aviez besoin de quelque chose...

Richard ne répondant pas, Mathilde pensa qu'il acceptait et se serra contre lui, avec extase. Mais il n'avait plus aucune envie d'elle. Il se disait : « Une putain venue faire les planches à Deauville et qui a besoin d'un maquereau. Voilà ma haute revanche ! »

II

En quittant l'appartement de Mathilde, Richard se trouva incapable de retrouver Olivet dans leur chambre. Les plaisanteries, les compliments grivois, les souvenirs sur la maison close de la grosse Jeanne à Soissons — pour rien au monde... Mais où chercher refuge ? Le plus loin de l'hôtel, le plus loin des planches, décida Richard. Sur la plage, s'enterrer dans le sable, face à la mer. Il se dirigea rapidement vers l'escalier. Dans les couloirs circulaient tout le temps des maîtres d'hôtel, des sommeliers, des valets, des grooms. Il semblait que les habitants de ces lieux eussent besoin sans cesse de manger, boire, faire nettoyer leurs vêtements, recevoir messages, colis et fleurs. A cause de cette activité, Richard eut encore davantage le sentiment d'être seul, inutile, égaré. Il pensa qu'il lui fallait, avant de sortir, traverser le grand hall sous les yeux des concierges, réceptionnaires, bagagistes et chasseurs et affronter les habitués de l'hôtel qui pouvaient, en le voyant, s'étonner qu'un livreur eût si pauvre aspect. Richard regretta de ne plus être couvert par la truculence et l'emphase d'Olivet.

Il aborda la galerie avec les épaules et les lèvres serrées, s'obligeant à marcher lentement, les yeux fixés droit devant lui et orientés un peu au-dessus de la tête des gens. La moitié de l'épreuve était surmontée lorsque Richard entendit crier son nom. Et dans le temps même qu'il se retournait, avant de savoir encore à qui appartenait la voix par laquelle il était hélé, le son de cette voix le réchauffa d'une joie organique, viscérale, comme si, glacé, il avait bu un alcool violent. Richard chercha anxieusement autour de lui sans pouvoir découvrir quelqu'un qu'il connût. Ses yeux se portèrent plus loin, vers le bar, dont les portes écartées donnaient sur le hall et il aperçut deux hommes en flanelle claire, assis côte à côte sur des tabourets et dont l'un, très brun, l'appelait de nouveau. Alors, sans plus se souvenir de tous ceux qui l'avaient si puissamment intimidé jusqu'à cet instant, il s'élança en criant :

— Fiersi, Fiersi...

Après quelques pas, il vit le compagnon de Fiersi et cria encore :

— La Tersée, La Tersée...

C'était la clameur d'un homme perdu dans le désert et retrouvant sa tribu. Richard ne se sentait plus seul sur la terre. Ses semblables, ses camarades étaient là. Et quels camarades... Les bagarres de Saint-Cyr, la patrouille de Champagne. Les instants les meilleurs, les plus sûrs, qui donnaient à la guerre une intégrité sans égale. Et en même temps qu'ils étaient liés à lui par tant de fibres, ces camarades appartenaient à la vie interdite et par là même enchantée, au seuil de laquelle Richard se débattait dans l'envie, l'impuissance et l'humiliation. Par Fiersi et La Tersée, deux univers se touchaient.

Il y avait tant de chaleur, tant d'amour sur le

visage de Richard que La Tersée lui-même en fut
ému.

— Toujours et terriblement jeune chien, mon
cher, dit-il sans bouger et entre ses dents, mais avec
un demi-sourire de bon accueil.

Fiersi prit Richard par les épaules et l'embrassa :

— Comme je suis heureux, comme je suis heureux, criait Richard. Non ! Non ! Je vous assure,
vous ne pouvez même pas l'imaginer. Quelle chance ! Quelle chose inouïe !

— Mais mon cher, tout le monde est forcé de se
rencontrer à Deauville, dit La Tersée, légèrement
impatienté par tant de bruit.

— Alors il faut venir à Deauville pour vous trouver ! reprit Richard. N'est-ce pas une honte de se
perdre ainsi ! Nous qui avons tant de souvenirs en
commun et de sentiments, et de copains.

Il s'adressait surtout à Fiersi, dont il était beaucoup plus près par l'âge, le tempérament et leurs
rencontres passées. Il vit avec bonheur se rallumer
dans les yeux si durs de Fiersi l'inflexible feu de
l'amitié corse. Il s'écria :

— Et alors, que fais-tu de beau, vieux pirate ?

— Je me défends avec une boîte de nuit, dit
Fiersi.

— Et vous ? demanda Richard à La Tersée.

— Rien, mon cher... ainsi que depuis ma naissance.

Alors, Richard, sans s'en apercevoir, renia les
engagements qu'il avait pris envers lui-même.

— Quant à moi, dit-il, vous le savez peut-être, je
suis en plein dans l'affaire Bernan.

— Merci, on lit les journaux, dit Fiersi.

Richard rit de son grand rire naïf — et beaucoup
moins à cause de la réponse que de se voir enfin
reconnu véritablement.

— Et j'aurais pu te retrouver à ce moment, et ça
m'aurait fait plaisir, reprit Fiersi. Mais je n'ai pas
voulu te porter tort... Ici, c'est autre chose...

— Les mauvais lieux ont leurs indulgences, dit La Tersée.

Richard les considérait tour à tour sans comprendre.

Fiersi se pencha légèrement vers lui, et, ses yeux immobiles surveillant tout aux alentours, il chuchota d'une voix étonnamment rapide, clandestine, insonore :

— J'étais surveillé à fond par la police à cause des rapports que j'ai eus avec la victime, la Bernan...

Richard eut l'impression d'être tiré avec cruauté d'une ivresse merveilleuse.

— Tu étais au courant, tout de même, reprit Fiersi.

— Bien sûr, dit Richard d'une voix sans expression.

Et il pensait « fournisseur de drogues, amant rétribué d'Adrienne Bernan... Oui, je l'ai su dès le début... Mercapon... L'enquête ». Et il se souvenait du dégoût et, à travers le dégoût, de la facilité avec laquelle il avait effacé Fiersi de son amitié, de son existence, de sa mémoire même. Et voilà qu'il s'était jeté dans les bras de Fiersi et continuait d'aimer son dur visage et de tenir à sa dure tendresse. « Un maquereau... mais c'est un maquereau... », se disait Richard.

Le visage de Fiersi fut parcouru d'un mouvement à peine perceptible et il demanda de la même voix insonore :

— Ça te gêne, ce rappel ?

— Je... vraiment... je ne comprends pas que tu aies pu faire cela, dit Richard.

La Tersée haussa son épaule valide et Richard lui eut, de ce mouvement, une gratitude immense. « Puisque La Tersée » et il corrigea involontairement, « puisque le marquis de La Tersée lui-même... »

Son poignet fut saisi à ce moment par une main

étroite et puissante et une voix qui n'émettait pas
de son lui parla à l'oreille :

— Tu trouves plus beau de se mettre nu jusqu'au
sexe pour finir au couteau des types à moitié morts
dans les tranchées, dis, Dalleau ?

Il n'y eut pas de réponse et Fiersi poursuivit :

— C'est pourtant à cause de mon couteau qu'ils
m'ont donné la banane.

Richard porta les yeux une seconde sur le ruban
de la médaille militaire, puis les ramena sur le
visage de Fiersi.

— Et à Cyr, n'est-ce pas sur mon couteau, continua Fiersi, que tu me rendais fou à me réclamer
tout le temps des histoires, dis, Dalleau ?

— C'est vrai, répondit nettement Richard.

— Alors ? demanda Fiersi.

— Alors, tout va, dit Richard. Tout...

Fiersi étudia un instant ses yeux, puis lâcha le
poignet de Richard. Et celui-ci sentit se former en
lui une paix et une force profondes. Il venait en
même temps de concevoir et de connaître — inaccessible aux préjugés et aux jugements, et, comme
le sang, aveugle — l'amitié.

— Dans tous ces boniments, dit Fiersi, on ne t'a
même pas offert un verre.

Richard but avec plaisir et tranquillité, uni à ses
compagnons par les propos et les silences et observant d'égal à égal les gens qui, peu à peu, emplissaient le bar. Ce fut ainsi qu'il vit entrer une jeune
femme d'une grande beauté. L'homme qui la suivait avait un visage doux et les cheveux gris. Un
serveur se précipita à sa rencontre disant :

— Toujours votre table, n'est-ce pas, Monsieur
Charlie ? Par ici, s'il vous plaît, Monsieur Charlie.

Et il le précéda, époussetant avec sa serviette toutes les surfaces qu'il pouvait trouver. Quand Dominique et Sunfield passèrent devant La Tersée, celui-
ci inclina légèrement son épaule valide. Sunfield ne

sembla pas avoir remarqué son mouvement. Dominique détourna la tête.

— Qui est-ce ? demanda Richard.

— Une ancienne à moi, dit La Tersée.

— Pas beaucoup de mémoire, remarqua Richard
en riant.

— Et encore moins de reconnaissance, dit La
Tersée. Elle me doit d'avoir trouvé, pour assurer
son train de vie, le cornard le plus généreux de la
planète.

— Toutes les poules sont des loques, dit Fiersi.

Ensuite d'autres visages attirèrent leur attention.

III

On servit à Dominique un verre de vin de Porto
et on apporta pour Sunfield sa bouteille de whisky
personnelle. Cela se fit sans qu'ils eussent à ordonner. Leurs habitudes étaient déjà bien prises.

Sunfield habitait l'hôtel même. Bien qu'il aimât
par-dessus tout le naturel et la réserve, il était
forcé, preneur des paris les plus importants, de
vivre à Deauville au plus vif du tourbillon. Mais il
avait loué à l'avance, pour Dominique, sur un des
coteaux environnants, un bungalow dont les murs
étaient couverts d'une masse de fleurs grimpantes,
et entouré d'un vaste jardin. Dominique y trouva
une femme de chambre engagée uniquement pour
elle, et une voiture de grande marque américaine
immatriculée à son nom.

Après les premières agitations d'une joie presque
enfantine, la vie de la jeune femme se trouva
comme réglée d'elle-même. Dominique passait ses
matinées au lit où elle prenait également son premier repas. Victorine, la vieille femme de chambre,
prenait soin de tout avec autorité. Dans l'après-

midi, Dominique faisait des emplettes, allait au
champ de courses, souriait à Sunfield. Ils revenaient ensemble au bar de l'hôtel. C'était le
moment préféré de Sunfield. Débarrassé des soucis
de la journée, assis sans parler auprès de Dominique, il faisait, aidé par sa présence et le whisky, un
roman ingénu de tous ses regrets. Il avait un ranch
en Californie. Sa femme vivait toujours, sa fille
Helen se mariait avec un grand garçon joyeux. On
ne pouvait pas imaginer de plus beaux petits-
enfants que les siens. Il leur apprenait à monter à
cheval.

Dominique était toujours gênée par le trouble
regard tourné, au cours de ces songes, vers son
visage. C'est que Sunfield reportait alors l'amour
qu'il avait eu pour sa femme disparue et celui qu'il
avait pour une fille qu'il ne voyait guère — sur
Dominique, à peine plus âgée que sa fille et à peine
plus jeune que sa femme, au temps où celle-ci était
morte.

Ensuite, ils allaient se changer pour le dîner
qu'ils prenaient en commun. Et après le repas,
Sunfield retrouvait des Anglais apparentés à lui par
l'âge et le tempérament, adonnés au whisky,
inexorables dans les affaires et d'une grande naïveté sentimentale. Il ne touchait jamais aux cartes.
Dominique, elle, se rendait au Casino, où elle jouait
par amusement pur, Sunfield l'ayant priée de ne se
soucier en rien des résultats. Il venait s'en informer
à la caisse vers deux heures du matin et prenait
congé de la jeune femme à laquelle il laissait son
chauffeur. Chaque fois, en l'embrassant, il avait
d'elle une envie proche de la souffrance. Mais il
pensait alors au chèque déchiré par Dominique et
craignait de réveiller chez elle la fureur de l'humiliation.

« Il faut du temps pour rattraper un mauvais
départ », se disait-il.

Parfois, cependant, à bout de contrainte, il

demandait à Dominique la permission de prendre un dernier whisky dans son bungalow. Il en buvait beaucoup plus d'un. Dominique voyait reparaître sur son visage si tranquille à l'ordinaire une dureté et une hâte animales. Elle se souvenait de ce que Sunfield voulait qu'elle oubliât et, toute possibilité de désir ou de plaisir se trouvant tarie, Dominique subissait. Mais il lui semblait naturel d'accorder de temps à autre l'asile insensible de son corps à ce bienfaiteur délicat.

Le bar était comble. Sunfield buvait lentement son alcool. Dominique, parfois, regardait La Tersée à la dérobée et, n'éprouvant rien, s'étonnait de n'avoir pas su, dans sa liaison avec lui, sentir les étapes qui l'avaient fait passer de l'état de fiancée à l'état de maîtresse, puis à celui de fardeau et l'avaient amenée enfin à cette pesante indifférence. Mais dans le même temps, elle ne percevait pas davantage le cheminement qui faisait d'elle une femme entretenue parmi tant d'autres. Et cependant, cette fois, la transformation était beaucoup plus rapide parce que, si La Tersée avait eu, à sa manière, de l'amour pour Dominique, elle n'en avait aucun pour Sunfield. En outre, elle était une femme faite et les exigences de son beau corps, endormies tant qu'elle avait attendu La Tersée, venaient d'être libérées.

En outre, quand Dominique avait connu les plaisirs de la richesse avec La Tersée, ils étaient alors accessoires. Tout s'ordonnait autour de son fiancé. Maintenant, il n'y avait plus de contrepoids. Dominique apprenait, sans le remarquer, à déplacer vers elle-même toute sa sollicitude et à considérer comme essentiel, comme indispensable, un mode d'existence qui pouvait uniquement lui être assuré par un homme pour lequel l'argent ne comptait pas.

Elle prenait également, et de plus en plus fort, le goût de montrer sa beauté qui atteignait alors sa forme la plus parfaite. L'amour et les tourments dont elle l'avait payé avaient mûri, toutefois sans y laisser de marques, son visage tendre. Ses yeux, si grands et si expressifs, portaient un sentiment plus profond de la vie. Mais la joie que Dominique tirait de son séjour à Deauville retenait beaucoup de fraîcheur et de naïveté dans son regard. Avec sa bouche qui n'était plus tout à fait celle d'une jeune fille, sa taille flexible et nonchalante, avec ses bras pleins et doux, Dominique, malgré cet éclat charnel évident, gardait encore un reflet de sa toute première grâce. On respirait auprès d'elle autant d'innocence que de volupté.

Cependant, Dominique ne frayait avec personne. Elle était encore trop près de sa réserve naturelle pour se lier avec des hommes inconnus. Quant aux femmes, les beautés professionnelles d'avant-guerre qui comptaient encore dans les fastes de Deauville, par leur expérience, leur démarche savante et leurs bijoux, semblaient à Dominique d'un autre univers. Elle avait en horreur la troupe toute neuve des filles bruyantes et sans polissage dont le règne commençait alors. Et une distance indéfinissable séparait Dominique des femmes de la société, une distance qu'elle n'essayait pas de franchir. Pourtant, elle ne songeait jamais à sa condition comme à celle d'une demi-mondaine.

Et, au vrai, elle ne l'était pas, tant qu'elle n'en avait pas les sentiments.

Quand elle repassa devant La Tersée, Dominique remarqua les vêtements fatigués et les cheveux trop longs de Richard. « Comme Pierre doit s'ennuyer pour sortir avec un garçon pareil », se dit-elle. A ce moment, elle s'aperçut qu'elle avait elle-même passé une heure pleine d'ennui et le dîner qui l'attendait, tête à tête avec Sunfield, lui parut très pesant.

IV

Le gros coulissier mal élevé, que Dominique avait pour voisin de jeu au Casino, ayant subi un coup très malheureux, se leva brutalement et abandonna la partie avec un juron. Son siège se trouva libre pour un instant.

« Il faut... c'est ma dernière nuit », pensa un jeune homme qui suivait Dominique. Rentrant un peu la tête dans les épaules, ainsi que pour un plongeon dangereux, il se jeta sur la place vide. Le changeur, qui se préparait à la retenir en faveur d'un habitué, toisa le jeune homme avec l'insolence inimitable des domestiques pour riches.

— Combien de plaques, Monsieur ? demanda-t-il.

— Je voudrais jouer 500 francs, dit à mi-voix le jeune homme.

— C'est la grande table, ici, Monsieur, dit très haut le changeur. Le départ est à 50 louis. Si Monsieur veut que je lui cherche un siège ailleurs.

— Non, non. Je reste, s'écria le jeune homme.

Il sortit tous les billets de son portefeuille et toute la monnaie de ses poches.

Le changeur lui donna pour 1 200 francs de jetons.

— Merci beaucoup, dit le jeune homme.

L'émotion et la gêne qui avaient altéré cette voix chantante et marquée d'un léger accent italien plurent d'un seul coup à Dominique. Elle regarda son nouveau voisin. Leurs yeux se croisèrent et ceux du jeune homme parlaient trop clairement pour que Dominique ne comprît pas leur langage. « Je ne suis pas ici pour jouer. Vous le voyez, je dispose de très peu d'argent. Mais il fallait que je sois près de vous. »

Dominique détourna la tête, gênée de ce que le

garçon (qui, elle venait de le découvrir, avait une expression si gentille) s'engageât à cause d'elle dans une partie démesurée pour lui. Mais le sabot, de main en main, suivait son chemin. Il arriva à la gauche de Dominique. Le jeune homme posa sur l'étoffe verte son unique plaque de mille francs.

— Un banco de cinquante louis ! annonça le croupier.

Dominique avait pour habitude de toujours demander le banco prime. Le croupier lui donna les cartes sans même la consulter. Elle hésita un instant et regarda de nouveau le jeune homme. « Que ce soit vous du moins ! » priaient les yeux noirs.

Dominique souhaitait profondément de perdre. Mais son jeu était le meilleur. Elle prit le sabot à son tour et, malgré elle, demanda très vite :

— Voulez-vous mettre quelque chose dans ma main ? Nous aurons peut-être de la chance.

— Que vous êtes aimable, Madame, murmura le jeune homme.

Dominique ajouta à sa mise les quelques jetons rouges qui restaient à son voisin.

— Deux cents louis au banco ! dit le croupier.

Jamais Dominique n'avait eu autant envie de gagner. Sa banque sauta au deuxième coup.

— Je suis vraiment navrée, dit-elle.

— Oh, je vous en prie, Madame, s'écria le jeune homme.

Il s'était levé et ses yeux parlaient encore : « Je ne regrette pas d'avoir perdu. Ce qui est terrible pour moi, c'est de ne plus pouvoir rester à vos côtés. »

Il dit à mi-voix :

— Vous accepteriez de venir un instant au bar ?

Il n'y eut que de la bonté dans le mouvement qui empêcha Dominique de refuser. Alors le jeune homme s'inclina légèrement et se présenta :

— Je m'appelle Gino... Gino Altieri.

Chacun de ses gestes était charmant. Il avait beaucoup d'élégance naturelle et une expression presque puérile. Dominique suivit le chemin qu'il lui frayait à travers la foule entassée autour des tables de jeu. Mais, arrivé au seuil du bar, Gino se retourna avec une vive rougeur sur sa peau dorée.

— Vous ?... Vous n'aimeriez pas mieux faire... quelques pas dehors ? Le temps est si beau, dit-il.

Dominique devina sans peine la pénurie d'argent qui causait cet embarras et en fut attendrie.

— Quelques pas, je veux bien, dit-elle. Mais pas beaucoup plus. On doit venir me chercher bientôt.

Elle se sentait plus légère et plus gaie que de coutume.

Ils furent très vite sur la plage. Dominique ne la reconnut pas. Elle n'y était venue qu'aux heures de l'entassement et du piétinement sur les planches.

« Est-ce possible ? » pensa Dominique devant tant d'espace, de solitude et d'ombre. Elle ne savait pas si elle s'étonnait que cette beauté existât encore ou qu'elle fût encore capable d'en être émue si fort. Depuis longtemps elle avait oublié tout cela. Elle se rappela la Fontaine Médicis, une aurore sur Tanger... Deux présences invisibles se confondaient : celle de sa première jeunesse et celle de ce jeune homme silencieux dans l'ombre. Une main étroite et douce souleva alors le manteau de Dominique et se posa sur son épaule. Elle sentit soudain que c'était là tout ce qu'elle désirait. Les doigts chauds erraient le long du bras nu, comme s'ils échappaient à une longue contrainte. Une respiration contenue caressait la joue de Dominique.

— *Te voglio tanto bene*, murmura la voix chantante à son oreille.

— Qu'est-ce que vous dites ? demanda Dominique sans bouger.

— En italien, pour dire « Je t'aime » on dit : « Je te veux tant de bien. »

— Je te veux tant de bien, répéta Dominique.

Ses yeux se remplirent de larmes. Elle était une jeune femme sans vraie raison de vivre, sous une nuit d'été, au bord de la mer.

Une bouche qui, d'abord, n'eut aucun poids toucha la naissance de sa gorge. A mesure qu'elle devenait plus lourde, Dominique avait le sentiment de s'enfoncer dans le sable.

— *Te voglio tanto bene*, dit encore Gino.

Pour entendre ces mots, et pour sentir ces doigts et cette bouche sur elle, Dominique suivit le jeune homme jusqu'au petit hôtel où il avait une chambre.

A la porte, elle hésita. Mais une autre femme que celle qui était sortie du Casino habitait en elle et avait besoin de ce garçon.

Gino continuait de se montrer timide en paroles, en regards, mais son corps avait de l'intuition et de l'habitude. Brusquement, Dominique eut peur, voulut résister, se défaire d'une menace. Il était trop tard. La foudre merveilleuse passait à travers elle. Dominique avait connu cela avec La Tersée, et, un matin, avec Sunfield, mais cette fois l'amour n'était pas en jeu, ni même l'affolement de la détresse.

Dominique se redressa sur un coude et Gino s'étonna de la fixité anxieuse de ces grands yeux. Ils semblaient vouloir percer un secret fatal. Puis — gratitude ou terreur — Dominique prit la tête lustrée du jeune homme et l'enfouit au creux de son épaule, l'enveloppa de ses beaux bras. Elle attendit en silence que Gino la reprît. Elle voulait savoir. Ce fut le même plaisir. Des pensées confuses vinrent ensuite à Dominique. C'était donc si facile ? Pourquoi souffrait-on... un beau garçon... et cette joie... une tout autre vie.

Gino dégagea sa figure des bras de Dominique et sauta du lit.

— Pourquoi ? demanda Dominique.

— Il faut aller au Casino, dit Gino doucement.

— Pourquoi ? demanda encore Dominique.

— On vous attend là-bas, dit le jeune homme. Je ne veux pas vous attirer des ennuis.

Il parlait avec gravité. Il croyait agir en homme d'honneur et d'expérience. Dominique se souvint : Sunfield... ses cheveux gris... son whisky... son ennui... son contact.

— Je me moque de tout, dit-elle violemment. Je ne retourne plus. Je reste avec vous.

Gino revint lentement vers le lit. L'orgueil et l'anxiété luttaient sur son visage.

— Je... Je ferai n'importe quoi pour vous, dit-il (et Dominique sentit qu'il était sincère), mais il faut que je vous prévienne honnêtement... Je n'ai pas du tout de situation, je vis avec ce que mon père m'envoie de Florence... et... ce n'est pas beaucoup.

— Je me moque de l'argent, s'écria Dominique. L'argent n'a jamais compté pour moi. Me prendriez-vous pour...

Elle s'arrêta parce que son regard venait de tomber sur sa cape et sa robe du soir jetées au pied du lit et qui semblaient d'une magnificence ridicule dans cette médiocre chambre aux appareils de toilette bien en vue. Dominique pensa à son bungalow, à l'appartement qui l'attendait à Paris. Elle se rappela le jour où elle avait dû se montrer dévêtue devant Auriane. Elle considéra Gino. Il avait l'air très malheureux.

« Cet enfant n'y peut rien », se dit Dominique avec une pitié affreuse pour lui et pour elle et, tout à coup, elle s'entendit murmurer à voix très basse, mais distinctement :

— Retourne à la mangeoire.

L'expression stupéfaite de Gino la fit revenir à elle-même. Elle s'habilla et se rendit au Casino. Sunfield n'était pas encore venu. Dominique joua, perdit, gagna, reperdit. Sunfield, à l'heure habituelle, paya et dit comme toujours :

— Ce sont des amusements de petite fille.

Dominique pensa que rien n'avait changé pour elle.

V

Il est des rencontres du sentiment et des circonstances qui, d'un seul coup, donnent à l'être une lumière sur ses vrais besoins et sa vraie force, avec une précision qui ne connaît pas de miséricorde, et découvrent en lui un conflit jusqu'alors de lui inconnu. S'il accepte le combat intérieur il n'est pas sûr de vaincre, mais du moins, il voit clair. La tristesse et le dégoût qui suivent la défaite, il connaît leur source... il se résigne au choix qu'il a fait ou qui s'est fait en lui. Il est lucide et, par là même, délivré.

Dominique, elle, appartenait à la race de beaucoup la plus nombreuse qui ne sait pas se servir des subites clartés souterraines, ne peut pas en supporter la lueur et retourne aussitôt à son cheminement aveugle. Ces gens se croient sauvés de la lutte et de ses meurtrissures, parce qu'ils se sont de nouveau réfugiés dans la zone d'ombre. Mais la notion qu'ils ont prise d'eux-mêmes ne peut pas mourir, parce que rien ne meurt dans les profondeurs humaines. Un germe est déposé, un ferment est formé, et comme ce germe est enfoui trop loin du jour, comme ce ferment travaille en vase clos, ils décomposent peu à peu toute la substance morale, et celui qui les a oubliés trouve soudain, lorsque le temps est venu, son existence pourrie, sans savoir pourquoi ni comment.

Dans la chambre de Gino, Dominique avait appris la possibilité de joie facile que recelait son corps et, en même temps, que ce corps était le seul objet d'échange qui lui permît de vivre selon ses goûts. Pour avoir entrevu — ne fût-ce qu'un instant — qu'il lui fallait choisir entre la vie de richesse et la libre disposition d'elle-même, et pour être devenue — ne fût-ce que cet instant — consciemment vénale (ce qui était contraire à une part essentielle de sa nature), Dominique ne pouvait plus retrouver l'intégrité et la loyauté intérieures qui avaient été jusque-là ses forces les plus certaines. Elle était trop désarmée, trop nonchalante et trop entamée déjà par les habitudes du luxe, pour renoncer à ce que lui donnait Sunfield. Et si elle avait délibérément décidé de lui sacrifier sa liberté physique, elle eût sans doute beaucoup souffert de cette abdication, mais elle s'en fût nécessairement accommodée. On trouve toujours le moyen de faire une compagnie supportable avec les faiblesses que l'on se connaît. Seulement, elle eut peur d'envisager honnêtement le marché auquel elle était désormais condamnée. Par crainte de se reconnaître impure, elle se força à l'ignorance. Et l'impureté commença.

Un rongeur, qui n'a plus d'issue pour sortir de son terrier, griffe et lacère jusqu'à ce qu'il parvienne au jour. Le sentiment que Dominique avait voulu enterrer fit de même.

Refusant de savoir qu'elle se faisait horreur en continuant à vivre avec Sunfield, Dominique eut à employer ce sentiment contre quelqu'un d'autre, qui ne pouvait être que Sunfield. Et n'ayant rien à lui reprocher que le chèque de leur première rencontre, Dominique, dont le plus constant souci avait été d'écarter ce souvenir, s'y adonna avec une complaisance furieuse.

Alors, un contact qu'elle avait accepté jusque-là paisiblement, simplement, la fit souffrir à l'égal d'une approche répugnante. Bien plus, certains mouvements du visage de Sunfield pendant qu'il était contre elle, sa façon de respirer, ses mains qui devenaient moites, ne furent plus oubliés par

Dominique et les stigmates d'un acte où l'être n'est qu'une chair sans contrôle, Dominique se mit à les ajuster à toutes les circonstances de la vie commune.

Alors, la tendresse et le respect ayant disparu, elle se vendit chaque jour, chaque minute.

Alors elle se déprit de tout ce qui l'entourait. La maison, la voiture, le jeu même ne furent plus que les signes de l'achat continuel dont elle se sentait l'objet. Elle devint la proie d'une humeur désordonnée. Elle fut secouée par des colères absurdes et frénétiques. Le rongeur sortait du terrier.

Sunfield crut que Dominique s'ennuyait. Il proposa de lui louer un théâtre à la rentrée. « Il veut me mettre en montre », se dit Dominique, et elle refusa. Sunfield admira sa modestie. Il voulut acquérir pour elle un grand domaine où elle pourrait avoir des chevaux et des chiens. « Il cherche à mieux m'enfermer », se dit Dominique, et elle refusa. Sunfield admira son désintéressement. Et, en vérité, Dominique en était arrivée à un tel point de déséquilibre qu'au moment où elle souffrait le plus de sa dépendance matérielle, elle dédaignait les moyens de s'en affranchir.

Elle se mit à boire beaucoup, ce qui exaspérait ses sens. Et plus la vie charnelle s'épanouissait chez Dominique et plus son corps se révoltait contre Sunfield. Elle commençait à crier son dégoût.

Et Victorine intervint.

Cette servante, âgée d'une soixantaine d'années, taillée en hauteur, en force et en sécheresse, venait d'un hameau des Grisons. Sur son grand visage sommaire, et aux yeux sans couleur mais toujours attentifs, on voyait les signes d'une race de montagne, rugueuse, tenace au labeur et au gain. Personne, sauf Victorine elle-même, ne pouvait savoir quelles peines presque surhumaines lui avait coûtées l'apprentissage du métier de première femme de chambre, tout fait de détails, de finesse et de style. Mais elle avait compris que, dans sa condition, il n'y avait pas de charge aussi féconde en profits. Sa cupidité lui inspira également de chercher du service chez les filles qui vivaient de la galanterie, et de tirer profit de l'immense gaspillage qui se faisait dans le demi-monde. Ainsi Victorine, qui était d'une grande austérité de mœurs, avait passé la plus grande partie de son existence auprès des femmes sans vertu. Elle les servait et les gouvernait dans le même temps.

Engagée par Sunfield au service de Dominique, Victorine se tint d'abord dans l'effacement le plus complet. Elle savait que tôt ou tard sa maîtresse viendrait à elle. En effet, Dominique qui, dans la solitude et la misère, n'avait jamais cherché le secours de la confidence, y fut poussée par son désaccord avec elle-même. Elle s'adressa d'autant mieux à Victorine que cette puissante figure domestique était incapable de familiarité. En outre, son expérience rassurait et innocentait Dominique.

Or, s'il était arrivé à Victorine de précipiter et même d'ordonner des ruptures, il lui apparut que, dans son propre intérêt, et pour le bien de Dominique, elle devait lui conserver Sunfield. Aucun protecteur ne pouvait mieux convenir à une jeune femme, ignorant encore tout de la galanterie et incapable de marchander sa beauté.

Sunfield inspirant à Dominique une répugnance physique exaspérée et aucune largesse ne pouvant apaiser des nerfs irrités à ce point, Victorine jugea que pour éviter un éclat irréparable, il était nécessaire que Dominique eût des amants.

Elle le lui dit et fut écoutée.

Dominique exigea de sortir seule. Sunfield le lui accorda avec joie.

— Tant d'amusements, dit-il, ne vont pas à mon âge et à mon travail. Il vous faut des amis plus jeunes...

Le soir même, Dominique céda à un riche Argentin qui conduisait merveilleusement les tangos.

D'autres aventures succécèrent très naturellement à celle-là. Bientôt Dominique n'attacha plus aucune importance à son corps. A cause de cela, elle l'abandonna sans rébellion même à Sunfield. Il fut persuadé qu'un peu d'innocente liberté lui avait rendu Dominique et il souriait doucement, heureux et généreux. Tout était dans l'ordre.

Victorine était contente.

VI

Les coups contre la porte semblèrent à Dominique retentir contre son propre cœur. Avant d'être consciemment éveillée, elle sut que Victorine était furieuse. La vieille femme de chambre, qui avait à l'ordinaire un toucher très léger, retrouvait, pour signifier sa colère, des mains de paysanne.

« J'ai encore trop bu cette nuit », pensa Dominique.

Elle avait l'esprit confus et un mauvais goût dans la bouche. Dans son lit dormait pesamment un boxeur dont la France, à l'époque, était folle. Il n'y avait point de savant, d'artiste ou de philosophe qui pût mesurer sa gloire à la sienne. Dominique avait eu la curiosité de ce corps illustre.

Ils avaient traversé ensemble plusieurs établissements de nuit, et, à la fin, Dominique s'était laissé reconduire par le boxeur. Pour ne pas avoir à se lever de bonne heure, elle avait pris l'habitude de recevoir chez elle ses amants. Victorine, qui leur ménageait un départ discret, préférait cela. Elle gardait ainsi Dominique sous sa surveillance.

Les coups contre la porte redoublèrent, mais il

fallut la voix de Victorine, pour arracher le boxeur
à l'intégrité de son sommeil.

— C'est dimanche, Mademoiselle, criait Victorine. Monsieur sera là bientôt à déjeuner.

— Ça va, la vieille, dit le boxeur. On sait vivre.

A peine debout, il se mit en garde et frappa dans
le vide. C'étaient chaque matin ses premiers mouvements, mais pour Dominique il exagéra l'effort
musculaire. Il avait de même outré, dans ses
embrassements, sa brutalité réelle, parce qu'il
savait que les femmes, pour parfaire leur plaisir,
attendaient de lui une sorte de pugilat. Dominique
avait senti la part de l'artifice et n'avait pas goûté
les meurtrissures. Elle évitait de regarder le boxeur.
Ce n'était point sa nudité qui la gênait, mais l'exhibition. Elle s'apercevait confusément que, cette
nuit, elle avait franchi un degré encore plus bas
dans une poursuite sans fin.

Le boxeur alla prendre une douche. Dominique
entendit ses reniflements sonores sous l'eau et les
grandes claques complaisantes qu'il se donnait sur
les pectoraux et les cuisses. Il s'habilla rapidement,
et approcha de la bouche de Dominique son visage
au nez cassé. Elle se détourna.

— Tu n'as pourtant pas été à plaindre cette nuit,
poupée, dit le boxeur avec un étonnement ingénu.

Puis il haussa les épaules et s'en remit, pour sortir inaperçu, aux soins de Victorine.

Quand la femme de chambre revint auprès de
Dominique, sa figure ingrate n'avait pas bougé
d'une ligne. Malgré cette immobilité, Victorine
avait le pouvoir mystérieux de charger ses traits
d'une expression intense par où se montraient sa
fureur et son mépris.

Dominique avait la migraine, ses épaules lui faisaient très mal et cette douleur l'empêchait d'oublier qui elle venait d'avoir pour amant. Elle avait
besoin d'indulgence et, même, elle eût accepté la
pitié.

— Il ne remettra plus les pieds ici, dit Dominique.

— Mademoiselle sait bien que ce serait lui ou moi, dit Victorine.

Elle passa dans la salle de bains.

Dominique sentit qu'elle était déchue pour le seul être qui lui servait de conscience et d'excuse dans une vie dont quelques mois plus tôt elle aurait eu horreur. Alors elle pensa à Sunfield avec humilité. Ces yeux clairs et confiants... cette admiration tendre qu'il avait pour elle... son indulgence inépuisable...

Pourquoi la vie était-elle si difficile et si laide et pourquoi ne pouvait-on éviter de donner asile à cette peine et à cette laideur ?

Sunfield ne déçut pas l'espérance de Dominique. Il lui prit les deux mains ainsi qu'il le faisait toujours et, avant de l'embrasser, la contempla quelque temps, comme s'il rafraîchissait sa force intérieure à cette vue. Dominique avait été souvent irritée par la répétition exacte de ce mouvement, dont elle avait pensé qu'il donnait à Sunfield un air assez niais. Cette fois, elle eût voulu être gardée et regardée ainsi sans fin.

— J'ai pour vous la plus belle surprise, dit Sunfield.

Dominique n'était plus au temps où chaque nouveau cadeau la tenait curieuse et ravie et, ce jour-là, elle eût aimé donner plutôt que de recevoir. Mais une joie si généreuse éclatait chez Sunfield que Dominique s'y prêta volontiers.

— Qu'est-ce que c'est ? demanda-t-elle. Dites vite !

Sunfield porta un doigt à ses lèvres avec un clignement enfantin des paupières et quitta la chambre de Dominique.

Il revint accompagné d'une jeune fille.

— Vous êtes souvent seule, Gloria, et vous êtes souvent triste, dit Sunfield avec un peu de solen-

nité. Alors voici une amie pour vous et excellente,
je le garantis. C'est ma fille, Helen...

Dominique restait sans pensée ni sentiment, le
regard droit, comme fascinée. Elle voyait vaguement des cheveux d'un blond très pâle et coiffés en
bandeaux, des yeux d'un bleu très dilué, une figure,
des mains. Puis Dominique rougit violemment et
presque aussitôt une grande pâleur couvrit ses
joues. Elle ne savait toujours pas ce qui se passait
en elle. Elle s'entendit prononcer quelques mots de
bienvenue, d'une voix affreusement blanche et
fausse. Ensuite, Sunfield parla de nouveau avec
une abondance et une facilité complètement hors
de ses habitudes.

— Helen, dit-il, est revenue hier d'Amérique et,
toute la soirée, il n'a été question que de vous et
d'une telle façon qu'elle a voulu vous connaître
sans délai. Elle est déjà retenue à déjeuner, mais
elle a exigé de venir prendre son cocktail ici. Je ne
lui refuse rien, vous savez : je la vois si peu. Maintenant, peut-être, cela va changer à cause de vous.
Elle vous a aimée sans vous avoir vue. Et elle voit
bien que vous êtes encore mieux.

Dominique n'écoutait pas Sunfield. Elle était
occupée tout entière à écouter son cœur. Ce battement saccadé, étouffant, et ces arrêts soudains, ce
vide... Ce désir sauvage de disparaître, de sentir la
terre fondre sous les genoux...

La jeune fille aux cheveux presque transparents,
qui n'avait cessé de regarder Dominique en plissant
un peu les yeux, marcha lentement vers elle, lui prit
les épaules d'un mouvement caressant et l'embrassa sur la joue de telle manière que son haleine
passa contre les lèvres de Dominique. Alors, pour
avoir maîtrisé au prix d'un effort terrible le refus
de tout son corps, Dominique comprit qu'il n'y
avait rien de plus monstrueux que cette rencontre.
Sunfield était fou de mettre sa fille au contact
d'une femme perdue. Sa bouche qu'Helen venait

d'effleurer avait été fouillée et souillée toute la nuit et sa peau gardait encore les marques de la mêlée la plus animale.

« Tu n'as pas été à plaindre, poupée », avait dit le boxeur.

Et cette jeune fille continuait à la regarder avec un tendre encouragement, une amitié qui déjà semblaient exiger une réponse...

La honte que Dominique éprouvait pour son corps et son âme était sans fond et sans issue. On n'avait pas le droit de la soumettre à pareille épreuve, de la forcer à un tel sentiment. Et Sunfield qui posait tour à tour sur sa fille et sur elle un regard plein de fierté. L'imbécile ! Le détestable imbécile ! Et voilà qu'il disait encore :

— Tu sais, Helen, si Gloria ne te parle pas, c'est simplement qu'elle est timide. Je t'ai prévenue : elle est plus petite fille que toi.

— Elle est exquise, s'écria Helen.

Elle passa son bras sous celui de Dominique, d'un mouvement onduleux et rapide.

— Allons boire quelque chose, chérie, lui dit Helen dans l'oreille. Vous verrez quels cocktails je sais faire.

Dominique se laissa entraîner comme un automate. Helen se mit à préparer les mélanges. Tandis qu'elle secouait le grand gobelet d'argent, une autre vague intérieure ravagea Dominique. Et c'était une admiration, une envie déchirantes et désespérées. Que cette jeune fille était belle et fraîche ! Que ces yeux étaient purs !

— Voilà, dit Helen.

Elle offrit à Dominique un breuvage nacré et but, les yeux étrangement fixés sur ceux de Dominique, puis elle l'embrassa, cette fois sur le coin des lèvres, en murmurant :

— A très bientôt, chérie. Je téléphonerai.

Et se tournant vers son père :

— Ne bouge pas, Dad. Tu as encore tout un cocktail à boire.

Elle franchit le seuil d'une démarche à la fois vive et glissante.

— Vous l'avez éblouie, dit Sunfield avec un grand rire heureux.

Ce rire se cassa net.

— Quoi ?... je... Gloria, mais qu'avez-vous ?

Dominique avançait vers Sunfield, la figure tellement convulsée qu'elle était méconnaissable. Le spasme qui serrait sa gorge gagnait tout son corps. Elle arracha le verre que tenait Sunfield et le lança de toutes ses forces sur le plancher. Il lui sembla que le bruit du cristal émietté lui rendait l'usage de la parole.

— Dehors ! Dehors ! cria-t-elle dans un gémissement suraigu, hystérique. Vous n'avez plus rien à faire ici. Ah ! ah ! Vous êtes content. Vous m'avez bien montrée à votre fille. Il fallait qu'elle m'examine, qu'elle voie si je valais le prix et qu'elle soit d'accord. La marchandise est acceptée maintenant, mais la marchandise n'est plus pour vous. Fini ! Fini ! J'avais pardonné le chèque, mais l'insulte d'aujourd'hui, jamais.

— Quelle insulte ? Gloria, voyons, ma petite Gloria, je vous en supplie.

Les lèvres de Sunfield étaient devenues grises. Chaque mot de Dominique ruinait tout ce qui lui était précieux. Mais ce qui bouleversait le plus Sunfield, était de voir ce visage tordu par une fureur et une souffrance aussi incompréhensibles qu'atroces.

— Gloria, reprit-il, d'une voix rompue. Vous savez bien que je vous chéris, que je vous respecte... Vous êtes comme ma femme.

— Votre femme, s'écria Dominique. Vous mentez, vous mentez toujours. Est-ce que vous avez jamais pensé à m'épouser ?

Et, sans laisser à Sunfield le temps de répondre,

épouvantée à l'idée qu'il pourrait vraiment lui faire cette offre, elle ricana :

— Je ne serais pas assez idiote pour accepter, ou alors... alors, je veux un contrat de mariage blanc.

Une méchanceté de folle triompha un instant sur les traits convulsés de Dominique. Puis elle ne ressentit plus rien.

— Allez-vous-en ! dit-elle d'une voix éteinte.

Sunfield s'en alla.

VII

Dans la journée du Grand Prix de Deauville, La Tersée perdit aux courses tout l'argent que Fiersi avait su lui procurer. Le soir, il trouva quelques ressources fraîches et essaya de se rattraper au baccara. Il ne fut pas plus heureux. Alors il rentra à l'hôtel, se fit une piqûre de haute dose d'héroïne (il avait ajouté à l'usage de l'opium cette drogue plus brutale) et, quoique sans dormir, échappa au sens du réel.

Dans la matinée, Fiersi vint le trouver pour lui dire :

— C'est réglé, marquis. Ma fille vendra un caillou. On aura la monnaie avant dîner. D'ici là, qu'est-ce qu'on fait ?

— De la route, dit La Tersée.

C'était un autre stupéfiant pour lui.

Ils passèrent chercher Richard, à qui Fiersi avait promis de déjeuner, et prirent le chemin de Honfleur. L'épaule infirme de La Tersée ne l'empêchait point de conduire avec une habileté et une audace extrêmes, et quand il eut lancé à fond son automobile de course, Richard, qui n'avait jamais connu une voiture de cette qualité, ni un élan pareil, assis dans le baquet arrière, où le vent et la vitesse l'assaillaient avec leur violence la plus sauvage, sentit soudain dans son être dilaté, enivré, fondre les limites de l'espace et le poids du temps...

Il ne revint à ses sens que peu à peu.

La Tersée et Fiersi, placés côte à côte, à l'avant, s'offraient à son regard de profil perdu. Celui de l'ancien pilote ne bougeait pas, saisi dans une étrange tension morte, et Richard pensa que c'était son expression de combat, de chasse, et qu'il devait la porter au temps où il précipitait en flammes des appareils ennemis. Puis il considéra Fiersi et admira la cruauté exacte et parfaite de sa bouche. L'assurance, la sérénité du tueur. Les deux hommes se tenaient très droits, surveillant chacun de son côté la route. Entre leurs corps, il y avait un espace assez large par où passait le vent. Mais même séparés ainsi et silencieux, Richard appréhendait, dans leurs épaules et leurs nuques, un intense accord secret. « Quels aventuriers ! quels aigles ! et n'ayant que leur propre loi ! » se disait-il. Son admiration pour ses amis et l'exaltation de la vitesse ne formaient plus qu'un seul sentiment et qui l'emportait dans leur sillage. Il était avec eux, il était pareil à eux. Il n'avait jamais accepté d'autre règle que celle de son gré. « *Tout est permis*, se rappela Richard, Smerdiakov, Ivan Karamazov... Étienne... Est-ce que je plaide l'affaire Bernan ? » Tout s'effaça dans le sifflement de l'air déchiré par la course et dans la contemplation des deux figures immobiles comme des statues de proue.

Ils s'arrêtèrent pour déjeuner dans le jardin d'une auberge. Fiersi rejeta son veston et dit :

— Enfin, du soleil. A l'usine (il désignait de l'épaule la direction de Deauville), on n'a pas le temps de s'en apercevoir. Ça fait du bien au sang corse.

Il s'étira avec une ondulation lente et musclée, en murmurant :

— La vie est belle...

— Pour moi, elle l'est grâce à vous deux, dit Richard.

Il songea aux tourments si bas dont il avait souffert lors de son arrivée et il éprouva une haine sans borne pour la ville qui les lui avait infligés.

— Immonde endroit ! dit-il.

La Tersée et Fiersi se regardèrent étonnés.

— Comprends pas, mon cher, dit La Tersée. Logement convenable. Excellent casino. Le plus joli champ de courses de France. Un paradis.

— Pour ceux qui crèvent d'argent, dit Richard.

La Tersée laissa tomber ses paupières avec ennui.

— Maladie comme une autre, dit-il entre ses dents.

Et Fiersi demanda à Richard :

— Est-ce que nous sommes si riches, nous ?

— Mais, nom de Dieu, nous avons fait la guerre, cria Richard.

— Et alors ? dit Fiersi. De deux choses l'une. Ou ça nous plaisait, ou nous étions plus maladroits que les embusqués.

La Tersée ouvrit les yeux avec le même ennui.

— Et puis, mon cher, dit-il, chacun, tout le temps, continue de mener sa guerre.

Fiersi se leva pour aller téléphoner. La Tersée alluma une cigarette. Richard pensait qu'ils avaient parlé l'un et l'autre comme l'eût fait Olivet.

Quand Fiersi revint, sa mâchoire inférieure pointait légèrement et ses lèvres semblaient encore mieux dessinées.

— Marquis, on devrait rentrer, dit-il. Et de façon à voir.

L'allure modérée de ce retour étonna Richard. Et cependant il observait chez La Tersée ainsi que chez Fiersi une vigilance beaucoup plus étroite. On eût dit qu'un péril les attendait à chaque détour de la route. L'expression de leurs visages, aiguisés par un mystérieux état d'alerte, rendit Richard aux sentiments qu'ils lui avaient déjà inspirés. « Ils vont sûrement à une bagarre. En effet, pour eux, guerre ou paix, la vie ne change pas. Et moi, avec mes grands mots, mes lieux communs », pensait Richard. Sa plus haute espérance était maintenant de pouvoir se battre aux côtés de ses héros.

Les paupières de Fiersi se plissèrent et ses yeux se posèrent sur une voiture découverte qui venait à leur rencontre. Puis sa bouche se tordit un peu comme pour un crachat et il chuchota : « Les loques. » Puis il toucha légèrement la main qui tenait le volant. La Tersée braqua à gauche, coupant la route net à l'autre automobile. Mais le conducteur de celle-ci la jeta sur le bas-côté, lui fit monter le talus, passa de justesse. La femme assise près de lui poussa un cri hystérique.

Richard vit que c'était Mathilde.

— En course, en chasse, marquis, chuchota Fiersi.

Et La Tersée, en marche arrière, gravit également le talus, renversa la direction, et fit disparaître l'accélérateur sous une pesée furieuse. Tout, arbres, prés, haies, maisons, sembla se jeter à la face de Richard. Il s'agrippa au dossier avant, passa sa tête entre deux profils effilés comme des fers de lance, cria :

— Dites-moi... Mais dites-moi donc...

Sans se retourner, Fiersi parla dans le vent.

— Un demi-sel qui se croit marle et veut se farcir ma gagneuse, dit-il, rendu par cette crise au vocabulaire des bas-fonds ainsi qu'à une langue maternelle.

Richard écarta ses cheveux que le vent lui engouffrait dans la bouche et cria encore :

— Comment ? Mathilde est avec toi ?

— A moi, dit Fiersi, les yeux toujours attachés à l'automobile poursuivie.

Richard se pencha jusqu'à l'oreille de Fiersi.

— Écoute, dit-il, je ne savais pas... et...

Du coin des lèvres, seule partie de sa figure visible pour Richard, Fiersi coupa la phrase.

— Je sais, j'ai ma police dans la taule.

Puis il dit à La Tersée :

— On gagne sur eux... Taïaut, marquis...

Puis, à Richard :

— Toi, et cent autres comme toi, je m'en balance. Cette loque, ça n'est pas sentiment ou honneur. C'est les affaires.

Soudain, sans dévier d'une ligne son torse infléchi vers l'objet de la chasse, Fiersi plia le bras et d'un mouvement du coude très léger, mais tout chargé d'une prodigieuse tension musculaire, il renvoya Richard à sa banquette.

— *Basta*, Dalleau, gronda Fiersi.

Le conducteur traqué venait de virer à l'improviste dans un chemin de terre si étroit qu'il était impossible de l'y doubler. Mais La Tersée coupa à travers champs et maintint sa vitesse.

— Passe ou casse, dit Fiersi dont les narines tremblaient.

Les ressorts vibraient à la limite de la rupture et Richard se sentait projeté en l'air comme un mannequin.

La Tersée, enfin, atteignit le chemin devant l'autre voiture. Fiersi, déjà, sautait à terre. Un instant après Richard fut à ses côtés. Mais Fiersi le repoussa encore du coude et dit :

— Pas de ça, Dalleau. C'est mon métier à moi.

Et il marcha vers l'homme qui l'attendait, le dos appuyé contre un capot fumant. C'était un garçon plus jeune que Fiersi et plus court de taille, mais avec une encolure massive et une face large, bestiale.

Il tenait sa main droite au fond de la poche de son veston. Fiersi était à un pas de l'homme et Richard vit dans le regard affolé que celui-ci allait tirer. Alors Fiersi dit tout lentement de sa voix insonore :

— Qu'est-ce que tu attends... Mets-moi ça en plein ventre. Allons, courage, loque...

Et ses yeux qui avaient en cet instant la fixité et le brillant des charmeurs de bêtes, dardaient leurs pointes sur les yeux qui avaient peur. Et ses narines se soulevaient. Et tout son visage, tout son corps exprimait une telle jouissance du danger mortel que Richard oublia l'enjeu sordide de la rencontre pour se laisser envahir jusqu'à sa dernière fibre par la pureté insensée de cet instinct. Et le regard des yeux qui avaient peur se mit à flotter et leur résolution fléchit.

Alors, dans une succession de mouvements, dont la rapidité et la précision avaient un caractère qui n'était plus tout à fait humain, Fiersi saisit l'homme par le col de sa chemise, le tordit ainsi qu'un nœud, tira la tête en avant et tout en grondant avec un mépris sauvage : « Loque, encore plus que ta loque » il frappa la nuque tendue, offerte, du tranchant de sa main libre. L'homme coula lentement le long du capot jusqu'au sol. Fiersi lui donna un coup de talon dans le ventre, le jeta en bordure de la route, attendit que son propre visage eût repris son expression accoutumée et dit posément à La Tersée :

— Vous pouvez passer devant. Je me charge de Madame.

Au dernier mot, il ne put empêcher qu'un léger rictus montrât ses dents canines. Et ce rictus fit frémir Richard. Il s'écria :

— Fiersi, tu ne peux pas... une femme...

— Je vais finir le travail, dit Fiersi, de sa voix insonore, dangereuse.

Richard se tourna vers La Tersée et vit pour la première fois de la gêne sur ses traits.

— Mon cher, évitons les adieux pénibles, dit celui-ci avec son débit habituel, mais d'un timbre moins sûr.

Il prit doucement la main de Richard et l'attira

près de lui à l'intérieur de la voiture. Richard, inerte, le laissa faire. La Tersée manœuvra de façon à ce que ni Richard ni lui ne pussent apercevoir Mathilde.

Quand ils furent arrivés à la grand-route, La Tersée dit entre ses dents :

— Je ne pourrais pas plus que vous corriger à la main une personne du sexe. Fiersi n'a pas ce préjugé — car ça n'est qu'un préjugé, mon cher. Le milieu n'y est pour rien. Mon oncle Hilarion par alliance, et direct de Cri-Cri, duc et pair de Grande-Bretagne, a proprement massacré toutes ses femmes, y compris son épouse.

Richard ne répondit point. Il lui semblait qu'il ne pourrait plus parler à personne. La Tersée exigea de sa voiture les risques les plus évidents et les plus inutiles. Puis il ralentit pour dire d'une tout autre façon :

— Je dois tout de même ajouter sur Fiersi que le bénéfice du travail, dont vous avez été témoin pour une partie, ne lui est pas destiné, mais à moi — qui cultive, comme vous l'avez vu, les répugnances d'un vrai gentilhomme.

Richard leva vers La Tersée un visage sans aucune vie et murmura :

— A vous... à...

— A Pierre, Marquis de La Tersée, exactement, qui, sur-le-champ, va doubler sa petite ration d'héroïne.

La Tersée arrêta sa voiture en bordure d'une haie et, abrité par elle, se fit une piqûre.

VIII

Le soleil était déjà plein ouest et s'approchait de la mer. Richard, qui devait regagner Paris dans la voiture de La Tersée, posa sa valise sur son lit et commença à y ranger lentement, un à un, les livres de son père qu'il avait emportés de la rue Royer-Collard et n'avait pas ouverts. De l'autre côté de la table de nuit, étalé, tout vêtu, sur un lit jumeau, Olivet faisait sa collation ordinaire de foie gras et d'armagnac.

— Bébé Dalleau, la chambrée va me sembler bien grande, soupira-t-il.

— Tu m'as déjà gardé trop de temps ici, dit Richard.

— Qui ? Moi ? Foutaises... grommela Olivet.

Ayant achevé de manger et de boire en silence, il alluma sa pipe et, les yeux au plafond, reprit :

— On raconte de tes inséparables que l'un est tenancier de nuit, trafiquant de drogue, souteneur et qu'il entretient l'autre.

— Ce sont mes amis, dit Richard.

— Oh, je ne porte pas jugement, foi de magistrat, dit Olivet. Je cite — et c'est tout — la fiche signalétique.

— Et tu la tiens de qui ? demanda Richard.

— De mon ami à moi, pour te servir, Francis, le grand patron.

Olivet rit doucement, affectueusement.

— Je me rappelle le train, reprit-il, et les sursauts de ta vertu.

— Je me rappelle aussi, murmura Richard.

Il s'enfonça dans le fauteuil le plus proche, laissa pendre ses mains et sa tête. Il lui semblait, maintenant, qu'il comprenait tout et tous les hommes. Mais par là même il ne comprenait plus rien à lui ni au monde. Il comprenait La Tersée tel qu'il était apparu la première fois dans les tranchées, pilote et aristocrate magique et La Tersée maquereau d'un maquereau. Il comprenait Fiersi employant son sang indomptable à défigurer une Mathilde ; Étienne au Quartier Latin et à la Santé ; la bibliothèque de son père et la parade de Deauville. Et ensuite ? Voulait-il dire ainsi que personne n'était parfait dans le bien ou le mal, qu'il n'y avait ni beauté, ni laideur absolue ? Toute médaille a son revers. Les qualités des défauts, les défauts des qualités. Le juste milieu. Est-ce que vraiment, il avait dans ces quelques jours traversé tant de souffrances, de joies, d'exaltation, d'amitié, d'angoisse, est-ce que vraiment il avait tant senti, pensé, appris pour accueillir ces vérités de tout le monde, cette philosophie de larve, cette sagesse de savantes éculées ?

Sans en avoir conscience, Richard avait posé sur ses genoux ses poings noués par la révolte et avançait son visage où le sang accourait. Un instant, il arrêta son regard sur la valise ouverte, chargée des livres d'Anselme Dalleau. Là était une voie, une loi. Elles appelaient puissamment Richard. Mais il voulait aussi paraître sur les planches de Deauville et sur toutes les pistes éclatantes de l'univers, et y briller plus que les autres. Et il voulait encore posséder la force intérieure, inhumaine de Fiersi et connaître comme La Tersée le tréfonds mystérieux du dégoût. Être un saint, un cynique, un monstre, un sage, un aventurier, un ascète, un conquérant. Oui, être tout et tout avoir. Pas de limite à la vie. Liberté, liberté entière, sauvage, souveraine, démente. Mais sans puissance, fortune, gloire — pas de liberté. Alors, pour commencer — oh, pour commencer seulement — tout sacrifier à la puissance, la richesse et la gloire. Et après, de cimes en gouffres, et d'abîmes en sommets.

Richard fit quelques pas rapides à travers la chambre et se planta devant Olivet. Celui-ci ne faisait aucun mouvement, aucun bruit. Il savait qu'une crise très grave se dénouait. Et s'il avait eu un fils, Olivet l'eût désiré tel qu'était Richard. Et Richard tremblait du désir de dire, de crier ses pensées. Mais comment pouvait-il exprimer la faim qui le ravageait, immense et dévorante, impitoyable à tous, et à lui-même insensée, dévastatrice, maudite et auguste, vile et sacrée, la faim sans bornes de sa jeunesse !

Il dit seulement, avec une âpreté qu'il n'entendit point :

— Je gagnerai l'affaire Bernan.

Olivet cala un oreiller sous sa grosse nuque, et répondit à mi-voix :

— Donc, tu la plaides ?

Richard considéra fixement et de haut en bas le visage qui, reposant à plat, était plus large encore, et tout strié de plis de graisse. Richard était sûr de ne pas avoir parlé à Olivet de la décision qu'il avait prise avant de quitter Paris, à l'égard d'Étienne. Un peu de malice brilla dans les yeux d'Olivet et Richard sut pourquoi le gros homme l'avait amené à Deauville. Mais il en avait assez d'être compris comme de comprendre.

— Je gagnerai l'affaire Bernan, répéta Richard.

La Tersée vint le chercher peu après.

IX

Au sortir de Deauville, La Tersée fit un détour et s'arrêta devant le bungalow où habitait Dominique.

Celle-ci, depuis qu'elle avait chassé Sunfield, vivait allongée sur un divan, le regard et l'esprit perdus au fond des petites nuées sans cesse brassées et rebrassées par le vent.

Quand Victorine lui annonça La Tersée, Dominique hésita longuement.

— Qu'il vienne, dit-elle enfin d'une voix en harmonie avec l'état de fatigue et d'indifférence à tout, qui la tenait étendue comme une malade.

Un mouvement instinctif lui fit cependant cacher

ses mains trop nerveuses sous l'épaisse couverture de fourrure qui l'enveloppait.

Elle ne savait plus rien des sentiments que lui inspirait La Tersée. Certaines forces d'indignation et de dégoût étant chez elle détruites, elle se trouvait incapable de juger quelqu'un qui était mené par le besoin d'argent. Au fond de l'impasse où elle était arrivée, elle espérait un miracle.

La Tersée avait toujours son air de longue bête racée et son épaule droite montrait toujours cette faiblesse qui avait si longtemps et si fort ému Dominique. Pourtant, elle sentit, avec un morne regret, qu'il n'avait plus sur elle aucun pouvoir de joie et surtout de souffrance. Elle retira ses mains de leur cachette.

— Patraque, ma chère ? demanda La Tersée.

— Oh ! rien du tout, répondit Dominique. Un peu trop de sorties seulement.

— On ne le croirait vraiment pas, dit La Tersée.

Il étudiait impartialement la jeune femme et la trouvait très embellie. Elle supportait le luxe dont elle était entourée avec autant de simplicité que s'il lui avait été dévolu depuis sa naissance.

— Tu es parfaite, ma chère, dit La Tersée.

Il étudia un instant la pièce et reprit :

— Très, très joli. Bon chic. Seulement...

Il alla tapoter du bout de l'ongle le verre qui encadrait une gravure anglaise.

— Seulement, continua-t-il, celle-là n'est pas du XVIIIᵉ. Tu devrais en parler à Charlie.

Il y eut un petit silence. Ce n'était pas la gêne qui empêchait Dominique de parler : elle n'en éprouvait aucune. Simplement, elle ne savait que dire.

— Je peux fumer ? demanda La Tersée.

— Je fumerai volontiers avec toi, dit Dominique.

La Tersée lui tendit un porte-cigarettes en platine, long et plat, sur lequel, dans un coin et très discrètement, son chiffre et ses armes étaient gravés.

— Très, très joli, dit Dominique, sans s'apercevoir qu'elle avait copié les intonations de La Tersée.

— Le cadeau de vacances d'Auriane. Mais je l'ai choisi, dit-il.

Il alluma la cigarette de Dominique et la sienne.

— Veux-tu prendre quelque chose ? demanda Dominique. J'ai un très bon porto d'origine.

— Pourquoi pas ? dit La Tersée.

Victorine servit et Dominique but avec plaisir. Elle se sentait beaucoup mieux.

— Raconte-moi des potins, dit-elle.

Les propos de La Tersée l'amusèrent fort. Il excellait dans la médisance. Chaque phrase était apprêtée et pourtant naturelle. Aucun étonnement, aucune méchanceté. On avait, en l'écoutant, le sentiment d'un ordre de choses inévitable et ridicule. C'était très commode.

Quand il eut fini, Dominique demanda :

— Et toi, que deviens-tu ?

— J'ai un nouveau joujou, répondit La Tersée.

Dominique ne comprenant pas, il tira de la poche supérieure de son veston une petite seringue et reprit avec une conviction et une chaleur chez lui très singulières :

— Tu sais, l'opium n'est pas pratique. Le plateau, tout cet attirail, et les heures fixes chez soi... Non ! Héroïne. — Voilà ! Propre et facile. Va vite et fort.

L'entretien revint à des futilités. Dominique s'aperçut qu'elle avait fréquenté beaucoup de gens à travers les établissements de Deauville et que ces gens étaient tous membres de la même société nocturne. Une partie de l'existence de La Tersée tenait à cette société. Dominique et lui découvrirent de nombreuses relations communes. Cela offrait à la jeune femme un agrément tout nouveau. Elle se voyait intégrée dans une tribu dont la morale facile désarmait son tourment. Elle sentit une grande camaraderie pour La Tersée.

A ce moment, il dit :

— Je voudrais de toi un service.

— Si je peux, ce sera avec plaisir, dit Dominique.

— Il s'agit de Sunfield, dit La Tersée. Il ne peut pas oublier un coup assez dur que je lui ai fait aux courses la saison passée (tu étais là d'ailleurs), et je voudrais lui redonner des paris. Alors j'ai pensé...

— Entendu, Pierre, entendu. C'est chose faite, s'écria gaiement Dominique. Il sera trop heureux de me revoir à si bon compte.

— Qu'est-ce qui n'allait pas ? demanda La Tersée.

— Figure-toi qu'il a osé amener sa fille ici, dit Dominique.

Un vague intérêt se peignit sur le visage insensible de La Tersée et il dit :

— Tu ne vas pas me faire croire que ce bon Charlie devient cérébral.

— Je ne saisis pas, dit Dominique.

— Voyons, ma chère, la petite n'aime que les femmes, avec, toutefois, destiné à la partenaire, un garçon bien pourvu.

— Mais alors, alors, c'est une pourriture ! s'écria Dominique.

— Chacun son pauvre goût ! dit La Tersée.

— Et moi qui... murmura Dominique... Et Sunfield est si fier de sa fille.

— Les parents, ma chère, dit La Tersée, sont encore plus cocus par leurs enfants que les hommes et les femmes entre eux. Charlie me paraît gros gagnant sur les deux tableaux.

— Ah ! non, Pierre, tais-toi ! murmura Dominique.

Elle venait de penser au visage de Sunfield qui montrait tant d'amour pour sa fille pervertie et pour elle qui sortait d'une étreinte bestiale. Le malheureux ! L'immonde vie !

— Ah ! non, Pierre, je t'en prie ! dit encore Dominique.

La Tersée examinait la jeune femme avec curiosité.

— Je vois, dit-il entre ses dents et comme pour lui-même. Je vois : petite sœur des poires !

Le mot retourna Dominique. Entre deux attitudes envers la condition humaine, dont l'une consiste à la traiter avec respect et pitié et l'autre à n'y trouver que matière à rire, Dominique était née pour choisir la première. Mais la forme prise par son existence la fit passer à ce moment du côté de l'homme à la mâchoire aiguë qui ne croyait à rien et voyait la grimace de tout. Seulement, La Tersée faisait entrer sa propre personne dans le cercle parfait de la farce. Et cela, Dominique ne le pouvait point.

— Je suis trop bonne, dit-elle.

— Mauvais pour le teint ! dit La Tersée.

Dominique rit de bon cœur, comme elle eût ri de n'importe quelle réplique. Elle éprouvait soudain une sécurité profonde à compter dans le camp des gens avertis, des gens forts.

— Maintenant, ma chère, je file sur Paris où Auriane me veut à dîner, dit La Tersée. Si elle savait que je suis ici ! (Il haussa son épaule valide.) Elle est jalouse de toi à périr.

— De moi ?

— Elle est persuadée que nous avons eu une grande histoire d'amour. Je la laisse croire. Cela entretient ses sentiments.

— Mais toi, Pierre, qu'est-ce que tu penses ? demanda Dominique.

— Mais, voyons, ma chère ! s'écria La Tersée. Une histoire comme tant d'autres, n'est-il pas vrai ?

Dominique baissa la tête, rêva un instant et répondit :

— Je le pense aussi.

Puis, sans transition, elle murmura :

— Je m'ennuie, Pierre. Comme je m'ennuie !

Personne ne pouvait comprendre le sens de ce

mot aussi entièrement que La Tersée. et il venait
d'acquérir de l'amitié pour Dominique. Il voulut
l'aider.

— Tu devrais essayer mon nouveau passe-temps,
dit-il. Allons, allons, ma chère, pourquoi ces yeux
de Chaperon Rouge ? Ça ne tue personne. On en
donne aux malades. Allons, allons, ton bras...

Dominique se laissa faire une piqûre.

— Surtout ne bouge plus et ne parle pas, dit La
Tersée.

Il fuma une cigarette en silence.

— Mais c'est... c'est miraculeux ! murmura soudain Dominique.

Son corps était sur toute sa surface, comme en
ses profondeurs, une sorte de velours dont elle sentait le grain admirable et ce velours absorbait doucement la souffrance, le doute, les désirs, les
regrets. On était merveilleusement d'accord avec
soi et avec l'univers. Dominique voulait dire tout
cela à La Tersée, mais il l'en empêcha

— Pas un mot ! dit-il à voix basse. Laisse-toi *kieffer*. Tu en as pour toute la soirée, si tu es sage. Au
début, il en faut peu et ça dure longtemps. Quand
tu en voudras encore, adresse-toi au petit Paulin
Juliais, nous avons le même marchand.

Dominique ne l'entendit pas sortir.

La Tersée regagna sa voiture, dans laquelle
Richard l'attendait, et ils prirent le chemin de
Paris, à cette vitesse qui apparentait le voyage à
une course contre le destin.

QUATRIÈME PARTIE

I

Lucie avait renoncé à prendre des vacances afin de ne pas quitter Richard. Mais elle dut rester seule à Paris parce qu'il lui ordonna, au moment de son départ subit pour Deauville, de voir Étienne à sa place. « C'est ton métier, lui dit Richard, tu as voulu être ma secrétaire. »

Le grand corps de Lucie était affamé d'air libre, d'exercice et souffrait beaucoup de la chaleur dans la ville, mais elle se sentit heureuse d'avoir à servir Richard. L'amour, chez elle, avait surtout cette forme, et se trouva récompensé outre mesure par l'attitude de Richard à son retour.

Celui-ci, en effet, dès que La Tersée l'eut déposé rue Royer-Collard, appela Lucie, et, comme elle arrivait tout essoufflée, l'embrassa avec une chaleur singulière, en appuyant étroitement contre les siennes les épaules pleines de santé, d'honnêteté, qui étaient son bien. Puis il demanda d'une voix inquiète et avide :

— Alors, ma grande ? Tout va bien ? Je veux dire avec Étienne Bernan ?

— Mais oui, répondit Lucie. Il est très raisonnable, très calme et je le trouve même gentil.

Un mouvement d'impatience qui, d'un seul coup, altéra la joie de Lucie, agita Richard. Il dit entre ses dents :

— Quelle qualification pour Étienne !

— Mais pourquoi ?... Je t'assure... balbutia Lucie.

Sa figure avait pris une expression d'affolement, de malheur maladroit qui, à l'ordinaire, aiguisait l'irritation chez Richard, mais cette fois, comme il s'était meurtri à vouloir défaire trop de nœuds et d'enchevêtrements, et percer trop de caractères indéchiffrables, et qu'il était divisé et déchiré en lui-même, il se prit de reconnaissance pour des traits aussi fidèles, pour cette nature d'une clarté, d'une simplicité si évidentes.

— On serait vraiment idiots de se battre pour ton vocabulaire... Allons faire un bon dîner, ma vieille, s'écria Richard.

Les mêmes sentiments lui firent aimer plus qu'il ne l'avait cru possible, dans la nuit qui suivit, le grand corps généreux, facile, élémentaire. Et, durant toute cette nuit, Lucie, que son bonheur confondait jusqu'à l'égarement, ne cessa de répéter :

— Que tu peux être gentil pour moi, Richard... gentil... gentil.

Le mot revint à l'esprit de Richard le lendemain matin dans le parloir de la Santé où il attendait Étienne et l'exaspéra. Ses réserves d'indulgence envers Lucie s'épuisaient en même temps que le pouvoir et l'intensité des souvenirs de Deauville. « Elle a autant de jugement qu'une oie », pensa Richard en voyant Étienne entrer sur ses béquilles.

Mais quand il lui demanda comment, en son absence, s'était comportée sa secrétaire, Richard demeura un instant incrédule devant l'expression que prit le regard du prisonnier. Sur la face racornie du visage aussi bien que sur la face saine, les yeux furent soudain comme traversés par une lumière fine, amène, presque tendre et à laquelle Richard ne sut donner un autre nom que « gentillesse ».

— Lucie est très, très bien, dit Étienne — et sa voix même avait quelques intonations vivantes. Elle ne cherche pas à savoir pourquoi et comment il faut aider. Ni à comprendre avant d'aider. Elle aide d'abord.

— En somme, elle vous réussit mieux que moi ? demanda Richard. Sincèrement ?

— Sincèrement oui, dit Étienne.

Richard se sentit délivré d'une gêne très lourde et dit en riant :

— Eh bien, mon vieux, je vous garantis que vous verrez plus souvent Lucie que son patron.

A cause de cet entretien, Richard rendit Lucie heureuse une journée encore et une nuit. Ensuite, ses relations avec elle reprirent leur tour accoutumé. Cela se fit d'autant plus vite que les parents de Richard rentrèrent à Paris et qu'il retrouva ainsi ses appuis véritables.

Tandis que Sophie défaisait les bagages, l'un des premiers mouvements du docteur Dalleau fut d'ouvrir sa bibliothèque. Il ne reprenait vraiment contact avec le logis qu'après avoir renoué avec les livres. Ceux que Richard avait emportés à Deauville se trouvaient bien sur le rayon qui leur était toujours assigné, mais pas exactement dans l'ordre habituel. Anselme s'en aperçut tout de suite et en fut très heureux :

— Tu t'es enfin décidé, je vois, à lier connaissance avec les meilleurs esprits, dit-il à son fils. Et alors ?

— C'est assez long à expliquer, dit Richard.

Le docteur, qui n'avait pas quitté son manteau, s'assit, face à son bureau, dans le fauteuil où il avait écouté tant de malades et Richard lui fit le récit de tout ce qu'il avait souffert, espéré, appris et décidé à travers Étienne, ses lectures austères et son séjour à Deauville. Sa voix, calme d'abord, prit rapidement la douleur et la violence de ces épreuves. Anselme passait tantôt l'un, tantôt l'autre de

ses pouces sur ses joues, et, du seul œil lucide qui
lui restait, il contemplait son fils qui passait et
repassait devant lui, marchant et parlant de plus en
plus vite. Soudain Richard se pencha vers le docteur et cria :

— Oui, tu entends, je plaiderai, je plaiderai l'affaire Bernan.

— Personne ne veut t'en empêcher, dit très doucement le docteur. Mais pourquoi cette fureur ? Ce
défi ?

Richard ne répondant pas, le docteur demanda
dans le même ton, tendre et un peu anxieux :

— Est-ce vraiment si difficile pour toi d'être
simple ?

— Mais je le suis toujours, tu le sais bien, s'écria
Richard.

— A l'intérieur... Simple à l'intérieur, dit Anselme Dalleau. Pourquoi refuses-tu de comprendre
que penser à soi-même en agissant pour aider un
autre est conforme à la nature, et sans doute à la
santé ? Tu n'es pas un dieu, Richard, ni un monstre. Tu es un homme et pas plus, et tout, en toi, est
entremêlé comme chez les autres hommes.

— Arrête, dit Richard. Je me connais mieux que
personne.

Il ne voulait pas, il ne pouvait pas être de la
masse, de la cohue, du troupeau.

II

A la reprise des travaux judiciaires, le procès
d'Étienne Bernan fut inscrit pour la session des
Assises qui devait se tenir dans le commencement
de l'année suivante. Cela eut un effet décisif sur
l'esprit de Richard. L'affaire Bernan quittait d'un
seul coup un domaine en quelque sorte métaphysi-

que pour celui du réel. Soudain située dans la durée humaine, elle devint une date, un fait, une certitude de la profession. Rien ne pouvait mieux délivrer Richard de lui-même.

Il recommença de voir Étienne, mais ses visites n'avaient plus du tout le même caractère qu'auparavant. Il ne cherchait plus à pénétrer l'âme de son ami, ni à reprendre avec lui un contact humain. Il laissait ce soin à Lucie. Ce que Richard voulait obtenir maintenant, c'était une connaissance matérielle, certaine et entière de la vie du prisonnier : démarche de l'enfance, voyages, premières lectures, prédilections, animosités, maladies. Il maniait Étienne comme il eût fait d'un dossier.

Il agit de même envers tous ceux qui par leur service ou leurs soins avaient approché son client avec quelque familiarité. Et il traita ainsi Jean Bernan. Il n'éprouvait plus auprès de personne ni doute, ni timidité.

Mais son travail essentiel était ailleurs : Richard ne manquait pas une seule séance de Cour d'Assises. Là, rassemblant toutes les ressources de son esprit et de son instinct, il observait l'accusateur public, les avocats, les magistrats et surtout les jurés. Il épiait les routines, les ruses, les tics, les réflexes. Il assimilait la vie toute particulière de ces hautes enceintes tristes et poudreuses. Il s'imprégnait de leur climat et découvrait leurs lois non écrites. Et toujours plus assuré en lui, il croyait, à travers chaque nouvelle cause, défendre déjà celle d'Étienne, et la défendre mieux.

III

Un soir, en quittant le Palais, Richard fut rejoint sur l'escalier monumental par Daniel qui l'y avait attendu. Richard montra, comme toujours, sa joie de le voir, mais Daniel ne répondit rien et, l'ombre froide de novembre cachant son visage, ils descendirent les degrés.

Au pied des marches Daniel demanda :

— Ça serait très ennuyeux, n'est-ce pas, pour l'affaire d'Étienne si la presse parlait de la bande qu'il avait formée... tu sais... les Smerdiakov ?

— Ennuyeux ! s'écria Richard.

Il pensa à ce que lui révélaient chaque jour les salles d'Assises sur les règles du jeu, les nerfs du public, la sensibilité des jurés, et reprit :

— Ennuyeux ! Mais ce serait la fin de tout.

Et comme Daniel se taisait de nouveau, Richard l'attira sous la lumière d'une lampe à arc, examina son visage, puis dit d'une voix sourde :

— Tu as revu Mercapon ? Mais Bernan m'avait assuré...

— Ce n'est pas Mercapon, murmura Daniel... C'est Riatte... le petit journaliste qui a des cheveux roux... tu l'as vu une fois ou deux avec moi.

— Je sais, je sais, cria Richard.

— Il a un flair terrible, il furète partout, reprit Daniel très vite. Il est venu m'interroger sur un curé défroqué et qui vit avec une boiteuse de treize ans et qui aurait béni les béquilles d'Étienne au cours d'une messe noire.

Richard se sentit soudain très faible. Il se souvenait des paroles de Mercapon. Il demanda très bas :

— Et Riatte veut faire un article sur eux ?

— Plusieurs, dit Daniel plus bas encore.

Richard ne réfléchit même pas pour arrêter un taxi et se faire conduire rue des Saussaies, à la direction de la Sûreté générale.

On apporta à Jean Bernan la fiche sur laquelle Richard avait inscrit son nom, alors que le directeur de la Sûreté tenait une conférence importante avec ses chefs de service.

« Il vient sans prévenir... à une heure où il me sait toujours occupé... ce doit être grave », pensa Bernan.

Dans la hiérarchie de ses calculs, les combinaisons qui se rapportaient au procès d'Étienne passaient au premier rang puisque les autres dépendaient toutes de l'issue du procès.

— Je m'excuse pour quelques instants, continuez sans moi, dit Bernan à ses subordonnés.

Il passa dans une petite pièce triste qui servait à des secrétaires, les en fit sortir, et y reçut Richard. Celui-ci, sans aucun commentaire, dit ce qu'il avait appris de Daniel quelques instants plus tôt.

Jean Bernan passa d'abord ses belles paumes onctueuses sur ses cheveux blancs aux reflets bleutés, puis appuya fortement les bouts des doigts de sa main droite contre ceux de la main gauche, de sorte que leur pulpe sensible devint plate et pâle et que le sang afflua sous les ongles dont il prenait un soin extrême. Ce furent les seuls signes d'une anxiété des plus aiguës. Bernan demeura silencieux quelques instants, ses doigts joints en forme de toiture chinoise, et Richard vit qu'il examinait tous les aspects de la menace, qu'il en faisait pour ainsi dire le tour complet. « Il va trouver. C'est un auteur de miracles », pensa Richard et il attendit sans impatience que Bernan voulût bien parler. Mais quand Bernan le fit, Richard éprouva un grand trouble. Car soudain, la voix de Bernan, bien qu'elle eût son intonation habituelle, flexible et persuasive, et toute son insinuante autorité, lui sembla entièrement inconnue. Elle était pure et atroce comme celle de la pensée, du désir, de l'ambition, de l'amour de soi. Elle ne servait plus à Bernan envers Richard de moyen de communication, de truchement. Elle ne s'adressait pas à Richard ainsi qu'à un être distinct de Bernan. Dans sa nudité, sa

vérité, Richard entendait le langage sans feinte de
son propre cœur.

— Il fallait en effet ne pas perdre une minute, dit
lentement la voix qui parlait pour deux. C'est le
plus grave danger de notre affaire. Nous devons
arranger les choses tout de suite et définitivement.

— A coup sûr, dit Richard, sans très bien savoir
s'il répondait au directeur de la Sûreté ou à lui-
même.

Jean Bernan poursuivit :

— Le curé — détournement de mineure —
facile. Pour la petite boiteuse — facile aussi : maison de redressement.

En cet instant, la voix de Bernan ne fut plus celle
de Richard, parce que la souffrance qui le noua
tout entier, il fut seul à la connaître et à la nourrir.
« Moi... moi... l'homme libre... l'ennemi de la
morale... je livre, je vends un révolté... une innocente. Je déserte, je trahis. Je passe à l'ordre public,
à la police des mœurs... *J'indique.* » Richard eut
envie de crier, de supplier, en faveur de ce malheureux et de cette misérable, l'homme même qu'il
avait choisi pour les dénoncer.

— Oui, dit Bernan, le curé et la boiteuse cela va
de soi.

Richard inclina la tête, il reconnaissait de nouveau cette voix comme sienne. Oui tout allait de
soi. Dès le moment où Richard avait signalé ces
gêneurs à Bernan, leur destin était consommé.
Richard voyait maintenant par où passait le chemin des miracles. Rien ne pouvait plus changer la
décision de ce visage, tout lisse, tout rose et tout
argent.

« A moins, pensa Richard, que je ne le menace
d'un scandale plus éclatant encore et que je ferais
moi-même... » Mais il se dit aussitôt qu'il ne pouvait pas, lui, le défenseur, ruiner sans retour la
défense d'Étienne. Et il fut déchiré de nouveau par
la détresse qu'il avait voulu et cru si bien terrasser :

le tourment métaphysique, l'angoisse de vérité. Comment saurait-il jamais si, en sacrifiant ces misérables, il le faisait pour le salut d'Étienne ou, pensant à lui-même, pour sa gloire, son ambition, son sordide intérêt ? Les deux sans doute. Mais dans quelle mesure ? Dans quelles proportions ? Où était l'instrument capable de séparer, de peser ?

— Oui, reprit Bernan, le défroqué et la mineure c'est facile... mais pas le moins du monde suffisant. Il reste Riatte, il reste surtout lui. Et là j'ai peur... j'ai peur d'être sans armes.

D'un seul coup, Richard se sentit dégagé de sa douleur abstraite et il vit qu'elle n'avait été qu'une sorte de luxe intérieur. Un luxe dont la condition nécessaire se trouvait être la sécurité que lui inspirait sa confiance aveugle dans le pouvoir de Bernan. Et maintenant que Bernan doutait de sa propre force, il n'y avait plus de place chez Richard que pour une autre angoisse, toute matérielle, de l'ordre le plus immédiat et concentrée autour d'un petit journaliste aux cheveux roux.

— La combinaison Riatte est une des plus mauvaises qu'on puisse trouver, dit Bernan en serrant encore davantage les bouts de ses doigts les uns contre les autres. Ce garçon n'appartient à aucune rédaction, donc à toutes. Il n'est pas connu, donc pas de prise sur lui... Demander le silence à la presse ? C'est estampiller l'histoire officiellement. Et puis il y aura toujours une feuille pour la sortir. Et une suffit. Les autres suivront. C'est Riatte, et lui seul, qu'il faut manœuvrer.

Bernan regarda Richard dans les yeux pour la première fois depuis que leur entretien avait commencé et demanda :

— De l'argent ? Beaucoup d'argent ?

— Je ne crois pas, dit Richard.

— Oui, trop jeune, murmura Bernan.

Il ramena son regard sur ses doigts et reprit pensivement :

— Un accident peut-être...

— Mais c'est impossible ! Mais vous n'y pensez pas ! s'écria Richard avec une intonation étrange, car elle était surtout une prière.

Bernan dit avec la simplicité la plus entière et la plus cruelle :

— Si vous appreniez en ce moment que Riatte vient de tomber sous un autobus, il ne pourrait pas y avoir de meilleure nouvelle pour vous.

— Mais ce n'est pas la même chose, s'écria Richard. Ce n'est pas nous qui...

Richard s'arrêta en pensant avec épouvante : « Je suis fou... Je suis en train de discuter la possibilité d'un crime... » Et il pensa encore : « Les miracles ».

— La vraie question n'est pas là, dit Bernan. Pour aménager une bonne trappe, il faut du temps et nous n'en avons pas.

— Mais alors ? demanda Richard avec le sentiment qu'il allait d'un abîme à un autre.

— Tout est entre vos mains, dit Bernan. Vous êtes le seul à pouvoir persuader ce garçon. Par les sentiments : il est encore plus jeune que vous. Montrez-lui la noblesse de la cause. La mémoire de la victime. Le supplice de la famille. La vérité en un mot.

Bernan desserrait enfin ses doigts et Richard ne put surprendre sur son visage la moindre trace de cynisme ni d'hypocrisie.

IV

« Trouver ce journaliste. Le trouver... le trouver. » Richard courut jusqu'au taxi qu'il avait laissé au coin de la place Beauvau et dit à Daniel qui, de l'intérieur, lui ouvrait la portière :

— Il me faut Romain Riatte.

— Mais... Bernan ? demanda Daniel à mi-voix.

— Riatte et tout de suite, dit Richard.

Daniel cria au chauffeur :

— Rue Blanche... le restaurant *Colombo*.

Puis il dit à Richard :

— Riatte est toujours là avant le dîner. Il s'oc-cupe de la publicité de Fiersi.

La voiture roulait vers Montmartre.

— Fiersi... oui... il m'a invité à venir dans son établissement comme je voulais, murmura Richard.

Il secoua la tête. Depuis l'ignoble poursuite de Mathilde aux environs de Deauville, l'amitié de Richard envers Fiersi avait pris un tour bizarre et, pour ainsi dire, à sens unique. Prêt à rendre tous les services qu'elle pouvait exiger, Richard se sen-tait incapable d'en recevoir aucun. Quand le taxi s'arrêta devant une façade éclairée déjà brutale-ment, Richard dit avec rudesse à son frère :

— Ce n'est pas l'endroit qui convient à la conver-sation que je dois avoir. Je vous attends dans l'ar-rière-salle, là-bas.

Il montrait un café, situé de l'autre côté de la rue, à une centaine de mètres du *Colombo* et ajouta :

— Surtout que Fiersi ne sache rien...

Au fond du café il n'y avait personne, sauf un homme large et gros, en chandail au col roulé, qui s'exerçait au billard avec beaucoup d'agilité et d'adresse. Richard s'assit aussi loin de lui qu'il put, commanda une boisson à laquelle il ne toucha pas et eut la sensation de ne réfléchir à rien. Tout à coup, il s'aperçut qu'il suivait intensément la course des boules sur le tapis vert et qu'il comptait les réussites du gros homme avec avidité, avec angoisse. « Pourvu qu'il arrive à trente et tout ira bien », se surprit à prier Richard. Il fut révolté par ce vœu lamentable ; mais il ne parvenait pas à déta-cher ses yeux des petites sphères brillantes. Le gros homme en était au trente-septième coup de sa série, quand Riatte entra avec Daniel.

— Veux-tu nous laisser un moment, dit Richard à son frère.

Daniel obéit volontiers. Il avait en horreur tout ce qui touchait au drame, tous les débats sur lesquels on ne pouvait pas glisser ou s'entendre à demi-mot. Il s'approcha du billard pour se donner une contenance. Mais comme il était, lui aussi, fort habile à ce divertissement, il proposa une partie au gros homme. Il se dit aussitôt : « Si je gagne, cela portera chance à Richard. » Et aussitôt il ne pensa plus qu'au jeu.

Richard, de son côté, avait oublié l'existence même de son frère. Toutes ses ressources mentales étaient occupées uniquement à prendre la mesure exacte, véritable, de Romain Riatte. Il l'avait déjà rencontré, mais toujours en courant, et sans lui accorder la moindre importance. Or, tout à coup, ce journaliste, insignifiant une heure plus tôt, possédait sur la vie entière de Richard un pouvoir terrible. Et non seulement sur sa vie, mais sur l'avenir de Jean Bernan, sur les jours d'Étienne, et même sur la situation du ministère.

« De telles destinées, de si grandes affaires... et ce tout jeune, tout chétif, tout petit bonhomme », se dit Richard, et le rapprochement lui apparut absurde jusqu'à l'outrage. Qu'un garçon si minuscule, si pauvre de sang et de moyens (« je le mettrais en bouillie d'un seul coup de poing », pensait Richard), pût être un danger ou même un obstacle — c'était un attentat à la dignité, à l'intelligence... Richard se sentit tellement supérieur en poids de chair, en valeur humaine, en droits sur la vie, à ce garçon tout dévoré par ses nerfs, tantôt fourrageant dans sa tignasse rouge, tantôt rongeant ses ongles, qu'il lui sourit avec indulgence, presque avec amitié.

Ce sourire porta la fébrilité de Riatte à un point

extrême. Il se leva, se rassit, baissa le col de son manteau, le remonta, enleva ses lunettes, les remit.

Richard fut certain que, sur un adversaire aussi désemparé, il triomphait déjà et les arguments lui vinrent d'eux-mêmes, nombreux, ordonnés, riches, décisifs. Il parla avec simplicité, puissance et générosité. Il se sentait invincible.

Riatte grignotait ses ongles de plus en plus vite. Il avait toute une main entre les dents lorsque Richard acheva. Il dit, alors, à travers ses doigts :

— Je ne peux pas !... je ne peux pas.

Riatte chuchotait, balbutiait, mais son timbre naturel était si aigu — et l'émotion le faussait encore davantage — que ce chevrotement prit une stridence singulière.

Sans comprendre, Richard tressaillit.

— Vous ne pouvez pas quoi ? demanda-t-il.

— Me rendre à vos raisons... Renoncer à mes articles, dit Riatte.

Il retira enfin ses ongles de ses lèvres, et dans une succession de mouvements saccadés, fit sauter ses lunettes complètement embuées, fixa sur Richard des yeux aveugles, essuya ses verres contre un pan de son manteau, les replaça au creux d'un nez plein de taches de rousseur. Puis il s'écria :

— Une chance pareille ne se retrouve plus... Et combien j'ai couru... flairé... fouillé... fureté... J'ai bien vu que je tenais quelque chose de capital, vraiment capital. Mais je ne savais pas à quel point. Alors j'ai fait semblant de lâcher une indiscrétion à votre frère. Et vous voilà, et derrière vous il y a, j'en suis certain, le directeur de la Sûreté générale. Maintenant, je sais, je sais...

Richard reconnaissait mal le visage de Riatte. Ses traits menus, ses yeux faibles, ses taches de rousseur, tout se trouvait mûri, imprégné d'intelligence, et aiguisé par une énergie nerveuse presque effrayante.

Riatte poursuivit :

— Maintenant, je connais le vrai prix de cette enquête. Et quand elle sera publiée, je sais qu'on me prendra enfin au sérieux. J'aurai ma place. Je pourrai montrer ce que je vaux... en vérité. Au lieu d'attendre, de végéter sous tant d'imbéciles. Et vous me demandez de renoncer ?

Une sorte de hennissement brisé, purement hystérique, jaillit de la gorge de Riatte et si, en cet instant, Richard avait pu le tuer sans conséquences funestes pour lui-même, il l'eût fait à coup sûr. Cet avorton et sa gloriole ! Cet avorton qui ruinait tant d'espérance... Cet avorton malfaisant.

— Vous ne pouvez pas m'en vouloir, cria Riatte, vous entre tous. Vous, entre tous, vous devez me comprendre. Pour moi aussi, c'est mon affaire Bernan.

Pendant une seconde — et si cruel fut le coup — Richard crut que Riatte avait deviné, percé, suivi une à une toutes les luttes et toutes les angoisses, contre lesquelles il s'était épuisé — et s'épuisait encore — à cause d'Étienne. « La sale petite vipère mord au plus vif », se dit Richard. Mais il découvrit dans le regard de Riatte une ingénue, étrange et profonde sympathie. « C'est qu'il s'imagine véritablement que son cas est le mien », pensa Richard stupéfait.

— Vous êtes fou, s'écria-t-il. Il n'y a rien de commun. Je ne cherche à salir personne. Je ne veux que défendre, je ne veux que sauver.

— Et le curé défroqué, et Juliette, sa petite boiteuse, qu'est-ce qui va leur arriver, pensez-vous ? demanda Riatte en mordant sauvagement un de ses ongles déjà rongé jusqu'à la chair. Et pourquoi Mercapon a-t-il disparu ? Et ses deux camarades ?

Richard fut sur le point de crier : « Ce n'est pas moi. » La conscience d'être solidaire de Bernan comme il ne l'avait jamais été l'en empêcha. Il dit d'une voix sourde, lourde, sans appel :

— J'ai la charge d'une vie. C'est une belle tâche, mais exigeante.

Riatte sauta de sa chaise, appuya sur la table ses mains aux ongles déchiquetés, tendit vers Richard une figure qui semblait en ébullition et glapit :

— Et mon métier à moi ! Il n'est pas exigeant, il n'est pas beau ? Ramasser le monde en un jour. Le jeter aux hommes chaque matin. Les sortir de leur ornière, de leur trou, de leur ennui, de leur routine aveugles. Les promener à travers leurs merveilleux semblables. Leur donner chaque matin une magnifique histoire exacte. Les Mille et Une Nuits de la vérité. Et tant pis pour les ennemis, tant pis pour les puissants ! Ça ne vaut pas la peine de tout risquer, dites, de tout piétiner ?...

La voix de Riatte tomba d'un seul coup et devint celle d'un enfant triste et il acheva :

— Même si l'on se fait détester par un chic type comme vous ? Est-ce que ça ne vaut pas la peine, dites ?

— Je ne vous déteste plus, répliqua Richard, avec une expression d'absence et les yeux dirigés vers le billard.

Daniel gagnait, Riatte aussi. Et ce n'était pas contraire à la hiérarchie, à la décence humaines. Il nourrissait une ambition qui dépassait sa propre personne. Il servait une œuvre grande ou qu'il croyait telle. « Comme moi... pensait Richard. Et il y trouve profit... Comme moi... Et sacrifie, comme moi, ceux qu'il doit sacrifier. » Richard se rappela le prêtre défroqué, l'enfant boiteuse. « Les mêmes », songeait-il.

Riatte s'était tassé, mi-singe, mi-écureuil, au fond de son immense manteau. Dans le silence, le bruit des boules qui se rencontraient sur le drap vert le faisait tressauter chaque fois.

— Quand donnez-vous votre premier article ? demanda Richard.

Riatte mit tous les ongles d'une main entre ses

dents et sa gentillesse naturelle, la peine qu'il avait
à meurtrir quelqu'un, apparurent dans ses yeux
affolés, derrière les verres embués des lunettes.
Mais quand il eut répondu : « Demain, dans la soirée », Richard comprit que cela était irrévocable.
Et il eut le sentiment d'une mort très douloureuse.
Et son visage le montra.

— Je... Il faut... malheureusement... bredouilla
Romain Riatte. Beaucoup de placards à rédiger
pour le *Colombo*.

Il s'enfuit, accrochant des chaises avec les pans
de son manteau. Seulement alors, Daniel eut l'impression d'un désastre.

Il vint à Richard qui lui dit :

— Rien à faire... Foutu.

— Je gagnais pourtant, murmura Daniel.

— Foutu tout de même, dit Richard avec un sourire qu'il n'eut pas la force d'achever.

— Attends, attends, chuchota fiévreusement
Daniel. Il y a un homme qui peut beaucoup sur
Riatte et c'est Fiersi, ton ami...

— Fiersi, dit Richard.

Il revoyait en pensée la femme, toute blanche et
immobile de terreur — qui avait été sa première
femme — et qu'il abandonnait, dans un champ
désert, aux coups d'un maquereau qui l'avait
reprise à un autre maquereau. Il se rappelait l'instinct de dignité qui lui avait interdit dès lors,
auprès du souteneur victorieux, le moindre
recours. Et voici qu'il s'agissait d'un service essentiel, d'un service tel qu'il plaçait sous sa dépendance toute une vie.

— Fiersi... répéta Richard.

Mais qu'avait dit Riatte ? « Est-ce que ça ne vaut
pas la peine de tout risquer, tout piétiner ? »
Richard se leva ne pensant ni à lui-même, ni à Bernan, ni à Étienne. Il le fit par une nécessité intérieure à laquelle il ne savait donner de nom ou de
qualité.

— Continue ta partie, je reviens tout de suite, dit-il à son frère.

Il traversa la rue et entra au *Colombo*.

V

Dans le bureau privé de son établissement, Fiersi fumait un cigare mince et noir et regardait Riatte, en se disant qu'il aimait beaucoup le petit journaliste pour son courage au travail, pour sa vivacité, et parce que, à cause de lui, il avait eu quelquefois sur la vie des hommes et sur la sienne des clartés étonnantes. Et il savait combien serait cruelle pour Riatte et pour tout son avenir la promesse qu'il voulait obtenir de lui. Mais Richard avait des droits plus hauts dans le cœur de Fiersi. « Copains à Saint-Cyr... rapporté le marquis sur son dos, sous les mitrailleuses... Récité des vers pour moi seul... parlé de moi en bien à ses vieux. Et surtout m'a laissé corriger Mathilde, et après, m'a gardé son amitié. »

Ayant pensé de la sorte, Fiersi tira fortement sur son étroit cigare noir et dit à Riatte :

— Il faut laisser tomber cette histoire Bernan, curé et tout le reste.

Riatte ne bougea pas ; seulement ses prunelles se mirent à courir d'un bord à l'autre de ses lunettes comme des bulles sans contrôle. Il chuchota péniblement :

— C'est... Dalleau... qui l'a demandé ?

— Laisse tomber Dalleau, dit Fiersi. Dans cette chambre il n'y a que toi et moi. Et c'est moi — qui ne t'ai jamais rien demandé — moi tout seul qui te le demande. En homme. En ami.

Le sang s'était retiré du petit visage de Riatte et ses taches de rousseur semblaient, sur la peau

livide, des grains de cendre. Il n'avait pas la moindre peur de Fiersi ni de perdre chez lui sa place.
Mais il pensait que Fiersi lui avait donné son premier travail régulier, lui avait fourni sans cesse
pour les journaux des renseignements secrets et
précieux et surtout, surtout, qu'il avait envoyé en
Corse, chez des parents, les deux sœurs de Riatte
beaucoup plus jeunes que lui et encore plus chéti-
ves et que les petites filles étaient revenues de ce
voyage pleines de santé.

Fiersi demanda rudement :

— D'accord ?

Riatte fit tout ce qui était en son pouvoir pour
répondre sur un ton semblable, pour montrer qu'il
acceptait sans balancer, en ami, en homme. Il fut
incapable de prononcer un mot et se borna à baisser la tête.

Fiersi demanda encore :

— Tu es sûr de n'avoir bavardé à personne de
l'histoire ?

Riatte redressa son visage comme sous le coup
d'une insulte et, tandis que ses taches de rousseur
reprenaient leur couleur naturelle, il glapit d'une
voix d'enfant enragé et au bord des larmes :

— Est-ce que j'aime ce métier, oui ou non !

— Alors, dit Fiersi, tout va bien.

Au moment où Romain Riatte, plus menu et la
nuque plus fluette encore qu'à l'ordinaire, atteignait le seuil de la pièce, Fiersi grommela :

— Merci.

Resté seul, il ne songea pas un instant à se
demander s'il avait agi comme il fallait à l'égard de
Riatte, ni même à le plaindre. Richard passait
avant — c'était dans la règle. Mais la règle voulait
également, puisque Riatte s'était conduit comme
un ami véritable envers Fiersi, que cette amitié lui
fût payée, par Fiersi, de retour. Et dans ce
domaine, Fiersi ne souffrait pas d'avoir une dette.
« Ses articles lui auraient valu la bonne place. Il

faut que je lui trouve la même et, s'il se peut, meilleure », décida Fiersi. Il abaissa sur ses impitoyables yeux des paupières nettes et bistrées et se
mit à réfléchir très vite.

Dans un grand journal du soir qui accordait une
large place aux courses, Charlie Sunfield avait des
intérêts puissants. De lui, Dominique faisait toujours ce qu'elle voulait. Et, sur elle, le petit Paulin
Juliais, depuis peu son amant de cœur et dont elle
était folle parce qu'ils se droguaient ensemble, avait
tout pouvoir. Et à celui-là Fiersi fournissait opium
et morphine. Un sourire effilé passa sur le visage
aveugle et Fiersi pensa : « Dans la poche. Je donne
au petit vicieux le choix entre un mois de provi-
sions gratuites ou la défense de ma part à tous les
marchands de leur vendre un gramme de camelote.
Dans la poche. »

Fiersi ouvrit les yeux et renversa mentalement le
mécanisme qu'il allait mettre en marche. Il tenait
Paulin, qui tenait Dominique, qui tenait Sunfield,
qui tenait le journal. L'opération pouvait être
considérée comme accomplie. Elle le fut le soir
même quand les trois marionnettes de Fiersi vinrent boire et danser dans son établissement.

Richard, après avoir erré avec Daniel de café en
café à travers le Quartier Latin, téléphona vers
minuit, comme il était convenu, au *Colombo*.

— En règle, lui dit Fiersi.

La cabine étouffante et obscure d'où il parlait
sembla à Richard se dilater, s'illuminer aux limites
du monde.

Il balbutia :

— Merci Fiersi... merci mon vieux... Jamais
moi... je n'oublierai.

— Laisse tomber, dit la voix corse. Rien n'était
plus facile.

Richard alors demanda timidement :

— Et lui, le petit Riatte, il n'est pas trop malheureux ?

— Laisse tomber, dit la voix de Fiersi. Il sera demain adjoint au chef d'information de *La Presse*.

— Mais comment ? s'écria Richard. Je dois savoir... Je t'en prie... Je ne pourrai m'endormir sans cela.

Fiersi lui dit brièvement les noms de Paulin, de Dominique et de Sunfield, leurs rapports mutuels, leurs habitudes et le pria de réfléchir.

En quittant la cabine téléphonique Richard pensait : « Fiersi est plus fort que Bernan. Et Riatte, pour avoir étouffé une information capitale, va diriger celles d'un grand journal par la grâce d'un garçon pourri, d'une grue et d'un bookmaker ! »

Daniel vit arriver son frère riant comme un insensé.

— Je savais bien, murmura-t-il, que si je gagnais tout irait bien.

— Tu as raison, tu as bien raison, s'écria Richard entre les spasmes douloureux qui le secouaient. Le tout est de savoir jouer aux billes.

Il sentit que son rire avait épuisé toutes ses forces et fit en somnambule le chemin jusqu'à la rue Royer-Collard.

VI

Dans la famille Dalleau qui ne pratiquait aucune croyance, les enfants avaient imposé l'attente mystique du Nouvel An. L'imagination, le respect des astres, l'instinct superstitieux qui gouvernaient aussi bien Richard que Daniel s'étaient reportés avec toute leur force sur l'instant où changeaient les nombres qui mesuraient les jours des hommes.

Et les deux frères, d'année en année, avaient gagné à leur culte Sophie Dalleau et le docteur même.

La guerre vint et passa. Richard et Daniel étaient des hommes. Anselme et Sophie avaient beaucoup vieilli, mais le soir du 31 décembre 1921, quand ils se trouvèrent rue Royer-Collard, autour de la table, ils avaient le sentiment tous les quatre d'avancer vers un seuil mystérieux et, tous, ils demandaient intérieurement que le seuil leur fût favorable.

Il y avait, pour eux, dans cette nuit, une douceur extraordinaire, parce que les jeunes hommes aimaient soudain leur maison et leurs parents comme ils les avaient aimés dans leur enfance, et parce que les parents retrouvaient à ces jeunes hommes leurs visages de faiblesse et de pureté.

— Il ne reste plus que dix minutes, dit Richard.

— Huit, dit Daniel. J'ai pris l'heure à l'Observatoire.

Richard corrigea d'un millimètre la position des aiguilles sur sa montre. Le docteur glissa deux doigts dans le gousset de son gilet où reposait un antique chronomètre en argent. Le rire de son fils aîné suspendit son geste.

— Ce n'est pas de jeu, cria Daniel. Sans Richard, tu étais à l'amende.

— Je le vois, dit Anselme Dalleau, en tirant sur sa barbiche grise : rien n'est contagieux comme le fétichisme.

— Tu ne trouves pas, Anselme, que les garçons nous rendent tout à fait bêtes à la Saint-Sylvestre ? demanda Sophie avec un sourire heureux.

Pour toute réponse, le docteur caressa la main de Daniel qui était assis près de son fauteuil. Richard dit, d'une voix assourdie et violente :

— L'heure vient. C'est *mon* année qui approche. Je le savais, je le voulais. Je l'aurai à tout prix.

— Touche du bois, Richard, chuchota Daniel.

Son frère haussa les épaules, mais effleura du doigt la table.

— Pourquoi dis-tu « à tout prix », Richard ? demanda le docteur. Tu sais bien que ce n'est pas vrai. Tu es né un animal moral et tu n'y peux rien.

— Je suis né pour vivre ma vie dit Richard.

— Voilà, s'écria Daniel.

— Et elle commence vraiment en 1922, dit encore Richard.

Il parlait avec l'intonation têtue qu'il s'était accoutumé à prendre, pour opposer sa règle d'existence à celle de ses parents. Mais l'énergie habituelle lui faisait défaut. Il était désarmé par l'amitié parfaite de cette nuit.

— Comme tu voudras ! dit le docteur. Mais rappelle-toi ce que je viens de te dire.

— Je m'en souviendrai. Le mot me plaît, dit Richard. Un animal moral... (Il se mit à rire.) Il y a tant d'animaux tout court parmi les hommes !

— C'est tellement plus commode, dit le docteur.

— Maman, maman, cria soudain Daniel d'une voix pleine d'alarmes.

Sophie, qui suivait avec recueillement les propos de son mari et de son fils aîné, tressaillit à cet appel.

— Les verres, les verres, maman ! dit Daniel. On ne sera pas prêt à temps.

— Tu es vraiment fou, dit Sophie. J'ai eu très peur.

— Pas tant que moi, dit Daniel.

Il ouvrit la fenêtre et prit sur le rebord une bouteille de vin de Champagne doux et à bon marché. L'air de la cour entra comme un coin glacé dans la pièce bien chauffée par le vieux poêle de fonte.

— Ton père va prendre mal. Ferme vite ! dit Sophie à Daniel qui plongeait son visage dans le froid nocturne.

Il obéit à regret et murmura naïvement :

— Encore quelques minutes et ce sera déjà l'air de l'année nouvelle.

Il tendit la bouteille à Richard qui se mit à

défaire la capsule dorée. Personne ne parlait. Les deux frères debout avaient les yeux religieusement fixés sur leurs montres.

« Ils ont vraiment l'air d'attendre un magicien ou un roi », pensa Sophie.

Daniel murmura :

— Tu peux déboucher, Richard, il n'y a plus que trois...

A ce moment, des coups légers et vifs se firent entendre à la porte d'entrée.

— Qui peut bien... dit Sophie en hésitant.

— N'y va pas, maman, on va tout rater, supplia Daniel.

— N'y va pas, maman ! dit Richard, de la même façon puérile.

— Il est impossible de laisser quelqu'un dehors à cette heure, dit le docteur.

Sophie passa rapidement dans le vestibule, tira le verrou et, apercevant Christiane, se souvint d'avoir prié la jeune fille, quelques jours plus tôt, de venir, si elle le pouvait, pour le Nouvel An.

— J'ai réussi à me libérer, dit Christiane, tout essoufflée, mais j'ai bien craint de ne pas arriver à temps.

— Ne vous déshabillez pas et venez tout de suite, ou tout est manqué, s'écria Sophie, avec l'intonation de Daniel.

Les vieux clochers du Quartier Latin commençaient à sonner minuit.

Les Dalleau n'avaient jamais accueilli quelqu'un parmi eux dans cette circonstance, Christiane en fut certaine. Elle vit que, entre les garçons, leurs parents et les lieux mêmes se poursuivait, comme si elle n'existait pas, un commerce intense et secret, nourri par les correspondances essentielles du cœur, du souvenir et de l'espérance. Elle se sentit mal à l'aise. Pourquoi avoir retenu l'offre de Sophie ? Et venir troubler un tel échange ? Mais l'année était si importante pour Richard... Figée, fragile, et amenuisée encore par son manteau lourd de neige fondue, Christiane se demandait : « Mon Dieu, ai-je bien fait de m'être laissé tenter ? »

Les cloches n'avaient pas achevé leur battement. « Si elles pouvaient sonner sans fin, se disait Christiane. Elles empêchent qu'ils me remarquent. »

Richard avait les yeux fermés et son visage aveugle portait l'attente la plus passionnée, le désir le plus puissant, le plus anxieux. Daniel se tenait près de Richard, un peu en retrait, épiant tous les mouvements de son frère. Sa lèvre supérieure remuait un peu, découvrant et cachant le bout de ses dents blanches. A part cela, il était tout à fait immobile. Sophie et le docteur contemplaient leur fils aîné avec des visages où se peignaient la fierté, l'amour et l'inquiétude qu'il leur inspirait. Chacun de ces êtres était soutenu, multiplié par les autres. Et Christiane pensa qu'elle voyait dans cette chambre une distribution presque parfaite des éléments qui formaient la condition intérieure de l'homme. La sagesse et l'ambition, la volonté et la faiblesse, le poids de la chair et les forces spirituelles, le dévouement le plus tendre et l'égoïsme le plus innocent, le plus barbare — tout se trouvait réparti et nuancé sur les traits d'une famille qui connaissait à cette minute une commune, une indivisible existence.

Les cloches sonnaient le dernier coup de minuit. La jeune fille se signa rapidement. Richard saisit un verre, l'éleva à hauteur de son front et, avant de le boire d'un trait, dit d'une voix basse, mais dont chaque inflexion vibrait d'une ardeur sauvage :

— A 1922 !

Daniel répéta exactement sa libation. Sophie et le docteur trempèrent leurs lèvres dans le champagne.

— Non, non, jusqu'au bout ! Faites ça pour moi s'écria Richard.

Ses parents obéirent avec difficulté. Richard les embrassa et serra Daniel contre lui.

— Si la concentration de la volonté a un sens, la gloire sera bientôt ici, dit Richard.

— J'ai fait le même vœu pour toi, dit Daniel.

— Et pour toi, vieux ? demanda Richard.

— Je te dirai plus tard, c'est une chance sur mille, dit rapidement Daniel, qui avait pensé à Geneviève.

Richard interrogea des yeux ses parents.

— J'ai naturellement souhaité que tu sauves Étienne, dit Sophie, et qu'il puisse retrouver la paix de l'âme.

— Et moi, je voudrais surtout, mon grand, que tu sois d'abord et toujours en amitié avec toi-même, dit le docteur.

Alors seulement on se souvint de Christiane. Sophie l'embrassa sur le front et la conduisit au docteur qui fit de même. Puis ce fut le tour de Daniel.

Richard prit avec force les épaules de la jeune fille et dit lentement :

— Cri-Cri, que la vraie chance entre ici avec vous !

La jeune fille ferma un instant ses yeux devenus merveilleux, puis se mit à rire de son rire habituel.

— J'ai rarement été aussi bien, dit-elle.

Christiane promena son regard sur les murs au papier flétri, les vieux rideaux, le poêle de fonte, le divan fatigué et ajouta :

— Aussi bien.

Elle enleva son manteau. Elle portait une robe longue et brillante qui découvrait ses bras et la naissance des épaules. On voyait ainsi l'extrême finesse de son ossature et la pureté charmante de la nuque et du cou.

— Oh ! s'écria Daniel, je voudrais vous dessiner comme cela. Vous semblez tomber d'un autre monde.

— Tout bonnement d'une soirée chez notre vieille cousine d'Ailly où j'ai dû accompagner ma mère, dit Christiane en riant. Elle pensait une fois de plus y trouver pour moi le prince charmant et riche.

— Il faudra bien vous marier un jour, chérie, remarqua Sophie.

— Pourquoi donc ? dit Christiane. Je ferai une vieille fille très heureuse.

Richard ne suivait pas la conversation. Accoté au fauteuil où était assis le docteur, il tenait les yeux fixés sur les cheveux de son père, légers, souples et si vivants, bien qu'ils fussent tout gris. Et il éprouvait une tendresse sans mesure et un respect presque timide pour cette tête volumineuse dont, placé comme il était, il apercevait seulement la fine et vieille toison qui la couvrait.

Richard se mit à caresser les cheveux de son père. La mèche qui tombait sur le vaste front s'enroulait autour d'un doigt de Richard. C'était la plus soyeuse et de l'argent le plus brillant. Le docteur ne bougeait pas. Rien ne réconfortait autant son corps fatigué que l'amitié physique de ses fils. Richard parla enfin à demi-voix :

— Je pense au souhait que tu as fait tout à l'heure.

Il se tut brusquement. Le docteur de son seul œil valide, un peu voilé, chercha le regard de Richard. Il ne posa pas de question.

— Si le capitaine Namur en est capable, faut-il me servir de lui comme témoin ? demanda Richard brusquement.

— Attends, attends, dit le docteur, je ne sais pas. Cette idée... vraiment... cette idée...

Il s'arrêta, frotta sa joue et demanda :

— Est-ce que les spécialistes... ?

— Oui, oui, Bernan s'en charge, répliqua Richard avec une certaine impatience.

— Ah... Bernan...

Le docteur réfléchit un peu et ajouta :

— Médicalement, je ne vois pas grand danger à cette... à ce témoignage... Tu es rassuré ?

Richard ne répondit pas et cela lui fit percevoir que personne ne parlait plus dans la pièce.

— Et à ton point de vue, pour la défense, demanda le docteur, tu ne crains pas...

— Absolument rien, interrompit Richard. Même si Namur ne se rappelle plus ce qu'a pu être Étienne dans sa compagnie, même si à l'audience il ne me reconnaît pas, l'effet sera énorme. Tu comprends bien, voyons.

— Oh, certes, dit le docteur, certes.

Il y eut encore un silence.

Richard marchait dans l'étroit espace, ménagé entre la table et le mur, qui allait de la porte au fauteuil du docteur. Il s'arrêta face à son père et s'écria :

— Oh ! je t'en prie. Dis tout ce que tu penses !

— L'idée est de toi ? demanda le docteur.

— Pas... pas tout à fait, dit Richard.

— Bernan ? N'est-ce pas... Ah, que tu me fais plaisir !

— J'en étais sûr, dit Richard à mi-voix. Tu es contre ce témoignage.

— C'est plutôt une exhibition, dit le docteur, tu le sens bien, puisque tu m'en parles.

— Je ne sais qu'une chose. J'ai à mettre toutes les chances du côté d'Étienne.

— L'as-tu consulté, mon petit ? demanda Sophie.

— Ce n'est pas lui qui mène la défense. C'est moi.

— Ou Bernan, dit le docteur.

— J'ai le devoir, s'écria Richard, de suivre, quand ils sont bons, les conseils d'un homme qui a une expérience énorme, qui sait manier les ministres...

— Mais qui n'est pas Richard Dalleau, interrompit soudain une voix claire et fragile et que l'émotion faisait plus vive qu'à l'ordinaire.

Tous se tournèrent vers Christiane. Elle vit l'étonnement qu'elle suscitait et rougit jusqu'à la base du cou, mais poursuivit avec la même force :

— Non, Richard, non, ce n'est pas à votre niveau... Namur, je l'ai soigné, je sais qu'il ne pardonnerait pas, s'il apprenait un jour. Et vous ne le pardonnerez pas davantage à vous-même. C'est si beau ce que vous avez à faire... il ne faut pas... il ne faut pas.

Richard eut le sentiment d'une trahison. Il était tellement habitué à l'amitié de Christiane qu'il comptait inconsciemment sur elle plus que sur lui-même. Et voilà que ce soir, important entre tous, elle abandonnait son parti. Il dit en avançant la mâchoire inférieure, ce qui l'enlaidit beaucoup :

— A qui n'est pas dans le jeu, les grands mots sont faciles. Ce n'est pas vous qui paierez pour eux, si je perds l'affaire Bernan. Vous avez vos œuvres, restez-y !

L'expression du visage de Richard mit Christiane à la torture. « Il me haïra toujours maintenant », pensa-t-elle, mais elle ne détourna pas les yeux. Et ces yeux, de nouveau merveilleux, se chargeaient sans cesse de plus de souffrance et de lumière. Richard sentit qu'il était le seul objet de cette douleur et de cette clarté.

Au bout de quelques instants, il dit :

— Cri-Cri, je vous promets de ne pas faire citer Namur.

Il passa une main sur son front un peu moite, et ajouta :

— Je vais travailler au dossier, il ne reste plus que vingt jours.

— Encore vingt jours, soupira Sophie quand Richard eut passé la porte.

Daniel proposa de reconduire Christiane chez elle. Il devait ensuite passer la nuit avec Auriane. Il

était assez vain de cette conquête, parce que
Auriane avait été la maîtresse de La Tersée.

VII

Jean Bernan se tenait devant une grande glace
surchargée de moulures démodées et, ainsi que
cela arrive aux gens dont l'esprit est subitement
arraché à l'instant qu'ils traversent, il ne savait plus
qu'il faisait face à son propre visage. Il ne voyait
pas davantage les meubles et les murs que le miroir
reproduisait sous ses yeux. La rêverie dans laquelle
il s'était laissé engager sans y prendre garde et qui
était si peu dans ses habitudes venait pourtant de
ces reflets.

Bernan connaissait chaque boiserie de la pièce et
chacun de ses ornements. Il y avait vu tant de
repas, il en avait tant ordonné, que depuis longtemps il ne remarquait plus le style du restaurant
aménagé à la fin de l'autre siècle, ni le mouvement
que l'on découvrait, des salons du premier étage,
sur la place de la Madeleine. Mais Bernan s'étant
approché de la glace mieux éclairée, une perspective imprévue, ou un jeu de lumières, ou quelque
disposition secrète avait désarmé le pouvoir de l'accoutumance. Ce biais avait suffi. Le salon s'était
peuplé de vingt années et de cent figures.

Avant la guerre, pendant la guerre, après la
guerre : hommes politiques et d'affaires, journalistes, médecins célèbres, acteurs, financiers, écrivains, diplomates et peintres...

Avant la guerre, pendant la guerre, après la
guerre : service empressé, grands vins, nourriture
exquise.

Avant la guerre, pendant la guerre, après la
guerre : complots ministériels, vastes combinai-

sons de Bourse, élections aux académies, places en
France et postes à l'étranger, émissions d'emprunts, achat de journaux et de théâtres, décorations, échange d'influences, trahisons et com-
plicités sur tous les plans...

Dans une glace dont il avait oublié qu'elle existait, Bernan redécouvrait la trame profonde de son
existence. Sa seule famille, sa patrie véritable, elles
étaient définies par des intérêts communs, un
esprit nourri de cynisme, une ambition sans scrupules et sans grandeur. On y connaissait quelques
fidélités surprenantes dans l'amitié, comme il s'en
trouve toujours parmi les sociétés en marge de la
loi, mais la plupart du temps, la rivalité et la haine
déchiraient les membres de celle-là. Ils avaient
cependant besoin de se retrouver parce qu'ils prati-
quaient les mêmes usages, s'entendaient à demi-
mot, étaient renseignés les premiers sur les événements petits et grands et croyaient être puissants
parmi les hommes.

Bernan nommait mentalement les plus illustres
et les plus singuliers des convives qui avaient hanté
la pièce où il se tenait et, par un penchant naturel
à l'esprit, il pensait surtout aux gens qui n'y revien-
draient plus. Celui-ci achevait son destin dans une
camisole de force entre des murs matelassés. Celui-
là attendait platement la mort dans un mas de Pro-
vence. Un troisième fréquentait des tables médiocres et payait son dîner en racontant ses souvenirs.
On avait trouvé cet autre frappé d'apoplexie dans
un mauvais lieu et cet autre étranglé dans sa cellule
de prison.

Bernan était toujours devant la grande glace
écrasée de moulures et il ne voyait toujours pas son
image et il éprouvait une grande fatigue.

« Je m'accroche, je m'enchaîne... A quoi bon ? Et
pour qui ? » se demanda Bernan. Il s'aperçut tout à
coup qu'il pensait à sa femme et dans un sentiment
nouveau. Elle n'était plus — comme depuis sa mort

— le signe abstrait d'une crise à résoudre. Elle n'était plus — comme durant la fin de sa vie — une forme de l'habitude. Elle devenait l'unique être au monde avec qui Bernan avait eu en commun une part de sa vie. Et qui l'eût assez aimé et assez long-temps pour chérir son ambition et se réjouir de sa réussite. Et qui — malgré tant de souffrance et d'égarement — se fût intéressé à lui jusqu'au bout.

« Pourquoi ? Pour qui ? se disait Bernan. Si je le veux, je ne dépends de personne... Je n'ai qu'à m'en aller. »

Un effroi subit, animal, le dégagea de sa lassitude. Partir... Mais où... Mais avec qui ? Après tant d'années d'adresse et de succès il ne connaissait pas un lieu où quelqu'un le pût accueillir. Bernan pensa de nouveau à sa femme morte et la sensation de solitude qui l'assaillit fut sans doute la plus cruelle épreuve qu'il eût jamais traversée.

« Je ne peux pas m'en aller, se dit Bernan. Je dois rester avec les autres. Je n'ai qu'eux... » C'étaient les compagnons, peu sûrs, de table, d'intrigue, de chaîne. Mais pour conserver même ceux-là, il fallait conserver sa puissance, il fallait sauver sa place.

Il ne s'agissait plus de réussite, il y allait de sa vie. Jouer plus dur, plus serré que jamais. Attacher Donatien Juliais à son sort. Fortifier l'appui de Paillantet. Décider ce jeune imbécile d'avocat. Comment avait-il pu songer au repos ? Pour lui, il n'existait pas de repos.

« Je vieillis », pensa Bernan. Il chercha anxieuse-ment une glace et remarqua seulement alors qu'il se trouvait placé devant un visage qui était le sien. Il eut l'impression de regarder un inconnu qui avait le teint lisse et délicatement rosé aux pommettes, le front clair, la pulpe des lèvres vive et pleine, le menton rond, ferme et frais. « Mais c'est moi qui ai l'air encore si jeune », pensa Bernan.

Il arrangea de la main ses cheveux qu'il avait

blancs depuis sa jeunesse et qui semblaient toujours un ornement voulu, puis il se dit avec une
résolution impitoyable : « Je ne suis pas encore à
la retraite » et il se détourna enfin du miroir.

VIII

Donatien Juliais entra dans le salon particulier
en poussant la porte avec force et bruit, la tête dressée sur un corps tendu à l'extrême et comme précipité en avant par des souliers aux talons trop hauts.
Juliais était de petite taille et continuait d'en souffrir. Cet unique sentiment d'infériorité chez un
homme aussi vaniteux se manifestait par une
grande dépense de mouvements énergiques et l'exhibition d'une vigueur et d'une souplesse muscu-
laires soigneusement entretenues. L'âge avait
renforcé un penchant qui, dans l'intimité, prenait
parfois l'outrance de la manie. Au lieu de s'asseoir
normalement, Juliais attira un siège assez lourd, le
projeta en l'air, le rattrapa par un pied, le porta
ainsi jusqu'au mur opposé et, l'ayant enfin reposé
sur le parquet, s'installa dessus à califourchon.
Alors, avec un regard qui semblait dire : « Voilà
comment je traite les affaires et les gens », il
demanda :

— Ton patron va se faire attendre longtemps ?

— Il ne tardera pas, Donatien, je t'assure, dit
Bernan.

Juliais venait chercher son salut auprès de Bernan et ils le savaient tous deux. Pourtant Juliais
parlait avec impatience et Bernan répondait avec
empressement.

Dans des rapports établis depuis le lycée, l'habitude était encore plus forte que la situation. Quand
Bernan, fils d'un employé des postes, n'avait pour

se pousser dans la vie qu'un visage ouvert et une grande serviabilité, Donatien était déjà l'héritier insolent de la firme Urbain Juliais. La richesse et la puissance fascinaient déjà et si bien le petit Bernan, qu'il trouvait naturel d'être maltraité par son camarade, et Donatien, dès cet âge, avait besoin de courtisans. Il s'attacha au mieux doué et au plus sincère d'entre eux. Toutes les menues commodités que le commerce d'un garçon fortuné peut donner à un jeune homme pauvre, Bernan les obtint de Juliais et toutes les satisfactions qu'un flatteur très habile peut procurer à la vanité, Donatien les reçut de Bernan. Après son mariage et à mesure que Bernan mettait au profit de sa carrière, avec une adresse longuement méditée, l'argent et les amitiés que lui avait apportés sa femme, cet échange perdit sa raison d'être, mais le ton demeura.

— Je n'ai pas de temps à perdre, moi ! Les affaires, ce n'est pas la politique, tu sais, dit Juliais en se balançant vigoureusement sur sa chaise.

— Je sais, je sais, dit Bernan.

Le balancement de la chaise lui rappelait avec une vivacité hallucinante un cheval de bois merveilleux sur lequel il avait été admis de temps à autre dans la chambre des jouets chez Donatien. « Il y a de cela quarante ans », pensa Bernan. Il éprouva un léger froid à la nuque, en considérant les joues flasques et grises de Juliais, les lourdes poches sous les yeux couleur d'ocre et injectés de sang.

« Nuits blanches dans les restaurants... luxure laborieuse... Il a terriblement vieilli », pensa encore Bernan.

Les hommes d'un certain âge et qui se connaissent depuis longtemps éprouvent les uns pour les autres, lorsqu'ils ont souci de leur physique, la jalousie et la divination des femmes mûrissantes. Pour fugitive qu'eût été l'expression du regard de Bernan, Donatien en saisit tout le sens. Il s'approcha négligemment d'un guéridon assez haut et brusquement sauta par-dessus, à pieds joints, sans effort apparent.

— Ça, c'est la vraie jeunesse, dit-il.

— Bravo, Donatien ! dit Bernan (mais il préférait le teint frais et la peau bien tendue de son visage).

— Tu me garantis toujours ton ministre ? demanda Juliais.

— S'il y a quelqu'un dont je sois sûr...

Bernan n'acheva pas sa phrase, parce que de nouveau, et contrairement à ses habitudes, il était envahi par ses souvenirs. Il ne sut résister au besoin d'en parler.

— Pense, Donatien, s'écria-t-il avec une chaleur chez lui singulière, pense qu'il me soutient depuis 1900. Je me rappelle l'année où je l'ai connu à cause du chiffre. C'est facile. Il était ami de mes beaux-parents. C'est ici, dans ce salon, que je l'ai invité la première fois. Il y avait naturellement Adrienne... elle était si contente de venir dans un cabinet particulier, elle n'en avait jamais vu encore, la pauvre.

La voix de Bernan s'était un peu fêlée. Il voyait Adrienne, avec sa robe de l'époque, ses yeux amoureux. Elle l'avait vraiment aidé dans les commencements. Juliais martelait le tapis du bout de son soulier à talonnette. Il pensait que Bernan vieillissait vite : il faisait du sentiment. Il ne serait plus bon à rien quand le ministre arriverait.

— Allons, le passé est le passé, dit Juliais sèchement, et il secoua Bernan de sa main courte et dure comme une pince de crustacé. Tu te laisses aller, tu te laisses impressionner par ton histoire.

Bernan ramena lentement son visage vers Donatien Juliais et, tandis qu'il faisait ce mouvement, il apprit la haine. Il n'en avait jamais éprouvé pour personne jusqu'à ce jour. Elle n'était pas dans son caractère et, de plus, il estimait qu'elle était une

source de maladresses. Quand il avait sapé, ruiné,
brisé ou détruit une existence, il l'avait fait pour la
nécessité de son ascension, avec aussi peu de malveillance que de scrupules. Mais Juliais avait
insulté à quelque chose qui n'était pas une combinaison, un calcul ou une ambition, quelque chose
que Bernan ne pouvait pas définir, mais à cause de
quoi il se sentit soudain plein de cruauté pour ce
petit homme trapu et musclé, et satisfait de lui-
même jusqu'à l'adoration.

— Regarde-moi, dit Juliais.

— C'est bien ce que je fais, Donatien, dit Bernan
doucement.

— Est-ce que je m'attendris sur mes malheurs,
moi ! C'est pourtant autre chose. Tu devrais te souvenir que Cyprien Juliais a été décoré par Louis-
Philippe et que nous le sommes tous depuis ce
temps dans la famille, de père en fils. Si on laisse
sauter une maison comme celle-là, il n'y a pas de
gouvernement. La subvention, on me la doit.

Juliais donna un coup de poing sur la table
autour de laquelle il marchait rapidement et
demanda :

— J'espère que tu l'auras fait comprendre à ton
ministre ?

— Je l'ai fait, Donatien, dit Bernan plus doucement encore.

— Et alors ?

— Il y a quelques petites conditions.

— Quoi ? Participation aux bénéfices, jetons,
parts de fondateur ? demanda Juliais. D'accord,
d'accord, s'il n'est pas trop gourmand.

— C'est pour Paillantet, dit Bernan. Et moi ?

— Toi, s'écria Juliais. Mais tu ne m'as jamais
rien demandé ! Ah, c'est vrai. La mort de ta femme.
Sa fortune va aux enfants, à ta fille, en tout cas.

— Non, dit Bernan, ce que m'a laissé Adrienne
me suffit.

Il se sentit de nouveau triste et seul et envahi par une nouvelle crue de haine contre Juliais.

— Il s'agit du procès, reprit Bernan.

— Qu'est-ce que j'y peux ? demanda Donatien. Je ne suis pas avocat, ni juge.

— Je sais, Donatien, je sais, mais j'ai bien étudié la liste du jury, et il se trouve qu'un contremaître de ton usine en fait partie. C'est une grande chance pour l'acquittement.

— Je ne comprends pas, dit Juliais.

— J'ai pris mes renseignements, dit Bernan. Ce garçon est de ta maison depuis toujours. Son grand-père, déjà, travaillait chez vous. Tu peux tout sur lui.

— Quoi, cria Juliais, quoi ?

La stupeur et l'indignation l'empêchèrent un instant de parler. Il n'était plus un industriel cynique et rompu aux corruptions de son temps, il retrouvait soudain en lui la révérence de Cyprien Juliais, sous Louis-Philippe, pour les actes et les formes des Cours de Justice.

— Tu me demandes d'intimider un membre du jury, cria-t-il. C'est bien ça ?

— Tu me demandes bien d'acheter un ministre, remarqua Bernan.

— Ce sont les affaires, dit Donatien avec violence.

— Et c'est la politique, dit doucement Bernan.

— Eh bien, ne compte pas sur moi pour des saletés pareilles, s'écria Juliais. J'ai une conscience.

Bernan ne poursuivit pas la discussion. Il savait par expérience que c'était peine inutile. Combien d'hommes n'avait-il pas connus qui, banquiers, marchands, usiniers, étaient prêts à commettre ingénument les pires malversations pour défendre et accroître leur fortune et qui se hérissaient contre des mesures policières en marge des habitudes. Et combien de politiciens, capables des illégalités les plus audacieuses, qui se montraient craintifs en matière d'argent.

— Mon contremaître jugera comme il l'entend, cria Juliais.

— Il ne le fera pas, dit doucement Bernan, ou alors...

Il étendit ses doigts longs et soignés et poursuivit, en les repliant un à un :

— Ou alors, la maison Juliais déposera son bilan ; Donatien Juliais sera exécuté en Bourse ; Mademoiselle Auriane Dampierre sera poursuivie pour opérations délictueuses en bijoux ; Paulin Juliais pour chèques sans provision et usage de stupéfiants. Attends, je n'ai pas fini. Il faut que je te prévienne. J'ai déjà dans le jury quelques hommes dévoués. Je saurai comment aura voté le contremaître.

— Alors, alors, dit Juliais en bégayant de fureur, il faudrait que je m'abaisse à demander ça ! ça ! à un de mes ouvriers.

Bernan plissa légèrement les yeux, et, toujours très doucement, il dit :

— Je le veux, Donatien.

— Comment ? Comment dis-tu ?

— Je le veux, Donatien, murmura Bernan.

Juliais ébaucha un mouvement de bélier, puis ses épaules retombèrent.

— Tu le veux, tu le veux, dit-il faiblement.

Il pensait aux irrégularités d'écritures, aux actionnaires en furie, à son usine aux enchères. Ses épaules s'affaissaient, s'affaissaient. Il ne songeait plus à sa taille.

« C'est maintenant un ennemi mortel », pensa Bernan. Mais il n'en avait cure. Quarante années d'avanies l'avaient laissé indifférent. Il n'avait pas pu supporter l'injure d'un instant faite, à travers lui, à la mémoire d'Adrienne.

IX

Du ministère de l'Intérieur, Paillantet vint à pied jusqu'au restaurant. Le gel était vif, mais, par le froid comme par la chaleur, au printemps aussi bien qu'en automne, Paillantet aimait le pavé de Paris. La ville se bornait pour lui aux quartiers de l'Opéra et des Tuileries, aux faubourgs Saint-Honoré et Saint-Germain, à la plaine Monceau et aux Champs-Élysées avec, pour campagne, les allées du Bois de Boulogne. Il ne pouvait vivre que là. Il se sentait en exil à Dinard ou à Biarritz.

Paillantet marchait d'un pas rapide et alerte, regardant avec plaisir les devantures givrées des magasins de luxe qui scintillaient au pâle soleil. Lorsqu'un objet en vitrine ou le visage d'une jeune femme au fond de ses fourrures l'intéressait particulièrement, il ajustait à son œil droit un monocle carré retenu par un large ruban moiré à ganse noire. Ce geste s'accordait à merveille avec l'aspect du vieil homme grand, sec, haut en couleur, portant moustache teinte, bottines à boutons, haut col cassé et cravate plastron en châle gris perle. Mais, même habillé de la façon la plus conforme aux usages de l'année 1922, Paillantet eût porté sur sa personne la date de l'époque 1900. La démarche, la façon de regarder les femmes, la tournure des épaules et celle de l'esprit étaient d'un homme qui avait connu sa pleine maturité dans les dernières années du siècle passé et qui n'avait plus été capable d'adapter à la marche du temps ses habitudes, sa façon de voir, de parler, de vivre.

Comme il quittait la rue du Faubourg-Saint-Honoré pour la rue Royale, deux jeunes ouvrières qui sortaient d'un atelier de mode éclatèrent de rire à sa vue. Paillantet en fut ravi. Il avait du goût pour la gaieté et il était incapable de concevoir que sa tenue pût en être l'objet. Rival, dans sa jeunesse, du prince de Sagan, il n'avait pas senti la vie glisser, les générations monter, changer le monde. Il ne croyait pas vieillir, parce qu'il adorait toujours les femmes, s'amusait toujours au jeu de la politique et que, dans ce domaine, la fortune persistait à le suivre.

En vérité, elle ne pouvait pas le trahir. Son humeur frivole ne souffrait jamais des échecs les plus graves et s'attardait avec délices aux plus futiles succès. Il attribuait à son étoile les effets d'une nature qui, avec le cours des ans, s'était fixée dans la légèreté la plus étonnante. Comme il était incapable de peser les conséquences de ses actes, il passait pour un homme d'autorité. Plus que son intelligence fine et rapide, plus que le charme de ses manières, cette réputation lui avait valu de figurer durant un tiers de siècle dans la plupart des ministères. Même, avant la guerre, en pleine confusion politique, il avait été chef de gouvernement. Son cabinet avait vécu moins d'une semaine, mais, selon les usages en cours, le titre lui était resté.

— Bonjour, Monsieur le Président ! cria le jeune chasseur qui se tenait à la porte du restaurant.

— Mes respects, Monsieur le Président, dit, devant le vestiaire, le chasseur-chef.

— Monsieur le Président a une mine extraordinaire, dit le vieux gérant mystérieusement averti de l'arrivée de Paillantet et apparaissant soudain au bas de l'escalier qui menait aux salons privés.

— Salut, mon ami... Merci mon ami... On tâche de se maintenir, mon bon Adrien, répondait Paillantet, avec un plaisir ingénu et contagieux.

Il était sans ambition et sans vanité, mais il aimait le pouvoir et il aimait les honneurs, comme ses accessoires. Les femmes pour lesquelles il avait une passion toujours plus exigeante y étaient extrêmement sensibles et seules des fonctions publiques importantes pouvaient résoudre les terribles embarras d'argent auxquels cinquante années de vie parisienne, menées dans la prodigalité, l'insouciance et la chasse aux belles filles, avaient acculé Paillantet.

— Monsieur le Président est attendu au numéro 4, dit le gérant qui aidait lui-même Paillantet à se défaire de son manteau.

— Un instant, mon bon Adrien, dit le ministre.

Il ajusta son monocle carré et alla se planter sur le seuil de la grande salle. Il ne manquait jamais de se donner ce spectacle. Les banquettes et les fauteuils couverts de vieux velours cerise, les murs et leurs guirlandes en stuc, les glaces et leurs ornements laborieux, les serveurs solennels et défraîchis, Paillantet avait le sentiment qu'ils étaient son bien, son fief. Il avait assisté à l'inauguration du restaurant, il y avait vu Galliffet, Gambetta, Ferdinand de Lesseps et Victor Hugo, il y avait soupé avec Edmond de Goncourt, Liane de Pougy, Henri de Rochefort, le Grand-Duc Nicolas et Édouard, prince de Galles. Paillantet qui, dans toute son existence politique, avait cru sincèrement être l'homme du peuple, n'aimait que les relations choisies, les cercles fermés, le luxe et l'élégance et, tandis qu'il répondait d'une inclination désuète et courtoise au salut que lui adressaient des parlementaires, des journalistes, des actrices, il songeait que ces gens ne savaient plus ni s'amuser, ni s'habiller, ni vivre. Ils ressemblaient à tout le monde, ils étaient du dernier commun.

Mais ces pensées n'inspiraient aucune mélancolie à Paillantet. Loin de se considérer comme un survivant, comme le débris d'une époque morte, il croyait que ce passé brillant, que ce temps de grâce et de frivolité dorée, il en avait gardé tout seul le secret et le prestige. Et, tendant le jarret, bombant la poitrine, il regardait à travers son monocle les femmes inconnues qui lui plaisaient.

— Quelle est cette incroyable momie ? demandaient-elles, au moment même où Paillantet se les représentait chez lui, nues et complaisantes, sur des peaux d'ours blancs, dans son atelier orné de vitraux et d'étoffes poussiéreuses.

X

Le ministre avait encore ces images dans l'esprit, quand Bernan lui présenta Juliais.

« Qu'il est donc laid, se dit Paillantet. Bah ! sa tête ne me vient pas à l'épaule, je regarderai pardessus. »

Cette pensée suffit à l'amuser et il avala gaiement deux verres du vin de Porto que le sommelier gardait pour lui depuis des années.

— Vous n'avez pas pris une goutte en m'attendant, s'écria le ministre. Quelle génération !

Paillantet mangeait et buvait en homme dont la santé a été assez robuste pour supporter un demi-siècle de repas abondants et recherchés. En même temps, il ne cessait de discourir. Un conseil de gouvernement très important s'était tenu dans la matinée et Paillantet racontait plaisamment les intrigues au sein du cabinet, les difficultés avec l'Allemagne, les ennuis privés des ministres, leurs travers, leurs manies et leurs manœuvres. Il désignait les présidents du Conseil et de la République par leurs prénoms, ainsi qu'il eût fait pour des camarades de classe ou d'équipe. Briand n'était jamais qu'Aristide, Millerand qu'Alexandre et Poincaré que Raymond. « Ce pauvre Paul » voulait dire : Deschanel, et « ce finaud de Louis » : Barthou. Paillantet changeait cette habitude seulement pour Clemenceau. Il l'appelait bien « le vieux », mais avec une crainte respectueuse. Quant aux autres et au reste, tout était roulé pêle-mêle, les affaires les

plus graves comme les plus futiles, dans une
entière inconscience de l'indiscrétion.

Quoique très vain de cette intimité, Juliais éprouvait une gêne bourgeoise qui l'empêchait de rire
comme le faisait Bernan aux traits de Paillantet. Il
regardait à la dérobée le maître d'hôtel et le sommelier qui ne quittaient pas le salon. Allait-on les
mettre aussi dans la confidence de ses affaires ?

Le déjeuner approchant de la fin, Paillantet se
mit à parler de femmes.

— En bas, tout à l'heure, les belles ne regardaient que moi, dit-il. Je ne sais pas ce qu'elles ont
toutes. Elles doivent sentir que la jeunesse
commence à 70 ans.

Le ministre se souleva un peu pour sourire dans
la glace à sa figure congestionnée et poursuivit :

— Il y en avait une surtout, mon petit Bernan, je
ne vous dis que ça ! (Paillantet baisa le bout de ses
doigts réunis.) Une poitrine de jeune fille, les cheveux de Liane de Pougy et des yeux doux et amoureux, comme en avait Madame de Bonnemain.
Vous vous souvenez d'elle, Bernan... Voyons... le
général Boulanger. Non, vous étiez trop petit... bref
une fleur... une merveille. Elle déjeune auprès d'un
absurde petit jeune homme, mais je l'ai vue aux
courses avec cet Américain très riche, Sunfield, qui
l'entretient.

— Je la connais très bien, je l'ai lancée, dit
Juliais.

Paillantet eut vers lui un mouvement si vif que
Juliais regretta ce mensonge de vanité.

— C'est-à-dire... pas moi exactement, se reprit-il,
mais Auriane... Auriane Dampierre, une amie.

— *Ton* amie et qui te coûte trop cher, dit
Bernan.

— Pas du tout, il plaisante, Monsieur le Président, je suis un homme sérieux... les affaires... balbutia Juliais, persuadé que Bernan cherchait à le
perdre.

— Mademoiselle Dampierre est une superbe poitrine et vous avez de la chance de pouvoir vous ruiner pour elle, dit Paillantet avec chaleur et respect.

Le ministre tapota en complice l'épaule de Juliais et continua :

— Faites donc prier la beauté d'en bas de venir prendre le café ici seule ou même avec son coquin. En attendant, mon cher, nous allons régler la petite affaire dont m'a parlé notre ami Bernan.

Ce revirement étonna si bien Juliais, qu'il ne sut comment entreprendre un exposé préparé pourtant avec soin. Mais il eut une surprise plus forte encore. Paillantet, dans lequel il ne voyait qu'un vieillard écervelé, ce même Paillantet sut deviner et exposer ses désirs d'une façon plus claire, plus expressive et surtout plus flatteuse que n'aurait pu le faire Donatien lui-même.

— Transformer votre fabrication d'automobiles en usine d'aviation est un acte d'intérêt national, conclut le ministre. La subvention est donc un devoir pour le pays ; j'en parlerai aux présidents des commissions compétentes et à ce bon Antoine (c'était le ministre des Finances). Vous pouvez considérer la question résolue, cher ami.

Juliais respira si profondément que ses courtes mains musculeuses firent trembler la table à laquelle elles s'appuyaient.

— Monsieur le Président, vous pouvez compter sur toute la gratitude de Donatien Juliais, s'écriat-il. Fixez vous-même le nombre des parts et des actions.

Paillantet eut un haut-le-corps. Que signifiait ce jargon ? Pensait-on l'acheter ? Sans doute, il avait endossé quelques grosses traites qui dépassaient ses moyens et il fallait bien qu'un ami les retirât, mais c'était tout et cela devait se faire tout seul, et même sans qu'il en fût averti. Vraiment, les gens ne savaient plus vivre.

— Bref, mon cher Président, poursuivit Juliais, tout ce que vous demanderez...

— Mon bon Monsieur, interrompit Paillantet en usant de son monocle comme d'un face-à-main, je ne vous ai demandé qu'une faveur et n'ai pu l'obtenir. Cette dame n'est pas venue.

Juliais se retourna brutalement vers le maître d'hôtel.

— La personne s'excuse beaucoup, mais elle est très pressée, dit celui-ci.

— Voulez-vous lui faire savoir, Justin, que je serais heureux de la voir, dit Paillantet.

Il se mit à arpenter la pièce et, tout en observant sans cesse la porte, demanda à Bernan :

— Mon petit, que devient notre procès ?

— J'avais hier sept jurés sûrs, patron, dit Bernan. J'en ai acquis un huitième ce matin. Cela fait déjà une belle majorité.

— Il nous faut toutes les voix, toutes, dit Paillantet.

— Il me reste une semaine, patron, dit Bernan.

— Et cela même ne suffira pas, reprit Paillantet. A la fin du Conseil, j'ai vu l'ami René (c'était le Garde des Sceaux). Il m'a promis que le président, aux Assises, sera compréhensif, humain. Mais le procureur est un moraliste et à fin de carrière : rien à espérer. Dans ces conditions, l'atmosphère prime tout, l'at-mos-phè-re. Il faut que l'opinion soit retournée, entraînée, fondue. Il faut qu'on pleure sur la victime, sur le meurtrier, sur vous, sur la France et l'humanité. « Les larmes lavent tout », m'a dit Aristide.

— Patron, il n'y a qu'un témoin qui puisse obtenir cet effet, dit Bernan : le capitaine à moitié fou dont je vous ai déjà parlé. Vous êtes le seul qui puisse décider l'avocat. A moi, hier encore, il a refusé net.

— Je tâcherai, dit Paillantet, sans quoi, mon

petit — et Aristide ne me l'a pas caché —, vous
devrez faire vos paquets.

Le ministre s'arrêta de marcher, oublia la porte,
prit Bernan par le bras et une intonation singulièrement simple et sincère harmonisa soudain les
éclats d'une voix trop haute, apprêtée et truquée
pour les besoins de la tribune et les effets de salon.

— Et alors, je rends mon portefeuille, ajouta
Paillantet. J'ai de l'amitié pour vous depuis vingt
ans. Je vous ai mis le pied à l'étrier, j'ai vu naître
votre chère femme. Si ce terrible malheur doit par
surcroît briser votre carrière, je ne l'admettrai pas.
Je m'en irai avec vous.

Bernan sentit qu'un nœud très douloureux se
desserrait lentement au creux de sa poitrine et il
comprit tout à coup pourquoi, malgré ses folies,
ses ridicules et ses emportements, Paillantet n'avait
jamais eu un ennemi véritable. « C'est donc cela
que l'on appelle avoir du cœur », pensa Bernan
avec un étonnement confus. Un peu de sueur
mouillait le bord de ses cheveux argentés et il ne
savait que dire.

— Mais alors, mes affaires dépendent aussi de
ce procès, s'écria Juliais.

Paillantet remit son monocle et reprit sa voix
habituelle.

— Hé oui, mon bon monsieur, dit-il. Votre
usine, la carrière de Bernan et les fonctions de
votre serviteur sont suspendues au savoir-faire et
au bon vouloir d'un débutant qui, m'assure-t-on,
pourrait être mon arrière-petit-fils. La vie est pleine
d'amusement.

Paillantet se tourna d'une pièce vers la porte. Le
maître d'hôtel dépêché à Dominique revenait.

— Monsieur le Président, ces personnes étaient
déjà parties et je n'ai pu les rattraper, dit le maître
d'hôtel.

Il mentait parce qu'il lui était impossible de rapporter au ministre la réponse de Dominique.

— Quelle guigne, mais quelle guigne ! s'écria Paillantet. Maintenant, cette jeune femme ne me sortira plus de l'esprit ! Ses yeux, ses cheveux...

Bernan s'approcha brusquement de Paillantet.

— Je vous la retrouverai, patron, je vous la donnerai, dit-il, avec une ardeur qu'il ne se connaissait pas. Vous serez heureux.

Bernan se maîtrisa, essuya la sueur sur ses cheveux et ajouta paisiblement :

— Mais accordez-moi un instant encore pour ce garçon, il ne peut plus tarder.

Peu après, un chasseur demanda s'il pouvait introduire Maître Richard Dalleau.

XI

Quand Bernan lui avait dit : « Venez donc prendre le café avec mon ministre qui désire beaucoup vous connaître », l'invitation avait enchanté Richard. Mais sitôt qu'il eut pénétré dans le restaurant, dont le seuil l'avait fasciné tant de fois, il ne resta plus rien de sa joie. Ses chaussures et sa cravate fatiguées, les poches aux genoux de son pantalon, les coudes luisants, toutes choses auxquelles il ne pensait pas à l'accoutumée, lui apparurent avec une cruauté sans merci. Il eut l'impression que chaque faux pli, chaque cassure, chaque fil usé prenait plus de relief que sa propre personne.

Comme tous les jeunes hommes sans fortune et impatients d'une vie éclatante, mais farouches par leur amour-propre encore intact et leur honnêteté intérieure, Richard, au moment d'aborder une société dont il n'avait ni l'usage, ni le costume, tremblait d'y être ridicule ou dédaigné, se mettait à détester le monde qu'il avait pour ambition de conquérir et haïssait en soi cette faiblesse. Comme tous ces jeunes hommes, il voyait la naïveté de son plaisir détruite par la naïveté de son orgueil.

« Du moins, se dit Richard en commençant de gravir l'escalier, je jure bien que si Bernan m'a fait venir pour des courbettes, il se trompe. »

Richard avança sa mâchoire inférieure et entra dans le cabinet particulier, les épaules ramassées, comme s'il était prêt à se jeter sur quelqu'un. Par cette attitude, il entendait corriger l'effet que pouvaient produire sur le ministre son âge, ses vêtements et sa timidité. Il se trouvait dans une telle disposition d'esprit que la taille de Paillantet et sa façon de porter la tête lui parurent destinées à l'humilier. Cela fit qu'il s'arrêta près de la porte, et que le ministre eut besoin de son monocle pour l'examiner. Le geste empêcha Richard de remuer un membre.

Aussi longtemps que les convenances le lui permirent, Bernan laissa Richard dans cette gêne. Il l'avait escomptée, elle entrait dans ses plans. Enfin, il dit :

— Patron, voici mon ami Dalleau.

— Très, très heureux de vous rencontrer, dit Paillantet.

— Monsieur le Ministre... commença Richard, mais il se souvint que Paillantet avait eu rang de président du Conseil et ne sut ni se reprendre, ni continuer.

A ce moment, un personnage inconnu de lui, et qu'il n'avait pas remarqué, s'approcha d'un air outragé :

— Donatien Juliais, dit-il.

Richard serra une courte main brutale et répéta machinalement :

— Juliais...

Il avait tellement besoin d'échapper au regard du monocle et de retrouver une réalité, qu'il dit sans réfléchir :

— J'ai connu un Paulin Juliais... je lui donnais des leçons dans le temps.

A peine Richard eut-il achevé qu'il sentit le sang affluer à ses tempes. Il se recommandait lui-même comme un coureur de cachets.

— Pas possible ! C'est bien vous alors ! s'écria Juliais. Ma femme et mon fils me l'assuraient, mais je ne voulais pas croire qu'un procès pareil était confié au répétiteur de Paulin.

Richard ne dit rien. « Je l'ai bien cherché », pensa-t-il.

Juliais s'adressa à Paillantet et à Bernan :

— Qui nous l'aurait annoncé tout à l'heure ! C'est chez moi qu'on a découvert ce jeune homme. Je l'ai aidé, lancé.

— Comment ? Comment dites-vous ? s'écria Richard.

Il se laissait aller avec délices à la colère. Elle était simple, elle était saine, elle était juste. Elle lui servait à libérer enfin toutes les contraintes moins avouables qu'il avait dû supporter.

— M'aider ! poursuivit Richard. C'est à mourir de rire. Un petit cancre sournois, prétentieux, un salaire mesquin, l'espionnage de Madame votre épouse, et cette dernière scène ! cette bouffonnerie de vertu.

Paillantet s'était mis à détester Juliais et ne lui laissa pas le temps de répondre.

— Bravo ! Parfait ! s'écria-t-il. Vous avez vu, Bernan ? Quelle nature, quel brio ! C'est dru, c'est vrai, il arrache l'assentiment. Vous savez qui cela me rappelle un peu ? Labori... Oui, Labori...

Richard, qui, par la violence, venait de retrouver toute sa liberté d'esprit, fut de nouveau désemparé. Labori, le procès Dreyfus, les temps héroïques, les assises semblables à une arène de combat, les cris de passion, l'avocat dans toute sa puissance et toute sa majesté.

— Vous avez connu... le grand Labori ? demanda timidement Richard.

— J'ai dîné souvent avec Fernand ici même, dit Paillantet en souriant. Justin me servait déjà.

— Mais certainement, Monsieur le Président, dit le maître d'hôtel. M. Zola venait aussi avec ces messieurs et un peintre, M. Manet, je crois.

— Vous les connaissiez aussi ? demanda avidement Richard à Paillantet.

— Bien sûr, voyons, dit celui-ci. J'étais l'ami de toute la bande : droite, gauche, monde, demi-monde, bohème. C'était Paris.

— Inouï ! cria Richard.

A cause de ses yeux éblouis, la gloire des années mortes fut toute fraîche pour Paillantet. Rien ne pouvait lui plaire davantage que cette survie. Il vint à Richard, lui passa le bras autour du cou d'un mouvement paternel et Richard fut tout imprégné d'une odeur de tabac turc et de vieillesse raffinée.

— Venez par là, nous serons mieux pour bavarder que plantés au milieu de la pièce, dit Paillantet en menant Richard vers la grande embrasure qui donnait sur la place de la Madeleine.

Les doubles-fenêtres interceptaient tous les bruits du dehors, si bien que le paysage arrêté par la colonnade de l'église de la Madeleine, le débouché de la rue Royale et des grands boulevards, semblait, avec son animation silencieuse et son relief atténué, une sorte d'estampe.

— C'est beau, dit Paillantet, mais ça l'était bien davantage au moment dont nous parlions. Pas un véhicule à moteur, des attelages superbes, des modes charmantes ; tenez, j'ai vu là les manifestations pour Boulanger, les bagarres de Panama, les barricades de la Commune. Mon père, lui, s'était battu sur celles de la Révolution de Juillet.

— Sous Charles X ? demanda Richard avec incrédulité.

— Ce n'est pas si vieux, dit Paillantet.

Le récit avait nourri toute son adolescence.

Richard savait écouter comme les enfants écoutent les contes ; la lumière d'hiver était très calme sur le porche de la Madeleine ; et la séance de commission à laquelle il devait se rendre ennuyait terriblement Paillantet. Aussi le vieux ministre fit dix tableaux au jeune homme. Les fêtes du Second Empire, le siège de Paris, les amours et les scandales de la IIIe République, sa politique et son théâtre et ses poètes, les secrets des grands hommes, les inconnus mystérieux, plus puissants parfois que les maîtres apparents de l'heure, voilà ce que Richard vit passer à l'ombre de lourds rideaux lie-de-vin. Il était émerveillé au-delà de toute mesure.

Il ne pensa pas un instant qu'il avait fait une guerre, comme l'histoire n'en avait jamais connu de pareille, que, sous ses yeux, l'Europe s'était fendue et morcelée, avec des trônes jetés bas, des révolutions prodigieuses, des nations effacées, des peuples nouveaux et que ces événements dont il était le témoin avaient une autre importance et une autre grandeur que les anecdotes de Paillantet. Il n'eut même pas la curiosité d'interroger le ministre sur la part que celui-ci avait prise au traité de Versailles. C'était trop près...

Donatien Juliais était parti en sourdine sur un signe de Bernan, qui observait en toute liberté l'entretien dans l'embrasure de la fenêtre.

« Dalleau est piégé, le patron est très fort, il n'y a plus qu'à tendre l'amorce », pensait Bernan et il était impatient de savoir, comme il l'eût été au théâtre, par quel biais Paillantet allait amener le nom du capitaine Namur parmi ses souvenirs. Mais Paillantet, tout aux enchantements du temps passé, avait complètement perdu de vue le but véritable de son entrevue avec Richard. Le rapide crépuscule étant venu, Paillantet dit amicalement :

— Je vous ai assez ennuyé pour aujourd'hui, j'ai tout de même quelque chose à faire à la Chambre.

— Déjà ! s'écria Richard.

— Nous nous reverrons, je vous le promets, dit Paillantet qui fut très sensible à ce mot. J'ai été ravi de causer avec vous et je vous annonce une carrière magnifique.

Paillantet avait remué tant d'ombres illustres et brassé tant de gloire, qu'il avait pris pour Richard figure d'oracle. Le jeune homme demanda naïvement :

— Est-ce qu'on peut être célèbre à 24 ans ?

— Pourquoi pas ? dit Paillantet. Lachaud, que mon père a entendu plaider, l'était à cet âge. Tout dépend de votre grande affaire.

Le ministre se rappela à ce moment qu'il devait obtenir quelque chose de Richard, mais il ne savait plus quoi et n'avait plus désir de le savoir. Bernan vit la partie perdue.

— Mon cher garçon, je vous souhaite de tout cœur le plus grand succès, dit Paillantet. Je vous laisse à notre ami, on se trouve toujours bien de ses conseils.

Cette insouciance fut plus efficace que la manœuvre la mieux menée. Paillantet, en cet instant, était pour Richard une idole. Et avant de disparaître l'idole avait désigné Bernan pour oracle. Et Bernan avait désigné Namur pour témoin.

« Labori... Lachaud », pensait le jeune homme.

Paillantet, avant de quitter le restaurant, acheta un gros œillet rouge chez la fleuriste du vestiaire et le fit épingler par elle — tout en lui chatouillant l'oreille de sa moustache teinte — à la boutonnière de sa pelisse. Il sortit la canne haute, le monocle superbe. Pour les passants, c'était un vieux beau d'opérette. Richard, de la fenêtre qu'il n'avait pas quittée, voyait s'éloigner un demi-siècle de l'histoire de Paris.

— Que dites-vous du patron ? demanda Bernan, uniquement pour rompre le silence.

Richard ne répondit pas tout de suite : il songeait à son père, il songeait à Christiane, il se rappelait la promesse qu'il avait faite pour le Nouvel An. Mais Paillantet avait dit... Ce n'était plus Bernan, c'était Paillantet lui-même. Lachaud... Labori...

« Si je racontais cela à la maison, ils seraient peut-être d'accord », pensa Richard. Aussitôt une furieuse colère lui vint contre lui-même. Un si grand homme, sans rien demander en échange, le prenait pour confident et lui, il pensait à quêter l'approbation de sa famille ou d'une petite dévote.

— Je vais voir Namur tout de suite, dit Richard.

— Je ne l'espérais plus, dit Bernan qui, cette fois, n'eut pas besoin de mentir.

Richard avala d'un trait un verre de la fine précieuse qui était préservée pour Paillantet et serra très fort la main de Bernan. Il ne voulait pas se donner le temps de réfléchir.

Bernan était seul dans le cabinet particulier. On enlevait la vaisselle dans le salon de droite. Dans l'autre, des voix indistinctes parlaient avec animation.

« Quel marché peuvent-ils faire ? » se demanda Bernan (il savait qu'un député de l'opposition et un banquier qui soutenait le gouvernement déjeunaient ensemble), mais cette curiosité était machinale et sans vigueur. Il sentait une agréable paresse le gagner. Dans *son* cabinet particulier, il avait fait du bon travail : le huitième juré, l'usine de Juliais, le capitaine Namur... Bernan ne trouvait plus trace en lui de la mélancolie singulière qu'il avait connue devant la grande glace. « Il faudra que je mette la petite de Sunfield dans les bras du patron », se dit-il. Cela le fit penser à une maison de rendez-vous où il avait des habitudes. Il se souvint d'une femme très brune, lisse, taciturne. C'était justement l'heure où elle venait.

XII

Après que le choc d'une explosion de mine eut privé le capitaine Namur de sa raison, il avait passé plus de trois années dans la section spéciale de l'hôpital militaire du Val-de-Grâce. Au bout de ce temps, il était entièrement guéri des fureurs et des paniques meurtrières qui avaient suivi chez lui la première période d'inconscience. Il reconnaissait les gens qui le soignaient et pouvait soutenir sans trop d'absences une conversation courte et facile. On le rendit alors à sa famille avec une pension d'invalidité.

Le père de Namur était un fermier modeste et têtu. Il aimait son fils par-dessus tout au monde. Il l'avait laissé libre dans son goût pour les études et avait même vendu un morceau de terre, pour qu'il les pût achever. Lorsque Namur quitta le Val-de-Grâce, son père vint à Paris et l'amena chez un neurologue illustre. « Le garçon était professeur de lycée pour la philosophie. On ne peut pas le laisser comme il est », dit le père Namur. Le vieux spécialiste vit que cet homme au visage buté ne se résignerait jamais à désespérer d'un fils dont il avait été si fier, ni de la foi qu'il avait dans la science des villes.

Tout en pensant qu'on ne pouvait plus améliorer beaucoup l'état de Namur, le neurologue conseilla de le faire traiter dans une clinique modeste située dans la Vallée de Chevreuse, aux abords d'Orsay.

Namur y vivait paisiblement. Pendant la belle saison, il s'était adonné au jardinage. Puis il avait appris le métier de relieur et s'y montrait adroit.

Richard savait tout cela par son père et par Christiane qui allaient voir Namur de temps à autre. Lui-même, bien que Namur montrât une joie enfantine à recevoir des visites, il n'avait pu se

résoudre à se rendre, fût-ce une fois, auprès de son
ancien capitaine. Richard disait à ses parents, à
Daniel, à Christiane, qu'il agissait ainsi par respect
pour le souvenir magnifique qu'il avait de son chef
de guerre. Mais, seul, et tout à fait sincère, Richard
savait bien que ce prétexte lui servait à cacher le
sentiment véritable que lui inspirait Namur et qui
était une répugnance épouvantée. Au Val-de-Grâce,
Richard avait découvert qu'il n'était même pas
capable de pitié pour cet homme possédé par un
hôte sans nom. Le refus de Richard était comparable à la crainte qui, dans le règne animal, fait le
vide autour d'une bête malade.

Ces réflexes retrouvèrent leur force, lorsque
Richard arriva devant la maison de santé qui abritait Namur. Il faisait déjà nuit. Les lumières d'Orsay se voyaient faiblement à travers des haies et des
branches dénudées, plus sombres que l'ombre. Ces
petites étoiles à fleur de terre et le bruit à peine
perceptible de la ville renforçaient chez Richard le
sentiment de la solitude et de l'anxiété. Il devinait
derrière la grille un grand jardin triste. Au fond, et
dessinée seulement par quelques rais de lumière
qui glissaient par les fentes des volets clos, était la
clinique.

Richard, la main posée sur une poignée toute
grenue de rouille, songea aux feux de Paris, à l'appartement de la rue Royer-Collard et fut sur le
point d'abandonner son entreprise. Mais il se vit
alors, comme de l'extérieur, transi, tremblant et
battant en retraite sous le couvert de l'obscurité,
avec sa lâcheté pour double.

Il poussa brutalement le vantail et, poursuivi par
son grincement prolongé, marcha, le long d'une
étroite allée à l'abandon d'où s'élevait l'odeur moisie et glacée de la terre d'hiver, jusqu'à un perron
monumental et délabré. Richard fit tinter une cloche. La jeune bonne mal tenue qui ouvrit la porte
mâchait lentement un morceau de chocolat dont la

mousse engluait les commissures de ses lèvres sans couleur.

Elle mena Richard dans une galerie aux proportions nobles comme toutes celles du vieux pavillon. Mais les murs aux belles boiseries, le plafond haut, le grand escalier de chêne avaient été conçus pour d'autres destins. Ils ne faisaient qu'accuser la pauvreté d'un ameublement qui rappelait les plus tristes pensions de famille, la lumière morte des lampes sous des abat-jour bleuâtres et la misère des existences que celles-ci éclairaient.

Une dame très droite sous un énorme chapeau garni de fleurs et tel qu'on en portait vingt ans plus tôt examinait avec obstination à travers un face-à-main les traits d'une poupée de bazar. Un petit vieillard couvrait de signes indéchiffrables une feuille de papier qui portait déjà plusieurs couches d'écriture. Une jeune fille parlait pour elle-même à voix basse. Une autre fixait sur Richard un regard affamé. Dans une pièce voisine, quelqu'un faisait gémir au hasard les touches désaccordées d'un piano. Personne dans la galerie ne semblait l'entendre et personne ne semblait voir son voisin. Une invisible cloison isolait chacun de ces êtres et, au sein de cet isolement, ils étaient encore enfermés dans le secret d'une vie hors de la loi commune.

« Le mal sacré, se dit Richard, c'est ainsi que disaient les Anciens. Pourquoi ? » Il s'efforçait en vain d'échapper par un effort de la pensée à une sorte de suffocation mentale.

Soudain, le cercle autour de ses tempes se relâcha. En même temps il perçut une sorte de mouvement intérieur chez tous les malades. Ils sortaient tous ensemble de leurs visions, de leur prison : entre eux, et, aussi, vers le dehors, une antenne semblait avoir été lancée.

« Que se passe-t-il ? » se demanda Richard. Mais il allait déjà, sans plus réfléchir, au-devant d'une femme sans âge, très maigre, qui descendait l'escalier. Elle aborda Richard assez gauchement, parce que, en lui tendant la main comme l'eût fait un homme, elle tenait son bras trop rapproché du corps.

— Docteur Oltianski, murmura très vite la directrice de la clinique. Passons dans mon bureau.

Elle parut de nouveau embarrassée et se tut. Richard la trouva très laide. Elle avait un menton, un nez et un front également proéminents, une peau jaune, des cheveux jaunes ; elle portait un lorgnon.

« J'avais simplement besoin d'un être normal parmi ces fous », se dit Richard. Mais il fut surpris de nouveau.

— Mes amis, nous allons prendre le thé dans un instant. Ce monsieur a besoin de moi, disait aux malades la doctoresse.

Il y avait dans sa voix le naturel le plus absolu, une timidité sérieuse, et une très grande tendresse. Et pendant que parlait cette femme, Richard put considérer les déments sans malaise : il les reconnut du même sang que lui. Et il vit la figure de la doctoresse se transformer et sur sa surface ingrate monter, comme d'un double fond, une force étonnante d'intelligence, de volonté et de paix. Puis elle tourna vers Richard un masque sans grâce. Le second visage était retombé dans sa cachette.

— Je suis venu pour le capitaine Namur, dit Richard. J'ai servi sous ses ordres pendant la guerre, je m'appelle Dalleau... l'avocat de l'affaire Bernan.

La doctoresse joignit les mains avec un mouvement de vieille fille et s'écria :

— Le fils du docteur ! Mon Dieu, que je suis contente de vous connaître. Nous aimions tant Monsieur votre père et Mademoiselle de La Tersée m'a bien souvent parlé de vous. Je vous attendais depuis longtemps, mais avec vos études et vos occupations... je comprends, je comprends. Allons

vite chez le capitaine. J'espère toujours qu'une personne qu'il a bien connue au moment de son choc
lui rendra la mémoire... Il est heureux, en général,
remarquez, mais parfois il pleure... et j'aime mieux
cela, il me semble que le souvenir perce... Oh ! vous
avez bien fait de venir.

La doctoresse fit un mouvement vers l'escalier.
Richard demanda avec gêne :

— Est-ce que... Est-ce qu'on vous a dit ?... Pour
le procès ?

— Je sais, je sais. Monsieur Bernan est venu
m'en parler, chuchota Mlle Oltianski. Je pense que
c'est une expérience à tenter ; ce genre d'amnésie
est si mystérieux. Vous me donnerez votre avis.
Dans certains cas, je crois davantage à l'amitié qu'à
la science. On ne sait jamais.

La doctoresse se mit à gravir l'escalier, et les gens
de la galerie retournèrent à leurs images secrètes.
Richard ne put s'empêcher de demander :

— Comment faites-vous, pour qu'ils vous
comprennent ?

— Je... vraiment, je ne sais pas, dit la doctoresse,
je n'ai pas de famille... alors, peut-être...

Elle sourit timidement et toute sa beauté seconde
reparut.

Elle laissa Richard au premier étage, devant une
porte pareille à toutes les portes du corridor, mais
qui lui parut soudain unique et très lourde.

Le dernier souvenir que Richard avait de son
capitaine était celui d'un furieux blotti dans le fond
d'une cellule matelassée. Un infirmier athlétique
s'était tenu sur le seuil tout le temps de la visite.
Finalement, il avait dû maîtriser une crise du
malade. Malgré tout ce qu'il savait de l'état présent
de Namur, Richard gardait l'image si puissamment
imprimée en lui, qu'il s'attendait à retrouver ce
délire.

Il vit, de profil, dans une grande chambre où
dominait l'odeur aigre de la colle, un homme en

manches de chemise qui chantonnait au-dessus
d'un livre dont il dépliait les feuillets avec un soin
minutieux. Il ne remarqua pas Richard. Le jeune
homme demeura quelques secondes sans oser respirer. Il était saisi d'une immense espérance. Dans
la ligne nette et calme du front, dans la courbe studieuse du sourcil, dans la bouche serrée par l'attention, Richard retrouvait son chef intact et tel qu'il
l'avait connu, lorsque, dans un abri de tranchée, il
examinait une carte ou un texte grec. Une émotion
sacrée agita le sang de Richard. Le danger, la souffrance, la communauté des hommes en mal de
mort, l'oubli de soi-même, la forme la meilleure
qu'il avait découverte de la vie et de l'amour, tout
était dans ce profil sérieux. Richard crut au miracle : Namur était de nouveau Namur.

— Mon capitaine ! Mon capitaine ! cria Richard.
Namur pivota sur sa chaise et ce simple mouvement glaça chez Richard tout élan et toute joie. Il
voyait maintenant Namur de face et ne reconnaissait plus rien dans cette figure. Ainsi, un léger
déplacement optique fait disparaître le mirage.
Pourtant, les traits de Namur n'avaient pas subi de
déformation, et son visage s'était seulement couvert de rides. Mais au lieu d'en creuser et d'en révéler la signification, elles lui faisaient perdre tout
caractère. C'étaient des plis très exigus et à peine
marqués, sans logique, sans intelligence, répandus
partout et partout à contresens et qui rappelaient
les joues fanées des enfants aux premiers jours de
leur existence, dont Richard avait le dégoût. Dans
cette peau de nouveau-né, les yeux, avec leur forme
mûrie par le temps, portaient une expression innocente et vide qui était presque insoutenable.
Richard se força pourtant à rechercher leur regard,
dans le désir désespéré d'y surprendre un reflet du
feu ancien. La doctoresse avait dit que la surprise...
Namur ne montra pas la moindre crainte d'aper-

cevoir un inconnu dans sa chambre. Il sourit et
s'écria :

— Un nouvel ami ! Voilà qui est bien.

Richard sentit un frisson courir le long de son
épine dorsale. Ces inflexions blanches, cette gentillesse docile, dans une voix qui avait si bien
commandé à tant d'hommes !

— Vous m'apportez des gâteaux ? demanda
Namur gaiement, en désignant la serviette que
tenait Richard.

— Non... non... je n'avais pas pensé, murmura
Richard.

Il rougit très fort, jeta sa serviette sur une chaise
et fouilla maladroitement ses poches.

— Une cigarette peut-être ? demanda-t-il.

— Oh non ! Le tabac me fait tousser, dit
Namur... toujours tousser.

Il rit sans raison, d'un rire clair. Les petits plis de
sa figure bougeaient comme sur du lait en ébullition. Richard se souvint avec effroi que son capitaine, lui aussi, ne fumait jamais. Cependant
Namur palpait attentivement la serviette de
Richard.

— Le cuir est bon, dit-il. Je n'en ai pas comme ça
pour la reliure. Mademoiselle voudrait bien m'en
donner, mais c'est trop cher.

Il parlait gravement. Richard pensa qu'il ressemblait à un apprenti de ferme arrêté dans son déve-
loppement. Le visage, décapé de la pensée, était
retourné à de ternes origines. « Et c'est lui, songea
Richard, lui qui disait : "Si je meurs pour la France,
ce sera beaucoup pour Descartes." »

Namur continuait de caresser le cuir de la serviette.

— Je vous donnerai à relier le *Discours de la
Méthode*, dit Richard.

Il fit une pause et répéta :

— Le *Discours de la Méthode*.

Namur ne réagit pas.

— C'est un grand livre, dit Richard.

— Très grand ? demanda Namur avec animation. Comme cela ? Plus encore ?

Il tira le rideau d'une penderie et montra parmi quelques hardes bien pliées des almanachs vieux de plusieurs années.

— Mademoiselle me les donne pour moi tout seul, dit Namur.

Il regarda Richard et poursuivit à voix plus basse :

— J'aime toucher les feuilles des livres... j'aime... j'aime...

Namur s'arrêta et frotta son front là où naissaient des cheveux coupés court. Ses yeux étaient si vagues que Richard fut pris d'effroi. Mais le regard retrouva sa paix.

— Vous ne voulez pas me dire une histoire ? pria soudain Namur. Tous mes amis m'en racontent, le bon docteur surtout. Il ne voit que d'un œil, mais vous savez, personne ne dit aussi bien « la petite marchande d'allumettes » et « le capitaine Corcoran ».

C'étaient les récits que Richard, lorsqu'il était enfant, exigeait toujours de son père.

« Mais comment peut-il ? Comment arrive-t-il à être de plain-pied avec ce malheureux ? Où trouve-t-il les mots qu'il faut ? » se demanda Richard.

Il éprouvait un sentiment d'impuissance et de misère profonde. Il ne partagerait jamais le secret de son père, de Mademoiselle Oltianski, de Christiane. Il ne pouvait pas surmonter la gêne affreuse que ce mal lui inspirait. Richard adopta la voix sans naturel des adultes qui essayent de se mettre à la portée des enfants et dit :

— Je connais une belle histoire. C'était un capitaine.

— Corcoran ! s'écria Namur.

— Non... un autre capitaine, dit péniblement Richard.

— Il s'appelait ?

— Je ne sais plus... la prochaine fois, dit Richard. (Il avait la gorge tellement serrée qu'il ne pouvait plus avaler sa salive.) Au revoir. A bientôt.

Il prit sa serviette. Ce geste lui rappela pourquoi il l'avait emportée. Il en tira trois photographies qu'il avait fait agrandir depuis très longtemps. Elles représentaient le capitaine Namur devant son abri ; Richard et le capitaine dans un boyau ; le capitaine et les hommes de sa compagnie au cantonnement.

— Des images ! Comme je suis content ! s'écria Namur.

Il ne reconnut ni Richard, ni lui-même et porta son attention sur le groupe le plus nombreux.

— Qu'est-ce qu'ils ont sur la tête ? demanda-t-il.

— Des casques, dit Richard.

— Des casques... des casques... des casques...

L'intonation de Namur était de plus en plus sourde et indécise. Il regarda Richard et dit :

— Ce sont des braves gens, n'est-ce pas ?

— Tous, dit vivement Richard. Voilà Bouscard, et Redel, et Dordogne... voilà Bernan, Ber-nan. Il est très malheureux, Bernan. Et vous viendriez l'aider s'il le faut ? oui ?

Namur frottait de nouveau son front à la naissance des cheveux. Ses petites rides remuaient faiblement. Il semblait épuisé.

— Je ferai comme veut Mademoiselle, murmura-t-il enfin.

Dans la galerie, Richard dit à la doctoresse :

— Je crois que j'aimerais mieux le voir encore au Val-de-Grâce en pleine crise. C'était horrible, mais grand, tandis qu'aujourd'hui, il n'y a rien à espérer.

— On ne doit jamais dire une chose pareille, s'écria Mlle Oltianski, et surtout l'admettre. Pas un instant et pour personne. Vous pensez trop à ce que vous ressentez, vous pensez trop à vous et pas assez...

La doctoresse ne put continuer ; elle venait d'entendre la vibration, l'autorité de sa propre voix. « Mon Dieu, pensa-t-elle, je donne une leçon à ce jeune homme si intelligent et qui est le fils du docteur Dalleau. » Elle offrit avec humilité de seconder Richard auprès de Namur.

XIII

Durant une semaine, Richard vint chaque jour enseigner à son ancien capitaine ce qu'il fallait dire aux Assises. La science de la doctoresse, sa patience et son pouvoir sur les malades servaient d'instruments à Richard. Mlle Oltianski espérait toujours pour Namur une illumination de la mémoire au cours du procès.

— N'y aurait-il qu'une chance entre mille, nous devons la tenter, n'est-ce pas ? demandait-elle souvent à Richard.

— Nous le devons, disait Richard.

Il avait alors le sentiment d'aggraver, par un ignoble abus de confiance, l'exhibition qu'il préparait. Mais il passait outre sans balancer. Lorsque le commencement était impur, pensait Richard, il n'y avait pas de progression, pas de mûrissement dans l'atteinte à l'intégrité. Dès son ébauche, selon lui, la faute était déjà entière et consommée, et il éprouvait par défi le besoin de se complaire, de se rouler et de se perdre en sa défaillance. « Je ne serai pas indigne à demi. J'aurai le courage de mes saletés », se disait-il alors avec un acharnement et un mépris qu'il destinait à la société, à la morale, à son père et dont il ne voyait pas que la pointe était, en vérité, dirigée contre lui-même.

C'est dans ces dispositions que Richard avait entrepris son travail sur Namur. Puis les difficultés que lui opposa un esprit instable et débile excitèrent fatalement son goût de vaincre. Il ne pensa plus à Mlle Oltianski, au capitaine, à Étienne, il ne pensa même plus à l'importance de la déposition pour le procès, il perdit de vue l'objet de son jeu et fut pris à ce jeu tout seul. La veille de l'ouverture des débats, Richard passa encore la matinée avec Namur. Quand il le quitta il était sûr d'avoir gagné.

Il sortit de la maison de santé et s'arrêta sur le perron, un peu ébloui. Pendant l'heure qu'il avait passée auprès de son ancien capitaine, la brume brillante et poudreuse qui précède les beaux jours de janvier avait fondu. Les rayons d'un fabuleux soleil sans chaleur tombaient d'aplomb sur la terre morte. Richard éleva sa figure vers eux avec un mouvement d'orgueil. Quoi qu'il arrivât désormais, la besogne la plus difficile et la plus odieuse avait été menée à bien. « C'est un sacrilège, mais je suis de taille à le porter », se dit le jeune homme.

— Richard ! Richard ! appela une voix limpide et incrédule.

Christiane montait en courant l'allée du grand jardin, sans avoir conscience de toute la joie qu'elle mettait à lancer ce nom. Richard descendit lentement les hautes marches délabrées et il n'y avait plus trace de contentement en lui.

— Quelle chance ! Quelques minutes de plus et vous étiez parti ! s'écria Christiane.

Elle mit une main contre sa fragile poitrine à qui le souffle manquait très vite et reprit :

— Nous avons eu la même idée, j'en suis sûre : une sorte de pèlerinage avant le procès.

Richard regarda à la dérobée les yeux que l'exaltation faisait si beaux. « Elle ne sait rien », pensa-t-il avec un sentiment d'aise. Mais aussitôt il se révolta contre sa lâcheté.

— J'ai changé d'opinion sur le témoignage de

Namur, dit-il brusquement. Voilà toute une semaine que je viens pour le préparer.

Christiane eut peine à contenir un cri de souffrance. Elle se souvint de la fierté qu'elle avait éprouvée pour Richard, dans les premiers instants de l'année. Qu'il l'eût trompée, elle, cela importait peu, mais il se trahissait, il se défigurait lui-même.

La jeune fille demeurant silencieuse, Richard grommela :

— Excusez-moi, j'ai beaucoup à faire.

— Non, non, Richard, non vous ne pouvez pas partir, s'écria Christiane.

Il ne répondit rien et elle poursuivit avec un misérable sourire forcé :

— Nous avons l'air un peu sots sur ce perchoir.

Elle s'engagea dans un sentier qui contournait le pavillon et ils allèrent jusqu'au fond du jardin. Il y avait là une roseraie qui ne recevait plus de soins depuis longtemps, mais l'exposition favorable et les vitres intactes permettaient encore à de vieux rosiers de porter leurs fleurs.

— Cela fait du bien, dit Christiane à mi-voix.

Richard posa un instant son regard sur les roses d'hiver, le détourna vers Christiane, le fixa aussitôt sur le sol.

Christiane se souvint d'avoir vu la même expression à son cousin, Pierre de La Tersée. Même sur ce visage mort, la résignation à l'indignité avait bouleversé Christiane.

— Richard, je vous en supplie, ne vous rendez pas désespéré, dit-elle.

Il sentit soudain qu'il était en effet très malheureux. Mais il se trouvait encore trop près de l'état de blasphème pour y renoncer.

— Vous êtes folle, je suis parfaitement content comme ça, dit Richard.

Il laissa Christiane dans la roseraie et s'en alla à grands pas, les yeux droit devant lui.

XIV

Le spectacle monté par Auriane Dampierre avait complètement échoué et Donatien Juliais y avait perdu beaucoup d'argent. Mais on avait remarqué certains costumes de la pastorale et les gens de métier avaient su que Daniel en était l'auteur. Il reçut des commandes. On le payait très mal : son nom n'avait aucune valeur de commerce. Pourtant il se mit au travail avec ardeur. Il avait de l'ambition depuis qu'il connaissait Geneviève. Il se rendait chaque matin dans un petit atelier qu'il avait loué près du boulevard du Montparnasse et il y allait souvent l'après-midi. Ces jours-là, il donnait ses paris de courses à des intermédiaires.

Richard, revenant de la clinique d'Orsay, comprit seulement qu'il voulait voir Daniel lorsque, au lieu d'aller jusqu'à la gare du Luxembourg qui était à quelques mètres de la rue Royer-Collard, il résolut soudain de s'arrêter à la gare de Port-Royal qui donnait sur le boulevard du Montparnasse.

Richard n'avait pas encore vu l'atelier de son frère. Cette location était toute récente et Richard était trop obsédé par l'approche du procès. « Après l'affaire, on pendra chez toi une crémaillère terrible », avait-il dit à Daniel. Celui-ci n'avait pas insisté. Il éprouvait beaucoup de gêne et une manière de remords à être installé avec indépendance avant son frère aîné.

En voyant soudain Richard dans son atelier, il fut au comble de la joie.

— Ça alors ! j'ai toutes les chances aujourd'hui ! cria Daniel. Je t'ai ici et figure-toi que j'attends un des directeurs des ballets de Monte-Carlo qui vient voir mes maquettes. Tu te rends compte. Ballets de Monte-Carlo ! Il faut fêter tout ça...

Daniel sortit en courant et revint avec une bou-

teille de champagne. Mais il la déposa tout de suite,
abaissant ses longs cils. Richard se tenait au milieu
de l'atelier, les mains dans les poches, la nuque
dans les épaules et battait du pied le plancher à
coups brefs et durs. « Il est très malheureux »,
pensa Daniel. Cependant il ne demanda rien à son
frère. Sa manière n'était jamais directe. Il lui fallait
circonvenir, effleurer, flairer et plus il aimait quelqu'un, plus il usait de prudence. Son intuition,
alors, était sans défaut.

— Si jamais je réussis, c'est à Étienne que je le
devrai, dit-il. C'est lui qui a placé mes premiers dessins. Tu te rappelles, Richard, ce déjeuner à la maison, j'étais à gifler.

— Je me rappelle, dit Richard doucement.

Et Daniel pensa : « Étienne n'est pas en cause. »
Il reprit :

— Tu as dû facilement trouver ma rue. Tu venais
souvent dans le quartier, pendant la guerre.

Daniel faisait allusion à l'hôtel où Richard rencontrait Sylvie.

— En effet, rue Campagne-Première, dit Richard
avec indifférence.

Et Daniel pensa : « Ce n'est pas une histoire
d'amour. »

Une idée lui vint dont il eut très peur, mais sa
voix n'en montra rien.

— Quand je pense, reprit Daniel, que l'on vient
me demander de Monte-Carlo et que, sans toi, voilà
ce que je serais en ce moment.

Daniel prit une feuille de papier et dessina en
quelques traits un petit squelette.

— Tu te souviens, je voulais me tuer à cause
d'une sale maladie, dit-il.

Richard ne réagit pas et Daniel respira mieux.
Puis Richard plissa le front comme s'il avait une
névralgie et regarda Daniel non pas dans les yeux,
mais au-dessus, et dit à mi-voix :

— C'était le jour où j'avais vu la première fois, au Val-de-Grâce, Namur.

Daniel releva ses cils. C'était sa façon de rentrer ses antennes. Il savait maintenant ce que Richard avait caché à tous les siens. Richard avait revu son ancien capitaine. Il allait l'amener devant les jurés et il se faisait horreur. La nuit du Nouvel An revint à la mémoire de Daniel et un propos de leur père.

— Quand on est bâti comme toi, dit-il, quand on a tes dons, on peut se passer d'être un animal moral.

Cette fois Richard chercha les yeux de Daniel et il sut que Daniel avait tout deviné. Et il comprit qu'il était venu seulement pour cela. Il était allé de toute nécessité à ce merveilleux complice, le seul qui fût assez fin, discret, adroit, léger d'approche et de réconfort, et, en même temps, assez riche de tendresse pour que l'on pût partager avec lui sa honte et son désarroi. Et Daniel vit que son frère, son grand frère, était venu lui demander secours. Il en était affreusement gêné, et aussi très fier et il aimait Richard infiniment.

— Sacré petit vieux, dit Richard.

Il retira les mains de ses poches, secoua ses cheveux et redevint pareil à lui-même. Le regard seul était plus pesant qu'à l'ordinaire et avec une singulière qualité de cruauté. Elle ne s'adressait à rien d'extérieur.

— Sacré vieux Daniel, dit encore Richard. Un atelier ! Monte-Carlo ! Je suis rudement fier de toi. On boit un coup.

Daniel ouvrit la bouteille de champagne et remplit deux verres. Richard vida le sien d'un trait et le tendit aussitôt à Daniel. La bouteille fut très vite achevée.

— Je vais en chercher une autre, dit Daniel.

— Ce vin est comme de l'eau aujourd'hui, dit Richard. Je voudrais quelque chose qui tape dur. Et pas ici. De l'atmosphère.

— La *Rotonde*, demanda Daniel.

— Voilà, dit Richard.

Daniel rangea rapidement ses dessins dans un carton.

— Mais tu ne peux pas m'accompagner, dit Richard. Ton type de Monte-Carlo ?

— S'il tient à moi, il reviendra, dit Daniel.

Richard n'était pas habitué à tant de netteté et d'audace chez Daniel. Il dit avec admiration :

— Je commence à croire que tu es vraiment mon frère, tu sais.

— Je sais, dit Daniel en souriant d'un sourire un peu craintif.

Il n'était pas guidé par l'orgueil. Celui de Richard lui suffisait.

Le quartier de Montparnasse attirait, en 1922, la bohème de l'univers. Tous ceux et toutes celles qui avaient du talent pour peindre ou sculpter, ou croyaient en avoir, ou simplement aimaient la peinture et la sculpture, et la littérature aussi, ou qui avaient le goût des peintres et des sculpteurs, ou rêvaient de partager leur vie et leur dérèglement, tous et toutes, de toutes les langues et de tous les continents, les faméliques et les blasés, les fanatiques et les curieux, les ascètes et les débauchés, les inspirés, les ratés, les parasites et les demi-fous s'assemblaient au Montparnasse — leur pôle magnétique. Et le café de la *Rotonde* était alors le pôle magnétique du Montparnasse.

Picasso, Bourdelle, Pascin y fréquentaient et des Japonais, et des Américains, et des Turcs, et des modèles magnifiques et d'indescriptibles filles. Il y régnait un climat et un souffle presque sauvages par la liberté et l'extravagance des théories, des costumes, des mœurs et du verbe.

— Voilà qui est bien. Voilà qui est magnifiquement bien, dit Richard.

Il s'assit et fouilla dans ses poches du geste des garçons habitués à la pauvreté.

— Seulement je n'ai guère d'argent.

— J'en ai un peu, dit Daniel. Et puis, tu sais, la caissière me fera crédit, pour une fois, en voisin.

— Tu as toujours été très fort pour le crédit, s'écria Richard.

D'ordinaire, il n'aimait pas les dettes et les emprunts que Daniel faisait partout où il passait, mais ce jour-là, chaque défaut de son frère lui semblait une admirable règle de vie. Cette aisance... cette absence de pesanteur... de tourment.

Richard avala du cognac, un verre après l'autre. Depuis l'armistice il n'avait pas bu de la sorte. Et comme on reconnaît l'annonce du soleil avant qu'il ne perce les nuages, Richard retrouva ce flamboiement intérieur par où se multipliaient la force et l'ardeur de l'homme.

— Tu m'entretiens, c'est inouï ! s'écria Richard. Tu ne peux pas savoir comme cela tombe à point.

Daniel se fût vendu afin de continuer à enivrer son frère : il sentait se défaire peu à peu le nœud dans lequel Richard avait été pris.

Richard buvait du cognac, un verre après l'autre. Sa vigueur, son audace devenaient sans frein et aussi le désir, le besoin de dépenser cet excès de puissance.

— Il me faut une femme, dit-il brusquement.

— Lucie ? demanda Daniel

— Pour rien au monde, s'écria Richard. Je la connais pli par pli et des pieds à la tête. Et c'est encore un animal moral.

— Tu sais ce que je vais faire ? je vais téléphoner à Auriane, dit Daniel.

— Auriane, pour moi ?

— Elle en meurt d'envie, dit Daniel. Je lui ai tellement monté la tête à ton égard.

— Mais tu es fou ! Tu couches avec elle ! dit Richard.

— Je ne suis pas jaloux d'Auriane, dit Daniel, ni d'aucune femme.

Daniel s'arrêta un instant parce qu'il avait pensé à Geneviève. Mais il reprit avec une conviction absolue :

— D'aucune, Richard, quand il s'agit de toi.

— Je me fous de tes sentiments, dit Richard trop fort. C'est ma personne qui est en cause. La femme d'un ami, même d'un camarade, est pour moi intouchable. Ce n'est pas une question de scrupule, c'est physique. Je ne peux pas, c'est tout. Alors la maîtresse de mon frère, tu vois ça d'ici, imbécile.

Richard criait maintenant, mais personne à la *Rotonde* ne faisait attention aux cris.

— Tu es drôle, dit Daniel. Le plaisir reste toujours le plaisir. C'est tellement simple.

— Pas tellement, dit Richard. Ou, alors, saoul complètement, et encore, savoir.

Il ordonna un autre verre de cognac, le but et demanda :

— Tu pourrais, toi, vraiment, avec une femme à moi ?

— Mais la question ne se pose pas. Elles ne voudraient jamais, s'écria Daniel.

Richard haussa les épaules avec gêne.

— Je veux une fille, dit-il. (Il chercha des yeux autour de lui.) J'embarque n'importe laquelle et si elle ne veut pas...

Richard fit un geste de menace.

— Pas la peine, il y a beaucoup mieux, dit Daniel. Une maison de rendez-vous épatante. La patronne venait souvent au théâtre. Elle m'aime bien. Pas besoin d'argent et tu seras le maître. J'ai tellement parlé de toi là-bas.

Richard n'avait jamais été dans une maison de rendez-vous, moins par défaut d'argent que de goût et même de curiosité. Il haïssait l'amour vénal.

Depuis que Mathilde, par sa joie physique, l'avait délivré des premières timidités, il avait besoin de forcer le plaisir autant que de le recevoir. Sa vanité virile et la répugnance que lui inspirait l'idée de s'abandonner sous un regard lucide entraient pour une part égale dans cette exigence.

Richard avait essayé une fois d'expliquer son refus à Daniel. Mais Daniel avait le sentiment le plus facile de la volupté, et il avait répondu à Richard :

— Quand tu fumes une cigarette, est-ce que tu lui demandes ce qu'elle ressent ?

Ce ne fut pas l'alcool toutefois qui, à la *Rotonde*, décida Richard d'accepter la proposition de son frère. Simplement, l'alcool l'aida à dégager plus vite et plus fort le désir qu'il nourrissait d'une souillure universelle. Il avait trop le goût de la beauté et de la propreté du monde pour s'y supporter en état de bassesse. Dans un monde pur, il n'était pas de place pour un Richard Dalleau indigne. Il lui fallait donc dégrader le monde à son niveau.

Lors de son premier sacrilège (celui-là involontaire), l'horreur de découvrir que Sylvie avait été la maîtresse de Namur avait précipité Richard vers Mathilde. Il avait connu en même temps Helen Sunfield et les jeux de l'amour lesbien. Ce spectacle l'avait comblé en ceci qu'il avait pu épier à son aise, chez les deux femmes mêlées, le cheminement de leur plaisir. Et le fait de partager les caresses de deux femmes s'était associé à jamais dans l'esprit de Richard avec un avilissement volontaire et une inclination satisfaite.

« Tu seras le maître », avait dit Daniel. Et Richard exigea ce qui devait l'abaisser le mieux.

Daniel attendit son frère en jouant aux cartes avec la patronne de l'établissement.

Un beau soir glacé descendait sur la ville. Richard se sentait calme, indifférent et délié de toute entrave intérieure. Les choses étaient en place, sans rémission. Son ancien capitaine viendrait à la barre des Assises. Au lieu de voir qu'il était allé dans la maison de rendez-vous parce qu'il avait maintenu, contre les vœux de Christiane, sa décision de faire citer Namur, Richard pensa qu'il sortait, résolu, de la maison de rendez-vous. Il rit d'un rire bref, Daniel l'interrogea du regard.

— Il doit exister, dit Richard, des rhumatismes de l'esprit. Cela se guérit — comme les autres — dans un bain de boue.

Il fut content de la formule et rit encore, et mieux. Daniel trouva sa récompense dans ce rire. Tout ce que Richard avait dit et fait depuis qu'il était entré dans l'atelier, Daniel le trouvait mystérieux et sublime.

CINQUIÈME PARTIE

I

Tout le temps qu'Étienne avait médité et caressé la forme de son crime et encore à l'instant où il levait le bras pour le commettre, il avait été conduit par des images irrésistibles.

Il voyait une salle sans limites, pleine de juges, de gardes et d'un peuple étonné. Là, Étienne montrait comment il devait à sa mère tout le fiel et l'atrocité de sa vie. Cette mère ne l'avait jamais aimé. Il avait connu, par elle, la honte de la femme et l'horreur de son propre sang. A cause d'elle, il était allé à la guerre comme au suicide. Il y avait trouvé ses blessures et l'agonie de l'âme. Et sa mère ne s'était jamais inquiétée de son sort. Il l'avait frappée au ventre.

Un juge se levait et condamnait Étienne à la peine capitale. Mais à travers la foule, toute la foule, cheminait une grande plainte. Et la foule, toute la foule, berçait Étienne de sa pitié, comme l'eût fait une mère et, sortant du prétoire pour aller à l'échafaud, Étienne se sentait merveilleusement dégagé, par cette tendresse, de la fièvre aride et de la haine étouffante qu'il portait sans rémission.

Ainsi, tandis qu'il ruminait sur un grabat dans un taudis de Montmartre, ou béquillait à travers les rues, ou qu'il enseignait à de jeunes esprits plus faibles que le sien le sarcasme et l'injure contre la

race des hommes, Étienne rêvait de forcer ces
mêmes hommes à l'aimer pour un crime monstrueux et à la mesure de son malheur.

Mais entre l'instant où Étienne déchargea son
arme sur Adrienne Bernan et celui où il s'apprêtait
à recueillir le fruit du meurtre — c'est-à-dire pendant que la mourante s'affaissait peu à peu —, il
y eut chez elle ce gémissement d'enfant injustement atteint et l'extraordinaire, l'incompréhensible
pureté du visage saisi par la mort. La femme
qu'Étienne avait abattue n'était pas la femme qu'il
avait visée et il découvrit que la femme à la douce
voix puérile et meurtrie, la femme aux traits innocents, était la mère qu'il avait cherchée toute sa vie
à travers une prostituée. Dès lors, tout perdit objet
et sens pour Étienne, sauf le mystère sacré de cette
substitution. Il trembla à l'idée du scandale par où
il avait voulu se faire aimer et plaindre. Il n'avait
plus besoin de la pitié publique, il n'avait plus souvenir de son malheur. Sa personne n'importait
plus. Il était plein d'une immense tendresse émer-
veillée, déchirante et confuse. Il ne pouvait s'occuper que d'elle. Sa tête bientôt allait tomber et il se
sentait d'accord avec cette fin. Mais, en l'attendant,
il n'avait pas trop de loisir pour adorer sa mère
véritable et pour comprendre comment il ne l'avait
trouvée qu'en l'assassinant.

Les interrogatoires (pour lesquels, avant le meurtre, il avait préparé tant de fois et avec tant de
volupté des réponses atroces) lui parurent des formalités irritantes et vaines. La plus stupide était
cette séance en Cour d'Assises en vue de laquelle il
avait tué.

Devant le juge d'instruction ou avec Richard, il
pensait : « Qu'on me guillotine quand on le voudra,
mais laissez-moi réfléchir en paix. Je ne dois pas
mourir sans savoir. »

Savoir s'il était vraiment possible qu'un être eût
deux faces inconciliables et que la même femme

pût rouler de lit en lit, débaucher un enfant et présenter au dernier reflet de la vie ce visage sublime.

Étienne, dans sa cellule, ne pensait qu'à cela. Son intelligence rompue aux combats de l'instinct et de l'esprit, aiguisée, fortifiée par des années de tourment, avait pour objet unique de trouver un lien entre deux apparences ; de les réunir et donner une vie, une durée à l'image d'un instant. Mais quoi que fît Étienne, et malgré un désir et un effort dont il sentait que le principe même de son être devenait le prix, il ne parvenait pas à rassembler en une seule créature sa victime et son ignoble, constante et maudite ennemie.

Et parfois il prenait pour vertige, pour leurre, le visage qu'il avait vu, Faubourg Saint-Honoré, glisser, glisser jusqu'au niveau des pavés. Une expérience interminable et sordide écrasait de tout son poids l'expression si fragile, si fugitive sur des traits expirants.

Alors Étienne se sentait misérable et damné, comme il ne l'avait jamais été. Mais à la minute où le désespoir semblait sans recours, commençait à poindre, aube souterraine, la figure miraculeuse d'Adrienne Bernan. Étienne croyait qu'il entendait son cœur éclater de tendresse. Des larmes de bonheur l'étouffaient. Il demeurait dans une contemplation extasiée, jusqu'au moment où, de nouveau, il voulait comprendre et souffrait de nouveau.

Il eut un grand espoir dans la visite de Geneviève. Quand Geneviève ne sut pas y répondre, le choc fut terrible. « Elle-même, son enfant préférée, renie notre mère, pensa Étienne, et moi je veux croire à une vision de délire. »

Incapable d'accepter cette idée, et en se débattant contre elle, il vit enfin que personne n'était en mesure de lui parler de sa mère ainsi qu'il le voulait parce que personne ne l'avait connue comme lui. Il avait nourri pour elle une haine qui ne pouvait être partagée par aucun être au monde et, au dernier

instant, il l'avait aimée plus que cela n'avait été
accordé à aucun autre cœur. Quand il eut fait cette
découverte, Étienne cria entre les murs de sa cellule : « Tu n'es qu'à moi, moi seul. »

Ce transport qui se renouvela plus d'une fois
empêcha d'abord Étienne de réfléchir, de souffrir.
Il se sentit comblé. Mais il n'était pas d'exaltation
qui pût résister au mécanisme d'un esprit habitué
à contrôler toutes ses démarches, surtout quand il
se trouvait soumis à la solitude et à la silencieuse
lumière des prisons. Étienne recommença d'interroger le double aspect de sa mère. Toutes les images de toute une vie en condamnaient une seule : la
dernière. Mais celle-ci avait le pouvoir d'affronter
toutes les autres. Entre ces forces, Étienne
s'épuisait.

II

Le procès allait s'ouvrir au début de la semaine
suivante. Un jour de visite, son gardien informa
Étienne qu'il était demandé au parloir public.

— Le gars s'appelle Bouscard, dit le gardien.

Étienne ne remua pas. Il était assis au chevet de
son lit, dans l'attitude qu'il ne quittait presque
plus : le torse plié en avant et les deux mains croi-
sées sur son unique genou. Il continuait de penser
à sa mère, mais sa méditation, maintenant, ne
tirait plus de lui ni joie ni tourment. Elle était celle
d'un maniaque. Étienne avait tant trituré ses souvenirs qu'il les avait enflés, déformés et enfin vidés de
substance. A force de scruter le visage de sa mère,
de le faire passer du sublime à l'odieux et de l'obscène au divin, il en était arrivé à ne plus rien voir,
à ne plus rien sentir. Entre les meules qui tour-
naient sans relâche dans le cerveau d'Étienne, tou-

tes les images avaient été usées, réduites en poudre et, les images seules ayant le pouvoir d'entretenir la survie dans les hommes, il semblait à Étienne qu'il remuait sans répit des cadavres de sentiments et des cadavres de pensées.

— Bouscard, répéta le gardien.

Il était habitué aux façons d'Étienne et poursuivit négligemment :

— Un copain de la guerre qu'y dit. S'agirait du procès que ça ne m'étonnerait pas.

Étienne leva la tête.

— Combien de jours encore ? demanda-t-il.

— Cinq à compter de demain, dit le gardien.

— Tant que ça... murmura Étienne.

Avant de tuer, il avait rêvé aux Assises comme au faîte de sa vie. Il n'avait vu ensuite dans ces débats qu'une routine imbécile. Maintenant, il les attendait avec impatience, parce que c'était la dernière étape avant la fin. Le désir de la mort n'avait rien de passionné ou de pathétique chez Étienne. « Il est temps de mettre ma peau d'accord avec la charogne qui est dedans », se disait-il, repris insensiblement, au cours de son interminable monologue intérieur, par le vocabulaire dont il avait usé dans ses pires heures. Il l'appliquait parfois à sa mère, mais il n'y mettait aucune cruauté ; il n'y prenait non plus aucun plaisir. Là aussi il allait au plus facile, au plus désespéré.

— Alors ? demanda le gardien.

Étienne prit les béquilles couchées en travers de son lit, et grommela :

— Ça fera toujours passer quelques minutes.

Le nom de Bouscard ne rappelait pas grand-chose à Étienne. Tous ses camarades de tranchée se confondaient dans sa mémoire : c'était un troupeau indistinct, sale et déplaisant. Même dans le combat, ils n'avaient inspiré à Étienne au mieux que l'indifférence. Il n'avait jamais aimé ni la race humaine, ni la guerre. Les ayant vues mêlées, il estimait que les hommes en guerre ne faisaient que multiplier la vulgarité et la sottise de leur condition, par une façon de vivre bestiale et des actes innombrables de sauvagerie.

Le parloir public rendit Étienne à ce temps de promiscuités et de mauvaises odeurs.

Quand Geneviève était venue voir son frère, le règlement de la prison, grâce à Bernan, n'avait pas été observé et le lieu de rencontre était vide. Étienne avait été seul du côté des prisonniers et Geneviève seule du côté des gens libres. Il en allait tout autrement pour les visites ordinaires.

Alors, les détenus tassés les uns contre les autres et collés aux barreaux forçaient leurs voix au plus haut diapason pour se faire entendre et tâchaient de crier le plus de paroles possible dans le temps qui leur était mesuré. Tous les visages de cette foule hurlante étaient cireux ou verdâtres et portaient les signes du vice, de la ruse, du malheur ou d'une stupide ténacité. Face aux prisonniers, les visiteurs, hommes et femmes, également pressés contre des barreaux et également agités, composaient un fond de figures crispées, communes, anxieuses et déformées par l'effort ; leurs bouches étaient ouvertes comme celles des poissons moribonds.

« Un bel aquarium, pensa Étienne. Pourquoi suis-je là ? »

Le gardien qui l'avait accompagné le rangea contre la grille et lui montra Bouscard. Ce ne furent pas les traits de son ancien camarade qu'Étienne, d'abord, reconnut. Ce fut la qualité de l'aversion qu'il ressentit de nouveau pour ces traits. Bouscard appartenait à l'espèce d'hommes qui était physiquement la plus étrangère et la plus odieuse à Étienne. Bouscard était trapu, charnu, velu et sanguin. Il avait de gros yeux, de grosses lèvres, de grosses mains. Il était toujours content de lui, des autres et du monde. Il buvait énormément de vin rouge. Étienne se rappela avec dégoût qu'il cumulait les bonnes fortunes dans les cantonnements.

Cependant Bouscard, la tête un peu penchée de côté et son épaisse bouche un peu tremblante, considérait Étienne.

— Eh ben, mon vieux, eh ben mon pauvre vieux ! répétait Bouscard.

Il n'avait pas parlé assez fort. Étienne ne put l'entendre dans le tumulte, mais l'apitoiement des gros yeux à fleur de front lui fut insupportable. Il se redressa sur ses béquilles et dit à sa manière habituelle, brève et basse :

— Je ne te savais pas si délicat sur la viande.

Bouscard vit bien remuer les lèvres d'Étienne, mais il ne perçut pas un son. Il fit alors, sans le remarquer, ce que faisaient tous les gens autour de lui, il hurla :

— Le lieutenant m'avait bien prévenu de ton état, mais quand même...

Il hocha la tête plusieurs fois.

« Le lieutenant doit être Dalleau. Il aura toujours ses galons pour cet imbécile... », pensa Étienne.

En même temps il entendait à sa droite un homme à cheveux roux, un banquier sans doute, glapir des instructions au secrétaire qui était venu le voir. A la gauche d'Étienne, un voyou très jeune soulevait sa chemise sur son bas-ventre, pour montrer l'évolution d'un mal répugnant à sa maîtresse. Tout le long des barreaux se répondaient les clameurs de la cohue.

— Si je ne suis pas encore venu, cria Bouscard, c'est à cause du lieutenant. Je devais être témoin dans ton affaire, mais il a changé d'avis hier (c'était le jour où Richard avait revu Namur pour la première fois). Alors me voilà. Et je suis rudement content. Faut pas m'en vouloir d'avoir eu un coup sur l'abord, mais c'est passé. Je te trouve bien, sur ma foi, très bien. L'essentiel, c'est d'être encore là, pas vrai, mon pote ? Moi, tu vois, je m'en suis sorti

sans bobo. Ça ne t'étonne pas, je vois. A l'escouade,
ça se savait. Pour la veine, pas deux comme Bouscard. Dans le civil, ça continue. Je suis installé artisan bourrelier du côté de la Bastille et ça roule,
mon pote, ça roule, faut voir comme. Je ne change
pas, moi, tu comprends.

— Je comprends, dit Étienne.

Il pensait avec une délectation morbide : « Il est
aux anges. Il vient pour moi et ne parle que de lui.
C'est la charité. »

Bouscard continua, avec encore plus d'animation :

— Minute, mon pote, minute. Je me trompe.
Pour les poules, je ne suis plus le même. Finie la
rigolade ! C'est pas que je manque de touches,
parce que là, alors, tu penses ! Non, c'est pas ça.
Tiens-toi bien : je me suis marié et nous deux, ma
petite femme et moi, c'est de la folie.

Bouscard s'arrêta, pour apprécier l'effet de ses
paroles sur Étienne. Celui-ci se taisant, Bouscard
éclata d'un rire qui fit se retourner ses voisins.

— Ça te coupe le sifflet, mon pote, s'écria Bouscard. Je m'y attendais. Maintenant, tu connais toutes les nouvelles. On va pouvoir causer.

Bouscard semblait chercher ses mots.

« Il ne sait plus que dire. Il a épuisé son sujet
favori », pensa Étienne. Et il méditait un propos
qui pût, fût-ce pour une seconde, dépouiller la
figure ronde et rouge de son indécente satisfaction.
A ce moment Étienne vit une expression étrange,
timide et presque pudique se répandre sur cette
face.

— Approche-toi, mon pote, dit Bouscard.

Il avait écrasé son visage contre la grille. Fasciné,
Étienne fit de même.

— Je voulais te dire, reprit Bouscard, que j'ai pas
oublié l'affaire après les attaques de 17, quand tu
as tout pris sur ton dos et que tu as tout risqué
pour nous... Alors (il serra les barreaux entre ses

doigts poilus), voilà : ce qui a pu t'arriver, ça ne me regarde pas et je te le dis : les gens de la haute peuvent te laisser tomber, chez nous, tu seras toujours chez toi.

Bouscard vit de l'inquiétude sur les traits d'Étienne et, se méprenant à son sens, il s'écria :

— Le lieutenant va t'en tirer, mon pote. Il l'a déjà fait, il le fera encore. Pour les trucs du pressentiment, y en a pas deux comme moi, je te le dis ! Mais quand t'auras fait tes deux-trois ans, tu as le couvert et la chambre chez moi. Si c'est plus long, même chose. On t'attendra. Je te le dis de la part de la petite autant que de la mienne, tu es déjà comme un frangin chez nous. Alors, si elle te voyait comme tu es...

Bouscard remua sa grosse figure, renifla et du revers de sa manche essuya ses gros yeux à fleur de tête. Étienne n'avait pas écouté ses paroles. Il regardait les yeux de Bouscard. Celui-ci les déroba brusquement, essaya de parler, n'y parvint pas et s'en alla.

— Attends, Bouscard, attends ! cria Étienne.

Bouscard se retourna et, avant de disparaître, fit un geste qui signifiait : « A bientôt ! »

Étienne sentit que ses forces l'abandonnaient d'un seul coup. Il s'appuya d'une épaule contre les barreaux. Le jeune voyou hurlait à sa maîtresse des paroles d'amour caressantes et obscènes. Du côté des visiteurs, une femme en cheveux élevait à la hauteur de son visage un bébé qui agitait ses bras minuscules pour un détenu. Dans le corridor grillagé, un gardien regardait sa montre en bâillant. Étienne ne savait pas qu'il remarquait ces détails et beaucoup d'autres encore. Il ne savait pas davantage que dans cet instant, où il croyait ne rien percevoir, ne rien sentir, et qui décidait de toute sa vie intérieure, tout entrait en lui, comme l'eau gonfle une éponge. Soudain et aussi vite que le permettait le jeu de ses béquilles, Étienne traversa la galerie

publique et se dirigea vers sa cellule. Un monde
puissant et frémissant d'idées, d'images, d'émotions essentielles était prêt à naître en lui. Il devait
se trouver seul pour les accueillir. Mais il eut beau
se hâter, quand il ouvrit la porte de son réduit, il
vit que sa joie l'avait devancé. Elle l'attendait.
C'était elle qui avait disposé contre les murs une
ombre fine et sereine qu'ils n'avaient jamais eue,
elle aussi qui, de la couchette sordide, avait fait le
meilleur lieu d'asile ; et par elle, encore, que toutes
les douleurs, les espérances, les exaltations et les
chutes qu'Étienne avait connues sous ce plafond
bas, et qui s'étaient décomposées en lui, l'accueil-
laient, vivantes et bruissantes comme un essaim.

Étienne tournait la tête à droite, à gauche, en
s'étonnant d'éprouver tant d'affection pour un
endroit où il avait tellement souffert et de chérir
ces souffrances mêmes. Il continua de regarder
quelque temps dans tous les sens, comme s'il se fût
vraiment attendu à surprendre sous une forme visible les sentiments, les pensées, les cris intérieurs
dont sa cellule était toute peuplée et sonore. Enfin,
il s'assit au chevet de son lit, croisa les mains sur
son unique genou et ferma les yeux. Il aperçut
alors, plus touchant, plus innocent que jamais, le
visage de sa mère, à l'instant où il s'était lentement
incliné vers le sol. Mais Étienne, cette fois, ne tremblait plus d'angoisse ou d'espérance effrénées. Sa
contemplation était nourrie d'un bonheur puissant
et stable. Étienne savait qu'il verrait sa mère toujours ainsi et que, ainsi, elle était vraie. Il le savait
en toute sécurité, en toute certitude. Il ouvrit les
yeux, l'image disparut, mais le bonheur demeura et
la certitude. Étienne se mit à sourire et à répéter
avec une douceur infinie : Bouscard, sacré gros
Bouscard.

III

Étienne cessa de sourire. Un immense effort de concentration suspendit tous les mouvements de son visage. Le temps était venu de comprendre... Étienne fixa longuement sa mémoire sur l'instant où, à travers des traits qu'il croyait incapables d'exprimer autre chose que la suffisance et la trivialité, avait commencé de poindre cette timide gentillesse, ce don entier et embarrassé de lui-même, cette lueur...

— Insensé, murmura enfin Étienne. Aveugle et insensé !

Pourquoi tous ces débats atroces ? Pourquoi ce refus de voir ? C'était si simple. Il n'y avait aucun mystère pour l'expression enfantine et sublime sur la face épaisse de Bouscard. Aucun mystère dans le signe si clair qui, des profondeurs de l'effroi et de la mort, avait purifié la chair avide et misérable de sa mère. Ou alors le mystère s'étendait à toute l'humanité. Chez tous les hommes — Étienne le voyait avec une invincible assurance — chez tous, il y avait un pouvoir de beauté, de bonté, endormi, obscurci, entravé par des habitudes, des penchants, ou des vices, mais inaltérable dans son germe et toujours prêt à transformer la triste argile qui le contenait.

— Chez tous les hommes, chez tous, dit Étienne.

Son esprit orienté dans ce sens trouvait rapidement, merveilleusement, dans les souvenirs, les livres et les gens les témoignages qu'il avait méconnus jusque-là.

C'étaient les vers que Villon, que Verlaine avaient fait fleurir sur leur vie ignoble. — Oui, oui. Verlaine, Villon.

Et la chanson limpide et triste que répétait sans cesse en travaillant cette femme de peine si lourde et si grossière qu'elle effrayait Étienne lorsqu'il était enfant... Oui, oui, cette chanson.

Et le vieux professeur de grec qu'il avait eu à la Sorbonne, plein de pellicules, d'eczéma, tête desséchée et tremblante qui devenait si noble lorsqu'il expliquait Platon... oui, oui, ce vieux...

Et certains sourires innocents de Daniel... Et son gardien, celui qu'il voyait tous les jours, oui, ce gardien... il n'aimait que le rhum sans doute, mais de quelle voix il savait parler de son petit-fils paralysé... le gardien aussi...

Il n'y avait qu'à prendre le mal de regarder autour de soi, pour voir transparaître cette pureté qui avait semblé à Étienne réservée seulement à quelques personnes miraculeuses.

Il se rappela comment il l'avait cherchée dans la famille Dalleau et comment il avait cru que le docteur et sa femme appartenaient à une humanité introuvable.

Ce n'était pas vrai, se disait Étienne. Simplement, chez certains, le don éclatait, resplendissait, parce qu'ils étaient nés sous son étoile. Chez les autres — et ils étaient le nombre immense —, il ne se montrait que par lueurs, par échappées, mais l'étincelle était au fond de chacun. Une spirale infinie menait, volute par volute, du plus pauvre en lumière jusqu'à ceux qui ressemblaient à Sophie Dalleau. L'intensité seule faisait la différence. Et dans la chaîne des êtres, Étienne se sentit ému davantage par ceux qui luttaient contre leur enveloppe de mauvais aloi, succombaient, recommençaient leurs peines pour arracher à eux-mêmes une parcelle de la substance sacrée. Et davantage encore par les gens qui, les plus déshérités, ignoraient qu'ils la portaient en eux.

La pensée d'Étienne revint à sa mère. Il ne l'aima plus seulement pour ce qu'il avait entrevu d'elle à la seconde où, pour elle, tout s'achevait. Il l'aima dans ses égarements. Une pitié sans mesure le saisit pour cette femme traquée par une obsession abjecte mais qui était (Étienne se souvint de la scène où elle s'était défendue contre lui) le besoin perverti de pureté dans l'amour.

« Quel ennemi elle a eu en moi, songeait Étienne avec terreur, quel bourreau ! Elle avait honte devant Geneviève, elle aimait Geneviève et je l'ai forcée dans sa seule pudeur, dans son dernier refuge. Moi qui devais l'aider, comprendre, ne pas juger... comme elle aurait pu m'aimer... »

Étienne enleva ses mains de son genou, pour enfouir son visage dans ses paumes moites. Il sentit d'un côté sa joue racornie, ravinée, et de l'autre la peau lisse.

« J'ai aussi deux figures, pensa-t-il. Seulement n'importe qui peut les distinguer. Moi, je n'ai jamais voulu voir. Je me suis enfermé dans ma belle personne, ma belle jalousie, mon bel orgueil, j'ai entretenu avec amour ma blessure, ma haine et j'ai mieux aimé la mère de Richard que la mienne. La mère de Richard n'avait aucun besoin de moi, alors que ma pauvre... »

Étienne poussa un gémissement enfantin et c'est à la manière d'un enfant qu'il poursuivit sa méditation :

« Et j'ai été puni. J'ai approché les hommes avec méfiance, exigence, répugnance, je ne voulais rien donner sans obtenir. J'étais un marchand. J'étais malheureux comme Geneviève. Maintenant, je sais, et je vais être heureux. Mais Geneviève ne sait pas, il faut que je lui dise. Il faut que je le dise à tous. »

Étienne eut un mouvement pour se lever et considéra avec stupeur le réduit où il était emprisonné. Il revenait d'un tel espace.

Puis il se renversa sur l'oreiller et rit comme il n'avait jamais ri encore, aux éclats, d'un cœur entier. Il voulait enseigner le monde, quand on allait lui couper la tête. Il ne pouvait plus rien qu'approfondir sa joie.

Elle lui fut fidèle jusqu'au matin du procès.

IV

Étienne béquillait le long des murs de sa cellule et fumait avec délices. Depuis la visite de Bouscard, il trouvait un goût nouveau et admirable au tabac, au sommeil, à la nourriture. Il puisait dans la vie physique autant de joie que dans la réflexion. Son corps mutilé ne lui inspirait plus un dégoût indicible. Chacun de ses mouvements semblait répondre à une bonne et belle nécessité. Jamais il ne s'était senti aussi vrai, aussi vif, aussi vivant.

Il restait une heure à Étienne avant d'être conduit au Palais de Justice pour le jugement. Afin de mieux penser à cette journée, il tournait autour de l'étroit espace où il vivait : c'était sa nouvelle manière de méditer. Mais, malgré tous ses efforts, il ne parvenait pas à reconnaître une valeur, une signification au procès dont si peu d'instants le séparaient. Il ne savait pas davantage arrêter son attitude intérieure à l'égard des magistrats, des jurés et de la foule qui l'attendait. Il lui était impossible de donner quelque importance à ces gens, au cérémonial et à lui-même. Quoi qu'il fît, il n'éprouvait, en pensant à la Cour d'Assises, qu'une impatience assez puérile, comme s'il se fût agi d'une promenade après une longue et studieuse immobilité.

« J'ai besoin de me dégourdir les jambes », se dit Étienne. Il songea à celle qui lui manquait et se mit à rire. Il riait avec beaucoup de facilité maintenant et beaucoup de plaisir. Son propre personnage lui en fournissait le plus souvent l'occasion : il le traitait comme il eût fait d'un ami absurde.

Le gardien qui sentait le rhum et avait un petit-fils paralysé entra.

— On part déjà, mon vieux ? demanda Étienne.

— Pas encore, petit gars, doucement, dit le gardien. L'avocat voudrait vous causer.

— Dalleau ? Vraiment ? s'écria Étienne.

Ce n'était pas la visite de Richard au dernier moment qui étonnait Étienne, c'était le fait que lui-même, durant ces dernières journées, il avait appliqué sa nouvelle conception des hommes à tant de visages et tant d'existences et que pas un instant il n'avait songé à Richard. A la mère, au père, au frère de Richard, mais pas à lui. Étienne interrogea les souvenirs les meilleurs, les plus denses qu'il avait de Richard : la Sorbonne... la Fontaine Médicis... le front. Il vit partout les mêmes traits violents et sincères, la même ambition naïve, un égoïsme naturel, une saine sensualité. Ce garçon ardent à vivre, qui avait tous les appétits de son âge et de sa condition, dont les vertus et les faiblesses s'équilibraient au gré des circonstances, n'intéressait pas Étienne. Richard ne pouvait pas faire partie du monde découvert par lui, parce que Richard était peut-être la seule personne dont cette découverte n'avait pas changé la place, le sens ou la valeur dans l'esprit d'Étienne.

« On ne peut pas le plaindre, on ne peut pas l'admirer. Il est normal en tout point : donc un monstre », pensa Étienne. Il se mit à rire comme il l'avait fait quelques minutes auparavant, c'est-à-dire de lui-même. Il riait encore dans le parloir privé où les détenus rencontraient leurs défenseurs.

Richard qui se tenait au milieu de la pièce, les mains enfoncées dans les poches de son manteau, s'y trompa.

— Écoutez, Bernan, dit-il, vous m'avez fait assez comprendre que mes visites vous pesaient et je vous ai laissé la paix autant que j'ai pu, mais dispensez-vous de vous moquer de mon dernier effort.

Nous ne pouvons pas aller comme cela devant les jurés.

Une semaine plus tôt, Étienne eût attribué la colère de Richard à l'incompréhension et à l'ambition. Cette fois, il dit affectueusement :

— Qu'est-ce qui ne va pas, Dalleau ?

— Vous me le demandez ! s'écria Richard. Mais rien ne va entre vous et moi. Vous ne savez rien de mon système de défense. Je ne sais rien de la manière dont vous allez vous tenir tout à l'heure.

Il ajouta à mi-voix :

— Je ne souhaite à personne la nuit que j'ai passée.

Étienne se rappela avec une sorte de remords son sommeil heureux.

— Je vais au procès dans un tout autre sentiment, dit-il.

— Eh bien, mettons-nous enfin d'accord, dit vivement Richard. Je vais vous donner le ton général... Mais avant tout, voici : j'ai un nouveau témoin, un témoin capital.

— Non, non, non, gémit Étienne.

Il se boucha les oreilles d'un geste d'enfant et poursuivit :

— Je voudrais tant vous aider, je voudrais aider tout le monde, mais ces préparatifs, cette cuisine, vraiment, c'est au-dessus de mes forces. Je suis si loin de cela ; plus loin que jamais. Je ne vous gênerai en rien, je vous le jure, je regarderai, j'écouterai...

— Mais nom de Dieu ! est-ce que nous allons au spectacle ? demanda sourdement Richard.

Il emprisonna ses mains l'une dans l'autre, pour ne pas céder au désir qu'il avait de saisir Étienne par les épaules et de le secouer, le secouer jusqu'au point de faire sortir de lui cette imbécile indifférence.

— Au spectacle, dites-vous ? demanda Étienne

pensivement. En effet, ça ne peut pas être autre chose pour moi.

— Et moi, je-dois-vous-sauver, dit Richard en détachant furieusement chaque syllabe.

— Mais de quoi, Dalleau, de quoi ? s'écria Étienne.

Comme Richard ne répondait pas, il murmura :

— Ah oui, je vois...

Étienne voyait l'échafaud, le bagne, la maison d'arrêt ; il les voyait avec cette force spéciale de vérité et de vie qui était le privilège d'un homme habitué à se servir beaucoup de son imagination. Il basculait sur la guillotine, il peinait à Cayenne, il tournait dans une cour de prison. Rien de cela n'était effrayant, pas même important. Il avait compris les hommes, il se sentait heureux, il le serait toujours, partout, jusqu'au bout. Beaucoup plus heureux que ce garçon qui cherchait à le « sauver ».

Étienne rit de nouveau. Cependant, Richard n'en fut pas offensé. Étienne semblait si jeune, plus jeune que dans aucun des souvenirs de Richard.

— Vous savez, Bernan, dit-il, il me vient à l'esprit que je ne vous avais encore jamais entendu rire vraiment.

— C'est une visite... commença Étienne et il s'arrêta aussitôt.

Il eût essayé avec joie d'enseigner son bonheur à un cœur en peine, ou de convaincre un ennemi de l'homme, un sceptique, un cynique, mais comment faire avec Richard ?

« Il aime les hommes lui aussi et avant moi, se dit Étienne, mais ainsi qu'il aime le soleil, le vin, la guerre, la vie. Il ne sait pas le reste et il ne saura jamais, parce qu'il croit savoir. »

Rien n'était mieux fait pour interdire la compréhension véritable, songeait Étienne, que les fausses parentés intellectuelles, et d'appliquer les mêmes mots à des sentiments qui n'avaient en commun que le nom. Autant s'acharner, parce que rien ne ressemble à une ligne droite comme une autre ligne droite, autant s'acharner à joindre deux parallèles.

— Je suis exorcisé, dit Étienne en souriant. Peu importe le saint.

— En effet, dit Richard à mi-voix, mais pour ce procès, moi je me suis donné au diable.

Étienne cessa de sourire. Il voyait soudain Richard souffrir dans une part de lui-même qui n'était ni élémentaire ni évidente, dans une part où Étienne se sentit avec étonnement très près de son camarade de la Fontaine Médicis.

— Qu'est-ce que c'est, Dalleau ? demanda-t-il.

— A quoi bon... vous verrez tout à l'heure, dit Richard.

Ils se regardèrent en silence.

— C'est... c'est pour moi que vous avez fait cela ? demanda Étienne.

— Je l'ai pensé, dit Richard. Mais, maintenant... est-ce vraiment pour vous, ou pour moi, ou pour le métier, ou par idée fixe ou perversion...

Richard se mit à marcher à travers le parloir, le front plissé, les mains dans les poches.

— Ah ! Bernan, s'écria-t-il, si quelqu'un m'avait prédit que, ce matin, je passerais mon temps avec vous de cette façon...

Des pas cadencés retentirent dans la galerie qui menait au parloir. Un gardien parut.

— Je vous demande pardon, maître, dit-il à Richard. Il est temps pour le prisonnier.

Le visage d'Étienne ne bougea pas d'une ligne. Celui de Richard se creusa, se rétrécit soudain.

— J'ai peur, murmura Richard, mais... mais pour vous seulement ; cette fois, j'en suis sûr... Il y a eu des minutes où je vous ai oublié, d'autres, où je vous ai détesté de ne pas m'aider mieux, mais à présent... Je ne sais pas l'expliquer... c'est différent, vous êtes différent. Vous me comprenez ?

Étienne acquiesça en souriant. On l'emmena. Il pensait que Richard n'était pas plus fort ni plus invulnérable que le reste des hommes et qu'il l'aimait beaucoup.

V

L'interrogatoire d'identité était achevé. Le greffier ânonnait l'acte d'accusation. Étienne entendait son nom répété sans cesse par une voix incroyablement monotone. Tout lui apparaissait irréel et pesant. Pourquoi la bouche mécanique, ébréchée, entourée de poils jaunes ? Pourquoi, sur les magistrats, ces robes et ces toques, comme sur des acteurs râpés ? Et pourquoi cette foule à forme de pieuvre avec mille tentacules à forme de visages collés à lui avec une curiosité énorme et obscène ?

À son entrée, les gens avaient parlé très haut

— Il n'a pas l'air d'un assassin.

— Dommage !

— Pense, sa propre mère !

— Vous croyez qu'il souffre encore de ses blessures ?

— Un parricide, c'est tout de même rare dans les hautes classes.

— Assis ! Assis ! On ne voit pas.

Le tumulte avait été si grand que le président des Assises s'était mis à crier pour le calmer. Mais il avait lui-même regardé Étienne avec une indiscrétion sans réticence. Les autres juges aussi. Et les jurés. Et jusqu'au greffier qui lisait maintenant.

La foule mettait à profit cette manière d'avant-propos pour tousser, se moucher, traîner les semelles, chuchoter, mais sans cesser un instant d'épier les mouvements et les expressions d'Étienne. Celui-ci baissait la tête avec une gêne affreuse. Il n'avait pas honte pour lui, mais pour ces gens. Leurs regards lui donnaient la nausée. « Comment peuvent-ils ? se demandait Étienne. Et moi qui avais tant d'amitié pour eux tous... »

Il se forçait à excuser la cohue. Il se disait que s'il avait été l'un de ceux qui la composaient, il n'eût pas agi autrement. Il se disait qu'un criminel devient un objet public. Mais tout cela n'arrivait pas à dissiper la répulsion qu'Étienne éprouvait pour les hommes. Il était plus facile, se dit-il, de les aimer de loin, dans une cellule de prison.

« Ah, si j'avais Bouscard près de moi ! » pensait Étienne sans cesse.

A défaut de Bouscard, il tenait ses yeux fixés sur les épaules et la nuque de Richard, assis devant lui, plus bas d'un degré et enveloppé de sa robe d'avocat...

Après avoir mis cette robe, répondu aux journalistes et aux confrères, donné ses dernières instructions à Lucie, Richard avait senti tous ses nerfs également ravagés par l'anxiété et l'impatience. « La voix me manque. Je ne pourrai pas faire sortir un son », pensait Richard, et, en même temps, il eût donné la moitié de sa vie pour commencer sa plaidoirie tout de suite, pour se précipiter dans un torrent de mots et parler, parler sans fin.

Il pénétra dans la salle des Assises la gorge aride, les mains glacées, le front brûlant. Au moment où il atteignit sa place, il se souvint des sentiments avec lesquels il avait chaque fois regardé, de la salle, l'avocat d'une affaire retentissante. Aujourd'hui le procès dépassait en éclat tous ceux qu'il avait connus et il était le défenseur. Et il n'avait pas vingt-cinq ans. L'épreuve était venue pour lui du talent et du courage. Cette pensée calma son trouble. Il se sentit dispos, lucide et soutenu par cette exaltation à froid qui portait tous ses moyens à leur point le plus efficace. La curiosité effrénée du public ne le gêna point. Il l'attendait. Elle lui était nécessaire. Elle se montrait à la mesure de son ambition.

Richard posa ses avant-bras sur l'accoudoir et laissa pendre ses mains. Tout son corps se relâcha. Ses yeux n'étaient qu'à moitié ouverts. En apparence, il agissait comme le font les pugilistes aux instants qui séparent deux reprises du combat. Mais son esprit et ses sens, faussement au repos, accomplissaient dans le même temps plusieurs tâches.

D'abord ils habituaient Richard à situer physiquement les personnages principaux par rapport à la place qu'il occupait pour la première fois. Derrière lui, légèrement exhaussé et à portée de sa main, se trouvait Étienne. A gauche, la foule. A droite, le tribunal. Plus loin, l'avocat général. En face, le jury. Tout en prenant ses mesures et ses distances, Richard écoutait la lecture du greffier. Là où le public entendait seulement un mouvement de mots si bien attelés les uns aux autres qu'il était impossible de les dissocier, Richard suivait les étapes de l'instruction, l'analyse du crime, les hypothèses sur les mobiles qui l'avaient déterminé. Et ces opérations simultanées n'engageaient chez Richard que la plus faible part de ses forces mentales. Celles-ci s'appliquaient surtout à pénétrer ses adversaires dans le grand jeu. Magistrats et jurés, ils l'étaient tous, au même titre que l'accusateur public : c'est à eux tous qu'il devait arracher un consentement.

Bernan avait soigneusement caché à Richard ses manœuvres, ses pressions et son trafic d'influence. Il avait deviné que si Richard ne croyait plus à l'intégrité de l'appareil judiciaire, il perdrait du même coup les meilleures de ses armes : sa foi et son feu. Richard avait la certitude qu'il soutenait à lui seul le poids et l'orgueil de la lutte.

C'est pourquoi, tandis qu'il percevait sous le débit du greffier tous les faits et toutes les images du drame, Richard, entre ses paupières à demi rejointes, prenait surtout connaissance des hommes qu'il avait à dominer.

Et, peu à peu, pour son regard à demi voilé, se différenciaient les jurés. Il y avait un vieillard à favoris et à redingote qui rappelait Paillantet. Pour celui-là, il fallait du brillant dans le discours, un peu de paradoxe et des citations classiques. Son voisin montrait une figure hébétée, timide. Un ton impérieux forcerait sa conviction. Certains jurés se ressemblaient par la simplicité et la bonhomie. Richard décida de s'adresser à leur sensibilité. Pour cet ouvrier endimanché qui avait des yeux si francs et si clairs, il parlerait à sa conscience. Deux jurés étaient visiblement méfiants et fermés, un autre paraissait très sûr de son intelligence : le plus dangereux. Mais ils avaient des rubans de guerre très larges sur les revers de leurs vestons. Richard songea à ceux qui éclataient sur l'étoffe noire de sa robe. Il frapperait sa poitrine à l'endroit de ces décorations et dirait, avec un regard d'entente, aux jurés difficiles : « Camarades du front, je compte sur vous. »

Tout ce travail d'approche, d'ajustement instinctif, se faisait parmi les mouvements et les bruits de la foule. Et Richard aimait que tant de gens et aussi avides fussent accourus pour le procès, pour lui. Parfois son regard allait vers les travées combles, vers le public entassé debout, mais il détournait aussitôt les yeux : ces gens devaient rester une masse, un bloc, un chœur confus destiné seulement à accompagner les débats. Richard s'interdisait de penser que parmi eux se trouvaient ses parents et Daniel. Il se refusait à distraire, en faveur d'un visage inutile au procès, la moindre parcelle de la puissance qui s'amassait en lui.

Une fois, pourtant, cette défense intérieure se trouva rompue. Et Dominique en fut la cause.

Elle s'était présentée devant la salle d'Assises sans carte d'entrée. Cela ne la troubla point. Elle était, ainsi qu'à l'ordinaire, sous l'influence de la morphine, et à cet instant où une piqûre toute récente lui donnait le plus de bien-être et de confiance en soi.

— Mon ami est déjà à l'intérieur et c'est lui qui a mon invitation, dit-elle au garde, vous allez bien me permettre de le rejoindre.

— Je ne peux pas, Madame, il y a déjà trop de monde, répondit le garde.

— Un peu plus, un peu moins, dit Dominique en souriant.

Elle écarta la grosse main gantée de fil blanc qui lui barrait la route. Une seconde après, elle était dans l'enceinte. Le garde n'osa pas l'y poursuivre.

Des gens, parmi le public debout, avaient vu le manège et murmuraient. Ce léger remous se fût vite calmé si Dominique s'était tenue près de la porte, comme le faisaient tous ceux qui n'avaient pas trouvé de place sur les banquettes. Mais elle avança lentement le long du passage sur lequel donnaient les travées, examinant chacune d'elles et appelant à mi-voix : « Paulin ! Paulin ! » Des protestations assez vives se firent entendre. Le président se redressa avec sévérité, quelques jurés tournèrent la tête vers Dominique. Richard voulut voir ce qui les intéressait, et la foule cessa d'être pour lui une nébuleuse.

Il y distingua une jeune femme et ne put échapper entièrement à son attrait. Ce visage avait une douceur éclatante. En même temps farouche et abandonné, mélancolique et sensuel, il semblait porter tous les instincts contraires sur ses traits délicats et avides et chacun dans sa plénitude.

« Qu'est-ce qui peut lui donner ce rayonne-

ment ? » se demanda Richard, qui ne savait rien
des drogues.

Un tout jeune homme se leva et fit signe à Dominique.

« C'est à cause de lui », pensa Richard avec une
amertume qui lui fit négliger un instant tout ce qui
l'entourait.

Dominique s'assit près de Paulin Juliais et lui
dit :

— Je me sens divinement, mon chéri. Et toi ?

— On parlera à l'entracte, murmura Paulin, gêné
par cet éclat.

Dominique, en souriant, caressa son cou contre
la fourrure dense et légère qui l'enveloppait.

« Je te ferai pleurer bientôt », lui dit mentalement Richard.

Il pensa de nouveau au procès et oublia Dominique. On appelait les témoins.

VI

Quand l'agent n° 6521 eut raconté comment il
avait connu l'accusé et comment celui-ci, au lieu
d'aller l'attendre dans le café où ils se retrouvaient
à l'ordinaire, avait commis son crime, l'avocat
général s'écria solennellement :

— Dès cette minute, je retiens la préméditation.

— Moi aussi, dit Richard en se levant.

L'avocat général sursauta et regarda le président
comme pour connaître son avis sur une pareille
insanité. Le président se pencha vers son assesseur
de gauche qui secoua la tête d'un air perplexe.
Quelques membres du jury chuchotèrent entre eux.
Et pendant que le silence saisissait les travées du
public ordinaire, on entendit des commentaires
étonnés dans les tribunes des journalistes et sur les

bancs des avocats. Richard laissa tout loisir à ces mouvements, puis il dit :

— Moi aussi je retiens la préméditation et je prie Messieurs les Jurés de s'en souvenir.

Le commissaire de Saint-Philippe-du-Roule, le médecin légiste, l'expert armurier firent des dépositions de simple routine. Ensuite, Mercapon s'approcha de la barre comme témoin de l'accusation.

Étienne, en voyant la tête trop grosse et tondue de son ancien disciple, eut le sentiment que son châtiment véritable, sa vraie mort, se présentaient à lui. Il se souvint des Smerdiakov, il se souvint de la délectation qu'il avait eue à se faire admirer et suivre par cette intelligence pleine de fiel. Il avait accordé quelques confidences à Mercapon, il l'avait chargé de surveiller sa mère. Mercapon connaissait les relations d'Adrienne Bernan avec Fiersi. Il avait deviné le reste. Mercapon allait souiller Adrienne Bernan et son fils, et, dans la salle, enfin, la pieuvre gluante serait repue.

Étienne fut pris d'un tel affolement qu'il se pencha vers Richard et lui saisit l'épaule. Richard était son avocat. Richard avait le devoir de faire taire Mercapon. Étienne et Richard échangèrent un long regard par lequel s'établit pour la première fois une commune mesure entre les places qu'ils occupaient et leurs rapports intérieurs : l'accusé appelait la défense à son secours.

— Du calme ! Je réponds de tout ! chuchota Richard.

Mais son assurance était feinte.

En allant à la barre, Mercapon avait regardé Richard de biais et Richard n'avait plus cru au pouvoir de Bernan. « Il a laissé échapper ce rachitique et maintenant l'ordure va ruisseler. Ah ! que ne l'ai-je fait assommer par Fiersi », pensait Richard et il se préparait au pire.

— Vous avez partagé pendant quelque temps la vie de l'accusé, dit le président à Mercapon. Et d'une manière dont le moins qu'on puisse dire est qu'elle ne se présente pas sous un jour recommandable.

Richard rentra ses mains sous les larges manches de sa robe. Il percevait physiquement l'angoisse qui, derrière lui, torturait Étienne.

— Toutefois, je n'ai pas à vous rappeler la valeur d'un serment, poursuivit le président. Vous avez si bien changé d'existence que l'on vous a jugé digne d'entrer dans les rangs de la Sûreté générale.

Mercapon inclina sagement sa grosse tête. Étienne d'abord ne comprit point pourquoi Richard se tourna vers lui avec une exultation qu'il contenait difficilement, mais Richard ayant abaissé les paupières à la façon des gens qui recommandent le secret, la lumière se fit dans l'esprit d'Étienne. La police... son père... Mercapon était lié.

Étienne se sentit de nouveau solidaire de Richard, et, cette fois, en qualité de complice, avec, pour tiers, Jean Bernan.

L'avocat général avait deviné plus rapidement qu'Étienne.

— Cette nomination est toute récente, et je n'en avais pas connaissance, s'écria-t-il.

— Je ne saisis pas l'opportunité d'une pareille remarque, dit sèchement le président. Témoin, vous pouvez déposer.

Mercapon parla de la façon la plus inoffensive et se retira humblement. Chemin faisant, il adressa à Richard un clin d'œil jovial et cynique.

« Comme Bernan sait manier la canaille ! » pensa Richard. Il se rapprocha d'Étienne à le toucher et lui dit à l'oreille :

— Le témoin suivant sera votre père.

Deux heures plus tôt, Étienne se croyait au-dessus de toute misère, de toute atteinte humaines. Il se sentait libre, seul et tout-puissant par cette solitude. L'idée d'une dépendance quelconque l'eût fait rire.

L'amour pour sa mère l'avait porté si loin, si haut. Et voici qu'il se sentait engagé, acoquiné avec son père, qui, marchand d'influences, avait acheté le silence de Mercapon. Étienne frémit de se voir mené si loin, si bas par l'amour qu'il avait pour sa mère.

« Je n'ai pas le droit de tout mélanger, de tout abîmer, pensa-t-il furieusement. Je vais dire la vérité et comment j'ai compris et qu'il faut plaindre maman et l'aimer sans mensonge. »

Étienne saisit ses béquilles, se leva et sentit sur lui la curiosité, ainsi qu'un attouchement obscène. Il retomba sur son siège. On crut que ces mouvements désordonnés étaient dus au fait que Jean Bernan venait d'apparaître devant la Cour.

Sous un admirable vêtement de deuil et sous ses cheveux argentés, il fit l'impression la plus profonde. Il personnifiait le désespoir discret et inépuisable. Il était la souffrance, l'intelligence et la pitié. Il peignit Étienne comme un enfant d'une sensibilité extrême, mais plein de scrupules et poursuivi par la soif de l'absolu, de l'idéal. Il parla de sa femme comme de la mère la plus aimante, mais déconcertée par l'humeur toujours farouche d'Étienne dont le tourment spirituel lui échappait.

— Moi, je le devinais bien, s'écria Bernan d'une voix qui trahit soudain un remords aigu, mais je n'avais pas le temps de l'apaiser. C'était la guerre. J'ai donné tous mes instants au pays. Mon fils s'est engagé, s'est battu en héros, puis il a disparu. Je me suis demandé souvent si je n'avais pas trop sacrifié peut-être ma vie de famille à mes fonctions publiques et si le vrai coupable...

Bernan s'arrêta et courba un peu son front aux cheveux blancs.

— Je me le demanderai chaque jour jusqu'à la fin de mes jours, reprit-il sourdement, car j'ai retrouvé mon malheureux garçon, pour apprendre qu'il était horriblement mutilé et que ma femme était... était...

Le sanglot de Bernan fut à peine perceptible, mais juste assez pour se faire entendre jusqu'au fond de la salle. Il y régnait le silence le plus complet. Bernan s'en alla, comme s'il marchait en songe.

Il y avait dans la tribune de la presse et dans la salle quelques hommes assez avertis pour démêler les ressorts vrais du procès et pour reconnaître, sous la trame apparente, son dessin réel. Ils racontèrent par la suite qu'ils n'avaient rien vu de plus fin, de mieux concerté, ni de plus divertissant que le témoignage de Jean Bernan. Ils assurèrent aussi que le président des Assises fut dans cette scène un partenaire consommé.

« Quels comédiens », dirent plus tard ces cyniques, mais, sur l'instant, ils furent bouleversés autant que le commun des spectateurs et que les membres du jury.

Étienne, lui, les yeux agrandis et fixes, regardait sortir son père et pensait : « Aucun homme ne peut être habile à ce point. Serait-il sincère ? » Parce qu'il en avait besoin et parce qu'il avait appris à ne plus condamner personne, Étienne crut à la bonne foi de Bernan. Et Bernan lui-même n'aurait pu dire si Étienne se trompait. Il ne savait qu'une chose : cette déposition était l'œuvre la plus difficile et la mieux réussie de sa vie.

Par contre, Geneviève se montra de la dernière maladresse. Elle n'était arrivée de Nancy que dans la matinée et Richard avait jugé plus important de parler à Étienne que de la voir. Il était sûr de son intelligence. Mais dès qu'il la vit s'avancer de sa démarche de garçon et ne portant aucun attribut de deuil, dès qu'elle eut prêté serment, d'une voix trop nette et trop ferme, Richard sentit qu'elle altérait l'atmosphère d'émotion, d'attendrissement et de générosité nébuleuse que Bernan avait si bien assemblée autour du procès. Les déclarations de Geneviève achevèrent de la dissiper.

Bernan avait parlé d'une mère unie à son fils de

la manière la plus tendre et la plus simple, mais sacrifiée par lui à des dieux obscurs. Tout ce que dit Geneviève fut destiné à montrer qu'Adrienne Bernan avait détesté Étienne et qu'il en avait atrocement souffert. Geneviève croyait servir Étienne et il l'écoutait avec horreur. Personne n'avait donné de leur mère une image aussi défavorable.

Quant à Richard, il pensait :

« L'idiote ! Elle veut prouver, logiquement prouver, qu'Étienne a eu raison. C'est de la folie ! On ne s'y prendrait pas mieux pour le perdre. »

Geneviève n'avait pas encore quitté la salle que Richard se leva dans un mouvement qui fit jouer tous les plis de sa robe.

— Monsieur le Président, dit-il avec une emphase voulue, je pouvais faire défiler devant vous tous les survivants du bataillon dans lequel l'accusé et moi avons eu l'honneur de servir la France. Je n'ai pas voulu surcharger les débats. J'avais choisi simplement trois de nos compagnons de combat. Les noms sont sur votre liste : Nouveau, Ribel et Bouscard.

Le président approuva de la tête et interrogea Richard de ses yeux fins et durs.

— Mais, à la lumière de ces débats, poursuivit Richard, je viens d'avoir le sentiment que ces trois-là sont encore trop. Nous sommes sur le plan de la tragédie antique. Nous devons toucher seulement les sommets. Je renonce au témoignage de mes camarades. Je demande l'audition immédiate du capitaine Namur qui nous mena au feu. Après la voix du père, messieurs les jurés, vous allez entendre la voix du chef.

Un vieil avocat dit à l'oreille de son voisin :

— Entre les deux il efface le témoignage de la sœur. Pas maladroit pour un débutant !

— Petite malice, grogna le voisin.

VII

Namur entra dans l'enceinte et s'arrêta indécis. Son visage clair et doux parut normal à tous ceux qui ne le connaissaient pas, mais Étienne se sentit envahi par une crainte confuse. Il regarda Richard. Celui-ci, complètement immobile, avait les yeux fixés sur le sol.

— Approchez-vous, mettez-vous là ! dit le président à Namur en lui indiquant la barre.

Namur obéit avec empressement.

— Levez le bras, dit le président.

Namur obéit encore.

— Vous jurez de dire la vérité, toute la vérité, rien que la vérité, marmotta rapidement le président. Dites : je le jure !

— Je le jure, dit Namur.

— Baissez le bras.

Namur baissa le bras.

— Capitaine Namur, officier de la Légion d'honneur pour faits de guerre, croix de guerre avec 16 palmes, deux blessures et la dernière si grave qu'elle a valu une pension d'invalidité complète, je salue en vous toute la grandeur et l'héroïsme de la France, dit le président.

Namur frottait avec une application d'artisan scrupuleux le bois terne et sale de la barre des témoins.

Le président toussota et reprit :

— Voulez-vous dire ce que vous savez de l'accusé ?

— L'accusé ? demanda Namur.

— Étienne Bernan, si vous préférez, dit le président.

— Bernan, oui, oui, je sais, s'écria vivement Namur. Un bon soldat, un très bon, très brave soldat, oui, oui, je sais.

Richard tressaillit le premier aux inflexions vides, blanches et puériles de cette voix. Il s'était si bien habitué à elles dans la maison de santé que, là-bas, elles ne l'étonnaient plus. Il crut les entendre pour la première fois. La peur qu'il éprouva ne fut pas d'un ordre physique. Il eut le sentiment d'avoir rompu une cloison sacrée entre deux mondes l'un à l'autre interdits. Et, déjà, une inquiétude obscure se répandait le long des travées, déjà, les membres du jury semblaient mal à l'aise, et le président lui-même avait peine à trouver une contenance.

— Capitaine, je vous en prie, c'est irrégulier... capitaine, je vous prie de vous tourner de mon côté, dit-il en hésitant.

Richard, sans remuer la tête, sut que Namur le cherchait du regard. Il pensa que si ses yeux rencontraient les yeux de Namur, celui-ci, peut-être, retrouverait les mots de sa leçon. Mais Richard ne bougea pas.

Namur continuait d'offrir son visage au public. Les plis de ses petites rides se soulevaient, retombaient, se soulevaient de nouveau.

Étienne considéra Namur, la nuque inclinée de Richard, encore Namur et devina tout. Là était le témoin inavouable, le pacte impur dont Richard avait tenté de lui parler. Mais Étienne ne songea pas à juger Richard. Un tout autre sentiment se faisait jour en lui.

— Tournez-vous de mon côté, capitaine, cria le président.

Namur obéit au son aigu de la voix.

Le président lui demanda hâtivement :

— C'est bien tout ce que vous pensez de l'accusé, n'est-ce pas ? D'Étienne Bernan ?

Dans l'esprit vacant de Namur flotta la figure du jeune homme qui était venu le voir souvent et celle de Mlle Oltianski. Il fit un effort désespéré pour entendre dans sa mémoire leurs recommandations,

mais il n'en retrouva que la substance la plus
puérile.

— On ne doit pas faire de mal à ce soldat, je vous
en prie, dit Namur. Il n'était pas méchant, pas
méchant du tout.

Étienne ne remarqua pas le bruit qui s'élevait de
la salle, les chuchotements des magistrats et des
appariteurs, l'effroi des jurés. Il était seulement
attentif à sa propre panique. L'avidité de la pieuvre,
le crâne de Mercapon, les cheveux blancs de Bernan, les petites rides de Namur épouvantaient
Étienne comme un seul mal hideux, le mal de
l'homme. Mais autant la beauté qu'il avait découverte grâce à Bouscard avait inspiré à Étienne un
détachement bienheureux, autant ces traits horribles le rejetaient dans la vie. Après tant de laideur
— et déchaînée pour lui — Étienne était repris par
la vie jusque dans ses entrailles. Il ne pouvait plus
accepter de se voir condamné à la méditation sans
fin. Une éternelle solitude n'était possible que dans
l'amour des hommes. Sinon — la folie. Et, regardant Namur, Étienne ne voulait pas devenir fou. Il
ne voulait plus de cellule où les pensées cheminaient en ronde. Il ne voulait plus de gardiens, ni
de visages aperçus à travers des grilles. Il voulait
des prairies et des places immenses. Pour la
deuxième fois dans cette journée, il saisit l'épaule
de Richard, mais Richard rejeta ce bras importun.
Dressé à demi, il suivait ce qui se passait à la barre
des témoins et à la table du tribunal.

— Capitaine ! Capitaine ! criait le président avec
une colère impuissante. Pour l'amour du ciel, je
vous somme de vous tourner de ce côté. Je vais être
obligé de prendre des sanctions. Silence dans la
salle ! Silence !

Tout à coup, le silence se fit, mais il n'était pas
dû aux ordres du président. Namur gémissait.

— Ce n'est pas ma faute : je ne me souviens plus,

je ne peux plus, j'ai mal à la tête... Mademoiselle...
Mademoiselle.

Il porta la main à son front et commença de pleurer à grands hoquets brisés. Alors Richard cria de toutes ses forces :

— Je demande pardon à la Cour de cet incident atroce. Mais je ne pouvais pas, moi-même, le prévoir.

Personne ne sentit un accent de victoire dans ce cri. Personne, sauf Étienne. Son instinct lui fit deviner que Richard se réjouissait de ces larmes insensées. Et, sans chercher à comprendre, Étienne s'en réjouit également. La peur l'avait si bien noué à Richard qu'il s'associait à lui pour tout et jusqu'au bout.

Cependant, il n'était plus possible de réprimer le tumulte, la frénésie du public. Le président ordonna une suspension d'audience.

VIII

Anselme Dalleau et Sophie sortirent de la salle parmi les derniers, pour ne pas être pris aux remous d'une foule hystérique. La haute et large galerie dans laquelle cette foule s'était déversée retentissait sans répit du choc des voix. Les files de gens accrochés l'un à l'autre allaient, venaient, contournant, comme autant d'îlots, des groupes qui discutaient avec passion. L'incident Namur était déjà connu à travers l'immense édifice. Tous les avocats, tous les magistrats, tous les habitués du Palais de Justice que leurs tâches ne retenaient point avaient rejoint le public des Assises. Cela formait des courant serrés et contraires qui brassaient beaucoup de robes noires et de belles fourrures. Le

procès étant scandaleux, il y avait ce jour-là autant
de femmes élégantes que d'avocats.

Le docteur Dalleau se tenait au bras de Sophie et
elle le menait très lentement. De temps à autre, elle
demandait à mi-voix :

— Tu n'es pas fatigué, Anselme ? Tu ne veux pas
te reposer contre ce pilier ?

Il refusait d'un faible mouvement de la tête et ils
continuaient de marcher en silence. Sophie brûlait
du désir d'interroger son mari, de se faire expliquer
le sens exact des événements, et l'influence qu'ils
pouvaient exercer sur le verdict, sur Richard. Mais
elle sentait que le cœur du docteur avait tout juste
assez de force pour supporter la charge de son
émotion. Elle devait, comme elle l'avait fait tant de
fois, garder pour elle seule et sous un visage paisi-
ble le tourment de ses pensées. Sophie avait été très
émue par la salle des Assises, l'apparat de la Cour,
les costumes des magistrats, l'uniforme des gardes,
la détresse de Bernan, l'énergie de Geneviève, le
visage d'Étienne, et surtout par ce grand fils si
jeune qui tenait son rang parmi tant d'hommes et
d'événements solennels. Les épisodes du procès
étaient venus l'un après l'autre, bien réglés, en
ordre, et chacun d'eux fortifiait chez Sophie l'espérance de voir le salut d'Étienne et le succès de
Richard (les deux vœux étaient si bien mêlés en elle
qu'elle ne pouvait plus les séparer). Et soudain
Namur... ce dérèglement, ces clameurs, le cri de
Richard... Tout avait changé de signe, tout était
devenu péril et obscurité.

« Richard a eu bien tort de ne pas écouter le
conseil de son père, se disait Sophie. Mais qu'il doit
souffrir, le pauvre enfant ! » Elle ne pouvait pas
juger Richard, puisqu'il était malheureux. Elle ne le
voyait plus dans sa grande robe noire, majestueux,
lointain et presque irréel. Elle voyait seulement son
front anxieux, creusé par la ride héréditaire et ce

qui accablait le plus Sophie était de ne pouvoir lui
être d'aucun secours.

Anselme Dalleau, lui, pensait :

« Il m'a caché jusqu'au bout le témoignage du
capitaine. Combien il devait se reconnaître coupable. Mais il l'a fait venir tout de même... Cette exhibition... cette prostitution... son capitaine. »

Le docteur reconstruisait les prétextes que
Richard s'était donnés, et sa longue tricherie avec
lui-même. Il lui semblait voir, comme au micro-
scope, des taches pareilles à celles du cancer
décomposer le tissu le plus précieux de son fils.
« Quelle tristesse ! se disait le docteur. Et que m'importe maintenant le résultat. »

Or, ce n'était pas vrai. Anselme comprenait que
son fils risquait la ruine de sa vie professionnelle.
Rien n'avait justifié qu'il menât une affaire aussi
retentissante, rien, sauf son étoile et son audace.
Cela le désignait fatalement à l'envie la plus cruelle.
Le docteur était terrifié, en pensant au parti qui
serait tiré du scandale contre Richard. A moins... à
moins, songeait Anselme, qu'il ne fût sauvé par un
miracle d'adresse ou d'intuition. Mais le sens moral
du docteur lui interdisait de souhaiter ce miracle.
Mais son amour pour Richard faisait que, malgré
lui, il le mendiait au destin. Il avait conscience de
cette contradiction et ce dont Anselme Dalleau
souffrait le plus, était de reconnaître et condamner
la faute de son fils et de vouloir en même temps
que son fils sût tourner en succès cette même faute.

C'est pourquoi, tout en laissant à sa femme le
soin de lui trouver un chemin à travers la foule,
Anselme Dalleau, le dos rond, le regard vide, appliquait toutes ses forces avec une attention craintive
et honteuse pour tâcher d'entendre ce qui se disait
de Richard. Mais les avis qu'il pouvait saisir au pas-

sage étaient ceux des esprits les plus futiles et les plus excités.

— Ce jeune avocat aurait dû tout au moins s'excuser, expliquait, de sa diction la plus affectée, une vieille actrice, et le président aurait dû lui en faire la remarque. Tout cela, voyez-vous, mon cher, c'est les usages qui se perdent.

Un peu plus loin, un épais colonel criait :

— Procès inadmissible ! Pour moi, la chose est jugée sans jugement. L'accusé au poteau, le capitaine à la camisole de force et une fessée à l'avocaillon.

Encore quelques pas... Deux jeunes femmes :

— J'ai eu si peur, disait l'une d'elles, si peur, chérie. Au fond, c'est très dangereux, ces témoignages. On laisse venir n'importe qui en liberté : il aurait pu se jeter sur nous. Et moi qui avais exigé de Paillantet d'être au premier rang. Vous ne m'en voulez pas, dites, chérie ?

Encore quelques pas... Une voix très contente d'elle-même :

— Moi, j'ai trouvé la vraie définition. C'est du cubisme ; le cul-de-jatte, le crâne tondu, un défenseur à la mamelle, un fou... du cubisme tout pur.

Voilà ce qu'entendait le docteur. Pourtant il continuait à écouter avec passion. Daniel, qui se glissait adroitement parmi la cohue, vint mettre fin à ce guet misérable.

— Tu l'as vu ? s'écria Sophie.

— Il ne m'a reçu qu'une minute, dit Daniel. Il veut être seul, mais il vous supplie de ne pas vous tourmenter. Il est magnifique à voir.

— Oh, je t'en prie, ce n'est pas le moment d'encenser Richard ! s'écria le docteur.

Un regard de sa mère fit garder le silence à Daniel. Le docteur demanda :

— Si par hasard tu connaissais quelques personnes de jugement et d'expérience, je voudrais savoir ce qu'elles pensent de tout cela.

— Facile. Ne bougez pas, je reviendrai vite, dit Daniel.

En dehors du gros de la cohue, au croisement de deux galeries, des journalistes et des avocats formaient un cercle où l'on discutait sans éclat et sur un ton professionnel. Daniel se dissimula derrière une robe noire dont les plis retombaient sur un dos très large. Elle était portée par un avocat d'âge mûr et hargneux. Il parlait, les dents serrées sur le tuyau d'une grosse pipe en écume.

— En somme, Dalleau a eu trois torts. Un : accepter une affaire qui l'écrase ; deux : ne pas avoir demandé l'assistance d'un aîné ; trois : avoir voulu bluffer tout le monde avec son capitaine. Il y a une éthique du métier qui ne pardonne pas.

— J'en ai bien peur, dit un avocat plus jeune.

Daniel reconnut Romeur qui avait fait ses études avec Richard et l'aimait beaucoup.

Celui qui couvrait Daniel de son dos fit aller plusieurs fois sa pipe de haut en bas, et reprit :

— Quand on commence, il faut suivre la règle pas à pas. Ce que Dalleau a fait est indécent et stupide.

— Pas de votre avis, mon cher maître. Pas de votre avis du tout, glapit une voix de fausset.

De la place où il se tenait, Daniel ne pouvait pas apercevoir Romain Riatte, mais il vit mentalement la petite figure de son ami, toute semée de taches de rousseur, toute brillante d'intelligence et de vie. Il se sentit moins triste.

— Quand on a vraiment le goût de son métier, continua Riatte, on cherche du nouveau, on trouve, on risque et on gagne.

Les épaules derrière lesquelles Daniel s'abritait retombèrent avec dédain.

— On gagne la guillotine pour son client, grommela l'avocat à la pipe.

— Peu probable, dit un vieux journaliste, au visage flétri et rusé qui ne cessait de balancer sa jambe gauche. Le père Bernan est très fort. Je serais surpris que les jurés ne fussent pas dans sa main.

— C'est possible, dit l'avocat, et je m'en moque, mais Dalleau est bien mort, lui.

— Et je me charge de l'enterrement, dit avec aigreur l'envoyé spécial d'un journal de Lyon, gros homme à favoris. Est-ce qu'un procès pareil ne devrait pas durer deux jours au moins ? Seulement voilà : Maître Dalleau coupe les témoignages, Maître Dalleau presse le mouvement. Tout sera fini ce soir. Il faut que je me jette dans le train de nuit et j'avais pris mes dispositions pour dîner ici, de bien agréables dispositions, je vous assure. Dalleau me le payera.

— Ça te servira de note de frais ! s'écria quelqu'un.

On se mit à rire et Daniel s'en alla.

— Ces gens sont écœurants, dit-il à son père. On croirait que maintenant c'est Richard l'accusé.

— A ce point ? demanda le docteur.

Daniel ne répondit pas.

— Je vois, je vois, dit le docteur. En somme, Richard est perdu ?

— C'est de la jalousie pure ! s'écria Daniel. Je crois à Richard et...

— Mais alors, interrompit Sophie. Alors ? Étienne ?

— Étienne ! murmura le docteur.

Il se sentit affreusement coupable. Il n'avait songé qu'à Richard.

— Pour Étienne, on assure que Bernan a tout prévu, dit Daniel.

— Tout est bien dans ce cas, dit Sophie. Richard est si jeune, il a le temps.

— Oh, maman, comment peux-tu ? s'écria Daniel.

— Tais-toi, mon petit, tais-toi, dit le docteur très doucement.

Sa voix était oppressée. Il chercha à tâtons la main de sa femme.

— Tu te sens mal, Anselme ? demanda Sophie.

Le docteur fit signe que sa femme se trompait, mais il n'eut pas la force de le lui dire. Elle déboutonna rapidement le manteau d'Anselme et prit dans une poche de son gilet la petite boîte qui contenait des pilules de trinitrine. Le docteur en avala deux, sentit se desserrer le terrible poing qui lui écrasait le sternum et sourit.

— Un tout petit peu de repos et ce sera parfait, murmura-t-il.

Daniel et Sophie le menèrent jusqu'à une galerie à peu près vide et le firent asseoir sur un banc.

— Dans cinq minutes, nous rentrons à la maison, dit Sophie.

— Non... je t'assure... je tiendrai très bien jusqu'au bout, dit le docteur. Je veux savoir... pour Étienne.

Il caressa de nouveau la main de sa femme.

IX

Geneviève apparut brusquement, le visage agressif.

— Enfin je vous trouve, s'écria-t-elle. Je voudrais bien que vous m'expliquiez l'attitude de Richard. Il m'a jetée à la porte. Il a ses nerfs, sans doute, comme un ténor.

Sophie, par un jeu du regard, désigna le docteur à Daniel. Celui-ci prit le bras de Geneviève et lui dit à l'oreille :

— Mon père n'est pas très bien. Allons plus loin, voulez-vous ?

Quand ils passèrent devant la galerie qui donnait

sur la salle des Assises où allaient se poursuivre les débats, ils sentirent les effluves de la chaleur et de la rumeur humaines.

— Quelle horreur, ce procès ! murmura Geneviève.

Elle entraîna Daniel dans un couloir obscur et désert, en disant :

— Tous ces gens sont immondes !

— Et vous ne les avez pas entendus ! s'écria Daniel. Ils bavent sur Richard ! Un jour comme celui-là ! Il y a vraiment de sales natures que rien ne peut changer.

— Personne ne change, répliqua Geneviève.

Elle se souvenait de la générosité de ses sentiments, lorsqu'elle avait appris le crime d'Étienne et combien elle avait été certaine alors de devenir un être neuf et comment, ce matin encore, elle attendait du procès une direction nouvelle de sa vie (mais cette fois Étienne cédait la place à Richard) et elle se retrouvait insatisfaite, amère, encagée en elle-même.

— Rien ne change, dit-elle méchamment. Votre père a sa crise cardiaque et vous êtes prêt à me faire la cour.

— Ce n'est pas vrai, s'écria Daniel, je ne vous fais pas la cour, je n'en ai même pas l'idée. Mais je crois, oui, je suis sûr que je vous ai...

Geneviève posa brutalement sa main sur la bouche de Daniel. Elle avait soudain pensé aux rapports que sa mère avait eus autrefois avec lui et s'étonnait de ne pas éprouver pour ce garçon la moindre répugnance.

« Si j'avais des sens et qu'il fût moins jeune, songea Geneviève, je me mettrais certainement au lit avec lui... mais, peut-être, avec des sens je ne réagirais pas de la même manière. »

Elle fut prise d'une grande lassitude et dit :

— Promenons-nous sans parler.

Elle laissa aller son bras contre celui de Daniel

Il se sentit très fier. Ils marchèrent lentement, allant et venant dans la même galerie, sans remarquer une jeune femme et un jeune homme qui, masqués par un pilier, conversaient à voix basse.

— Mon chéri, demandait Dominique à Paulin Juliais, pourquoi ne veux-tu pas qu'on aille à la maison tout de suite ? Je suis si bien ! J'ai envie de m'allonger près de toi.

— On a le temps, répondit Paulin. Je tiens à voir la correction que va prendre Monsieur Richard Dalleau.

— Qui est-ce ?

— L'avocat.

— Tu le connais ?

— Quand je l'ai connu, c'était un pion de quatre sous, dit Paulin. Mon père le payait pour me donner des leçons, mais il me traitait comme si c'était moi qui lui devais quelque chose. Alors, tu comprends...

Une légère crispation courut le long des joues trop blanches de Paulin et toucha d'un remous à peine perceptible ses lèvres longues et pâles.

— Il a l'air d'une brute, c'est vrai, dit Dominique. Mon pauvre chéri, toi, si doux, si tranquille...

Elle se serra contre lui et dit plus bas :

— Après le procès, on dîne au lit et on prend un grand *kief*. Sunfield ne rentre pas avant trois jours.

— D'accord, dit Paulin, seulement on manque d'ampoules.

— J'ai pris mes précautions, dit Dominique.

Quelques instants plus tard, Fiersi vint à eux. Il toucha le bord de son chapeau mou qu'il portait très enfoncé sur les yeux et demanda :

— Combien ?

— Cent pour le moins et ce soir je vous en prie, dit Dominique.

— Je vais passer la commande à un ami qui m'attend au bout du fil, dit Fiersi. Ne bougez pas.

Il se dirigea vers la buvette du Palais. Comme il

allait entrer dans la cabine téléphonique, il fut devancé par un homme qui le bouscula légèrement. Fiersi s'apprêtait à saisir l'homme par le bras, quand il reconnut Bernan. Il se contenta de porter un doigt au bord de son chapeau. Bernan s'enferma dans le réduit.

Fiersi prêta l'oreille, tout en tirant une cigarette de l'étui en platine que lui avait donné La Tersée. Il entendit quelques fragments de conversation.

« ... Très mauvais... avis général. Vous venez ? Merci. Merci patron. »

Fiersi donna son coup de téléphone, puis rejoignit Dominique et Paulin.

— Réglé, dit-il. Antoine vous verra à la sortie.

— Mais il n'a pas besoin de venir ici, dit Paulin.

— Nous avons aussi nos affaires, vous permettez, dit Fiersi en s'éloignant.

— Et mon père a commandité ce mufle, murmura Paulin. C'était bien la peine.

La crispation qu'il avait eue quelques instants plus tôt altéra de nouveau sa figure. Il dit :

— Allons reprendre nos places.

Paulin et Dominique sortirent de l'ombre du pilier où ils s'étaient tenus jusque-là, et croisèrent Geneviève et Daniel. Les deux jeunes femmes s'arrêtèrent dans un même réflexe, la respiration coupée. Toutes deux n'avaient plus une seule amie, toutes deux se rappelaient, avec la tendresse incomparable qui s'attachait aux souvenirs de l'extrême jeunesse, leur ancienne affection. Elles se sentaient portées l'une vers l'autre par l'élan le plus vif. Mais l'imprévu et l'étrangeté de leur rencontre, la présence de Daniel et de Paulin, la différence de leurs situations respectives firent que Geneviève et Dominique attendirent l'une de l'autre le premier signe. Aucune d'elles n'osa céder d'abord au désir puissant que chacune d'elles éprouvait. Geneviève pensa : « Avec les cent mille francs de fourrures et de bijoux qu'elle porte, elle ne veut pas me reconnaître. » Et Dominique se dit : « Elle me tient pour une grue. Je la gêne. » Elles continuèrent leur chemin sans s'être fait un signe, s'interdisant ainsi tout rapport à l'avenir qui ne fût marqué d'humiliation et de ressentiment.

X

Il y avait une part de vérité dans le cri que Richard avait jeté aux Assises : « Je n'avais pas prévu cela. » Mais ce n'était pas l'attitude de Namur qui avait dépassé son attente, c'était l'impression qu'elle avait produite sur l'auditoire. Richard avait lancé — il le voyait tout à coup — les dés de telle manière qu'ils roulaient en dehors de toute règle du jeu et au-delà de toutes les limites admises. Maintenant sa vie entière était dans la partie.

Il ne s'en effraya point. Dès l'instant où il avait décidé de défendre Étienne, il n'avait pas, au tréfonds de lui-même, douté de l'acquittement. La raison lui montrait bien qu'il n'avait aucune chance pensable de l'obtenir, mais elle n'entamait pas son assurance secrète. Il avait nourri la même, autrefois, quand il était certain de sortir vivant et intact de la guerre. Sans elle Richard n'eût pas signé un engagement volontaire, sans elle il n'eût pas accepté de plaider pour Étienne. Son courage était surtout de la confiance.

Le scandale n'eut pas d'effet sur ce courage, et, si Richard, après la suspension d'audience, quitta la salle, les yeux baissés, s'il avança sans vouloir reconnaître personne, s'il bouscula les gens sur son chemin jusqu'à la petite pièce qui lui était réservée et s'il ordonna durement à Lucie de se tenir devant la porte et de ne laisser entrer qui que ce fût, aucune de ses démarches ne se trouva due à la crainte, au remords ou à la gêne. Richard avait beau sentir la jubilation des envieux innombrables et les alarmes de ses quelques amis, elles ne pouvaient pas mordre sur ses nerfs tendus à l'extrême. L'instinct de Richard exigeait la solitude uniquement pour absorber, ordonner, transformer à son profit les forces déchaînées par Namur, et multipliées par la foule. Rien de tout ce que ses ennemis ou ses amis étaient en mesure de lui reprocher ou de lui conseiller n'avait d'utilité, d'intérêt ni même de sens.

« Moi, se disait Richard, je regarde le parricide et la folie à travers Eschyle, Shakespeare et le visage déchiré d'Étienne. Eux (Richard désignait ainsi tous les autres hommes), c'est à travers leurs lunettes, la fumée de leur pipe, leur petite famille ou leur journal. Qu'est-ce que leur opinion peut bien me faire ! Travaillons.

Mais les idées, les images, les mots se pressaient, se confondaient, se chevauchaient, se brouillaient dans l'esprit de Richard. Sa fièvre l'empêchait de tracer une piste dans cette jungle. Il ouvrit brusquement le tiroir de la table à laquelle il était assis et le referma avec violence sur l'un de ses doigts. Il eut très mal, considéra la phalange meurtrie et se sentit très calme. Alors il se renversa dans le fauteuil et ne bougea plus.

De l'autre côté de la porte, Lucie avait entendu claquer le tiroir. Elle se trompa sur le sens de ce bruit ainsi qu'elle l'avait fait pour toute l'attitude de Richard, depuis qu'il était sorti de la salle. Elle le croyait désespéré. Elle ne pouvait pas penser autrement. Elle avait l'esprit droit, sérieux et modeste. Elle nourrissait le respect le plus sincère pour sa profession et ses usages, et ses hiérarchies. Elle acceptait à la lettre les valeurs admises dans le Palais. Pour Lucie, le Conseil de l'Ordre était, de toutes les institutions, la plus juste et la plus redoutable.

Les gens regardaient avec curiosité cette grande
fille dressée devant une porte. Lucie ne remarquait
rien. Elle pensait : « Que vont *ils* décider pour
Richard, au Conseil ? »

Elle ne laissa passer personne sauf, pour un instant, Daniel, mais Geneviève, Romeur, Bernan et
Paillantet lui-même furent éconduits par Lucie.
Ensuite, il n'y eut plus de visiteur. « Voilà... voilà...
pensa Lucie avec panique, Richard est devenu un
pestiféré. »

Comme la suspension d'audience tirait à sa fin,
un homme très grand, très haut en couleur, qui
portait la moustache et la barbe à la mousquetaire,
s'approcha de la porte condamnée. Lucie lui répéta
la consigne de Richard.

— Pas d'histoire, ma belle, dit l'homme.

Il écarta le grand corps de Lucie, ainsi qu'il eût
fait d'une petite fille et entra dans le cabinet.
Richard sauta de son fauteuil, les poings contrac-
tés, mais il reconnut Gonzague d'Olivet et une joie
superstitieuse remplaça la colère. Olivet ! En cet
instant ? Lui, il avait le droit. Lui c'était bien... Lui
seul... L'homme au conseil sans défaut.

— Tu es venu, murmura Richard. Tu...

Mais Gonzague d'Olivet porta un doigt à ses
lèvres et l'y tint pressé quelques secondes. Puis il
tira de son manteau une forte gourde de chasse,
défit le gobelet qui lui servait de capuchon, remplit
le gobelet d'armagnac et le tendit à Richard. Puis il
éleva en silence la gourde dans un geste solennel et
but au goulot. Puis il claqua la langue et dit en
tapotant la gourde :

— Il y a du génie là-dedans.

Richard voulut parler, mais Olivet posa de nouveau un doigt sur ses lèvres, reprit le gobelet, le fixa
sur la gourde et sortit.

« Quel personnage ! Comme il sent juste ! Quel
ami ! » pensa Richard.

Lucie montra, dans l'embrasure de la porte, son visage terrifié.

— Ce n'est pas ma faute, Richard, j'ai tout fait pour l'empêcher, dit-elle.

— Si tu y avais réussi, dit Richard, je t'aurais étranglée.

— Il y a... balbutia Lucie. Il y a encore quelqu'un...

— Personne. Je t'ai pourtant assez expliqué, dit Richard.

— ... de la part d'Étienne, murmura Lucie.

— Qu'est-ce que tu attends ? Mais qu'est-ce que tu attends donc ? cria Richard.

Étienne demandait à le voir tout de suite.

Assis et voûté à la manière des vieillards, Étienne chuchota :

— Dalleau, j'ai peur... dites-moi que j'ai tort d'avoir peur.

— Peur de quoi ? demanda Richard.

— Du bagne... des gardiens, dit misérablement Étienne. Tout ce que je pensais ce matin n'est plus vrai, Dalleau

Richard releva le visage d'Étienne de façon à voir ses yeux. Les mains d'Étienne s'accrochèrent aux genoux de Richard.

— Je veux être libre, dit Étienne. Je veux que vous me fassiez ouvrir ces grilles, ces portes. Vous le pouvez... vous le pouvez. En usant de Namur, je le sais... je l'ai senti. Il faut vous servir de lui, Dalleau, je l'exige. Vous êtes mon avocat. Servez-vous de Namur sans... sans scrupule. Je vous en délie.

Richard n'avait pas quitté du regard les yeux d'Étienne. Il lui dit :

— Merci, Bernan, mais ce qui est à moi reste à moi...

Étienne lâcha les genoux de Richard et passa sa langue sur ses lèvres sèches.

— Et ne vous en faites plus, mon vieux, dit Richard.

Dans le corridor, il fut arrêté par un homme mince qui portait un chapeau mou très enfoncé sur les yeux.

— Bonjour Dalleau, dit Fiersi. Je ne te dérangerai pas longtemps, je me doute que tu travailles dur de la tête. Je veux seulement te prévenir : ils ne gueuleront plus si fort contre toi dans la salle. J'ai téléphoné à des amis, ils se tiennent dans le public debout, le plus mauvais. Ce sont des hommes qui savent marcher sur les pieds au bon moment et placer leurs coudes entre deux côtes.

Fiersi toucha le bord de son chapeau et s'en alla avant que Richard ait pu dire un mot.

— Magnifique ! s'écria Richard en continuant son chemin.

Il promenait un regard inspiré sur les galeries. Il écoutait avec défi les rumeurs confuses qui couraient sous leurs voûtes. Une arène l'attendait, où se trouvaient déjà ses hommes de main. Ce n'était plus le Palais de Justice. C'était le carrefour de la grande aventure.

XI

L'avocat général en était arrivé à la péroraison, mais Richard n'aurait su dire combien de temps avait pris son réquisitoire, ni ce qu'il contenait. Rien n'avait plus de vie pour Richard que cette puissance étonnante qui s'amassait peu à peu en lui et dont il croyait percevoir le mouvement, comme celui de la sève dans les jeunes arbres.

« Oui, c'est de l'Eschyle, oui, c'est du Shakespeare, et l'Apocalypse aussi », disait Richard à cette puissance. « Et ils vont tous l'apprendre par toi. Et ils comprendront et courberont l'échine. »

Quand le président donna la parole à Richard, il

ne se leva point : il fut levé par la puissance, lentement, jointure par jointure.

— J'ai un aveu à faire, dit Richard, un aveu
essentiel. En citant le capitaine Namur à cette
barre, je savais qu'il ne pouvait pas fournir un
témoignage sensé, je savais, oui, je savais que sa
déposition se terminerait par un spectacle lamentable. Toutefois, mes espérances ont été dépassées :
je n'avais pas prévu ses larmes... Oh, certes, on a
crié au scandale. Mais seulement après. Car, sur
l'instant, à la seconde même, vous avez tous
entendu, derrière les gémissements du capitaine
Namur, vous avez tous entendu hurler la chienne-
louve. La bête de mort et de folie : la guerre. Il le
fallait, je vous l'assure, en toute justice, en toute
nécessité. Car, en vérité, mon principal témoin c'est
la guerre.

Richard fit une longue pause pendant laquelle il
posa son regard sur chaque juré, un à un. Et il leur
dit :

— Je vois que parmi vous beaucoup ont fait la
guerre. Et l'ont bien faite. Comme Bernan.

Sans se retourner, Richard s'adossa à la cloison
qui le séparait d'Étienne et mit sa main sur l'épaule
de celui-ci.

— Mais le temps a coulé, continua Richard,
nous avons quitté nos uniformes et presque en
même temps nos épouvantes. Et nous disons parfois de ce temps sanglant : « C'était le bon
temps ! »... Il fallait, je vous le jure, il fallait que le
capitaine Namur vînt ici.

Richard abandonna l'épaule d'Étienne et pencha
tout son corps vers la barre des témoins.

— Regardez, écoutez, dit-il très bas. Voyez
encore une fois ce pauvre visage à l'agonie. Écoutez
pleurer le capitaine Namur... Écoutez et regardez
une seconde encore. Rappelez-vous bien cette
figure, rappelez-vous bien cette voix d'enfant terrifié. Maintenant, je peux vous dire ce que fut pour

tous les hommes qu'il mena pendant trois années
au combat, au sang et à la victoire, je vais vous dire
qui était le capitaine Namur.

Richard parla de son capitaine très longtemps et
comme on peut parler seulement du plus bel
amour. Il essayait de se faire pardonner par cette
ombre. Il voulait que la salle entière aimât son
chef, autant qu'il l'avait aimé. Il y réussit.

Alors, il s'écria :

— Vous savez qui était Namur. Il est temps de
vous faire connaître qui était Étienne Bernan.

« Son père vous a raconté son enfance, vous l'a
montré dans sa famille, mais les jeunes gens se
livrent mieux à leurs amis qu'à leurs parents. J'ai
été le meilleur ami d'Étienne Bernan. Je n'ai qu'à
fermer les yeux et laisser parler mes souvenirs. »

... La Fontaine Médicis, la beauté d'Étienne, sa
noblesse, ses livres, les promenades à travers le jardin du Luxembourg et les galeries décorées par
Puvis de Chavannes, les promesses de l'avenir... La
foule entendait un conte enchanté de l'adolescence.

Richard s'arrêta, ouvrit les yeux.

— Tel était Étienne Bernan — et le voici.

Richard saisit brutalement Étienne par le cou, le
fit presque basculer hors de son habitacle et colla
son visage contre celui de l'accusé. Pendant les
quelques instants où leurs deux figures restèrent
confondues et contrastées, Richard sentit que chaque homme et chaque femme dans l'auditoire
n'était plus que les nœuds d'une seule corde et qu'il
tordait cette corde selon sa volonté.

Il lâcha Étienne et s'écria :

— Étienne Bernan, plus malheureux que Namur, a porté consciemment, constamment, enfoncés dans sa moelle, les crocs de la louve
enragée. Quand il est revenu dans sa ville, il a vu
avec épouvante que les hommes ne pensaient plus
à la guerre et que sans le savoir, par là, ils en préparaient d'autres. Et lui qui savait, sentait, saignait,

sans répit ni miséricorde, il se dit qu'il n'avait pas le droit d'accepter cela.

Richard se tourna brusquement vers Étienne en criant :

— Le mobile de votre crime, ce mobile dont la presse de tous les continents a cherché en vain le secret, que vous avez refusé de livrer à l'instruction, que vous avez refusé de livrer aux débats, je peux le dire maintenant. L'heure est venue, n'est-ce pas Bernan ? Vous vouliez cette tribune et cet instant pour faire entendre votre vérité, pour qu'elle retentisse à travers l'univers.

— Dalleau, je ne comprends pas... balbutia Étienne.

Mais Richard déjà regardait les jurés, les magistrats, les gens dans la salle et les montrait tour à tour en disant :

— Le mobile... c'est vous... et vous... et vous... Et c'est moi aussi.

« C'est à cause de nous tous que Bernan a tué et c'est pour nous tous. Il a voulu nous prévenir, nous réveiller dans notre résignation facile, dans notre lâche oubli.

« Que vouliez-vous qu'il fît ? Parler dans les réunions publiques ? Écrire des articles ? C'est risible, vous le sentez bien. Alors Bernan a cherché un acte immense et terrifiant et qui pût arrêter la respiration du monde. Un acte à l'image de la guerre. On la dit fratricide. Ce n'est pas vrai, ce n'est pas assez. Elle est pire. Elle fait lever le couteau des hommes sur leur mère à tous : sur l'humanité. C'est pour se battre contre la guerre à horreur égale que Bernan a frappé sa mère. Écoutez bien : si vous condamnez Bernan, vous acquittez la guerre, mais si vous l'acquittez, lui, c'est la guerre que vous condamnez. Car pour vous, pour moi, pour tous, Bernan a voulu se dresser comme un fanal d'alarme et il a voulu qu'on le vît de très loin. Il s'est teint du sang le plus terrible. Il a revêtu la pourpre du parricide. »

Richard aurait pu développer encore longtemps cette rhétorique vague et brûlante, mais il sentit que l'émotion publique était au paroxysme et se laissa tomber sur son siège, comme s'il était à bout de paroles, de nerfs et de souffle.

XII

— Au nom du ciel, mon petit, fais-moi de la place. Il faut tout de même que j'achève de servir, dit Sophie à Richard.

Elle était exténuée. Tant de craintes. Tant de joies. Étienne libre. Trois personnes de plus à dîner. Un repas improvisé et interminable, pris sans ordre, dans tous les coins. Et Richard qu'elle trouvait toujours sur son passage, marchant, gesticulant, criant. Le poids de la fatigue commençait à écraser chez Sophie le sentiment du bonheur.

— Et je t'en prie encore une fois, s'écria-t-elle, arrête de fumer : c'est très mauvais pour ton père.

Richard voulut écraser sa cigarette dans une tasse. Sophie la retira avec humeur. Richard remit la cigarette dans sa bouche. Les perceptions du monde extérieur l'atteignaient mal. Il reportait souvent son regard vers le fond de la salle à manger, pour accepter une réalité incroyable. Derrière le fauteuil de son père, entre Geneviève et Christiane, il voyait Étienne. C'était vrai : il avait gagné l'affaire Bernan. Et son triomphe insensé était vrai aussi. Chaque fois que Richard reprenait conscience de cela — c'est-à-dire chaque minute — il était emporté par un flux et un chant intérieurs enivrants. Il se levait, allait à travers la chambre encombrée, surpeuplée, accrochait les meubles et

les gens, ne s'en apercevait pas et parlait, parlait,
parlait. Toujours quelque détail, quelque aspect
nouveau de la journée se présentait à son esprit et
ce détail était toujours surprenant et magnifique.

— Je ne te donne pas de café, Richard, dit
Sophie, tu es assez excité comme cela. Et assieds-
toi, assieds-toi donc !

— Si tu veux, maman, dit Richard.

Il se redressa aussitôt et s'écria sans s'adresser à
personne :

— Vous n'avez pas pu le voir naturellement,
mais le troisième juré à droite, cet ouvrier endimanché, il ne cessait pas de me regarder et les larmes lui pleuvaient dans la moustache.

— Beaucoup de gens, tu sais, pleuraient dans la
salle, dit Daniel, surtout quand tu as parlé de
Namur.

— Je sais, je sais, dit Richard. Au début, j'ai
même entendu un sanglot vraiment formidable. Ça
m'a donné des ailes.

— C'était Bouscard, dit doucement Étienne. J'en
suis sûr.

— Bouscard, quel chic type ! s'écria Richard. Il
devait être dans le public debout.

Puis, d'une voix encore plus éclatante :

— Et Fiersi ! Formidable, Fiersi ! Je vous ai
raconté, oui... Il n'a pas eu à faire intervenir son
équipe, pour arrêter les bruits. Quel silence, mes
amis, quel silence. C'est magnifique, une foule qui
se tait ainsi. Oh, je me souviens tout à coup, cette
fille superbe, vous savez, celle qui a fait un incident
en arrivant, eh bien, un moment, tout en plaidant,
j'ai pensé à elle. J'avais l'impression que la foule,
toute la foule, c'était elle seule. On est vraiment
dédoublé, parfois. Que dis-je ? On est trois, dix,
cent personnes en même temps.

— Ne crie pas, mon petit, je t'en supplie, dit
Sophie, ma tête se fend. Christiane, ma chérie,
soyez gentille, passez-moi la tasse d'Étienne.

Christiane était assise à côté d'Étienne sur le divan et l'avait servi pendant le repas. Il n'en avait pas été gêné. Les seuls instants de facilité et presque d'abandon qu'il avait eus depuis qu'il était libre, il les devait à cette jeune fille inconnue. Sophie Dalleau, le docteur et Daniel, représentaient un temps et un monde morts. Étienne ne savait plus s'y mouvoir. De Richard, il avait peur. Ils avaient en ce jour traversé trop d'enfers communs. Geneviève, elle, semblait à Étienne une étrangère et à Geneviève il semblait lui aussi un étranger.

— Voici votre café, dit Christiane à Étienne.

— Je vous remercie, murmura-t-il en s'étonnant du plaisir qu'il eut à prononcer ces mots.

Richard considéra Étienne.

— Voilà... Étienne prend du café avec nous et cela semble déjà tout naturel, s'écria-t-il. Quand je pense aux regards des augures ! Il y a seulement deux heures — j'étais bon à donner aux chiens. Et vous les avez vus après le verdict ! A plat ventre, la bouche fleurie, bons confrères, journalistes au venin rentré, tous, tous.

— Même celui qui a pris le train ce soir pour Lyon, dit Daniel avec une rancune enfantine.

— Daniel, non, je te défends, cria soudain Sophie d'une voix qui devait à l'épuisement sa violence et son irritation. Rentre tout de suite cet étui. Tu n'es pas Richard, toi.

Daniel rougit violemment, et ses longs cils cachèrent l'expression de son regard. Il détestait sa mère de le traiter ainsi devant Geneviève et au moment où il se préparait à lui offrir une cigarette. Il regarda Geneviève à la dérobée. Elle lui sourit et dit avec douceur :

— Votre mère a raison, Daniel.

Geneviève pensait aussi que Richard seul avait droit aux privilèges. Elle, qui avait manqué toute son existence, elle se trouvait soudain en face du succès dans sa forme la plus intense, la plus ardente, la plus ingénue. Le tourbillon qui environnait Richard creusait en elle un vide délicieux. Elle suivait avec bonheur tous ses mouvements.

Et comme elle avait besoin de délivrer son émotion, elle prit la main de Daniel et la garda dans la sienne.

Richard s'approcha d'Anselme Dalleau et s'assit sur un des accoudoirs du fauteuil.

— Qu'est-ce que tu en dis, mon vieux papa, toi qui ne voulais pas de Namur ? demanda-t-il d'un air un peu supérieur. Je t'ai ménagé une belle surprise.

Le docteur songea aux tourments qu'il avait endurés, lorsqu'il écoutait les voix dans la galerie du Palais de Justice et se frotta la joue sans répondre.

— Ai-je eu tort ? reprit Richard. Je ne parle même pas du résultat pratique, mais pour des centaines de gens, l'image de Namur, du vrai Namur, existe à présent et ces mêmes gens ont souffert pour le Namur d'aujourd'hui. Pouvais-je faire mieux envers mon capitaine ?

— Ce n'était pas ton vrai dessein, dit le docteur à mi-voix.

— On ne sait jamais, s'écria Richard. Peut-être au fond ça l'était. Je m'aperçois que j'aurais réussi ma plaidoirie, même sans Namur. Toi, tu comprendras. Je dois tout à Eschyle, à Shakespeare...

Le docteur fit un léger signe d'acquiescement : il avait reconnu, aux Assises, dans la voix de son fils, ce grand amour qu'il lui avait transmis.

— Je te l'accorde, dit le docteur, seulement les mobiles que tu as donnés n'étaient pas...

Anselme Dalleau s'arrêta, parce qu'il avait été sur le point d'ajouter « les vrais mobiles du crime », et parce qu'il venait de se rappeler qu'Étienne était là, derrière son fauteuil. Un instant, Anselme s'étonna de ce que personne autour de lui, ni lui-même, ne parût savoir qu'un parricide se trouvait dans la pièce. Mais sa pensée revint aussitôt à Richard, et il lui dit :

— Tout de même, ce n'était qu'une construction de l'esprit.

Geneviève retint avec peine un haussement d'épaules. Personne ne comprenait ce garçon. Sa mère ne pensait qu'aux soins domestiques ; son père, à moitié invalide, aurait voulu le voir aussi raisonneur que lui-même ; l'admiration de son frère était celle d'un bébé ; et quoi de commun entre Richard et cette petite oie blanche qui s'occupait d'Étienne.

« Comme je saurais l'exalter s'il était à moi », se dit Geneviève en pressant très fort la paume de Daniel.

— C'est dommage, Cri-Cri, que vous ne soyez pas venue au Palais, dit Richard. Vous auriez pu lâcher votre dispensaire, un jour comme celui-ci.

— Je suis une petite nature, répondit Christiane en riant. Tant de péripéties c'est trop pour moi. Je préfère voir vos lauriers tout cueillis.

En vérité, Christiane n'avait pas voulu voir Namur témoigner. Et elle n'était pas réconciliée avec cette exhibition, mais, trop heureuse du bonheur de Richard, elle n'avait pas le courage de le dire. Richard, cependant, avait mis autour des épaules de son père un bras tout frémissant de vigueur et de tendresse. Sa main libre caressa les doux cheveux gris qu'il aimait tant et il dit à l'oreille d'Anselme Dalleau :

— Mon vieux papa, ce n'est pas pour mon plaisir que j'ai inventé tout cela. Rappelle-toi ce qu'Étienne m'avait fait jurer. Avec la vérité, j'aurais fait mieux encore.

Richard éleva insensiblement la voix.

— Et pense, dit-il avec fièvre, pense au tremplin que j'ai maintenant. Ce matin je n'étais rien, ce soir, j'ai la renommée, la puissance. Tous ceux qui crèvent de misère et d'injustice et d'amour meurtri m'auront pour défenseur.

Richard sauta brusquement sur le plancher. Sophie Dalleau porta la main à son front avec une expression de souffrance.

— Bon Dieu ! s'écria Richard, je suis en retard. Bernan m'attend avec Paillantet pour souper en cabinet particulier.

Richard embrassa son père, Sophie Dalleau, Christiane, avec une force exaltée par la hâte. Il avait besoin de voir d'autres figures, de recommencer le récit de sa victoire. Quand il tendit la main à Geneviève, celle-ci arracha brusquement, avidement sa main de la main de Daniel.

— Je ne vous reverrai pas sans doute, dit Richard. Vous rentrez à Nancy.

— Je ne pense pas, murmura Geneviève... pas encore.

Elle venait de comprendre qu'une vie sans Richard n'avait pas de sens. Et décida au même instant que Richard, un jour, serait à elle.

— Mon vieux, dit Richard à Étienne, si vous êtes trop fatigué, je vous cède mon lit.

— Non, non, pour rien au monde ! s'écria Étienne dans une sorte de panique. J'ai une chambre à l'hôtel de Geneviève, il se fait tard, nous allons partir.

— Voulez-vous me passer mes béquilles ! demanda-t-il à mi-voix à Christiane.

Mais Christiane ne l'entendit pas. Elle contemplait Richard sur le seuil de la pièce. Et le regard de la jeune fille fit, sans qu'il le reconnût clairement, très mal à Étienne.

— Comment, ton lit ? Et toi ? demanda Sophie à Richard avec âpreté.

— Oh moi, dit Richard, après Bernan et Paillantet, je suis attendu par Fiersi dans sa boîte de nuit et il y a Romeur, Lucie, Riatte, des copains...

Daniel, tu nous rejoindras, n'est-ce pas ?... Maman,
ne m'attends pas avant demain matin.

— Richard, Richard, cria Sophie. Tu ne peux
pas, un soir pareil.

— C'est justement parce que c'est un soir pareil,
murmura le docteur.

Richard était parti.

XIII

C'était la première fois que Richard se trouvait
dans une salle comme la salle du *Colombo*. Avant
1914, Richard était un enfant. Pendant la première
année de la guerre, un étudiant pauvre. Puis un soldat. Après l'armistice, la pauvreté l'avait de nouveau tenu en bride. Pour tout lieu de plaisir, il avait
connu, au cours d'une convalescence, un sous-sol
clandestin. Subitement il se voyait sur une vaste
piste éclatante, toute peuplée de musique et de
chants, et de danses, tout entourée de fleurs. Une
tribu de serveurs en uniformes vifs, et aux sourires
enchantés, attendait les ordres. Sur les nappes brillantes, étincelaient les bouteilles à collerette d'or. A
chaque table il y avait une femme parée, fardée,
merveilleuse. Et le maître de cet endroit magique
était Fiersi. Et Fiersi lui livrait son butin. Et
Richard sortait d'un cabinet particulier où Paillantet et Bernan avaient fêté sa victoire. Et Paillantet
avait accompagné Richard au *Colombo*. (« Allez-y
patron, pour moi ce n'est pas possible, par décence », avait dit Bernan avec regret), et Fiersi, voyant
Richard dans son vêtement de ville élimé et sans
forme, avait déclaré :

— Aucune importance. Tu as tous les droits. Aux
mécontents, je leur dirai : « C'est Maître Richard
Dalleau. » Tu comprends.

Et Richard Dalleau était à la meilleure table : et il y avait là Paillantet son protecteur, Gonzague d'Olivet son conseiller et son petit frère Daniel et son esclave Lucie, et son vieux camarade Romeur, et son nouvel ami Romain Riatte. Et lui, Richard Dalleau, lui, Richard, formait le noyau, le foyer de leur curiosité, de leur intérêt, de leur admiration et de leur amour... Eux ce soir ! Et demain, avec les journaux, des milliers d'êtres inconnus. Et après... Les lumières, les cristaux, les fleurs semblaient se pencher vers Richard... Oui, après... Ce serait la gloire, la GLOIRE. Sans fin, ni limite... LA GLOIRE...

Mais demain suffisait déjà à combler un homme. Demain il irait chez le tailleur, le chemisier, le bottier le plus fameux. Demain il louerait un bureau magnifique. L'argent ? Fiersi lui avait déjà promis deux clients choisis parmi ses habitués les plus honorables et les plus riches. Et il pourrait venir chaque nuit au *Colombo* et s'abreuver de ce champagne sublime.

— Tu ne bois rien, Romeur, cria Richard. Tu as toujours été une petite nature. Tu te souviens de l'A.[1] ? La belle nuit... On était jeune. Tu te rappelles le prodigieux Gérardine ?

— Il est toujours vivant, vous savez, glapit du bout de la table Romain Riatte. Toujours debout, toujours saoul, toujours fou.

— Et ce modèle, tu te souviens, Romeur, la superbe fille... cria encore Richard.

Richard se tut soudain. Il venait de sentir — et avec une indicible violence — à quel point il avait besoin de laisser au fond d'une chair soumise la joie intolérable qui le dévastait. Une femme : la seule délivrance, la seule paix. Mais, en un soir pareil, il ne fallait pas un corps vénal ou un lit de hasard.

---

1. Abréviation pour Association des Étudiants.

Alors il enfonça bestialement ses doigts dans la cuisse de Lucie assise à côté de lui. Elle fut transfigurée de joie. Richard la voulait, elle, cette nuit, entre toutes les nuits. Cependant Richard se disait : « C'est bien la dernière fois. Demain... demain... »

Un maître d'hôtel s'approcha de Richard et lui parla à l'oreille. Une dame le demandait.

— Une poule ? dit Richard à voix basse.

— Non, Monsieur, une dame très bien, dit le maître d'hôtel.

Il conduisit Richard jusqu'à une table fort éloignée de la sienne. Là, près d'un Argentin d'âge mûr mais athlétique, bronzé, et aux dents très belles, était assise Sylvie.

— Mon petit Richard, dit-elle doucement, je m'excuse de vous avoir dérangé, mais je tenais tant à vous féliciter.

Elle le présenta à son compagnon.

— Le jeune et déjà fameux Maître Dalleau.

Richard regardait Sylvie et s'étonnait de la trouver seulement charmante. L'exaltation merveilleuse qu'elle lui avait inspirée autrefois, le tourment dont il avait été déchiré à cause d'elle, ne se réveillaient pas à son aspect, ni cet incomparable sentiment de poésie, ni cette crainte superstitieuse. Richard voyait à côté de son amant (il en était sûr et cela ne le touchait en rien), une jeune femme un peu empâtée sans doute, mais demeurée très jolie, surtout à cause des yeux bleu fumée, étirés vers les tempes. Et ces yeux disaient clairement à Richard : « Quand tu voudras. » Et Richard en fut flatté parce que l'homme de Sylvie était beau.

— Je ne suis pas allée au procès, dit Sylvie. D'abord vous avez négligé de m'envoyer une place. Et l'auriez-vous fait, je n'aurais pas eu le courage. Cette histoire est trop horrible. Mais il paraît que vous avez été merveilleux pour notre pauvre Bernard.

Un instant, Richard se demanda de qui parlait

Sylvie. Puis il n'entendit plus aucun des bruits de la salle. Il avait un éblouissement... « Namur... c'est Namur... *Notre Bernard*. Pour un mot pareil, autre-fois, je l'aurais tuée... Mais elle a raison... Il a été à elle. Et, tout à l'heure, aux Assises, il était à moi... Elle a raison. »

Richard dut échanger encore quelques paroles avec Sylvie et son amant. Puis il revint à sa table. Paillantet, qui avait mis son monocle, demanda :

— Dites-moi, mon petit Dalleau, qui est cette ravissante personne ?

— Une très vieille histoire, dit Richard.

Il avait une envie mortelle de dormir.

DU MÊME AUTEUR

HONG-KONG ET MACAO, 1957. Nouvelle édition en 1975 (Folio n° 5246)

LE LION, 1958 (Folio n° 808, Folioplus classiques n° 30 et Classico collège n° 38)

AVEC LES ALCOOLIQUES ANONYMES, 1960 (Folio n° 5650)

LES MAINS DU MIRACLE, 1960 (Folio n° 5569)

LE BATAILLON DU CIEL, 1961 (Folio n° 642)

DISCOURS DE RÉCEPTION À L'ACADÉMIE FRANÇAISE ET RÉPONSE DE M. ANDRÉ CHAMSON, 1964

LES CAVALIERS, 1967 (Folio n° 1373)

DES HOMMES, 1972

LE TOUR DU MALHEUR, 1974. Nouvelle édition en 1998

   TOME I : La fontaine Médicis – L'affaire Bernan (Folio n° 3062)

   TOME II : Les lauriers-roses – L'homme de plâtre (Folio n° 3063)

LES TEMPS SAUVAGES, 1975 (Folio n° 1072)

MÉMOIRES D'UN COMMISSAIRE DU PEUPLE, 1992

CONTES, 2001. Première édition collective (Folio n° 3562)

MAKHNO ET SA JUIVE, 2002. Texte extrait du recueil *Les cœurs purs* (Folio 2 € n° 3626)

UNE BALLE PERDUE, 2009 (Folio 2 € n° 4917)

REPORTAGES, ROMANS, 2010 (Quarto)

EN SYRIE, 2014 (Folio n° 5834)

LE COUP DE GRÂCE, 2016 (Folio n° 6235)

Aux Éditions de La Table Ronde

AMI, ENTENDS-TU..., 2006 (Folio n° 4822)

COLLECTION FOLIO

Composition : Nord Compo
Impression   Grafica Veneta
à Trebaseleghe, le 26 janvier 2021
Dépôt légal : janvier 2021
1ᵉʳ dépôt légal dans la même collection : février 1998

ISBN : 978-2-07-040435-3./Imprimé en Italie.

379131